SANDRA BROWN

# Eine unmoralische Affäre

*Autorin*

Sandra Brown arbeitete mit großem Erfolg als Schauspielerin und TV-Journalistin, bevor sie mit ihrem Roman *Trügerischer Spiegel* auf Anhieb einen großen Erfolg landete. Inzwischen ist sie eine der erfolgreichsten internationalen Autorinnen, die mit jedem ihrer Bücher die Spitzenplätze der New-York-Times-Bestsellerliste erreicht. Ihren großen Durchbruch als Thrillerautorin feierte Sandra Brown mit dem Roman *Die Zeugin*, der auch in Deutschland auf die Bestsellerlisten kletterte – ein Erfolg, den sie mit jedem neuen Roman noch einmal übertreffen konnte. Sandra Brown lebt mit ihrer Familie abwechselnd in Texas und South Carolina.

Sandra Brown

# Eine unmoralische Affäre

Roman

Aus dem Amerikanischen
von Beate Darius

blanvalet

Die Originalausgabe erschien unter dem Titel
»Love beyond Reason« bei Warner Books Inc., New York,
a Time Warner Company.



FSC
www.fsc.org
MIX
Papier aus verantwortungsvollen Quellen
FSC® C014496

Verlagsgruppe Random House FSC® N001967

2. Auflage
Taschenbuchausgabe 2019 bei Blanvalet,
einem Unternehmen der Verlagsgruppe Random House GmbH,
Neumarkter Str. 28, 81673 München

Umschlaggestaltung: © Johannes Wiebel | punchdesign, unter Verwendung
von Motiven von Shutterstock.com (AN NGUYEN; Andreshkova Nastya)
LH · -Herstellung: wag
Druck und Bindung: GGP Media GmbH, Pößneck
Printed in Germany
ISBN 978-3-7341-0760-3

www.blanvalet.de

Danke,
Parris, dass du mich zum Schreiben ermutigt hast.
Danke,
Mary Lynn, für deine unermüdliche Unterstützung.

## *Liebe Leserinnen und Leser,*

bevor ich mich der allgemeinen Unterhaltungsliteratur zuwandte, habe ich unter mehreren Pseudonymen Liebesromane geschrieben. »Eine unmoralische Affäre« erschien ursprünglich 1981 (unter meinem ersten Autorennamen Rachel Ryan).

Die Handlung reflektiert Trends und Lebensart, wie sie seinerzeit aktuell waren – doch bleibt das Thema immer populär und allgemeingültig. Wie in jedem Liebesroman stehen die unglücklich Liebenden im Mittelpunkt. Wir erleben Augenblicke der Leidenschaft und Zärtlichkeit, zwischenmenschliche Spannungen – kurzum: sämtliche Facetten der Liebe.

Es macht mir riesigen Spaß, romantische Liebesgeschichten zu schreiben. Sie bestechen durch ihre optimistische Grundhaltung und den unvergleichlichen Charme, der ihnen innewohnt. Probieren Sie es einfach aus. Ich wünsche Ihnen jedenfalls viel Vergnügen bei der Lektüre.

Ihre Sandra Brown

# 1

»Der Stadtrat von Denver einigte sich heute darauf, die öffentlichen Abgaben im kommenden Jahr um sechs Prozent zu erhöhen. Die Stadtverordneten argumentierten damit, dass …«

»Na super«, grummelte Katherine, »das hat mir gerade noch gefehlt, schon wieder weniger Geld im Portemonnaie.« Seufzend legte sie ihre Haarbürste in den gut sortierten Badezimmerschrank zurück und angelte nach einer Flasche Körperlotion, die auf der Ablage in ihrem Bad stand. Dann stellte sie einen Fuß auf den Toilettensitz und trug einen großzügigen Klecks Creme auf ihrem langen, wohl geformten Bein auf. Währenddessen lauschte sie interessiert der Stimme des Nachrichtensprechers, die leise aus dem Radio in ihrem Schlafzimmer erklang.

»Ein bewaffneter Raubüberfall auf einen Supermarkt in Denver konnte heute vereitelt werden. Nach einem Anruf eines aufmerksamen Passanten umstellte eine Sondereinheit der Polizei das Gebäude …«

Höhere Abgaben und steigende Kriminalitätsraten. Das war echt der Bringer, dachte Katherine milde deprimiert, während sie sich die Zähne putzte.

Sie tippte schwer darauf, dass das wieder so ein Abend war, an dem sie in Selbstmitleid und Weltschmerz zerfließen würde. Es passierte zwar selten, aber irgendwie hatte sie heute wohl ihren Moralischen.

Ach, wäre das himmlisch, wenn sie jemandem gute Nacht sagen könnte, ein Schlafzimmer mit ihm teilen, dieselbe Luft atmen, mit ihm gemeinsam Nachrichten hören könnte. Mit *ihm?* Wieso dachte sie bei diesem Phantomwesen automatisch an einen Mann? Träum weiter, Süße. Sie seufzte. Das Alleinleben hatte seine Vorteile, es konnte einem bisweilen aber auch verdammt auf den Geist gehen.

»Und jetzt das Wetter von morgen …«

Katherine fixierte das Radio und legte die Stirn in Falten. Musste der Moderator der Nachtsendungen nicht zwangsläufig irgendwann die Krise kriegen, weil er pausenlos Selbstgespräche führte?, überlegte sie. War es sein Job, sich in die Hörer hineinzuversetzen? Er wusste bestimmt, dass etliche von ihnen ein Dasein als einsame Couchpotatoes fristeten. Probierte er deswegen, ihnen die Einsamkeit mit flapsigen Sprüchen zu versüßen?

Er hatte eine angenehme Stimme. Gut moduliert mit einem dunklen Vibrato, aber auch irgendwie … steril. Sein locker-flockiger Plauderton klang einstudiert, aufgesetzt und unpersönlich.

*Grundgütiger! Katherine, spinn hier nicht blöd rum,* rief sie sich mental zur Ordnung, *deine Laune ist total im Keller.* Sie schlüpfte in ihren Morgenmantel und glitt aus dem Bad. *Vielleicht sollte ich mir eine neue Mitbewohnerin suchen, nachdem Mary geheiratet hat und ausgezogen ist,* sinnierte sie auf ihrer obligatorischen Runde durch das Haus. Dabei knipste sie mechanisch in sämtlichen Räumen das Licht aus.

Katherine liebte dieses alte Haus. Ihr Vater war früh verstorben, damals war sie erst sechs Jahre alt gewesen. Nach seinem Tod waren sie dort wohnen geblieben. Ihre Mutter hatte die Raten für das Haus von ihrem kleinen Postangestelltengehalt abgestottert und versucht, Katherine und ihrer jüngeren Schwester Mary eine schöne Kindheit und Jugend zu ermöglichen. Es war bestimmt nicht einfach für eine Witwe gewesen – sie hatten jeden Cent zweimal umdrehen und auf vieles verzichten müssen. Dadurch hatten die Mädchen gelernt, mit Geld umzugehen und sparsam zu leben.

Katherine löschte im Wohnzimmer das Licht und schloss ab. Das mit der neuen Mitbewohnerin war wahrscheinlich kein so guter Einfall. Sie und Mary waren nach dem Tod ihrer Mutter vor drei Jahren zwar prima miteinander ausgekommen, aber sie waren immerhin Schwestern und hatten so ziemlich dieselbe Wellenlänge. Mary war immer gut drauf und das Zusammenleben mit ihr völlig unkompliziert. Durchaus möglich, dass es mit jemand anderem nicht so gut klappen würde.

Mary. Die liebe gute Mary. Ihre Ehe war nicht unbedingt das Gelbe vom Ei. *Nein, danke*, dachte Katherine trocken. Da blieb sie lieber allein und nahm diese kurzen, wenn auch nervenzermürbenden Phasen als einsamer Trauerkloß in Kauf.

»Soeben erreichte uns noch eine Meldung …«

Katherine tastete nach dem Knopf für die Weckeinstellung und starrte ungläubig auf das Holz- und Chromgehäuse ihres edlen Designerradios, als der Moderator fortfuhr:

»Heute Abend kam der bekannte Industrielle Peter Manning bei einem tragischen Autounfall ums Leben.

Manning verlor die Kontrolle über seinen Wagen, woraufhin das Fahrzeug ungebremst gegen einen Betonpfeiler prallte. Nach den bisherigen Ermittlungen der Polizei brach Mr. Mannings Wagen mit überhöhter Geschwindigkeit aus einer als gefährlich bekannten Kurve aus. Der Fahrer war auf der Stelle tot. Eine bislang noch nicht identifizierte Frau, die auf dem Beifahrersitz des Sportwagens saß, wurde ebenfalls getötet. Peter Manning war der Sohn …«

In diesem Augenblick klingelte das Telefon, und Katherine zuckte erschrocken zusammen. Sie atmete mehrmals tief durch, bevor sie mit zittrigen Fingern den Hörer aufnahm. Sie sank auf ihr Bett, klemmte den Hörer ans Ohr. »Ja?«, meinte sie gepresst.

»Miss Adams?«

»Ja.«

»Hallo, hier ist Elsie. Ich arbeite im Haus der Mannings. Wir kennen uns von dem Empfang …«

»Ja, Elsie, ich erinnere mich an Sie. Wie geht es meiner Schwester?«, fragte sie in drängendem Ton.

»Deshalb rufe ich an, Miss Adams. Haben Sie das mit Mr. Peter gehört?«

»Hmm-ja«, meinte die Angesprochene gedehnt. Sie musste dem Hausmädchen sicher nicht auf die Nase binden, dass sie es nicht offiziell erfahren hatte, sondern bloß aus dem Radio wusste, oder?

»Also, hier ist der Teufel los. Mrs. Manning brach zusammen, nachdem sie die tragische Nachricht erfahren hatte, sie ist völlig hysterisch und hat Weinkrämpfe. Mr. Manning nimmt es etwas gefasster. Das Haus ist von Fotografen und Reportern mit gezückten Kameras und Mikrofonen umlagert. Ein einziges Blitzlichtgewitter, das kann ich Ihnen sagen …«

»Wie geht es Mary?«, unterbrach Katherine sie ungehalten.

»Darauf komme ich gleich zu sprechen. Als der Polizist sie über den schrecklichen Unfall informierte, saßen alle im Wohnzimmer. Sobald er diese Frau erwähnte, die mit Peter im Wagen saß und ebenfalls den Tod fand, schnellte Mrs. Manning am Tisch herum und beschimpfte Miss Mary, die ja nun wirklich supernett ist. Sie hat ihr fürchterlich schlimme Dinge an den Kopf geworfen. Und meinte allen Ernstes, Miss Mary wäre ihm keine gute Ehefrau gewesen, sonst hätte Mr. Peter sich nicht nachts mit irgendwelchen Flittchen abzugeben brauchen und …«

»Bitte, Elsie, ist mit Mary alles okay?«

»Nein, Miss Adams, nichts ist okay. Sie hielt sich die Ohren zu und rannte die Treppe hoch in ihr Zimmer, weil sie Mrs. Mannings Vorwürfe nicht mehr ertragen konnte. Trotz ihrer fortgeschrittenen Schwangerschaft hielt es niemand für nötig, sich um Ihre Schwester zu kümmern. Ich bin dann irgendwann zu ihr hoch, und sie hat Blutungen, Miss Adams.«

»Oh Gott …«

»Ja, und ich glaube, die Wehen haben eingesetzt. Ich dachte, ich rufe Sie besser an, damit Sie Bescheid wissen. Denn hier denken momentan alle bloß an …«

»Elsie, hören Sie mir jetzt gut zu. Rufen Sie einen Krankenwagen. Mary muss schleunigst ins Krankenhaus. Ich informiere ihren Gynäkologen. Sprechen Sie mit niemandem darüber. Am besten schleusen Sie Mary dann durch den Hintereingang zum Krankenwagen. Okay?«

»Ja, Miss Adams, mach ich. Ich hab Ihre Schwester immer sehr gemocht und dachte …«

»Ist schon okay, Elsie. Bitte kümmern Sie sich darum, dass meine Schwester umgehend in ein Krankenhaus kommt.« Himmel, war die Frau schwer von Begriff! Hier ging es um Leben und Tod. Katherine ging Elsies langatmiges Geschwafel fürchterlich auf den Wecker. Sie hoffte bloß, dass die völlig aufgelöste Hausangestellte es hinkriegte, die Notrufnummer zu wählen. Mary gehörte schleunigst in fachärztliche Betreuung.

Katherine legte auf, blätterte hektisch im Telefonbuch nach Marys Frauenarzt und wählte hastig die Nummer. Sie erreichte seine Sprechstundenhilfe, und nachdem sie ihr kurz den Zustand ihrer Schwester geschildert hatte, versprach die junge Frau, den Arzt zu informieren. Er würde umgehend in die Entbindungsklinik fahren.

Ohne groß nachzudenken, zog Katherine Morgenmantel und Nachthemd aus und riss die Schranktür auf. Sie streifte sich eine Jeans über, dabei wünschte sie die Mannings und vor allem Peter auf einen fernen Planeten. Dieser unsensible Mistkerl! Wieso musste er ihr das antun? Hatte er Mary das Leben nicht schon schwer genug gemacht? Nein, er musste noch eins draufsetzen und mit einer seiner Geliebten in den Tod rasen! Mary hatte ihr gegenüber des Öfteren über seine vielen Affären geklagt. Grundgütiger, ihre Schwester war im siebten Monat schwanger! *Lieber Gott, hilf ihr,* betete Katherine, während sie ein T-Shirt über den Kopf zog und in ein Paar Sandaletten schlüpfte.

Mit wehenden Haaren und ungeschminkt lief sie aus dem Haus, schwang sich in ihr Auto und startete den Motor. Sie bemühte sich, die vorgeschriebene Geschwindigkeit einzuhalten, obwohl sie gern schneller gefahren wäre. Ein weiterer Unfall hätte ihr gerade noch gefehlt. Verletzt oder tot wäre sie ihrer Schwester auch keine Hilfe.

*Ach, Mary, warum wolltest du einfach nicht kapieren, auf wen du dich bei Peter Manning eingelassen hattest?* War sie dermaßen hin und weg gewesen von dem charmant lächelnden Typen, der fortwährend in den Klatschspalten der Zeitungen auftauchte, dass sie ihren Verstand ausgeknipst hatte? Peter Manning, der Goldjunge, Spross einer der reichsten und prominentesten Familien in Denver, designierter Erbe einer Privatbank, von Immobilien, Versicherungsgesellschaften und zahllosen anderen Unternehmen, und Mary Adams hatten vor einem Jahr geheiratet.

Katherine war – milde ausgedrückt – baff gewesen, als Peter sich mit einem Mal wahnsinnig für ihre Schwester interessierte, die er in einer Kunstgalerie kennen gelernt hatte, wo sie neben ihrem Studium jobbte.

Er war smart, lässig, sündhaft gut aussehend, gebildet und selbstbewusst. Er hatte die süße, naive, vertrauensselige Mary auf Händen getragen und dann *peng* fallen gelassen. Hart und ohne Netz.

Warum? Diese Frage hatte Katherine sich seit Beginn jener bizarren Romanze aufgedrängt. Mary war zwar hübsch, aber gegen die hinreißenden Beautys und Celebritys, mit denen Peter sich für gewöhnlich schmückte, war sie ein unscheinbares Aschenputtel. Wieso hatte er sich ausgerechnet in ihre Schwester verguckt?

Katherine hupte wie wild, weil ihr Vordermann bei Grün nicht losfuhr. Ihr Ärger betraf jedoch nicht den anderen Fahrer. Nein, sie war wütend auf den Mann, der aus einer fröhlichen, lebensbejahenden jungen Frau ein ängstlich-verhuschtes Nervenbündel gemacht hatte.

Schon nach wenigen Monaten Ehe war Peters Liebe merklich erkaltet und der Typ wie ausgewechselt.

Klar hatte Katherine seine überschwängliche Schätzchen-hier-und-Schätzchen-da-Tour reichlich überzogen gefunden, trotzdem war sie geschockt, als Mary ihr die Horrorstorys ihrer Ehe enthüllte: Peter missbrauchte ihre Schwester körperlich und emotional. Er war mordswütend über Marys Schwangerschaft, und das, obwohl er brutal über sie hergefallen war, bevor sie in irgendeiner Weise Verhütungsmaßnahmen hatte ergreifen können. Die Beziehung war ein einziger Albtraum.

In der Öffentlichkeit gab Peter das Bild einer Traumehe ab. Seinen Eltern und ihren Countryclub-Freunden spielte er den hingebungsvollen Ehemann vor, der seine Frau verwöhnte und ihr jeden Wunsch von den Augen ablas. Wenn es nicht so tragisch wäre, hätte man über diese Farce lachen müssen.

Katherine steuerte auf den Klinikparkplatz und fand zum Glück direkt neben dem Eingang eine Parklücke. Sie schloss ihr Auto ab und lief in den hell erleuchteten Flur. In diesem Augenblick hörte sie auch schon die Sirenen des Krankenwagens.

Sie stellte sich zu Marys Arzt, der bereits im Foyer wartete, als die Glastüren automatisch aufglitten und die Sanitäter die Trage hereinrollten. Als sie ihre Schwester sah, entfuhr Katherine ein leise gequältes Stöhnen. Sie presste hastig eine Hand vor den Mund. Mary hatte die Augen geöffnet, ihr Blick indes war leer. Sie erkannte ihre

Schwester nicht, als sie an ihr vorbei in einen der Behandlungsräume geschoben wurde.

Nach der obligatorischen Untersuchung kam Mary auf die Wöchnerinnenstation, wo sie innerhalb einer halben Stunde von einem kleinen Mädchen entbunden wurde.

Der Arzt wirkte erschöpft und niedergeschlagen, als er durch den schwach erleuchteten Gang auf Katherine zusteuerte. Seine Gummisohlen quietschten leise über das blank gebohnerte Linoleum.

»Sie ist in einer schlechten gesundheitlichen Verfassung, Miss Adams. Ich glaube nicht, dass sie die Nacht übersteht.« Katherine, die wie betäubt vor die Wand sank, presste ihre Faust gegen die wunden Lippen und starrte ihn fassungslos an. Ihre meergrünen Augen schwammen in Tränen, die über ihre bleichen pfirsichzarten Wangen rollten, in das honigblonde Haar tropften, das ihr in wirren Strähnen um den Kopf hing.

»Verzeihen Sie meine unverblümte Offenheit, aber ich dachte, Sie sollten wissen, wie ernst es um sie steht. Sie verlor leider sehr viel Blut, bevor sie eingeliefert wurde. Wir konnten nichts anderes tun, als ihr Transfusionen zu geben.« Der Mediziner stockte und musterte Katherine, bevor er leise hinzusetzte: »Es war keine glückliche Schwangerschaft. Sie hat sich kein bisschen geschont. Ich hatte von Anfang an größte Bedenken ... Tja, ich bin informiert, was heute Nacht passiert ist. Das mit Mr. Manning tut mir leid. Ich hab das Gefühl, Mary will nicht kämpfen. Sie hat keinen Überlebenswillen mehr«, fügte er mitfühlend hinzu.

Katherine nickte abwesend. Als der Arzt sich zum Gehen wandte, fasste sie ihn am Ärmel und fragte rau: »Und das Baby?«

Ein Strahlen flog über sein Gesicht. »Ein kleines Mädchen. Vier Pfund schwer. Und gut entwickelt. Sie kommt bestimmt durch.«

Mary starb in den frühen Morgenstunden. Während der langen, schicksalsschweren Nacht war sie noch einmal aufgewacht und hatte leise nach Katherine gerufen.

»Ein Blatt Papier«, wisperte sie.

»Papier?«, wiederholte ihre Schwester begriffsstutzig. Wusste Mary denn nicht, dass sie voneinander Abschied nehmen mussten?

»Ja, bitte, Katherine. Mach schnell.« Das Sprechen fiel ihr erkennbar schwer.

Katherine durchsuchte das Krankenzimmer hektisch nach einem Stück Papier und begnügte sich schließlich mit einem Papiertuch aus der Box, die in dem winzigen Bad stand.

»Stift«, krächzte Mary.

Katherine angelte einen aus ihrer Handtasche und beobachtete verblüfft, wie ihre völlig entkräftete Schwester mit zitternder Hand ein paar Zeilen auf das Tuch kritzelte. Als sie fertig war, setzte sie ihre Unterschrift darunter.

Mary ließ sich erschöpft in die Kissen sinken, ihr Gesicht wachsweiß vor Anstrengung. Schweißperlen glitzerten auf Stirn und Schläfen. Ihre Lippen waren blau angelaufen. Dunkle Ringe verschatteten ihre Augen, die jedoch das erste Mal seit ihrer Hochzeit wieder freudig strahlten. Für den Augenblick eines Herzschlags sah Katherine wieder die lebenssprühende Mary vor sich, obschon sie vom Tod gezeichnet war. Katherine kämpfte mit den Tränen. Es fehlte nicht viel, und sie hätte hemmungslos geweint.

Mary war blond, mit einem zarten rosigen Teint und einem engelgleichen Schmollmund. Wenn sie lachte, hatten ihre himmelblauen Augen fröhlich gefunkelt. Sie war kleiner und kräftiger als ihre gertenschlanke Schwester und hatte bis zu ihrer Hochzeit penibel auf ihr Gewicht achten müssen – später hatte es ihr komplett den Appetit verschlagen. Die liebe, vertraute Stimme, die gepresst aus ihrer Kehle kam, riss Katherine aus ihren Tagträumen.

»Katherine, nenn sie Allison. Sorg dafür, dass er sie nicht bekommt. *Sie* dürfen die Kleine nicht bekommen.« Die weißen, abgemagerten Finger bohrten sich in Katherines Oberarm. »Nimm sie zu dir. Sag ihr, dass ich sie sehr geliebt habe.« Sie schloss die Augen, ihr Atem ging aufgewühlt. Als sie die Lider erneut öffnete, blickten ihre Augen verträumt. Friedvoll entrückt. »Allison ist ein wunderschöner Name. Findest du nicht, Katherine?«

Das Doppelbegräbnis fand zwei Tage später statt. Es war der reinste Medienzirkus. Die öffentliche Sensationsgier wurde von ehrgeizigen Reportern gestillt, die regelrecht miteinander konkurrierten, Skandalgeschichten in die Welt zu setzen. Das Mädchen, das mit Peter Manning in den Tod gerauscht war, war erst siebzehn gewesen, eine Cheerleaderin und Absolventin der Highschool. Und bei dem Unfall nur spärlich bekleidet, wie die Obduktion ergab. Dass Allison ein Frühchen war und Mary kurz nach der Entbindung starb, machte die Story umso delikater und bot reichlich Raum für zusätzliche Spekulationen.

Katherine empfand tiefe Trauer über den Verlust ihrer Schwester. Peter, der sich bei dem Aufprall das Genick gebrochen hatte, war auf der Stelle tot gewesen. War das nicht ungerecht?, sann Katherine in einem Anflug von Zynismus, wenn sie sich Marys verhärmtes Gesicht vergegenwärtigte, ihre frühere Schönheit gezeichnet von der physischen und psychischen Gewalt, die er ihr angetan hatte. Es war nicht fair.

Zu der Hochzeit war Katherine schweren Herzens gegangen – es war *das* gesellschaftliche Großereignis des vergangenen Jahres gewesen –, aber die Beerdigung war ein noch größeres Ereignis.

Eleanor Manning, die in ihrem schwarzen Designerkostüm und mit topfrisierter Blondmähne das Klischee der trauernden Society-Mom bediente, schien untröstlich über den Verlust ihres Sohnes. Sie klammerte sich haltsuchend an Peter Manning senior, ihren Mann, einen hoch aufgeschossenen, distinguierten grauhaarigen Herrn, der haltlos weinte. Dabei erklärte sie jedem, der es hören oder auch nicht hören wollte, dass die arme tote Mary ihren Peter, ihren geliebten Sohn, nicht genug geliebt hatte. Im nächsten Atemzug wiederum beschimpfte sie Jason, Peters jüngeren Bruder, dass er der Beerdigung ferngeblieben war.

»Es war blamabel, dass er nicht an der Hochzeit teilnahm. Aber das hier ist der Gipfel! Es ist beschämend für das Ansehen der Familie, dass er nicht zum Begräbnis seines Bruders kommt. Afrika! Mein Gott, er ist so barbarisch wie die Wilden, die da leben. Erst waren es die Indios. Jetzt sind es irgendwelche Negerstämme in Afrika!« An diesem Punkt brach sie in hysterisches Schluchzen aus.

Katherine wusste sehr wenig über Jason Manning. Peter hatte ihn selten erwähnt, anscheinend war er ihm völlig gleichgültig. Mary dagegen hatte sich gefreut, als Jason ihr nach der Hochzeit geschrieben hatte.

Mit einem strahlenden Lächeln hatte sie Katherine den Brief hingehalten. Es brauchte nie viel, um Mary glücklich zu machen.

»Peters Bruder hat mir aus Afrika geschrieben. Weißt du, er arbeitet dort bei einer Ölfirma oder so. Ist ja auch egal, jedenfalls entschuldigt er sich, dass er bei unserer Hochzeit unmöglich weg konnte, und er gratuliert mir zu dem Baby. Hör mal.« Sie konzentrierte sich auf den weißen Bogen mit der großen, kraftvollen Schrift.

»›Ich freue mich schon auf meine Rückkehr nach Hause, schließlich möchte ich meine junge Schwägerin auch persönlich beglückwünschen. Wenn du so hübsch bist wie auf den Fotos, die Mutter mir geschickt hat, dann könnte ich mich im Nachhinein noch ohrfeigen, dass ich dich nicht eher kennen gelernt hab. Peter hat verdammt großes Glück gehabt!‹ Natürlich zieht er mich bloß auf«, sagte Mary errötend. »Aber klingt er nicht total nett? Warte mal, hier: ›Pass auf dich auf und auf die kleine Nichte oder den Neffen. Find ich spitzenmäßig, das mit dem Baby. Wow, ich werde Onkel! Onkel Jace!‹«

Katherine nickte bekräftigend, wenn auch aus reiner Sympathie. Sie war entsetzt, wie dünn Mary geworden war, trotz ihrer fortgeschrittenen Schwangerschaft. An dem betreffenden Tag hatte sie sich ernsthafte Sorgen um die Gesundheit ihrer Schwester gemacht, die ihr kreuzunglücklich vorkam. Was interessierte da der abtrünnige Bruder und Schwager? In ihrem Kopf hatte sich ohnehin ein Bild von den Mannings festgesetzt, und zwar nicht gerade ein positives, aber das behielt sie besser für sich.

Die ersten Wochen nach dem Begräbnis waren schwer für Katherine. Jeder Tag wurde zur dumpfen, zermürbenden, erschöpfenden Routine. Sie arbeitete seit fünf Jahren in der Public-Relations-Abteilung eines Elektrokonzerns, schrieb Presseartikel und Analyseberichte. War es wirklich schon so lange her, dass sie ihren Collegeabschluss gemacht hatte? Machte sie diesen öden, langweiligen Kram tatsächlich schon so lange? Sie bekam zwar ein gutes Gehalt, betrachtete den Job jedoch lediglich als Sprungbrett für ihre weitere Karriere. Sie war eine begabte Texterin und hätte ihre Kreativität gern mehr gefordert. Mit der neuen Verantwortung, die mit dem Baby auf sie zukam, war sie vermutlich gezwungen, sich einen besser bezahlten Job zu suchen.

Allison! Katherine war hellauf entzückt von ihrer Nichte. Jeden Abend fuhr sie zum Krankenhaus und betrachtete das Baby durch die Glastrennwand der Frühgeborenenstation. Allison entwickelte sich prächtig, und Katherine konnte es kaum erwarten, die Kleine endlich in den Armen zu halten. Dafür musste Allison mindestens fünf Pfund auf die Waage bringen. In ein paar Tagen, erklärte der Kinderarzt der besorgten Tante, könne sie Allison bestimmt aus dem Krankenhaus holen.

Katherine nahm sich zwei Wochen Urlaub für diese Zeit, weil sie sich ausschließlich um das Baby kümmern wollte. Zudem begann sie mit der Suche nach einer Ganztagsbetreuung für die Kleine. Bevor sie Allison einem Fremden anvertraute, wollte sie auf Nummer sicher gehen, dass ihr die Einrichtung hundertprozentig zusagte.

Dass sie gar nicht das Sorgerecht hatte, ließ sie völlig außer Betracht.

Folglich fiel sie aus allen Wolken, als der Anwalt der Mannings unangekündigt in ihrem Büro erschien. Er knallte ihr einen Stapel wichtig aussehender Dokumente auf den Schreibtisch und erklärte ihr von oben herab, dass seine Mandanten »… beabsichtigen, das alleinige Sorgerecht für das Kind auszuüben«.

»Meine Mandanten sind entschlossen, das Kind bei sich aufzunehmen und zu adoptieren. Selbstverständlich werden Sie für den zeitlichen und organisatorischen Aufwand, den Sie in den letzten Wochen hatten, als das Kind im Krankenhaus lag, entschädigt.«

»Das heißt, Sie wollen mich kaufen, stimmt's?«

»Bitte, Miss Adams, ich glaube, Sie verstehen da etwas grundlegend falsch. Meine Mandanten sind finanziell in der Lage, die Kleine in großzügigen Verhältnissen aufwachsen zu lassen. Sie können ihr alles bieten: ein schönes Heim, eine hervorragende Ausbildung, eine unbekümmerte Jugend. Sie wollen doch sicher auch das Beste für das Kind, oder?«

»Ihre leibliche Mutter hielt es für das Beste, wenn ich Allison großziehe.« Sie verschwieg ihm vorsichtshalber die handschriftliche Notiz, die Mary gemacht hatte.

»Ich bin sicher, die Wünsche des Vaters wären davon stark abgewichen.« Katherine hasste den abfällig-dozierenden Ton, mit dem der Anwalt sie abzufertigen suchte. »Im Übrigen ist jede weitere Diskussion müßig. Kein Gericht wird einer berufstätigen jungen Singlefrau mit unklaren Moralvorstellungen die Vormundschaft für ein Kind zusprechen, zumal sich ein wahrhaft gut situiertes, prominentes Paar wie die Mannings bereiterklärt, die Verantwortung für ihr einziges Enkelkind zu übernehmen, die Erbin und Nachkommin ihres ältesten Sohnes.«

Der Typ war derart beleidigend und anmaßend, dass Katherine innerlich rebellierte. Trotzdem hielt sie den Mund. Ihr war klar, dass der Anwalt es darauf anlegte, sie einzuschüchtern. Sie konnte sich bildhaft vorstellen, dass er vor Gericht kein gutes Haar an ihr lassen würde. Wenn sie bloß daran dachte, wie eine solche Anhörung ausgehen könnte, lief es ihr eiskalt den Rücken hinunter.

Katherine setzte sich über ihre anfängliche Panik hinweg. Jetzt galt es, sich auf das Wesentliche zu konzentrieren und Nägel mit Köpfen zu machen. Sie hatte ihrer Schwester auf dem Sterbebett versprochen, dass sie Allison zu sich nehmen würde. Andererseits durfte sie den Einfluss und den Ruf der Mannings nicht unterschätzen. Sie kannten bestimmt Gott und die Welt, hatten Freunde in wichtigen Positionen, die sämtliche Hebel in Bewegung setzen würden, um die Vormundschaft zu erwirken. Folglich würde sie mit Allison verschwinden müssen. Sie überlegte hin und her, bis sie alles detailliert geplant hatte.

Der Kinderarzt war einverstanden, Allison ein paar Tage früher aus der Klinik zu entlassen als geplant, machte jedoch zur Bedingung, dass Katherine mit der Kleinen in der folgenden Woche bei ihm vorstellig werden solle. Also versprach sie es ihm, obwohl es ihr mächtig schwerfiel zu lügen.

Sie rief einen Immobilienmakler an und besprach mit ihm den Verkauf des Hauses. Die Summe sollte auf ein Konto fließen, das sie auf den Namen ihrer kleinen Nichte eingerichtet hatte. Das Geld ließe sich später problemlos mit den angelaufenen Zinsen abheben, überlegte sie. Sämtliche Möbel sollten versteigert werden bis auf ein paar wenige Stücke, an denen Katherine besonders hing. Der Makler sollte den Erlös der Auktion als Provision bekommen und war einverstanden.

Katherine machte eine Kopie des kaum leserlichen Papiertuch-Dokuments und deponierte es in einem vorsorglich angemieteten Bankschließfach.

Sie ging nicht mehr ans Telefon und ließ sich auf der Straße nicht mehr blicken. Ihr Wagen parkte ein ganzes Stück vom Haus entfernt, abends vermied sie es, Licht zu machen. In Erwartung der gerichtlichen Vorladung, die jeden Tag ins Haus flattern konnte, hätte sie sich am liebsten unsichtbar gemacht. *Bloß nicht auffallen, untertauchen, bevor es irgendjemand merkt,* schärfte sie sich ein.

Sie packte ihr kleines Auto so voll, wie es eben ging. Als sie Allison im Krankenhaus abholte, klopfte ihr Herz zum Zerspringen.

Sie legte das Baby in den Maxicosi, den sie mit dem Sicherheitsgurt auf dem Beifahrersitz befestigte. Dann beugte sie sich über die Kleine und hauchte ihr einen zarten Kuss auf den weichen Haarflaum.

»Weißt du, ich bin als Mutter völlig unerfahren«, flüsterte sie dem schlafenden Kind zu, »aber das macht gar nichts. Wir werden uns bestimmt aneinander gewöhnen.«

Sie betrachtete Allisons süßes Gesicht, das sie ungeheuer an Marys erinnerte, und atmete befreit auf – das erste Mal, seit sie die Nachricht von Peters tödlichem Unfall erfahren hatte. Sie fühlte sich, als wäre eine Riesenlast von ihren Schultern genommen.

Während sie durch Denver fuhr, verkniff sie sich einen letzten sehnsüchtigen Blick auf die Berge und die vertraute Landschaft. Sie zwang sich, nicht an den Verkauf des Hauses zu denken, ihr geliebtes Zuhause. Stattdessen fokussierte sie sich auf die Zukunft, ihre und Allisons. Was geschehen war, war geschehen – ihre Vergangenheit war Schnee von gestern und hatte von nun an niemanden mehr zu interessieren.

Katherine drückte den Rücken durch und rollte mit den Schultern, um ihre verkrampfte Muskulatur zu lockern. Sie hockte auf dem mit Zeitungen ausgelegten Wohnzimmerboden in ihrem Apartment, das früher bestimmt mal eine Doppelgarage gewesen war. In der vergangenen halben Stunde hatte sie eine Kommode gestrichen, die sie in Allisons Kinderzimmer stellen wollte. Am Vorabend hatte sie das Möbel in einem warmen Blauton lackiert, jetzt versah sie die Schubfächer mit einem kontrastierenden mimosengelben Streifen. Die gelbe Farbe war auf die Zeitung gekleckert, dabei waren ein paar Tropfen auf Katherines nackten Beinen gelandet.

Sie tauchte den feinen Pinsel in den Farbtopf und seufzte zufrieden. Mit einem Säugling zu verreisen, war bestimmt kein Zuckerschlecken. Sie hatte aber keine Alternative gehabt. Gottlob war alles prima gelaufen. Allison war ein Engel von einem Baby, das sich lediglich bemerkbar machte, wenn es eine frische Windel brauchte, und friedlich weiterschlief, sobald sie es gefüttert hatte.

Aus Erzählungen wusste Katherine, dass sie ganz früher in dem kleinen texanischen Städtchen Van Buren gelebt hatten. Später waren sie umgezogen, weil die Versicherungsgesellschaft, bei der er damals beschäftigt gewesen war, ihrem Vater einen besser bezahlten Job in Denver angeboten hatte.

Sie erinnerte sich dunkel, dass ihre Mutter von Osttexas und seinen sattgrünen Weiden und den tiefen Wäldern geschwärmt hatte. Ihre Eindrücke deckten sich jedoch absolut nicht mit den stereotypen Beschreibungen, die Texas als weithin kahle Landschaft darstellten, mit Gestrüppballen, die von schneidenden Winden über karstige Ebenen gefegt wurden. Nach einer langen Autofahrt durch Westtexas war Katherine überrascht, Van Buren exakt so vorzufinden, wie ihre Mutter es beschrieben hatte: eine verschlafene kleine Universitätsstadt, umgeben von Kiefernwäldchen.

Katherine spähte unwillkürlich aus ihrem großen Wohnzimmerfenster und lächelte. Sechs Pekannussbäume säumten den Hof, der ihr umgebautes Garagenapartment von dem Haus trennte, wo Happy Cooper, die Eigentümerin, wohnte.

Ihre Vermieterin war ein richtiger Schatz. Katherine, die gegen Ende der Frühjahrs-Semesterferien in Van Buren eingetroffen war, hatte das große Glück gehabt, diese Wohnung zu finden, die vorher zwei Jahre lang an Studenten vermietet gewesen war. Das Apartment hatte zwei Schlafräume, Wohnzimmer, Küche und Bad und war für eine Studentenbude relativ geräumig.

Katherine legte den Pinsel beiseite und tappte auf nackten Füßen leise in den Raum, der später einmal Allisons Kinderzimmer werden sollte und in dem sie erst einmal beide schliefen. Sie beugte sich über die Wiege, die sie in einem Secondhandladen aufgetrieben und neu gestrichen hatte, und betrachtete zärtlich ihre Nichte. Man konnte der Kleinen praktisch beim Gedeihen zusehen. In den zwei Monaten, die sie in Van Buren wohnten, hatte sie an Gewicht zugelegt und war ein süßer kleiner Wonneproppen geworden. Katherine lächelte mild. Sie nahm den kleinen Stoffhasen aus der winzigen Patschehand und breitete eine leichte Decke über das schlafende Kind.

Katherine genoss die freien Tage, die sie gemeinsam mit dem Baby verbringen konnte. Wie durch ein Wunder hatte sie einen Job in der Presseabteilung der Universität gefunden. Dann galt es, das Problem mit der Kinderkrippe zu lösen. Zu ihrer Verblüffung hatte Happy sich zaghaft anerboten, Allison zu betreuen. Als ihre Vermieterin mit dem Vorschlag herausrückte, hatte Katherine sie mit großen Augen angesehen und wie ein Honigkuchenpferd gestrahlt. Dann waren ihre Nerven mit ihr durchgegangen, und sie hatte zu Happys nicht geringem Entsetzen zu weinen begonnen.

Was hätte sie bloß ohne Happy gemacht, eine Großmutter, die ihre eigenen Enkelkinder leider viel zu selten sah? Sie hatte selbst zwei Töchter, die mit ihren Familien an der Küste wohnten, und einen Sohn, der in Louisiana lebte und arbeitete. Dass er noch Single war, war Happy unbegreiflich. Nach dreiundvierzig glücklichen Ehejahren wollte es der verwitweten Mrs. Cooper nicht in den Kopf, dass jemand freiwillig allein leben mochte.

Ja, alles klappte wie geschmiert. Katherines neuer Job war zudem interessanter als der alte in Denver. Sie fand es zwar ein wenig merkwürdig, dass ihr Boss die unangenehme Angewohnheit hatte, sie pausenlos anzustarren, dass er stark schwitzte und sich dauernd die Lippen leckte, aber darüber sah sie geflissentlich hinweg. Sie liebte ihren Job.

Sie kratzte sich abwesend die Nase und schmierte unabsichtlich Farbe darauf. Plötzlich klopfte es an der Tür, und sie stand leise summend auf. Wer mochte das sein? Happy? Wohl eher nicht, denn ihre Vermieterin machte sich für gewöhnlich nicht die Mühe anzuklopfen.

Katherine zupfte an den kurzen ausgefransten Hosenbeinen ihrer Shorts, die sie aus einer alten abgeschnittenen Jeans fabriziert hatte. Hoffentlich nahm die Person an der Tür keinen Anstoß an ihrem saloppen Outfit.

»Ja bitte?«, meinte sie, sobald sie schwungvoll die Tür aufgerissen hatte.

Spontan verschlug es ihr die Sprache. Vor ihr stand ein Schrank von einem Mann. Groß, breitschultrig und ausnehmend attraktiv. Mit kohlschwarzen Haaren und strahlend blauen Augen.

Er musterte Katherine von oben bis unten, und sein sinnlicher Mund verzog sich zu einem amüsierten Grinsen, als er ihre nachlässige Aufmachung bemerkte. *Oha, vermutlich sah sie verboten aus!* Da sie ohnehin vorhatte, den ganzen Tag zu Hause zu arbeiten, brauchte sie sich doch nicht großartig in Schale zu werfen, oder? Stattdessen hatte sie ihr honigblondes Haar hastig zu einem lockeren Dutt hochgesteckt, mit bunten Haarnadeln, die wie Igelstacheln von ihrem Kopf abstanden. Sonnengebleichte Strähnen hingen ihr in Stirn und Schläfen, klebten ihr feucht im Nacken.

Ihr Gesicht war von der Anstrengung und den feuchtwarmen spätsommerlichen Morgentemperaturen gerötet. Die superkurze abgewetzte Shorts wurde nur noch von einem verwaschenen Arbeitshemd getoppt, dessen Ärmel Katherine oder Mary irgendwann einmal abgeschnitten hatten. Die Hemdzipfel waren unter den Brüsten zusammengeknotet. Zum Anstreichen langte das Hemd allemal, in der momentanen Situation indes war es eher grenzwertig.

Katherines erster Impuls war, die Tür zuzuknallen und sich weitere Peinlichkeiten zu ersparen, aber der Mann blickte ihr tief in die weit aufgerissenen grünen Augen und meinte lapidar: »Ich bin Jason Manning.«

# 2

Seine Enthüllung traf Katherine wie ein Schlag in die Magengrube, ihr Hirn war mit einem Mal wie leer. Sekundenlang stand sie zur Statue erstarrt, ehe sie vor den Türrahmen sank und hörbar ausatmete – wie ein Ballon, dem pfeifend die Luft entweicht. Sprachlos betrachtete sie dieses Prachtexemplar von einem Mann, der von sich behauptete, Peter Mannings Bruder zu sein.

Als sie nicht antwortete und keinerlei Anstalten machte, ihn hereinzubitten, bemerkte er spöttisch: »Sie brauchen keine Angst vor mir zu haben. Ich hab bestimmt nicht vor, über Sie herzufallen, Miss Adams. Auch wenn ich gut zwei Jahre in Afrika gelebt habe, ändert das nichts an der Tatsache, dass ich ein zivilisierter Mensch bin.«

In seinen Augen blitzte der Schalk, und Katherine wurde augenblicklich wütend. Der Typ war hier, um die kleine Welt zu zerstören, die sie mühsam für sich und Allison aufgebaut hatte, und besaß auch noch die Unverschämtheit, sich auf ihre Kosten lustig zu machen!

»Darf ich reinkommen?«, fragte er höflich, woraufhin Katherine widerstrebend beiseitetrat. Sie schloss die Tür hinter ihm, überlegte es sich anders und riss sie wieder auf. Er registrierte ihre Reaktion und grinste noch breiter. Die Grübchen in seinen Wangen waren so ziemlich die einzige Ähnlichkeit, die er mit Peter hatte, fand sie. Seine Zähne schimmerten unbeschreiblich weiß in dem braun gebrannten Gesicht.

»Immer noch skeptisch, dass ich Ihnen an die Wäsche will?«, zog er sie auf. Sein Grinsen verschwand, und er sagte weich: »Wenn ich Sie in diesem Outfit sehe, muss ich zwar einräumen, dass die Vorstellung verdammt reizvoll ist, trotzdem würde ich mich niemals an einer Lady vergreifen, die Farbsprenkel im Gesicht hat.«

Katherine blickte an ihren abgerissenen Klamotten hinunter und stellte entsetzt fest, dass der zerschlissene Flanellstoff aufreizend an ihren Brüsten klebte. Als sie Allison vorhin gebadet hatte, hatte sie ein paar Spritzer Wasser abbekommen. Es hatte sie nicht weiter gekümmert, dass das Arbeitshemd dabei nass geworden war – bis jetzt.

*Oh Gott!*, stöhnte sie mental. Sie riskierte einen weiteren Blick zu Jason Manning, dessen Astralkörper soeben in die Hocke ging. Er angelte nach einem feuchten Tuch, mit dem sie überschüssige Acrylfarbe weggewischt hatte. Hingerissen und wie paralysiert registrierte sie, dass er zu ihr trat und mit Daumen und Zeigefinger ihr Kinn anhob.

Er bog ihr sacht den Kopf zurück, konzentrierte sich auf ihr Gesicht und wischte mit dem Lappen behutsam den Farbtupfer von ihrer Nase. Als wäre es das Natürlichste von der Welt, einer wildfremden Frau im Gesicht herumzufummeln! Katherine verschlug es den Atem. Seine Nähe war überwältigend, erotisierend. Die Finger auf ihrem Kinn waren zupackend und doch zärtlich. Seine Haut war sehr dunkel. Den tiefbraunen, wettergegerbten Teint hatte er bestimmt nicht von irgendwelchen Reisen in tropische Urlaubsparadiese, tippte Katherine.

Die Fältchen, die sich bei jedem Lächeln um seine Augenwinkel fächerten und sein Gesicht wie ein feines Netz überspannten, waren ein weiterer Hinweis darauf, dass er sich die meiste Zeit über draußen aufhielt. Hatte Mary nicht irgendwas von einer Ölgesellschaft erwähnt? Sie wusste es nicht mehr so genau. Sie wusste überhaupt nichts mehr. Seitdem er dicht vor ihr stand und in ihrem Gesicht herumwischte, schien ihr Oberstübchen das reinste Vakuum.

Seine Lider waren von dichten schwarzen Wimpern umkränzt, die schwarz geschwungenen Brauen wirkten wie aufgemalt. Katherine, die ihm bis zur Schulter reichte, hob behutsam den Blick und gewahrte seinen ausgeprägten Adamsapfel. Aus dem Ausschnitt seines geknöpften Baumwollshirts ringelte sich schwarzer Flaum, der zweifellos seine gesamte Brust bedeckte. Grundgütiger! Was dachte sie da?

Und wieso nahm sie es widerspruchslos hin, dass er ihr im Gesicht herumwischte? Ärgerlich über sich selbst stieß sie seine Hand weg und trat hastig einen Schritt zurück.

»Was wollen Sie, Mr. Manning?«

Er zuckte mit den Achseln und warf den Lappen achtlos auf die Zeitungen, die auf dem Boden ausgebreitet lagen. »Eine Coke wäre nicht schlecht.« Er grinste gewinnend.

»Das meinte ich nicht. Und das wissen Sie auch ganz genau«, schnappte sie. Sie war wütend *und* verzweifelt. Sein freundliches Getue war doch bloß aufgesetzt, ein Trick, um ihr Misstrauen zu zerstreuen und sie in Sicherheit zu wiegen. Na, wenn schon, sie hatte die Avancen seines Bruders eiskalt abgeschmettert und würde auch diesen Typen vor die Wand fahren lassen. Schaudernd erinnerte sie sich daran, wie schamlos Peter sich ihr gegenüber verhalten hatte. »Weshalb sind Sie hergekommen?«, fragte sie eisig.

Er seufzte und durchquerte das Zimmer, fläzte sich auf ihr Sofa. Sie hatte das alte Schätzchen neu bezogen und war mächtig stolz auf ihr Werk.

»Ich glaube, den Grund dafür können Sie sich denken, Katherine.« Spontan machte ihr Herz einen Satz. Aha, waren sie schon bei den Vornamen angelangt? Das war zweifellos wieder einer seiner entwaffnenden Tricks.

Er lehnte sich lässig vor das Rückenpolster und musterte sie eindringlich. »Ich bin hier, um das Kind meines Bruders abzuholen.«

Obwohl sie genau wusste, was er mit seinem Besuch bezweckte, stockte Katherine bei seinen Worten das Herz. Ihr wurde schwarz vor Augen und sie schwankte. Kämpfte die drohende Ohnmacht nieder. Von wegen, sie würde weder schlappmachen noch vor ihm zu Kreuze kriechen.

Ihr Gesicht weiß wie eine Wand, schüttelte sie langsam den Kopf und presste hervor: »Nein.«

Er las die tiefe Bestürzung in ihrer Miene und stand auf. War in zwei, drei Schritten bei ihr. Sie wich zurück, torpedierte ihn mit einem eisig-vernichtenden Blick, und er blieb betroffen stehen. Fuhr sich mit den Fingern durch die Haare, die immer ein bisschen zerwühlt wirkten, und fluchte leise.

Er zog ein paar Mal die Unterlippe zwischen die Zähne und musterte sie aus zusammengekniffenen Augen. Als hätte er die Situation völlig unter Kontrolle, schob er abwartend die Hände in die Hüften. Katherine wäre in ihren schäbigen Klamotten am liebsten im Erdboden versunken.

Sie wippte unbehaglich von einem nackten Fuß auf den anderen, hielt seinem Blick jedoch hartnäckig stand.

Schließlich räusperte er sich. »Hören Sie! Ich weiß, es ist für alle Beteiligten nicht einfach. Können wir es nicht wenigstens so schmerzlos wie möglich machen? Ich hätte wirklich gern eine Cola, wenn Sie eine haben. Oder einen Kaffee. Ich finde, wir sollten unser gemeinsames Problem wie vernünftige Erwachsene diskutieren. Okay?«

»Ich habe kein Problem, Mr. Manning.«

»Jace.«

»Was?«, fragte sie nervös, als er sie unterbrach.

»Nennen Sie mich einfach Jace.«

»Oh. Äh ... wie ich schon sagte, *ich* habe kein Problem. Ich liebe das Baby meiner Schwester, als wäre es mein eigenes Kind. Mary verfügte auf dem Sterbebett, dass ich mich um die Kleine kümmern soll, dass ich sie aufziehe und verhindere, dass sie zu den Mannings kommt. Ich habe sie in den Schlaf gewiegt, sie gebadet, gefüttert ...«

»*Wie* – Sie haben sie gefüttert?« Seine Augen glitten automatisch zu ihren Brüsten, und Katherine wurde vor Bestürzung und Ärger erdbeerrot im Gesicht. Verflixt, was mussten sich ihre Knospen auch so deutlich unter dem Hemd abzeichnen? Mist, Mist, Mist. Seitdem sie Jasons zärtliche Finger auf ihrer Haut gespürt hatte, machte sich ein verräterisch erotisierendes Kribbeln in ihren Spitzen bemerkbar. Sie hätte sich ohrfeigen mögen, dass sie am Morgen keinen BH angezogen hatte. Der Typ konnte ihr wahrhaftig gefährlich werden, und nicht bloß, weil er ihr Allison wegnehmen wollte. Was sollte sie bloß tun?

Jace betrachtete sie weiterhin mit jenem herablassend amüsierten Grinsen, woraufhin sie ihn wütend anfuhr:

»Sparen Sie sich Ihre Spitzfindigkeiten, Mr. Manning. Sie wissen genau, dass die Neugeborenen im Krankenhaus eine spezielle Babynahrung bekommen, wenn die Mutter nicht in der Lage ist, ihr Kind zu … zu …«

»Stillen?«, fragte er weich, intim.

Um seinem eindringlichen Blick auszuweichen, sah Katherine aus dem Fenster, auf ihre nackten Füße und die ausgelegten Zeitungen am Boden. Sie würgte den Kloß in ihrer Kehle hinunter, bevor sie ein kratziges »Ja« hervorpresste. Dann lief sie mit gesenktem Kopf an ihm vorbei in die Küche, damit er nicht merkte, wie peinlich ihr diese Diskussion war. »Ich hole Ihnen was zu trinken«, krächzte sie hastig.

Sie hechtete durch die Tür, peilte ihre Küchenzeile an, wo sie sich haltsuchend an der Arbeitsfläche festklammerte. Halbwegs wieder gefasst, rieb sie sich leise stöhnend mit den Fingerspitzen die Schläfen. »Was ist bloß los mit mir?«, flüsterte sie völlig aufgelöst.

Dieser Typ … dieser Mann … Grundgütiger, er war umwerfend, brachte sie total aus dem Konzept. Sie erschauerte. Fühlte ein sonderbares Kribbeln auf den Innenseiten ihrer Schenkel. Ob das an den ausgefransten Shorts lag, die sich an ihren Beinen rieben? Oh nein, das Prickeln strömte glutheiß durch ihren Unterleib, musste sie zerknirscht einräumen. Sie presste die Handflächen flach auf ihre Brustspitzen, als könnte sie die verräterische Regung damit ungeschehen machen.

»Kann ich Ihnen irgendwie helfen?«, hörte sie seine Stimme dicht hinter sich.

»W…was? Oh, nein. Was möchten Sie? Eine Cola?«

»Ja, das wäre super.« Er schnippte mit Daumen und Zeigefinger. »Wie heißt der Farbton, in dem Sie die Wände im Wohnzimmer gestrichen haben?«

Sie schraubte nervös an dem Verschluss einer Colaflasche herum, die sie im Kühlschrank gefunden hatte. Wie lange mochte die schon da gestanden haben? Ob da überhaupt noch Kohlensäure drin war? »Der Farbton? Oh, das ist Terrakotta.« Sie stellte mit wackligen Fingern das Glas auf den Tresen und rüttelte an der Eisschale, die im Gefrierschrank stand. Die Schale klemmte, und sie büßte bei dem Versuch, sie gewaltsam herauszuzerren, beinahe einen Fingernagel ein.

»Wie sind Sie denn darauf gekommen? Sieht ja eigentlich super aus. Aber finden Sie nicht, dass die Farbe ein bisschen gewöhnungsbedürftig ist?«

Sie lächelte nachsichtig. »Sie hätten das Gesicht meiner Vermieterin sehen sollen, als ich ihr das Farbmuster gezeigt hab. Sie erklärte mich erst mal für verrückt. Nachher gefiel ihr der Anstrich dann auch. Wissen Sie, meine Schwester Mary …« Sie stockte, besann sich plötzlich wieder darauf, wer er war und warum er hier war.

Er bemerkte ihr Zögern und drängte sanft: »Ja? Ihre Schwester Mary …?«

Katherine kehrte ihm den Rücken zu und füllte Cola in das mit Eiswürfeln gefüllte Glas. »Mary war eine wahre Künstlerin. Manchmal machten wir zum Spaß Entwürfe von Räumen, die wir in ausgefallenen Farben gestalteten. Irgendwann einmal abends zeichnete sie ein Zimmer auf, die Wände waren in einem warmen mediterranen Braunton gehalten, und das sah spitzenmäßig aus. Seitdem schwebte mir immer ein Wohnzimmer in diesem Farbton vor.«

Sie reichte ihm das Glas, das er dankend annahm. Er trat höflich beiseite, und sie schlüpfte an ihm vorbei in ihr Wohnzimmer.

»Wer schleppt Ihnen eigentlich das schwere Kaminholz die Treppen hoch?«, fragte er völlig aus dem Zusammenhang gegriffen.

Er war ein verdammt scharfsichtiger Beobachter, dachte Katherine unbehaglich. »Happy, meine Vermieterin, hat mich das auch schon gefragt. Aber ich mag Kamine und fand es schade, wenn dieser da verrottet. Ein früherer Mieter hatte ihn zugemauert. Ich hab die Mauer wieder aufgebrochen. Na ja, wenn es nicht anders geht, trag ich das Brennholz in kleinen Bündeln hoch.«

Sie trat über die Zeitungen zu der Kommode. Um sie leichter anstreichen zu können, hatte sie sämtliche Schubladen herausgenommen und die Griffe abgeschraubt. Ringsum lag Werkzeug verstreut. Dieser Jason Manning hielt sie bestimmt für eine unordentliche, unorganisierte Schlampe. Pah, was hatte es sie zu interessieren, was er von ihr hielt!

»Bitte entschuldigen Sie dieses Chaos hier. Ich hab heute frei, und um in der Nähe der Kleinen zu sein, dachte ich, ich mach alles drinnen.« Prompt hätte sie sich die Zunge abbeißen mögen. Wieso musste sie eigentlich wieder von Allison anfangen? Irgendwie hatte sie gehofft, er würde sein Vorhaben aufgeben und unverrichteter Dinge wieder verschwinden. Wollte sie, dass er wieder ging? *Ja!*, knurrte sie im Stillen, war aber nicht ganz überzeugt.

Er leerte die Cola in einem Zug, nahm einen Untersetzer von dem Stapel, der auf dem Kaffeetisch stand, und stellte das Glas darauf. Machte er eigentlich nie einen Fehler, war er immer perfekt?

Aus dem Korb auf dem Tisch angelte er eine mit Nelken gespickte Orange und schnupperte genüsslich daran. Dann legte er sie wieder zurück und griff nach einem knallgrünen Granny-Smith-Apfel, wog ihn abwesend in der Hand.

Katherine beobachtete ihn unschlüssig. Er durchquerte das Zimmer, stellte sich vor eines der hohen Fenster und schaute in den baumbestandenen Hof. Die weißen Vorhänge waren ganz zurückgezogen, weil Katherine den Blick ins Grüne so sehr mochte.

Die Handteller nach außen, schob er seine Hände in die Gesäßtaschen seiner Jeans. Bei der Bewegung schmiegte sich der Denimstoff an seine schmalen Hüften. Weil die Hose so verdammt knalleng saß, schoss es Katherine durch den Kopf.

Das sportliche Baumwollhemd spannte über seinem breiten Kreuz. Er hatte die Ärmel lässig bis zu den Ellbogen hochgerollt. Derart ausgiebig hatte sie noch keinen Mann betrachtet. Allerdings kannte sie auch keinen, der so lange trainierte Beine hatte und …

»Schöne Bäume sind das«, stellte er fest. Sie schwieg. Was hätte sie darauf auch sagen sollen? Eine längere Pause entstand. Irgendwann drehte er sich zu ihr um und fragte leise: »Kann ich jetzt das Baby sehen?«

»Sie schläft«, meinte Katherine ausweichend.

Allerdings hatte ihr Sträuben nicht viel Sinn, das sah sie mittlerweile ein. Wenn er das Baby sehen wollte, würde sie ihn letztlich daran nicht hindern können. Sie seufzte resigniert und deutete auf den Raum, wo Allison friedlich schlummernd in ihrer Wiege lag, völlig ahnungslos, welche Spannungen ihre Existenz zwischen diesen beiden Erwachsenen auslöste.

Groß und breitschultrig, schien seine Statur das kleine Zimmer geradezu auszufüllen. Jace beugte sich über die Wiege und zog behutsam die leichte Decke zurück.

Allison hatte ihre übliche Schlafhaltung angenommen. Sie lag auf dem Bauch, ihren Kopf halb zur Seite gedreht, die Knie leicht angewinkelt, so dass ihr winziger Windelpo ein Stückchen in die Luft ragte.

Katherine ließ Jason nicht aus den Augen. Er betrachtete das schlafende Kind, lauschte auf dessen leise, tiefe Atemzüge. Er streckte eine große braune Hand aus, streichelte mit seinem Zeigefinger über die rosige Wange.

»Hallo, Allison«, flüsterte er.

Katherine, die verblüfft registrierte, wie riesig seine Hand neben Allisons winzigem Köpfchen wirkte, fixierte ihn mit großen Augen. »Woher wissen Sie, dass sie Allison heißt?«, wollte sie wissen. Sie hatte es sich bewusst verkniffen, den Namen zu erwähnen. Wenn er das Baby als unpersönliches Neutrum wahrnahm, erwog sie insgeheim, verlor er vielleicht das Interesse an der Sache.

»Von den Schwestern auf der Kinderstation. Bevor ich mit meiner Suche nach Ihnen begann, war ich natürlich zuerst in der Klinik. Dort erinnerte man sich noch sehr gut an Allison. An ihre dramatische Geburt und an Marys …« Er stockte mitten im Satz und blickte zu Katherine. Las sie da stumme Betroffenheit in seinen Augen? »Wie auch immer, das Krankenhauspersonal erinnerte sich an die beiden. Und an Sie.«

»An mich?«

»Oh ja, ich durfte mir dauernd anhören, wie nett und verständnisvoll Sie waren. Und wie hübsch.« Seine Stimme senkte sich zu einem rauen Flüstern, und Katherine wich dem forschenden Blick seiner strahlend blauen Augen aus. Sie fühlte, wie sein Atem ihre Wange streifte, sein Gesicht kaum Zentimeter von ihrem entfernt.

Sie wandte sich ab, deckte mit fahrigen Fingern die Kleine wieder zu. Jace berührte unschlüssig ihre Schulter, als wollte er Katherine zu sich umdrehen. Woraufhin sie seine Hand abschüttelte und entrüstet zurückwich.

»Lassen Sie das gefälligst«, fuhr sie ihn an. Als Allison angesichts ihrer Lautstärke zusammenschrak, senkte sie die Stimme zu einem gereizten Fauchen. »Was bilden Sie sich eigentlich ein? Einfach bei mir hereinzuschneien und einen auf freundlich, verständnisvoll … und mitfühlend zu machen? Schreiben Sie sich eins hinter die Ohren, Mr. Manning: Niemand nimmt mir Allison weg. Und erst recht kein Mitglied der Familie Manning. Ich will nichts mit dieser Mischpoke zu tun haben. Ich will nichts von Ihnen, und Allison auch nicht.« Sie tat einen tiefen, zerrissenen Atemzug. »Ihr Bruder hat meine Schwester auf dem Gewissen!«

Die Worte hingen bedeutungsschwer im Raum. Jasons Miene gefror. Die beiden fixierten einander wütend – Kontrahenten, die die Belastbarkeit des Gegners auszutesten suchten.

Die Atmosphäre knisterte vor Erotik und Emotion. Später, in ihrer heimlichen Selbstanalyse, versuchte Katherine sich weiszumachen, dass Jace die Initiative ergriffen hatte. Sie war bestimmt nicht diejenige gewesen, die den Anfang gemacht hatte. Sie wusste bloß noch, dass sie irgendwann schwach geworden war. Impulsiv hatte er ihre Lippen mit einem wilden, harten Kuss besiegelt. Und sie hatte kapituliert. Hatte seinen Nacken umklammert, während er sie in eine ungestüme Umarmung schloss.

An welchem Punkt er zärtlicher wurde, hätte Katherine nicht zu sagen vermocht. Irgendwann wollte Jasons Kuss nicht mehr strafen, sondern beglücken. Sie öffnete ihm bereitwillig die Lippen, woraufhin er mit forschendem Zungenspiel die feuchte Süße ihres Mundes erkundete. Wie zwei Ertrinkende schlürften beide den prickelnden Tau. Bevor ihre Lippen abermals miteinander verschmolzen.

»Huu-huu, Katherine. Draußen steht so ein komisches fremdes Auto. Da hab ich mir Sorgen um dich gemacht, deshalb dachte ich, ich schau mal kurz vor…«

Happy Coopers beachtliche Ausmaße füllten den Durchgang zu Allisons Schlafzimmer aus. Völlig geschockt fixierte sie Jace, der neben Katherine an der Wiege stand.

Kaum dass sie Happys Stimme hörten, waren sie wie ertappt auseinandergesprungen. Katherine bekam rote Ohren, ihr war am ganzen Körper glutheiß. Ihr Busen hob und senkte sich heftig, während sie mühsam nach Luft japste.

»Katheriiine?«, fragte ihre Vermieterin mit sich überschlagender Stimme. Als weder Katherine noch der gut aussehende Fremde antworteten, trat die alte Dame von der Tür weg und stürzte sich wie eine Besessene auf das Telefon, das im Wohnzimmer stand.

Happys ungelenke Bewegung riss Katherine aus ihrem Trancezustand. »Happy«, rief sie, während sie ihrer Vermieterin nachsetzte. Sie legte ihrer Freundin begütigend eine Hand auf den Arm. »Ist schon … ist schon okay. Alles im grünen Bereich. Wir waren bloß erschrocken, das ist alles.«

»Also, ihr habt mich fast zu Tode erschreckt!«, empörte Happy sich. »Ich bin es nun mal nicht gewöhnt, fremde Männer in deinem Apartment anzutreffen, Katherine.« Sie lachte, dass ihr gewaltiger Busen wackelte. Ihr rundes Gesicht zu einem breiten Grinsen verzogen, stampfte sie zu Jace und hielt ihm ihre Hand hin. »Ich bin Happy Cooper, Katherines Freundin und Vermieterin. Wie geht es meinem kleinen Engel?« Sie deutete auf das schlafende Kind. »Ist sie nicht süß? Haben Sie jemals ein goldigeres Baby gesehen? Ich liebe sie wie ein eigenes Kind.«

Jace schüttelte sprachlos die ausgestreckte Hand, überwältigt von Happys Leibesfülle und ihrer unverstellten Freundlichkeit.

»Katherine, ich sterbe vor Neugier. Wer ist denn dieser junge Mann? Er sieht fabelhaft aus, wie ein Filmstar. Na los, Mädchen, raus mit der Sprache.« Happy hielt nicht viel von vornehmer Zurückhaltung oder Taktgefühl. Stattdessen trug sie ihr Herz auf der Zunge.

Katherine sann auf eine glaubhafte Ausrede und blieb dann doch nah an der Wahrheit. »Das … das ist mein … Schwager. Äh … ja. Der Bruder meines verstorbenen Mannes und Allisons Onkel«, stammelte sie.

Sie blickte über Happys silbergraue Betonfrisur zu Jace, in der Hoffnung, dass die Botschaft bei ihm angekommen war. Oder würde er sie gnadenlos auflaufen lassen? Sie hatte sich gleich bei der ersten Besichtigung in dieses Apartment verliebt und es vom Fleck weg mieten wollen. Als Happy sich jedoch sträubte, die Wohnung an eine alleinstehende Frau mit einem Baby zu vermieten, hatte

Katherine kurz entschlossen einen Ehemann erfunden, der das Zeitliche gesegnet hatte. Einer jungen Witwe, die noch dazu in einer Notlage steckte, konnte man schwerlich etwas abschlagen, kalkulierte sie. Und hatte Glück.

»Schön Sie kennen zu lernen, Mr. Adams«, sirrte Happy. »Ich bin sicher, Katherine freut sich über einen Besuch aus der Verwandtschaft.«

»Mein Name ist nicht Adams, Mrs. Cooper. Ich heiße Jason Manning. Jace.«

Happys aufgeräumte Miene verdunkelte sich. Ein Ausdruck ratloser Bestürzung zeigte sich in ihrem Gesicht. »Hmmm, wie kommt es denn, dass Sie und Ihr Bruder unterschiedliche Nachnamen haben?«

Katherine hielt den Atem an und schloss die Augen. Großer Gott, wenn Jace ihre Schwindelei auffliegen ließ, würde sie postwendend eine liebe, herzensgute Freundin einbüßen.

»Er … er war nur mein Halbbruder. Wir hatten andere Väter«, schwindelte Jace, ohne rot zu werden. Gingen ihm die Lügen immer so glatt über die Lippen?

»Aber natürlich, ich verstehe.« Happy tätschelte ihm begütigend die Hand. »Tragisch, das mit seinem Tod, nicht wahr? Es war in Afrika, oder?«

Jasons Brauen zuckten vielmeinend nach oben, und Katherine errötete. Schreck lass nach, *er* war ja in Afrika gewesen! Das hatte sie gar nicht bedacht, als sie Happy vorgeschwindelt hatte, dass ihr Pseudo-Ehemann bei einem Flugzeugabsturz ums Leben gekommen war. Afrika war ihr auf die Schnelle eingefallen, es bot sich für eine derartige Katastrophe an und war wenigstens weit weg.

»Ja, Afrika«, bekräftigte Jace. »Und es war tragisch. Schade, dass er heute nicht bei uns sein kann.« Seine Miene und seine Stimme ernst, zwinkerte er Katherine über Happys grauen Schopf hinweg ausgelassen zu. Mrs. Cooper senkte eben den Kopf und tupfte sich mit einem weißen Spitzentaschentuch die Augen.

»Katherine, Sie Ärmste«, seufzte Happy, als sie sich abermals der jungen Frau zuwandte. Ihre betroffene Miene verlor sich, und sie strahlte wieder. »Aber jetzt, wo Jace da ist, brauchen Sie heute Abend nicht allein zu dem Fest zu gehen. Ist das nicht schön?«

Sie packte Jasons Hand und schob ihn zu Katherine.

Ungeachtet seiner Größe und Statur schaffte es Happys schwungvoller Schubs, dass er mit Katherine zusammenrasselte. Er schlang gerade noch rechtzeitig einen Arm um ihre Taille, sonst wäre sie der Länge nach hintenüber gefallen. Sie fixierten einander, ihre Nasenspitzen streiften sich fast, als er sie einen Wimpernschlag lang an sich presste. Der Kuss von vorhin hatte sich in ihre Herzen eingraviert. Und ließ beide nicht mehr los.

»Ich war schon in Sorge, dass Katherine so ganz ohne Begleitung hingehen müsste. Und da schneit aus heiterem Himmel ein attraktiver Schwager herein.« Happy schwatzte munter weiter, obwohl die junge Frau heimlich den Zeigefinger auf ihre Lippen presste, um ihr damit zu signalisieren, dass sie endlich den Mund halten sollte.

»Eine Party?«, griff Jace das Thema auf. Hatte er seine mentalen Radarantennen eigentlich überall?

»Ja, sicher! Heute Abend ist Fakultätsfest mit anschließendem Tanz. Katherine hat die ganze Organisation geschmissen. Sie muss wegen ihrem Job teilnehmen, aber wenigstens nicht mehr alleine. Wie schön, jetzt können Sie

sie begleiten. Haben Sie einen Smoking? Wenn nicht, ist es auch kein Drama. Ein dunkler Anzug tut es auch.«

»Happy, das ist leider ganz ausgeschlossen. Mr. … ähm … Jace bleibt nicht hier. Er kam bloß vorbei, um …«

»Natürlich bleibe ich, Katherine. Meinst du, ich lass dich heute Abend allein losziehen? Außerdem hab ich dir noch gar nicht erzählt, dass die Ölgesellschaft, für die ich arbeite, hier in der Nähe Bohrungen veranlasst. Demnach bleib ich dir noch eine ganze Weile erhalten.«

Katherine starrte ihn mit offenem Mund an, und Happy klatschte begeistert in die Hände. »Oh, Jace, Sie können sich nicht vorstellen, wie mich das freut. Wissen Sie, mir behagt die Vorstellung nicht, dass eine junge Frau mit ihren Entscheidungen völlig allein dasteht. Es ist bestimmt eine große Erleichterung für Katherine, dass Sie künftig ganz in der Nähe sind.«

Jace lächelte triumphierend Happy zu, ehe er zu Katherine herumschwenkte. Sein Blick senkte sich beschwörend in ihren, und die Botschaft war eindeutig: Er würde so lange bleiben, bis er das Sorgerecht für Allison erkämpft hatte.

»Ich bin dann mal wieder weg. Muss mich um meine Einkäufe kümmern. Ich kam nämlich gerade vom Einkaufen, als ich dieses schnuckelige kleine Dings … ähm …« Es kam zwar selten vor, aber Happy fehlten die Worte.

»Das schnuckelige kleine Dings ist ein Jeep«, half Jace ihr auf die Sprünge.

»Ah, ein Jeep! Wie zweckmäßig!«, flötete Happy. Katherine verdrehte genervt die Augen. Happy schien offenbar immer noch nicht kapiert zu haben, dass diese allradgetriebenen Kisten das angesagte ultimative Statussymbol für reiche Schnösel waren. »Amüsiert euch gut, ihr beiden. Ich nehme Allison heute Abend zu mir, dann könnt ihr ausbleiben, so lange ihr wollt.«

»Ich muss noch mal weg. Katherine, um wie viel Uhr soll ich dich abholen?« Jace legte ihr freundschaftlich eine Hand auf die Schulter, und sie unterdrückte den Impuls, sie abzuschütteln, weil Happy sie neugierig beobachtete. Sie fühlte sich überfahren. Die Dinge verselbstständigten sich. Sie konnte keinen klaren Gedanken mehr fassen. Unmöglich, einen ganzen Abend mit ihm zu verbringen, oder?

»Um halb acht«, hörte sie ihre eigene Stimme. Sie war sich gar nicht bewusst, dass sie ihm antwortete.

»Okay. Happy, soll ich Ihnen eben schnell Ihren Einkauf ins Haus tragen? Ich mach das gern für Sie.«

Happy giggelte wie ein junges Mädchen. »Oh, Jace, ein zupackender Mann wie Sie fehlt mir im Haushalt. Ganz ehrlich. Jim, mein Sohn, lebt in …«

Ihre Stimme verhallte, während sie die Treppe zum Hof hinuntergingen. Jason Manning. Igitt, dieser Typ war widerlich leicht zu durchschauen. Er tat charmant und machte einen auf perfekter Gentleman. Hatte er etwa vor, sich über ihre Freunde an sie ranzumachen? Welches Spielchen spielte er da mit ihr?

Er versetzte sie in Panik. Gleichzeitig faszinierte er sie. Sie musste von allen guten Geistern verlassen gewesen sein, dass sie ihn in ihr Apartment gelassen hatte! Einem Manning war nicht zu trauen. Wusste sie nicht aus eigener bitterer Erfahrung, wie Peter Manning gestrickt gewesen war? *Ich muss Allison beschützen,* sann sie. *Aber wie?* Jason Manning sah umwerfend aus, und er war ein gewinnender, sympathischer Typ. Das war das große Dilemma. In dieser Situation wäre es ihr wesentlich lieber gewesen, sie hätte sich mit dem arroganten, aalglatten Anwalt fetzen können.

Katherine lächelte ihrem Spiegelbild zu. Sie konnte mit ihrem Aussehen mehr als zufrieden sein. Der Aufwand, den sie für den Fakultätsball betrieben hatte, hatte sich gelohnt. Am Nachmittag, als Allison friedlich schlummerte, hatte sie sich ein duftendes Schaumbad gegönnt. Aber anstatt zu entspannen, hatte sie in dem wohltuend temperierten Wasser sinniert, wie ihr Körper auf Jasons Umarmung reagiert hatte. Sie trocknete sich ab, wischte hastig über die sensiblen Zonen, die erotisierend prickelten, sobald sie daran dachte, dass dieser Schuft ihr einen Kuss abgetrotzt hatte.

Sie angelte sich den Lockenstab und begann, ihre Haare zu stylen. Hatte sie etwas anderes von Peters Bruder erwartet? Peter Manning hatte sie ebenfalls angemacht. Damals war er schon mit Mary verlobt gewesen.

Eines Abends hatte er gemeinsam mit Katherine auf Mary gewartet. Katherine hatte zu ihrer Schwester hochgerufen, sie solle sich beeilen. Sie fühlte sich zunehmend unbehaglich in Peters Gesellschaft, obwohl sie bei ihr zu Hause gewesen war.

»Du magst mich nicht besonders, stimmt's, Katherine?«, fragte er unverblümt. »Warum eigentlich nicht?«, bohrte er weiter. »Wer mich besser kennt, weiß, dass ich sehr nett und charmant sein kann. Ich möchte, dass wir Freunde werden.«

Er stand dicht hinter ihr, während sie mit stoischer Gelassenheit die Topfpflanzen auf dem Fensterbrett goss. Seine Hand streichelte leicht über ihre Schulter. Ihre Gelassenheit löste sich in Wohlgefallen auf – Katherine erstarrte. Schnellte herum und schob seine Hand weg.

»Ich weiß echt nicht, worauf du hinauswillst, Peter«, sagte sie scharf. »Ich kenne dich viel zu kurz, um beurteilen zu können, ob ich dich mag oder nicht.«

»Sag ich ja!«, rief er und bedachte sie mit jenem berühmt-berüchtigten Grinsen, das er auch auf den Fotos hatte, die mit schöner Regelmäßigkeit in irgendwelchen Klatschblättern auftauchten.

Er schob seine Hand unter ihren Ellbogen und drückte ihn sanft. »Wieso gehen wir zwei eigentlich nicht mal gemeinsam zum Essen aus und« – sein Blick hing vielsagend an ihren Lippen – »lernen uns besser kennen?«

Sie schauderte unwillkürlich, als sein Körper sich an sie drängte. Angewidert schob sie ihn von sich. In diesem Moment hörte sie, wie Mary die Stufen hinunterkam.

Ihre Schwester hatte von alldem zum Glück nichts mitbekommen, und Katherine behielt den Vorfall natürlich für sich. Was ihn nicht daran hinderte, mit seinen widerlichen Spielchen weiterzumachen.

Auf dem exklusiven Hochzeitsempfang hatte er Katherine abermals nachgestellt. Mary plauderte angeregt mit Freunden der Mannings, woraufhin Peter sich zu seiner neuen Schwägerin gesellte. Der Versuch, sich unsichtbar zu machen, war ihr nicht geglückt. Er erspähte sie halb versteckt hinter Topfpflanzen und Blumenarrangements.

»Schwester Kate, mein Kompliment. Du siehst in deinem Brautjungfernkleid bezaubernd aus.« Wenn sie diese einschmeichelnde Stimme bloß hörte, bekam sie Ekelpickel. Er hatte ihr diesen Spitznamen gegeben, als sie ihn seinerzeit hatte abblitzen lassen. Es fuchste sie zwar jedes Mal, wenn er sie so nannte, sie ließ sich ihren Ärger allerdings nicht anmerken. Eher hätte sie sich die Zunge abgebissen, als ihm diesen Triumph zu gönnen.

Er erfasste großspurig ihre Hände und küsste Katherine freimütig auf die Wange. Sie zuckte schockiert zurück, als sie seine warme Zunge fühlte, die sich zwischen seine feuchten Lippen schob und leicht über ihre Wange streifte. Er stand mit dem Rücken zu dem Saal, in dem sich die Hochzeitsgäste drängten. Folglich bekam niemand so genau mit, was er tat. Für Außenstehende mutete die Umarmung freundschaftlich an, ein Wangenkuss zwischen Schwager und Schwägerin.

Sie funkelte ihn an, ihre Augen schmale grüne Schlitze, was ihm lediglich ein müdes Lächeln abnötigte. Ansonsten zeigte sein gut geschnittenes Gesicht keinerlei Regung.

»Du bist unglaublich kaltschnäuzig«, sagte sie.

»Tsts, Schwester Kate. Du lässt wohl kein gutes Haar an deinem lieben Schwager, was?«

Im Nachhinein betrachtet, hatte sie allen Grund gehabt, Peter Manning zu hassen.

»Oh ja, Mr. Jason Manning ist auf dem besten Weg, die Familientraditionen weiterzuführen«, sagte Katherine zu ihrem Spiegelbild, während sie sich mit einem Hauch Parfüm besprühte.

Sie inspizierte kritisch ihr Kleid und war mit dem Ergebnis zufrieden. Sie hatte das Kleid buchstäblich im letzten Moment in ihren Koffer gequetscht, bevor sie aus Denver weggefahren war. »Ich hätte mir bestimmt kein neues leisten können«, murmelte sie mit einem Anflug von

Melancholie. Sie hatte sich den sündhaft teuren Fummel für eine Party bei den Mannings zugelegt. Der Kauf hatte zwar ein Riesenloch in ihr Budget gerissen, aber das war es ihr wert gewesen. Und der klassisch-elegante Stil wurde eigentlich nie unmodern.

Das bodenlange Kleid aus meergrünem Seidencrêpe schmiegte sich eng an ihren Körper und bauschte sich weich um ihre Fesseln. Dem griechischen Stil nachempfunden, war eine Schulter nackt, auf der anderen wurde der Stoff apart geknotet.

Das Modell betonte ihre gertenschlanke Figur und die vollendeten Rundungen. Die Farbe schmeichelte ihrem zart gebräunten Teint und unterstrich ihre mystisch grünen Augen. Katherine hatte gar nicht mehr gewusst, wie bezaubernd sie in diesem Kleid aussah. Jedenfalls gab es ihr einen Tick mehr Selbstbewusstsein, wann immer sie es trug.

Als es plötzlich klopfte, ließ sie vor Schreck ihren Ohrring fallen. Nach einer hektischen Suchaktion fand sie den Perlenstecker, befestigte ihn an ihrem Ohrläppchen und lief durch das Wohnzimmer, um Jace die Tür aufzumachen.

Am Nachmittag hatte sie aufgeräumt und die fertig gestrichene Anrichte in den anderen Schlafraum geschoben. Jetzt spendeten Tischlampen mit kleinen Seidenschirmchen im Wohnzimmer ein weiches, behagliches Licht. Katherine verabscheute nämlich Deckenlampen und grelle Glühbirnen.

Sie riss die Tür auf und hielt unwillkürlich den Atem an, als sie Jace in einem dunkelgrauen Anzug gewahrte. Ein Blick auf die edlen Knöpfe, und Katherine wusste um das

Designerlabel. Der italienische Schnitt unterstrich seinen Luxusbody perfekt.

Sein Hemd war aus taubenblauer Seide, die farblich passende Krawatte ein, zwei Töne dunkler. Die welligen schwarzen Haare glänzten, als hätte er sie mit hundert Bürstenstrichen in Form gebracht, trotzdem wirkten sie wie immer ein bisschen ungebändigt.

Sobald er durch die Tür kam, stieß er einen langen, leisen Pfiff aus. »Wow! Ich glaub, ich bin verkehrt. Das kann unmöglich die Witwe Adams sein, die ich heute Nachmittag kennen gelernt habe.«

»Kommen Sie rein, Mr. Manning«, meinte sie betont förmlich. Sein Sarkasmus war ihr nicht entgangen. Was bezweckte er mit seinen Spielchen? Wollte er sich bei ihr einschleimen, damit sie ihm in einem Anfall geistiger Umnachtung die Kleine überließ? »Wieso machen Sie das?«, rutschte es ihr halb ärgerlich, halb entrüstet heraus.

»Was?«

»Na das!«, rief sie und gestikulierte hilflos mit den Armen, als wollte sie die Situation damit umschreiben. »Wieso machen Sie einen auf nett und freundlich? Ist doch völliger Quatsch, noch länger um den heißen Brei herumzureden. Wir wissen beide, weshalb Sie hergekommen sind, also schenken Sie sich diese verständnisvoll-beschützerische Schwager-Masche!«

Er grinste und schüttelte milde tadelnd den Kopf. »Wer hat sich denn diese hanebüchene Schwager-Story ausgedacht, Katherine? Ich jedenfalls nicht. Nein, mal ganz offen, *ich* hab *Ihnen* heute den Arsch gerettet. Sie sollten mir dankbar sein. Außerdem – wenn man's genau nimmt, bin ich Ihr Schwager. Schwippschwager nennt man so was, glaub ich.« Dankenswerterweise griff er das Sie wieder auf und ersparte ihr damit weitere Verlegenheiten.

»Oh!«, knirschte sie und funkelte ihn giftig an. Als sie merkte, dass er sich nicht provozieren ließ, wurde sie noch wütender. »Lassen Sie mich in Ruhe!«

Ein ärgerlicher Ausdruck verschattete seine Züge, verlor sich wieder. Er stemmte die Hände in die Hüften. »Schauen Sie, ich bin bloß hier, um Sie zu irgendeiner x-beliebigen Unifete abzuholen. Ist da was dabei? Glauben Sie mir, Katherine, ich kann mir ebenso gut eine Reihe von Alternativen vorstellen, wie ich den heutigen Abend lieber mit Ihnen verbringen würde.« Er fixierte sie mit einem treuherzigen Blick und setzte fragend hinzu: »Möchten Sie, dass ich deutlicher werde?«

Einen Herzschlag lang verlor sie sich in seinen warmen blauen Tiefen, bevor sie mit belegter Stimme antwortete: »Nein, danke, kein Bedarf. Wir müssen los. Ich hole Allison.«

Sie verschwand in ihrem Schlafzimmer und war baff, als er ihr folgte. »Warten Sie, lassen Sie mich das machen.« Er beugte sich über die Wiege und wollte nach dem Baby greifen.

»Nein«, antwortete sie und riss panisch an seinem Arm, zerrte ihn von der Kleinen weg.

Sein Gesicht schnellte zu ihr herum, seine Miene grimmig. Als er echte Angst in ihren Augen las, wurden seine Züge weicher. »Ich hau schon nicht mit ihr ab, Katherine. Das ist nicht mein Stil.« War das der fiese kleine Seitenhieb, weil sie mit Allison aus Denver abgehauen war? »Ich möchte sie bloß tragen, weil Sie sich sonst Ihr schönes Kleid verknautschen. Okay?«

Mist, warum hatte sie nicht einfach die Klappe gehalten? Sie leckte sich bestürzt über die Lippen und begann, Windeln und Babyutensilien in einen Korb zu legen. »Okay«, räumte sie ein.

Jace drehte das Baby sanft auf den Rücken und betrachtete das rosige kleine Gesicht. Er strahlte. »Eins steht schon mal fest, eines Tages wirst du eine echte Beauty, Allison.« Seine großen Hände stellten sich äußerst geschickt an, als er die Kleine in eine leichte Decke wickelte und hochnahm. Er hielt sie richtig, stützte das Köpfchen mit seiner Handfläche. »Sie sieht aus wie …«

»Mary«, unterbrach Katherine schnell. Es fehlte gerade noch, dass er behauptete, das Baby hätte Ähnlichkeit mit Peter.

Er spähte über den Kopf des Babys zu ihr. »Das wollte ich gerade sagen. Leider hab ich Mary nie kennen gelernt. Aber nach den Hochzeitsbildern, die sie mir seinerzeit schickte, hat Allison große Ähnlichkeit mit ihr. Sind ihre Augen auch blau? Leider tut sie mir nicht den Gefallen, mich mal anzuschauen.«

Katherine lachte. »Sie schläft noch sehr viel. Ja, sie hat blaue Augen. Ich hoffe, das bleibt so und sie ändern die Farbe nicht mehr.«

Er wandte sich zum Gehen, und Katherine hielt ihn am Ärmel fest. »Moment noch. Nicht dass Sie auf Ihren Anzug spuckt. Hier, legen Sie sich das über die Schulter.«

Sie legte ihm eine dünne weiße Baumwollwindel über die Schulter und strich sie glatt. Der plötzliche Körperkontakt ließ ihr Herz höher schlagen. Sie wich hastig zurück, eine Reaktion, die ihm nicht verborgen blieb.

Gott, war ihr das peinlich! Um die Situation zu überspielen, beugte sie sich über den Korb mit den Babyutensilien, räumte hektisch darin herum. Dann löschte sie das Licht, und sie machten sich auf den Weg zu ihrer Vermieterin.

Happy empfing sie am hinteren Hauseingang und nahm Jace die kleine Allison ab. »Donnerwetter, ihr zwei habt euch aber mächtig in Schale geschmissen«, entfuhr es ihr in ihrer herzerfrischenden Offenheit. Nach diesem kurzen Kompliment hatte sie nur noch Augen für das Kind. Zärtliche Koseworte flüsternd, wiegte sie es in den Armen, bevor sie mitsamt Windelkorb im Haus verschwand.

Während sie entlang der Pekannussbäume über die Wiese schritten, rückte Jace mit dem Vorschlag heraus, ob sie nicht besser ihren Wagen nehmen sollten. »Bedaure, aber der Jeep ist völlig ungeeignet für so ein Date.«

»Klar können wir mit meinem Auto fahren.« Sie reichte ihm die Schlüssel, und er fasste sie sanft am Ellbogen, derweil er ihr auf den Beifahrersitz half. Spontan fühlte sie ein wohlig heißes Prickeln auf ihrem Arm. Der Kleinwagen war eine echte Herausforderung für Typen seiner Größe. Jace quetschte sich hinter das Lenkrad und fluchte wie ein Kesselflicker, als er zunächst mit dem Kopf am Dach und dann mit den Knien am Armaturenbrett anstieß.

Nachdem sie den Job in der PR-Abteilung ergattert hatte, hatte sie sich mit Herzblut in die Planung und Organisation des Fakultätsfestes gestürzt. Jetzt kam sie sich fürchterlich inkonsequent vor. Weil ihr Denken und Fühlen bloß noch um Jason Manning kreiste. Alles andere war in den Hintergrund getreten.

Sie machte die Gäste miteinander bekannt; sie aß vom Buffet; sie applaudierte dem Vortragsredner; sie machte höfliche Konversation. Das alles verwischte jedoch neben dem Mann an ihrer Seite. Der punktete mit exzellenten Manieren, einer geballten Ladung Charme und einem gesunden Selbstbewusstsein.

Irgendwann machte Katherine Jace mit ihrem Boss Ronald Welsh bekannt. Die beiden Männer musterten einander skeptisch, als wären sie sich auf der Stelle unsympathisch. In dieser Situation fühlte die junge Frau sich extrem unbehaglich.

»Mr. Welsh.« Jace räusperte sich und hielt ihm seine Hand hin.

Ronald Welsh schüttelte die ausgestreckte Hand, während er Jason aus unbewegten grauen Augen musterte.

»Katherine, Sie sehen heute Abend bezaubernd aus«, meinte er dann. Welsh schwenkte herum, ließ Jace stehen, lenkte seine Aufmerksamkeit voll auf Katherine. Er streckte seine Hand aus, streichelte über ihren Arm. Instinktiv schrak sie zurück. Neulich, in ihrem Büro, hatte er das auch versucht. Sie mochte es nicht, wenn ihr Chef sie anfasste. Dann fühlte sie sich unwohl, weil sie zu viel Nähe und Vertraulichkeit grundsätzlich als aufdringlich empfand. Grundsätzlich? Spontan fiel ihr der Kuss wieder ein, mit dem Jace am Nachmittag ihre Lippen erobert hatte, und sie schob den Gedanken hastig beiseite. Das war nicht das Gleiche!

»Danke, Ronald.« Er hatte darauf bestanden, dass sie seinen Vornamen verwendete, aber angenehm war ihr das nicht. Wo immer es möglich war, vermied sie es, ihn mit Namen anzusprechen. Nach ihrem Dafürhalten hob das ihre berufliche Beziehung auf eine zu intime Ebene.

»Wollen wir tanzen, Katherine?« Bevor sie antworten

konnte, schlang Ronald Welsh seinen Arm gleich einem widerlich besitzergreifenden Tentakel um ihre Taille und zerrte sie auf die Tanzfläche. Widerwillig stolperte sie hinter ihm her. Was sollte sie auch machen? *Ein dummes Gesicht und einen guten Eindruck,* muffelte sie sarkastisch in sich hinein. Immerhin war er ihr Boss – da konnte sie es sich bestimmt nicht leisten, ihm einen Korb zu geben.

Um einiges größer als er, hatte sie einen Panoramablick auf seinen Charakterkopf. Ronald hatte seine schütteren Haare mit irgendeiner öligen Pomade in Form gebracht und sorgfältig über seine Halbglatze frisiert. Der Gestank dieser Pampe raubte Katherine geradezu die Luft.

»Schön, nicht?«, fragte er. Er warf einen schmachtenden Blick zu ihr hoch, schmiegte sie enger an seinen Schwabbelbauch.

*Igitt, kotz, würg,* seufzte sie im Stillen. Laut beteuerte sie: »Ja, sehr.« Dieser wild gewordene Gartenzwerg und sein Klammerblues würden ihr vermutlich jede Menge Ekelpickel bescheren.

Sie biss die Zähne zusammen und litt still mehrere Tänze hindurch. Irgendwann wurde sie gottlob von Jace erlöst. Statt sie jedoch offiziell um den nächsten Tanz zu bitten, tippte er ihr bloß von hinten auf die Schulter, schloss einen starken Arm um ihre Taille und fasste ihre Hand.

Er zog sie an sich und führte sie sicher über das Parkett. Schweigend wiegten sie sich im Takt der Musik. Katherine schwebte wie auf Wolken. Ein heißes Prickeln durchflutete ihre Magengrube, breitete sich in ihrem gesamten Körper aus, lähmte ihre Stimmbänder. Sie war sprachlos.

Sie fühlte seine Hand auf ihrem Po, glutheiß, als hätte ihr Cocktailkleid zu kokeln angefangen. Durch den dünnen Seidenstoff hindurch spürte sie seine harten, muskulösen Schenkel, die sich an ihre pressten. Sein warmer Atem streifte weich ihre Schläfen. Der ganze Mann roch sündhaft gut.

Sie vermochte ihm nicht ins Gesicht zu schauen, weil er sie eng an sich schmiegte. Gleichwohl gewahrte sie die schwarzen Locken, die sich über seinen Kragen ringelten, und es juckte ihr in den Fingern, die seidigen Strähnen zu streicheln.

Die Musik endete, aber statt sie loszulassen, schob er ganz selbstverständlich einen Arm unter ihren und führte sie durch die weit geöffneten Glasschiebetüren, die auf eine Terrasse hinausgingen.

# 3

Der Campus war dunkel. Nur der Bankettsaal, wo das Fakultätsfest stattfand, war hell erleuchtet. Katherine fackelte nicht, sondern ließ sich bereitwillig ins Freie geleiten.

Sie überquerten die geflieste Terrasse und ein schmales Rasenstück, das zu einer niedrigen Backsteinmauer führte, die einen Rosengarten einfasste. Bevor sie protestieren konnte, hatte er einen Arm um ihre Taille geschlungen und sie auf die kleine Mauerkrone geschwungen. »Ich wette, Ihnen tun die Füße weh, stimmt's?«

Konnte dieser Typ Gedanken lesen? »Woher wissen Sie das? Bin ich etwa gehumpelt? Okay, ich will Ihnen ein Geheimnis verraten. Diese neuen Pumps bringen mich um«, räumte sie schlagfertig ein.

»Ich hab zufällig mitbekommen, dass Sie sie ausgezogen hatten, bevor ich mit Ihnen getanzt habe. Ich hab's fast nicht übers Herz gebracht, Sie aufzufordern. Andererseits hatte ich keine Lust, die einmalige Chance sausen zu lassen, mit der schönsten Frau des heutigen Abends zu tanzen«, zog er sie auf.

»Das bin ich ja wohl kaum«, protestierte sie. Es lag ihr auf den Lippen, ihn darauf hinzuweisen, dass er sie nicht wirklich *aufgefordert* hatte, allerdings blieb ihr spontan die Spucke weg.

Jason Manning besaß nämlich die Frechheit, ihr unter das lange Kleid zu greifen und mit seinen warmen Händen einen ihrer Knöchel zu umfassen. Er streifte die unbequeme Highheels-Sandalette von ihrem schlanken Fuß, bevor er begann, ihn mit seinen langen starken Fingern zu massieren.

Mit einem jungenhaften Grinsen ging er über ihr verdutztes Gesicht hinweg. »Dr. Mannings berühmte Reflexzonenmassage. Die Leute kommen von weit her, weil sie ihre Füße von mir massiert haben wollen. Für gewöhnlich warten meine Patienten monatelang auf einen Termin, aber Ihnen, kleine Lady, räume ich ausnahmsweise Sonderkonditionen ein.«

Seine gute Laune war ansteckend. Wann war sie das letzte Mal ähnlich entspannt und so herrlich albern gewesen? Das mit dem Arzt hatte er natürlich nur im Scherz gemeint, trotzdem ging sie darauf ein und fragte in gespieltem Ernst: »Und die wären? Hoffentlich bekomm ich es nicht mit der Angst zu tun, wenn ich Ihre Bedingungen erfahre. Also, schießen Sie los.«

Er verschlang ihren Körper mit Blicken. Konzentrierte sich auf ihr Gesicht, ließ seine Augen über ihren Hals und ihre Brust gleiten, wo sie einen langen Moment verweilten, bevor sie abermals ihr Gesicht fixierten. »Ein bisschen Angst sollten Sie schon haben«, flüsterte er mit einem verschwörerischen Augenzwinkern.

Sie rutschte auf dem Mäuerchen herum, fühlte sich unbehaglich unter seinem intensiven Röntgenblick. Er ließ den einen Fuß los, umschloss den anderen und massierte diesen ebenso sanft. Seine Finger waren kräftig, seine Berührungen indes zärtlich sanft.

Beide schwiegen, fühlten in der nächtlichen Stille die intime Nähe des anderen. Katherine fand es seltsam erregend, wie Jasons Hände unter ihrem Rock ihre Fesseln streichelten.

War es diese verstohlene Geste, die heimliche Erotik, die sie über die Maßen berauschte? Hatten die Männer vergangener Jahrhunderte deshalb nicht widerstehen können, einen kurzen Blick auf den hervorblitzenden Knöchel einer Frau zu werfen? War es für die moderne Frau nicht eher ein gewaltiger Rückschritt, wenn sie mit jedem Tabu brach und ihre Sexualität freizügig auslebte? Versagte sie sich damit nicht letztlich das Schönste, nämlich mit allen Sinnen begehrt zu werden?

Kein Wunder, dass sie Probleme mit ihrer Konzentration hatte, zumal sein Daumen sinnlich ihre Fußfesseln massierte. Gleichwohl belastete Katherine das Thema Allison. Obwohl sie sich wünschte, er möge nie aufhören, sie zu streicheln, musste diese Sache schleunigst geklärt werden. Sie räusperte sich und fragte rundheraus: »Jace, wie haben Sie sich in punkto Allison entschieden?«

Seine Hände hielten in der Bewegung inne, ließen ihren Fuß jedoch nicht los. »Wie soll ich mich denn Ihrer Meinung nach entscheiden?«

Sie schluckte schwer, um das Engegefühl in ihrer Kehle zu vertreiben, und strich nervös mit der Zunge über ihre Lippen. »Ich finde, Sie sollten das Kind in meiner Obhut belassen.«

Woraufhin er ihr seelenruhig antwortete: »Nein, Katherine, das kann ich nicht.«

Sie schluchzte trocken und riss ihm ihren Fuß weg. Bevor er ihr hilfsbereit eine Hand reichen konnte, sprang sie von der Mauer, kniete sich in das feuchte Gras und tastete hektisch nach ihren Pumps.

»Katherine, bitte gehen Sie jetzt nicht«, sagte er. Er umschlang ihre Taille und zog sie zu sich hoch. Sie sträubte sich, aber er ließ sie nicht los. Er war stärker, und schließlich kapitulierte sie. Seufzend sank sie an seine Schulter.

Seine Hände strichen begütigend über ihre Oberarme. Er schmiegte sie an sich, presste sie an seinen warmen stählernen Körper. Er senkte den Kopf, koste den Ansatz ihrer Haare, die sie auf einer Seite streng zurückgesteckt hatte. Geschickt löste er einen Kamm, woraufhin die schweren Strähnen weich sein Gesicht streiften. Ein leises Stöhnen entfuhr seiner Kehle.

Mit seinen Fingerspitzen streichelte er ihren Nacken. Er hauchte fedrige Küsse auf ihre Wange, legte seine Hand auf ihre nackte Schulter, während er mit dem Daumen zart ihr Schlüsselbein massierte.

Was erlaubte er sich eigentlich? Katherine war entrüstet, welche Freiheiten er sich herausnahm. Und wieso stieß sie ihn dann nicht rigoros weg? So viel Freizügigkeit hatte sie noch keinem Mann zugebilligt. Niemandem!

Aber sie war wie paralysiert, jeglicher Protest erstarb auf ihren Lippen. Die Glut seines Körpers zog sie magnetisch an. Sie vermochte sich nicht zu rühren, ihre Beine schienen den Dienst zu versagen. Sie schnupperte sein würzig frisches Eau de Cologne, hätte in seinem Duft versinken mögen. Es war so einfach, sich an seine breiten Schultern zu lehnen und diesen himmlischen Empfindungen nachzugeben.

Fühlte er ihr aufgewühltes Herzklopfen unter seinen Fingern? Hilfe, seine Hand! Wie war die überhaupt dorthin gekommen? Es fühlte sich alles so richtig, so gut an, dass sie gar nicht gemerkt hatte, wie er mit zärtlich kreisenden Bewegungen ihren Busen angepeilt hatte. Dieser Schuft!

An ihren Lippen hauchte er leise ihren Namen: »Katherine.« Die weiche Fläche seiner Hand, die eben noch auf ihrer nackten Schulter geruht hatte, senkte sich auf ihre Brust. Sie schob ihn heftig weg und rang nach Atem.

»Man merkt, Sie sind ein Manning«, fauchte sie wütend.

Er fiel aus allen Wolken. »So, wie Sie das sagen, klingt der Name wie eine Drohung«, meinte er verdutzt.

»Bingo, Sie haben es genau richtig erfasst«, giftete sie. Ihre ganze Panik und Bedrücktheit der letzten Stunden mischte sich in ihre Worte, als sie ihn wütend anfuhr: »Nach der Verlobung mit meiner Schwester wusste Ihr Bruder nichts Besseres zu tun, als mich anzumachen. Und wenn Sie jetzt glauben, ich hätte ihn dazu ermutigt, sind Sie schwer auf dem Holzweg! Bei seiner Hochzeit war er im Übrigen noch perverser.«

Sie schauderte bei der Erinnerung daran, wie Peter mit seiner Zunge feucht ihre Wange gestreift hatte. Spontan trat das Bild vor ihr geistiges Auge, wie Jace das Gleiche machte, und die Vorstellung war kein bisschen unangenehm. Hastig verdrängte sie den Gedanken und knirschte stattdessen ärgerlich: »Und jetzt probieren Sie, in die Fußstapfen Ihres Bruders zu treten. Meinen Sie ernsthaft, ich ließe mich von Ihnen einwickeln? Nicht für Geld und gute Worte! Allison bleibt bei mir, und das ist mein letztes Wort in dieser Angelegenheit. Niemand nimmt sie mir weg, haben Sie das kapiert? Finger weg von dem Kind – und von mir.« Sie wich vor ihm zurück, aber letztlich auch vor ihrer eigenen Befindlichkeit. Wenn sie ehrlich mit sich selbst war, hätte sie sich am liebsten in Jasons Arme gestürzt.

Sie stürmte zu ihrem Wagen und rüttelte an der Tür. Mist, Jason hatte die Schlüssel eingesteckt. Er folgte ihr mit kurzem Abstand. Öffnete wortlos die Beifahrertür und hielt sie Katherine höflich auf. Er machte jedoch keinerlei Anstalten, ihr hineinzuhelfen. Nachdem er sich hinter das Lenkrad geklemmt hatte, reichte er ihr die Sandaletten, die sie in ihrer Hektik auf dem Campusrasen vergessen hatte.

Sie fuhren schweigend zu ihrem Apartment zurück. Er gab ihr die Autoschlüssel, sie stürzte aus dem Wagen und lief die Eingangstreppe hoch. Auf seine Begleitung konnte sie gut verzichten. Es war abgesprochen, dass Allison die ganze Nacht bei Happy verbrachte.

Katherine knallte die Tür zu und schloss hinter sich ab. An den Türrahmen gelehnt, warf sie beschämt die Hände vors Gesicht und versuchte, ihren aufgewühlten Atem zu kontrollieren. *Schande über dich, Katherine. Du hast dich nicht gewehrt, als er dich küssen wollte. Er hat dich sogar zweimal geküsst.* Nein, sie hatte sich sogar gewünscht, der Kuss möge nie enden. Andererseits war Jason ihr Feind. Das durfte sie niemals vergessen.

Nach einer langen Weile hörte Katherine, wie der Motor des Jeeps aufheulte und der Offroader knirschend über den Kies rollte. Sie ließ den Türrahmen los und lief auf wackligen Beinen ins Bad.

In dieser Nacht wälzte sie sich schlaflos in ihrem Bett. Schüttelte andauernd ihr Kissen auf, strampelte immer wieder die dünne Bettdecke ans Fußende. Aus Wut und

Frust. Katherine war mordswütend auf Jace, weil der sie auf ein heißes, sinnliches Lustobjekt reduziert hatte. Andererseits war sie wütend auf sich, denn sie hatte sich bescheuert benommen – wie ein Teenie, der das erste Mal bis über beide Ohren verknallt ist. Als hätte sie plötzlich Torschlusspanik bekommen.

Lag sie damit so verkehrt? Keine Ahnung. Katherine hatte wenig Erfahrung im Umgang mit Männern. Ihr Vater war früh verstorben, und es gab keine Onkel, Opas, Brüder oder Cousins in ihrer Familie, von denen sie sich irgendwelche Verhaltensmuster hätte abgucken können.

Natürlich hatte sie während der Pubertät angefangen, sich für Jungs zu interessieren. Aber diese Typen wollten ein Mädchen bloß rumkriegen und auf Teufel komm raus sexuelle Trophäen sammeln. Nein, danke, das war absolut nicht ihr Fall gewesen. Da sie auf solche Situationen niemand vorbereitet hatte, hatte sie unbewusst eine Mauer um sich errichtet. Eine reine Selbstschutzmaßnahme. Diese Mauer hatte nie Risse bekommen.

Bis heute.

Wie konnte es bloß passieren, dass sie bei einem Macho wie Jason Manning spontan dahinschmolz? Wo sie doch sonst immer so misstrauisch im Umgang mit Kerlen war? Von wegen Selbstschutzmaßnahme. Nach dem heutigen Tag würde sie sich schwer in Acht nehmen müssen.

Sobald sie an seinen schlanken, sehnigen Körper dachte, überlief sie ein heißes Prickeln. Sie wälzte den Kopf auf die andere Seite des Kissens, dachte an seine strahlend blauen Augen, wie er sie scheinbar mit Blicken ausgezogen hatte. Ihre Haut glühte an den Stellen, wo seine sportlich gebräunten Hände sie sinnlich gestreichelt hatten.

Ehrlich gesagt, hatte sie mehr als nur ein bisschen Angst vor ihm und vor der Tatsache, dass er unvermittelt in ihr und Allisons Leben hineingeplatzt war. Ihre physische und emotionale Reaktion auf ihn machten die ganze Sache noch heikler. Er war einflussreich, attraktiv, arrogant. Cool und selbstbewusst. Und eindeutig eine Nummer zu groß für sie. Wenn es galt, seine eigenen Interessen durchzusetzen, tippte Katherine, ging er vermutlich sogar über Leichen.

Wie sie diesen Namen hasste. Manning. Manning. Jason Manning und Peter Manning. Peter, der ihre Schwester Mary auf dem Gewissen und die kleine Allison zur Waise gemacht hatte. Peter, der Geld und Charme als Fassade benutzt hatte, um dahinter seine rabenschwarze Seele zu verstecken.

Sie sah Jasons Gesicht ganz deutlich hinter ihren brennenden, schweren Lidern. Forschte in seinen Zügen nach Intriganz und Boshaftigkeit. Und gewahrte lediglich ein faszinierend blaues Augenpaar, tiefe Grübchen und einen sinnlich lächelnden Mund. Mit diesem Bild im Kopf sank sie endlich in einen leichten unruhigen Schlaf.

»Guten Tag, meine Damen!«, rief Jace und winkte aus seinem Jeep heraus.

Katherine und Happy saßen unter den Pekannussbäumen im Hof und tranken selbst gemachte Limonade. Beide blickten auf, als sie quietschende Bremsen und das Knirschen der Reifen auf dem Kies hörten. Jace hatte den lehmbespritzten Jeep in Happys Auffahrt geparkt und schwang sich elegant vom Fahrersitz.

»Hallo«, rief Happy fröhlich. Sie wuchtete sich aus ihrem Gartenstuhl, um ihm ein Glas Limonade einzugießen. Der Krug stand auf einem hübschen kleinen Gartentisch mit Glasplatte. »Schön, dass Sie vorbeikommen. Wir waren heute Morgen in der Kirche und hinterher heilfroh, als wir endlich unser Mieder los waren – das heißt, Katherine trägt so was natürlich nicht – und hier draußen die Sonne genießen konnten.«

Happy reichte Jace das beschlagene Glas. Er dankte ihr überschwänglich, bevor er das Glas an die Lippen setzte. Seine Augen tasteten übermütig blitzend Katherines Figur ab, wie um festzustellen, ob sie ein Mieder brauchte oder nicht. Sie errötete ärgerlich und blickte zu Allison hinunter, die sie in ihrem Schoß wiegte.

»Schläft dieses Kind eigentlich immer?« Jace hockte sich neben Katherines Stuhl und piekste Allison zärtlich in den Bauch. Die junge Frau fühlte seinen Atem auf ihren nackten Schenkeln und registrierte unbehaglich, wie sich sein Oberkörper an ihre Wade schmiegte.

»Da, schauen Sie. Sie wird wach!«, rief Happy, als Allison schläfrig die Lider aufklappte und ihren Onkel das erste Mal wahrnahm. Wie alle Babys schien die Kleine fasziniert von der tiefen, sonoren Stimme. Sie musterte Jace aufmerksam, als dieser leise zu ihr sprach.

»Sie ist eine kleine Schönheit, nicht wahr?«, fragte er rhetorisch, sichtlich beeindruckt von dem Baby.

»Ja, das ist sie«, bekräftigte Happy. »Schauen Sie. Ganz wie die Mutter.«

Einen kurzen Moment lang verdutzt, besann Jace sich unvermittelt auf Katherines Schwindelei. Richtig, Happy war in dem festen Glauben, dass sie die Mutter der Kleinen wäre. Er drehte sich zu ihr und grinste entwaffnend.

»Stimmt, Happy, das kann ich nur bestätigen.« Mit diesen Worten sprang er auf. Und erschreckte Allison, die leise zu quengeln anfing. »Es tut mir leid, Schätzchen. Ich wollte dich nicht erschrecken.« Er lachte. »Aber keine Sorge, ich lern das auch noch. Künftig seh ich mich besser vor.«

Katherine wand sich innerlich. Aha, demnach hielt er an seinem Plan fest. Er wollte Allison ganz für sich haben. »Dann geb ich Ihnen den guten Rat, ihr nicht zu nahe zu kommen«, versetzte sie patzig.

»Aber ich möchte ihr nahe sein«, versetzte er in sachlichem Ton. Er wechselte einen langen Blick mit Katherine.

Happy, die ihr Blumenbeet inspizierte und deswegen nicht mitbekam, wie die beiden sich mordlustig anfunkelten, fragte naiv unbefangen: »Wollten Sie schwimmen gehen?« Ihr war aufgefallen, dass Jace lediglich Schwimmshorts und ein knappes Muskelshirt trug.

Jason löste den Blick von Katherine und meinte aufgeräumt: »He, wie haben Sie das erraten? Ja, ich wollte Katherine und Allison einladen, mich zum See zu begleiten. Die Temperaturen sind herrlich mild, und die frische Luft wird dem Baby guttun.«

*Das war wieder typisch,* knirschte Katherine im Stillen. Statt anzurufen und sie selbst zu fragen, platzte er aus heiterem Himmel hier herein und machte den Vorschlag im Beisein von Happy. Und ihre Vermieterin war erkennbar begeistert von der Idee. Sie flog wie eine aufgescheuchte Hummel in die Küche, um ihnen ein paar kleine Snacks einzupacken.

Sobald Happy außer Hörweite war, bemerkte Katherine: »Unmöglich, dass ich ein vier Monate altes Baby mit in den See zum Baden nehme. Das ist Ihnen doch wohl klar, oder?«

»Okay«, lenkte er ein. »Dann gehe ich schwimmen und Sie und Allison ruhen sich im Schatten aus.«

»Ich muss die Kleine vorher noch ausgehfertig machen.« Katherine stand auf und steuerte in Richtung Apartment.

»Oh … nöh.« Jace packte sie am Arm. »Ist nicht drin. In der Zwischenzeit fällt Ihnen bestimmt eine Ausrede ein, damit Sie nicht mitkommen müssen. Was braucht so ein Baby denn großartig? Wenn ich nicht irre, sind da frische Windeln drin, oder?« Er deutete auf die gepackte Wickeltasche, die sie am Morgen mit in die Kirche genommen hatten und die jetzt auf einem Gartenstuhl stand. »Bevor sie Hunger bekommt, sind wir wieder zurück.«

»Sie Schlaumeier. Tun so, als wüssten Sie aus dem Effeff, wie oft ein Baby gefüttert werden muss«, ätzte sie.

»Na ja, war bloß 'ne grobe Schätzung«, konterte er und grinste sein entwaffnendes Grübchenlachen. Um seine Augen fächerten sich winzige Fältchen.

Happy schleppte einen gewaltigen Korb aus dem Haus, dessen Inhalt geschätzt für mindestens eine Woche gereicht hätte. Sie kletterten in den Jeep. Katherine hielt Allison auf dem Arm, bis Jace den Babysitz auf der Rückbank befestigt hatte. Als sie losfuhren, winkte er Happy fröhlich zu.

Nicht lange, und sie erreichten den künstlich angelegten Badesee am Rande der Stadt, der von den Flüssen der Umgebung gespeist wurde. Das umliegende Gebiet war zu einem öffentlichen Park umgestaltet worden, der am Wochenende für viele ein reizvolles Ausflugsziel war. Jace entdeckte einen hohen schattenspendenden Baum auf einem grasbewachsenen Hügel, etwas abseits der Menschentrauben, die sich an dem aufgeschütteten Strand tummelten.

Er nahm eine Decke aus dem Kofferraum, breitete sie im Gras aus und stellte Allison in ihrem Kindersitz darauf. Dann zog er sich wie selbstverständlich das T-Shirt über den Kopf.

Beim Anblick seines spärlich verhüllten Luxuskörpers hätte es Katherine fast umgehauen. Seine Schwimmshorts war marineblau mit roten Streifen an den Beinabschlüssen. Der Stoff schmiegte sich eng an seinen flachen Waschbrettbauch. Seine Haut war sonnengebräunt. Ob er wohl am ganzen Körper nahtlos braun war?, erwog Katherine und bekam rote Ohren.

»Ich bin gleich zurück. Will mich eben kurz abkühlen. Wenn Sie mich brauchen, müssen Sie bloß kräftig laut nach mir rufen.«

»Danke, aber wir kommen sehr gut allein klar«, erwiderte sie patzig.

Er warf ihr einen genervten Blick zu, ehe er über den Hügel zum Wasser setzte. *Sehr schön! Soll er sich ruhig schwarz ärgern, dass er uns mitgenommen hat. Ich hätte nichts dagegen, ihm den kleinen Ausflug gründlich zu vermiesen.*

Allison strampelte ausgelassen mit den Beinen und reckte die Ärmchen, als wollte sie nach den Zweigen des Baums greifen, die sich sanft im Wind wiegten. Katherine spielte mit ihr, bis das Baby müde wurde und zu quengeln anfing. Sobald sie es auf den Schoß nahm, schlummerte das Kind ein.

»Kleine Spaßbremse«, seufzte Katherine. Sie streckte sich lang auf der Decke aus. Unwillkürlich schweifte ihr Blick über den See. Sie kniff die Augen zusammen, bemüht, Jason unter den anderen Badenden auszumachen, die sich in den glitzernden Fluten tummelten. *Du bist wohl nicht ganz dicht,* wies sie sich mental zurecht. *Kann dir doch piepegal sein, wo der Kerl sich rumtreibt.* Ärgerlich verschränkte sie die Arme über dem Kopf.

Als Jace nach einer halben Stunde zurückkehrte, war sie in dieser Haltung eingeschlafen. Katherine hatte natürlich nicht bedacht, wie offenherzig ihr Baumwoll-Tanktop war. Wegen der dünnen Träger trug sie es ohne BH. Und weil sie die Arme hochgereckt hatte, zeichneten sich ihre Brustspitzen verräterisch unter dem weichen Stoff ab. Die kurzen limonengelben Shorts betonten ihre langen, schlanken, von der texanischen Sonne pfirsichzart gebräunten Beine.

Die Sonnenstrahlen flirrten unvermittelt durch das dichte Blätterdach, kitzelten vorwitzig ihr Gesicht. Sie blinzelte ein paar Mal, bevor sie die Lider ganz öffnete.

Einen Wimpernschlag lang glaubte sie, dass Jason lediglich eine Vision in einem äußerst angenehmen Traum war, und ihre Lippen verzogen sich zu einem lasziv-verführerischen Lächeln.

Kaum realisierte sie, dass er kein Produkt ihrer Fantasie war, schoss sie kerzengerade hoch. Seine schwarzen Haare ringelten sich in feuchten Locken in die Stirn. Hektisch riss sie den Blick von seiner nackten Brust, die mit weichem schwarzem Flaum bedeckt war, der sich in der Nabelgegend zu einer seidig feinen Linie verjüngte.

Er schwang sich auf die Decke, streckte seine langen Beine aus und stützte sich auf einen Ellbogen. Dann öffnete er den mitgebrachten Korb und griff hinein. »Apfel gefällig? Oder lieber eine Apfelsine?« Er hielt ihr das Obst hin.

»N…nein, danke«, stammelte sie und schluckte. Dieser Typ war dermaßen hinreißend, dass ihr die Spucke wegblieb. Grundgütiger, sein Arm streifte aufreizend ihr Knie.

»Was dagegen, wenn ich einen esse?«, grinste er, bevor er herzhaft in den Apfel biss. »Nach dem Schwimmen hab ich immer einen Mordskohldampf«, brummelte er, während er kaute. Er wog den angebissenen Apfel in der Hand und fragte abrupt: »Wie gefällt es dir eigentlich in deinem neuen Job?« Sie hatte ihm am Vorabend in groben Zügen erklärt, was sie an der Uni machte.

»Gut«, antwortete sie vorsichtig, unschlüssig, was er mit diesem Themenwechsel bezweckte. Zudem war er wieder beim vertraulichen Du angekommen. »Er ist wesentlich anspruchsvoller als mein voriger. Trotzdem würde ich eigentlich gern mehr schreiben.«

»Was zum Beispiel?«

Interessierte ihn das wirklich, oder löcherte er sie bloß, weil er irgendwelche Macken, Marotten und Misserfolge von ihr erfahren wollte? »Ich würde gern an Werbekampagnen mitarbeiten oder für Zeitschriften schreiben, so was in der Art.«

Er nickte vage und überlegte. »Magst du diesen Mr. … öhm … wie heißt er noch gleich? Welsh?«

Sie zuckte mit den Schultern. »Er ist okay, schätze ich mal. Bisweilen finde ich ihn ein bisschen komisch, aber das beruht bestimmt auf Gegenseitigkeit.« Ihr Versuch, witzig zu sein, misslang. Jasons Miene blieb seltsam unbewegt.

Seine uncharakteristische Zurückhaltung stimmte Katherine skeptisch. »Und was machen Sie … machst du bei dieser Ölgesellschaft?«, forschte sie und bekam einen roten Kopf. »Förderst du dort Öl?«

»Nein. Ich versuche – teilweise mit Erfolg – Öl zu finden. Ich bin Geologe und arbeite für Sunglow.«

»Geologe? Ich glaube, ich hab bisher noch nie einen Geologen kennen gelernt«, rief sie ehrlich beeindruckt.

»Möchtest du diesen Geologen gern näher kennen lernen?« Er streichelte ihr Knie, ein schalkhaftes Glitzern in seinen blauen Tiefen.

Katherine stutzte und war vorübergehend sprachlos. Schließlich fragte sie, und ihre eigene Stimme klang sonderbar fremd in ihren Ohren: »Wie … wie wird man eigentlich Geologe?«

Er lachte und ließ ihr Knie los. »Ich hab in Arizona, in New Mexico und schließlich in Texas studiert. In der Nähe von Houston. Meine Mutter hat sich halb umgebracht, als sie erfuhr, dass ich mich zu Forschungszwecken in einem Indianerreservat einquartiert hatte. Nachher hab ich ihr die wildesten Geschichten erzählt, von Skalpierpartys und Kriegstänzen.« Er hielt inne und zwinkerte ihr verschwörerisch zu. »Ehrlich gesagt, haben wir bloß irgendwelche harmlosen Regentänze vollführt.«

Bei der Vorstellung, wie Eleanor Manning, die ungekrönte Königin der High Society von Denver, es aufgenommen hatte, dass ihr Sohn bei den Indianern lebte, giggelte Katherine los. Sie fasste sich hastig wieder und wurde ernst. Kaute an der Innenseite ihrer Wange, bevor sie fragte: »Wie hast du mich eigentlich gefunden, Jace?«

»Ich fand dich wunderschön und total bezaubernd.« Seine Stimme war zärtlich, seine Worte bestrickend, trotzdem ließ sie sich nicht vom Thema abbringen.

»Hör bitte auf, Spielchen mit mir zu spielen. Ich finde, dafür ist Allisons Zukunft zu wichtig.«

Er lenkte sofort ein. »Entschuldige vielmals, du hast völlig recht.« Er seufzte tief und rollte sich auf den Rücken, verschränkte die Hände hinter dem Kopf. »Eins muss man dir lassen, du hast deine Spur gut verwischt, Katherine. Als ich mit meinem Latein am Ende war und die Suche schon fast aufgeben wollte, erwähnte Elsie dich und Mary. Sie fing von Mary an und dass sie ungeheuer nett gewesen sei. Dann rückte sie damit heraus, wie unglücklich ihre Ehe mit Peter war. Offenbar hatten sich die beiden Frauen angefreundet. Wie dem auch sei, Elsie erwähnte beiläufig, dass Mary immer von ihrer Heimat Denver geschwärmt hätte.

Dann sagte sie: ›Allerdings stammten die Mädchen ursprünglich aus Texas.‹ Ich nahm den Hinweis auf und fragte, ob sie wisse, wo. Sie versuchte sich zu erinnern, und ich wäre fast geplatzt, weil es so lange dauerte, bis es Elsie wieder einfiel.«

Er atmete tief ein, woraufhin sich sein Brustkorb beachtlich ausdehnte, und stieß einen geräuschvollen Seufzer aus. Katherine sah hastig weg, als sich seine Bauchmuskulatur anspannte, während das Taillenband seiner Badeshorts freizügig aufklaffte und reizvolle Einblicke gewährte.

Er zuckte mit den Achseln. »Ich ließ es auf den Versuch ankommen und hatte Glück. Es traf sich gut, dass Sunglow Bohrungen auf einem osttexanischen Ölfeld vornehmen wollte. Ich war schon drei Tage hier, bevor ich gestern Morgen bei dir auftauchte. Sie standen permanent unter Beobachtung, Miss Adams.« Er grinste zu ihr hoch.

Sie hatte das Gesicht abgewandt und blickte zum See,

deshalb fuhr er mit ruhiger Stimme fort: »Dein Haus in Denver ist im Übrigen verkauft. Ich hatte ein längeres Gespräch mit der Immobilienmaklerin. Sie hat das Geld von dem Verkauf auf ein Konto überwiesen, das du für Allison eingerichtet hattest.«

»Gut«, bekräftigte Katherine.

Jace setzte sich auf und fragte: »Wovon willst du eigentlich leben, Katherine? Hast du dir das mal überlegt?«

Sie sah ihn an und erwiderte milde entrüstet: »Wenn ich mir auch nur einen Moment unsicher gewesen wäre, dass ich womöglich nicht vernünftig für Allison sorgen könnte, hätte ich sie nie aus Denver fortgebracht.«

»Das war nicht als Vorwurf gemeint.«

Sie warf ihre honigblonden Haare nach hinten und sagte: »Ich hatte ein Sparkonto, auf dem ein paar tausend Dollar waren. Davon lebten wir, bis ich die Gehaltsüberweisungen vom College bekam.«

»Ich bin sicher, du kannst …«

»Ja, ich kann für sie sorgen. Ich bin siebenundzwanzig Jahre alt …«

»Siebenundzwanzig?«, rief er. Allison in ihrem Kindersitz wurde unruhig, so dass er die Stimme zu einem kehligen Flüstern senkte. »Siebenundzwanzig?«, wiederholte er ungläubig.

»Ja. Und, was dagegen?«

»Nööö.« Er lachte. »Es ist nur … du siehst mehr wie siebzehn aus. ’tschuldige. Ich hab dich unterbrochen.«

Angesichts seiner Zwischenfrage wusste sie nicht mehr, was sie hatte sagen wollen. Sie dachte scharf nach, bis es ihr wieder einfiel. Dann fuhr sie fort: »Ich verdiene bestimmt genug, um Allison ein schönes Zuhause und eine sorgenfreie Kindheit zu bieten. Es ist vielleicht nicht so exklusiv, wie sie es in Denver gehabt hätte, aber dafür liebe ich sie.« In ihrer Stimme schwang tiefe Zuneigung. Sie konnte die Kleine nicht weggeben. Niemals. Sie würde wie eine Löwin um das Kind kämpfen.

»Daran hab ich keinen Zweifel, Katherine. Ihr habt hier ein schönes Zuhause. Aber hast du schon mal an ihre Zukunft gedacht? An ihre Ausbildung? Hast du beispielsweise das Geld, um ihr später den Collegebesuch zu finanzieren? Und was ist mit Klamotten? Und all den tausend anderen Dingen, die ein junges aufgewecktes Mädchen braucht?«

Damit hatte er ihren wunden Punkt erwischt. Sie hatte natürlich über diese Dinge nachgedacht und Bedenken gehabt, die sie jedoch weit von sich schob. Irgendwie würde sie es schon schaffen. Sie hatte es bisher noch immer geschafft.

»Was du sagst, stimmt. Dein Argument ist nicht von der Hand zu weisen, Jace. Aber weißt du, ich war auch auf dem College. Mal ganz nebenbei bemerkt, hab ich Mary nach dem Tod unserer Mutter unterstützt und ihr den Schulbesuch finanziert. Ich war in erster Linie diejenige, die ihre Tutoren, ihre Kleidung und die Semestergebühren für die Kunstakademie bezahlt hat. Ich bin es gewöhnt, für mich selbst und andere zu sorgen.«

Ihre Miene entschlossen, erwiderte sie seinen forschenden Blick. Er fuhr sich mehrmals nachdenklich mit der Hand über den Nacken und wechselte unversehens das Thema. »Haben wir auch irgendwas zu trinken dabei?« Er deutete auf den Korb.

Katherine hob den Deckel des Picknickkorbs und inspizierte den Inhalt. »Lass mal schauen. Hier haben wir Rootbeer, Rootbeer und – aha – noch mal Rootbeer«, zählte sie, während sie die einzelnen Dosen hochhob. Als er die Augen zusammenkniff und eine angewiderte Grimasse zog, musste sie grinsen.

»Okay, dann nehm ich eben ein Rootbeer.« Er seufzte dramatisch, woraufhin beide lachten. Sie öffnete ihm die Dose und kreischte auf, als das Getränk zischend heraussprudelte und Katherine eine schaumig-süße Limonadendusche verpasste.

Beide wieherten übermütig los und konnten sich kaum wieder einkriegen. Nach einer kurzen Weile musterte er ihr Gesicht und meinte kichernd: »Hilfe, wie siehst du denn aus?«

Katherine wischte sich die Lachtränen aus den Augen. Sie sträubte sich nicht, als er sie auf die Knie zog, so dass sie einander gegenüberknieten.

»Komm, ich wisch dir das ab«, sagte er. Er strich mit seinen Fingern über ihr Gesicht, streifte den prickelnden Rootbeerschaum an einem Grasbüschel ab.

Plötzlich bemerkte Katherine, dass seine Hände zärtlicher wurden, sein Streicheln lasziver. Sie hob den Blick, nicht ahnend, dass ihre Augen feucht glitzerten von ihren Lachtränen und damit hinreißend schön waren.

Jasons Blick senkte sich in ihre meergrünen Tiefen, während seine Daumen behutsam ihre bebenden Lippen streiften. Betörend langsam umschloss er mit seinen Handflächen ihr Gesicht, seine Finger wickelten sich in ihre zerzausten Strähnen, bevor er ihren Mund auf seinen zog.

Die Lippen, die ihre berührten, waren warm und süß und weich – und zum ersten Mal fordernd. Und sie wurden zunehmend fordernder, als er Katherine umschlang und in seine Arme schmiegte.

Spontan registrierte er, wie sie in seiner Umarmung erstarrte und sich dagegen sträubte. Statt sie jedoch loszulassen, wurde seine Umarmung zärtlicher. Er streichelte sinnlich ihren Po. Seine fordernden Lippen schalteten auf verführerisch. Seine Zunge kreiste über ihre zusammengepressten Lippen, und er knabberte hingebungsvoll an einem ihrer Mundwinkel. Gegen ihren Willen fühlte Katherine, wie ihr Mund sich entspannte, bis sie ihm schließlich leise stöhnend die Lippen öffnete.

Nach einem langen, glutvollen Kuss, der beiden den Atem raubte, löste er schließlich seinen Mund von ihrem. Er widmete sich hingebungsvoll ihrem Ohrläppchen, küsste Katherines Lider.

»Deine Augen haben die Farbe von jungem Frühlingslaub«, flüsterte er kehlig rau. »Von wem hast du eigentlich diese schwarzen Wimpern geerbt? Blondinen haben doch für gewöhnlich helle Wimpern, oder?«

Mit sinnlichen Lippen erkundete er ihr Gesicht. Strich mit seinen Fingern zärtlich durch ihre Haare. »Dein Haar fühlt sich an wie kühle Seide. Ich möchte fühlen, wie es sich über dein Gesicht bauscht.« Er küsste Katherine abermals, und dieses Mal noch stürmischer. Und sie reagierte mit einer Leidenschaft, die ihr selbst neu war. So hatte sie noch auf keinen Mann reagiert.

Er stemmte ihr eine seiner sehnig zupackenden Hände ins Kreuz und presste sie ungestüm an sich. Dann stellte er sich breitbeinig hin, so dass sich ihre Schenkel zwischen seine schmiegten. Sie fühlte seine kräftige Muskulatur, die sich erregend an ihrer rieb.

Oh, Schreck, was tat sie da? Am liebsten hätte sie sich von ihm losgerissen, aber seine Lippen kosten zärtlich ihr Schlüsselbein, seine Hände streichelten über ihr Tanktop, kitzelten ihre seidenzarte Haut. Das war doch nicht verboten, oder? Zudem war es himmlisch, seufzte sie insgeheim. Sie hob zaghaft die Arme und schlang sie um seinen Nacken, streichelte seinen ausgeprägten Bizeps.

»Oh, Gott, Katherine.« Seine Stimme war drängend, genau wie seine Hände, die an ihrem T-Shirt herumfummelten. Kaum hatte er ihr das Hemdchen hochgeschoben, kitzelte sein rauer Brustflaum ihren nackten Busen, rieb sich an ihrem flachen Bauch.

»Katherine, ich will dich.« Aus seinen Worten sprach unverstellte Lust. »Du bist so schön ... und süß ...«

Seine Hand umschloss ihre Brust, und irgendwo in ihrem Kopf schrillte eine Alarmglocke. Sie durfte ihm nicht nachgeben! Nein, nichts da. Sie musste seine Anmache abschmettern! *Bleib standhaft, Katherine.* Er war schließlich ein Manning, und selbst wenn er nicht so war wie ... wie ...

Oha! Was war das? Was passierte da mit ihr? Ihre Knospen prickelten lustvoll unter seinen zärtlich kreisenden Bewegungen. Katherine umklammerte seine Schultern, riss ihn stürmisch an sich.

*Bitte, nein. Jace, Jace. Nein, Jace.* Mit einem Mal bemerkte sie, dass sie seinen Namen laut herausstöhnte. Ihr Flehen mischte sich mit seinem leise zärtlichen Flüstern.

»Katherine, du fühlst dich so gut an. Deine Brüste. Katherine, bitte ...«

»Nein!«, kreischte sie und stieß ihn abrupt von sich, woraufhin Jason das Gleichgewicht verlor und nach hinten stolperte. »Nein! Fass mich nicht an!« Sie zog hastig ihr Tanktop herunter und bedeckte mit zitternden Händen ihre flammendroten Wangen.

»Katherine, ich …«

»Nein … spar dir deine Entschuldigungen. Lass mich einfach bloß in Ruhe.« Sie schluchzte unkontrolliert. Wieso eigentlich? War es aus Scham oder aus Frust? Sie hatte nicht den Schimmer einer Ahnung, weshalb sie plötzlich in Tränen ausbrach.

Folglich ließ sie ihren geballten inneren Groll an Jace aus. »Hast du echt geglaubt, ich würde mich dir an den Hals …? Grundgütiger, ich glaub, ich spinne!« Sie stolperte mehrere Schritte zurück, als müsste sie vor einer drohenden Gefahr zurückweichen. »Du meinst wohl, alle Leute müssten nach deiner Pfeife tanzen, was? Und dass ich es unglaublich toll finden muss, wenn einer der berühmt-berüchtigten Mannings sich mit mir abgibt, hä? Und wenn ich mitgemacht hätte, wär das bloß Wasser auf deine Mühlen gewesen. Ein zündendes Argument, das du eiskalt gegen mich verwendet hättest. Ich hab nämlich nicht vergessen, was euer Anwalt über meine unklaren Moralvorstellungen gefaselt hat. Du bist arrogant und egoistisch, intrigant und raffiniert. Genau wie dein Bruder«, schnaubte sie und drehte sich von ihm weg.

Innerhalb eines Herzschlags hatte er ihren Oberarm schmerzhaft umklammert und riss sie zu sich herum. Seine Augen, in denen sich Sekunden zuvor glutvolle Leidenschaft gespiegelt hatte, glühten vor Zorn. Von wegen tiefe Grübchen und sinnliches Lächeln. Er hatte die Lippen zu einer dünnen, grimmigen Linie zusammengepresst, seine Kinnpartie schien hart wie Granit.

Katherine erstarrte ob der unterschwelligen Brutalität, die von ihm ausging. »Verdammt! Sag das nicht noch einmal zu mir! Hörst du?« Er schüttelte sie impulsiv, worauf ihr Kopf auf den Schultern wackelte. »Vergleich mich nie wieder mit meinem Bruder. Nie wieder!«, presste er zwischen aufeinandergebissenen Kiefern hervor. Die angespannten Sehnen an seinem Hals zeichneten sich unter der Haut ab.

Katherine stöhnte vor Schmerz, weil er schraubstockartig ihren Arm umklammert hielt. Irgendwann dämmerte es ihm, dass er ihr wehtat, er ließ sie abrupt los und trat zurück. Er holte tief Luft, presste den angestauten Atem geräuschvoll aus seinen Lungen. Rieb sich mit den Fäusten die Augen.

Als er sie erneut anschaute, sagte er rau: »Entschuldige. Ich hab überreagiert. Tut mir leid, das wollte ich nicht.«

# 4

Ob er damit seine sexuellen Avancen meinte oder seinen brutalen Frontalangriff auf sie, erfuhr Katherine nicht. Er begann hastig, ihre Sachen zusammenzuräumen und packte alles in den Jeep.

Auf ihrer schweigsamen Rückfahrt beobachtete Katherine ihn heimlich aus den Augenwinkeln heraus. Seine grimmige Miene war wie versteinert, sein Blick auf die Straße geheftet. Sobald sie bei ihr eintrafen, stolperte sie mit Allison im Arm die Stufen zu ihrem Apartment hoch. Sie überließ es Jason, Happy den Picknickkorb zurückzubringen und von ihrem missglückten Ausflug zu berichten.

Am nächsten Morgen ging sie wie gewohnt zur Arbeit, aber es war nicht mehr dasselbe. Das Wochenende hatte sie innerlich aufgewühlt. Sie war verunsichert, nervös und gereizt und ging bei der kleinsten Kleinigkeit an die Decke. Zudem belastete sie die quälende Frage: Was hatte Jace noch alles auf der Pfanne? Mit welchen Tricks durfte sie demnächst rechnen?

Dass er Allison aus Happys Haus entführen würde, während sie bei der Arbeit war, glaubte sie nicht wirklich. Trotzdem: ganz auszuschließen war es ebenfalls nicht. Er schien ihr zwar nicht der Typ, der heimtückisch taktierte, andererseits war Peter auch so ein Blender gewesen, der seine Frau nach Strich und Faden geleimt hatte.

Nein, Charme hin, gutes Aussehen her, man durfte ihm nicht über den Weg trauen. Sie wäre blöd, wenn sie anderes annehmen würde.

Es brauchte nicht lange, bis sie seine Taktik durchschaut hatte. Als sie von der Uni heimkam, stand er im Hof neben Happy und half ihr, eine Fensterblende zu reparieren. Der Kerl hatte Nerven!

»War echt supernett von Jace, dass er mir das alte Ding repariert hat, nicht? Ich hatte bloß beiläufig erwähnt, dass der Fensterladen kaputt sei, und ruckzuck war er hier, um sich den Schaden anzusehen.«

»Das kann ich mir lebhaft vorstellen«, mokierte Katherine sich. Indes traf ihr Sarkasmus bei der gutgläubigen Happy auf taube Ohren. Fragte ihre Vermieterin sich eigentlich nie, wieso Jace dauernd bei ihnen herumlungerte?

Jace beantwortete die Frage für sie. »Ein paar von meinen Kollegen untersuchen vorab Bodenproben aus dem besagten Gebiet, wo wir bohren wollen, deshalb hab ich ein paar Tage frei. Ist doch toll, oder?« Er grinste triumphierend.

»Spitzenmäßig«, ätzte Katherine mit einem provozierenden Lächeln in seine Richtung. Er lachte jedoch bloß. Dieser Kerl war echt das Letzte!

Die nächsten Tage verliefen nach dem gleichen Schema. Er war überall. Sobald Katherine sich umdrehte, war Jace da. Er half Happy im Garten, er brachte ihr Auto in die Werkstatt, er fuhr Allison eines Nachmittags im Kinderwagen spazieren, damit Happy ein Frauentreffen in der Kirche besuchen konnte. Er erbot sich, Katherine bei der

Renovierung ihres Apartments zu unterstützen, doch die junge Frau wies rigoros die kleinste hilfsbereite Geste zurück. *Soll er sich seinen Altruismus doch sonst wohin stecken* – sie würde jedenfalls nicht auf sein scheinheiliges Getue hereinfallen.

Am Freitagnachmittag lagen ihre Nerven blank. Zu Beginn des Wintersemesters war in ihrem Büro immer eine Menge los. Sie kam nur noch sporadisch dazu, ihre Presseberichte zu verfassen und Werbematerialien herauszugeben, wie es eigentlich ihr Job gewesen wäre. Jace und seine Aktivitäten geisterten ihr dauernd durch den Kopf, und es fiel ihr schwer, sich zu konzentrieren, wann immer sie vor ihrem Computer saß.

»Katherine«, raunte Ronald Welsh neben ihrem Ohr – sie zuckte erschrocken zusammen. Er hatte die ekelhafte Angewohnheit, sie gnadenlos zu bespitzeln und sich dafür dann wortreich zu entschuldigen. Dass er ihr begütigend den Arm tätschelte, machte es eher schlimmer als besser.

Als sie sich um den Job beworben hatte, hatte sie – genau wie gegenüber Happy – geschwindelt, dass sie Witwe wäre. Sonst hätte sie den Anstellungsvertrag womöglich nicht bekommen. Welsh war nämlich tief bewegt gewesen von ihrer tragischen Geschichte. Im Nachhinein fand Katherine jedoch, dass sein spontanes Mitgefühl für eine arme, bedauernswerte Witwe verdammt schnell verflogen war.

»Hab ich Sie erschreckt? Tut mir leid, das wollte ich nicht.« Während sie ihren Computer herunterfuhr, umrundete er ihren Arbeitsplatz und sah sie fest an. »Sie haben es doch sicher nicht eilig heute Abend, oder? Ich dachte … ich meine, was halten Sie davon, wenn wir beide das lange Wochenende mit einem Drink einstimmen?«

Katherine erstarrte unter der fleischigen Männerhand, die sich schwer auf ihre Schulter legte und sie unnachgiebig auf ihren Bürostuhl drückte. *Jetzt bloß keine Panik zeigen oder gar die falschen Schlüsse ziehen!,* ermahnte sie sich. Trotzdem fühlte sie sich zunehmend unbehaglich, so allein mit ihm in ihrem Büro.

»Oh, danke, Mr. Welsh …«

»Ronald.«

»R…Ronald, aber ich muss jetzt wirklich nach Hause. Meine Güte, wie spät das schon wieder ist«, japste sie nach einem Blick auf ihre Armbanduhr, obwohl sie das nicht wirklich kümmerte. Sie wollte nur weg – bloß weg aus der Enge ihres kleinen Büros.

Es glückte ihr schließlich, sich von ihrem Stuhl hochzustemmen, doch als sie zur Tür setzte, packte er sie am Arm. »Alle anderen sind schon gegangen, Katherine. Sie hatten es eilig, nach Hause zu kommen und sich auf den Labor Day einzustimmen. Ist das nicht schön? Wir haben das ganze Gebäude für uns und können unsere eigene kleine Party feiern.« Zu ihrem wachsenden Entsetzen schritt er zur Tür und schloss ab.

»Ich bin sicher, Sie werden mir diesen kleinen Gefallen nicht abschlagen. Sie arbeiten doch gern hier, oder? Das hoffe ich jedenfalls schwer. Für Sie ist es immerhin nicht unerheblich, dass Sie einen sicheren Job haben. Ich meine, Sie sind eine Witwe mit einem kleinen Kind, da sind Sie auf ein regelmäßiges Einkommen angewiesen, stimmt's?«, salbaderte er arrogant.

Katherines Kehle verengte sich vor Panik, während er sie mit lüsternem Blick anstarrte. Sie schluckte schwer und beschloss zu bluffen. Am besten, sie ging erst mal auf dieses widerwärtige Tête-à-Tête ein. Anders wusste sie sich in dieser kritischen Situation nicht zu helfen.

»Einverstanden, Ronald. Das mit dem Drink klingt gut«, heuchelte sie Begeisterung. Sie nötigte sich ein schmallippiges Lächeln ab. Ihre Züge gefroren. Sie musste unbedingt zu dieser Tür gelangen!

»Ich wusste, Sie würden mir keinen Korb geben.« Der korpulente kleine Mann trat zu ihr, streckte die Hand aus und streichelte mit seinen dicken Wurstfingern ihre Wange.

Katherine kam unwillkürlich die Galle hoch, gleichwohl glückte ihr die Karikatur eines Lächelns. Ihr Mund war so staubtrocken, dass ihre Lippen an den Zähnen festklebten.

»Was möchten Sie trinken, meine Liebe? Wussten Sie übrigens, dass ich mir für solche Gelegenheiten eine kleine Hausbar eingerichtet habe?«

Er zwinkerte ihr zu, ehe er sich umdrehte und sich über ein Schubfach beugte. Katherine machte einen unschlüssigen Schritt in Richtung Tür. Um ihn von ihrem Vorhaben abzulenken, sagte sie: »Ach, ich bin nicht wählerisch. Irgendwas, was Sie dahaben.«

»Ich mag unkomplizierte Frauen.« Er straffte sich, in einer Hand eine Flasche billigen Schnaps, in der anderen zwei angestaubte Gläser. Katherine registrierte, dass es die gleichen Gläser waren, wie sie in der Cafeteria auf dem Campus verwendet wurden. Sie musste sich einen hysterischen Lachanfall verkneifen. Geil und geizig! Und ein Abstaubertyp von der miesesten Sorte. Von wegen Champagner, und ich werde schwach. Der verschwendete sein Geld bestimmt nicht für romantische Schäferstündchen.

»Kommen Sie, setzen Sie sich zu mir, Katherine. Entspannen Sie sich.« Er pflanzte seinen fetten Hintern auf das schmale Sofa und klopfte mit der flachen Hand auf das Polster.

Katherine erwog, sich fluchtartig zur Tür zu stürzen und Reißaus zu nehmen. Aber das durfte sie getrost vergessen, denn die Tür befand sich auf der Längsseite des Büros. Stattdessen würde sie auf Zeit spielen, sann sie, bis sich eine günstige Gelegenheit zur Flucht bot. Hoffentlich war es dann nicht zu spät! Mit wackligen Knien stakste sie zu der Couch und setzte sich neben ihn.

Der süßliche Gestank seiner Haarpomade, sein Körperschweiß und das stechende Aroma des billigen Fusels, den er ihr hinhielt, verursachten ihr Brechreiz. Sie lächelte jedoch tapfer und hob das Glas an ihre Lippen. Ihre Trinkgewohnheiten beschränkten sich auf Wein oder Longdrinks. Sie bekam den winzigen Schluck von dem bitter schmeckenden, scheußlich in der Kehle brennenden Korn kaum hinunter.

»Ich mag Mädchen, die Kleider tragen. Sie tragen im Büro immer Röcke oder Kleider.« Er legte seine schwitzige Handfläche auf ihr Knie und schob sie langsam höher. *Ich glaub, ich bin im falschen Film!,* stöhnte Katherine insgeheim.

»Viele Männer mögen keine Strumpfhosen, ich schon. Ich finde Strumpfhosen wahnsinnig sexy, Katherine.« Seine Hand, die inzwischen unter ihren Rock gewandert war, rutschte höher und streichelte intensiver. Schweißperlen glänzten auf seiner Oberlippe.

»Bitte, Mr. … Ronald …« Ihre Stimme überschlug sich fast. Sein nächster Annäherungsversuch traf sie völlig unerwartet. Die junge Frau fiel aus allen Wolken.

Er stürzte sich auf sie, zwängte sie brutal gegen das Rückenpolster des Sofas. Er fiel über sie her, dass sie unter seinem Gewicht geradezu zu ersticken drohte. Mit seiner fleischigen Hand umklammerte er das Vorderteil ihrer Seidenbluse, und als Katherine sich impulsiv von ihm losriss, ging ihre Brusttasche in Fetzen.

»Du kannst mir nichts vormachen, Katherine. Du willst es doch genauso wie ich«, ächzte er. »Meinetwegen kannst du schreien, so viel und so laut du willst. Niemand wird dich hören.«

Seine Stimme zitterte vor Erregung. Oder war es ihr eigener aufgewühlter Atem, der in ihrem Kopf echote, während sie von seinem Gewicht zerquetscht zu werden drohte? »Nein … oh Gott … Sie sind verrückt … bitte, nein.«

Er umklammerte die Knopfleiste ihrer Bluse und riss sie auseinander. Knöpfe flogen. Er versuchte hemmungslos, den Vorderverschluss ihres BHs zu öffnen, und als er das in seiner Hektik nicht schaffte, zerbrach er ungeduldig den Clip.

Sein Mund klatschte mit einem schmatzenden Geräusch auf ihren. Seine wulstigen Lippen saugten sich an ihren fest. Und als sie wütend zubiss, knallte er ihr eine. Seine fünf Finger malten sich rot auf ihrer Wange ab.

Er fiel mit brutalen Fingern über ihre wohlgeformten Brüste her. Katherine schrie schmerzvoll auf, denn er kratzte, knetete und kniff roh und gefühllos in das zarte Fleisch.

Als sich seine Lippen von ihren lösten und er seine Zähne widerwärtig schmatzend in ihre Halsbeuge grub, schrie sie aus Leibeskräften. Der spitze Schrei wurde von klirrendem Glas und splitterndem Holz begleitet.

Über Ronald Welshs massiger Hängeschulter gewahrte sie Jason, der soeben mit einem kräftigen Stiefeltritt auf die Tür losging, woraufhin diese aufschwang. Mit drei langen Schritten setzte er zu Ronald.

Er packte ihren Chef am Jackettkragen, riss ihn von Katherine los, stemmte ihn mit Wucht vor die nächstgelegene Wand.

»Sie Bastard!«, knurrte Jason. Er verpasste dem völlig verblüfften Ronald einen Faustschlag ins Gesicht. Katherine vernahm ein knirschendes Geräusch, das auf ein gebrochenes Nasenbein schließen ließ, und sah, wie das Blut über Lippen und Kinn spritzte.

Sie schluchzte hysterisch, während Jace weiter auf den Mann eindrosch. Wie in Zeitlupe sank der korpulente Mann vor der Wand zusammen, während Jace ihn am Revers packte und an seinem blutverschmierten Hemd wieder hochzog.

Nach einem letzten Fausthieb in die Magengrube ließ Jace von Ronald ab. Mit einem tiefen animalischen Stöhnen sackte Welsh auf dem Boden in sich zusammen.

Schwer atmend stand Jace über dem zusammengesunkenen Mann, der keinen Muckser von sich gab. Er wischte sich mit einem Ärmel die Stirn und drehte sich langsam zu Katherine um.

Sie saß kerzengerade, ihr Blick angstgeweitet, kämpfte mit den Tränen. Doch wenn sie jetzt anfing zu weinen, würde sie vermutlich nie mehr aufhören.

Jace kniete sich neben sie und strich ihr die zerzausten Haare aus dem kalkweißen Gesicht. »Katherine?«, fragte er weich. »Katherine, bist du okay?« Als sie sah, dass sich auf seinem Gesicht ernste Sorge spiegelte, konnte sie die

Tränen nicht mehr aufhalten. Wahre Sturzfluten strömten über ihre Wangen.

»J…ja«, schniefte sie. Er wischte die Tränen mit seinen Fingern weg und legte seine Handfläche sanft auf das feuerrote Mal, das sich auf ihrer Wange malte.

Seine Lippen bildeten eine harte, grimmige Linie in seinem Gesicht.

»Ich bin gleich zurück. Ich will nur kurz …« Er machte Anstalten aufzustehen, woraufhin sie verzweifelt seine Schultern umklammerte.

»Nein, bloß nicht! Jace, lass mich bitte nicht allein mit ihm. Das ertrage ich nicht. Bitte nicht«, platzte sie heraus, weil sie abermals hysterisch wurde.

Jace zog sie an sich und bettete ihren Kopf an seine Schulter. Strich ihr begütigend über den Hinterkopf.

»Schscht. Ist schon okay. Ich lass dich nicht allein, Katherine. Versprochen. Komm, beruhig dich. Ich wollte bloß etwas zu schreiben holen. Der Präsident dieser ehrwürdigen Institution soll umgehend von dem Vorfall heute Abend erfahren. Aber das lässt sich auch telefonisch erledigen. Ein Anruf ist vielleicht sogar noch effektiver.«

Jace umschlang ihre Schultern und zog Katherine vom Sofa hoch. Ihren zitternden Körper an seinen geschmiegt, nahm er ihre Handtasche von ihrem Schreibtisch. Dann hob er sie in seine Arme und trug sie aus dem Gebäude. Es war ein ruhiger Abend. Draußen war es bereits dunkel und der Campus des Van Buren College menschenleer.

Nachdem er ihr in den Jeep geholfen hatte, wühlte er sich im Fond durch einen Haufen Krimskrams, der dort herumlag. Schließlich fand er, was er suchte.

»Hier, zieh das an.« Sie zuckte unwillkürlich zusammen, weil er nach ihrer zerrissenen Bluse griff, die sie, um ihre Blöße zu bedecken, mit beiden Händen vorn krampfhaft zusammengerafft hatte.

»So kannst du jedenfalls nicht nach Hause«, erklärte er, und weiter: »Katherine, wenn Happy dich so sieht, erwartet sie mit Sicherheit eine Erklärung. Das leuchtet dir ein, oder? Und du willst diese widerwärtige Geschichte mit deinem Chef bestimmt nicht noch einmal hochkochen lassen, oder? Komm, zieh dieses T-Shirt an. Wenn wir Glück haben, merkt sie nichts und stellt keine Fragen. Falls sie dich auf das T-Shirt ansprechen sollte, sage ich, dass du dir die schöne Bluse mit Tinte oder Toner oder sonst was ruiniert hast. Okay?«

Sie nickte und sträubte sich auch nicht, als er ihr behutsam aus der zerrissenen Bluse half. Er warf das gute Stück auf den Rücksitz. Halb entrückt, halb apathisch ließ sie es geschehen. Gleichwohl errötete sie heftig, als er ihr die BH-Träger von den Armen streifte.

»Dieses verdammte Schwein!«, murmelte er, als er die Striemen und Schrammen auf ihren weichen Brüsten gewahrte. Äußerst behutsam berührte er mit seiner Fingerspitze einen der tieferen Kratzer.

Katherine, die ihn beobachtete, wunderte sich, wie viel Emotion sich mit einem Mal in seinen Zügen zeigte. Es war unbegreiflich. Die tröstliche Wärme seiner Hand durchflutete sie, als könnte seine Zuwendung den physischen Schmerz und das erlittene emotionale Trauma auslöschen.

»Ich sollte nochmal zurückgehen und dieses perverse Scheusal umbringen!«, knirschte Jace zwischen zusammengebissenen Kiefern. Um ihr nicht unnötig wehzutun, zog er ihr behutsam das T-Shirt über den Kopf. Es war ihr zwar viel zu groß, aber das weiche Baumwollgewebe fühlte sich himmlisch gut an auf ihrer Haut.

Als er sicher war, dass sie es bequem hatte, glitt Jace auf den Fahrersitz und startete den Jeep. Er hielt sich an die vorgeschriebene Geschwindigkeit. In Happys Hof angekommen, schaltete er den Motor aus und sprang wortlos aus dem Jeep. Gott sei Dank, Happys Auto stand nicht auf seinem üblichen Platz, stellte Katherine erleichtert fest. Also war sie nicht da.

Er kümmerte sich nicht um ihren Protest, sondern trug sie die Stufen hoch. Im Flur musterte er sie fragend, und sie deutete mit einem Kopfnicken auf Allisons Zimmer.

Dort setzte er sie auf dem Bett ab, in dem sie schlief.

»Kann ich sonst noch was für dich tun?«, erkundigte er sich. »Und hör auf mit dem Gesülze, dass du meine Hilfe nicht brauchst, ja?«

Sie blickte zu ihm hoch und schniefte: »D…danke, Jace. Er war so … Ich weiß nicht, wie lange ich ihn mir noch vom Leib hätte halten können. Es war widerlich.« Sie schauderte und verschränkte die Arme vor der Brust, umklammerte ihren Rippenbogen, während sie völlig aufgelöst hin und zurück schaukelte.

»Grundgütiger, Katherine, ich kann mir lebhaft vorstellen, dass es horrormäßig für dich war. Als ich durch die Tür kam und sah …«

»Wieso warst du überhaupt da?«, fragte sie unvermittelt.

Er wich ihrem Blick aus und antwortete mehr zu sich

selbst: »Ich … ähm … nachdem ich ihn auf der Collegefete kennen gelernt hatte, hatte ich immer so ein komisches Gefühl, dass er nicht ganz kussecht ist. Reine Intuition. Es ärgerte mich, wie er dich ansah.Von da an war er mir nicht mehr geheuer und ich beschloss, ein Auge auf ihn zu haben. Als es im Gebäude dunkel wurde und alle gegangen waren bis auf ihn und dich, wurde ich misstrauisch. Ich rüttelte an der Tür – sie war verschlossen. In diesem Augenblick hörte ich deine gellenden Schreie.«

»Danke«, wisperte sie und tastete verlegen nach seiner Hand. Er nahm ihre schmale Hand in seine und sah ihr tief in die Augen, während sein Daumen in erotisierenden Kreisen ihren Handteller streichelte. Angesichts seiner Zärtlichkeit und der Intensität seines Blicks wurde Katherine mulmig zumute, und sie zerrte an ihrer Hand. Er ließ sie sogleich los.

»Puh, ich würde unheimlich gern ein Bad nehmen«, räumte Katherine ein.

»Okay. Mach das. Ich erledige in der Zwischenzeit ein paar Telefonate.« Er ging hinaus und zog die Tür hinter sich zu.

Das warme Wasser schmerzte auf den frischen Kratzern. Als sie ihr Bad jedoch verließ, fühlte sie sich relaxed und erfrischt, als hätte sie sich Ronalds penetranten Geruch und sein zudringliches Gegrapsche in der Wanne abgewaschen. Sie zog ein Baumwollnachthemd an und schlüpfte auf die Bettseite, neben der die Wiege stand.

»Zimmerservice«, rief Jace, bevor er sich seitwärts in den Raum schob und mit seiner Kehrseite die Tür öffnete. Er balancierte ein Tablett in den Händen. »Stets zu Ihren Diensten«, meinte er aufgeräumt. Katherine lachte, als sie feststellte, dass er sich, quasi als Schürzenersatz, ein Küchentuch in den Bund seiner Jeans gestopft hatte. Er stellte das Tablett vorsichtig auf ihren Schoß und betrachtete stolz sein Werk.

»Ich finde, mit Tee und Toast kann man eigentlich nichts verkehrt machen. Wenn du irgendwas anderes möchtest, ein Omelett oder so, mach ich dir das natürlich auch. Bei einem Dreigängemenü komm ich allerdings in Schwulitäten. Da muss ich passen.«

»Nöö, das hier ist perfekt. Danke«, sagte sie und nippte an dem dampfend heißen Tee.

Wie selbstverständlich setzte er sich ans Fußende des Bettes, stützte sich auf den Ellbogen auf und betrachtete ihre Füße.

»Zu deiner Information: Mr. Ronald Welsh kann sich die Papiere abholen. Ihm wurde am Van Buren College fristlos gekündigt. Ich hab den Dekan zu Hause angerufen, ihn bei einem Barbecue mit Freunden gestört und ihm die ganze Geschichte erzählt. Ich wollte ihm damit drohen, dass ich die Presse einschalten und es 'ne Menge Schlagzeilen geben würde, von wegen sexueller Nötigung am Arbeitsplatz und so. Das war aber gar nicht nötig, er zeigte sich durchaus kooperativ.« Er grinste Katherine an, doch seine blauen Tiefen blieben ernst.

»Und was ist mit Mr. Welsh?«, meinte sie gedehnt, da sie sich spontan auf die zusammengesackte Gestalt am Boden besann.

»Ich hab einen Krankenwagen für ihn gerufen«, knurrte Jace.

Katherine nickte abwesend. »Welsh hat Familie. Ist bestimmt ein Schock für sie, wenn sie erfahren, dass er seinen Job verloren hat«, sinnierte sie. »Wer kümmert sich um diese Menschen?«

»Um ihn kümmern sich erst mal die Leute im Krankenhaus. Und dann sehen wir weiter.«

Katherine schaute ihn mit großen Augen an. »Was meinst du damit?«

Er nahm eines von Allisons Stofftieren und inspizierte die flauschigen Ohren. »Ach, nichts«, antwortete er ausweichend und setzte hastig hinzu: »Jemand vom College bringt morgen deinen Wagen vorbei.«

Bevor Katherine ihn weiter löchern konnte, hörten sie Happys fröhliches »Hallo allerseits«. Ihre Vermieterin schob sich durch die Eingangstür in den Wohnraum. »Katherine, Jace, seid ihr da? Allison und ich mussten noch was besorgen und ich …« Kaum quetschte sie ihre Leibesfülle in den Türrahmen des Schlafzimmers, versagte ihr gurgelnd die Stimme.

Jace machte keinerlei Anstalten aufzustehen, und Happys Augen weiteten sich entsetzt, als sie sah, dass die beiden einträchtig auf dem Bett saßen. Zu allem Überfluss war Katherine bereits im Nachthemd!

»Was …«

Jace ließ sie gar nicht erst ausreden. Er sprang auf und nahm ihr das Kind ab.

»Katherine ist im Büro schlecht geworden. Eine kleine Magenverstimmung. Sie rief mich an und bat mich, dass ich sie nach Hause fahre. Ich bestand darauf, dass sie sofort ins Bett geht und sich schont.«

Er flunkerte wie gedruckt und ohne rot zu werden, dachte Katherine nicht ohne Bewunderung.

»Oh, Liebes, fühlst du dich nicht gut? Soll ich nicht besser einen Arzt kommen lassen?«, schlug Happy vor, aber Katherine wiegelte heftig ab.

»Nein. Nein, ich bin okay. Ich hab zum Lunch etwas gegessen, was mir anscheinend nicht bekommen ist.«

»Jace hat Recht. Du bleibst im Bett und schonst dich. Ich nehme Allison die Nacht mit zu mir rüber.«

»Nein, Happy. Ich möchte sie bei mir haben«, sagte Katherine. Irgendwie übte die kleine Allison einen besänftigenden und stabilisierenden Einfluss auf ihr schwer malträtiertes Nervenkostüm aus.

»Und was ist, wenn du dir einen ansteckenden Virus eingefangen hast? Das Baby …«

»Nein, nein, ich bin sicher, Ihre Sorge ist völlig unbegründet«, unterbrach Jace Happys Mutmaßungen. »Ich hab mich entschlossen, heute Nacht hierzubleiben. Sollte Katherine wider Erwarten Hilfe brauchen, weil sich ihr Zustand verschlechtert, ruf ich Sie.«

Katherine und Happy fixierten ihn in sprachloser Verblüffung. Happy erholte sich als Erste. »Aber Jace, sind Sie sicher, dass sich das gehört? Ich meine …«

»Von wegen Sitte, Moral und Anstand? Aber selbstverständlich. *Mann* weiß doch, wie er sich zu benehmen hat. Ich zieh mich ins Wohnzimmer zurück. Wollte sowieso die ganze Nacht aufbleiben, weil ich noch ein paar Zeichnungen und Analysen fertig bekommen muss – aber die kann ich auch hier machen.«

Happy schien zwar immer noch nicht überzeugt, gleichwohl hatte Jason ihr mit seiner Argumentation den Wind aus den Segeln genommen und sie versagte sich weiteren Protest.

»Ich denke, wir lassen Katherine jetzt schlafen«, meinte er, und Happy reagierte prompt. Nach einem hastigen »Gute Nacht« strich sie Allison zärtlich über den Rücken und verschwand.

Jace legte Allison in ihre Wiege und sagte: »Warte, kleine Prinzessin, ich bin gleich zurück.« Er drehte sich in dem engen Raum zwischen Wiege und Bett zu Katherine. »Hast du alles, was du brauchst?« Sie nickte bekräftigend. Daraufhin nahm er das Tablett und glitt aus dem Zimmer.

Nach seiner Rückkehr beugte er sich über die Wiege und rieb sich unschlüssig die Hände. »Ich hab das noch nie gemacht, Allison, demnach darfst du dich ruhig beschweren, wenn ich was falsch mache, okay?«

Katherine lachte, als sie registrierte, wie seine großen Hände mit den winzigen Knöpfen von Allisons Strampler kämpften. Schließlich hatte er es geschafft. Er zog die Kleine aus und wechselte ihre Windel. Als sie eingecremt, gepudert, gewickelt und in ihren Schlafsack eingeknöpft war, hob er sie von der Wickelkommode und trug sie in die Küche, um ihr Fläschchen zu holen. Katherine hörte, wie er leise mit dem Baby scherzte.

Jason kehrte zurück, in einer Hand das Milchfläschchen, in dem anderen Arm das Kind. Er setzte sich in den Rattanschaukelstuhl und stöhnte, als der unter seinem Gewicht bedenklich ächzte.

»Glaubst du, dieses verdammte Ding hält mich aus?«, wollte er wissen.

»Das hoffe ich doch sehr«, muffelte sie unter der Bettdecke und kicherte.

»Es liegt bestimmt an Allison. Wenn sie nicht so wohlgenährt wäre, wären wir um einiges leichter. Weißt du was,

Prinzessin? Ich glaube, wir setzen dich auf Diät.« Er schob ihr behutsam die Flasche in den Mund, und sie saugte hungrig daran.

Vom Bett aus beobachtete Katherine, wie Jace das Baby fütterte. Er plauderte leise mit ihr, und sie spähte mit gebannter Faszination zu ihm hoch. Streckte die winzigen Händchen nach seinem Gesicht aus, als er sich über sie neigte.

Der heiße Tee und der leise begütigende Klang von Jasons tiefer Stimme machten Katherine schläfrig, sie kuschelte sich wohlig in die Decken und seufzte zufrieden.

Als Allison ihr Fläschchen geleert hatte, legte Jace sie über seine Schulter, damit sie ihr Bäuerchen machen konnte. Er lachte, als sie einen lauten Rülpser von sich gab.

Er legte Allison in die Wiege, drehte sie auf den Bauch und tätschelte ihr den runden Windelpo. Nachdem er sie mit einem leichten Federbett zugedeckt hatte, knipste er die Lampe auf dem Nachttischchen aus, das neben Katherines Bett stand. Lediglich das Licht aus dem Wohnzimmer fiel durch den Türspalt in den dämmrigen Raum.

Jace sank auf den Rand des Doppelbetts und stützte sich mit den Händen rechts und links von Katherine ab. »Wie geht es dir?«, flüsterte er.

Sie fühlte sich beschützt und jung, genauso klein und hilflos wie Allison. »Mir geht es blendend«, flüsterte sie zurück.

Er senkte den Kopf, strich mit seinen warmen Lippen über ihre Schläfen. Katherine fühlte, wie sein Atem sanft ihr Haar zauste. Sie schloss die Augen, woraufhin er federige Küsse auf ihre Lider hauchte. Seine Lippen glitten zu ihrem Ohr, sie drehte den Kopf zur Seite, damit er es einfacher hatte.

»Ich kann mir denken, dass dir nach den Erfahrungen des heutigen Abends nicht nach Romantik ist, Katherine, aber ich möchte dich so gern küssen.« Er hauchte die Worte in ihr Ohr, während er mit seiner feuchten Zungenspitze lasziv ihr Ohrläppchen leckte.

Leise seufzend hob sie ihr Gesicht vom Kissen, fand in der Dunkelheit seinen Mund, und ihre Lippen verschmolzen miteinander.

Ihr Kuss schmeckte nach Sehnsucht und Verheißung. Es machte sie halb verrückt, dass seine Zunge freimütig jeden Winkel ihres Mundes erkundete. Bevor sie sich zwischen ihre Lippen schob. Katherine grub stöhnend ihre Finger in sein Haar und presste sein Gesicht auf ihres, während sie seine Zunge in ihren Mund saugte.

»Katherine«, keuchte er an ihrer Wange, »ich halt das nicht mehr lange aus.«

»Nein?«, fragte sie enttäuscht.

»Nein«, erwiderte er stockend.

Sie ließ ihn widerstrebend los, woraufhin er sich vom Bett erhob. »Jace«, flüsterte sie.

Er sank abermals neben sie und antwortete kehlig: »Ja?«

Sie zögerte. Dann streckte sie ihre Hand aus und schob sie in seinen geöffneten Hemdkragen. Ihre Finger strichen über den rau gelockten Flaum, spürten die warm pulsierenden Muskelstränge. »Danke nochmal für deine Hilfe. Ich mag mir gar nicht vorstellen, was passiert wäre, wenn du nicht da gewesen wärst.«

Er zuckte vage mit den Schultern, bevor er sich abermals über sie beugte. Und dieses Mal eroberte sein Mund den ihren mit ungezügelter Leidenschaft. Seine Hand glitt unter die Bettdecke und zu ihrer Taille. Sie spürte jede seiner Bewegungen durch den dünnen Baumwollstoff ihres Sleepshirts hindurch. Seine Hand malte den Schwung ihrer Hüften nach und schob sich zu ihrem Nabel. Er spreizte seine Finger, kreiste lockend über ihrem flachen Bauch.

Lust vermischt mit Skepsis durchwogte sie, als seine Hand auf dem Dreieck ihrer Scham verharrte. Die Sekunden verstrichen, Katherines Herzschlag beschleunigte sich. Jace rührte sich nicht, lediglich sein Kuss wurde feuriger. Langsam und leicht wie das Flattern eines Schmetterlingsflügels begannen seine Finger, ihren Venushügel zu kitzeln. Seine kosenden Finger glitten tiefer und tiefer, bis …

»Jace!«, rief sie bestürzt, und er zog spontan seine Hand weg. Umschloss mit beiden Händen zärtlich ihr Gesicht.

»Ich werde dich heute Nacht nicht anrühren. Ich hab mir fest vorgenommen, nichts zu überstürzen. Und ich will dir nicht wehtun. Niemals.« Er küsste sie zärtlich, mit geschlossenen Lippen, bevor er das Zimmer verließ. Leise klickte die Tür hinter ihm ins Schloss.

Am nächsten Morgen schlüpfte Katherine in ihren Morgenmantel und kümmerte sich um das quengelnde Kind, das dringend eine neue Windel brauchte. Das frisch gewickelte Baby auf dem Arm, lief sie in die Küche.

Dort traf sie auf Jace, der fröhlich summend Orangen mit einem Entsafter presste. Der Duft frisch aufgebrühten Kaffees erfüllte den Raum. »Guten Morgen, meine Damen«, rief er nach einem Blick über seine Schulter.

»Guten Morgen. Hast du überhaupt geschlafen?« Katherines Blick fiel auf diverse Tabellen und Grafiken, die auf dem Boden ihres Wohnzimmers ausgebreitet lagen.

»Ich hab ein bisschen gedöst.« Er wischte sich die Hände an einem Handtuch ab und musterte sie von oben bis unten. Er wurde ernst. »Wie fühlst du dich?«, wollte er wissen.

Sie lächelte etwas verkrampft und sagte bestimmt: »Ich fühle mich fantastisch, Jace. Wirklich. Bei Tageslicht besehen, kommt mir das alles wie ein schlechter Traum vor.«

»Gut. Da bin ich aber froh.« Er streichelte ihr kurz über die Wange und sagte: »Du fütterst die kleine Prinzessin, in der Zwischenzeit mach ich uns ein paar Eier.«

»Okay«, bekräftigte Katherine. In diesem Augenblick klingelte das Telefon und sie nahm den Hörer ab. »Hallo.«

Mit verdutztem Blick reichte sie den Hörer an Jace weiter. Eigenartig, woher wussten die Leute, dass er hier bei ihr war? »Ferngespräch, für dich«, bemerkte sie.

Er mied den Augenkontakt mit ihr, während er schroff in den Hörer blaffte: »Jace Manning. Ah ja, Mark. Oh … verdammt! Also, ich dachte, die könnten … was weiß ich, keine Ahnung. Sonst alles klar? Wie heißt der Typ noch gleich? Okay, um wie viel Uhr? Nein, aber das erfahr ich schon noch. Himmel, ich hab vergessen, dass da ein Feiertag ist! Nein. Nein. Ich dachte mir schon, dass sie es mit einem Trick versuchen würden. Ich werde … Ja, ist gebongt. Wenn die Sache in trockenen Tüchern ist, ruf ich dich an. Das kannst du ihnen vorab schon mal verklickern. Mann, wird der Bringer … Ja, das kannst du laut sagen. Tschüss und danke, Mark.«

Er legte den Hörer auf die Gabel und starrte für eine

lange Weile auf das Telefon, das an der Wand angebracht war. Ehe er herumschwenkte und sich in Katherines fragend geweiteten grünen Tiefen verlor.

»Wie lange brauchst du zum Anziehen und Packen? Wir fahren nach Dallas.«

»Nach Dallas?«, wiederholte sie verdattert. »Was soll ich denn in Dallas?«

»Mich heiraten. Noch mal ganz langsam zum Mitschreiben: Wir beide fahren heute nach Dallas, um dort zu heiraten.«

# 5

»Hast du den Verstand verloren?«

Katherine starrte Jace ungläubig an. Er registrierte ihre schockierte Miene und nickte missmutig.

»Mag sein«, versetzte er grimmig, »aber so, wie es aussieht, haben wir keine Alternative.«

»Wie … was für eine Alternative? Wovon redest du überhaupt?« Allison wurde mit jeder Sekunde nörgeliger. Katherine schob die Kleine auf ihre andere Schulter und schaukelte sie abwesend im Arm. Ihre geballte Aufmerksamkeit war auf den Mann fokussiert, der es in einer einzigen Woche geschafft hatte, die Kontrolle über ihr Leben an sich zu reißen.

»Katherine.« Seine sachlich-ruhige Stimme machte sie rasend! »Gib Allison doch erst mal ihr Fläschchen, dann können wir in aller Ruhe darüber sprechen.«

Die junge Frau torpedierte ihn mit einem mordlustigen Blick, bevor sie sich umdrehte und das Milchfläschchen nahm, das sie in weiser Voraussicht schon eine Stunde zuvor erwärmt hatte. Sie setzte sich auf einen der Kaffeehausstühle, die an ihrem Küchentisch standen, und schob die Kleine in ihre linke Armbeuge. Stützte behutsam das Köpfchen mit ihrer Schulterkugel. Um die Kleine zu beruhigen, bekam sie vorab ihr Milchfläschchen und erst später den Früchtebrei, den Katherine ihr löffelchenweise gab. Im Moment mochte sie es jedoch nicht riskieren, sich durch andere Dinge ablenken zu lassen, dafür war die Situation zu brisant.

Sie fasste sich ein Herz und fragte: »Okay, wer war das da eben am Telefon? Ich will auf der Stelle wissen, was du damit gemeint hast, dass wir beide heiraten. Das kannst du dir zwar geflissentlich abschminken, trotzdem bin ich neugierig, wie du auf dieses schiefe Brett gekommen bist.« Unter den gegebenen Umständen, fand Katherine, war ihre Argumentation eine echte Glanzleistung.

Jace goss sich eine Tasse Kaffee ein und drehte sich grinsend zu ihr um: »Tsts, so redet man doch nicht in Gegenwart eines Babys, Katherine. Wie nimmst du eigentlich deinen Kaffee?« Er fand sich wohl sehr witzig und wieherte los, woraufhin Allison verschreckt von dem Fläschchen hochschaute, an dem sie gerade nuckelte.

»Da mach ich einer Frau einen Antrag und weiß nicht mal, wie sie ihren Kaffee trinkt oder ob sie überhaupt welchen trinkt.« Er hob fragend eine Braue.

»Mit ganz wenig Milch«, versetzte Katherine. Wann wollte er endlich auf das eigentliche Thema zurückkommen?

Jason goss Milch in ihren Kaffee und stellte die Tasse vor sie auf den Tisch. Nachdem er seinen eigenen Becher nachgefüllt hatte, setzte er sich rittlings auf einen Stuhl und verschränkte die Arme über der gerundeten Lehne.

»Katherine, meine Eltern haben Anzeige gegen dich erstattet. Wegen Kindesentführung. Wenn die Polizei dich aufspürt, kommst du mit ziemlicher Sicherheit ins Gefängnis.«

Er schwieg, ließ das Gesagte wirken. Aus Katherines Gesicht wich sämtliche Farbe. Allison begann leise zu weinen, weil ihre Tante sie unwillkürlich fester an sich zog. Katherine schüttelte den Kopf, als könnte sie nicht glauben, was sie da eben gehört hatte.

»Nein, nein, das können sie nicht tun! Ich hab das Sorgerecht für die Kleine. Meine Schwester …«

Er unterbrach sie. »Sie können und sie werden es tun. Glaub es mir. Ich erzähl dir jetzt mal alles, von Anfang an, okay?« Sie nickte, ihr fehlten die Worte, und er berichtete ihr, was er über die Situation in Denver wusste.

»Ein Freund von mir, ein Anwalt, hält sich in der Angelegenheit auf dem Laufenden. Als ich aus Afrika zurückkehrte, waren meine Eltern außer sich wegen dir – und das ist noch harmlos ausgedrückt. Sie drohten mit den schlimmsten Konsequenzen. Klar, sie wollen Allison.«

Als sie etwas einwenden wollte, winkte er mit einer kurzen Geste seiner Hand ab. »Später. Hör mir erst weiter zu, okay?« Widerstrebend nickte sie, und er fuhr fort: »Um die Zeit, als ich hier eintraf, hatten sie bereits das FBI eingeschaltet. Ich bat meinen Freund Mark, mich umgehend zu informieren, sobald er definitiv etwas wüsste. Ich hab ihn alle paar Tage angerufen und ihm deine Nummer gegeben, für den Fall, dass er mich über Sunglow oder in meinem Motel nicht erreicht.«

»Aber ich hab sie nicht gekidnappt, Jace«, entrüstete Katherine sich, als er eine Gesprächspause machte und einen Schluck Kaffee trank. »Mary gab das Kind in meine Obhut, bevor sie starb. Das hab ich schriftlich.«

»Wo ist das Schreiben?«, fragte er.

Sie zögerte kurz, dann deutete sie auf den Schreibtisch,

der in ihrem Wohnzimmer stand. »Im dritten Schubfach auf der linken Seite.« Und wenn er das Dokument kurzerhand zerriss? Auch egal, dann gab es immer noch das Original, das sie in einem Schließfach in Denver deponiert hatte.

Er nahm die Kopie aus der Schublade und setzte sich wieder an den Küchentisch. Er überflog das Blatt, hob den Blick und sah Katherine mit traurigen Augen an.

»Das hat sie noch kurz vor ihrem Tod geschrieben?«

»Ja«, bestätigte Katherine mit tränenerstickter Stimme.

»Es ist zwar ausführlich und schlüssig abgefasst, trotzdem bezweifle ich, dass es in einem Prozess von Bedeutung wäre, Katherine.«

»Ich hab das Original in Denver in einem Schließfach deponiert«, setzte sie erklärend hinzu. In ihrer Stimme schwang leise Hoffnung.

»Das nützt uns auch nichts.« Er schüttelte den Kopf und seufzte. »Hattet ihr einen Zeugen, der dabei war, als deine Schwester ihren Letzten Willen verfügte? Zumal niemand mit unterzeichnet hat.«

Katherine ließ betrübt den Kopf hängen. »Nein«, murmelte sie.

»Jeder Bundesstaat hat seine eigenen Kriterien, was die Akzeptanz und Glaubwürdigkeit von handgeschriebenen Testamenten betrifft. Wir könnten zwar die Colorado-Statuten einsehen, aber …« Er stockte und zuckte wegwerfend mit den Schultern. Sah Katherine an und rieb sich nachdenklich die Nasenspitze. »Katherine, ich erzähl dir jetzt mal, was ich arrangiert habe.« Er stand auf, schlenderte zum Waschbecken und blickte aus dem Küchenfenster in den baumbestandenen Hof, in den das morgendliche Sonnenlicht flutete.

»Aufgrund früherer Erfahrungen durfte ich davon ausgehen, dass meine Eltern zu drastischen Maßnahmen greifen würden, um die Vormundschaft für Peters Kind zu bekommen.«

Es war das erste Mal, dass der Name Peter zwischen ihnen fiel. Und wenn Katherine den Namen bloß hörte, überlief sie eine eisige Gänsehaut. Hinter ihren Augäpfeln erschien unwillkürlich das Bild von Marys blassem, schmalem, unglücklichem Gesicht. Würde sie diesen Anblick jemals vergessen können?

»Ich beschloss, selbst die Vormundschaft für Allison zu erwirken. Deshalb bin ich hergekommen.« Er drehte sich ins Profil, streifte sie mit einem kurzen Blick. »Du hattest völlig recht mit deiner Skepsis, als ich das erste Mal hier war. Ich war fest entschlossen, dich, wenn nötig, vor Gericht zu schleifen, solltest du Allison nicht freiwillig herausgeben. Aber dann … du … hmm, wie dem auch sei, ich sah ein, dass du dich liebevoll um sie kümmerst. Und ich weiß, dass ein Kind eine Mutter braucht. Folglich« – er zog seufzend die Schultern hoch – »hatte ich die Idee, dass wir unsere Interessen gemeinsam wahrnehmen und uns zusammen um das Kind kümmern. Ich bat Mark, die erforderlichen Schritte einzuleiten, damit wir das Aufgebot in Texas bestellen können. Er kennt da einen Typen am Dallas County Court House, der das mal eben locker für ihn erledigt hat. Und jetzt, da meine Mom und mein Dad ihre Drohung wahrmachen, finde ich, sollten wir so schnell wie möglich heiraten. Heute noch.«

Sie konnte es nicht fassen, wie selbstverständlich er über ihr Leben bestimmte. Auf die Idee, dass sie Einwände haben könnte, kam er wohl gar nicht, oder?

»Also, Mr. Manning«, hob sie an. »Um mal eins klarzustellen: Ich heirate weder dich noch sonst jemanden. Und wenn du denkst, dass ich jemals einen Manning heiraten würde, dann bist du auf dem Holzweg. Ich hab nicht vergessen, wie brutal Peter mit Mary umgesprungen ist. So etwas ist unverzeihlich.«

Er wirbelte herum und sah sie fest an. »Schau, inzwischen kenne ich deine Einstellung gegenüber meiner Familie und ich kann gut nachvollziehen, warum das so ist. Ich nehm dir das auch nicht krumm.«

»Danke«, konterte sie sarkastisch. »Woher weiß ich denn, dass das Ganze kein fieser Trick ist? Du könntest mir Allison immer noch wegnehmen und sie in die Obhut deiner Eltern geben. Mir ist ehrlich gesagt schleierhaft, dass ein Kerl wie du, der beruflich schwer engagiert und ständig auf Achse ist, die Verantwortung für ein vier Monate altes Baby übernehmen will. Da kannst du vor mir noch so edelmütig tun, das nehm ich dir einfach nicht ab.«

Ihre Argumentation war gemein und hässlich, aber wie sollte sie in dieser verfahrenen Situation anders reagieren? Sie schmeckte bittere Galle im Mund. Hätte sie Allison nicht auf dem Arm gehabt, wäre sie aufgesprungen und ihm auf Augenhöhe begegnet. »Hast du eine Ahnung, was aus Allison wird, wenn sie unter dem Einfluss deiner Mutter aufwächst? Sie …«

»Ja«, unterbrach er ihre Tirade seelenruhig. »Das kann ich mir sehr gut vorstellen.«

Für den Augenblick eines Herzschlags war die junge Frau baff. »Ja?«

»Sie wird oberflächlich, borniert und egoistisch. Genau wie ihr Vater.«

Katherine öffnete den Mund und schloss ihn unverrichteter Dinge wieder. Dann sagte sie: »Es tut mir leid. Ich wollte dir nicht …«

»Du brauchst dich nicht zu entschuldigen. Das erklärt vieles. Du hast offenbar keine hohe Meinung von mir. Und steckst mich mit den anderen Mannings in eine Schublade. Von daher ist es kein Wunder, dass du unserer Heirat keine Chance gibst.«

»Ich werde dich nicht heiraten, Jace!«, platzte sie wütend heraus. Dann senkte sie die Stimme und sagte: »Mir hat man beigebracht, dass die Ehe eine lebenslange Angelegenheit ist und keine …«

»Eine Verurteilung wegen Kindesentführung ist auch nicht von Pappe, Katherine. Nein, sei mal noch kurz still«, brüllte er, als sie etwas einwenden wollte. »Ich glaube zwar nicht, dass die Jury auf lebenslänglich plädieren wird, aber das Stigma wird dir zeitlebens anhaften. Der Tod von Peter und Mary, ganz zu schweigen von dem Mädchen, das mit ihm im Wagen saß und starb, wird erneut die Schlagzeilen auf den Titelseiten der Sensationsblätter dominieren. Möchtest du das wirklich? Willst du das alles noch einmal durchmachen? Vor ein paar Wochen wurdest du von den Journalisten bloß als Randnotiz erwähnt. Dieses Mal wärest du die Hauptdarstellerin.« Er durchquerte das Zimmer, stützte die Hände auf dem Küchentisch auf und neigte sich zu ihr, sein Gesicht nur Zentimeter von ihrem entfernt. »Bist du dir darüber im Klaren, was es heißt, ein solches Verfahren zu stemmen? Kannst du dir das überhaupt finanziell leisten? Ich hab mich vorab schlau gemacht. Bei der unsicheren Ausgangslage dieses Falles wirst du ordentlich was springen lassen müssen, um einen Anwalt zu finden, der deine Interessen vertritt. Unter fünftausend Dollar ist da nichts zu machen. Vermutlich musst du sogar noch tiefer in die Tasche greifen. Und ich gebe dir Brief und Siegel darauf, dass meine Eltern so lange kämpfen werden, bis sie Erfolg haben. Mit jeder Menge Kohle und allen Tricks. Dafür ist ihnen jedes Mittel recht. Und was passiert in der Zwischenzeit mit Allison? Der Staat übernimmt kommissarisch die Vormundschaft, und sie kommt in ein Kinderheim, bis die Sache entschieden ist, was Monate dauern kann. Willst du der Kleinen das antun?«

Katherine drückte das Baby an sich und schlug die Augen nieder. Er hatte ja so recht! Sie würde es niemals schaffen, sich gegen die wohlhabenden, einflussreichen Mannings durchzusetzen. Und selbst wenn es ihr nach Monaten gerichtlicher Auseinandersetzung letztlich glücken würde, die Vormundschaft zu erstreiten, wäre der Preis für den Sieg entschieden zu hoch. Plötzlich hatte sie einen Geistesblitz.

»Was, wenn … äh … nur mal angenommen, wir würden tatsächlich heiraten, würden deine Eltern dann nicht gegen uns beide prozessieren?«

»Sie könnten gegen *mich* prozessieren, wenn ich probieren würde, das alleinige Sorgerecht für die Kleine zu erstreiten. Indem sie darauf abheben, dass ich Single und damit alleinerziehend bin. Aber sie würden nicht gegen uns beide prozessieren. Als Ehepaar sind wir so was wie eine Familie. Wir würden natürlich umgehend die Adoption beantragen. Damit wäre Allison rechtmäßig unser Kind und nicht bloß unsere Pflegetochter. Jedes Gericht würde das befürworten. Zudem sind wir wesentlich jünger als meine Eltern, und das ist wiederum ein Punkt, der sich erheblich zu unseren Gunsten auswirken wird. Im Übrigen«, er grinste sardonisch, »kann ich es mir nicht vorstellen, dass Mutter sonderlich scharf auf diese Art von Publicity ist.« Er kicherte leise. »Ich tippe eher darauf, dass sie, sobald sie von unserer Heirat erfahren, eine Pressekonferenz anberaumen, worin sie erklären, wie überglücklich sie sind, dass ihr Problem gelöst ist. Es wird so klingen, als wäre es ihre Idee gewesen, und dass sie dankbar sind, dass wir uns gefunden haben.«

Inzwischen hatte Katherine Allison gefüttert, und das Baby, dessen junges, unschuldiges Leben so viel Konfliktstoff bot, schlummerte bereits wieder. Die junge Frau trug es in ihr Schlafzimmer und legte es in die Wiege. Das Bad musste heute ausnahmsweise auf später verschoben werden.

Als sie in die Küche zurückkehrte, war Jace eben dabei, das Geschirr abzuräumen. »Komm, beeil dich und zieh dich an. Wir haben um zwei Uhr einen Termin beim Notar, wo wir auch Marks Freund kennen lernen werden.«

»Jace, ich hab nicht vor, dich zu heiraten«, versetzte sie mit Nachdruck. Vermutlich war die ganze Geschichte halb so wild und er bauschte alles bloß kräftig auf. Um sie zu irgendwas zu nötigen, was sie partout nicht einsah. Sollte sie sich darüber ärgern? Pah, geschenkt! »Ich schaff es auch hervorragend ohne dich, für Allison zu sorgen. Ich bin nämlich schon groß und kann auf mich allein aufpassen. Lass dir deswegen also keine grauen Haare wachsen.«

Jason schnellte zu ihr herum, seine blauen Augen blitzten wütend auf. Er hakte die Daumen in die Gürtelschlaufen seiner Jeans und baute sich breitbeinig vor ihr auf. »Von wegen, du kannst auf dich allein aufpassen! Entschuldige, wenn ich dich darauf hinweise, dass du einen Scheißdreck kannst. Was ist mit gestern Abend? Wenn ich nicht dazwischengegangen wäre, hättest du dich von diesem geilen alten Sack vernaschen lassen. Der Kerl war so rattenscharf auf dich, dass ich ihn kaum zu bändigen wusste.«

»Das ist nicht fair!«, rief sie. »Ich war ein Opfer. Das war Nötigung! Und du bist keinen Deut besser. Du drängst mich doch auch zu einer Heirat, die ich nicht will.«

Er war wütend, mordsmäßig wütend. Gefährlich langsam kam er auf sie zu. Und sagte mit betont ernster Stimme: »Hast du dir schon mal überlegt, Miss Adams, dass ich genauso wenig scharf darauf bin, meine Freiheit aufzugeben? Ich bin bestimmt nicht um die halbe Erde geflogen und über den halben Kontinent, um irgendeine wildfremde Frau zu heiraten! Glaub mir, nichts lag mir ferner.«

»Und wieso …«

»Weil ich mich dafür verantwortlich fühle, dass das Baby ein anständiges Zuhause bekommt. Sie ist das eigentliche Opfer, nicht du oder ich. Ich möchte dich heiraten, weil ich das, was Peter Mary angetan hat, wiedergutmachen will. Gleichzeitig erfüllst du damit das Versprechen, das du deiner Schwester auf dem Sterbebett gabst.« Er trat ein paar Schritte zurück und fragte: »Und, fährst du jetzt mit mir nach Dallas?«

Sie bedeckte mit beiden Händen ihr Gesicht. Was sollte sie bloß machen? Sie konnte nicht mehr denken. Sobald Jace in ihrer Nähe war, schien ihr Verstand ausgeschaltet, als hätte jemand eine Glühbirne ausgeknipst. Sie fühlte die Glut, die sein Körper verströmte. Sein Brustkorb hob und senkte sich unter seinen aufgewühlten Atemzügen. Er war bestimmt genauso aufgebracht wie sie. Indes war jetzt nicht die Zeit, ihre eigenen Befindlichkeiten zu analysieren. Jetzt galt es, einen kühlen Kopf zu bewahren. Schließlich hatte sie eine Entscheidung zu treffen.

Wie konnte er in dieser Situation bloß so gefasst sein? Verdammt, hatte er eigentlich immer recht? Jedenfalls klang seine Argumentation plausibel. Wie sahen die Alternativen aus? Es gab keine. Er wusste das. Sie wusste das auch.

»Okay, Jace«, lenkte sie ein. Das war alles. Damit würde er leben müssen.

Im Stillen dankte sie ihrem Schöpfer, dass Jason nicht weiter nachbohrte. Stattdessen bemerkte er mehr beiläufig: »Ich bin in einer Stunde zurück. Möchtest du in Dallas übernachten oder ist es dir lieber, wenn wir heute Abend zurückfahren?«

Übernachten? Mit ihm? Womöglich in einem Hotelzimmer? »Nein. Lass uns lieber heute Abend zurückfahren.«

»Okay. Möchtest du Allison bei Happy lassen?«

»Nein, wenn es dir nichts ausmacht, würde ich sie lieber mitnehmen. Ich möchte vermeiden, dass jemand von der Sache erfährt, solange das alles noch nicht ausgestanden ist. Und Happy würde mich mit Fragen löchern …«

»Verstehe«, unterbrach er sie. »Wir sehen uns dann in einer Stunde.«

Die lange Fahrt nach Dallas war die reinste Qual. Jace war nach exakt einer Stunde zurückgekehrt, um sie abzuholen. In der Zwischenzeit war Katherine total im Stress:

Allison baden und anziehen, selbst duschen, sich in Schale werfen und Make-up auflegen. Sie trug ein zartgelbes Leinenkleid und darüber einen marineblauen Blazer. Ihr Outfit war weit entfernt von einem traditionellen Hochzeitskleid, aber es war ja auch keine Hochzeit im traditionellen Sinne.

Es überraschte sie nicht länger, dass Jace anziehen konnte, was er wollte – er sah immer umwerfend gut aus. Heute hätte er in seinem dunkelblauen Jackett, der beigefarbenen Bundfaltenhose, naturweißem Oberhemd mit Paisley-Krawatte die Models im Gentleman's Quarterly vor Neid erblassen lassen. Er bewegte sich in formeller Garderobe genauso lässig und selbstbewusst wie in Jeans.

Jace plädierte dafür, Katherines Wagen zu nehmen. Die Rückbank des Jeeps schien ihm nicht sicher genug für Allison, auch wenn die Kleine vorschriftsmäßig in ihrem Kindersitz angeschnallt war.

Die Fahrt von Van Buren nach Dallas dauerte über den Interstate Highway zwar nur zwei Stunden, aber diese zwei Stunden zogen sich schier endlos hin. Ihre Unterhaltung beschränkte sich auf das Nötigste. Die meiste Zeit schwiegen sie und hingen ihren eigenen Gedanken nach.

Kurz vor Dallas hielt Jace an einer Raststätte, an der wegen des Labor Day jede Menge los war, und fragte den Tankwart nach dem Weg zum Gericht.

Katherine hielt es vor Neugier nicht mehr aus. »Wie hast du es eigentlich geschafft, in Dallas das Aufgebot zu bestellen?«, platzte sie heraus.

»Ich hab dir doch erzählt, dass Marks Freund alles Erforderliche für uns organisiert. Wir brauchen bloß noch zu unterschreiben. Und setz der guten Ordnung halber deinen zweiten Vornamen hinzu. Den wusste ich nämlich nicht.« Er löste den Blick sekundenlang von dem dichten Verkehr und schenkte ihr ein strahlendes Lächeln.

»June«, murmelte sie unbehaglich. Irgendwie kam ihr das Ganze ungeheuerlich vor. »Aber verlangen die nicht Bluttests und dergleichen?«

»Ein früherer Kommilitone von mir ist Arzt in Denver. Er hat sich für uns eingesetzt und irgendwelche Unbedenklichkeitserklärungen ausgefüllt, und dann hat Mark die fraglichen Dokumente hergeschickt.«

Sie war wie vor den Kopf geschlagen. »So was ist strafbar, nicht? Von wegen Irreführung der Behörden und so?«

Er zuckte bloß mit den Achseln. »Mag sein. Keine Ahnung.« Das durchtriebene Glitzern, das sie bereits kannte, trat in seine Augen, und er fragte verschwörerisch: »Wieso? Meinst du, du hast Syphilis?«

»Oh, du Schuft«, stieß sie zwischen zusammengebissenen Kiefern hervor.

Jace lachte. »Reg dich ab, Süße. Mach ein feierliches Braut-Gesicht, denn wir sind da.«

An einem langen Urlaubswochenende einen Parkplatz zu finden, war kein Problem, und sie parkten Katherines kleines Auto direkt vor dem historischen Gebäude aus rotem Backstein.

»Wart noch kurz hier. Ich bin in einer Minute zurück«, sagte Jace. Er schwang sich aus dem Wagen und ging zu zwei Männern, die auf den Eingangsstufen zu dem verlassenen Gebäude standen. Nach einer kurzen Unterredung kehrte er zurück und rief: »Alles paletti.«

Katherine schüttelte den beiden Männern die Hand. In der Aufregung vergaß sie ihre Namen, bemüht, ihren forschenden Blicken auszuweichen. Sie glaubten vermutlich, dass Allison ihr Baby war – folglich auch die Blitzhochzeit. Das Aufgebot wurde von allen Beteiligten unterzeichnet.

Der Wind wirbelte wie ein Tornado durch die Wolkenkratzer von Dallas. Katherine kämpfte mit ihrem Rock, der sich andauernd hochbauschte, während sie Allison im Arm wiegte, die leise zu weinen begonnen hatte. Als sie gebeten wurde, ihre Unterschrift unter die Trauungsurkunde zu setzen, nahm Jace der völlig aufgelösten Katherine das Baby ab und schmiegte es an seine Schulter. Die Kleine beruhigte sich sofort.

Dann war es vorbei. »Sie dürfen die Braut jetzt küssen«, meinte der Standesbeamte. Woraufhin Jace Katherine einen flüchtigen Kuss auf die Lippen hauchte. Dann liefen sie zurück zum Parkplatz. Als Katherine und Allison im Wagen saßen, ging er abermals zu den beiden Männern, griff in seine Jacketttaschen und angelte ein Bündel Geldscheine heraus. Er bezahlte die beiden, verabschiedete sich mit Handschlag von ihnen und kehrte zum Auto zurück.

Jace schlug vor, noch irgendwo eine Kleinigkeit zu essen, Katherine lehnte jedoch ab. Sie sehnte sich nach der Geborgenheit ihrer eigenen vier Wände.

»Möchtest du vielleicht lieber zu Neiman-Marcus und dir dort ein Hochzeitsgeschenk aussuchen?« Jace steuerte ihren Wagen durch die belebte Innenstadt.

Einen kurzen Moment lang reizte sie die Vorstellung, zumal sie noch nie in dem berühmten Geschäft gewesen war. Allison nutzte exakt diesen Moment, um ihren Unmut über die Idee mit lautem Quengeln zum Ausdruck zu bringen. Widerstrebend schlug Katherine Jasons Angebot aus.

Sensibilisiert auf ihre Stimmungen und Empfindungen, merkte er ihr die Enttäuschung spontan an. »Wir fahren irgendwann später nochmal allein her. Versprochen.«

Die Rückfahrt nach Van Buren war eine Strapaze. Die beiden Erwachsenen waren gestresst und mit sich und ihrem neuen Status beschäftigt. Ob Allison die Spannung zwischen ihnen spürte oder ob sie einfach bloß müde war von dem ungewohnten Ausflug und ihre vertraute Umgebung vermisste, jedenfalls plärrte sie auf der gesamten Rückfahrt und ließ sich nicht beruhigen.

Jace, der den unbequemen kleinen Wagen verfluchte, erklärte, dass er am Dienstagmorgen als Erstes ein größeres Auto kaufen werde. »Verdammt, den geräumigsten Kombi, den ich kriegen kann.«

»Ich darf dich bitten, im Beisein des Babys auf deine Ausdrucksweise zu achten«, sagte Katherine zuckersüß.

Er riss ärgerlich den Kopf zu ihr herum und stieß sich dabei die Stirn an der Sonnenblende. Er fluchte abermals, dieses Mal jedoch gedämpfter.

Als sie schließlich in ihr Garagen-Apartment zurückkehrten, waren die drei verschwitzt, müde, hungrig und gereizt. Katherine fütterte Allison mit einem Gläschen Spinat, den die Kleine jedoch fröhlich wieder ausspuckte und sich und Katherine folglich eine Spinatdusche verpasste. Damit wurde ein zweites Bad fällig. Sobald das Baby frisch gewickelt in seiner Wiege lag, atmete Katherine hörbar auf.

Sie fühlte sich erschöpft und beschloss, selbst noch ein Bad zu nehmen. Nachdem Jace die Kleine gemeinsam mit ihr nach oben gebracht hatte, fuhr er noch einmal zum Motel.

»Ich muss kurz meine Sachen packen und auschecken. Ich wohn jetzt seit fast zwei Wochen dort. Bedaure, aber ich kann dir momentan kein schönes Heim bieten«, grinste er. »Macht es dir was aus, wenn ich mich für eine Weile in deinem Apartment einquartiere?«

»Nein, natürlich nicht«, erwiderte sie. Bis zu diesem Moment hatte sie gar nicht realisiert, dass sie verheiratet waren. Jetzt traf sie die Erkenntnis wie ein Faustschlag in die Magengrube. Sie und Jace würden zusammenleben. Zusammenleben – und was würden sie noch zusammen tun? Diese Frage verfolgte sie hartnäckig.

Auf wackligen Beinen verließ sie das Bad und schlich auf Zehenspitzen zu ihrem Kleiderschrank. Sie zog ein weites »University of Colorado«-T-Shirt an und eine alte, zerschlissene Jeans. Dann glitt sie in ein Paar Sandalen. *Wenn ich nicht aussehe wie eine Braut, muss ich mich auch nicht wie eine verhalten,* sinnierte sie zuversichtlich. *Vielleicht hab ich Glück und kann auf diese Weise vor der Hochzeitsnacht kneifen.* Sie bürstete sich die Haare, raffte sie zu einem lockeren Dutt zusammen und steckte ihn mit Kämmen am Hinterkopf fest.

Jace war noch nicht zurück, als sie begann, das Abendessen vorzubereiten. Er kam fröhlich pfeifend durch die Vordertür, als sie die Käsesandwiches auf den Grill legte.

Er steckte den Kopf durch die Tür. »Hab ich noch Zeit für eine Dusche?«, fragte er.

»Ja, aber mach schnell.«

»Mach ich. Alles okay mit dem Baby?«

»Ja, Allison schläft schon.«

»Gut«, sagte er. Sie hörte, wie er sich ins Bad zurückzog.

*Gut?* Was war daran gut, dass Allison schon schlief? Weil

sie somit aus dem Weg war? Katherines Hände zitterten, als sie den Kopfsalat in eine Schüssel verlas.

Sie verfeinerte eine Dose Pilzsuppe mit in Butter gedünsteten Zwiebeln und zwei Teelöffeln Kochsherry. Offenbar war Jace mit dem Ergebnis ihrer Kochkünste zufrieden. Nach dem ersten Löffel Suppe nickte er anerkennend und meinte: »Nicht übel. Du hast deinen ersten Test als junge Ehefrau bestanden.«

Ihren *ersten* Test? Sollten etwa noch weitere folgen? »Ich hoffe, du magst Schweizer Käse auf Bauernbrot.«

»Hmmm, lecker«, sagte er augenzwinkernd. Seine Haare waren noch feucht von der Dusche, er hatte Jackett und Bundfaltenhose gegen Jeans und Freizeithemd ausgetauscht. Das Hemd stand am Hals lässig offen, und Katherine stellte fest, dass sich der dichte Flaum auf seiner Brust feucht kräuselte.

»Hast du was dagegen, wenn ich meine Sachen erst morgen früh auspacke? Ich hab erst mal alles in dein Wohnzimmer gestellt.«

»N...nein, das ist ... äh ... schon in Ordnung«, stammelte sie. Hatten eigentlich alle Frischverheirateten Probleme mit der Konversation?

Als er sein Glas an die Lippen führte, warnte sie ihn: »Ich süße meinen Eistee nicht. Wenn du ...«

»Ich nehm auch keinen Zucker. Siehst du, wie viele Gemeinsamkeiten wir schon haben?« Er nahm einen langen Schluck und prostete ihr zu, bevor er das Glas abstellte. Ganz klar, er zog sie auf, und sie war nervös und hektisch. Zumal er ihr mit einem Mal riesig vorkam. Als füllte er mit seiner Statur ihre kleine Küche aus. Seine maskuline Aura machte ihr Angst.

Sie aßen schweigend, angespannt. Als sie fertig waren, entschuldigte Katherine sich für das einfache Essen. »Ich war die letzten Tage nicht einkaufen, und mein Kühlschrank ist so gut wie leer.«

»Du brauchst dich doch nicht zu entschuldigen. Es war köstlich. Ich freu mich schon darauf, mich künftig von dir bekochen zu lassen. Du bist bestimmt eine spitzenmäßige Köchin. Aber glaub ja nicht, dass ich erwarte, dass du dauernd am Herd stehst. Ich bin auch ziemlich fit in der Küche.«

Er grinste, seine blauen Augen blitzten. Dabei fielen ihr die tiefen Grübchen auf. Hatte sie seine sinnlich geformten Lippen schon vorher bemerkt? Oh ja, räumte sie im Stillen ein, schon etliche Male.

Er zeichnete mit seinem langen, schlanken Zeigefinger abwesend die Holzmaserung auf ihrer Tischplatte nach. Seine Hände wirkten zupackend und trotzdem sensibel. Die Nägel waren sauber und gepflegt.

Während sie entrückt das Spiel seiner Hände beobachtete, fiel Katherine siedendheiß ein, wie er ihre Brüste gestreichelt hatte. Langsam, sinnlich, sanft. An jenem Tag am See hatte er ihr das T-Shirt hochgestreift und sie an seinen nackten Oberkörper geschmiegt. Als er sie geküsst hatte, hatten seine Finger ihre Knospen gerieben, sie zärtlich zwischen seinen …

Katherine schoss von ihrem Stuhl hoch, dass das Geschirr auf dem Tisch gefährlich klapperte. Sie konnte keine Sekunde länger so dasitzen und ihm zuschauen. Was war bloß auf einmal mit ihr los? Man könnte glatt meinen, sie hätte ihn aus romantischen Motiven heraus geheiratet. Wie absurd!

Jace langte über den Tisch hinweg und umschloss ihre Handgelenke mit der Präzision einer Boa Constrictor, die sich todbringend um ihr Opfer schlingt. Mit einem beschwörenden Blick in ihre schreckgeweiteten Tiefen vereitelte er, dass sie sich reflexartig von ihm losriss. Stattdessen zog er sie um den Tisch herum zu sich. Schob Katherine zwischen seine leicht gegrätschten Knie, schmiegte seine Schenkel an ihre.

Er ließ ihre Handgelenke los, griff in ihr Haar und löste die Kämme aus der aufgetürmten Pracht. »Ich mag es lieber, wenn du dein Haar offen trägst«, sagte er weich, während er zusah, wie sich die langen Strähnen um ihre Schultern fächerten. »Die Farbe ist ungewöhnlich. Hast du Strähnchen im Haar?« Er zupfte spielerisch an einer Strähne, die ihr Gesicht umrahmte.

»Nein, das … das kommt von der Sonne.« Sie japste nach Luft. Wieso hatte sie plötzlich einen Riesenfrosch im Hals?

»Es ist schön«, murmelte er. Mit seinen Händen umschlang er ihre Taille und schob sie dichter an seinen Schritt. »Du riechst gut.« Sie fühlte seinen heißen Atemhauch durch ihr T-Shirt hindurch.

»Komm her, Katherine«, flüsterte er und zog sie auf seinen Schoß. Für einen langen Augenblick betrachtete er gedankenvoll ihr Gesicht. »Hast du etwa Angst vor mir? Die brauchst du nicht zu haben. Ich zwing dich zu nichts. Wir werden uns nämlich viel Zeit lassen und so lange in getrennten Betten schlafen, bis wir uns besser kennen gelernt haben.« Er schenkte ihr ein lausbubenhaftes Grinsen. »Das mit gestern Abend zählt nicht.«

Gestern Abend! War es erst vierundzwanzig Stunden

her, dass er sie vor Ronald Welshs Kussattacke und vermutlich noch viel Schlimmerem bewahrt hatte? Eine glutheiße Röte schoss in ihre Wangen. Unwillkürlich besann sie sich wieder, wie sie sich in Jasons tröstlicher Umarmung verloren hatte, seine zärtlichen Küsse und sein sinnliches Streicheln genossen hatte. Während der heftigen Auseinandersetzung, die sie heute Morgen geführt hatten, hatte sie im Stillen gebetet, er möge ihren kleinen nächtlichen Ausrutscher nicht schamlos ausnutzen, um sie zu ihrem Glück zu zwingen. Hatte er nicht; er hatte ihn aber auch nicht vergessen.

Während ihr diese Gedanken durch den Kopf gingen, musterte sie ihn verwundert. Ihre Miene musste sie verraten haben, denn er lachte.

»Ich hab noch keine Frau zu ihrem Glück gezwungen, und daran wird sich auch nichts ändern. Außerdem möchte ich noch ein bisschen Zeitung lesen.«

Er schob sie von seinem Schoß und gab ihr einen scherzhaften Klaps auf den Po, bevor er sich ins Wohnzimmer zurückzog. Katherine versuchte derweil, ihr Gefühlschaos zu analysieren. Blöderweise ärgerte sie sich, wie er sie so einfach links liegen lassen konnte. Ihr Körper war von einer ungeahnten Lust befeuert, sie verzehrte sich nach seiner Nähe. Und war schwer enttäuscht, dass er seine ehelichen Rechte nicht einforderte!

»Ich glaube, ich gehe jetzt schlafen, Jace.« Sie betrat das Wohnzimmer, nachdem sie die Küche aufgeräumt hatte, und lächelte unsicher. »War ein ziemlich anstrengender Tag heute.«

»Stimmt. Schlaf gut.«

»Also dann gute Nacht.«

»Gute Nacht.«

Eine Stunde später, sie wälzte sich immer noch schlaflos in ihrem Bett, öffnete Jace die Tür zu ihrem Schlafzimmer. Das Flurlicht fiel in den Raum, konturierte seine Silhouette, die den Türrahmen ausfüllte.

»Mrs. Manning«, meinte er betont.

Das Herz klopfte ihr bis zum Hals, instinktiv zog sie das Laken bis zum Kinn hoch.

»J…ja?«, stammelte sie.

»Ich hab da ein Problem.«

»Ja?«

»Mit dem anderen Schlafzimmer.«

»Wieso?«

»Es steht kein Bett drin.«

Von einem unbändigen Lachanfall bedroht, presste Katherine eine Hand vor den Mund. »Oh, Jace. Das hatte ich glatt vergessen! Kannst du mir noch einmal verzeihen? Als ich hier einzog, war mir klar, dass ich noch eine ganze Weile mit Allison in einem Zimmer schlafen würde. Ich hab zwar ein Bett gekauft, es aber nicht …«

»Okay, ich weiß Bescheid«, seufzte er. »Das heißt, ich muss entweder ein Bett aufbauen oder mich neben dich legen.« Er deutete auf ihr Bett. »Da passen wir niemals zusammen rein. Und wenn ich mich eng an dich kuschle, schaff ich es bestimmt nicht mehr lange, mich an unsere Abmachung zu halten«, setzte er rau hinzu. Er seufzte abermals. »Schätze, ich schlafe heute Nacht auf dem Sofa.«

Bevor er ging, sagte er noch: »Ein neues Bett kommt ganz oben auf unsere Einkaufsliste, noch vor dem Wagen. Ich bau in diesem verdammten Apartment nämlich nichts zusammen.«

Er knallte die Tür hinter sich zu, Katherine tippte jedoch darauf, dass es aus Frustration war und nicht aus Verärgerung.

Sie drehte sich leise giggelnd um und schlief endlich ein. Noch im Halbschlaf kreisten ihre Gedanken um die vergangene Nacht. Angesichts ihrer Erleichterung hatte sie überreagiert, versuchte sie sich einzureden. Anders war ihr Verhalten nicht zu erklären. Innerlich aufgewühlt, hatte sie sich Jace förmlich an den Hals geworfen. Aus reiner Dankbarkeit – mehr war da nicht. So viel stand für sie fest, auch wenn Jace es anders interpretierte.

# 6

Katherine hätte nicht zu sagen vermocht, wann sie begann, ihre anfängliche Skepsis gegenüber Jason Manning zu verlieren. In den ersten Tagen nach ihrer bizarren Blitzheirat beäugte sie ihn misstrauisch. Sie legte jedes Wort auf die Goldwaage, hinterfragte jede Geste.

Ob Jace spürte, wie nervös und angespannt sie war? Jedenfalls war er ungeheuer einfühlsam, höflich und hilfsbereit. Er drängte sich ihr nicht auf, sondern ließ ihr Freiräume, Zeit zum Alleinsein, weil er intuitiv spürte, dass sie ihre Privatsphäre brauchte.

Allison war ein starkes Band, das sie miteinander verknüpfte. Es war bezaubernd, mit anzuschauen, wie Jace eine Beziehung zu seiner kleinen Nichte aufbaute, und Katherine fiel ein Stein vom Herzen. Sie brauchte sich gewiss keine Sorgen zu machen, denn er würde ein guter Vater sein. Bisweilen zog Allison seine Gesellschaft der ihren sogar vor.

»Schätze mal, wir ziehen uns besser an und gehen heute Morgen in die Kirche«, meinte er am Morgen nach ihrer Hochzeit, den Kopf hinter der Sonntagszeitung verborgen. Als er an den Frühstückstisch gekommen war, hatte er seine schmerzenden Muskeln gedehnt, weil er die Nacht auf ihrem schmalen Sofa verbracht hatte. Katherine hatte gelacht, als sie seine gequälte Grimasse bemerkte, während seine Gelenke knackten und knirschten. Er linste hinter der Zeitung hervor.

»Du willst in die Kirche?« Ihr fielen vor Verblüffung fast die Augen aus dem Kopf.

»Ja. Happy ist seit geschlagenen zwanzig Minuten draußen im Hof. Sie hat so ziemlich jeden Unsinn gemacht, den man in dem kleinen Innenhof machen kann. Zwischendurch starrte sie andauernd vorwurfsvoll in Richtung Apartment. Sie hat unweigerlich registriert, dass mein Jeep die ganze Nacht hier geparkt stand, und jetzt denkt sie vermutlich, dass wir irgendwas miteinander anstellen, was für ihr Empfinden verrucht, verboten und tabu ist.«

»Herrje, Happy! Die hab ich in der Hektik total vergessen«, japste Katherine bestürzt.

»Weißt du was, wir gehen nachher zusammen zu ihr und erzählen ihr das mit unserer Hochzeit.«

»Und du willst wirklich in die Kirche?«

»Ja. Es sei denn, du bist Atheistin und hast damit nichts am Hut. Also ich bin Protestant. Hast du damit Probleme?«

»Nein, nein, es ist bloß so, dass …«

»Katherine, ist dir schon mal der Gedanke gekommen, dass darüber geredet wird, wenn die junge Witwe Adams Hals über Kopf ihren Schwager heiratet, der lange Zeit im Ausland war? Und weil die junge Witwe Adams ein Baby hat, das gerade mal ein paar Monate alt ist? Da die Mannings zumindest vorübergehend in Van Buren wohnen werden, möchte ich schleunigst dokumentieren, dass sie der Gemeinde mit gutem Beispiel vorangehen. Glaub mir, ich werde dich vor falschen und infamen Spekulationen zu schützen wissen. Bis auf die Tatsache, wer Allisons leibliche Eltern sind, haben wir absolut nichts zu verbergen, und sobald wir die Kleine adoptiert haben, ist das auch kein Thema mehr. Zudem ist Angriff die beste Verteidigung.« Er spähte über den Rand der Zeitung hinweg zu ihr und grinste. »Okay?«

»Ja, und danke«, murmelte sie und schlug die Augen nieder. Tränen glitzerten in ihren Wimpern. Sie nahm das vorbereitete Fläschchen und lief aus der Küche, um Allison zu füttern. Grundgütiger, sie mochte sich Jason nicht verpflichtet fühlen, und trotzdem musste sie ihm dankbar sein. Hatte dieser Mann eigentlich immer alles unter Kontrolle? Übersah er nie etwas? Seine Argumentation war jedenfalls schlüssig, seufzte sie.

Jace war bester Laune, weil ein paar Geschäfte am Labor Day geöffnet hatten und er folglich das in Aussicht gestellte breitere Bett kaufen konnte. Er vereinbarte mit dem Möbelhaus, dass das Bett tags darauf geliefert und aufgestellt werden sollte.

»Aber Jace, ein Doppelbett passt gar nicht in das kleine Zimmer!«, protestierte Katherine, als sie die Riesenspielwiese sah.

»Dann räumen wir eben ein paar von den Schränken raus. Ein kleineres Bett bringt doch nichts.« Lachend drückte er ihren Arm. »Ich verspreche dir auch, dass ich das hübsche Ambiente, das du dir geschaffen hast, nicht zerstören werde.«

Er kaufte einen neuen Kombi und zückte dafür mal eben locker seine Goldcard. Katherine war baff. Schließlich musste sie jeden Cent dreimal umdrehen, bevor sie ihn ausgab, und für jede größere Anschaffung lange sparen. Dass jemand auf einen Schlag so viel Geld ausgeben konnte, war ihr unbegreiflich.

Dieser Lebensstil behagte ihr nicht. Sie hatte ihre Aversion gegen die Mannings nie ganz ausgeblendet, obwohl sie mit einem verheiratet war und inzwischen selbst den Namen Manning trug. Die Vorstellung, dass sie von dem Geld eines Manning lebte, war ihr unerträglich. Auf der Rückfahrt von ihrer Shoppingtour sprach sie das Thema an.

»Jace …«, begann sie unschlüssig.

»Hmm?« Er knabberte an einem Hershey-Riegel. Inzwischen wusste sie, dass er zu jeder Tages- und Nachtzeit Schokolade essen konnte. Wieso wurde er eigentlich nicht dick?

»Du hast die Krankenhausrechnung für Ronald Welsh bezahlt, stimmt's?«

Er hörte auf zu kauen und spähte zu ihr. »Ja«, antwortete er. Er bremste und hielt mit dem neuen Wagen vor einer roten Ampel.

»Und du hast seiner Frau Geld geschickt?«

Statt einer Antwort nickte er.

Sie zupfte nervös mit den Fingern an ihrem Sommerkleid und fuhr zögernd fort: »Du musst eine Menge Geld haben. Ich meine, du bezahlst ein Auto mal eben locker mit deiner Kreditkarte und so. Ist … das von deinem Gehalt? Ich frag bloß, weil …«

»Du willst wissen, ob es mein Geld ist oder das meiner Eltern.« Es war keine Frage, sondern eine Feststellung. Er parkte eben den Wagen in Happys Einfahrt und drehte sich zu ihr.

»Es ist mein Geld, Katherine.« Ein Lächeln huschte über seine Lippen. »Und ich hab mir jeden Cent sauer verdient, denn ich hab geschuftet wie ein Pferd. Als ich Afrika verließ, war eine anständige Bonuszahlung fällig. Willoughby Newton, der Chef von Sunglow, ist überaus fair. Ich hab einen Anteil an sämtlichen Ölquellen, die ich für den Laden erschließe. Seit meinem Collegeabschluss hab ich von meinen Eltern keinen Cent mehr genommen.«

»Bitte versteh mich nicht falsch. Es ist deine Privatsache, ob du von ihnen Geld nimmst oder nicht. Ich persönlich möchte auf gar keinen Fall …«

»Du möchtest Eleanor und Peter Manning sen. nicht auf der Tasche liegen, weil du dafür zu stolz bist.« Er senkte die Stimme und sagte weich: »Ich bin stolz auf dich.« Er neigte sich über den Sitz zu ihr und hob mit seinem angewinkelten Zeigefinger ihr Kinn an, zwang sie, ihn anzuschauen. »Und meine privaten Angelegenheiten sind jetzt auch deine Angelegenheiten. Darf ich dich kurz daran erinnern, dass du meine Frau bist?«

Seine Lippen kosten die ihren sanft und sinnlich. Es war ein schneller, flüchtiger Kuss, gleichwohl schmeckte Katherine mühsam gezügelte Lust. Ihr Herz hämmerte wie wild, als er sich zurücklehnte und sie mit seinen strahlend blauen Augen fixierte. Sie meinte in seinen unergründlichen Tiefen zu versinken, ehe er schlagartig die Tür aufstieß und sich aus dem Wagen schwang.

Happy fasste die Neuigkeit ihrer Hochzeit äußerst positiv auf. Sie strahlte übers ganze Gesicht und gratulierte den beiden von Herzen. Ob sie eine frühere Beziehung der beiden vermutete oder insgeheim die Hände über dem Kopf zusammenschlug, weil die beiden sich erst so kurz kannten – sie behielt ihre Mutmaßungen für sich. So viel Feingefühl wusste Katherine zu schätzen.

Happy erbot sich, Allison für den Rest des Nachmittags zu sich zu nehmen, weil die beiden noch eine Wand in Jasons Schlafzimmer streichen mussten. Zumal das Bett tags darauf geliefert wurde.

»Wenn wir gemeinsam anstreichen, geht es ganz fix«, versprach sie, als er ihren Vorschlag mit einem missmutigen Grummeln quittierte.

»Schon mal was davon gehört, dass man am Labor Day frei hat?«, maulte Jace, dennoch war er mit Begeisterung bei der Sache, als Katherine in ihrem Maler-Outfit auftauchte, das sie auch bei ihrer ersten Begegnung getragen hatte.

»Du siehst scharf aus in diesem Outfit, weißt du das?«, sagte Jace, als sie zwischendurch eine Pause machten. Sie saß im Schneidersitz auf dem Boden und nippte an einem Softdrink. »Lass dich bloß nicht von mir erwischen, dass du in diesem Fummel nochmal jemandem die Tür öffnest«, warnte er leise grummelnd.

Er betrachtete sie unter lasziv gesenkten Lidern und meinte weich: »Als ich deine Beine zum ersten Mal sah, brauchte ich meine geballte Selbstbeherrschung, sonst hätte ich dich vom Fleck weg vernascht.«

»Was?« Seine freimütige Enthüllung verblüffte Katherine. »Wann?«

»Hmmm, lass mal überlegen.« Er schloss in gespielter Konzentration seine von dichten schwarzen Wimpern umrahmten Augen. »Ich glaube, das war am zweiten Tag, nachdem ich hergekommen war. Ich war auf dem Campus und drückte mich auf dem Flur des Verwaltungsgebäudes rum, in dem du dein Büro hast. Es war rein persönliche

Neugier. Ich wollte heimlich einen Blick auf die berühmt-berüchtigte Miss Katherine Adams riskieren, die skrupellos ein Neugeborenes aus der Klinik entführte und mit ihm quer durch das ganze Land gefahren war.«

Er trank einen Schluck von seinem Softdrink und lehnte sich lässig an die Wand zurück. »Du kamst aus deinem Büro und bist zu dem Wasserspender gelaufen. Ich glaube, du hast zwei Aspirin eingeworfen. Wie auch immer, als du dich vornüberbeugtest, um einen Schluck Wasser zu trinken, bekam ich einen verdammt reizvollen Blick auf deine Beine geboten … unter anderem.« In seine Augen trat ein teuflisches Glitzern.

Katherine stockte vor Entrüstung sekundenlang der Atem, bevor sie spitz konterte: »Aber das kann gar nicht sein! Dann hätte ich dich bestimmt im Flur gesehen. Ich bin sicher, du wärst mir spontan aufgefallen.«

Er hob gespannt eine Braue. Mit gesenkter Stimme sagte er: »Ach ja?« Er stieß sich mit seinen kräftigen Armen von der Wand ab. »Willst du damit andeuten, Mrs. Manning, dass du deinen Mann zumindest ein bisschen attraktiv findest?«

»Ich … ich will damit andeuten … dass …«

»Ja?«, fragte er weich, dabei legte er seine Hände auf ihre Schultern. Sanft, aber bestimmt drückte er sie zu Boden und ließ sich neben sie sinken. »Was wolltest du sagen?« Sein Gesicht schwebte über ihrem. Er streckte sich neben ihr aus, und sie spürte, wie sein Körper an ihren drängte.

»Ich wollte gerade sagen …«

»Das kann warten«, flüsterte er gepresst, ehe sein Mund sich auf ihren senkte.

Katherine sträubte sich nicht. Sie sehnte sich nach dem

berauschenden Prickeln, das ihren Körper bei seinen Küssen durchströmte. Sie öffnete ihm bereitwillig die Lippen. Streifte mit ihrer Zungenspitze zaghaft seine. Ein leises Stöhnen entfuhr seiner Kehle, sein Kuss wurde fordernder. Mit seiner Hand streichelte er den nackten Streifen Haut über dem Bund ihrer Shorts.

Er schob ein Knie zwischen ihre Oberschenkel und massierte ihren Venushügel mit sanftem Druck. Auch er trug Shorts, und die Wärme seiner nackten Haut auf ihrer war elektrisierend. Sein Bein rieb sich aufreizend an ihrem. Der Flaum auf seinem langen Schenkel kitzelte ihre weiche Haut. Der Duft, das Gefühl und die Textur seiner Haut waren völlig anders als bei ihr, wirbelte es Katherine durch den Kopf. Und dieser Unterschied befeuerte ihre Sinne mit einem unbändigen Verlangen.

Er vergrub sein Gesicht in ihrem Nacken, hauchte leise gestammelte Zärtlichkeiten, presste glutvolle Küsse auf ihre pulsierende Halsbeuge, während er an den Knöpfen ihres Shirts nestelte. »Katherine, Katherine, ich will …«

»Hey, ihr zwei, ich hab ein paar Sandwiches für euch gemacht. Ihr habt bestimmt Hunger. Macht mir mal einer die Tür auf? Ich hab beide Hände voll«, drang Happys Stimme von der Eingangstür her zu ihnen.

»Ich kann es nicht fassen!« Jace schlug sich mit der flachen Hand vor die Stirn. Er stand auf und stapfte durch das Wohnzimmer, um der überengagierten Vermieterin die Tür zu öffnen. Manchmal meinte Happy es wirklich zu gut mit ihren Mitmenschen.

»Das ist jetzt schon das zweite Mal, dass Happy uns in einem intimen Moment stört. Soll ich womöglich jedes

Mal eine Krawatte um die Türklinke binden, wie Ryan O'Neal seinerzeit in *Love Story*, wenn Ali McGraw in seinem Zimmer war?«

»Jace, bitte!«, versetzte Katherine in gespielter Entrüstung und giggelte.

Happy hatte nur schnell den Teller hereingereicht und war gleich wieder verschwunden. Sie mochte Allison nicht länger als nötig unbeaufsichtigt lassen. Katherine und Jace verdrückten die Sandwiches und machten sich wieder an die Arbeit. Nachdem die Wand gestrichen war, machten sie sich daran, das Chaos aufzuräumen.

»Ich muss sagen, das Zimmer sieht klasse aus«, räumte Jace ein. »Anfangs dachte ich, die braune Wand macht den Raum zu dunkel.«

»Nicht mit der breiten Fensterfront auf der Südseite.« Katherine hatte die Gestaltung des Zimmers sorgfältig und mit sicherem Geschmacksempfinden geplant. Dabei hatte sie natürlich nicht bedacht, dass dort irgendwann ein Mann einziehen würde, folglich musste sie von ihrem ursprünglichen Plan ein wenig abweichen.

Das Bett sollte an der mattbraun gestrichenen Wand stehen. Heute, auf ihrer Shoppingtour, hatte sie Leinenstoff gekauft, mit einem Muschelmuster in Braun- und Beigetönen. Das einzig Feminine, das sie dem Raum zubilligte, waren Akzente in einem weichen Aprikosenfarbton.

»Wenn alles fertig ist, möchte ich an der dunklen Wand eins von diesen modernen Stahlregalen anbringen. Das sieht bestimmt super aus. Und dazu passende Accessoires, Lampen und so.« Während sie laut nachdachte, stellte sie sich im Geiste bereits das fertige Ergebnis vor. »Natürlich darf das Zimmer nicht zu beengt wirken. Ich muss erst mal schauen, wie viel Platz das Bett braucht.«

»Ich hoffe, dass es hier ein bisschen beengter wird – und zwar bald.«

Jasons Stimme riss sie aus ihren Gedanken, sie beäugte ihn argwöhnisch. Er musterte sie unter halb gesenkten Lidern, und ihr schwante spontan, worauf er hinauswollte.

Eine heiße Röte schoss in ihre Wangen. Damit er nichts merkte, schüttelte sie die Haare ins Gesicht. Er registrierte ihre Verlegenheit und grinste breit. »Ich bin dann mal kurz weg und hol Allison. Ich denke, die Farbe ist so gut wie trocken.«

Er ging zur Tür, drehte sich dort noch einmal zu ihr um. »Katherine.«

»Hmm?«

»Ich war an dem besagten Tag wirklich in eurem Verwaltungsgebäude und hab dich durch den Flur laufen sehen.« Er zwinkerte ihr zu. »Alles andere ist jedoch frei erfunden.«

Sie errötete bis zu den Haarwurzeln. Das bekam er gottlob nicht mehr mit, denn er stürmte bereits durch die Tür ins Freie.

»Hi, Miz Manning, ich bin Jim Cooper.«

Katherine lächelte dem freundlichen jungen Mann zu, der vor ihrer Haustür stand. Jim Cooper?, überlegte sie, nein, der Name sagte ihr nichts. Musste sie den kennen? Offenbar erwartete er, dass sie ihn wiedererkannte.

Sie schüttelte kaum merklich den Kopf und sagte: »Bedaure, aber …«

»Ich bin der Sohn von Happy Cooper.«

»Oh.« Katherine lachte. »Kommen Sie rein. Tut mir echt leid, dass ich dermaßen auf der Leitung stand, aber der Name sagte mir erst mal nichts.« Sie hielt ihm ihre Hand hin, und Jim Cooper schüttelte diese herzlich.

»Schätze, Mom hat es verschwitzt, Ihnen zu erzählen, dass ich für eine Weile wieder herziehe. Nicht in Ihr Apartment«, versetzte er hastig. »Ich hab gemeinsam mit einem Freund ein Apartment gemietet. In der Stadt. Ich wollte mich bloß kurz erkundigen, ob Mr. Manning zufällig zu Hause ist?«

»Nein, bedaure. Er wollte noch ein paar Sachen für sich besorgen. Er ist erst vor ein paar Tagen eingezogen … ich meine … wir haben nicht …«

»Ja. Mom erzählte, dass Sie geheiratet haben.« Sein Grinsen war ansteckend. »Herzlichen Glückwunsch, Mrs. Manning.«

»Danke«, murmelte Katherine. Sie hatte noch immer daran zu knabbern, dass sie mittlerweile verheiratet war und mit »Mrs. Manning« angesprochen wurde. Ob sie sich überhaupt jemals daran gewöhnen würde, dass sie diesen Namen trug? Zudem fand sie es schwer gewöhnungsbedürftig, einen Mann an ihrer Seite zu wissen. Noch vor einer Woche hatte es nur sie und Allison gegeben. Dann war Jace Manning bei ihr aufgetaucht und hatte mit seiner dynamischen Persönlichkeit ihr beschauliches Leben durcheinandergewirbelt. Sie empfand sein Denken, Fühlen und Handeln zunehmend mit ihrem verknüpft.

»Mom meinte, wenn ich herkomme, soll ich mir mal den Speicher vorknöpfen. Da oben liegt noch alter Krempel von der Highschool und vom College. Und Sie sind bestimmt froh um jeden Zentimeter mehr Platz.« Jim Cooper grinste erneut. Er sah gut aus, stellte Katherine fest. War er schon mit dem College fertig? Sie hätte ihn jünger eingeschätzt.

Seine aschblonden Haare waren zwar länger, als aktuell angesagt, aber trotzdem sauber und gepflegt. Seine Augen, die in einem warmen Braunton schimmerten, machten ihn vom Fleck weg sympathisch. Er war ein zugänglicher, freundlicher junger Mann. Die Sommersprossen auf Nase und Kinnbacken gaben ihm etwas Lausbubenhaft-Übermütiges.

»Ich war noch gar nicht auf dem Speicher«, räumte Katherine freimütig ein. »Nur wegen uns müssen Sie da oben bestimmt nicht entrümpeln.«

»Kein Problem, damit bin ich im Rutsch fertig. Es war Moms Idee. Ich werfe den verstaubten alten Kram komplett auf den Müll. Selbst wenn Erinnerungsstücke aus meiner Schulzeit darunter sein sollten, kann ich bestimmt ohne den Mist leben.« Er legte abwartend eine Hand auf sein Herz, und Katherine prustete los.

Er war kleiner als Jace, dachte sie abwesend und kritisierte sich spontan für den Vergleich. Wieso war Jace plötzlich die Messlatte, die sie bei jedem anderen Mann anlegte?

Objektiv betrachtet, war Jim zwar nicht groß, aber – im Gegensatz zu seiner Mutter – schlank. Die Beine in der ausgefransten, abgeschnittenen Jeans waren durchtrainiert, das weiße T-Shirt spannte über dem muskelbepackten Torso.

»Die Tür zum Speicher ist da hinten, nicht, Miz Manning?«, wollte er wissen, während er zu Jasons Schlafzimmer steuerte.

»Ja«, antwortete Katherine, die ihm gefolgt war. »Neben dem Kleiderschrank. Und ich bin Katherine.«

Als sie den Raum betrat, stand er bereits auf der Leiter, die zum Speicher führte. Er kletterte elanvoll die Stufen hoch und machte auf dem kleinen Spitzboden Licht.

Katherine hörte, wie er Kisten herumrückte und in Begeisterungsstürme ausbrach, wann immer er irgendein verstaubtes Altertümchen entdeckte. Sie stand am Fuß der Leiter und blickte nach oben in das helle Rechteck.

»Und, finden Sie doch noch das eine oder andere Schätzchen?«, fragte sie scherzhaft.

»Oh, ja, jede Wette! Hätte nicht gedacht, wie viel Schei… ähm … Schrott hier oben rumgammelt. Vielleicht nehm ich doch die eine oder andere Kiste mit.«

Er schleppte die Kisten nacheinander nach unten und stapelte sie mitten im Schlafzimmer. Irgendwann meinte er: »Noch eine Kiste, und dann bin ich auch schon wieder weg.«

»Lassen Sie sich ruhig Zeit«, versicherte ihm Katherine. »Allison schläft, und ich hab frei, bis sie aufwacht.«

»Ja. Ich hab gehört, Sie haben ein richtiges kleines Püppchen. Bin echt gespannt auf die Kleine«, rief er über seine Schulter, als er die Stufen hochkletterte, um die letzte Kiste zu holen.

Um sie leichter greifen zu können, schob er die Kiste dicht an die Luke. Katherine, die nach oben blickte, bekam eine ordentliche Staubdusche verpasst. Ein Partikel fiel ihr ins Auge, und sie schrie vor Schmerz.

»Aua, tut das weh!«, stöhnte sie, eine Hand auf ihr Auge gepresst.

»Was ist denn?«, rief Jim von oben. Alarmiert setzte er

die Leiter hinunter. »Ach du Scheiße, wie ist denn das passiert?« Er beugte sich bestürzt über sie. »Mom verpasst mir garantiert einen Satz heiße Ohren, wenn sie erfährt, dass Sie sich verletzt haben, weil ich zu nachlässig war.«

Hätte es nicht so wehgetan, hätte Katherine schallend gelacht. »Ich hab wohl was ins Auge bekommen, irgendeinen Fremdkörper. Jedenfalls tut es mordsmäßig weh.« Sie stöhnte gequält und presste ihre Hand noch fester auf das Auge.

»Oh, Shit, das tut mir leid. Kommen Sie, Katherine, setzen Sie sich. Ich guck mal nach.« Jim fasste sie behutsam am Arm und zog sie zu dem Bett. Sie setzte sich umständlich hin, und Jim kniete sich vor sie. »Lassen Sie mal sehen, Katherine.«

Er versuchte, ihre Hand von dem brennenden Auge zu ziehen. Sie gab nach, spürte einen erneuten stechenden Schmerz und entriss ihm ihre Hand.

»Autsch! Es tut entschieden mehr weh, wenn ich die Hand wegnehme.«

»Ich weiß, aber wenn ich den Fremdkörper nicht entferne, tut es noch viel mehr weh. Kommen Sie, beißen Sie die Zähne zusammen«, drängte er, während er ihre Hand wegschob.

»Und jetzt machen Sie das Auge mal schön weit auf«, wies er sie an.

Er umschloss mit einer Hand ihren Hinterkopf, mit der anderen untersuchte er behutsam ihr Auge. Es bedurfte einer Menge Überzeugungsarbeit, ehe sie das Lid öffnete.

Ein triumphierendes Strahlen glitt über seine Züge, als er das winzige Staubkorn entdeckte, das ihr so viel Kummer machte. »Das haben wir gleich«, meinte Cooper zuversichtlich. »Schauen Sie mal kurz nach oben. Nein, nein, nicht nach unten gucken. Nach oben. Nur noch eine Sekunde. Da. Ich hab ihn!« Mithilfe seines kleinen Fingers hatte er es geschafft, das winzige Partikel aus ihrem Auge zu fischen.

»Ich hoffe, ich störe nicht«, warf Jace in den Raum.

# 7

Die polternde Stimme erfüllte unheilschwanger das kleine Zimmer. Katherine fuhr der Schreck in sämtliche Glieder. Ihr Kopf schnellte erschrocken herum, und sie registrierte mit wässrigen, geröteten Augen, wie Jace sich lässig an den Türrahmen lehnte. Seine zwanglose Haltung trog, denn seine ärgerlich aufeinandergebissenen Kiefer und der eisige Blick sprachen eine andere Sprache.

»Ich will es mal anders formulieren«, fuhr er fort, als die beiden sich nicht mucksten, sondern schwer geschockt und sprachlos auf dem Bett hocken blieben. »Ich *möchte* ungern stören.« Sein Blick wie Eisnadeln, fixierte er Jim Cooper.

Katherine schoss hektisch hoch. Sie hatte gar nicht realisiert, dass sie sich auf dem Bett zurückgelehnt hatte und ihren Oberkörper mit den angewinkelten Armen abstützte. Jim, der sich über sie beugte, hielt mit einer Hand ihren Hinterkopf umschlossen. Sein Gesicht war nur Zentimeter von ihrem entfernt.

»J…Jace«, stammelte sie schuldbewusst und hätte sich für ihre Reaktion ohrfeigen mögen. Schließlich hatte sie sich nichts vorzuwerfen. »Das ist Jim Cooper, Happys Sohn.«

»Mr. Manning.« Jim nickte und grinste verlegen. Er schluckte schwer, als Jace ihn eiskalt ignorierte.

»Jim wollte ein paar Sachen vom Speicher holen. Als ich zu ihm hochsah, muss mir irgendwas ins Auge geflogen sein. Es tat jedenfalls höllisch weh. Er war mir dabei behilflich, den Fremdkörper zu entfernen«, ratterte Katherine los und hätte sich auf die Zunge beißen mögen. Was musste sie ihm den Vorfall auch noch lang und breit schildern? Sie hatte nichts Verwerfliches getan und der arme Jim auch nicht. Jason zuckte mit keiner Wimper, seine Miene blieb steinern wie in Marmor gehauen.

»Mr. Manning, ich bin auch noch wegen was anderem hier«, warf Jim hastig ein. Katherine bewunderte ihn für seinen Mumm. Zumal man Jace trotz seiner entspannten Haltung anmerkte, dass er auf hundertachtzig war.

»Ja?«, fragte er kurz angebunden.

»Tja also … ich würde mich gern um einen Job bei Sunglow bewerben. Ich … äh … ich hab für ein Bohrunternehmen gearbeitet, das in Louisiana ansässig ist, aber meine Mom ist alleinstehend und so, na ja, ich … äh … dachte, ich könnte … vielleicht wäre es möglich, dass ich …«

Jace tippte von einem Fuß auf den anderen und verschränkte gelangweilt die Arme vor der Brust. Katherine schäumte vor Wut über sein arrogantes Verhalten gegenüber dem jungen Mann.

Jim, der spontan merkte, dass Jace genervt war, haspelte weiter. »Wie auch immer, ich bin ein zuverlässiger Arbeiter und brauche einen Job. Von meinen vorherigen Arbeitgebern kann ich sehr gute Zeugnisse vorweisen.« Er befeuchtete sich die trockenen Lippen.

Jasons Augen flogen von einem zum anderen, ehe er erneut Cooper fixierte – der seinen Blick hartnäckig erwiderte, registrierte Katherine mit einer gewissen Schadenfreude.

»Sie haben den Nerv, mich um einen Job zu bitten, und das, nachdem ich Sie mit meiner Frau im Bett erwischt habe?«, versetzte Jason in spöttisch herablassendem Ton.

»Jace, ich …« Er warf ihr einen mordlustigen Blick zu, woraufhin Katherine vor lauter Schreck verstummte.

»Andererseits mag ich Ihre Mutter«, ging Jace über ihren Einwurf hinweg. »Sprechen Sie mit Billy Jenkins. Wissen Sie, wo wir derzeit bohren?«

»Ja, Sir«, antwortete Jim.

»In Ordnung. Sagen Sie Billy, dass ich Sie geschickt hab.«

»Danke, Mr. Manning.« Jim deutete auf die Kisten, die sich am Boden stapelten. »Ich nehm erst mal die mit«, sagte er und hob die kleinste auf, »und komm später nochmal wieder, um die restlichen abzuholen. Ich meine, natürlich nur, wenn das für Sie okay ist«, setzte er hastig hinzu.

»Kein Problem, Jim.« Katherine lächelte halbherzig.

»Also ich geh dann jetzt. Tschüss, Kath… äh … Miz Manning«, korrigierte er sich und spähte nervös zu Jace.

Er versuchte, sich an Jace vorbeizuschieben, der weiterhin die Tür blockierte, ihn an der Schulter packte und festhielt. »Wenn du Mist baust, bist du draußen. Ganz egal, wer deine Mutter ist. Kapiert?«

»Ja, Sir. Ich hab's kapiert«, bekräftigte Jim mit Nachdruck.

Jace ließ ihn los und nickte zustimmend.

Katherine und Jace funkelten einander wortlos an, während sie darauf warteten, dass die Eingangstür zuklickte. Katherine hätte ihren Mann in der Luft zerreißen mögen. Sein Verhalten war unentschuldbar. Igitt, sich wichtig machen und auf die Kacke hauen, dass es spritzte, das war wieder mal typisch für diese Mannings!

Ihre grünen Augen sprühten Funken, als sie ihn anfuhr: »Wie kommst du in *meiner* Wohnung dazu, jemanden – irgendjemanden – dermaßen zusammenzufalten?«

»Er kann froh sein, dass ich ihn nicht zu Kleinholz verarbeitet hab. Ich bin nun mal nicht versessen darauf, nach Hause zu kommen und festzustellen, dass meine Frau mit einem anderen rummacht.«

»Er war erst ein paar Minuten da! Kurz bevor du zurückkamst«, verteidigte sie sich. »Er war hier, weil er dich kurz sprechen wollte. Zudem hatte seine Mutter ihn dazu verdonnert, endlich den Speicher zu entrümpeln. Du hast es mit deinem herablassenden Verhalten bewusst darauf angelegt, ihn fertigzumachen. Er ist doch noch ein halbes Kind.«

Jace lachte zynisch auf. »Aber klar doch. Ein Zweiundzwanzigjähriger ist in deinen Augen noch ein halbes Kind, das ist ja zum Piepen! Glaub mir, Katherine, Mr. Cooper hat es sichtlich genossen, bei dir auf Tuchfühlung zu gehen. Gelegenheit macht Diebe. Jeder heißblütige junge Mann würde dir an die Wäsche gehen.«

»Hör endlich damit auf, jeden anderen Mann an deinen eigenen animalischen Standards zu messen«, schnappte sie.

»Und was war mit Mr. Welsh?«, wollte Jason wissen, eine Augenbraue spöttisch hochgezogen.

»Oh … du … du!«, fauchte sie, »du bist wirklich ein Riesenidiot!«

Zornbebend stürzte sie sich auf ihn. Sie holte mit ihrer

kleinen Hand aus und schlug Jace mit ungeahnter Heftigkeit ins Gesicht.

Er packte sie mit einem stählernen Arm um die Taille, dass es ihr zischend den Atem aus den Lungen presste, und riss sie an sich. Seine Faust krallte sich in ihre Haare, er zog ihr schmerzhaft den Kopf nach hinten, so dass sie ihn anschauen musste.

Ihre Furcht wurde lediglich von ihrer Fassungslosigkeit übertroffen. Grundgütiger, sie hatte ihn geschlagen! Mit seinem aufbrausenden Temperament war nicht zu spaßen. Das wusste sie seit jenem Tag, an dem sie den Ausflug an den See gemacht hatten. Bei der misslichen Episode mit Ronald Welsh hatte er sein cholerisches Naturell erneut bewiesen – er war förmlich ausgerastet und hatte ihren Chef krankenhausreif geprügelt. Jetzt bohrten sich seine Augen in ihre, und sie hielt panikartig den Atem an.

Zu ihrer großen Verblüffung brach er in schallendes Gelächter aus.

»Wenn man dich entsprechend provoziert, entpuppst du dich als kleine Wildkatze, was, Katherine?« Sein Gesicht schwebte über ihrem, sie fühlte seinen Atem auf ihren erhitzten Wangen. »Du bist eine hinreißende Frau«, flüsterte er rau. »Wenn du wütend wirst, finde ich dich ganz besonders verführerisch.«

Seine Lippen drängten auf ihre, seine Umarmung wurde inniger. Immer noch wütend, versuchte sie, ihn wegzustoßen. Aber ihre kleinen Fäuste prallten an seiner trainierten Brust ab, als wären es hüpfende Pingpongbälle, und sie gab seufzend auf, kaum dass sich seine Zunge zwischen ihre Lippen schob.

Ihre Hände, eben noch zu wütenden kleinen Fäusten

geballt, glitten durch seine glänzende Haarfülle. Er streichelte mit seinem Daumen ihre Wange, während sein Mund mehr forderte … immer mehr.

Irgendwann löste er sich von ihrem Mund. Er betrachtete sie zärtlich, glitt mit seinem Zeigefinger sanft über ihre brennenden Lippen, die wund von seinen Bartstoppeln waren. »Katherine, ich wusste, warum Jim Cooper hier war. Bevor ich reinkam, hab ich draußen noch kurz mit seiner Mutter geplaudert. Trotzdem, gib dich keinen Illusionen hin. Ich bin verdammt besitzergreifend.« Er hauchte ihr einen Kuss auf die Nasenspitze, bevor er hastig herumschwenkte und aus dem Schlafzimmer setzte.

Seine Launenhaftigkeit und seine plötzlichen Stimmungsumschwünge verwirrten Katherine. Allmählich kamen ihr Zweifel, ob sie Jason Manning richtig zu nehmen wusste. Im Grunde genommen war er ein Fremder für sie, überlegte die junge Frau. Aber würde sie ihn jemals näher kennen lernen? Seine Wünsche, Sehnsüchte, Geheimnisse mit ihm teilen?

Der Dekan vom Van Buren College gab Katherine die ganze folgende Woche frei. Nachdem Jace ihm den Vorfall mit Ronald Welsh geschildert hatte, bat der Verwaltungschef ihn, seine Mitarbeiterin über den Sonderurlaub zu informieren.

»Er erzählte mir, dass in dem betreffenden Büro in den letzten zwei Jahren eine unglaubliche Fluktuation herrschte. Er sprach von fünf oder sogar sechs jungen Frauen, die für Welsh tätig waren und noch während der Probezeit wieder kündigten. Jetzt dämmert ihnen allmählich, warum«, meinte Jace abfällig. »Wie dem auch sei, während deiner Urlaubswoche wird jemand aus der Verwaltung die gesamte Presseabteilung neu strukturieren. Er meinte, du wirst diese Woche nicht gebraucht, aber du wirst natürlich weiterhin bezahlt.« Er machte keinen Hehl daraus, dass er von ihrem Job nicht viel hielt. »Willst du wirklich wieder dort arbeiten?«

»Ich weiß es nicht«, antwortete Katherine aufrichtig. »In den letzten Tagen ist so viel passiert, dass ich mir darüber nicht wirklich Gedanken gemacht habe. Ich kann mir allerdings nicht vorstellen, untätig in diesem Apartment herumzusitzen und mich ausschließlich um Allison zu kümmern. Das ist mir einfach zu wenig. Das füllt mich nicht aus. Seit meinem Abschluss an der Highschool war ich immer berufstätig.«

»Na, dann mach dir diese Woche mal ein paar Gedanken«, schlug Jace vor. »Vielleicht ergibt sich ja noch irgendwas Unerwartetes, irgendwas, womit du gar nicht gerechnet hättest.« Er grinste geheimnisvoll, ließ sich von Katherine jedoch keine näheren Einzelheiten entlocken, sosehr sie auch bat und bettelte.

Dieses merkwürdige Gespräch fiel ihr wieder ein, als sie aus der Dusche trat und in einen leichten Bademantel schlüpfte. Was steckte hinter den geheimnisvollen Andeutungen, die Jace gestern Abend gemacht hatte? Was tüftelte er jetzt wieder aus? Und wieso schwieg er beharrlich, statt ihr reinen Wein einzuschenken?

Jace konnte zuweilen extrem stur sein. Jeden Tag lernte sie eine neue Facette seiner Persönlichkeit kennen. Und schätzen, räumte sie zähneknirschend ein, denn die meisten waren durchaus positiv.

Sie schminkte sich dezent und fönte sich die Haare. Als

sie sich vor dem Frisierspiegel betrachtete, bemerkte sie die diversen typisch maskulinen Accessoires, die sich in ihre feminine Domäne eingeschlichen hatten.

Sie hob Jasons Nassrasierer auf, drehte ihn in den Fingern. Seine Initialen waren in den massivsilbernen Griff eingraviert. Sie tippte darauf, dass es ein Geschenk war. So etwas kaufte man sich bestimmt nicht selbst! War es das Geschenk einer Verflossenen? Er hatte noch nie von irgendwelchen früheren Beziehungen gesprochen, trotzdem wäre Katherine jede Wette eingegangen, dass da etliche Affären gewesen sein mussten.

Wofür stand das mittlere Initial L? Sie wusste also nicht mal den vollen Namen ihres Mannes. Hatte Jason sie nicht kurz vor der Trauung noch nach ihrem zweiten Vornamen gefragt? Sie konnte sich nicht entsinnen. An ihren Hochzeitstag erinnerte sie sich lediglich wie an einen nebelhaften Traum.

Ein passender Silberbecher stand neben der würzig duftenden Rasierseife. Benutzten Männer nicht meist Rasierschaum? Was das andere Geschlecht betraf, war sie ziemlich unbeschlagen. Eher sogar eine komplette Ignorantin, seufzte sie.

Mit ihrem Vater verbanden sie mehr oder weniger bruchstückhafte Erinnerungen. Sie beschränkten sich auf Gesprächsfetzen, die ihr im Kopf herumgeisterten, und auf ganz besondere Situationen oder einmalige Ereignisse. Wie das eine Mal, als er sie mit einer Tracht Prügel bestraft und dann lauter geheult hatte als sie. Daran erinnerte sie sich noch ganz deutlich.

Sie konnte sich jedoch nicht an seine persönlichen Gegenstände erinnern. Sein persönlicher Besitz schien aus ihrem Haus verschwunden, nachdem er aus ihrem Leben verschwunden war. Hatte er einen solchen Rasierer benutzt?

Sie entdeckte eine Flasche Rasierwasser und griff danach. Wog sie in der Hand. Betrachtete das Etikett und erkannte spontan den Namen. Die Fernsehspots, die dieses Duftwässerchen bewarben, waren sehr sexy, weil ziemlich freizügig.

»An meine Haut lasse ich nur meinen Schatz und mein Temper.«

Das attraktive männliche Model posierte immer mit nacktem Oberkörper: einmal auf einem Bett, von den göttergleichen Hüften an abwärts spärlich mit einem dünnen Laken verhüllt. Ein anderes Mal bretterte der Werbe-Adonis mit einem schweren Motorrad kiesspritzend in die Kamera und verriet in Nahaufnahme: »Mein Temper begleitet mich bei *allen* Aktivitäten.«

Katherine sah sich sämtliche Werbeeinblendungen an, weil sie selbst Werbetexte schrieb. Für die Temper-Werbung hatte sie lediglich ein müdes Lächeln übrig. War die nicht scheußlich trivial? Sie hielt sich das Rasierwasser unter die Nase und schnupperte zunehmend angetan daran.

Hatten die Werbefuzzis auf der Madison Avenue vielleicht doch den richtigen Riecher? Schlug ihr Herz etwa nicht höher, sobald sie den Duft inhalierte? Eigenartig. Es war nicht das Gesicht des Models, das vor ihrem geistigen Auge erschien. Es war …

Plötzlich wurde hinter ihr die Tür geöffnet, und Katherine sprang schuldbewusst wie ein ertapptes Schulmädchen auf.

Jace erhaschte ihre Reflexion im Spiegel und meinte belustigt: »Ich hoffe, du magst den Duft.«

Spontan schoss es durch Katherines Gehirnwindungen, dass das Temper-Model ihrem Ehemann nicht das Wasser reichen konnte.

»Mmmh, ja, ja. Ich war bloß … ähm …« Wieso stammelte sie eigentlich rum wie eine Vollidiotin? Es war immerhin ihr Apartment, wo sie tun und lassen konnte, wonach ihr der Sinn stand!

»Allison macht ihr Mittagsschläfchen. Ich hab ihr aus der Tageszeitung vorgelesen, da hat sie sich gleich nach der ersten Seite ausgeklinkt und lieber an der Matratze gehorcht.« Er grinste.

»Danke, dass du sie mir ein Weilchen abgenommen hast. War mal wieder toll, ein entspannendes Bad zu nehmen, ohne ständig mit Babygeschrei rechnen zu müssen.«

»Hab ich gern gemacht. Mein kleines Opfer war es jedenfalls wert. Du siehst heute Morgen wunderhübsch aus«, meinte er bewundernd zu ihrem Spiegelbild. Dann glitt er zu ihr, drehte sie zu sich um. Er schloss sie in seine Arme, hauchte ihr einen Kuss auf die Stirn.

»Ich muss heute auf das Bohrungsgelände fahren, kann sein, dass ich erst heute Abend spät zurückkomme.« Er trug Arbeitskleidung, eine alte, knallenge verwaschene Jeans, ein nicht minder ausgebleichtes, kurzärmliges Hemd und bequeme, ausgelatschte Cowboystiefel.

»Wird denn schon gebohrt?«

»Wenn alles nach Plan läuft, starten wir heute mit den Probebohrungen. Ach, übrigens, dein Freund Jim Cooper hat bei uns angefangen.«

Sie blickte mit leicht geneigtem Kopf zu ihm hoch. Er

schmiegte sie weiterhin in seine Umarmung. »Du bist der Boss auf dieser Anlage, stimmt's?« Nachdem er sich frei nehmen konnte, wann er wollte, tippte sie darauf, dass er seine Position bei der Ölgesellschaft mächtig heruntergespielt hatte. Sunglow war einer der größten Konzerne in Amerika und er vermutlich einer dieser jungen, aufstrebenden Topmanager.

»Mmh, so könnte man es nennen«, meinte er mit einem wegwerfenden Achselzucken. »Aber ohne meine Crew wäre ich aufgeschmissen. Das sind verdammt gute Leute. Wir arbeiten schon eine ganze Weile zusammen.«

Sein Schulterzucken löste bei ihr ein wohliges Prickeln aus, das heiß ihr Becken durchflutete. Er hielt sie eng umschlungen, so dass sie die leichteste Regung seines Körpers spürte. Als seine Brust sich an ihren Knospen rieb, zuckte sie unwillkürlich zusammen.

Ihre Reaktion blieb ihm nicht verborgen. »Tut es immer noch weh?«, fragte er weich. »Ich meine die Kratzer und Schrammen auf deinen Brüsten? Soll ich dich nicht vorsichtshalber lieber doch zu einem Arzt fahren?« Er klang aufrichtig besorgt.

»Nein, Jace«, beeilte sie sich zu versichern. »Die sind kaum noch zu sehen und ich hab auch keine Schmerzen mehr.«

»Lass mal sehen.«

»Was?«, platzte sie entrüstet heraus. »Nein wirklich, es ist … sie sind …«

Ihre Stimme erstarb, als er einen Schritt zurücktrat und rigoros das Verschlussband von ihrem Bademantel aufknotete. Behutsam schob er das Kleidungsstück auseinander. Ihr stockte der Atem, als sein Blick über ihren nackten Körper glitt, ehe seine Augen auf ihren Brüsten verharrten.

Die tiefen roten Kratzer, die Ronald Welsh ihr bei seinem brutalen Annäherungsversuch beigebracht hatte, waren zu dünnen rosafarbenen Linien verblasst, die Blutergüsse nur noch blasse Schatten auf ihrem honigschimmernden Teint.

»Was … was du sagst, stimmt. Man sieht kaum noch was«, bekräftigte Jace mit kehlig erstickter Stimme. Sein Blick senkte sich sehnsuchtsvoll in ihren, während sein Arm in ihren Bademantel glitt und ihre Taille umschlang. Mit der anderen Hand umschloss er eine Brust. Seine Berührung war unglaublich sanft, dass Katherine nicht sicher war, ob sie sich das bloß einbildete.

Sein dunkel gelockter Schopf neigte sich über sie, Katherine schloss die Augen und öffnete beseelt die Lippen, um seinen Kuss zu erwidern. Sein Mund streifte ihren, Jace schmiegte ihren biegsamen Körper an sich, und sie fühlte den weichen Stoff seiner Kleidung auf ihrer empfindlichen Haut. Er küsste sie besitzergreifend, forderte ein und schenkte sich ihr, beglückte sie mit seinem herausfordernden Zungenspiel.

Er küsste ihren Nacken, leckte das Grübchen in ihrer Halsbeuge. Dabei rieb sein Daumen zart über ihre Knospe. Katherine bog entfesselt ihren Oberkörper zurück, ein leise gedämpftes Stöhnen entfuhr ihrer Kehle.

Sein Mund schwebte verheißungsvoll über ihrer Brust. Katherine fühlte seinen heißen Atem auf ihrer Haut, während er mit seinem Daumen unablässig ihre Spitze stimulierte und ihr himmlische Wonnen bescherte.

Als ihre Knospe vor Lust erblühte, bettelte sie: »Jace …«

»Oh, Gott, Liebes«, stöhnte er an ihrem Ohr.« Dann presste sich sein Mund auf die pulsierende Rispe und badete sie in süßer, feuchter Wärme.

Sein tintenschwarzes Haar kitzelte ihre Haut, als er den Kopf an ihre Brust schmiegte. Katherine umschloss mit gierigen Fingern sein Gesicht, hielt es fest, kostete das sinnliche Spiel seiner knabbernden Lippen in vollen Zügen aus. Seine Hand glitt tiefer, umschlang ihren Steiß, presste sie fordernd an seinen Leib, damit sie seine Erektion spürte. Unbewusst ließ Katherine rhythmisch ihre Hüften auf seiner prall pulsierenden Männlichkeit kreisen.

Er tat einen stockenden Atemzug, umklammerte ihre Oberarme und schob sie ruckartig von sich. Rang keuchend nach Luft.

Katherine erschauerte vor Erregung. Einst, als sie sich bei einem Date auf eine scheinbar harmlose Schmuserunde eingelassen hatte, war der Typ mit einem Mal total erregt gewesen und hatte mehr verlangt. Er war wütend geworden, als sie nicht mitmachen wollte, hatte sie brutal geschüttelt und übelst beschimpft, ihr unterstellt, dass sie ihn vorsätzlich aufgegeilt hätte, um dann zu kneifen. Obwohl er sich zum Schluss mit seiner Hand befriedigt und sich hinterher wortreich bei ihr entschuldigt hatte, schwante ihr, dass er mit seinen Anschuldigungen teilweise richtiglag. Sie fand es zwar schön, Zärtlichkeiten auszutauschen, zu küssen und zu kuscheln, aber mehr auch nicht. Sie hatte noch nie mit einem Mann geschlafen, weil ihr lange Zeit niemand begegnet war, der ihr so viel bedeutete, dass sie ihm ihre Unschuld schenken mochte. Ihr war unterschwellig bewusst, dass sie beim Thema Sex nicht ganz fair spielte. Aus irgendeinem unerfindlichen Grund wollte sie jedoch nicht, dass Jace ins selbe Horn tutete. Er sollte auf gar keinen Fall den Eindruck bekommen, sie würde ihn mit irgendwelchen Tricks abspeisen und am ausgestreckten Arm verhungern lassen.

»Jace?«, fragte sie mit unsicherer Stimme. »Bist du okay?« Seine Schultern hoben und senkten sich schwer, während er tief durchatmete.

»Kommt drauf an, wie du das meinst. In gewissen Regionen meines Körpers wohl eher nicht«, schmunzelte er leise bedauernd. »Wenn du so weitermachst, bleib ich heute hier. Dabei muss ich jetzt wirklich los.«

Sie hatte seine Leidenschaft erwidert. Und dazu stand sie. Wenn er gewollt hätte, hätte er sie vom Fleck weg vernaschen können. Sie hätte sich ihm bestimmt nicht verweigert. Im Gegenteil, bei Jace sehnte sie sich geradezu danach, im Rausch ihrer Sinnlichkeit zu versinken.

»Das tut mir leid«, murmelte sie und meinte es auch so. Sie fühlte sich innerlich zerrissen, unbefriedigt, und ihm ging es nicht anders.

Seine kornblumenblauen Augen blitzten auf. »Mir tut es kein bisschen leid, dass meine Frau den Körper einer Göttin hat.« Er pflanzte einen schmatzenden Kuss zwischen ihre Brüste, bevor er ihr den Bademantel zuzog und die Verschlusskordel mit schmerzvoller Endgültigkeit zusammenband. »Du machst es mir verdammt schwer, mich heute auf meinen Job zu konzentrieren. Aber was soll's, das Opfer nehm ich gern in Kauf.« Er seufzte theatralisch, versetzte ihr flapsig einen Stupser unters Kinn, ehe er mit langen Schritten das Apartment verließ.

# 8

Am darauf folgenden Samstagmorgen fragte Jace Katherine, ob sie nicht Lust hätte, mit ihm zum Bohrungsgelände zu fahren.

»Ich hab die Crew zu Überstunden verdonnert. Deshalb würd ich gern kurz rausfahren und alles abchecken. Es dauert bestimmt nicht lange. Komm doch mit, hm?«

Die vergangene Woche war für Katherine eine willkommene Erleichterung gegenüber der normalen frühmorgendlichen Routine gewesen. Allison baden, wickeln, anziehen, füttern und zu Happy bringen, bevor sie ins Büro fuhr, war nämlich stressig. Folglich genoss sie jeden freien Morgen.

Zumal sie sich durchaus zu beschäftigen wusste. Sie mistete ihre Schränke und Kommoden aus, damit der neue Mitbewohner Platz für seine Sachen bekam. Gegen Ende der Woche gingen ihr die Ideen für weitere Projekte aus, und sie wurde zunehmend nervös. Faulenzen war nicht ihr Ding, da arbeitete sie lieber.

»Na klar, gern«, antwortete sie begeistert. »Zumal ich noch nie auf einem Ölbohrturm war. Wird bestimmt spannend.« Nachdem er inzwischen öfter davon sprach, interessierte sie sich brennend für seinen Job.

»Meine Crew zieht mich dauernd auf«, beschwerte er

sich. »Die denken, du existierst bloß in meiner Fantasie. Sie nehmen es mir erst ab, dass ich eine Frau und eine kleine Tochter habe, wenn ich euch mal mitbringe. Natürlich hat Jim Cooper in den höchsten Tönen von dir geschwärmt, aber diesen Grünschnabel nehmen meine Jungs nicht wirklich ernst.«

Sie musterte ihn mit einer Mischung aus Bestürzung und Verwunderung, dass er sie gegenüber seiner Crew erwähnt hatte. Andererseits stimmte es sie euphorisch. Wieso, hätte sie nicht zu sagen vermocht. Ihr Herz tanzte, als sie über den Frühstückstisch hinweg zu ihm schaute – er hatte darauf bestanden, den Frühstückstisch zu decken.

Sie erkundigte sich betont beiläufig: »Was hast du ihnen von mir erzählt?«

»Lass mal überlegen. Wenn ich das noch richtig im Kopf habe« – sagte er gedehnt und kniff konzentriert die Lider zusammen – »hab ich ihnen erzählt, dass deine Haare honigblond sind mit sonnengebleichten Strähnchen. Deine Augen hab ich als smaragdgrüne Waldseen beschrieben, in denen sich die überhängenden Äste spiegeln. Ich hab ihnen verklickert, dass dein Körper unbeschreiblich ist und dass du einen unglaublichen Busen hast. Und dass du unter deinen gewagten T-Shirts und den knallengen Jeans nie Unterwäsche trägst.«

»Jace! Wie konntest du …«, japste sie empört, ehe sie das durchtriebene Glitzern in seinen Augen bemerkte. Als er angesichts ihrer Entrüstung loswieherte, konnte sie nicht anders, als in sein Lachen einzustimmen. Allison betrachtete die beiden mit großen Augen.

»Also, wenn du mich so beschrieben hast, sind sie bestimmt enttäuscht.«

Zwischen seine schwarzen Brauen schob sich eine steile Falte, und er sagte weich: »Nein. Sie werden bestimmt nicht enttäuscht sein.«

Ihr Herz machte einen doppelten Looping. Seit dem Morgen, an dem er sie im Bad geküsst hatte, machte er ihr wohl dosiert Komplimente. Inzwischen wusste sie, dass er nicht der fordernde, draufgängerische Typ war, der eine Frau im Sturm eroberte. Oh nein, Jace fiel nicht mit der Tür ins Haus. Er ging subtiler vor. Die ganze Woche war nicht mehr drin gewesen als ein Küsschen in Ehren, seufzte sie, auf die Wange oder auf die Stirn. Und seine vornehme Zurückhaltung bewirkte, dass sie ganz wild auf ihn war. Das wiederum fand sie schwer beunruhigend.

Eines Abends hatte er sie gebeten, sich neben ihn auf das Sofa zu setzen. Im Fernsehen kamen gerade die Spätnachrichten. Sie setzte sich ans andere Ende der Couch, woraufhin er sie mit einem leise gemurmelten »Och nöö« näher an sich zog. Dann sank er in das bequeme Rückenpolster zurück.

Sie zog die nackten Füße unter ihren Morgenmantel und stellte unversehens fest, dass sie sich entspannt an ihn lehnte. Sie fühlte seine gleichmäßigen Atemzüge, da er mit seinem Brustkorb ihren Rücken stützte.

Sie zuckte kaum merklich zusammen, als er begann, ihren Oberarm zu streicheln. Zuvor hatte sein Arm auf der Sofalehne gelegen. Sie warf ihm einen schiefen Seitenblick zu, doch er schien schwer in die Nachrichten vertieft.

Seine Bewegungen waren hypnotisch langsam und so sinnlich, dass die Innenseite ihres Arms warm erschauerte. Seine langen forschenden Finger näherten sich unaufhaltsam ihrer Brust. Sie spürte seine Liebkosungen auf der weichen Rundung, obwohl er sie gar nicht dort berührte. Der Stoff ihres Morgenmantels knisterte verheißungsvoll, als seine Fingerknöchel ihre Armbeuge streiften. Es fehlte nicht mehr viel und er würde … Nein, Mist, er rührte sie nicht an.

Ihre Knospe erblühte vor Verlangen, eine glutheiße Woge durchflutete ihren Schoß. Gegen Ende der Nachrichten war sie versucht, seine Hand zu packen und auf ihre Brust zu pressen. Plötzlich verharrten seine Finger, und Katherine hielt den Atem an. *Jetzt streichelt er mich dort,* sann sie.

Zu ihrer bitteren Enttäuschung tätschelte er mit einer abschließenden Geste ihren Arm und zog sie vom Sofa hoch. »Schätze, ich geh mal besser schlafen«, meinte er.

In jener Nacht wälzte sie sich schlaflos auf ihrem schmalen Bett, ihr Körper, ihre Sinne befeuert von ungestillter Lust. Hätte er sie eingeladen, das neue große Doppelbett mit ihm zu teilen, wäre sie spontan zu ihm unter die Decke gekrochen. War das etwa Jasons spezielle Form von persönlicher Folter?

Mary hatte sich unsterblich in Peter verliebt, weil sie seinem Charme erlegen war, und nachdem er sie rumgekriegt hatte, hatte er sie psychisch und physisch gedemütigt. War Jasons Methode nur darin verschieden, dass er mit Samthandschuhen quälte? Versuchte er auf die sanfte, subtile Tour zu erreichen, dass sie total auf ihn abfuhr, damit er ihr dann kalt lächelnd eine Abfuhr erteilen konnte?

Das konnte er sich abschminken, entschied sie. Jace Manning durfte ihr auf gar keinen Fall zum Verhängnis werden. Wenn sie sich nämlich in ihn verliebte, war das wie ein qualvoller, schleichender Tod, zumal sie wusste, dass sie ihm nicht viel bedeutete. Er begehrte bloß ihren Körper. Und konnte sie weiß Gott nicht damit irreführen, dass er ihr den spröde-zurückhaltenden Gutmenschen vorspielte. Sein Verlangen hatte sich bestimmt nicht in Wohlgefallen aufgelöst. Das las sie in seinen hungrigen blauen Augen, denn sie ertappte ihn des Öfteren dabei, wie er sie schamlos musterte.

Seine Motive für diese Heirat waren offensichtlich. Er wollte den Schaden wiedergutmachen, den sein Bruder Peter angerichtet hatte. Jason fühlte sich für Allison verantwortlich. Für seine kleine Nichte war er sogar bereit gewesen, Opfer zu bringen. Zumal er selbst eingeräumt hatte, dass er nicht wirklich heiraten wollte, weil das den Verlust seiner Freiheit und Unabhängigkeit bedeutete.

Wie Jace vorhergesagt hatte, schickte sein Freund Mark ihnen einen Zeitungsausschnitt, eine Pressemitteilung, in der ihre Heirat bekannt gegeben wurde. Jace wusste seine Eltern richtig einzuschätzen. Der Artikel zitierte die Stellungnahme der Mannings: »… dass Jace und Katherine eine tiefe Zuneigung füreinander entwickelt hätten – schon sehr bald, nachdem sie einander kennen gelernt hätten …« (wann sollte das gewesen sein?), »… und dass sie als Eltern des Bräutigams hocherfreut seien, dass er Marys bezaubernde Schwester geheiratet habe …«

Nach der Lektüre dieses Artikels hatte Katherine vor Wut geschäumt. Jace, der lediglich mit einem müden Achselzucken reagierte, hatte den Ausschnitt zusammengeknüllt in den Papierkorb geworfen. Verstand er sich womöglich besser mit seinen Eltern, als er zugab? Und tat er bloß so, als hätten sie unüberbrückbare Differenzen? Hatte er bei ihr auch nur so getan? Da hatte er ganze Überzeugungsarbeit geleistet, um ihr weiszumachen, dass eine Heirat ihr Vorteile böte.

Während Katherine über den Tisch hinweg in sein strahlendes Gesicht blickte, ermahnte sie sich aufs Neue, mit ihren Emotionen vorsichtig hauszuhalten.

»Ich zieh Allison schnell an, und dann können wir meinetwegen fahren«, sagte sie.

Die Fahrt durch das ländliche Osttexas dauerte ungefähr eine halbe Stunde. Katherine bewunderte die herrliche Landschaft. Tiefe Wälder mit Fichten, Zedern, hohen Eichen und Ulmen. Dazwischen hübsche Hartriegelsträucher, die mit ihrer weißen und rosafarbenen Blütenpracht im Frühjahr sämtlichen Baumriesen Paroli boten.

Die Landstraße wurde zunehmend schmaler und mündete in eine holprige Buckelpiste. Der Jeep rumpelte durch unzählige Schlaglöcher, dass den beiden die Zähne aufeinanderschlugen und sie ihre Unterhaltung daher auf das Nötigste beschränkten. Katherine umklammerte Allison, aus Furcht, das Baby könnte bei der Wucht des Aufschlags aus dem Wagen katapultiert werden.

Jace verließ die Straße und fuhr durch eine Tannenschonung, die zumindest eben war. Als sie auf eine Lichtung kamen, erstreckte sich vor ihnen das Bohrungsgelände. Katherine war verblüfft über die Hektik und den Lärm. Dic Bohrkräne, die für das Ölförderprojekt zum Einsatz kamen, ragten gespenstisch in die Höhe.

Ein paar Arbeiter unterbrachen kurz ihre Arbeit, um Jace zu winken, der sich eben aus dem Jeep schwang. Er bedeutete Katherine mit einer Geste seiner Hand, sitzen zu bleiben. Er selbst verschwand in einem hässlich heruntergekommenen Bürocontainer, von dem der grau verwitterte Anstrich abblätterte. Augenblicke später tauchte Jace wieder auf, auf dem Kopf einen Schutzhelm, einen weiteren in der Hand.

Er brüllte durch den Lärm: »Hier, zieh den an.«

Katherine beäugte skeptisch den knallgelben Helm.

»Bedaure, aber das ist Vorschrift. Mr. Mannings Sicherheitsvorschriften.« Augenzwinkernd setzte er ihr das Ungetüm auf den Kopf. Er nahm Allison auf den Arm und schlug abermals den Weg zu dem Container ein.

Katherine schnappte sich die Wickeltasche und stieg unschlüssig aus dem Jeep. Sie fühlte förmlich die Blicke, die neugierig an ihr klebten, obwohl die Crew zügig weiterarbeitete. Sie versuchte erst gar nicht, nach Jim Cooper Ausschau zu halten. Hier im Bohrgelände schienen die Arbeiter eine homogene Gruppe zu bilden, nicht unterscheidbar, ähnlich einer Ameisenarmee. War ihre enge Jeans etwa zu gewagt?, fragte sie sich panisch, als ihr einfiel, dass Jace sie damit aufgezogen hatte.

Der Helm schien ihr eine ziemlich überflüssige Angelegenheit, wenngleich Jace schon öfter betont hatte, dass unter seiner Leitung strenge Sicherheitsstandards galten.

»In den dreißiger Jahren, während des Riesenbooms in Texas, suchten die Leute verzweifelt irgendwelche Jobs. Die fanden sie auf den Ölfeldern, ganz gleich, ob sie qualifiziert waren oder nicht. Die Vorarbeiter, die diese Männer für Peanuts anheuerten, kümmerten sich nicht um irgendwelche Risiken oder Gefahrenpotenziale. Sie waren froh, dass sie haufenweise billige Arbeiter bekamen.

Sicherheitsbestimmungen traten erst sehr viel später in Kraft. Nach dramatischen Unfällen mit Toten und

Schwerverletzten, die sich hätten vermeiden lassen. Ein Unfall in der Nähe eines Bohrturms lässt sich zwar nie ganz ausschließen; trotzdem versuche ich, das Risiko gering zu halten, indem ich entsprechende Sicherheitsvorkehrungen treffe.« Offenbar bildete seine Frau da keine Ausnahme.

Jace stand auf den Stufen des Containers und hielt Katherine die Tür auf. Als sie zu ihm hochschaute, stand ein breites Grinsen zwischen seinen Kiefern. *Man könnte fast meinen, er ist stolz auf mich*, dachte sie.

»Katherine, das ist Billy Jenkins. Der Kerl ist mit allen Wassern gewaschen, dickfellig, raubeinig und eine absolut linke Bazille, aber das sind wir bei ihm gewöhnt.«

Katherine nahm den schweren Helm ab und musterte den Mann, den Jace ihr ziemlich flapsig vorgestellt hatte. Billy war älter als die anderen Männer. Sie fragte sich, ob Jace ihm diesen Containerjob wegen seines fortgeschrittenen Alters gegeben hatte.

Billy hatte schüttere graue Haare. Seine Haut mutete wie ein Stück gegerbtes braunes Leder an. Das von tiefen Falten zerfurchte Gesicht erinnerte Katherine an die Linien auf einer Landkarte. Krumme Beine und eine gedrungene Statur ließen ihn kleiner wirken, als er in Wirklichkeit war.

Er musterte die junge Frau mehrere Male von oben bis unten. Nicht abschätzig, sondern bewundernd. »Würd mich brennend interessieren, wie so ein süßes, hübsches kleines Ding wie Sie auf diesen gottverdammten Slant-Holer hereinfallen konnte.« Er schwenkte seinen kleinen runden Schädel herum und deutete mit einem verächtlichen Kopfnicken auf Jace.

Ein Slant-Holer war jemand, der diagonal in eine Ölquelle bohrte, die jemand anders entdeckt hatte. Während des Booms war das ein schweres Verbrechen gewesen, und der Missetäter galt als übelster Abschaum.

Hinter Katherine ertönte Jasons tiefes, grölendes Lachen. »Willst du hier bloß blöd rumstehen und mich beleidigen oder holst du uns jetzt mal was zu trinken?«

»Hol dir doch selbst was. Ich will erst das Baby sehen.«

Katherine bemerkte, dass sie sich bloß zum Spaß gegenseitig hochnahmen. Billy trat zu Jace und nahm ihm Allison vom Arm. Das Baby griff prompt nach dem roten Taschentuch in Billys Hemdtasche, und der ältere Mann lachte fröhlich gackernd.

»Das ist ein Mädchen. Du weißt, wer deine Freunde sind, was? Halt dich an den alten Billy, und du hast immer eine gute Zeit. Ja, echt. Komm, wir gehen mal hier rüber, dann zeig ich dir was Schönes«, schäkerte er mit ihr. Währenddessen trug er die Kleine zu seinem Schreibtisch, der chaotisch aussah.

Katherine und Jace lachten. »Bei einem Baby werden alle Männer zu Vollidioten«, meinte er. Und setzte mit einem Augenzwinkern zu Katherine hinzu: »Und vielleicht noch bei einer schönen Frau. Ich dachte, ich müsste deine Ehre verteidigen, so wie Billy dich anschaute.«

»Also ich fühlte mich geschmeichelt.« Sie strahlte. »Ich glaube, Billy ist der perfekte Gentleman«, schwärmte sie.

»Was? Der alte Gaunerstrick? Du machst mich jedes Mal böse an, wenn ich so herumpoltere wie er und kein Blatt vor den Mund nehme.«

»Ja, aber bei dir ist das was anderes.«

»Warum?«

»Weil ich nicht mit ihm verheiratet bin. Darum. Ich bin mit dir verheiratet.«

Er musterte sie mit gestrengem Blick, um seine Mundwinkel herum zuckte es jedoch verräterisch. »Stimmt. Schreib es dir hinter die Ohren«, grummelte er.

Sie kicherten verschwörerisch, und er zog sie impulsiv an sich. Katherine war immer noch atemlos von der schnellen, innigen Umarmung, als er einen rostgesprenkelten Kühlschrank aufriss und zwei Getränkedosen herausnahm. Allison saß quietschvergnügt auf Billys Schoß und ließ sich von ihm betüddeln.

»Komm mal kurz hier rüber«, meinte Jace. »Ich möchte dir einen Vorschlag machen.« Er deutete auf einen Schreibtisch an der Längswand des Containers.

Sie schob sich hinter ihm an der Wand vorbei, wo er ihr den Stuhl hinter seinem Schreibtisch anbot. Verglichen mit dem Chaos dort sah Billys Schreibtisch geradezu aufgeräumt aus. Auf Jasons Tisch türmten sich Tabellenblätter, Landkarten und Diagramme. Sie konnte nur raten, was sie darstellten, gleichwohl war sie neugierig auf seinen Vorschlag.

Er griff über ihre Schulter und angelte nach einem Blatt Papier. Angesichts der ausgreifenden, steilen Handschrift tippte Katherine darauf, dass es sich um irgendeine wichtige Notiz handelte. »Ich hab dieses Memo von Willoughby bekommen. Er ist der Firmenchef von Sunglow. Ich hab ihn bestimmt schon erwähnt.« Als sie nickte, fuhr er fort.

»Offenbar macht Willoughby sich ernsthafte Sorgen, nachdem die Ölgesellschaft zunehmend in den Fokus der Kritik geraten ist. Von wegen saubere Energiegewinnung wie Solarzellen, Windräder und so weiter. Demnach plant er, das öffentliche Image von Sunglow aufzupolieren. Wie er schreibt, hat er einen Deal mit diversen großen TV-Stationen in den Hauptabnehmermärkten von Texas und Oklahoma geschlossen – unter anderem mit Houston, Dallas, Fort Worth, Austin und Oklahoma City. Sunglow will den Sendern Werkstätten, Kraftstoffe und Ersatzteile für ihre Firmenwagen stellen und erwartet dafür im Gegenzug kostenlose Werbeeinblendungen.«

Er nahm einen Schluck Soda und fragte: »Kannst du mir folgen? Unterbrich mich ruhig, wenn du Fragen hast. Ich brauchte eine ganze Weile, um das zu verdauen.«

»Ich kann dir zwar folgen, aber …«

»Jetzt kommt der Teil, der dich betrifft. Er braucht jemanden, der die Werbetexte schreibt. Da hab ich dich empfohlen.«

Katherine starrte ihn völlig perplex an. »Mich?«, kreischte sie. »Jace, ich hab keine Ahnung von …«

»Öl? Brauchst du auch nicht. Was Willoughby vorschwebt, sind aufklärende Werbespots aus der Sicht des Konsumenten. Er möchte die Idee transportieren, dass Sunglow die Energiesituation ernst nimmt und mit Effizienz und Knowhow daran arbeitet, dass die Energieversorgung auch weiterhin gesichert ist. Darüber hinaus spielt der Konzern eine entscheidende Rolle im Ölpreisroulette. Damit die Benzinpreise auch weiterhin bezahlbar bleiben. Wir müssen unseren Ruf aufbessern, Katherine. Du hast Erfahrung in Öffentlichkeitsarbeit. Du hast jede Menge Presseartikel geschrieben. Der Job wäre für dich ein Klacks.«

»Engagiert Sunglow sich denn wirklich für diese Themen? Ich bleibe nämlich gern bei den Fakten. Und geb mich nicht dafür her, den Leuten ein in die Tasche zu lügen.«

Er schien fast ein bisschen gekränkt, als er erwiderte: »Katherine, ich würde dich niemals dazu auffordern, irgendwelche Unwahrheiten zu verbreiten. Glaubst du etwa, ich wollte für einen Konzern arbeiten, der die Leute verschaukelt?«

Sie senkte milde schuldbewusst den Blick. »Nein.« Sie kaute an der Innenseite ihrer Wange und versuchte nachzudenken. Der Job, den er ihr da anbot, war eine Riesenchance! Genau das, was sie sich immer erträumt hatte. Sie hätte ihn vor Begeisterung küssen mögen, trotzdem blieben noch eine Menge offener Fragen.

»Ich glaub nicht, dass ich hier arbeiten könnte«, sinnierte sie laut.

Er lachte. »Das kannst du auch getrost vergessen. Meinst du, ich sehe zu, wie du jeden Tag von dieser wilden Horde angegafft wirst? Keine Chance. Mir reicht die Tatsache, dass Cooper scharf wie Nachbars Lumpi ist.« An den Schreibtisch gelehnt, schlug er lässig die Beine übereinander und sah Katherine an. Sein breites Grinsen signalisierte ihr, dass er sie mit Jim Cooper bloß aufzog.

»Nein, was mir vorschwebte«, nahm er den Gesprächsfaden wieder auf, »war, dass du zu Hause arbeitest. Ich finde, du solltest bei Allison sein, zumindest in dieser schwierigen Entwicklungsphase. Allerdings kann ich gut nachvollziehen, dass du nicht untätig herumhocken magst. So könntest du dir die Aufgaben einteilen und trotzdem bei ihr sein. Wie klingt das für dich?«

»Es klingt wundervoll, Jace. Ich hatte zunehmend ein

rabenschwarzes Gewissen, weil ich sie so oft alleinlassen musste vor … na ja, vor unserer Heirat.«

»Super. Dann sind ja alle Unklarheiten beseitigt.«

»Warte! Lass mich mal kurz überlegen.« Ihre Miene angespannt vor Konzentration, tippte sie mit ihrem Zeigefinger gegen die geschürzten Lippen. »Muss ich denn dann nicht eng mit dem Produktionsteam zusammenarbeiten?«

»Gute Frage. Ein Fernsehsender in Houston übernimmt die Produktion der Spots. Die Verantwortlichen orientieren sich an den Skripten, die du ihnen lieferst. Sollten sie dich brauchen, können sie dich jederzeit anrufen. Falls erforderlich, kannst du auch für ein oder zwei Tage mit unserer Firmenmaschine hinjetten.«

»Oh, Jace, das klingt zu schön, um wahr zu sein.«

»Du brauchst dich bloß zu entscheiden, ob du den Job machen willst oder nicht. Ich weiß, dass du dafür qualifiziert bist.« Er streichelte zärtlich ihre Wange und grinste aufmunternd. »Und? Kann ich Willoughby anrufen und ihm sagen, dass er eine neue Mitarbeiterin hat?«

Nach kurzem Zögern schnippte sie übermütig mit den Fingern. »Okay, ja, sag's ihm!«

Katherine und Jace blieben über Mittag bei den Bohrarbeitern. Einer war in die Stadt gefahren und hatte Hamburger und Pommes gekauft. Nachdem sie ihr Fläschchen genuckelt hatte, schlummerte Allison friedlich in Billys Armbeuge. Dass er deswegen von seinen Kollegen gehänselt wurde, störte Billy nicht.

Der Bohrer fraß sich dumpf krachend durch Erdmassen und Gestein, und der dröhnende Motor, der ihn tief in den Boden fräste, machte einen Höllenlärm. Katherine war sich sicher, dass sie wahnsinnig würde, wenn sie diesen Krach ständig hören müsste. Die Arbeiter jedoch ließen sich von der ohrenbetäubenden Geräuschkulisse nicht weiter stören. Sie vertilgten in Rekordzeit gewaltige Mengen Fastfood.

Sie saßen auf dem Boden oder auf Feldbetten oder standen in Grüppchen zusammen. Flachsten miteinander, rissen Witze, alberten herum. Bisweilen war ihre Ausdrucksweise zwar grenzwertig, aber ihre Anzüglichkeiten richteten sich nie gegen Katherine.

Als alle fertig gegessen hatten, überbrüllte Jace den Lärm: »Teufel noch, was ist hier eigentlich los? Meint ihr, bloß weil ich meine Frau mitgebracht habe, könntet ihr euch einen lauen Lenz machen? Los, alle wieder an die Arbeit. Das Picknick ist vorbei.« Er sprach mit Nachdruck und grinste dabei. Leise grummelnd und missmutige Grimassen schneidend, schlenderten die Männer wieder zu ihren jeweiligen Jobs. Etliche schüttelten Katherine beim Hinausgehen überschwänglich die Hand, andere nickten zum Abschied lediglich scheu mit dem Kopf. Jim Cooper grinste sie unter seinem Helm breit an und trollte sich hastig, als Jace ihn ärgerlich anfunkelte.

Eine kurze Weile später fuhren die Mannings nach Hause. Als sie die Vortreppe zu ihrem Apartment hinaufstiegen, meinte Jace an der Haustür: »Du bekommst in den nächsten Tagen Post von Willoughby. Er will dir einen Stapel Unterlagen schicken, damit du dich vorab ein bisschen schlaumachen kannst. Darunter eine Menge trockener Fakten und Zahlen, aber auch ein paar interessante Geschichten.«

»Ich kann es kaum erwarten loszulegen.« Sie stockte,

ihre Hand umklammerte das Treppengeländer. »Puh, das hätte ich fast verschwitzt. Ich muss schleunigst die Collegeverwaltung informieren, dass ich nicht zurückkehre, oder?«

Jace hielt ihr die Haustür auf, trat beiseite und ließ sie vorausgehen. Er grinste hintersinnig, und sie entdeckte ein dämonisches Glitzern in seiner blauen Iris. Da schwante es ihr: Er war rundum zufrieden mit sich selbst.

Auf dem neuen Schreibtisch, der mitten in ihrem Wohnzimmer parkte, stand ein funkelnagelneuer Laptop. Katherine tanzte vor Freude und klatschte in die Hände. »Für mich?«, strahlte sie.

»Nein, für Allison«, versetzte er trocken.

Sie ignorierte seine spöttische Bemerkung und hastete durch das Zimmer zu dem tollen Teil. Oh, Schreck, dachte sie bei sich, hoffentlich kann ich mit dem hypermodernen Ding umgehen!

»Oh, Jace, das ist ja super. Ich … wann hast du den denn gekauft?«

»Vor zwei Tagen. Ich hab mit den Leuten in dem Elektromarkt vereinbart, dass sie ihn heute anliefern. In der Zeit, wo wir auf dem Ölfeld waren. Es sollte eine Überraschung werden. Gefällt er dir?«

»Gefallen? Das Ding ist ein Traum. Jeder freischaffende Publizist wünscht sich so was …« Unvermittelt kam ihr die Erleuchtung, und sie stockte abrupt. Ihre Augen verengten sich zu funkelnden grünen Schlitzen. »Du warst dir verdammt sicher, dass ich den Job annehme, stimmt's?«

Er schmunzelte. »Ich hab's jedenfalls ganz schwer gehofft.«

Der Versuch zu schmollen misslang, denn sie konnte

ihm einfach nicht böse sein. Stattdessen verzogen sich ihre Lippen zu einem strahlenden Lächeln. »Eigentlich müsste ich stinkwütend auf dich sein, weil du mein Einverständnis als ganz selbstverständlich vorausgesetzt hast, aber ich werde dir noch einmal verzeihen. Danke, Jace, danke für alles. Für den Job. Den Computer. Und das alles.« Irgendwie nagte es an ihrem Gewissen, wie sie an seinen Motiven hatte zweifeln können.

»Komm her und bedank dich anständig bei mir. Mit einem Kuss.« Er fixierte sie hypnotisierend.

Konsterniert über seinen fordernden Ton, ging Katherine unsicheren Schritts widerstrebend zu ihm. Er hatte ihr Allison abgenommen, als sie durch das Zimmer gelaufen war, um ihr Geschenk zu begutachten. Das Baby lag zufrieden in seinen Armen. Katherine stellte sich auf die Zehenspitzen und hauchte ihm einen flüchtigen Kuss auf die Wange.

Er zog fragend die Stirn in Falten, als sie ihr Gesicht wegzog. »Das sollte ein Kuss sein? Nee, danke, so nicht. Soll ich dir mal zeigen, was ein richtiger Kuss ist?«

Er neigte den Kopf zu ihr hinunter, drückte seinen Mund auf ihren. Unfähig, sie zu umschlingen, weil er ja schon Allison in den Armen hielt, griff er zu anderen Mitteln. Folglich war die Leidenschaft seines Kusses intensiver und überzeugender als jede Umarmung.

Seine festen Lippen pressten sich fordernd auf ihre. Er knabberte an ihrer Unterlippe, bis Katherine sie ihm zögernd öffnete. Woraufhin er mit sinnlicher Zunge forschend ihre Lippen streifte.

Sie stöhnte, schlang beide Arme um seinen Nacken und zog seinen Kopf zu sich herunter. Getrieben von ihrem ungestillten Verlangen. Erst da eroberte sein Mund den ihren mit süßer Gewalt. Sein Kuss ließ sie vor Lust erschauern, berührte die Tiefen ihrer Seele.

Wieso schaffte er es anscheinend mühelos, dass sie ihren Schutzpanzer abstreifte und sich ihm bedingungslos ergab?, dachte Katherine wie in Trance. *Wie gelingt es ihm, meine Sinne komplett zu manipulieren? Ich darf mich nicht meinen Gefühlen hingeben. Aber ich will es. Ich will ihn.*

Diese Gedanken jagten durch ihre Gehirnwindungen, während sie den süßen Nektar seines Mundes saugte. Dann bewegte er den Kopf und entdeckte eine neue Region in ihrem Mund, die er zärtlich erkundete. Schon waren sämtliche anderen Überlegungen ausgeblendet.

Katherine fühlte die kleinen Fäuste auf ihrer Brust und bemerkte erschrocken, dass sie Allison fast zerquetschten. Sie ließ die Hände sinken und löste sich behutsam von Jason.

Beide blickten zu dem Baby, das zwischen ihnen klemmte. Das kleine Gesichtchen verzog sich zu einer jammervollen Grimasse, und Allison machte ihrem Unmut geräuschvoll Luft.

»Da schau, was wir angestellt haben«, meinte Jace. Er schmiegte Allison an seine Schulter und tätschelte ihr begütigend den Rücken. »Komm, kleine Prinzessin, ist ja schon wieder gut.« Während er in die Küche ging, sagte er über seine Schulter hinweg: »Ich füttere sie. Probier du so lange dein neues Spielzeug aus.«

Da ließ Katherine sich nicht zweimal bitten. Sie setzte sich an den neuen Schreibtisch und schnappte sich das Bedienerhandbuch.

»Dieses Manual ist so dick wie ein Lexikon«, rief sie in

Richtung Küche. »Vermutlich muss ich mich da erst elend lange durchackern, bis ich weiß, wie dieses Ding überhaupt eingeschaltet wird.«

»Du kapierst das bestimmt in null Komma nichts«, rief ihr Mann aufmunternd zurück.

Eine geschlagene Stunde lang saß Katherine vertieft in ihre Lektüre, ehe sie den Kopf von dem Bedienerhandbuch hob. Jace trug Allison eben durch das Wohnzimmer in ihr Bettchen. »Sie ist satt. Ich hab es geschafft, fast ein ganzes Gläschen von dieser undefinierbaren Babypampe in die Kleine hineinzulöffeln. Dann hat sie mir noch Gesellschaft geleistet, während ich einen Topf von meiner berühmten Spagettisauce zauberte. Magst du Spagetti bolognese?«

»Mir läuft schon beim Zuhören das Wasser im Mund zusammen.«

»Die Sauce muss bloß noch ein bisschen köcheln. Bleib ruhig sitzen. Ich bring Allison ins Bett.«

Kaum hatte er den Satz beendet, beugte Katherine sich über ihren neuen PC und begann, daran herumzuexperimentieren.

Ein gequälter Aufschrei riss sie aus ihren Tüfteleien. Das dicke Manual knallte auf den Boden, und sie stürmte in ihr Schlafzimmer.

# 9

Katherine schwang die Tür auf und flog förmlich in den Raum. Da war niemand. Sie starrte wie vom Donner gerührt auf die leere Wiege, bis sie ein weiteres gepresstes Stöhnen vernahm, gefolgt von einem gedehnten »Autsch!«. Da kapierte sie, dass Jasons Schreie aus dem Bad kamen.

Katherine lief zur Tür. Und blieb abrupt stehen, baff vor Erstaunen.

Jace planschte mit dem Baby in der Badewanne. Der Kontrast von Allisons weicher weißer Haut zu Jasons dunkel behaarter Brust war verblüffend. Noch frappierender für Katherine war indes die Tatsache, dass sie geradewegs auf Jasons nackten Luxuskörper starrte. Unwillkürlich duckte er sich in das warme Wasser. Was ihm nicht viel nützte. Seine Beine, die er aufgrund seiner Größe anwinkeln musste und die sich leicht gegrätscht an den Wannenrand schmiegten, schützten seine unverhüllte Männlichkeit kein bisschen vor Katherines verwunderten und unfreiwillig neugierigen Blicken.

»Oh, Katherine, Gott sei Dank, dass du kommst. Hilf mir mal kurz.« Jace stöhnte abermals zum Steinerweichen, woraufhin sie spontan die Ursache für seine Misere entdeckte.

Allison lag bäuchlings auf seiner Brust, ihre winzigen

dicken Fäustchen in Jasons Brusthaar gekrallt. In ihrer Begeisterung über dieses neue, unbekannte Spielzeug riss sie zunehmend fester daran. Mit ihren kurzen Beinchen strampelte sie verzückt auf seinem Bauch herum.

Katherine kämpfte gegen den Riesenkloß an, der in ihrer Kehle steckte, und murmelte: »Ich nehm sie schnell von dir runter …« Sie beugte sich über den Wannenrand und fasste das nackte strampelnde Baby um den pummeligen Leib.

»Nein, bloß nicht!«, entfuhr es Jace in heller Panik. »Wenn du das machst, reißt sie mir sämtliche Haare aus, und das tut höllisch weh.«

Was er sagte, stimmte. Katherine betrachtete die winzigen Finger, die sich hoffnungslos in dem dunklen Flaum verfangen hatten.

»Und was soll ich jetzt machen?« Sie stutzte.

»Versuch mal, ihre Fingerchen vorsichtig aus den Haaren zu lösen. Ich hab Angst, sie loszulassen. Die Kleine ist glitschig wie ein Aal.«

Einen Herzschlag lang schloss Katherine die Augen und atmete tief durch. Dann kniete sie sich vor den Wannenrand. Sie legte begütigend eine Hand auf Allisons Fingerchen, bis diese sich entspannten und ihren Babyklammergriff aus dem nass gekräuselten Haar lockerten. Als sie ein Fäustchen befreit hatte, fasste Jace es und hielt es behutsam fest.

Katherine widmete sich währenddessen dem zweiten Händchen, dabei beugte sie sich abermals über die Wanne, um besser sehen zu können, was sie tat. Dicht über seinen Oberkörper geneigt, fühlte sie, wie sein warmer Atem ihr Haar streifte.

Schließlich hatte sie Jace aus seiner misslichen Lage befreit; aber statt der völlig aufgelösten Katherine das Baby zu reichen, stand er mitsamt der Kleinen hastig auf.

»Dafür hast du eigentlich einen Klaps auf den Po verdient, junge Dame«, drohte Jace Allison zärtlich. »Wenn wir künftig zusammen baden, ziehe ich vorsichtshalber ein T-Shirt an.«

Als wäre es das Natürlichste von der Welt, glitt er nackt durch das Schlafzimmer, schnappte sich ein flauschiges Badetuch und rubbelte die Kleine sanft trocken. Nach einem über die Schulter geworfenen »Danke, Schätzchen« schien er seine Frau völlig zu ignorieren.

Katherine folgte ihm unschlüssig durch das Schlafzimmer. Er neigte sich über die Wiege und knöpfte Allison seelenruhig in ihren Babyschlafsack. Sein breiter, glatter Rücken war lediglich eine Nuance dunkler als seine schmalen Hüften, dachte sie entrückt. Ihr Blick glitt von seinem knackigen Po zu den langen, muskulösen Schenkeln. Hastig riss sie die Tür auf und verschwand in ihrem Wohnzimmer.

Sie hob das Handbuch vom Boden auf und legte es mit zittrigen Händen neben das Notebook. Aussichtslos, auch nur einen klaren Gedanken zu fassen. Damit war die PC-Sitzung für heute beendet, entschied sie. Es hatte gar keinen Zweck, weiterzumachen. Sie schaffte es nicht, sich auf den kleinen Bildschirm zu konzentrieren. Ihre Gedanken spazierten immer wieder zu Jace, ließen in ihrem Kopf das Bild entstehen, wie er splitternackt in der Badewanne hockte.

Sie lief in die Küche, um sich dort mit irgendetwas abzulenken. *Reg dich ab, Katherine, ein nackter Mann ist doch kein achtes Weltwunder,* beschwor sie sich. Sie musste schleunigst zu ihrer inneren Balance zurückfinden, damit sie sich wieder wie ein vernünftiger Mensch benahm.

Sie hob den Deckel von dem Topf mit der köchelnden Spagettisauce und sog den köstlichen Duft ein. Als sie den Deckel wieder auflegen wollte, hörte sie leise stockende Schritte, spürte, wie Jace hinter sie trat. Vor Schreck ließ sie den Aluminiumdeckel fallen, der metallisch klappernd auf den Herd knallte.

Bevor sie ihn aufheben konnte, glitt Jasons Hand unter ihren Arm, hob den Deckel auf und schob ihn auf den Topf. Dabei schmiegte sich seine Brust verheißungsvoll an ihren Rücken.

Sein zweiter Arm schob sich von hinten um ihre Taille. Seine beiden Hände glitten unter ihre Bluse und öffneten mit einer geschmeidigen Bewegung den Frontclip ihres BHs. Streiften einen Hauch von Spitze und Seide beiseite und umschlossen ihre Brüste.

»Es hat dich ganz schön heiß gemacht, was?«, flüsterte er an ihrer Halsbeuge. Dabei erkundete seine Zungenspitze die samtweiche Haut hinter ihrer Ohrmuschel.

»W…was?«, japste sie. Seine Finger kneteten betörend sanft, bevor sich seine Handflächen besitzergreifend auf ihre Brüste pressten.

»Mich nackt zu sehen. Ich weiß aus Erfahrung, dass mein Körper für Aufsehen sorgt. Wenn ich in Afrika nackt durch die Straßen lief, sperrten die Eltern ihre heiratsfähigen Töchter ein.« Seine Stimme war kaum mehr als ein Flüstern, aufreizend, verführerisch. Er drängte sich an sie, seine Lenden rieben sich an ihrem Po.

Katherine schluckte, ihr fehlten die Worte. »D…du bist

völlig nackt durch die Straßen spaziert?«, stammelte sie schließlich.

Seine Hände schoben ihre Brüste zusammen und formten einen tiefen Schlitz, während seine Daumen lasziv über die spitzen Knospen kreisten.

»Na klar. In einigen afrikanischen Kulturen ist das ganz normal. Es erregt überhaupt keinen Anstoß.« Seine Zähne schnappten zärtlich nach ihrem Ohrläppchen.

»Wir sind hier aber nicht in Afrika.« Sie seufzte, als seine Hände über ihren flachen Bauch strichen. »Und ich wäre dir dankbar, wenn du deine Finger bei dir … oh, Jace.«

Er drehte sie zu sich um, seine himmelblauen Augen ein stummes Versprechen. Dann hob er sie hoch und trug sie durch den Wohnraum ins Schlafzimmer, das bisher ausschließlich von ihm benutzt worden war.

Er schob sie mit zärtlicher Hingabe auf das große Doppelbett. Richtete sich auf, riss sich das Badetuch von den Lenden, ließ es achtlos zu Boden fallen, bevor er neben Katherine auf das Laken rutschte.

Er strich ihr die Haare von den rosig überhauchten Wangen, hauchte fedrige Küsse auf ihre Schläfe. »Katherine, ich werde dich jetzt lieben.« Es war eine Feststellung, keine Frage. Dann küsste er sie zärtlich, umkreiste mit sanfter Beharrlichkeit ihre Zunge.

Er verwöhnte jeden Zentimeter ihres Körpers, der sich ihm enthüllte. Sie hatten alle Zeit der Welt, während er sie langsam und mit geübten Fingern auszog und dabei streichelte und koste. Katherine meinte, vor Lust schier zu vergehen.

Während er den winzigen Bikinislip über ihre langen schlanken Beine streifte, bedachte er sie mit leise gehauchten Komplimenten für ihren schönen Körper, ein sinnlich-frivoles Bekenntnis, wie Katherine es nie für möglich gehalten hätte.

Er streckte sich neben ihr aus, presste sie eng an sich. Unter seinen zärtlich streichelnden Fingern verlor sich allmählich Katherines körperliche Anspannung. Ihre Erregung wuchs. Sie gab ihre passiv abwartende Haltung auf, wälzte den Kopf auf dem Kissen hin und her, bog den Hals zurück, bot ihm ihre sinnlich aufgeworfenen Lippen gleich einem lüsternen Pfand.

Sein Mund drängte auf ihren, er küsste sie mit unendlicher Leidenschaft und Zärtlichkeit. Seine Zunge schob sich in ihre prickelnde Süße, während seine Hände ihren Körper erkundeten. »Ich weiß nicht, was dir gefällt. Was dich erregt. Sag mir, wenn …« Sie besiegelte seine Worte, indem sie seinen Kuss feurig erwiderte. Sein erregendes Vorspiel machte Lust auf mehr. Bestimmt würde ihr alles gefallen, was er mit ihr anstellte.

Er glitt mit seinen Lippen über ihre Wange zu ihrem Ohr, neckte es mit weichem warmem Atemhauch und freizügigem Zungenspiel.

Seine Hände kosten ihre Schultern, ihre Brüste, ihre schlanke Taille. Seine Finger streichelten die seidenzarte Haut ihrer Schenkelinnenseiten, erzeugten ein glutheißes Prickeln in ihrem Unterleib.

»Deine Haut ist weich wie Samt«, murmelte er. Sein Handteller massierte lasziv ihren Venushügel. »Erinnerst du dich noch an den Abend, als ich dich ins Bett brachte?«

»Ja, Jace«, hauchte sie. Seine Hände befeuerten ihr Erinnerungsvermögen.

»Es fehlte nicht viel, und ich hätte dich in jener Nacht

vernascht.« Die Hand auf ihrem weich zerzausten Schamhaar verharrte. »Ich bin froh, dass jetzt nichts mehr zwischen uns steht.«

Ihren Lippen entwich ein zerrissener Atemzug, denn er küsste sie stürmisch. Sie umschloss mit beiden Händen sein Gesicht, zog seinen Kopf von ihrem Mund.

»Jace«, bettelte sie, »küss mich da.« Sie drückte sein Gesicht auf ihre Brüste.

Er küsste die weich verlockenden Rundungen. Seine Zunge zeichnete den Schwung ihrer Brüste nach, bis Katherine sich lustvoll auf dem Laken räkelte. Als seine Zunge ihre Knospe umkreiste, entfuhr ein ekstatisches Stöhnen ihrer Kehle. Er knabberte zärtlich, leckte mit Hingabe die pulsierende Rispe.

Sie umklammerte seine Schultern, spürte die angespannte Muskulatur unter ihren Fingern. Zunehmend wurde sie mutiger. Ihre Hände glitten zwischen ihre Leiber, kraulten mit den Fingerkuppen sein Brusthaar, fanden die winzigen braunen Spitzen in dem dunklen Vlies. Dabei fand sie es erregend, seinem aufgewühlten Atem zu lauschen.

»Ah, Katherine, du bist so süß«, raunte er, seine Finger den feuchtwarmen Tau zwischen ihren Schenkeln ertastend. Ihr Stöhnen mischte sich mit Jasons.

»Jetzt?«, hauchte er dicht an ihren Lippen. »Jetzt?« Er verwöhnte ihre Mundwinkel mit fordernden Liebesbissen.

Sie nickte und kapitulierte vor seinem heiß entflammten Kuss.

Er stemmte sich auf sie, fand den gesuchten Schatz, drang mit sanftem Druck in ihre feuchte Grotte. Als er unerwartet auf Widerstand traf, stockte er und betrachtete sie milde bestürzt. Die drängenden Hände auf seinem Steiß und ihre zuckenden Hüften ermutigten ihn jedoch zum Weitermachen.

Der erste Schmerz verlor sich, und Katherine gab sich mit allen Sinnen dieser neuen Erfahrung hin. Sie blendete jeden rationalen Gedanken aus, alles, was den Rausch der Leidenschaft, der sie wie ein wilder Wirbel erfasste, dämpfen könnte. Wen interessierte es da, dass er Manning hieß, dass er am längeren Hebel saß und dass sie aus unterschiedlichen Welten stammten? Was zählte, war, dass ihr Körper mit seinem verschmolz. Es war die Vereinigung ihrer Leiber, ihrer Seelen. Sie gehörte zu ihm; sie hatte richtig gehandelt, und das war ein erhebendes Gefühl.

Obwohl Jace der erste Mann war, mit dem sie Sex hatte, wusste Katherine intuitiv, dass er ein erfahrener Liebhaber war. Er ermutigte sie, lobte sie, spornte sie an, liebte sie mit Worten und seinem Körper. Er küsste, knabberte, koste, neckte, leckte, streichelte sie mit seinem heißen Atemhauch. Katapultierte sie in den siebenten Himmel der Glückseligkeit.

Auf dem Höhepunkt ihrer Erregung schrie sie ihre Lust laut heraus: »Jace! Jace!«

»Ja, Engelchen, ja«, flüsterte er in ihr Ohr. »Katherine, süße Katherine, schenk dich mir.«

Und das tat sie.

»Du bist noch Jungfrau? Mit siebenundzwanzig?«, fragte Jace fassungslos, als sie sich erschöpft und befriedigt aneinanderkuschelten. »Ich hab allen Ernstes eine Jungfrau geheiratet.« Er schüttelte verwundert den Kopf.

»Jetzt nicht mehr«, trällerte Katherine, während sie sich noch enger an ihn kuschelte. Als wenn das möglich gewesen wäre!

»Kleiner Feger!« Er gab ihr spielerisch einen Klaps auf den Po. »Schätze, jetzt willst du pausenlos Sex mit mir haben«, seufzte er in gespielter Resignation.

Sie giggelte, stützte sich auf den angewinkelten Ellbogen und bedeckte sein Gesicht mit dicken feuchten Schmatzern. Woraufhin er ihren Rippenbogen kitzelte, bis sie sich vor Lachen krümmte und er sich auf sie stürzte. Unter seinem Gewicht brach sie zusammen. Er heftete den Blick zärtlich auf ihr Gesicht und lachte weich, bevor er ihren Mund mit seinem eroberte.

Katherine schloss die Arme um seinen Hals, zog sein Gesicht impulsiv auf ihre Lippen, während ihr Begehren abermals erwachte. Er streichelte ihren Nacken, kreiste mit forschenden Fingern über ihr Dekolletee, ehe seine Hand besitzergreifend auf ihren Brüsten verharrte.

Er löste sich von ihren heißen Lippen, betrachtete ihre Brüste, die er mit kreisenden Fingern stimulierte. Er beobachtete, wie die Spitzen unter seinen Liebkosungen hart wurden. »Faszinierend«, murmelte er, bevor er den Kopf senkte und sie zärtlich küsste.

Seine Hand schob sich tiefer, zu ihrem flachen Bauch. In diesem Moment knurrte Katherines Magen bedrohlich. Jace schmunzelte. »Hast du Hunger?« Er richtete sich über ihr auf.

»Ja«, stöhnte Katherine. Sie drängte an seinen heiß pulsierenden Leib. Zwecklos. Er schien Lichtjahre von ihr entfernt. »Aber nicht auf Essen.«

»Komm mit.« Er schwang sich aus dem Bett und reichte

ihr seine Hand. »Lass uns trotzdem erst mal was essen.« Er zog Boxershorts an und ein Muskelshirt, das eine gute Hand breit über seinem Waschbrettbauch endete. »Ich bin schwer beleidigt, wenn du meine viel gerühmte Spagettisauce verschmähst.«

»Ich würde lieber im Bett bleiben«, muffelte sie.

»Ich auch, trotzdem musst du was essen, Mrs. Manning, sonst fällst du mir noch vom Fleisch. Und das wäre echt jammerschade.« Sein Blick klebte sekundenlang bewundernd auf ihren vollendeten Rundungen. Dann umschlang er ihr Handgelenk und zog sie auf den Knien aus dem Bett. Er vergrub sein Gesicht in ihrer Halsbeuge, schmiegte sie an seinen Körper, während seine Hände zärtlich ihren Rücken streichelten.

»Katherine?«

»Hmm?«

»Tust du mir einen Gefallen?«

»Mm-mh.«

»Zieh das Hemd an, das du anhattest, als ich herkam. Das Arbeitshemd, in dem du angestrichen hattest. Knote es so wie an dem Tag. Okay?«

Sie löste sich aus seiner Umarmung und blickte in seine erregend blauen Augen. »Ist das der Gefallen?«, wollte sie wissen.

»Nicht ganz«, räumte er mit einem entwaffnenden Grinsen ein. »Trag den Bikinislip dazu und sonst gar nichts.«

»Jace!«, empörte sie sich. »Das ist pervers!«

»So? Ich verrat's auch keinem. Du etwa?«

»Du bist unverbesserlich«, flüsterte sie nach einem hastig gehauchten Kuss auf eines seiner Wangengrübchen.

»Gib's zu, darauf stehst du doch«, antwortete er rau.

Dann schob er sie kurzerhand zurück zum Bett und sagte: »Beeil dich. Ich komme um vor Hunger.«

Als Katherine in dem gewünschten Outfit in die Küche kam, drehte er sich spontan zu ihr um und vernaschte sie mit bewundernden Blicken. Er lief zu ihr, schloss sie sehnsüchtig in seine Arme und küsste sie hingebungsvoll.

»Das hab ich mir vom ersten Tag an gewünscht«, gestand er.

»Das hast du gleich am ersten Tag getan«, erinnerte sie ihn trocken.

»Ach ja? Stimmt, jetzt wo du es sagst. Na und, umso besser für mich. Da hatte ich schon mal einen kleinen Vorgeschmack.« Er grinste.

Während die Spagetti kochten, bereitete Katherine einen frischen Salat zu, und Jace schnitt Stangenbrot, das er dick mit Kräuterbutter bestrich und unter den Grill schob.

Mit der Professionalität des geborenen Gastgebers öffnete er eine Flasche Rotwein, nachdem er zuvor die Temperatur geprüft hatte. Auf wundersame Weise war alles auf den Punkt fertig, und sie setzten sich zu ihrem verspäteten Dinner.

Waren ihm die Spagetti diesmal besonders gut gelungen, oder lag es an Katherine, die vor Glück strahlte? Sie plauderten und plauschten, fanden immer neue Themen. Das Essen zog sich über zwei Stunden hin.

Sie erfuhr Jasons Geburtsdatum und dass er demnächst dreiunddreißig wurde. Sein zweiter Vorname war Lawrence. Sie erzählten sich Geschichten und Anekdoten aus ihrer Schulzeit und Jugend, was sie mochten und nicht mochten. Sie diskutierten über persönliche Ressentiments, politische Auffassungen und ihre Lebensphilosophie.

Nachdem sie Spagetti, Salat, Brot verspeist und die Flasche Wein vernichtet hatten, spendierte Jace zum Dessert für jeden eine dicke Kugel Schokoladeneis – und verputzte ihres gleich mit. Während sie gemeinsam die Küche auf Vordermann brachten, rätselte Katherine erneut, wie jemand solche Berge verdrücken konnte und trotzdem kein Gramm Fett ansetzte.

Als sie Arm in Arm an Allisons Wiege standen, fühlten sie sich umso stärker zueinander hingezogen, allein durch die Nähe zu dem Baby, das sie zu einem verantwortungsbewussten, liebenswerten Menschen erziehen wollten. Katherine wechselte die Windel, doch die Kleine wachte nicht auf.

Die Frage, wo Katherine in dieser Nacht schlafen sollte, stellte sich gar nicht. Sie begleitete Jace wie ganz selbstverständlich in sein Schlafzimmer. Bevor sie die Laken glattstreichen konnte, hatte er sich ausgezogen und stürzte sich auf sie. Ließ sich viel Zeit, ihr mit erregenden Fingern die unter ihrem Busen zusammengeknoteten Hemdzipfel zu öffnen, streifte ihr den weichen Stoff von den Schultern. Sie schlüpfte hastig aus ihrem Höschen und krabbelte zu ihm auf das große Bett.

»Ich bin wahnsinnig eifersüchtig«, räumte Jace ein, kraulte dabei ihre Schulterblätter.

»Wie kommst du jetzt darauf?«, fragte sie leise schnurrend wie eine zufriedene Katze.

»Weil … also als du das erste Mal auf diesem Bett lagst, warst du mit Cooper zusammen.«

»Ja«, seufzte sie in gespielter Verzweiflung, »ich tippe mal darauf, ich muss den armen Jim in die Wüste schicken.«

Sie lachten, ehe sie für einen langen Moment schwiegen und sich in der berauschenden Nähe des anderen verloren.

»Wie fühlst du dich?«, flüsterte Jace in die Dunkelheit.

»Rat doch mal«, versetzte Katherine scheinheilig. Ihre Hand schob sich zaghaft unter das Laken. Er hielt leise zischend den Atem an, als sie das Objekt ihrer Begierde fand. Sie lächelte beseelt, als er unter ihren Fingerspitzen erigierte. »Und, erraten?«

»Oh, Gott«, stöhnte er. »Das war zwar nicht unbedingt das, was ich meinte, aber es reicht mir als Antwort.« Er bemühte sich, seinen aufgewühlten Atem zu kontrollieren. »Ich hatte echt Bedenken, ich könnte dir wehgetan haben. Ich glaube, ich war nicht besonders sanft zu dir.« Er keuchte, als sie zupackender wurde. »Katherine …«, ächzte er. Und dann, eine Spur kontrollierter: »Ich wär nicht mal annäherungsweise auf die Idee gekommen, dass du noch Jungfrau sein könntest.«

»Dachtest du etwa, ich wäre eine von diesen liberal eingestellten Singlefrauen, die häufig Sex mit wechselnden Partnern haben und ihre Lover öfter wechseln als die Unterwäsche?« Sie knabberte an seinem Adamsapfel.

»Nein, natürlich nicht«, stieß er zwischen zusammengebissenen Kiefern hervor. Das Sprechen fiel ihm zunehmend schwer. »Ich hab bloß gedacht, dass jemand, der so hübsch ist wie du, schon … schon mal vergeben war. Ich bin froh, dass es anders ist.«

»Oh, Jace«, murmelte sie, während sie seinen Brustflaum mit sinnlich gespitzten Lippen streifte, ihre Küsse zart wie der Flügelschlag eines Schmetterlings.

»Katherine …«, stöhnte er weich. »Du … du schenkst mir himmlische Wonnen.« Er griff unter das Laken, zog ihre Hand fort und führte sie an seine Lippen. Er drückte einen leidenschaftlichen Kuss in ihre Handfläche und drehte sie sanft auf den Rücken.

Bravourös die Lust kontrollierend, die sie ihm beschert hatte, nahm er sie abermals und erreichte mit ihr gemeinsam die ersehnte Erfüllung.

Die folgenden Wochen waren idyllisch. Katherine und Jace waren total vernarrt ineinander. Wie alle Liebenden schenkten sie sich heimlich Blicke und Zärtlichkeiten und signalisierten damit jedem, der Augen im Kopf hatte, dass sie ein Paar waren.

Sie lachten und plauderten miteinander, liebten sich mit einer Leidenschaft, die die dramatischen Umstände ihrer Hochzeit in den Hintergrund treten ließ. Katherine experimentierte mit ihrem neuen Laptop, und gegen Ende der ersten Woche begann sie bereits, Exposés für die erste Werbestaffel einzugeben.

Tagsüber, wenn Jace auf den Ölfeldern war, verbrachte sie Stunden damit, neue Ideen zu notieren und zu recherchieren. Sie las ihre Skripte Allison vor, die eine dankbare Zuhörerin war. Die Kleine saß im Wohnzimmer in ihrem Laufstall, bis Jace eines Abends eine Babyschaukel mitbrachte. Während er das A-förmige Gestell aufbaute und Allison in den bequemen Polstersitz setzte, stellte er fest: »Irgendwie wird das Apartment jeden Tag kleiner.«

Katherine, die bislang ein wahrer Kochmuffel gewesen war, entdeckte plötzlich, dass sie gern für Jace kochte. Einmal überraschte sie ihn mit einer Schokoladenpastete, nachdem er ihr gestanden hatte, dass er eine Schwäche für Schokolade habe, das sei sein absolutes Lieblingsdessert.

Sie wusste, dass er ein aufbrausendes Temperament besaß. Hatte sie es nicht hautnah miterlebt an dem Abend, als Ronald Welsh über sie hergefallen war? Vor ihrer Heirat hatte er in Diskussionen bisweilen leicht impulsiv reagiert. An dem Tag, als sie am See gewesen waren und sie ihn unwillkürlich mit Peter verglichen hatte, war er jedoch explodiert wie ein Feuerwerkskörper.

Inzwischen war er wie umgewandelt. Er war umgänglich im Zusammenleben, einsichtig und großzügig. Und überschüttete Allison mit Zuneigung. Jeden Tag, wenn er von der Arbeit nach Hause kam, duschte er und zog sich um, und dann nahm er sich viel Zeit für das Kind. Er spielte mit ihr, und wenn sie quengelig war, schaukelte er sie auf seinen Knien. Seine Zuwendung und Nähe schienen die Kleine jedes Mal zu besänftigen.

Eines Abends, als er mit der Kleinen im Schaukelstuhl saß, hörte Katherine, wie er girrte und sirrte: »Allison, mein süßes Baby. Daddy liebt dich. Ich liebe dich, Allison.«

Die Worte bohrten sich wie Nadelspitzen in Katherines Herz, da Jace selbst auf dem Höhepunkt ihrer Leidenschaft noch nie bekannt hatte, dass er sie liebte. Er überhäufte sie mit Zärtlichkeiten, und ihr Liebesakt war jedes Mal eine Offenbarung. Er würde niemals egoistisch seine Obsessionen befriedigen. Nein, er verwöhnte und verführte sie, bis sie gemeinsam einen erlösenden Orgasmus erreichten.

Unvermittelt sehnte sie sich danach, diese drei Worte aus seinem Munde zu hören. Mit derselben Aufrichtigkeit wie bei Allison. Da dämmerte es ihr.

Sie liebte Jason Manning.

Seit wann? Hilfe, wann hatte sie sich in ihn verliebt?

Wann hatte sie den Mantel des Misstrauens abgestreift und ihm ihr Vertrauen geschenkt, weil sie seine offene, direkte Art schätzte? Wann hatte sie aufgehört, in seinen blauen Tiefen nach zweifelhaften Motiven zu forschen? Sie wusste es nicht. Sie wusste nur, dass sie ihn liebte. Wenn er sie verließ, sann Katherine bedrückt, könnte sie sich gleich einen Strick nehmen. Er würde ein großes Vakuum hinterlassen. Sie malte sich ihr Dasein nach Jace aus: einsam, sinnlos, leer, nicht mehr lebenswert.

Zum ersten Mal in ihrem Leben wähnte sie sich verletzbar. Die Erkenntnis war erschreckend. Zunächst hatte er die Kontrolle über ihr Leben erlangt. Mittlerweile kontrollierte er auch ihr Herz und ihre Emotionen. Was, wenn er ihr Vertrauen enttäuschte? Was, wenn sie erführe, dass er ein falsches Spiel mit ihr trieb? Konnte sie damit umgehen? Würde sie so etwas mental verkraften?

Sie schob diese runterziehenden Mutmaßungen in den hintersten Winkel ihrer Seele und lauschte, wie er Allison leise ein Schlaflied vorsang. Er würde sie nicht enttäuschen. Nein, das war unmöglich! Nicht nachdem sie die Erfahrung gemacht hatten, dass sie den besten Sex ihres Lebens miteinander hatten. Sie waren beide unersättlich, stimulierten einander jedes Mal zu einem rauschhaften Höhepunkt.

Plötzlich befiel sie ein hässlicher Gedanke. Lust. Männer konnten Sex genießen, während sie ihr Herz und ihren Verstand ausschalteten. War Jace etwa auch so einer? War er dermaßen ausgekocht, dass er sie glauben machte, der Sex würde ihm genauso viel bedeuten wie ihr? Waren die Zärtlichkeiten, die er ihr glutvoll ins Ohr flüsterte, bloß leere Floskeln?

»Hey, welches kulinarische Highlight servierst du uns denn heute Abend?«

Jace riss sie aus ihrem aufwühlenden Tagtraum. Er trat hinter sie an den Herd und legte seine Hände auf ihre Schultern.

»Krötenaugen«, lachte sie und schmiegte unwillkürlich ihren Po an die Reißverschlussleiste seiner Jeans.

»Mit Käsesauce? Hmmm, lecker! Eins meiner Lieblingsgerichte.« Er knabberte verheißungsvoll an ihrer Halsbeuge, rieb seine Hüften provozierend an ihren.

*Katherine, mach dir mal keinen Kopf,* beruhigte sie ihr aufgebrachtes Nervenkostüm. *Er ist in dich verliebt. Seine Küsse wären bestimmt nicht so leidenschaftlich, wenn du ihm nichts bedeuten würdest.*

Als sein Kuss leidenschaftlicher wurde, waren sämtliche Vorbehalte ausgeblendet.

Katherine verfluchte die Buckelpiste zu den Ölfeldern, während sie versuchte, ihr schönes neues Auto im Zickzackkurs an den tiefen Schlaglöchern vorbeizusteuern. Sie hatte sich vorgenommen, Jace mit einem ganz besonderen Lunch zu überraschen. Als sie Happy von ihrem Plan erzählt hatte, erklärte ihre Vermieterin sich spontan bereit, auf Allison aufzupassen.

Happy Cooper reagierte äußerst sensibel auf die Beziehung zwischen Jace und Katherine. Von Anfang an hatte sie gemutmaßt, dass er Katherines Mann wäre. Sie tippte darauf, dass sich die beiden wegen irgendeiner Affäre getrennt hatten und er sich wieder mit Katherine versöhnen wollte.

Sie waren verrückt nacheinander – das hätte selbst ein

Blinder gesehen. Und Jace war bestimmt Allisons Vater. Er liebte das Baby nämlich abgöttisch. Mittlerweile war Happy sich sicher, dass die beiden ihre Differenzen ausgeräumt hatten. Vielleicht brauchten sie einfach mehr Zeit füreinander? Also hatte Happy es sich auf die Fahne geschrieben, dass sie ihnen das Baby häufiger abnahm, damit so etwas nicht wieder geschah. Außerdem vermisste sie ihren kleinen Sonnenschein, nachdem Katherine inzwischen zu Hause arbeitete und sich selbst um das Kind kümmerte.

Schon von Weitem nahm Katherine den ohrenbetäubenden Geräuschpegel wahr, der auf dem Bohrungsgelände herrschte. Froh und erleichtert, dass ihre Ruckelpartie zu Ende war, parkte sie ihren Wagen ein Stück von den Ölfeldern entfernt und ging den Rest zu Fuß.

Eine Flasche Wein, Geflügelsalat und Obst waren in dem Korb, den sie am Arm schwenkte. Sie trug keinen BH, und ihre spitzen Brüste wippten aufreizend unter der Seidenbluse, während sie mit ausgreifenden Schritten über den kiesigen Untergrund lief. Sie lächelte stumm in sich hinein. Konnte es kaum erwarten. Jace würde bestimmt Augen machen. Und das Picknick mit ihr in vollen Zügen genießen. Alles, was ihnen zu ihrem Glück fehlte, war ein bisschen Privatsphäre. Sie sann auf einen Trick, wie sie Billy aus dem Container herauslocken könnte, um Jace mit einem intimen Lunch zu verwöhnen.

Zu ihrer großen Verblüffung stellte sie fest, dass es gar nicht nötig war, Billy loszuwerden. Er war gar nicht im Container, sondern bastelte an einem der verbeulten Pickups herum. Nach den Einzelteilen zu urteilen, die am Boden um ihn herum verstreut lagen, würde er noch eine ganze Weile brauchen, bis er den kleinen LKW wieder fahrtüchtig gemacht hatte.

»Hallo, Billy«, überbrüllte sie den Lärm.

Er blickte von seiner Arbeit auf. Sobald er Katherine wahrnahm, warf er automatisch einen Blick über seine Schulter und spähte sichtlich nervös zu dem Container. Dann stapfte er auf seinen gichtgekrümmten Beinen zu ihr und wischte sich die Hände an einem ölverschmierten Lappen ab.

»Hallo, Katherine.«

»Wie kommt es, dass Sie hier draußen sind? Ich hatte Sie im Container vermutet. Hat Jace Ihnen ein anderes Projekt angedient?« Sie lachte und deutete auf den schrottreifen Kleinlaster.

»Nee, nee. Ich musste einfach mal raus. Hab keinen Bock, mit *ihr* in einem Raum zu sein.« Er nickte zu einem glänzenden langen Winnebago-Mobilheim, das Katherine bislang nicht beachtet hatte.

»Mit *ihr*?«, bohrte sie neugierig.

»Ja«, lautete Billys einsilbiger Kommentar. Er drehte sich um und spuckte angewidert einen schleimigen Kautabakpfriem in den Schmutz.

Dann stampfte er abermals zu dem Pick-up, und Katherine blickte ratlos von dem Wohnmobil zu dem Container.

»Au Backe«, seufzte sie. »So viel zum Thema Überraschungslunch.«

Sie schlenderte zu dem Container, öffnete die Tür und betrat den dämmrigen Innenraum. Nachdem sich ihre Augen von dem hellen Sonnenlicht umgewöhnt hatten, blickte sie zu Jasons Schreibtisch.

Ihr Herz stürzte ins Bodenlose. Einen Wimpernschlag lang stand sie wie vom Blitz getroffen, war sprachlos, am Boden zerstört. Dann ergriff eine brodelnde Eifersucht von ihr Besitz.

Ihr Mann lehnte an seinem Schreibtisch. Die Hüften leicht vorgeschoben, die langen Beine lässig ausgestreckt. Zwischen seinen locker gegrätschten Schenkeln eine dunkelhaarige Frau, die sich zärtlich an ihn schmiegte. Mit seinen Händen umschlang er ihre Taille. Ihre signalrot lackierten Fingernägel gruben sich in seine wilden schwarzen Locken.

Als Jace wie paralysiert die Tür fixierte, schnellte die Frau herum und musterte Katherine von oben herab. Ihre Augen dunkel schmelzend wie Zartbitterschokolade. Sie ließ Jace nicht los. Stattdessen meinte sie mit seidig sirrender Stimme: »Sie sind bestimmt Katherine. Freut mich echt, Sie kennen zu lernen.« Sie schmiegte sich abermals an Jace und setzte betont hinzu: »Oh, verzeihen Sie. Ich hab mich noch gar nicht vorgestellt. Ich bin Lacey Newton Manning, Jasons Frau.«

# 10

Es fehlte nicht viel, und Katherine hätte sich der Länge nach hingelegt. Sie war geplättet. Rang um Fassung und musste sich schwer zusammenreißen, um nicht ihrem Fluchtinstinkt nachzugeben. Stattdessen ballte sie die Fäuste, dass sich ihre Nägel schmerzhaft in ihre Handballen bohrten. Ihre Lunge rebellierte, der Atem entwich leise zischend ihren Lippen, als hätte man einen Luftballon angepiekst. Schließlich schluckte sie und holte tief Luft.

Ihr Blick schoss von Laceys triumphierend schadenfroher Miene zu Jace. Seine Wangenmuskulatur zuckte leicht resigniert, um seine Augen lag ein harter, unnachgiebiger Zug. Wie in Zeitlupe löste er sich aus Laceys Umarmung. Er straffte sich und schob sie von sich.

»Das ist nicht richtig, Lacey. Du bist meine Ex-Frau. Ich denke, das ist ein himmelweiter Unterschied«, korrigierte er sie.

*Soso, demnach war er mit dieser Frau verheiratet gewesen*, überlegte Katherine. Sie hatte sich an den winzig feinen Hoffnungsfaden geklammert, dass diese Lacey lediglich eine gute alte Freundin von ihm war, die es mit ihrer Wiedersehensfreude ein bisschen übertrieb. Von wegen alte Freundschaft. Der schmollende, verführerische Blick, den die Brünette Jace zuwarf, sagte mehr als tausend Worte. Das sah jeder Idiot.

»Oh, Jace«, mokierte Lacey sich, »du warst schon früher so entsetzlich genau. Ich *fühle* mich noch immer mit dir verheiratet. Und werde dich auch weiterhin als meinen Ehemann bezeichnen. Vor unserem Schöpfer bleiben wir ohnehin Mann und Frau.«

»Ach ja?« Jason hob skeptisch eine Braue. »Lacey, lass den da oben aus dem Spiel. Wenn es so wäre, wäre die Erde von Ehebrechern übervölkert.« Jace hatte noch nie so bitter geklungen, fand Katherine. Nahm er Bezug auf ihre Ehe? Der Schmerz in ihrem Herzen war unerträglich.

Seine Augen klebten an Lacey, die sich eben mit der Zungenspitze provozierend über leicht geöffnete Lippen leckte.

Katherine beschlich das Gefühl, im falschen Film gelandet zu sein. Sie musste schleunigst hier raus! Ihr wurde grottenschlecht von den anzüglichen Blicken, die zwischen den beiden hin- und herflogen. Sie war in deren privates Rendezvous hereingeplatzt, und die beiden fühlten sich sichtlich gestört.

Sie knallte den Picknickkorb geräuschvoll zu Boden. *Hoffentlich geht alles zu Bruch,* dachte Katherine gehässig, *und die beiden dürfen eine Riesensauerei wegmachen. Oder wenigstens die Flasche Wein.* Als ihre Hand die Klinke umschloss, bellte Jace: »Katherine, wo willst du hin?«

Sie betrachtete ihn mit einer Mischung aus Verärgerung und Fassungslosigkeit. War er jetzt vollkommen durchgeknallt? Glaubte er allen Ernstes, sie würde noch eine Sekunde länger bleiben und zusehen, wie er seiner Ex seine Lust – pardon, seine Liebe – bewies?

»Ich fahr nach Hause«, versetzte sie eisig. »Ich bin bloß kurz hergekommen, weil ich dir dein Mittagessen bringen wollte.«

»Na, ist das nicht ganz rei…«, begann Lacey, aber Jace fiel ihr ins Wort.

»Danke«, sagte er. Seine Miene zeigte keine Regung, nichtsdestotrotz war er ein guter Beobachter. Er streifte hastig ihren Körper, erfasste die Situation mit einem Blick. Und realisierte, dass sie ihn überraschen wollte. Katherine errötete bis zu den Haarwurzeln. Ihr Plan für einen intimen Lunch mit ihrem Mann erschien ihr unvermittelt obszön.

»Wenn du magst, können wir später zusammen essen«, schlug er vor.

»Ich glaube nicht«, versetzte Katherine scharf.

Jace entwich ein gedämpfter Fluch. Jede Faser, jeder Muskel seines Körpers signalisierte seine innere Anspannung. »Trotzdem, fahr noch nicht. Ich möchte mit dir reden.«

Lacey schwang ihren Po auf seinen Schreibtisch und schlug die Beine übereinander. Ihre blaue Seidenhose schmiegte sich dabei eng an ihre Hüften und Schenkel. Unter dem naturweißen Spitzentop konnte Katherine ihre üppigen spitzen Brüste genau ausmachen. Jace, dachte sie frustriert, sah sie bestimmt auch.

»Ist Jace nicht ein richtiger Schatz, Katherine?«, schnurrte sie. »Umsichtig, zuvorkommend, treu wie Gold. Als wir verheiratet waren, schwirrte er dauernd um mich rum. Ich hatte kaum mal eine Stunde für mich allein.«

»Lacey«, knirschte Jace.

»Ich erinnere mich noch an jedes einzelne Mal, wenn

wir uns liebten, und das war verdammt oft«, lachte sie. »Er macht den Sex zu einem unvergesslichen Erlebnis, finden Sie nicht auch?«

Katherine lief allmählich die Galle über. Sie wollte nur noch raus aus dem Container, bloß weg von diesen spöttischen braunen Augen und dem sinnlich gespitzten Schmollmund.

»Natürlich war es bei uns eine Liebesheirat und bei Ihnen …«, ihre sirrende Stimme verlor sich in einem bedeutungsvollen Seufzen. Katherine wusste auch so, was sie meinte. Hatte Jace es allen Ernstes für nötig befunden, seiner Ex mitzuteilen, warum sie in aller Eile geheiratet hatten?

»Lacey, behalt's für dich. Glaub mir, unsere gemeinsame Vergangenheit interessiert Katherine kein bisschen.« Hörte sie da etwa einen warnenden Unterton in seiner Stimme?

»Irrtum, ganz im Gegenteil, Schätzchen.« Lacey stützte sich mit den flachen Händen auf der Schreibtischplatte ab und beugte sich vor. Ihre schweren Brüste schoben sich gleich dicken, reifen Melonen aus ihrem knappen Top. »Ich glaube, Katherine interessiert es bestimmt brennend, dass das Thema Kinder Anlass für unsere Scheidung war.«

Sie nahm den Blick von Jace und fixierte beschwörend Katherine. »Wissen Sie, Jace hat es total mit Familie und so. Kaum waren wir verheiratet, drängte er darauf, dass wir uns Kinder anschaffen sollten.« Sie schob schmollend die Unterlippe vor. »Ich wollte ihn doch bloß erst mal ein Weilchen für mich haben. Ist das so unverzeihlich?«

»Lacey, ich …«

Sie lehnte sich lässig zurück und schaukelte mit den Beinen vor dem Schreibtisch hin und her. Jasons mahnende Unterbrechung ignorierend, plapperte sie unbekümmert weiter.

»Jetzt hat er das Glück, dass er mit Ihnen eine fertige kleine Familie geheiratet hat, nicht?« Ihr strahlendes Lächeln enthüllte scharfe milchweiße Zähne.

Katherine kaute an ihrer Unterlippe. Und gab sich mental einen Ruck. Nein, sie würde weder vor Lacey noch vor Jace zu Kreuze kriechen. Als er einen Schritt in ihre Richtung machte, wich sie hastig zurück. Was Lacey sagte, entsprach der Wahrheit, aber es aus dem Mund dieser umwerfend schönen Frau zu hören, die mit Jace verheiratet gewesen war, die mit ihm zusammengelebt, mit ihm geschlafen hatte …

Katherine schauderte. Dass er Lacey von ihrer überstürzten Hochzeit erzählt hatte, war unverzeihlich. Vielleicht stand sie bloß hier und lauschte Lacey, weil sie sich unbewusst selbst bestrafen wollte. Es war idiotisch von ihr gewesen, sich zu dieser Heirat breitschlagen zu lassen. Als hätte das nicht genügt, hatte sie sich in Jace verliebt, obwohl sie genau gewusst hatte, dass er ein hoffnungsloser Fall war. Sie hatte ihm irgendwann vertraut. Das war ihr größter Fehler gewesen. Sie hätte es besser wissen müssen. Hatte Mary Peter nicht auch geliebt und ihm vertraut?

»Ich weiß am besten, wie sehr Jace auf Familie und das alles steht. Verständlich, dass er sich da um das arme süße Baby von seinem Bruder Peter kümmern will, nicht? Typisch Jace, total edelmütig und selbstlos von ihm, dass er sich für so eine Sache opfert.«

»Halt endlich die Klappe, Lacey.« Jace schwenkte zu der Frau herum und funkelte sie ärgerlich an. Zweifellos war er wütend. Lacey walzte die unliebsamen Details seiner Heirat aus, und das fuchste ihn, zumal es den Anschein hatte, dass er noch in seine Ex verliebt war.

»Na ja, es bleibt dir überlassen, Schätzchen, das Beste aus dieser blöden Situation zu machen.« Lacey betrachtete konzentriert ihre manikürten Fingernägel. »Ich fand es jedenfalls wahnsinnig vorausschauend von dir, dass du ihr diesen kleinen Job besorgt hast. Je intensiver sie beschäftigt ist, umso weniger musst du dich mit ihr abgeben.«

Laceys letzte Worte trafen Katherine wie ein Schlag ins Gesicht. Sie spannte sich unwillkürlich an und wandte sich an Jace. »Du!«, fauchte sie empört. »Was hast du tun müssen, damit ich diesen Job bekomme?«

»Oh, meine Liebe, Sie hätten hören müssen, wie er Daddy die Idee verkauft hat«, sagte Lacey gedehnt. »Ich hab an dem anderen Telefon mitgehört. Jace hat Daddy förmlich bekniet, diese Schnapsidee mit den albernen Werbespots umzusetzen.«

Katherine lauschte zunehmend entsetzt. Es war unfassbar! Unglaublich! Aus dem Augenwinkel beobachtete sie Jasons Mienenspiel. Warum stritt er es nicht ab oder schüttelte wenigstens den Kopf? Nein, er biss lediglich die Kiefer aufeinander und schwieg beharrlich, seine blauen Augen hart und funkelnd wie Diamanten.

»Stimmt das, Jace?«, würgte sie hervor. »Ist es wahr, dass du einen Job für mich eingerichtet hast, der so überflüssig ist wie ein Kropf?«

»Katherine, bitte hör mir zu.« Er trat einen Schritt näher.

»Antworte mir, verdammt«, erregte sie sich, ihre Stimme eine Nuance schriller als sonst. »Wer hatte die Idee? Mr. Newton oder du?«

»Du begreifst nicht, was …«

»Sag es mir. Auf der Stelle!«

»Verfluchte Hacke!«, explodierte er. »Ich würde es dir erklären, aber du lässt mich ja nicht ausreden!«

»Ich hab keinen Bock auf deine fadenscheinigen Erklärungen«, gab sie pampig zurück. »Also noch einmal: Wer hatte die Idee mit den Werbeeinblendungen?« Als er nicht antwortete, schrie sie: »Wer?«

»Ich!«, schrie er zurück.

Sie waren beide laut geworden, und das Echo ihrer Stimmen hallte von den dünnen Wänden des Containers zurück.

Katherine und Jace fixierten einander wie zwei gereizte Kampfstiere. Ihr Brustkorb hob und senkte sich, während sie hyperventilierte, ihre Nasenflügel bebten, beide schäumten vor Wut.

Katherine fasste sich als Erste wieder. Sie straffte die Schultern und machte Anstalten, den Container zu verlassen. Sie riss die Tür auf und trat hoch erhobenen Hauptes auf die niedrige Stufe.

Es überraschte sie, dass Jace ihr folgte. Er nahm ihren Oberarm in einen massiven Klammergriff.

»Lass mich los«, schnaubte sie, bemüht, ihm ihren Arm zu entreißen.

»Keine Chance. Du rennst hier nicht weg wie ein zürnender Racheengel. Das sorgt bloß für Gerede.«

Er ging dicht neben ihr. Sie stolperte bei dem Versuch, mit seinen langen, zornig ausgreifenden Schritten mitzuhalten. »Ach Gottchen, wie unangenehm! Und wir wollen natürlich vermeiden, dass über das Liebesleben des Chefs getratscht wird, stimmt's?«, fragte sie zuckrig. »Ich finde, deine Vorsicht ist ein bisschen übertrieben, nachdem deine Ex bereits mit einem Wohnmobil vorgefahren ist. Vermutlich sind die Betten frisch bezogen.«

Sein Griff um ihren Arm verstärkte sich schmerzhaft. Er ignorierte ihren Sarkasmus, brauste stattdessen auf: »Wo zum Teufel hast du dein Auto abgestellt?«

»Da hinten.« Sie deutete auf den Kombi, der am Waldrand unter einer Eiche parkte.

Er zerrte sie förmlich zu ihrem Wagen. Glaubte er etwa, dass er seine Arbeiter zum Narren halten konnte? Dass sie nicht merkten, was Sache war? Seine steinerne Miene und sein durchgedrücktes Rückgrat sprachen eine deutliche Sprache.

Als sie den Wagen erreichten und außer Hörweite der Arbeiter waren, die mit ihren Maschinen ohnehin einen Mordslärm veranstalteten, neigte er sich zu ihr hinunter und sagte: »Nichts von dem, was in dem Container gesagt oder angedeutet wurde, ist von Bedeutung für uns. Hast du mich verstanden?« Er schüttelte sie leicht.

»Autsch! Du tust mir weh. Lass meinen Arm los.« Ihre Miene unbewegt, schaute sie ihn an. Er sollte nicht merken, wie sie sich mental fühlte.

Er ließ sie sofort los, und sie rieb sich den Arm, um die Durchblutung anzuregen. »Muss ich mich auf Schlimmeres gefasst machen, wenn du heimkommst? Oder kommst du gar nicht mehr nach Hause?«

»Katherine«, knurrte er mit eisiger Stimme. Er löste den Blickkontakt mit ihr und betrachtete die Landschaft, die sich friedvoll vor ihnen ausbreitete. Nach einem tiefen Seufzer schwenkte sein Blick erneut zu ihr. »Als ich dir den Job besorgt hab …«

»Die *Schnapsidee*«, bemerkte sie bitter.

»Ich hab es für dich getan!«, entrüstete er sich.

Sie lachte schroff. »Oh ja, klar, für wen sonst?« Ihre grünen Augen verhärteten sich, als sie hinzusetzte: »Das war der einzige Bereich in meinem Leben, in den du noch nicht hineingefunkt hattest: meine Karriere. Du hast mir mein Leben genommen, meine Wohnung, mein …« Sie brach ab, bevor sie ein Geständnis ablegte, das sie in schmerzlicher Weise bloßstellen würde. »Du musst alles bestimmen, überall mitmischen, stimmt's? Ob dabei mein Stolz oder mein Selbstbewusstsein baden gehen, ist dir völlig egal. Ein bisschen Schwund ist immer, was? Grundgütiger! Ihr Mannings seid größenwahnsinnig. Du meinst wohl, ich stehe in deiner Schuld. Und ich soll dir vermutlich auch noch dankbar sein dafür, dass du mich total von dir abhängig gemacht hast, richtig?«

Sie erkannte die Symptome. Sein cholerisches Temperament ging mit ihm durch. Ihre Worte hatten einen empfindlichen Nerv getroffen. *Aha*, sann Katherine, während sie beobachtete, wie sich die Linien um seinen Mund grimmig in die Haut eingruben. *Ich hatte recht. Die Wahrheit ist immer schmerzvoll. Ich hab sie ihm brutal an den Kopf geknallt, und das kann er nicht verknusen.*

»Okay«, versetzte er grimmig. »Glaub meinetwegen, was du willst, Katherine.« Er drängte einen weiteren Schritt näher. »Aber du hast eine Sache vergessen: Da ist noch etwas, was dich von mir abhängig macht.«

»W…was?«, fragte sie unsicher, instinktiv erschrocken

über den raubtierhaften Glanz in seinen ozeanblauen Augen.

»Das«, sagte er und riss sie in seine Arme.

»Nein …«, protestierte sie, bevor sein Mund den ihren fand und jeden weiteren Protest erstickte.

Nach einem harten Kuss hob er den Kopf. »Du könntest allmählich mal damit anfangen, deine sämtlichen Schulden zu begleichen, die du bei mir noch offen hast«, zog er sie auf. Seine Arme schmiegten sie unnachgiebig an seinen harten, muskelbepackten Torso. Er presste seine Lippen fordernd auf ihren geschlossenen Mund und gab erst nach, als sie ihm die Lippen öffnete.

Seine Zunge schob sich in die feuchte Süße, eroberte ihren Mund. Seine Hüften stemmten sich gegen ihre, drängten sie gegen den Wagen. Seine Hände waren überall, fordernd und frivol. Gottlob stand er mit dem Rücken zu den Bohranlagen, so dass niemand diese entwürdigende Szene mitbekam.

Er löste sich von ihrem Mund, vergrub seine Lippen in ihrer Halsbeuge. »Du bist extra hier ins Gelände rausgefahren, weil du mich mit einem intimen Lunch überraschen wolltest, stimmt's?«, fragte er tonlos.

Sie schluchzte, blinzelte verräterische Tränen fort, als er sie daran erinnerte, was sie so schön geplant hatte. Aber den Zahn hatte er ihr gezogen. Innerhalb einer Stunde waren ihre Träume wie eine Seifenblase zerplatzt.

»Ich find's echt jammerschade, Katherine, dass daraus nichts geworden ist. Aber aufgeschoben ist ja nicht aufgehoben.« Seine sehnige gebräunte Hand schob sich auf ihre Brust. »Ich weiß, dass du keinen BH trägst. Heimlich stelle ich mir deine Brüste vor, fühle sie, schmecke sie.«

Ihre Lippen fanden sich erneut, und diesmal war sein Kuss nicht brutal, sondern umwerfend zärtlich. Sein Mund saugte sinnlich an ihren Lippen, ihrer Zunge, bis sich die Starre, die ihren Körper gefangen hielt, löste und sie sich wohlig entspannte.

Seine Daumen rieben durch die dünne Bluse hindurch ihre Knospen. Er spürte, wie sie reagierten, sich zu kleinen harten Rispen zusammenzogen.

Katherine realisierte unbewusst, dass sie sich ihm zunehmend hingab. Ihr Widerstand schmolz wie Eiskristalle in der Sonne. Ihr Körper kapitulierte vor seinen Zärtlichkeiten. Nein. Auf gar keinen Fall. Das durfte ihr nicht wieder passieren. Sie hatte sich vom Fleck weg von seiner prickelnden Sexualität und seiner ungeheuren Potenz einwickeln lassen. Sie war schwach geworden, und jetzt hatte sie den Katzenjammer. Er hatte ihr die Augen geöffnet: Sie bedeutete ihm nichts, er benutzte sie nur. Küssen, Knutschen, Kuscheln – um sie rumzukriegen, war ihm jedes Mittel recht.

Sie raffte ihren ganzen Mumm zusammen und schob ihn von sich. Er blinzelte heftig, seine Augen, umwölkt von der Glut seiner Leidenschaft, versuchten sie anzusehen. Als er ihre ärgerlich verschlossene Miene gewahrte, ließ er seine Arme sinken.

»Du täuschst dich, Jace. Ich bin kein bisschen abhängig von dir. Du hast keinen Einfluss auf mein Leben. Ich verschwinde jetzt. So wie es ausschaut, hat Lacey vor, eine Weile zu bleiben. Ich bin sicher, sie ist dir gern behilflich, damit du auf deine Kosten kommst.«

Sie sprang in den Wagen und knallte die Fahrertür zu. Während sie den Motor anließ und den Gang einlegte, umschloss Jace mit einer Hand beschwörend den Türgriff.

»Gut gebrüllt, kleine Löwin, aber so funktioniert es nicht.« Sein Ärger war wie ausgeblendet. »Mach dir nichts vor. Du willst mich doch genauso wie ich dich. Ich komm heute Abend nach der Arbeit um die übliche Zeit nach Hause.«

Katherine verwünschte Jace, ihre eigene Hilflosigkeit und die oberste Stufe, an der sie sich die Zehe stieß, als sie wutschäumend in ihr Apartment stampfte. Zum Glück stand Happys Wagen nicht in der Einfahrt. Wahrscheinlich hatte sie Allison mit zum Einkaufen genommen. Somit hatte Katherine eine kurze Verschnaufpause, um ihr Problem zu überdenken und ihre geschwollene Zehe zu kühlen.

Dass sie sich auf das Doppelbett warf und in Tränen ausbrach, kam gar nicht in die Tüte. Die kühl gefasste und psychisch stabile Katherine Adams erlaubte sich keine heftigen Gefühlsausbrüche. Aber dieses Mal war bestimmt ein Sonderfall, oder? Sie hatte sich noch nie so mies und gedemütigt gefühlt.

Jace hatte mit keinem Wort erwähnt, dass er schon einmal verheiratet gewesen war. Wie lange waren er und Lacey zusammen gewesen? Lag ihre Trennung schon länger zurück? Warum hatten sie sich scheiden lassen? Lacey hatte als Grund angedeutet, dass er sich Kinder wünschte, zu einem Zeitpunkt in ihrer Ehe, als Familienplanung für sie noch nicht Thema gewesen war. War Jace dermaßen vernarrt in Kinder, dass er sie, Katherine, geheiratet hatte, um das Sorgerecht für Allison durchzusetzen? Wollte er Lacey damit gleichzeitig eins auswischen, weil sie damals kein Kind von ihm gewollt hatte? War das sein Motiv für diese Scharade gewesen?

Sie umarmte das Kissen, das nach ihm duftete, vergrub das Gesicht in der weichen Fülle und schluchzte seinen Namen. *Wieso hab ich mich bloß in ihn verliebt?*, schniefte sie. Sie hätte es schließlich besser wissen müssen. Die wahre Liebe existierte bloß in den Köpfen von Dichtern und Träumern. Im wirklichen Leben konnte es sie nicht geben.

Sie konnte sich nicht entsinnen, ob ihr Vater sie geliebt hatte, obwohl sie bestimmt ein Wunschkind gewesen war. Grace Adams hatte sich nach dem Tod ihres Mannes plötzlich mit der Verantwortung für sich und ihre beiden Kinder konfrontiert gesehen, und das zu einem Zeitpunkt, als Frauen gegenüber ihren männlichen Kollegen beruflich stark benachteiligt waren. Damals waren die Chancen ihrer Mutter auf dem Arbeitsmarkt verdammt schlecht, und sie hatte bei der Jobsuche nicht wählerisch sein dürfen. Sie hatte Zugeständnisse machen müssen und ihre Liebe gezeigt, indem sie sich selbstlos für ihre Töchter aufgeopfert hatte, damit die es später einmal besser haben sollten. Nach einem anstrengenden Tag auf der Post fehlten ihr Zeit und Energie, ihre kleinen Mädchen liebevoll zu verwöhnen. Und wenn, dann bekam Mary meist ihre Zuneigung, da sie die Jüngere und fast noch ein Baby war.

Dass ihr Vater früh verstorben war, dafür konnte er nun einmal nichts. Und ihrer Mutter konnte Katherine auch nichts vorwerfen. Gleichwohl sehnte sie sich nach Liebe, danach, zu lieben und geliebt zu werden. Trotzdem hatte sie sich dagegen gesträubt, sich zu binden, aus Furcht, die Beziehung könnte sich als kurzfristige Affäre entpuppen, ein Strohfeuer, das lichterloh brannte und genauso schnell wieder erstickte. Tief im Innern wusste sie, dass sie den Schmerz über eine Trennung, über den Verlust eines geliebten Menschen nur schwer verwinden könnte. Erst als sie Jace Manning kennen lernte, hatte sie ihr Herz weit geöffnet, ihre Skrupel beiseite geschoben und sich nicht mehr gegen tiefe Gefühle gesträubt.

Sie und Mary waren weltallerbeste Freundinnen gewesen, und wenn jemand gefragt hätte, hätte sie hoch und heilig beteuert, dass sie ihre Schwester liebte. Das entsprach zwar der Wahrheit, aber es war nicht das Gleiche wie mit Jace. Sie und Mary hatten intellektuell nie dieselbe Wellenlänge gehabt. Seine scharfe Intelligenz und sein feinsinniger Humor ließen sich nicht mit Marys reizender Naivität vergleichen. Es war nicht fair, schniefte sie. Jace war ihr erster Mann, ihre große Liebe, und ihm fiel nichts Besseres ein, als auf ihren tiefen Empfindungen herumzutrampeln.

Nachdem ihr Tränenfluss endlich versiegt war, strich Katherine den Bettüberwurf glatt und brachte ihr zerflossenes Make-up wieder in Ordnung. Als sie Allison zurückbrachte, fiel Happy als Erstes auf, dass Katherine ungewöhnlich still war. Oha, welche Laus war ihr denn über die Leber gelaufen? Auf Nachfragen ihrer besorgten Vermieterin reagierte Katherine mit stoisch unbewegter Miene und verschanzte sich ansonsten hinter einer Mauer des Schweigens.

Sie machte Abendessen und führte dabei wie üblich Selbstgespräche. Sie rekapitulierte das Vorgefallene in allen Einzelheiten, legte sich ihre Argumentation exakt zurecht. Wenn – und dieses Wenn versah sie mit einem großen Fragezeichen – er nach Hause kam, wie er gesagt hatte, wollte sie seiner bestechenden Logik Paroli bieten können. Die Zeiten waren endgültig vorbei, dass sie sich von ihm ein X für ein U vormachen ließ.

Sie duschte ausgiebig und nahm sich viel Zeit für die Wahl ihrer Garderobe. Von wegen verknautschte Heulsuse und fertig mit der Welt – den Gefallen tat sie ihm nicht. Pah, sie würde nicht zu Kreuze kriechen, sondern ihn mit ihren eigenen Waffen schlagen.

Ungeachtet aller mentalen Beteuerungen, dass es ihr egal war, ob er zurückkehrte oder nicht, lauschte sie auf jedes Geräusch. Ihr Herz schlug schneller, als sie hörte, wie das Brummen des Jeepmotors erstarb und seine Stiefelschritte über den Kies knirschten.

Sie stellte gerade die Babywippe auf, als er durch die Tür kam. Nach einem flüchtigen Blick in seine Richtung konzentrierte sie sich erneut auf Allison und setzte die Kleine in den bequemen Baumwollsitz. Allison, die Jace spontan erspähte, begann, mit den Beinchen zu strampeln und fröhlich zu glucksen. Katherine kehrte den beiden den Rücken zu und verschwand missmutig in der Küche.

Jace benahm sich so ekelhaft normal, dass es ihr tierisch auf die Nerven ging. Er deckte gewohnheitsmäßig den Tisch und spielte vor dem Essen mit Allison. Je länger sie in der Küche hantierte, umso lauter schepperte Katherine mit Töpfen und Pfannen. Als sie sich die Hand verbrannte, weil sie ohne Topfhandschuhe ein Backblech mit fertigen Brötchen aus dem Ofen nahm, fluchte sie laut und ungehalten. *Zur Hölle mit diesem verdammten Schuft!*, knirschte sie. *Für diesen Mist bin ich ihm gut genug!*

Jace schob sich in die Küche und fragte zuvorkommend: »Kann ich dir noch irgendwie behilflich sein?«

»Nein«, antwortete sie knapp. »Ich schaff das auch allein«, setzte sie patzig hinzu.

»Okay«, meinte er irgendwie erleichtert und setzte sich an den Tisch.

Er streckte die langen Beine aus, schlug die Knöchel übereinander und verschränkte abwartend die Arme vor der Brust. Katherine musste den plötzlichen Impuls niederkämpfen, ihm die Schüssel mit den gekochten Salzkartoffeln an den Kopf zu werfen. Ob er dann immer noch so gefasst gewesen wäre?

Er hatte Allison zu Bett gebracht, und sie aßen schweigend – Jace langte hungrig und mit gesundem Appetit zu, während Katherine jeden einzelnen Bissen mühsam hinunterwürgen musste.

Wie üblich half er ihr mit dem Abwasch. Sie vermied jeden Körperkontakt mit ihm. Einmal steckte er seine Finger in den warmen Seifenschaum und fasste ihre Hand. Er streichelte mit dem Daumen ihre Handfläche, während er in ihre zornesblitzenden grünen Tiefen schaute. Sie riss ärgerlich ihre Hand weg, mit dem einzigen Erfolg, dass sie sich dabei eine Ladung Spülwasser ins Gesicht spritzte.

»Ich möchte noch kurz mit dir sprechen«, sagte er, als sie die Küche verließen. Er knipste hinter ihnen das Licht aus, seine Stimme klang schneidend wie ein Wintersturm.

Katherine hätte vor Wut schreien mögen, weil Jace die Konfrontation begann. Nach dem Motto: Angriff ist die beste Verteidigung, und jetzt war er tatsächlich im Vorteil. Dieser Mistkerl!

»Okay«, schnappte sie. Sie setzte sich in den Sessel gegenüber der Couch. »Ich möchte auch mit dir sprechen.«

Jace hockte sich unbehaglich auf die Sofakante und

starrte auf seine Hände, die zwischen seinen Knien baumelten. »Verzeih mir, Katherine. Ich weiß, ich hätte dir das mit Lacey erzählen müssen. Und es tut mir wahnsinnig leid, dass du es auf diese Weise erfahren musstest.«

»Das kann ich mir vorstellen«, fauchte sie. »Zumal ich mitten in eure romantische Versöhnung hineinplatzte.«

»Nicht wirklich«, sagte er gedehnt. Sein kantiges Gesicht, eben noch reumütig zerknirscht, verhärtete sich abermals. Die schwarz geschwungenen Brauen zogen sich unheilvoll zusammen.

»Ach nein? Stimmt, du hast ja wieder geheiratet! Echt unangenehm, wenn man so einen Klotz wie mich am Bein hat, nicht? Ich bezweifle aber, dass dieses unwesentliche kleine Detail irgendwelche Auswirkungen auf deine Beziehung mit Lacey hat.«

»Verdammt«, fluchte er leise. Er rieb aufgebracht seine Fingerknöchel aneinander. »Du bist immer gleich so verdammt eingeschnappt. Und versuchst erst gar nicht, mich zu verstehen, stimmt's?«

»Verstehen?«, fragte sie, ihre Stimme schriller als sonst. »Ich spaziere in das Büro meines Mannes und ertappe ihn in der Umarmung mit einer vollbusigen Beauty, die sich zufällig als seine Ex entpuppt«, sie stockte und holte tief Luft, »und dann kommst du mir damit, dass ich dich verstehen soll?«

»Eifersüchtig?« Mit einem Mal zeigte sich ein durchtriebenes Funkeln in seinen Augen.

Sein plötzlicher Stimmungsumschwung brachte sie völlig aus dem Konzept. *Ja!*, wäre sie am liebsten laut herausgeplatzt. *Ja, ich bin eifersüchtig auf die Zeit, die sie mit dir verbracht hat. Und auf all die Male, die du mit ihr geschlafen hast.*

*Auf jeden Kuss, den du ihr gegeben hast. Oh ja, ich sterbe fast vor Eifersucht.*

Stattdessen sagte sie betont beiläufig: »Eifersüchtig? Ich? Nein. Man muss schon schwer verliebt sein, um eifersüchtig zu sein.« Entdeckte sie da einen gequälten Zug um seine Lippen? Nein, es war wohl eher Verärgerung, weil sie seinen Ausrutscher scheinbar locker wegsteckte. »Wir wussten beide, worauf wir uns einlassen«, schob sie nach. »Schließlich ist es bei uns eine reine Zweckehe.«

Sein skeptisch abwartender Blick war nicht auszuhalten, daher schlug sie die Augen nieder. Dann stand sie auf und ging zu ihrem Schreibtisch. Sie wollte einfach Distanz zu ihm gewinnen. *Du musst dich selbst schützen, Katherine,* mahnte eine kleine Stimme in ihrem Kopf.

»Äh … ja … ich«, stammelte sie. Seine Augen klebten an ihren Lippen, und sie hätte sich irgendwohin treten mögen, weil ihr Widerstand spontan erlahmte. Seufzend fuhr sie fort: »Ich war wütend, weil du mich angelogen hast, von wegen Job und so.«

»Du machst deine Sache bestimmt super, Katherine, ganz egal …«

»Und ob ich die super mache!«, ereiferte sie sich und wirbelte zu ihm herum. »Jetzt erst recht! Ich bin wild entschlossen, einen spitzenmäßigen Job hinzulegen. Ich werde dir und Mr. Willoughby Newton nämlich beweisen, dass er mich nicht protegieren muss, bloß weil ich die Frau von seinem karriereverwöhnten Goldjungen bin.«

*Vorsichtig, Katherine,* ermahnte sie sich. Sie fühlte, wie ihre Augen sich mit Tränen füllten. »Deine Motive sind mir piepegal, jedenfalls ist es ein Traumjob. Danke, Mr. Manning. Ich bin bei Sunglow angestellt und damit basta.

Von jetzt an mach ich meinen Kram allein. Wenn ich es schaffe, umso besser. Wenn ich es nicht schaffe, ist es mein persönliches Pech. Aber ich will auf gar keinen Fall Hilfe von dir.« Den letzten Satz betonte sie mit Nachdruck.

»Du irrst, wenn du glaubst, ich hätte etwas anderes bezweckt, Katherine«, sagte er seelenruhig.

Sie war baff, wie gefasst er ihre Tirade hinnahm. Hatte sich seine Verärgerung in Luft aufgelöst? Wieso schoss er nicht zurück? Wenn überhaupt, dann schien er … wie eigentlich? Traurig? Deprimiert? Sie kämpfte mit ihrer Fassung.

»Was unsere Ehe betrifft, so gehen wir künftig getrennte Wege. Unter den gegebenen Umständen finde ich das nur fair«, sagte sie.

»Du findest das fair.« Es war keine Frage, sondern eine leise gemurmelte Feststellung.

»Ja, finde ich«, wiederholte sie demonstrativ, obwohl sie das nicht wirklich fand.

Damit machte sie Jace den Weg frei, Lacey so oft zu sehen, wie er mochte. Noch während sie ihn großzügig dazu anhielt, sich ungeachtet ihrer Ehe sämtliche Freiheiten zu nehmen, fragte sie sich heimlich, wie sie es durchstehen sollte, wenn er sie jetzt verließ.

»Was Allison betrifft, können wir weiter einen auf Familie machen, wenn … ich meine … wenn du das immer noch willst«, presste sie hervor. Sie machte eine Pause, ließ ihm reichlich Gelegenheit, ihr zu widersprechen. Zum Glück schwieg er beharrlich. Sie legte die Handflächen aneinander und fuhr fort: »Ich denke, du und ich … wir sollten jeder unseren eigenen Weg verfolgen und tun, was wir … was wir für richtig halten.«

So, jetzt hatte sie es ihm aber richtig gegeben. Eigentlich müsste sie doch jetzt Genugtuung empfinden, oder? Stattdessen war sie fertig mit der Welt. Der Triumph stellte sich nicht ein. Dafür aber ein Gefühl der Leere, das schwer wie ein Mühlstein auf ihr Herz drückte. Ihre Standpauke, die sie zuvor mental gebetsmühlenartig rezitiert hatte, hatte trivial, kindisch und unglaubwürdig geklungen.

Jace war aufgestanden. Er drückte elanvoll das Rückgrat durch und kam zu ihr. »Ich finde, du hast absolut recht, Katherine.«

Sie versuchte, den Schmerz auszublenden, den seine Äußerung bei ihr hervorrief. Presste die Lippen aufeinander, um ein Schluchzen zu unterdrücken, das aus ihrer Kehle kam. Heimlich hoffte sie immer noch, dass er sie um Verzeihung bitten und ihr ewige Liebe schwören würde. Herrje, sie hatte ihm ein Ultimatum gestellt, und er war darauf eingegangen. Musste er ausgerechnet an diesem Punkt einlenken? Im Nachhinein wünschte sie sich, sie hätte sich diese Argumentation verkniffen.

Er kam näher, bis er dicht vor ihr stand. Sie fühlte sich eingeengt, in die Ecke gedrängt, provoziert. Seine Nähe löste bei ihr jedes Mal eine kritische Kettenreaktion aus. Seitdem er das erste Mal vor ihrer Tür gestanden hatte, war es nie anders gewesen.

»Ich denke, wir sollten jeder unseren eigenen Weg verfolgen und tun, was wir für richtig halten. Wenn das so ist, möchte ich meine Frau auf der Stelle küssen.«

Noch ehe sie den tieferen Sinn seiner Worte begriff, lag sie in seinen Armen. Sein Mund senkte sich auf ihren. Sein Kuss war nicht stürmisch drängend wie der am Nachmittag. Zwar dominant, aber nicht fordernd.

Sein Mund strich stimulierend über ihren, bis sie widerstrebend die Lippen öffnete und seiner forschenden Zunge Einlass gewährte. Er küsste sie süß und sehnsuchtsvoll. Dabei schmiegte er sie heißblütig an seinen Körper, dass jeder Widerstand, jedes Sträuben zwecklos war.

Als er den Kopf hob, rang sie nach Atem. Er blickte in ihre verdächtig feucht schimmernde grüne Iris, schob seine Hände unter ihre Arme, dass sie ihre Brüste streiften. »Gute Nacht«, flüsterte er.

Dann ließ er sie los, drehte sich auf den Fersen herum und verschwand in seinem Schlafzimmer. Die Tür klickte hinter ihm ins Schloss. Katherine war ganz schwindlig, sie schwankte leicht, während sie wie festgeklebt am Boden verharrte.

Instinktiv tasteten ihre Hände nach ihm, nach seiner schützenden Umarmung. Sie wisperte rau seinen Namen. Erschauerte ob der Erregung, die verheißungsvoll prickelnd ihren Schoß durchflutete. *Verlass mich nicht. Du kannst mich hier doch nicht einfach so stehen lassen,* schrie sie stumm.

Dann kehrte die Vernunft zurück. Und mit der Vernunft die Verärgerung. Sie kochte vor Wut.

*Dieser Schuft! Wie kann er es wagen, mich zu küssen, nachdem er den ganzen Tag mit dieser Lacey zusammen gewesen ist?*

Sie stapfte in Allisons Schlafzimmer und schlug die Tür hinter sich zu. Von dem Lärm erwachte das Baby, und Katherine wiegte es in den Schlaf. Dann krabbelte sie selbst ins Bett und wälzte sich auf dem Laken, bis sie in einem unruhigen Schlaf Erlösung von ihren quälenden Gedanken fand.

# 11

»Ich denke, ich fang mal so langsam an, mich um Kaminholz für den Winter zu kümmern. In der Zeitung standen mehrere Angebote. Cooper und ich wollen uns eine Fuhre teilen. In den nächsten Tagen soll es schon merklich kühler werden, kalt genug, um sich abends an einem gemütlichen Kaminfeuer zu wärmen.« Jace biss in einen Muffin und nippte an seinem dampfend heißen schwarzen Kaffee. Katherine, die Allison mit einem Cerealien-Früchte-Brei fütterte, blieb stumm.

Als sie auf seinen Versuch einer Unterhaltung nicht reagierte, schob er nach: »Was hältst du davon?«

Sein oberflächliches Gequassel ärgerte sie schon die ganze Woche. Seit jenem Tag, als ihr wunderschönes neues Leben wie ein Kartenhaus in sich zusammengebrochen war. Sie fühlte sich sterbenselend, er dagegen tat so, als wäre zwischen ihnen alles in Butter.

Ihr wäre es lieber gewesen, er hätte wütend herumgetobt und mit dem nächstbesten Teil nach ihr geworfen; stattdessen spielte er den aufmerksamen, zuvorkommenden Ehemann, dem ein trautes Heim anscheinend über alles ging. »Wie du meinst«, murmelte sie, während sie mit einem Feuchttuch Allisons breiverschmiertes Schnütchen sauberwischte. Hätte man sie vor einer Woche gefragt, hätte sie beteuert, dass sie sich in absehbarer Zeit trennen würden. Und jetzt sprach Jace davon, dass er Feuerholz für den Winter einzulagern gedachte.

Eines Abends, als er von den Ölfeldern heimgekommen war, wäre es ihm fast geglückt, sie aus ihrer unversöhnlichen Stimmung zu locken. Er hatte beiläufig erwähnt, dass sie bei ihren Probebohrungen tatsächlich auf reiche Ölvorkommen gestoßen waren.

»Aber Jace, das ist ja fantastisch!«, rief sie spontan und hätte sich postwendend ohrfeigen mögen, weil sie sich für ihn freute.

Er warf ihr einen hastigen Blick zu und grinste milde verdutzt. »Ja. Katherine« – er rieb sich begeistert die Hände –, »weißt du, für mich ist das jedes Mal aufs Neue faszinierend. Immer wenn wir auf Ölvorkommen stoßen – und obwohl ich vor den Probebohrungen überzeugt bin, dass wir Öl finden werden –, ist es für mich wie … wie …« Er stockte, zuckte hilflos mit den Achseln und wedelte mit den Händen in der Luft. Dabei lachte er lausbubenhaft. »Tja, es ist wie eine Offenbarung.«

Wie gern hätte sie ihn zu seinem Erfolg, seinem Enthusiasmus beglückwünscht. Sie sehnte sich danach, ihn zu umarmen, ihm zu gratulieren, wenn da nicht dieses ganz große Aber gewesen wäre.

Er fuhr hastig fort: »Ich finde, das muss gefeiert werden. Was hältst du davon, wenn wir heute Abend ausgehen? Allison bei Happy lassen und schön essen gehen und …«

»Nein«, unterbrach sie ihn scharf. Die Versuchung, seine Einladung anzunehmen, war verdammt verlockend. »Ich … äh … ich hab den ganzen Nachmittag am Computer gehockt. Ich bin müde.«

Sie merkte ihm die Enttäuschung an, trotzdem lächelte er freundlich und sagte: »Okay, dann eben ein anderes Mal.«

»Schätze, ich fahr dann mal«, sagte Jace jetzt. Er stand auf und reckte sich, hob die Arme lang ausgestreckt über den Kopf. »Bin ich froh, dass ich das neue Bett gekauft hab. Damit ist das Zimmer zwar ziemlich vollgestellt, aber das ist es mir wert.« Sein Grinsen war hinreißend, teuflisch. Katherine tat, als wäre er Luft für sie.

Er neigte sich zu ihr hinunter, sein Atem streifte ihren Nacken. »Wär natürlich das Sahnehäubchen, wenn du mit mir ... ich meine, wenn dir das Bett auch gefallen würde.« Seine Lippen kosten die sensible Haut an ihrem Hals, und Katherines Hand zitterte, als sie Allison einen weiteren Löffel Pfirsichbrei in das hungrig geöffnete Mündchen schob.

Seine Hand glitt unvermittelt unter ihren Arm, schob sich auf ihre Brust, drückte sie sanft. Seine Finger streichelten ihre Haut unter dem dünnen Baumwoll-T-Shirt. Sie ließ den Löffel fallen, sprang auf und schnellte zu ihm herum. »Lass das.« Sie beeilte sich, ihre unsichere Stimme zu kontrollieren, und versetzte mit mehr Nachdruck: »Wenn du ... mit jemandem Spielchen treiben willst, dann geh doch zu Lacey.« Na, super, das hatte gesessen. Er kniff verärgert die Lippen zusammen. »Zudem ist ihr Busen um einiges ... griffiger als meiner«, fauchte sie gehässig.

Die metallische Kälte in seinem Blick ließ keinen Zweifel daran, dass sie es geschafft hatte, seinen Zorn zu provozieren. Seine Kiefer mahlten aufgebracht, seine angespannte Haltung signalisierte Mordlust.

Trotzdem konnte sie nicht triumphieren. Er musterte sie anzüglich von oben bis unten und meinte gedehnt: »Ja, stimmt. Wesentlich griffiger.« Damit drehte er sich um und verließ die Küche. Eine kurze Weile später hörte Katherine, wie die Haustür ins Schloss fiel.

Sie sank wie ein Häufchen Elend auf ihrem Stuhl zusammen und ließ ihren Tränen freien Lauf. »Oh, Jace«, schniefte sie. Unbewusst schob sie eine Hand auf die Brust, die er Augenblicke zuvor gestreichelt hatte. »Oh, Jace, du fehlst mir«, stöhnte sie, bevor sie ihr Gesicht in den Armen vergrub, die sie auf der Tischplatte verschränkt hielt, und haltlos zu schluchzen begann.

Der Luxus, sich in ihrem Selbstmitleid zu ergehen, war Katherine jedoch nicht lange vergönnt. Allison war schon seit zwei Tagen quengelig und unleidlich. Für gewöhnlich hatte die Kleine einen gesunden Appetit, aber jetzt war sie appetitlos und apathisch. Ihre Nase war verstopft, und am Nachmittag fing sie an zu husten. Nicht lange, und Katherine beschloss, den Computer herunterzufahren und die Arbeit für diesen Tag zu beenden. Allisons Gesundheit war ihr wichtiger als irgendwelche Werbetexte. Das hatte Zeit.

Am Spätnachmittag wimmerte das Baby jämmerlich und hatte Fieber. Katherine trug die Kleine durch das Apartment, während sie versuchte, ihr milde begütigend auf den Rücken zu klopfen und sie mit leise gemurmelten Koseworten zu trösten. Allison litt zunehmend unter Atemnot, sie röchelte gequält, die Hustenanfälle wurden heftiger.

Katherine hatte erfolglos probiert, Happy anzurufen, und zu ihrem Leidwesen festgestellt, dass ihr Wagen nicht in der Einfahrt stand. Als das Telefon klingelte, schnappte sie danach wie eine Ertrinkende nach einem Rettungsring. Jace rief an, dass er vermutlich später nach Hause käme. Katherine fiel ein zentnerschweres Gewicht von der Seele, als sie seine Stimme hörte. Sie vergaß spontan ihren Stolz und ihren Konflikt und erzählte ihm hastig, dass das Baby krank sei.

»Hast du schon mit dem Kinderarzt telefoniert?«, wollte Jace wissen, nachdem sie ihm die Symptome geschildert hatte.

»Ja. Er meinte, ich soll ihr einen fiebersenkenden Saft geben und ihn wieder anrufen, falls sich ihr Zustand verschlimmert.«

»Wann war das?«

»Am frühen Nachmittag.«

»Hm, ich werd selbst anrufen und ihn bitten, mal bei uns vorbeizuschauen. Bist du okay?«

»Ja«, sagte sie unsicher. »Aber Jace, du weißt, sie war so klein bei ihrer Geburt, und ihre Lungen …«

»Ich weiß, Liebes, ich weiß. Kopf hoch, ich bin gleich bei dir.«

Katherine legte den Hörer auf, ihr Herz quoll mit einem Mal über vor Liebe. *Jace kommt und hilft uns. Alles wird gut werden. Jace ist bald wieder bei uns,* flüsterte sie, während sie das weinende hustende Kind in ihren Armen wiegte.

Allisons Zustand wurde mit jeder Minute kritischer. Katherines Besorgnis wich tiefer Bestürzung, als die Kleine verzweifelt keuchend nach Atem rang. Ein harsches, trockenes Röcheln entwich ihren Lungen. Ihr Husten klang, als wäre er geradewegs einem Albtraum entsprungen. Katherine fühlte sich an heulende Hunde erinnert.

Sie war völlig aufgelöst, als sie endlich Schritte auf der Außentreppe vernahm. Sie stürzte zur Tür, riss sie auf, das Baby schützend in ihre Arme gekuschelt. Jace flog die Stufen hoch, gefolgt von Dr. Peterson, Allisons Kinderarzt. Als er Katherines rot verweinte Augen gewahrte, stockte Jace abrupt in der Bewegung, bevor er mit einem großen Schritt die letzten Stufen hinaufsetzte.

Er betrachtete Allison sorgenvoll, während Katherine hektisch herausplatzte: »Sie bekommt kaum noch Luft. Hört ihr das? Sie stirbt uns unter den Fingern weg. Ich weiß es. Ihre Lungen …«

Der Arzt und Jace ignorierten sie und kümmerten sich stattdessen um Allison. Dr. Peterson hörte den hartnäckigen, erstickenden Husten und rief: »Schnell, ab ins Badezimmer.«

Jace schob Katherine in den betreffenden Raum. Er schien zu wissen, was zu tun war, denn er drehte den Warmwasserhahn auf, bevor Dr. Peterson ihnen gefolgt war und die Tür hinter sich schloss.

»Was …«, begann Katherine, doch Dr. Peterson unterbrach sie mit der Frage: »Haben Sie Menthol im Haus, Wick VapoRub oder irgendwas Vergleichbares?«

Katherine nickte dumpf und deutete auf den verspiegelten Arzneischrank. Der Arzt schnappte sich den Tiegel und begann, Allisons Brustkorb behutsam damit einzureiben.

Inzwischen glich das Badezimmer einer Dampfsauna, heißes Wasser strömte unablässig in die Wanne. Jace nahm ein Handtuch von einem Regal und hielt es unter den Strahl. Nachdem er das nasse Tuch ausgewrungen hatte, legte er es der Kleinen behutsam auf die Brust.

»Oh, nein, warum bin ich darauf nicht selbst gekommen!«, meinte Katherine entschuldigend, bestürzt über ihre Unbedarftheit.

»Weil Sie noch nie ein Kind mit Krupp hatten«, unterbrach Dr. Peterson sie abermals. »Die Erfahrung muss man erst einmal machen. Pseudokrupp klingt allerdings schlimmer, als er ist.« Er klang zuversichtlich, und Jace legte begütigend einen Arm um ihre Schultern. Ungeachtet ihrer Dissonanzen lehnte sie sich in seine breite tröstliche Umarmung, während der Kinderarzt den warmen feuchten Wickel erneuerte.

Er wiederholte den Vorgang geduldig und kümmerte sich rührend um seine kleine Patientin. Die Minuten verstrichen. Den drei Erwachsenen, die dicht gedrängt in dem kleinen Bad standen, floss der Schweiß in Strömen. Dann, endlich, hustete Allison laut und lange. Katherine griff nach ihr, doch der Arzt wiegelte mit einer Handbewegung ab. »Warten Sie. Es kommt noch was.«

Dickes gelbes Sekret lief aus der Babynase, der kleine Körper krampfte sich abermals zusammen, und Allison hustete schließlich einen riesigen Schleimpfropf ab.

»Das hätten wir«, rief der Arzt erleichtert. Er wischte Allison mit einem weichen Papiertuch die Nase und säuberte ihr mit dem Finger vorsichtig tastend den Mund.

Kurz darauf normalisierte sich die Atmung der Kleinen. Sie lehnte sich schläfrig zurück und schloss die Augen. Zum ersten Mal seit Stunden weinte sie nicht mehr.

Jace beseitigte das Chaos im Bad. Katherine begleitete Dr. Peterson, der Allison in ihr Zimmer trug. Er legte das Baby behutsam in die Wiege, nahm sein Stethoskop aus dem Arztkoffer und hörte damit den winzigen

Brustkorb ab, der sich gottlob wieder gleichmäßig hob und senkte.

Als er sich aufrichtete, sagte er: »Wie ich es mir dachte. Ihre Lunge ist frei. Vermutlich hatte sie in den letzten Tagen eine Erkältung, und der Schleim hat sich in den Bronchien festgesetzt. Die Atembeschwerden und der Husten kamen von den Bronchien, nicht von der Lunge.«

»Tausend Dank, dass Sie gekommen sind, Dr. Peterson. Ich war krank vor Sorge.«

»Das hab ich gemerkt. Denken Sie einfach an den bewährten Trick mit dem feuchten Badezimmer, wenn Allison oder weitere Kinder von Ihnen mal wieder einen Pseudokrupp-Anfall haben.« Nach einem Blick auf Allison inspizierte er stirnrunzelnd seinen Arztkoffer. Er holte ein kleines Fläschchen heraus und träufelte der Kleinen mit einer Pipette ein paar Tropfen in den Mund.

»Das ist ein milder Schleimlöser, damit sie heute Nacht gut durchschläft.« Während er ein Rezept ausstellte, sagte er: »Holen Sie ihr das morgen früh aus der Apotheke. Falls sie Fieber bekommen sollte, geben Sie ihr ein Aspirin, das Sie vorher in Wasser auflösen. Wenn es in ein, zwei Tagen nicht besser geworden ist, rufen Sie mich wieder an. Haben Sie einen Luftbefeuchter?«

»Ja«, antwortete Katherine, die bemerkte, dass Jace zu ihnen trat.

»Stellen Sie den für die nächsten paar Tage in ihr Zimmer. Das erleichtert ihr die Atmung.«

»Danke, Doktor.« Jace schüttelte dem Mediziner die Hand, bevor er ihn zum Eingang begleitete.

Als er zurückkehrte, stand Katherine über die Wiege geneigt und streichelte Allison über den Rücken.

»Sie hat dir einen schönen Schrecken eingejagt, was?«, flüsterte Jace.

»Oh, Gott, Jace. Ich hatte solche Angst«, räumte Katherine stockend ein.

»Ich weiß. Ich bin froh, dass ich hier bei dir sein konnte.« Er legte seine Hände auf ihre eingesunkenen Schultern und massierte sie zärtlich.

»Danke«, sagte sie weich. »Woher wusstest du, was bei einem solchen Anfall zu tun ist?«, fragte sie, da ihr plötzlich wieder einfiel, wie fachmännisch er sich verhalten hatte.

Er lachte leise. »Wenn du weit weg von der Zivilisation auf irgendwelchen Ölfeldern arbeiten musst, lernst du eine ganze Menge Dinge. Bisweilen müssen wir da draußen gegenseitig Krankenschwester spielen. Einmal, mitten in der Nacht, hatte ein Mann einen ähnlichen Anfall wie Allison, und Billy gab mir den Tipp mit den feuchtwarmen Umschlägen.«

»Sag Bill, dass ich ihm auf ewig dankbar bin.«

»Das wird ihn freuen«, versetzte Jace trocken. »Hey, hast du keinen Hunger? Wir haben das Abendessen verpasst.«

»Und das Mittagessen«, räumte Katherine seufzend ein. Sie gab Allison einen letzten zärtlichen Klaps auf den Windelpo, bevor sie sich zu ihm umdrehte. »Nach Essen war mir in der Situation wirklich nicht.«

»Weißt du was, leg dich ein bisschen hin und ruh dich aus. Inzwischen besorg ich uns ein paar Hamburger.«

»Ich möchte nicht, dass du …«

»Kein Problem.« Er war bereits an der Eingangstür.

Katherine sank auf das Sofa. Den Kopf an das Rückenpolster gelehnt, schloss sie die Augen. Was für ein Tag …

Das war das Letzte, woran sie sich erinnerte, bis sie von

federleichten Küssen auf ihre Wange geweckt wurde. Sie schlug die Lider auf und gewahrte Jace, der sich fürsorglich über sie beugte.

»Bin ich etwa eingeschlafen?«, fragte sie schläfrig.

»Das kann man wohl sagen.« Er grinste. »Wie wär's mit einem kleinen Picknick?«

»Was?« Sie rappelte sich auf. »Oh, Jace!«, rief sie. Vor ihr auf dem Kaffeetisch standen Hamburger, Pommes frites und Milchshakes. Er hatte Kerzen angezündet, die den Raum in ein behagliches Dämmerlicht tauchten.

»Mylady, Ihr Dinner ist serviert«, verkündete Jace mit einer tiefen Verbeugung.

Zum ersten Mal seit Wochen lachte Katherine herzerfrischend über seinen witzigen Einfall. Das war der Auftakt zu einem gemütlichen Candlelightdinner. Er erzählte ihr Anekdoten von seinen Auslandsaufenthalten. Bei der Geschichte von einem Scheich, der ihn als Ehemann für eine seiner zwölf Töchter ausgeguckt hatte, lachte Katherine Tränen.

»Du hast gut lachen. Ich hatte echt Muffen, dass der Typ Ernst macht«, meinte Jace mit gestellter Entrüstung.

Katherine stand auf und sammelte Papierteller und -becher zusammen. Hielt mitten in der Bewegung inne, da Jace ihre Taille umschlang und sie zu sich umdrehte.

Ihr Hirn war plötzlich wie leergefegt. Sie sträubte sich nicht, als er sie zu sich hinunterzog. Seine Hände streichelten über ihren vorgeneigten Rücken, während er sie beschwörend anschaute.

»Kein BH heute«, flüsterte er mit einem anzüglichen Grinsen, denn ihr Ausschnitt bot freizügige Einblicke.

Seine Augen magnetisierend auf ihre geheftet, glitt seine

Hand unter ihr T-Shirt. Ihr Blick zärtlich entrückt, fühlte sie seine erkundenden Finger auf ihrer Haut. Sie stieß ihn nicht weg. Nein, sie wollte es so und nicht anders. Bereuen konnte sie später immer noch. Momentan verzehrte sie sich nach seinen Liebkosungen.

Er schob das Shirt hoch, streifte es ihr über den Kopf. Ihr honigblondes Haar fächerte sich um ihre Schultern. Bei diffusem Kerzenschein bewunderte er ihren Körper. Das sanft flackernde Licht malte ein Spiel aus Licht und Schatten auf ihre perfekten Rundungen, dass ihr Körper wie eine von Künstlerhand geschaffene Skulptur anmutete.

Jace vergrub sein Gesicht zwischen ihren Brüsten und küsste das weiche Fleisch, seine Worte gedämpft von der wogenden Fülle: »Katherine … bezaubernde … süße …«

Er küsste ihre Brüste zärtlich, geradezu andächtig. Er hob den Kopf und bewunderte sie mit Blicken, verwöhnte sie mit zarten Fingern. Dann küsste er sie abermals.

Hingegossen auf dem Sofa, betrachtete Katherine seine langen, schwarzen gebogenen Wimpern. Seine Nase war perfekt geformt – lang und aristokratisch gerade.

Er umschloss ihre Knie, streichelte die Unterseiten ihrer Schenkel. Ihr Puls raste vor Erregung. Spontan legte sie ihre Hände auf seine Schultern, neigte ihren Kopf über seinen, wobei ihre honigblonde Mähne weich über sein Gesicht floss.

Seine Hände umkreisten ihre Taille, glitten zu ihrem Bauchnabel. Er öffnete den Verschlussknopf ihrer Jeans und zog den Reißverschluss herunter. Seine Hände schoben sich in den aufklaffenden Stoff, umschlangen ihre Hüften.

»Katherine«, hauchte er. »Du bist schön, wunderschön.« Er knabberte an ihrem Bauch. Seine Bartstoppeln kratzten auf ihrer Haut, trotzdem war es ein erotisierendes Gefühl.

Seine Hände umschlangen sie fester, während seine Lippen ihren Nabel umschlossen. Er sog zart daran, erkundete ihn mit seiner Zunge. Drang lasziv in die winzige Körperöffnung, den Liebesakt quasi vorwegnehmend. Ein besitzergreifender sexy Angriff auf ihre Sinne.

Katherines Atem beschleunigte sich. Winzige lustvolle Schauer durchzuckten ihren pulsierenden Schoß, entfachten ein leidenschaftliches Feuer. Das Blut pulsierte wie glutheiße Lava durch ihren Körper.

Jace hob den Kopf, betrachtete entrückt den spitzenbesetzten Elastikbund ihres Bikinislips. Er schob einen Finger in ihr Höschen, malte mit seiner Fingerspitze eine erregende Linie auf ihrem Bauch. Verharrte unter ihrem Nabel. Und glitt langsam, aber gezielt tiefer.

Als Katherine schon glaubte, sie müsste schreien vor unterdrückter Wollust, zog Jace seine Hand weg und stand abrupt vom Sofa auf, dass sie fast die Balance verloren hätte. Er umschloss mit seinen Händen ihr Gesicht und suchte hungrig ihren Mund. »Ich kann es nicht mehr aushalten«, raunte er, seine Stimme schwer vor heißem Begehren. Er löschte eilends die Kerzen und zog sie in sein Schlafzimmer.

Er warf ungeduldig die Laken beiseite und schob Katherine auf das Bett. Sie folgte seinem Beispiel, zog Jeans und Höschen aus, während er sich die Sachen vom Leib riss und dabei Knöpfe, Schnallen und Verschlusshaken verwünschte.

Als sie beide nackt waren, glitt sein Körper auf ihren. Er

presste glutvolle Küsse auf ihr Gesicht, wühlte seine Hände in die honiggoldenen Strähnen, die sich auf dem Kissen fächerten.

Sehnsuchtsvoll flüsterte er: »Katherine, weise mich nicht ab. Bitte. Ich will dich. Ich brauche dich.«

Sie musste ihm nicht antworten, denn ihr entfesselter Körper sprach für sich. Ihre Hände verselbstständigten sich, strichen über die angespannten Muskelstränge, die sich von seinem Rücken abhoben, glitten zu seinem Becken, verharrten mit den Fingerspitzen auf seinem Schenkelansatz, gruben sich begehrlich in seinen Po. Katherines Verlangen war von der langen Abstinenz befeuert, verband sich mit seiner Leidenschaft.

Von ihren Obsessionen beflügelt, wurden sie eins, verloren sich in der Vereinigung ihrer Leiber, ihr Orgasmus der wild enthemmte Höhepunkt ihres Rausches. Irgendwann, als seine stürmischen Küsse verebbten, bettete Jason seinen dunklen Schopf neben ihrem auf das Kissen und seufzte tief durch. Katherines Hände tasteten sich zu seinen sehnigen Hüften, zogen ihn in eine innige Umarmung. Beide waren beseelt, beglückt, befriedigt, die vollendete Harmonie ihrer Körper ein Geschenk, das intime Wonnen verhieß, losgelöst von den Geschicken des Universums.

Nach einem langen Augenblick stützte Jace sich auf einem Ellbogen auf und betrachtete zärtlich ihr Gesicht. »Ich wusste, du wolltest es auch, sonst hätte ich das nie …«

»Ich weiß«, flüsterte sie zurück. Sie strich ihm zärtlich die nachtschwarzen Locken zurück, die sich feucht in seine Stirn kräuselten.

Er zeichnete mit seinem Zeigefinger die Linien ihres

Gesichts nach, glitt von den Wangenknochen über die Nase zu ihrem Mund. Seine Lippen folgten dem betörenden Weg.

»Mit dir zu schlafen … das ist … oh, Katherine, küss mich«, stöhnte er. Sie fühlte seine neuerliche Erregung, nachdem die erste Lust befriedigt war.

Ihre Zunge drängte zwischen seine Lippen, erkundete schamlos forschend die dunkle Höhle seines Mundes. Er entzog sich ihr sanft, aber bestimmt und umschloss ihre Brüste, hob sie nacheinander an seine gierigen Lippen. Seine samtig raue Zunge malte feuchte Kreise um die rosigen Spitzen, ehe er sie mit seinen Lippen lutschte.

Katherine schrie seinen Namen laut heraus. Sie vergaß alles um sich herum, spürte einzig Jasons pulsierenden Liebesstab, der ihr die ersehnte Erfüllung brachte. Und hörte, wie auch er im Rausch seiner Ekstase wollüstig ihren Namen keuchte.

»Ich möchte noch kurz nach Allison schauen«, sagte Katherine eine kurze Weile später in die Dunkelheit hinein.

»Kenn ich nicht. Wer ist denn das?«, zog Jace sie auf. Er versetzte ihr einen zärtlichen Klaps auf den Po. »Ich komme mit.«

Giggelnd wie schuldbewusste Kinder, die etwas ausgefressen hatten, zockelten sie nackt durch das dunkle Haus. Jace stolperte dabei ständig über irgendwelche Gegenstände und schnappte mit den Händen hilfesuchend nach Katherine. Vorzugsweise nach intimen Zonen ihrer Anatomie, worauf er sich jedes Mal wortreich entschuldigte.

»Oh, verzeihen Sie, Mylady. Ich bedaure zutiefst. Es ist verdammt dunkel hier, wissen Sie.«

Katherine kicherte. »Du brauchst kein Licht. Du weißt inzwischen genau, wo alles ist.«

»Da hast du absolut recht«, meinte er mit einem lüsternen Stöhnen und kniff ihr aufreizend in den Po.

»Jace! Denk an das Baby!«

Sie lachten über ihre Albernheiten, wurden jedoch ernst, als sie beide in die Wiege schauten. Allison schlief friedlich. Ihr Atem ging gleichmäßig mit dem weichen Dampfstrom, den der Luftbefeuchter erzeugte.

»Ich glaube nicht, dass sie uns vermisst hat«, flüsterte Jace.

Als sie wieder in dem breiten Doppelbett lagen und sich in Löffelchenstellung aneinanderkuschelten, stellten sich bei Katherine die ersten leisen Gewissensbisse ein.

War sie wirklich so naiv und idealistisch zu glauben, dass der Sex die rückhaltlose Bestätigung ihrer Liebe war? Sie liebte Jace und empfand Sex als eine nicht unwesentliche körperliche Komponente ihrer Liebe, aber leider wusste sie, dass *er* sie nicht liebte.

Trotzdem musste er doch irgendetwas für sie empfinden, oder? So ganz ohne Emotion lief es bei ihm bestimmt nicht ab. Er schien beispielsweise gern mit ihr zu schlafen. Das hatte er wörtlich gesagt. Und er machte sich genau solche Sorgen um Allison wie sie. Vielleicht war diese hingebungsvolle Zuneigung seine Form von Liebe, mit anderen Worten: das Höchste der Gefühle.

Eins war jedenfalls sonnenklar: Sie hatte keine Lust auf eine Wiederholung der emotionalen Folter, wie sie sie in der letzten Woche durchgemacht hatte. Wenn sie nicht mehr von ihm haben konnte, durfte sie halt auch nicht mehr erwarten, sondern musste Kompromisse machen.

Prickelnde Erotik und guter, erfüllter Sex waren immer noch besser als gar nichts.

Als ahnte er um ihren heimlich gefassten Entschluss, reckte Jace sich im Schlaf und strich mit seiner Hand von ihrem Bauch zu ihrer Brust, drückte sie leicht, bevor seine Finger abermals entspannten.

Katherines Mund formte ein stummes Geständnis, das sie niemals laut über die Lippen gebracht hätte: »Ich liebe dich, Jace.«

Katherine saß vor ihrem Laptop und starrte Löcher in die Luft. Eigentlich hätte sie intensiv an der Fertigstellung der ersten Werbespot-Serie arbeiten müssen, aber die berauschenden Erinnerungen der vergangenen Nacht vernebelten ihr Hirn und stimulierten ihren Körper, dass es ihr schwerfiel, sich auf ihren Job zu konzentrieren.

Allison ging es zunehmend besser. Sie aß wieder mit Appetit, und das Medikament, das Dr. Peterson ihr verschrieben hatte, half, die Verschleimung in den Bronchien zu lösen. Zudem machte es müde. Sie schlief sich geradezu gesund.

Katherine hatte sich ein Ziel gesetzt und war wild entschlossen, noch ein paar Texte hinzubekommen, bevor sie für heute Schluss machte und das Essen vorbereitete. Während sie seufzend einige weitere Zeilen eingab, klingelte das Telefon.

Sie war verblüfft, als sie Billys brummige Stimme am anderen Ende der Leitung vernahm.

»Hallo, Billy«, meinte sie erfreut. »Was kann ich für Sie tun?«

»Tja, also, Katherine, tut mir leid, wenn ich Sie deswegen anrufen muss. Ich tu das verdammt ungern, müssen Sie wissen.« Katherines Herz verkrampfte sich schmerzvoll in ihrer Brust. Oh, Himmel! War Jace etwa irgendwas zugestoßen? NEIN! Ein Unfall? War er verletzt?

»Jace?«, fragte sie mit sich überschlagender Stimme.

Billy versicherte ihr hastig: »Jace ist okay. Ich meine, er ist nicht verletzt oder tot oder sonst was.«

Ihre Knie mit einem Mal weich wie Wackelpudding, sank Katherine erleichtert auf den nächstbesten Stuhl. »Sie haben mich vielleicht erschreckt, Billy!«

»'tschuldigung, das wollte ich nicht, Katherine.« Sie vernahm ein Schmatzen im Hörer. Offenbar kaute er verlegen auf einem Tabakpfropf herum. »Ich ruf im Auftrag von Jace an. Mann, ist mir das unangenehm«, grunzte er. »Ich soll Ihnen nämlich ausrichten, dass er heute Abend nicht nach Hause kommt.«

»Haben Sie Probleme mit der Ölquelle?«

Eine Pause entstand. Weiteres schmatzendes Kauen in der Muschel. Gefolgt von einem satten Spuckgeräusch. »Nicht wirklich«, meinte Billy gedehnt.

»Dann was?«, fragte Katherine zunehmend ärgerlich, weil er so lange herumdruckste, statt ihr reinen Wein einzuschenken.

»Er ist nach Longview gefahren, um dieser Newton-Schlampe zu helfen. Hat wohl irgendwie voll in die Scheiße gegriffen, die Tussi.« Er seufzte hörbar erleichtert auf, als es endlich heraus war.

»Verstehe«, murmelte Katherine. Das war alles. Sie mochte es nicht riskieren, intensiver nachzubohren, aus Furcht, dass ihr die Stimme versagen könnte.

»Einen Teufel verstehen Sie«, antwortete Billy. »Aber

das ist Ihre und Jasons Sache. Wie dem auch sei, rief diese Schlampe vor einer Stunde hier an, blubberte blöd rum und flennte. Sieht aus, als hätte seine Ex Probleme in irgendeinem verwanzten Cowboyschuppen bekommen, wo sich einsame frustrierte Singles tummeln. Sie hat Jace förmlich angefleht, zu ihr rauszufahren. Das hat der Idiot dann auch gemacht«, entrüstete sich Billy.

»Logisch.« Katherine seufzte. »D…danke für den Anruf, Billy. Da brauche ich mir wenigstens keine Sorgen zu machen, warum er nicht heimkommt.«

»Äh … tja, keine Ahnung, wie ich es Ihnen verklickern soll. Aber meinen Sie nicht … dieses aufdringliche Weibsstück … sie …« Billys Stimme verstummte, und Katherine beeilte sich, ihm weitere Enthüllungen zu ersparen.

»Ist schon okay, ich hab's kapiert, Billy.«

Sie legte auf, bevor er Zeit zu einer Erwiderung fand. Vergrub das Gesicht in den Händen und schüttelte den Kopf, als wollte sie verneinen, dass Jace sie wegen Lacey verlassen könnte. Nach der gestrigen Nacht? Unmöglich! Heute Morgen hatte er sich förmlich aus dem Hemd gerissen und in aller Herrgottsfrühe Medikamente für Allison besorgt. Nein, nein und nochmals nein!

Wie konnte er sie mit zärtlicher Hingabe verwöhnen und dann, wenige Stunden später, mit Lacey in die Federn steigen? Sollte das ewig so weitergehen? War ihnen dieses Schicksal von jetzt an vorgezeichnet? Durfte sie ihn sich mit Lacey teilen, mit dem kleinen, aber feinen Unterschied, dass er Lacey liebte und sie, Katherine, nicht?

»Wenn er glaubt, dass ich das noch länger mitmache, ist er auf dem Holzweg«, entfuhr es Katherine laut und mit Bestimmtheit. Ihr Entschluss stand fest.

# 12

»Hi, Schätzchen.« Katherine, die an ihrem Schreibtisch saß, schrak halb ärgerlich, halb verblüfft zusammen, als Jace wie ein geölter Blitz durch die Tür schoss. Er durchquerte das Zimmer, neigte sich zu ihr hinunter und küsste sie auf die Wange. »Junge, Junge, bin ich k. o. Ist noch Kaffee da?«

»Ich glaub schon«, versetzte sie steif.

Ihre Augen bohrten sich in seinen Rücken, als er in die Küche schlenderte und dabei beiläufig mit ihr plauderte, als hätte er bloß mal eben kurz die Tageszeitung reingeholt – vor zwei Tagen, wohlgemerkt. Er ließ sich über das Wetter aus, erkundigte sich nach Allisons Befinden und machte eine enttäuschte Miene, als er erfuhr, dass sie ihr Vormittagsschläfchen hielt. Er erwähnte mit keinem Wort, wo er die letzten zwei Tage gewesen war und was es mit der Mission »Wir retten Lacey Newton-Manning« auf sich hatte.

Katherine hatte seit jenem Anruf von Billy wie in einem Vakuum gelebt. Jace war zu Lacey gefahren. Er war zwei Tage lang verschwunden gewesen, ohne sich bei ihr zu melden oder wenigstens ein Lebenszeichen zu geben. Erwartete er jetzt, nach seiner Rückkehr, dass sie einen auf Friede, Freude, Eierkuchen machten und so weiterlebten wie bisher? Als wäre nichts gewesen? Nein, so einfach wollte sie es Mr. Jason Manning nicht machen.

»Wie klappt es mit den Texten?«, fragte er auf dem Rückweg aus der Küche. Er nippte an einer Tasse mit dampfend heißem Kaffee. Warf sich auf das Sofa und lehnte den Kopf an das Rückenpolster, schloss sekundenlang die Augen. Als sie ihm nicht antwortete, klappte er die Lider auf und musterte sie überrascht. Dabei gewahrte sie die bläulichen Ringe unter seinen Augen und die vom dunklen Bartansatz verschatteten Wangen. Trotz der gesunden Gesichtsbräune wirkte er müde und abgekämpft.

»Optimal«, versetzte sie schließlich. »Mr. Newton schrieb mir gestern, dass er die ersten Skripte gelesen und mit seinem Okay versehen an die Produktionsfirma weitergeleitet hat. Darauf hab ich mich mit dem Produktionschef bei dem betreffenden Fernsehsender in Verbindung gesetzt. Er sucht bereits nach Locations für die Videoclips.«

»Hey, das ist ja super. Ich wusste, du würdest es schaffen. Ich bin stolz auf dich.«

Sie stand von ihrem Schreibtisch auf und trat vor eines der großen Fenster. Den Rücken ihm zugewandt, murmelte sie nicht ohne Häme in der Stimme: »Und bestimmt schwer erleichtert, was? Demnach hast du ja jetzt eine Sorge weniger. Du brauchst dich nicht mehr für mich verantwortlich zu fühlen.«

Eine unerträglich lange Pause entstand. Er sprach als Erster, seine Stimme schneidend. »Was meinst du mit dieser Andeutung?«

Katherine schluckte, bemüht, den Schmerz auszublenden, der ihr geradezu das Herz zerriss. Dann straffte sie sich; ihre Miene bewusst kühl und unbewegt, drehte sie sich langsam zu ihm um. Zwang sich, ihn anzuschauen.

»Was ich damit meine«, gab sie spröde zurück, »ist, dass wir uns trennen sollten. Unsere Ehe ist eine Farce!« Kaum waren die Worte heraus, war ihr sterbensübel zumute, hatte sie schlagartig lähmende Kopfschmerzen. Seine Augen bohrten sich beschwörend in ihre, und sie senkte hastig die Lider, ehe sie den Gesprächsfaden unnachgiebig wieder aufnahm.

»D…du hast andere … Interessen … und ich war immer unabhängig und sehr selbstständig. Ich brauche keinen Mann, der mein Leben für mich organisiert.« Grrr, aber das klang irgendwie wischiwaschi. Katherine Adams, die geborene Küchenpsychologin. Und wieso drohte ihre Stimme dauernd zu versagen? Sie mochte es sich selbst nicht eingestehen, aber sein zunehmend ärgerliches Mienenspiel und sein vorwurfsvoller Blick brachten sie völlig aus dem Konzept.

»Verstehe. Du hast dir das alles genau überlegt«, sagte er bitter.

»Ja«, beteuerte sie.

»Du kannst Lacey nicht akzeptieren.«

Sie war baff, dass er kein Blatt vor den Mund nahm und das Problem stattdessen offen beim Namen nannte. Folglich hielt sie mit ihren Befindlichkeiten auch nicht hinter dem Berg. »Korrekt, du hast es erfasst. Ich kann nicht akzeptieren …«

»Du kannst *mich* nicht akzeptieren! Du kannst nichts an mir akzeptieren, seitdem ich zum ersten Mal einen Fuß in dieses Apartment gesetzt habe.« Er stand auf und ging mit zornig ausgreifenden Schritten zu ihr. Sie wich instinktiv einen Schritt zurück.

»Da siehst du es!«, rief er, seine Hände beschrieben eine

scharfe Geste in der Luft. »Genau das meine ich.« Er blieb mit einigem Abstand vor ihr stehen und wollte wissen: »Was hab ich dir eigentlich getan? Hm? Wieso stempelst du mich automatisch immer zum Buhmann?«

Sie fixierte ihn wie paralysiert, denn sie hatte ihn noch nie so wütend gesehen.

»Antworte mir, verdammt!«

»Weil du ein Manning bist«, platzte sie heraus und hielt erschrocken den Atem an. Das Blut pulsierte schmerzhaft in ihren Schläfen. Jetzt, da das drohende Finale nahte, grauste ihr vor den Konsequenzen.

»Deine Familie hat mich schon einmal verletzt, und ich bin weiß Gott keine Märtyrerin. Ich habe nicht vor, noch mehr einzustecken.«

»Meine Familie, nicht ich«, bemerkte er.

»Ist das nicht das Gleiche?«

»Nein! Hast du es immer noch nicht kapiert? Ich hab mit meinen Eltern nichts am Hut. Ich vertrete völlig andere moralische Werte als sie. Mein Gott!« Er klatschte seine geballte Faust in die andere Handfläche.

»Nicht wirklich.« Inzwischen war Katherine so richtig in Fahrt gekommen. Ungeachtet der wütenden Erregung, die scheinbar jede Pore seines Körpers erfasste, war sie wild entschlossen, ihr Ding durchzuziehen. Und überzeugend zu kontern. Sie durfte ihm schließlich nicht auf die Nase binden, dass sie unmöglich mit ihm zusammenleben konnte, weil er eine andere Frau liebte. Damit hätte sie sich prompt verraten. Schließlich war sie ja selbst in ihn verliebt.

»Du hast dich kein bisschen anders verhalten, als ich es von dir erwartet hätte, Jace. Du manipulierst und köderst deine Opfer, bis du dir ihr Vertrauen erschlichen hast, und dann kennst du kein Erbarmen mehr. Ich hatte Vertrauen zu dir gefasst, und was war das Ende vom Lied? Du hast meine Dusseligkeit gnadenlos missbraucht.«

»Oh, Schei…« Er verkniff sich den Fluch. Fuhr sich betreten mit den Fingern durch seine verwuschelten Haare, stemmte dann die Hände in die Hüften und musterte sie mit unverstellter Verachtung. »Weißt du, was du bist? Du bist eine misstrauische, nachtragende Zimtzicke. Hat dir das schon mal jemand gesagt?«

»Da!« Sie deutete mit dem Finger anklagend auf ihn. »Damit hast du mein Vorurteil bestätigt. Peter hat meine Schwester andauernd beschimpft und beleidigt. Mary hat mir einmal gestanden, er würde dermaßen unter die Gürtellinie zielen, dass sie sich bisweilen die Ohren zuhalten musste, so sehr schämte sie sich. Aber das war bloß das Vorspiel. Später hat er sie körperlich missbraucht. Allison ist das Ergebnis einer Vergewaltigung. Wusstest du das? Soll ich mich schon mal seelisch-moralisch darauf einstellen, dass mir das bei dir auch passiert? Deine Verhaltensmuster ähneln denen deines Bruders nämlich wie ein Ei dem anderen – bis hin zu der Tatsache, dass du in meinem Beisein mit deiner Exfrau und Sexgespielin rummachst. Peter lebte seine Affären ebenfalls schamlos aus, ohne Rücksicht auf Mary zu nehmen.«

Mit zwei langen Schritten überwand er die Distanz zwischen ihnen. Er umklammerte ihre Oberarme mit Fäusten aus Stahl und riss sie an seine Brust.

Zwischen zusammengebissenen Kiefern presste er hervor: »Ich hab dich gewarnt, Katherine. Du solltest mich nie, niemals mit Peter auf eine Stufe stellen. Er war ein

Monster. Hast du das kapiert? Seit wir Kinder waren, litt er unter einem zwanghaften Bedürfnis, zu quälen und zu zerstören. Er brachte meinen ersten eigenen süßen kleinen Hund um und legte mir hinterher einen Zettel aufs Kopfkissen, auf dem stand, wo er ihn verbuddelt hatte. Er vergewaltigte die Tochter eines unserer Hausmädchen. Ich glaube, sie war erst dreizehn. Sie kam nach der Schule zu uns nach Hause gerannt und wollte meine Mutter sprechen. Natürlich wurde die Sache sofort unter den Teppich gekehrt. Dafür griffen die Mannings tief in die Tasche. Getreu dem Motto: Geld heilt alle Wunden. Hahaha.« Er umschloss unnachsichtig ihre Arme und fragte bitter: »Geht es dir zu schnell? Wenn du willst, schildere ich dir gern die näheren Einzelheiten.«

»Jace, bitte …«

»Oh, nein, Miss Katherine. Du willst wissen, wie wir Mannings gestrickt sind, und ich mag dich nicht enttäuschen.« Er ließ ihre Arme los und kehrte ihr abrupt den Rücken zu. Stopfte die Hände tief in die Taschen seiner Jeans und ging nervös auf und ab.

»Zweifellos war er in den Augen meiner Eltern ein Sonnenschein. Immerhin galt er als ihr Stammhalter und Erbe; ich dagegen war überflüssig, eine Tatsache, die sie mir dauernd aufs Butterbrot schmierten. Als Kind ertappte ich mich bisweilen bei der Frage, wieso sie ihn eigentlich mehr liebten und verwöhnten als mich. Ich war wütend, dass sie Peter vorzogen, aber heute bin ich froh darüber. Sonst wäre ich so geworden wie er. Weißt du, sie liebten ihn, aber sie liebten ihn auf die falsche Weise. Sie ließen ihm viel zu viel durchgehen, wollten das aber nie wahrhaben. Ich brauchte Jahre, um das zu erkennen. Jahre mit jeder Menge Alkoholexzessen, Schlägereien und fehlgeleiteten Energien in irgendwelche waghalsigen Abenteuer. Nach einer Weile begann ich, mich selbst zu hassen. Wenn ich mich im Spiegel anschaute, sah ich bloß noch die Karikatur eines Menschen. Irgendwann fiel es mir wie Schuppen von den Augen und ich hatte die Erleuchtung: Wenn ich mich bekrabbeln wollte, musste ich das aus eigenem Antrieb schaffen. Ich durfte nicht zulassen, dass sie mein Leben ruinierten.«

Katherine presste eine Hand vor den Mund, um einen Aufschrei zu unterdrücken. Sie wünschte, dass sie ihre verletzenden Äußerungen hätte zurücknehmen können. Aber das war unmöglich.

Jace sprach mehr zu sich selbst. Er analysierte mental sein bisheriges Leben und artikulierte es laut.

»Ich bedauerte Mary. Sie muss sich bestimmt wie ein Kaninchen in einem Löwenkäfig gefühlt haben. Ich vermute mal, dass es für Peter Zeit wurde zu heiraten. Das war gut für sein Bankerimage und den Kram. Allerdings war mir schleierhaft, wieso Peter ausgerechnet auf ein Mädchen wie Mary verfallen sollte und dass meine Eltern mit der Verbindung einverstanden waren. Dann dämmerte es mir. Wenn er irgendeine Beauty aus unseren Schickimicki-Kreisen geheiratet hätte, wäre die bei der ersten Indiskretion weinend zu ihrem Daddy gelaufen oder – schlimmer noch – zur Presse, und Peter hätte einen Riesenskandal am Hals gehabt. Die süße, naive kleine Mary, eine Waise, die bloß noch ihre ältere Schwester als Aufpasserin hatte, machte ihm hingegen keine Szenen. Sie würde still vor sich hin leiden und förmlich in ihrer Opferrolle aufgehen.«

Er blieb abrupt stehen und atmete tief durch. Er starrte Katherine eine lange Weile an, seine Lider schwer.

»Jace, ich bin untröst…«

Er hielt beide Hände hoch, die Handflächen abwehrend nach außen gekehrt. »Bitte, Katherine, ich will nichts mehr davon hören. Ich bin hundemüde.« Er kniff die Augen zusammen und rieb sich mit Mittelfinger und Daumen die Lider. »Ich denke, es ist alles gesagt. Du bist losgeworden, was dir auf der Seele brannte, und ich konnte dir meine Version darlegen. Wir wollen es dabei belassen.«

Er beugte sich über den Tisch, schnappte sich die Jeepschlüssel und ging zur Tür.

»Wohin fährst du?«, fragte sie aufgelöst.

»Zur Arbeit. Eigentlich wollte ich mir den Tag heute frei nehmen, aber unter den gegebenen Umständen …« Er verkniff sich den Rest des Satzes und zuckte lediglich wegwerfend mit den Achseln.

An der Tür drehte er sich noch einmal um und fixierte sie intensiv. »Was du sagst, stimmt, Katherine. Ich kann es dir nachfühlen. Ich denke, es ist das Beste für uns alle, wenn wir diese … Farce beenden. So hast du unsere Ehe doch vorhin bezeichnet, richtig?« Katherines Herz zersprang in tausend winzige Teilchen, die sich wie spitze Splitter in ihre Seele bohrten.

»Wenn wir uns allerdings zu diesem Schritt entschließen«, fuhr er in demselben emotionslosen Ton fort, »wird einer von uns beiden auf Allison verzichten müssen.«

Katherine presste eine geballte Faust auf ihren schmerzenden Brustkorb, ihre Lippen formten ein fassungsloses O. »W…worauf willst du hinaus?«, wollte sie mit zittriger Stimme wissen.

Er musterte sie aus zusammengekniffenen Augen, sein Mund eine harte, unnachgiebige Linie. »Du weißt doch sonst immer alles, du kommst bestimmt von selbst drauf. Kleiner Tipp: Denk dran, wie resolut wir Mannings vorgehen, wenn uns jemand im Weg steht.«

Die Tür schlug hinter ihm zu.

In den nächsten Stunden war Katherine wie betäubt, als hätte sie eine starke Droge konsumiert. Abwesend, mit maschineller Routine fütterte und wickelte sie Allison. Seufzend drückte sie das Baby an ihre Brust und ließ ihren Tränen freien Lauf. Es stand zwar nicht zu befürchten, dass Jace seine letzte unterschwellige Drohung wahrmachen würde, gleichwohl verzweifelte sie zunehmend daran, dass er ihre Liebe nicht erwiderte.

Es war hoffnungslos. Sie hatte ihn tief verletzt mit ihrem Misstrauen, das würde er ihr niemals verzeihen. Möglich, dass sie sich hinsichtlich seiner Motivation, seiner Werte, seines Charakters täuschte, aber eins wusste sie genau: Er war stolz. Und sein Stolz verbot es ihm, zu ihr zurückzukehren und es noch einmal mit ihr zu versuchen.

Sein verdammter Stolz und diese verdammte Lacey!

Zwar vernahm Katherine unbewusst die Alarmsirenen der Feuerwehr, aber sie war vollauf mit ihrer eigenen Katastrophe beschäftigt und achtete nicht darauf, wie viele Löschfahrzeuge mit lautem Tatütata durch die Straßen in Richtung Van Buren donnerten.

Erst als sie schwere Schritte auf der Außentreppe hörte, wurde sie aus ihrer Lethargie gerissen. War Jace zurückgekehrt? Ihr Herzschlag beschleunigte sich automatisch und verlangsamte sich gleich wieder. Es waren Happys Schritte, die ungeachtet ihrer Leibesfülle im Schweinsgalopp die Stufen hochstampfte.

Katherine öffnete ihr die Tür.

»Katherine, du Ärmste. Reg dich jetzt nicht auf. Lass uns erst mal abwarten, bis wir wissen, was da genau passiert ist.« Happys Unterlippe bebte verräterisch. In ihren sonst fröhlich blitzenden Augen zeigte sich unverstellte Bestürzung.

»Wovon redest du?«, fragte Katherine verdutzt. Eine entsetzliche Vorahnung kam in ihr Bewusstsein, und sie schauderte. Erinnerungen an jene Nacht, in der Peter und Mary den Tod gefunden hatten, zuckten gleich einer Lasershow durch ihre Gehirnwindungen.

»Liebes, hast du denn vorhin nicht die Feuerwehr gehört?«

»Doch, aber ...«

»Sie sind zum Bohrgelände gefahren, Katherine. An der Ölquelle hat es eine Explosion gegeben.«

»Mein Gott!«, rief Katherine und presste hastig beide Hände vor den Mund, um ein hysterisches Kreischen zu unterdrücken, das aus ihrer Kehle drängte.

»Nähere Einzelheiten sind bislang noch nicht bekannt ...«

»Kannst du Allison übernehmen?« Katherine lief bereits ins Schlafzimmer, wo sie ihre Handtasche holte und in ein Paar bequeme Loafers glitt.

»Katherine, du kannst da unmöglich hinfahren! Das ist viel zu gefährlich. Im Radio warnen sie, dass sich die Bevölkerung von der Unglücksstelle fernhalten soll.«

»Ich fahr trotzdem. Kümmerst du dich so lange um Allison, oder muss ich sie vorübergehend woandershin geben?« Katherine hasste es, ihre Freundin unter Druck setzen zu müssen, aber in diesem Fall konnte sie gar nicht anders. Sie wollte schleunigst wissen, was mit Jace los war. Was, wenn …? Oh, Gott, nein! Es durfte einfach nicht sein.

»Katherine, du weißt genau, dass ich bei der Kleinen bleibe. Ich nehm sie mit zu mir rüber, da ist sie gut aufgehoben. Und du brauchst dich nicht abzuhetzen. Du kannst sie jederzeit abholen, ganz egal, wann du zurückkommst.« Happy klang verschnupft, und Katherine umarmte sie kurz. Und ließ sie hastig wieder los, skeptisch, die korpulente Happy könnte ihr kräftemäßig überlegen sein und sie festhalten.

»Danke, Happy, für … Oh, Happy! Und Jim?« Happys Sohn schwebte womöglich auch in Gefahr, schoss es ihr durch den Kopf.

»Er hat heute seinen freien Tag. Gott sei Dank. Er ist nach Dallas gefahren.« Sie gab Katherine einen kleinen Schubs. »Na, dann fahr mal los. Ruf mich an, wenn du was erfahren hast. Jace ist bestimmt nichts passiert. Das weiß ich einfach.« Happys Augen schimmerten jedoch verräterisch feucht.

Katherine fing ebenfalls an zu weinen. »Ich hoffe, du hast recht. Ich könnte es nicht ertragen, wenn ihm …« Betreten unterbrach sie sich mitten im Satz, wagte nicht, ihre schlimmsten Befürchtungen laut zu äußern. Sie rannte die Stufen hinunter und zu ihrem geparkten Wagen.

Es war unmöglich, sich auf die holprige Straße zu konzentrieren und gleichzeitig im Autoradio einen Sender zu suchen, der über den Brand berichtete. Katherine gab verzweifelt auf. Vielleicht war es besser, wenn sie nicht zu viel wusste.

Sie weinte und betete und wünschte sich für ihre bescheuerten Anschuldigungen auf einen fernen Planeten. Hoffentlich hatte Jace das Inferno überlebt! Ganz egal, ob er entstellt war oder schwere Brandverletzungen erlitten hatte, er musste die Katastrophe lebend überstehen! Von diesen Überlegungen getrieben, wurde ihr übel, und sie würgte verzweifelt den bitteren Speichel hinunter, kämpfte gegen den drohenden Brechreiz an.

Sie betete: »Lieber Gott, wenn er mich hasst, ist das okay. Wenn er Allison will, soll er sie haben. Ich geb sie ihm. Nur lass ihn bitte nicht tot sein, wenn ich ankomme. Ich liebe ihn. Wenn er tatsächlich sterben muss, möchte ich ihm wenigstens noch sagen, dass ich ihn über alles liebe. Und bitte, lass ihn nicht leiden müssen. Verbrennungen – wie qualvoll. Grundgütiger, ich kann es nicht ertragen.«

Eigentlich hatte er sich den Tag frei nehmen wollen. Er hatte angedeutet, dass er gern zu Hause geblieben wäre. Ihre hässlichen Anschuldigungen hatten ihn aus dem Haus getrieben. Sie war schuld, dass er heute auf das Bohrgelände gefahren war.

Die Landschaft verwischte vor ihren verweinten Augen. Sie folgte der Rauchsäule, die schwarz über den Tannen aufragte, wie Moses einst der Feuersäule in der Wüste gefolgt war. Der Rauch war meilenweit zu sehen. Katherine rechnete mit dem Schlimmsten. Sie sah mehrere Pressehubschrauber, die sich ähnlich beutegierigen Raubtieren auf den Brandherd zu stürzen schienen. Sie schüttelte leise schimpfend den Kopf. Jeden Abend brachten die Nachrichten Horrorbilder von Zugunglücken, Massenkarambolagen und Bränden. Wie empfanden die Familien der Opfer solche Eingriffe in ihre Privatsphäre? Schlagartig realisierte Katherine, dass das Leid dieser Menschen real war. Diese Berichte wurden nicht gesendet, um die Fernsehzuschauer damit zu unterhalten. Es waren persönliche, menschliche Tragödien.

Verblüfft registrierte sie, dass der Bohrturm noch stand. Folglich war es nicht die Ölquelle, die explodiert war. In einem weiten Halbkreis standen Autos, Pick-ups und Feuerwehrfahrzeuge geparkt, die das Gelände großräumig absperrten. Sie stellte den Kombi ab, sprang hektisch ins Freie und rannte kopflos auf das Feuer zu, das ganz woanders wütete – nämlich im Bürocontainer!

»Hey, Lady!« Starke Arme packten sie um die Taille, und sie kämpfte wie eine Wildkatze, um sich loszureißen. »Sie dürfen da nicht hin! Sie könnten sich verletzen!« Der Feuerwehrmann, in seiner signalgelben Uniform weithin sichtbar, fluchte wortreich, als sie ihm in die Hand biss, mit der er sie am Arm festhielt.

»Da haben Sie wenig Chancen. Die Dame ist verdammt schwer zu überzeugen.« Wie von weit her drang die ruhige, tiefe Stimme zu Katherines panisch aufgewühltem Verstand durch. Sie schwankte, stürzte und sank ohnmächtig in die Arme des verdutzten Feuerwehrmannes. In seiner Verblüffung hätte er sie glatt fallen lassen, wenn nicht zwei starke Arme nach ihr gegriffen hätten.

»Jace«, flüsterte sie ungläubig, als sie in sein rußverschmiertes Gesicht blinzelte. »Oh!«, rief sie, alarmiert von seinem bestürzenden Äußeren.

»Keine Sorge, das sind keine Brandwunden, das ist bloß Dreck«, versicherte er ihr.

»Oh, Liebling, Liebling.« Sie vergrub ihr Gesicht in seinem Hemd und umarmte ihn ungestüm. »Ich hatte solche Angst um dich. Ich dachte …« Von ihren Emotionen überwältigt, brachte sie keinen Ton heraus. Stattdessen drückte sie ihn noch inniger an sich.

»Komm mal mit. Ich erklär dir kurz, was passiert ist.« Jace löste sich aus ihrer klammeräffchenartigen Umarmung. Im Weitergehen fiel ihr Blick auf den Feuerwehrmann, der seine verletzte Hand verarztete.

»Das mit Ihrer Hand tut mir wahnsinnig leid«, entschuldigte sie sich. »Ich dachte, mein Mann wäre verletzt, und da bin ich eben ausgerastet. Bitte entschuldigen Sie vielmals.«

Ein schiefes Grinsen tauchte in seinem Gesicht auf, und er grummelte: »Ist schon in Ordnung, Ma'am.«

Jace schob energisch eine Hand unter ihren Ellbogen und führte sie zu ihrem Wagen. Kaum waren sie dort, blickte Katherine mit tränenfeuchten Augen zu ihm hoch und fragte: »Was ist passiert?«

Jace wischte sich mit dem Ärmel seines Arbeitshemds über die Stirn. »Es sieht schlimmer aus, als es ist. Die meisten Löschfahrzeuge sind bloß hier wegen des angrenzenden Waldes. Eine reine Vorsichtsmaßnahme, um im Ernstfall Schlimmeres zu verhindern. Trotzdem«, setzte er grimmig hinzu, »können wir froh sein, dass es uns nicht in die Luft gejagt hat.«

»Der Rauch?«

»Ja, Öl entwickelt irrsinnige Rauchmengen. Irgendwas in der Nähe des Containers – irgendein Stromkabel oder eine Telefonleitung – verursachte einen Funken, der die Butantanks entzündete, die unter dem Container lagerten.

Die Dinger schossen wie Feuerwerksraketen in die Luft. Mehrere Fässer lagerten zudem unsachgemäß. Wenn ich hier gewesen wäre …« Er mahlte vielsagend mit den Zähnen. »Wie dem auch sei, sie gingen mitsamt dem Container hoch.«

»Billy!«, rief Katherine. Sie umklammerte Jasons Arm.

»Zum Glück hatten wir beide kurz vorher den Container verlassen, um uns den Pick-up anzuschauen, den er gerade repariert.«

Als Katherine schauderte, zog er sie an seine Brust. »Ich hab eine tolle Crew, Katherine«, sagte er stolz. »Die Jungs ließen alles stehen und liegen und schnappten sich die Feuerlöscher. Andere hoben mit Schaufeln Gräben um den Brandherd aus. Sie reagierten echt professionell.«

»Sie haben eben einen klasse Boss«, grummelte sie an seiner Schulter.

Er bog die Schulterblätter leicht nach hinten, senkte seinen Blick in ihre feucht schimmernden Augen. »Du warst verdammt schnell hier. Wieso hast du dich so beeilt?«, zog er sie auf. Dann wurde er wieder ernst.

»Ich musste dich finden«, gab sie ohne zu zögern zu. »Ich wollte dich unbedingt sehen, um dir etwas zu sagen. Es tut mir aufrichtig leid, Jace. Alles, Jace. Ich hab mich bescheuert benommen.« Plötzlich flossen ihre Tränen. »Als ich mir vorstellte, du wärest womöglich … Da war mir alles egal. Da konnte mich nichts mehr halten. Nichts. Nicht mal … was ich dir sagen will … Ich liebe dich, einerlei, wie du für mich …«

Er ließ sie nicht zu Ende reden, sondern schnitt ihr kurzerhand das Wort ab, indem er seinen Mund auf ihren senkte. Sie ignorierte den Schmutz und Ruß, der auf seinem Gesicht klebte, den beißenden Brandgeruch, der sich in seine Kleider und Haare gesetzt hatte. Sie registrierte einzig die Zärtlichkeit, mit der er sie küsste.

Seinem Kuss fehlte zwar die sinnliche Passion, nach der Katherine sich sehnte, aber jetzt war nicht die Zeit für Leidenschaft. Das war der Moment für ein aufrichtiges Geständnis, und Jasons Lippen sagten mehr als tausend Worte.

»Katherine, Katherine, ich liebe dich. Wie konntest du jemals daran zweifeln? An mir zweifeln?«

»Rein persönliche Dummheit.« Sie strahlte ihn an.

Er stupste sie spielerisch unters Kinn und meinte missmutig: »So gern ich unsere Unterhaltung fortsetzen würde, aber ich muss los. Auf mich wartet noch 'ne hübsche Stange Arbeit. Fahr nach Hause. Ach, und noch was: Verplemper nicht das ganze heiße Wasser. Wenn ich heimkomme, brauche ich mit Sicherheit ein ausgedehntes Bad, um mir den ganzen Dreck abzuschrubben.« Er grinste. »Und warte nicht auf mich. Es kann spät werden.«

»Ich bleibe auf«, flüsterte sie und küsste ihn abermals, bevor sie widerstrebend in den Kombi stieg.

»Jace?«

»Hmm?«

»Erzähl mir von Lacey.«

Jace öffnete ein Auge und schaute zu Katherine. Sie lagen auf dem breiten Doppelbett. Die Vormittagssonne, die durch die verschlossenen Fensterblenden drang, malte helle Streifen auf ihre nackten Körper. Jace lag auf dem Rücken, ein Knie angewinkelt. Katherine, die auf dem Bauch lag, stützte das Gesicht in die Hände und betrachtete andächtig ihren Mann.

Er war irgendwann nach Mitternacht heimgekommen, abgekämpft und verdreckt und hungrig. Während er duschte, hatte sie ihm ein üppig belegtes Sandwich gemacht, das er praktisch in einem Bissen hinuntergeschlungen hatte. Dann war er förmlich ins Bett gefallen und direkt eingeschlafen.

Als Katherine Allison abholen wollte, winkte Happy ab. Sie bestand darauf, dass das Paar den Tag zu zweit verbringen sollte und damit basta. Jace brauchte nach dem vergangenen Trauma eine Auszeit, da hätte Allison bloß gestört. Insgeheim war Katherine froh über das Angebot. Die Aussicht, einen ganzen Tag allein mit Jace zu haben, war verlockend. Folglich hatte sie keine Einwände, dass Allison noch eine Weile bei ihrer Freundin blieb.

Jace war vor einer Stunde aufgewacht und hatte sie nicht enttäuscht. Nach einem ausgedehnten Vorspiel hatten sie einander zärtlich geliebt.

Eben reckte er beide Arme und faltete die Hände hinter dem Kopf. »Lacey. Lacey«, ächzte er. »Ich weiß nicht, wo ich anfangen soll. Sie war eine Beauty, die Tochter von unserem Oberboss. Sie fiel mir natürlich sofort auf, ich war ein ehrgeiziger junger Mann, der nichts anbrennen ließ, und dann hab ich ihr einen Antrag gemacht. Sie spielte von Anfang an Spielchen mit mir – von wegen Ringelpietz mit Anfassen während unserer Verlobungszeit. Da war nichts. Umso geplätteter war ich, als ich in der Hochzeitsnacht feststellte, dass schon andere vor mir den Weg für mich frei gemacht hatten. Vielleicht überraschte es mich deshalb so, dass meine zweite Frau noch Jungfrau war.« Er neigte sich zu ihr, küsste Katherine auf die Nasenspitze. Daraufhin vergrub sie ihr Gesicht in seinem weichen Brustflaum.

»Wie dem auch sei, Lacey war ein verwöhntes Brötchen, so ähnlich wie Peter, vermute ich mal. Wie er hat sie einen ausgeprägten Hang, sich selbst zu zerstören. Sie hatte eine Affäre nach der anderen. Und jedes Mal bat sie mich unter tränenreichen Szenen um Verzeihung, andernfalls wollte sie sich umbringen. Irgendwann hatte ich die Nase gestrichen voll und bin zu Willoughby. Ich erklärte ihm, dass ich unbedingt die Scheidung wollte und dafür seine Kündigung billigend in Kauf nähme. Er schluckte die Kröte. Ich war einer seiner erfolgreichsten und kompetentesten Manager – so jemanden setzt man nicht einfach auf die Straße. Zudem wusste er, wie verzogen Lacey ist. Sein Verständnis von väterlicher Liebe beschränkt sich nämlich darauf, pausenlos sein Scheckbuch zu zücken. Ich glaube schon, dass er sich tief im Innern dafür verantwortlich fühlt, was er an seiner Tochter verbrochen hat.«

»Und was war mit Longview?«

»Eifersüchtig?«, konstatierte er halb fragend.

»Verdammt nochmal, ja!«, konterte sie.

Er lachte auf und wurde spontan wieder ernst. »Also, neulich in dem Container hast du zweifellos mitbekommen, dass Lacey unsere Scheidung nicht wahrhaben will. Eigentlich ist ihr das piepegal, bis auf den Umstand, dass ich gegen ihre Anmache immun bin. Sie hat jedoch genug andere Typen, die ihr hinterherrennen«, erklärte er mit sichtlich unbewegter Miene. »Tatsache ist, dass sie grottenschlecht ist im Bett. Ihre Sinnlichkeit ist bloß Show. Alles aufgesetzt. Eigentlich ist sie zu bedauern.«

Er verlagerte sein Gewicht. »Und jetzt zu Longview«, seufzte er. »Sie war in dieser Bar in Longview und bekam Ärger, weil sie versucht hatte, sich jemanden zu angeln, der schon vergeben war. Als die andere Frau schließlich den betreffenden Typen abschleppte, bekam Lacey die üblichen Depressionen. Sie checkte in einem Motel ein, schluckte ein Röhrchen Schlaftabletten und rief mich an. Mein erster Impuls war, sie anzupflaumen und fertigzumachen, aber das brachte ich nicht übers Herz. Ich weiß nicht« – er schüttelte den Kopf –, »mag sein, dass es an meinem guten Verhältnis zu Willoughby liegt, jedenfalls schaffte ich es nicht, ihren Hilferuf zu ignorieren. Tja, sie war zwei Tage im Krankenhaus, ehe sie wieder entlassen wurde. Ich rief Willoughby an, damit er sie abholte. Er versprach mir, sich darum zu kümmern, dass sie eine Therapie macht. Ob er sich daran hält – keine Ahnung. Jedenfalls bin ich sehr deutlich geworden und habe den beiden klipp und klar erklärt, dass die Sache damit für mich erledigt ist. Ich habe eine andere Frau geheiratet, die ich wirklich liebe, und ich habe nicht vor, wegen Laceys Eskapaden meine Ehe aufs Spiel zu setzen.«

»Warum hast du nicht angerufen, Jace, und mir die Situation geschildert? Ich hätte für alles Verständnis gehabt.«

»Das sehe ich inzwischen auch so.« Um seine Mundwinkel herum zuckte es milde schuldbewusst. »Ich hab ehrlich gesagt nicht daran gedacht, weil ich so viel anderes im Kopf hatte. Weißt du, ich hab so lange allein gelebt, dass ich es nicht mehr gewohnt bin, mich mit einer Partnerin auszutauschen. Kannst du mir noch einmal verzeihen? Außerdem«, schob er nach, »war mir der Gedanke zuwider, dich da in irgendwas mit reinzuziehen, was mein früheres Leben betrifft.«

Katherine schlug peinlich berührt die Augen nieder. »Du hast nicht … hast wirklich nicht …«

»Ich hab seit unserer Scheidung nicht mehr mit ihr geschlafen. Und die liegt gut vier Jahre zurück.«

»Und die Frage nach Kindern?«, wollte sie wissen.

Er lachte schroff. »Hat sich nie gestellt. Erst als sie von Willoughby erfuhr, weshalb wir in erster Linie geheiratet hatten, musste sie ihren Senf dazugeben. Natürlich bloß, um dich zu ärgern.«

»Wieso hast du mir das alles nicht schon vorher erzählt? Bevor ich sie kennen lernte?«

»Wie kommst du denn auf das schiefe Brett?«, rief er mit gespielter Fassungslosigkeit. »Nee, dann hätte ich mich ja um dein bezauberndes Schmollen und Türenknallen gebracht. Manchmal glaube ich, du genießt diese kleinen Spannungen, weil die Versöhnung hinterher umso schöner ist. Außerdem«, hob er an, »hab ich auch meinen Stolz. Warum sollte ich meine Unschuld beteuern, wo nicht mal was passiert ist?«

»Jace«, murmelte sie verliebt. Sie beugte sich über ihn, presste ihre Lippen auf seine. Atemlos von dem hingebungsvollen Kuss kuschelte sie ihren Kopf an seine Brust. Er streichelte sanft ihren Rücken.

»Was hältst du davon, wenn wir uns ein Grundstück kaufen und ein Haus bauen?«, fragte er plötzlich. Sie hob den Kopf und schaute ihn verdutzt an. Er fuhr fort: »Ich hab neulich ein schönes großes Grundstück entdeckt, das zum Kauf angeboten wird. Es liegt nur zwei Kilometer von der Stadt entfernt, mit altem Baumbestand, der uns vor neugierigen Blicken schützt. Dein Apartment platzt allmählich aus allen Nähten. Mir fällt hier echt die Decke auf den Kopf.«

»Jace, das klingt wundervoll«, sagte sie aufgeregt. »Aber

was ist mit deinem Job bei Sunglow? Musst du nicht wieder ins Ausland? Oder bleibst du länger hier?«

»Die Planung sieht vor, dass wir in diesem Gebiet bestimmt noch drei Jahre bohren werden. Minimum. Danach« – er zuckte mit den Achseln – »sehen wir weiter. Okay?«

»Okay«, räumte sie ein. Über ihr Gesicht glitt ein Strahlen. »Ein eigenes Haus«, seufzte sie verzückt. »So was zu planen und einzurichten, macht bestimmt jede Menge Spaß.«

»Oh, Gott, verschon mich damit.« Jace rollte die Augen beschwörend zur Decke.

Katherine kicherte und bettete ihren Kopf erneut auf seine Brust. »Was schwebte dir denn so vor, als du mich damals gesucht hast?«, erkundigte sie sich scheinheilig.

Plötzlich erschütterte ein Lachkrampf seinen Brustkorb, woraufhin sein rauer Flaum ihre Nase kitzelte. »Gute Frage. Ich war fest entschlossen, Miss Katherine Adams zu finden und ihr den kleinen Hintern zu versohlen, von wegen strafbare Handlung und so. Was du getan hast, war ganz schön töricht. Natürlich war das, bevor ich deinen reizenden kleinen Hintern kennen lernte.« Wie zur Bestätigung strich seine Hand über das Objekt seiner Bewunderung.

»Dann hab ich mit Logik, Geld und guten Worten versucht, Allison von dir loszueisen. Versteh mich bitte nicht falsch, ich war nicht grundsätzlich gegen dich, Katherine«, räumte er ein. »Ich hatte jedoch schwere Bedenken, dass du in einer gerichtlichen Auseinandersetzung mit meinen Eltern den Kürzeren ziehen würdest und sie das Sorgerecht zugesprochen bekämen.« Er machte eine Kunstpause.

»Trotz allem finde ich, wir sollten ihnen Gelegenheit geben, das Baby zu sehen.« Er sprach leise und zögernd weiter. »Ich kann mir vorstellen, wie du diesbezüglich empfindest, aber vielleicht gibst du deinem Herzen ja doch einen Stoß. Überleg einfach mal in aller Ruhe. Mag sein, dass ich ziemlich altruistisch bin, weil ich gestern hautnah mit dem Tod konfrontiert war, aber vermutlich sehen meine Eltern inzwischen ein paar Dinge in einem anderen Licht und leiden unter der entstandenen Situation. Allison macht uns womöglich in ein paar Jahren Vorwürfe, wenn wir ihr die Chance nehmen, sich ein eigenes Bild von ihren Großeltern zu machen … und von Peter.«

Katherine schwieg für eine lange Weile. Schließlich fragte sie zaghaft: »Kann ich erst mal darüber nachdenken, was du gesagt hast, und später mit dir diskutieren?«

»Na logo. Ich kann gut nachvollziehen, wie schmerzvoll das Ganze für dich ist. Die aufwühlenden Erinnerungen an Mary und das alles.« Er hauchte einen Kuss auf ihre Schulter. »Ich habe ein aufbrausendes Temperament und will häufig mit dem Kopf durch die Wand, ich weiß. Aber ich arbeite an mir. Ich versichere dir, ich werde dich und Allison glücklich machen.«

Als sie erneut sprach, war der Optimismus in ihre Stimme zurückgekehrt. »Als du mich gefunden hattest, wie kamst du da auf die Idee, mich zu dieser Heirat zu überreden?«

»Ich sah etwas«, antwortete er. Seine Stimme klang ebenfalls verändert. Merkwürdig kehlig und tief.

Katherine stützte sich auf den Ellbogen und betrachtete ihn. »Was?«, fragte sie neugierig.

»Dein Gesicht«, antwortete er weich.

»Jace«, hauchte sie.

»Ganz zu schweigen von allem anderen«, schob er entwaffnend ehrlich nach. Seine Augen glitten zu ihren Brüsten, die sich an seinen Rippenbogen schmiegten. Für einen langen Moment erregte er sich an dem aufreizenden Anblick, bevor er den Kopf senkte und heiße Küsse auf die weichen Rundungen presste.

»Ich hab mich vom Fleck weg in dich verliebt, Katherine. Nach unserem ersten Kuss an Allisons Wiege war mir sonnenklar, dass ich sie *und* dich wollte.« Seine Lippen wurden fordernder. »Liebe mich. Bitte.«

Katherine zögerte einen Wimpernschlag lang, dann richtete sie den Oberkörper über ihm auf, schenkte ihm ihre prickelnden Spitzen, die er mit hungrigem Zungenspiel vernaschte.

Sie senkte sich zielstrebig auf seine pulsierende Erektion, dass Jace verblüfft aufstöhnte. »Hast du dir heimlich etwa irgendwelche Pornos reingezogen?«, keuchte er erregt.

»Nein, du Dummi, natürlich nicht.« Mit ihrer Zungenspitze kitzelte sie die Innenseite seiner Ohrmuschel.

»Darf *mann* denn mal fragen, wie es kommt, dass du so rasend schnell dazugelernt hast?«

»Deine Frau ist eben eine kleine Schnellmerkerin, Jason Manning«, wisperte sie, bevor ihr Mund mit seinem verschmolz.

**Sie hatte sich geschworen, die Fehler ihrer Schwester nicht zu wiederholen – doch Leidenschaft ist stärker als Vernunft …**

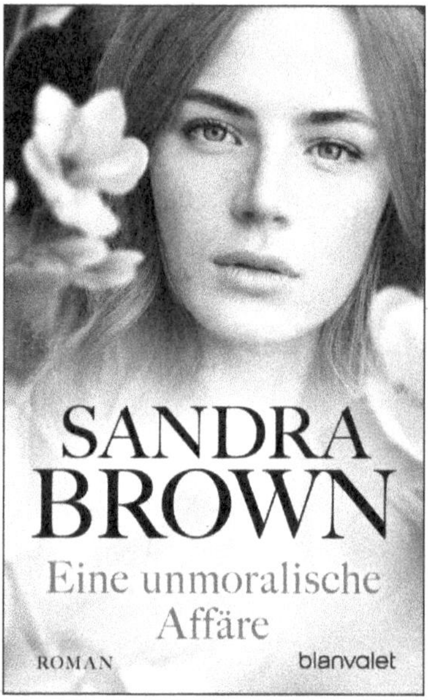


256 Seiten. ISBN 978-3-7341-0760-3

Niemals würde Katherine Adams ihre geliebte Nichte, das Kind ihrer tragisch verstorbenen Schwester, aus den Augen lassen. Doch dann steht eines Tages Jason Manning vor Katherines Tür. Der charismatische, attraktive Unternehmer besteht darauf, die kleine Tochter seines toten Bruders zu sehen. Schnell verfällt Katherine Jasons Charme, und er scheint anders als die sonst kaltherzigen Männer seiner Familie. Doch sie muss bald feststellen, dass Intrigen und Geheimnisse auch zu Jasons Leben gehören. Hat ihre Liebe eine Chance?

Lesen Sie mehr unter: **www.blanvalet.de**

Saverio Lodato

# ANDREA CAMILLERI

Mein Leben

Aus dem Italienischen und mit einem Nachwort
von Monika Lustig

Mit 32 Seiten s/w-Bildteil

Piper
München Zürich

Von Andrea Camilleri liegen im Piper Verlag vor:
*Die sizilianische Oper*
*Hahn im Korb*
*Eine Sache der Ehre*
*Das launische Eiland*
*Jagdsaison*
*Der zerbrochene Himmel*

Die italienische Originalausgabe erschien 2002
unter dem Titel »La Linea della Palma«
bei RCS Libri S.p.A. in Mailand.
Für die deutsche Übersetzung wurde der Text
geringfügig gekürzt.

Die Arbeit an der vorliegenden Übersetzung und dem
Nachwort wurde durch den Deutschen Übersetzerfonds e.V.
gefördert.

ISBN-13: 978-3-492-04523-0
ISBN-10: 3-492-04523-5

Gesetzt aus der Minion
Satz: Filmsatz Schröter GmbH, München
Druck und Bindung: Pustet, Regensburg
Printed in Germany

*www.piper.de*

# Einführung

Giuliano, Giusi und meiner Mutter gewidmet.

Dieses Buch ist auf denkbar einfachem Wege entstanden, ohne vorherige Verhandlungen oder besondere Absprachen zwischen Interviewer und Interviewtem. Dank der Vermittlung meiner Freundin und Kollegin Alessandra Sardoni konnte ich im Juli 2001 mit Andrea Camilleri telefonieren – kein einfaches Unterfangen – und ihn um ein Interview über Sizilien, die Mafia und den Kampf gegen die Mafia, das in der »Unità« erscheinen sollte, bitten. Unter journalistischem Aspekt war ich ziemlich spät dran, den Erfinder des Commissario Montalbano zu einem Gespräch zu treffen. Sehr viele Italiener lasen mittlerweile voller Begeisterung alle seine Bücher. Nicht über Camilleris neuesten Roman Bescheid zu wissen, galt in gewissen Kreisen als grobes Manko. Auch seines hohen Bekanntheitsgrads wegen, dachte ich, würde es nicht einfach sein, an ihn heranzukommen.

Ein einziges Mal war ich Camilleri im Sommer 1998 in den TV-Aufnahmestudios der »Maurizio Costanzo Show« begegnet, wo ich mein neuestes Buch vorstellen durfte. Sein Beitrag, der aus wenigen, wohlabgewogenen Worten bestand, wurde vom Publikum des Teatro Parioli mit rauschendem Beifall bedacht. Das Thema des Abends war die Mafia. Danach hatte ich ihn nicht mehr gesehen, aber geahnt, daß sich die Gelegenheit noch einmal bieten würde. Was trieb mich nun, den Kontakt mit ihm zu suchen? An dieser Stelle muß ich einen Schritt zurück machen.

Eine der zahlreichen Einschränkungen im Engagement der zuständigen Personen beim Kampf gegen die Cosa Nostra bestand darin, daß die von außen kommende Unterstützung für ihre Ermittlungsarbeit immer sehr knapp bemessen war. Ich erinnere mich beispielsweise, daß Richter und Staatsanwälte wie Giovanni Falcone, Paolo Borsellino, Antonino Caponnetto, um nur die bekanntesten zu nennen, über sehr lange Zeit längst nicht die Aufmerksamkeit, das Vertrauen und die Solidarität von seiten der ganzen Nation bekamen, wie dann auf tragisch einhellige Weise nach den Mafia-Massakern von Capaci und Via D'Amelio (1992), als Falcone und Borsellino getötet wurden.

Ich spreche hier von der Zeit Ende der siebziger, Anfang der achtziger Jahre, aber auch Jahre später hatte sich das nicht geändert. Die breite italienische Presse hatte die Arbeit dieser Frontrichter noch nicht ins rechte Licht gerückt, obwohl es um ein kriminelles Phänomen ging, das längst die regionalen Grenzen überschritten hatte. Es herrschte eine Mischung aus Unverstehen und Informationsmangel vor, aus Befremden, manchmal sogar Verärgerung über diese Richter und Ermittler, die überzeugt waren, daß Palermo im Panorama des nationalen politischen Lebens zwar eine zentrale, aber vorwiegend negative Stellung zukam.

Um kein Mißverständnis aufkommen zu lassen: In den vorangegangenen Jahrzehnten mangelte es nicht an Momenten, in denen das Problem Mafia sich in seiner grauenvollen Evidenz manifestiert hatte: Man denke an die parlamentarische Antimafia-Kommission, die Anfang der siebziger Jahre eingerichtet wurde; an das Blutbad von Ciaculli, an die ersten großen Indizienprozesse gegen die Mafiafamilien jener Zeit, an deren Ende es jedoch Freisprüche nur so hagelte. Man erinnere sich an die Berichte von Michele Pantaleone, die eine besondere Rarität auf dem Verlagsmarkt jener Zeit darstellten. Doch dies waren nichts weiter als aufzüngelnde Flammen, unvermittelte Gewaltausbrüche und Reflexionsoasen in einem Italien, das zum allerersten Mal einen Wirtschaftsboom erlebte. Die finsteren Visagen von Luciano Liggio, den Gebrüdern Greco und den Gebrüdern La Barbera blickten uns auf Schwarzweißfotos an, mit denen man niederträchtige, noch wenig bekannte Geschichten verband. Sizilien war damals in jeder Hinsicht noch weit weg.

Ende der Siebziger waren sich Männer wie Giovanni Falcone oder Paolo Borsellino jedoch bewußt, es in ihrer äußerst heiklen Arbeit und ihrem Kampf mit einem ganz und gar nicht lokalen Phänomen zu tun zu haben; sie verspürten ein immer größeres Bedürfnis nach Unterstützung, nach Nähe und Einvernehmen mit der gesamten nationalen Gemeinschaft. Sie vollbrachten eine gigantische Leistung und sie schlugen Alarm. Als getreue Wächter auf einem nur dem Anschein nach peripheren Vorposten sahen sie den Feind anrücken. Sie begriffen seine Gefährlichkeit für die Gesellschaft, seine knallharte Geschäftstüchtigkeit, seine verbrecherische Grausamkeit. Und ihnen war klar, daß sie diesem Feind – trotz zur Verfügung stehender Gesetze und Haftbefehle – allein niemals würden beikommen können. Und hier sind wir bei dem Thema, das uns am meisten am Herzen liegt: die Rolle der Intellektuellen. Insbesondere die der sizilianischen.

Einmal sagte mir Falcone in einem Interview, daß die ersten Romane von Leonardo Sciascia für die Intellektuellen seiner Generation eine Art Bildungsgrundlage waren: Diesem Schriftsteller kommt das Verdienst zu – so Falcone –, allen Italienern zumindest ein grobes Wissen über ein Phänomen vermittelt zu haben, das ansonsten auf literarischer Ebene totgeschwiegen, ignoriert, verdrängt worden wäre. Ironie des Schicksals aber war, daß Leonardo Sciascia zu Beginn des Maxiprozesses, den die Antimafia-Gruppe von Palermo angestrengt hatte, zum Vorreiter einer scharfen Polemik ausgerechnet gegen jene »Professionisten des Kampfs gegen die Mafia« wurde, die in den scharfsichtigsten und aufgeklärtesten intellektuellen Kreisen nach Solidarität suchten. Ich bin bei anderen Gelegenheiten ausführlich auf diese Polemik eingegangen, wo ich auch darlegte, auf welche Weise Sciascia mißverstanden und – mehr noch – instrumentalisiert wurde. Hier erwähne ich diese Polemik nur, weil sie einer der Hauptgründe war, weshalb ich im Juli 2001 eine Begegnung mit Andrea Camilleri suchte.

Wie war die Meinung des Erfinders des Commissario Montalbano zu diesem Thema? Und wieviel des echten Sizilien ist in sein literarisches Sizilien eingegangen, das den Hintergrund zu den Ermittlungen des bei den Italienern beliebtesten fiktionalen Kommissars bildet? Mit welcher authentischen Mafia hatte Andrea Camilleri, Sizilianer bis ins Mark, wohl Bekanntschaft gemacht? Es gibt Gegenden in Sizilien, die man aufgrund der heftigen Touristeninvasion als das Hochglanzsizilien bezeichnen könnte. Porto Empedocle im tiefsten Süden der Insel gehört wahrlich nicht dazu. Welche Vorstellung hatte ein *homme de lettres* wie Camilleri von dieser Gruppe Ermittler gehabt, die das Thema Mafia fortwährend als »großes nationales Problem« bezeichneten?

Diese Fragestellungen waren interessanter Stoff für unser Gespräch, aus dem dann ein richtiggehendes Interview wurde; es erschien auf der Titelseite der »Unità« vom 19. Juli, dem Gedenktag des Massakers in der Via d'Amelio, bei dem neben dem Richter Paolo Borsellino seine Leibwächter Emanuela Loi, Walter Cusina, Vincenzo Li Muli, Claudio Traina und Agostino Catalano ermordet wurden. Während unserer Zusammenkunft stellten sich bei mir zweierlei Eindrücke ein. Erstens kam es mir so vor, als würde ich Andrea Camilleri bereits seit langer Zeit kennen. Ich will damit sagen, daß wir sofort einen Draht zueinander hatten, keine bestimmten Kommunikationsregeln festlegen mußten, kurz, wir redeten gleich Klartext. Der zweite war: Mein Gesprächspartner hatte eine derart eindeutige Meinung, daß ich mich wunderte, weshalb noch keiner auf die Idee gekommen war, ihn frei und ausführlich zum Thema Mafia sprechen zu lassen.

Ist es etwa nicht selbstverständlich, einen Sizilianer, der Zeitzeuge fast eines ganzen Jahrhunderts und der beliebteste Schriftsteller Italiens ist, zu fragen, was er denn über die Mafia und die Sizilianer denkt?

Bei besagtem Interview wurde die Idee zu diesem Buch geboren. Nachdem wir einen ganzen Nachmittag zusammen verbracht hatten, stellte ich fest, daß wir erst bei den Vorgesprächen angelangt waren. Klar. Wir hatten über die Mafia und die Mafiosi aus seiner Generation gesprochen. Wir hatten einen flüchtigen Blick auf seine Kindheit und Jugend geworfen. Ich hatte begriffen, daß der Vater eine zentrale Figur in Andreas Leben gewesen war. Durch seine Worte erstand vor meinen Augen das Bild eines Sizilien, das es seit langem nicht mehr gibt. Ich hatte am Ende aus seinem Mund einige vernichtende Urteile über das heutige Italien und die Unbedarftheit unserer politischen Klasse vernommen. Vor allem aber war mir bewußt geworden, wie ungeheuer vielschichtig diese Persönlichkeit ist, der ich gewiß nicht mit einer einzigen Zeitungsseite gerecht geworden wäre. Das Schöne sollte also erst noch kommen.

Nachdem ich ihm zugehört hatte, erschien es mir geradezu gekünstelt, bei einem Händedruck einfach nur: »Bis zum nächsten Mal« zu sagen, wie man es tut, wenn man das gemeinsame Projekt vollendet hat. So kam es, daß ich vor meinem Abschied vorschlug, vielleicht gemeinsam ein Buch zu schreiben, für das er mir sein Leben erzählte. Es war Frühsommer. Er erwiderte, daß wir Anfang September miteinander telefonieren sollten. Er hatte wohl eine gewisse Unsicherheit meinerseits gespürt, und so versicherte er mir, während er so höflich war und vor der Wohnungstür mit mir auf den Aufzug wartete: »Das ›Wir-sehen-uns-im-September‹ ist ernst gemeint.«

In der Tat trafen wir uns am 12. September, genau einen Tag nach dem Angriff auf die Zwillingstürme, und wir begaben uns in einen regelrechten »Gesprächstunnel«. Es wurde das erste von zahlreichen langen Gesprächen, die sich bis zum Beginn des folgenden Jahrs fortsetzten. Als das Buch schon in der Endphase war, ereignete sich das barbarische Terroristenattentat auf Marco Biagi. Wir hätten unser Gespräch auch wieder aufnehmen können. »Aber wir können doch der Realität nicht hinterherlaufen«, entgegnete er, als ich ihm diese Möglichkeit vor Augen führte, »aus alldem, was wir gesagt haben, wird der Leser unschwer ersehen, wie ich denke.«

Ich habe entschieden, Camilleris ungetrübten Erzählduktus zu bewahren, und mich darauf beschränkt, ein sehr weitreichendes Themenmaterial auf einige simple Leitfäden für die Marschrichtung einzustellen. Ich wollte, daß der Leser auf gewisse Weise die »Stimme« Andrea Camilleris genauso hört, wie ich sie vernommen habe. Sollte dies nicht der Fall sein, liegt die Verantwortung ausschließlich bei mir. Am Ende wurde ein richtig dickes Buch daraus, dabei hätte ich ihm noch lange zuhören können.

Saverio Lodato, 14. Mai 2002

# I. »Die Palme wandert nach Norden«

*Andrea Camilleri ist einer der letzten illustren Schriftsteller Siziliens seiner Generation. Leonardo Sciascia und Gesualdo Bufalino, seine Freunde und Kollegen aus früherer Zeit, weilen nicht mehr unter uns. Vincenzo Consolo schreibt zwar weiterhin und ist reich an Ideen – schreibend bewegt er sich in seiner Heimat Sizilien, obwohl er in Mailand lebt –, doch ist er immer schon der Jüngste unter diesen großen Sizilianern gewesen. Wir alle kennen den Schriftsteller Andrea Camilleri, von ihm als Mensch jedoch wissen wir nichts oder zumindest recht wenig. Diese Lücke möchte ich nun schließen und mich in das Abenteuer stürzen, Andrea Camilleri über sich selbst erzählen zu lassen. Wenn gewisse Interviews die Bilanz eines ganzen Lebens darstellen, so deckt sich dieses Resümee im Falle des bald achtzigjährigen Andrea Camilleri zeitlich grob gesagt mit dem gerade vergangenen Jahrhundert – ein Grund mehr, ihm Gehör zu schenken.*

*Der Interviewer muß mit seinen Fragen das Geschehen in der Hand haben, das Gespräch lenken, den roten Faden, der im wesentlichen in seinem Kopf steckt, abspulen, meinte er mit Unschuldsmiene bei unserem ersten Gespräch. Die Aufgabe des Interviewten ist es – erklärte er mir immer noch etwas scheinheilig –, offen und ehrlich zu antworten, aber er muß nicht immer den vollständigen Überblick haben. Genau das war der Haken: Sehr klar waren meine Vorstellungen von den Fragen, die ich ihm stellen wollte oder sollte, nämlich nicht. Dennoch war am Vorabend unserer Zusammenkünfte etwas angenehm Selbstverständliches, etwas wohltuend Verbindliches vorhanden. Das Interview für die »Unità« gab mir einige wertvolle Richtlinien an die Hand, die sich als durchaus nützlich erwiesen, sobald wir uns weniger von der Tagesaktualität lenken ließen.*

*Ich wußte, Andrea Camilleri wäre ganz und gar nicht interessiert*

*an einer literaturwissenschaftlichen Abhandlung über seine Erzählungen und Romane und die Protagonisten seiner imaginären Welt – die jedoch nicht übertrieben imaginär ist und in der die sympathische Figur des Commissario Montalbano die Fäden zieht. Feuilletonisten, Literaturkritiker, Leute vom Fach würden eine solche Aufgabe wesentlich besser bewerkstelligen können; ich für meinen Teil fühlte mich ihr nicht gewachsen. Außerdem spürte ich auch bei Andrea Camilleri ein gesundes Mißtrauen, ja, seinen Überdruß gegenüber allwissenden Intellektuellen, Kolumnisten, die ihr Fähnlein in den Wind hängen, TV-Eintagsfliegen, denen es an Charakterstärke und Standfestigkeit mangelt, sobald der Medienchef aus unerfindlichen Gründen mitteilt, daß die Medienküche heute ein »Tagesgericht« serviert, das etwas noch nie Dagewesenes, etwas Unvergleichliches darstellt. Und das bedeutete in meinen Augen, daß Andrea Camilleri nicht das geringste Interesse hatte, Mitglied des ohnehin überfüllten Clubs der Denkmeister zu werden.*
*Überdies wird Camilleri eine Menge Gelegenheiten dieser Art gehabt haben, er hätte nur die Qual der Wahl gehabt und sich kein Bein ausreißen müssen.*
*Dieses Buch soll kein Traktätchen über den Rang sein, der Andrea Camilleri innerhalb der zeitgenössischen italienischen Literatur gebührt. Es ist auch keine anspruchsvolle Anthologie des gesamten Camilleri-Denkens, wenngleich einer wie er jede Menge zu bieten hätte und sich in jedem Fall bei Heerscharen von Lesern Gehör verschaffen würde. Diese beiden Gewißheiten waren tröstlich für mich. Und so war ich richtig ungeduldig, ihn endlich zu Wort kommen zu lassen.*
*In meinen Augen zeichnete sich, was unser zukünftiges Gespräch anging, noch etwas anderes ab. Nämlich daß es unvermeidlich sein würde, unsere Unterhaltungen beim schwierigen Thema sizilianische Identität und sizilianische Geschichte, eingebettet in die allgemeinere Geschichte Italiens, den Anfang nehmen zu lassen. Und daß wir dabei zwangsläufig die Landkarte vor Augen haben würden, auf der Sizilien die Rolle der letzten bekannten Station, der letzten Vorhut im südlichen Mittelmeerraum, des Vorzimmers*

*zu einer noch weiter unten liegenden Welt zukommt, und das war nicht nur in geographischer Hinsicht gemeint.*
*Andrea Camilleri ist ein echter Sizilianer, das bezeugen seine Blicke, seine Gestik, seine Schweigemomente, die mit einem Schlag – wie heftig niederfahrende, grelle Blitze – einem Gespräch, einem Wortwechsel, einem scheinbar dahinplätschernden Dialog ein unerwartetes Gewicht verleihen. Das wird dem Leser leider verborgen bleiben. Wie oft ist Andrea aufgestanden und hat eine Szene bis in die kleinsten Einzelheiten nachgestellt, um die genaue Position von Dingen oder Personen in einer seiner Erzählungen, in einer gerade geschilderten Episode anzugeben; wie oft hat er fast bis zur Unverständlichkeit die Stimme gesenkt, wenn er ein Leid oder Unrecht schilderte, das ihm oder einem anderen in der Vergangenheit zugefügt worden war. Wie oft hat er das Wort »Schande«, aber auch »Abscheu« und »Erschütterung« in den Mund genommen, wenn er die finsteren Seiten der neueren oder nicht mehr ganz neuen Geschichte seines Sizilien beleuchtete. Wie oft brachen Zorn, Empörung, eine gesunde »Schweinewut«, wie er sie nannte, aus ihm heraus, wenn er die vielen Schandtaten anprangerte, die Sizilien im Laufe seiner Geschichte von seiten des übrigen Italien zu erdulden hatte.*
*Umgeben von seiner Frau, seinen drei Töchtern und seinen vier Enkelkindern wirkte Andrea Camilleri auf mich wie ein Mensch mit butterweichem Herzen, ein gemütlicher Maigret, der sich mit der Pfeife im Mund und einem Krug Bier in der Hand über die Wechselfälle des Lebens, über die Denkweise der anderen, der Guten, der weniger Guten, der Bedeutungslosen, der Opfer, der Helden, der zufälligen Zeugen oder auch der Schufte den Kopf zerbricht. Wenn einer sein Leben damit zubringt, über die Geschichten der anderen zu räsonieren, wird er unweigerlich zum Altruisten. Bei einer solchen Gelegenheit wurde mir klar, daß sich der Interviewer ein Stück weit zurücknehmen muß: Einen wie Camilleri muß man einfach reden lassen und ihm nur wenige Fragen stellen.*
*Aber wo den Anfang machen? Natürlich bei Sizilien und den Sizilianern. Und bei Leonardo Sciascia, der vor rund vierzig Jah-*

*ren mit einem vollgekritzelten Reimzettel die Debatte über die Palmenlinie, die vom Süden langsam gen Norden aufsteigt, beinahe klammheimlich in Gang gebracht hat.*

Ich möchte zu Beginn unseres Gesprächs weiter ausholen. Einmal behauptete Leonardo Sciascia in einem witzigen Vers mit dem Titel »Die Palme wandert nach Norden«, den Botanikern sei aufgefallen, daß sich die Palme, gemeint ist hier der Baum, oder besser gesagt die Palmengrenze, pro Jahr um fünfhundert Meter nordwärts verschiebt. Die letzten beiden Zeilen dieses Gedichts habe ich noch gut in Erinnerung: »Vermutlich mit Stops und mit Sprüngen, ist die Marschgeschwindigkeit durchschnittlich schneller…« Ich muß gestehen, daß die Sache angesichts der in der letzten Zeit deutlich erkennbaren atmosphärischen Veränderungen recht einleuchtend ist. Gewiß, will man es auf die Spitze treiben, ist der Anblick einer Palme auf einer Polareisscholle als botanisches Phänomen etwas befremdend, nicht so jedoch als Metapher. Im wesentlichen ist die Palme – wenn ich Sciascias Denkmodell richtig auslege – die Metapher für eine gewisse paramafiöse Mentalität, die nicht nur auf dem gesamten italienischen Festland, sondern in Europa überhaupt Einzug gehalten hat. Doch aufgepaßt, es handelt sich hier nicht um eine Mafiamentalität im eigentlichen Sinne, sondern um eine bestimmte Denkweise, die sehr viel schwieriger zu bekämpfen ist als die Mafia selbst. Das können wir beispielsweise an Ländern erkennen, die im Ruf stehen, praktisch immun gegen mafiöse Phänomene und nicht bestechlich zu sein, die uns jedoch gezeigt haben, daß in ihrem Innern breite Korruptionszonen existieren. Natürlich ist all das erst infolge der Antikorruptionsermittlungen *Mani Pulite* ans Licht gekommen – meiner Ansicht nach wirkte dieses Phänomen wie ein Sektkorken, der herausschoß und andere Flaschen zum Explodieren gebracht hat, die im Ruf standen, gut gealtert und von bester Qualität zu sein. Ein Beispiel für alle ist Helmut Kohl in Deutschland, um nur einen Namen zu nennen. Die

Doppelmoral, mit der jemand sagt: »Ja, ich habe gestohlen, aber für die Partei habe ich gestohlen, nicht für mich persönlich«, läßt auf eine stark meridionale Gesinnung schließen. Ich möchte nicht behaupten, sie ist sizilianisch, aber stark südländisch ist sie schon, europäisch-südländisch wage ich sie zu nennen, und sie neigt dazu, sich Richtung Norden hin auszubreiten.

Ich las einmal einen hinreißenden Artikel aus der Feder eines sizilianischen Journalisten, eines gewissen Telesio Interlandi, der einer der theoretischen Urväter des italienischen Rassismus in der Zeit des Faschismus war. In den dreißiger Jahren, also zwei Jahre vor der Veröffentlichung der Schmähschrift »Contra Judaeos« – über die Guido Piovene eine Rezension verfaßt und damit ein Höllentheater losgetreten hat –, hatte Interlandi in »Lunario Siciliano«, einer kuriosen sizilianischen landwirtschaftlich-literarischen Zeitschrift, herausgegeben von Francesco Lanza und Nino Savarese, geschrieben, man müsse vermutlich die Landkarte auf den Kopf stellen: Im Grunde sei ja nicht gesagt, daß die Zivilisation unbedingt aus dem Norden kommen müsse, denn Italiens Wurzeln erstreckten sich zwar Richtung Norden, seine Zweige und seine Früchte jedoch reichten in den Mittelmeerraum, bis hin nach Afrika. Diese Zweige, diese Früchte waren für ihn das wahre Symbol der Zivilisation. Man sieht allerdings, daß die Sache nicht funktioniert hat, denn anschließend verwarf er diesen Standpunkt und wurde zu einem knallharten Rassenverfechter.

Nun, es stimmt, diese Palmenblätter wandern tatsächlich nordwärts, die Erdkugel hinauf, aber es handelt sich hierbei nicht um eine Zivilisation, sondern um etwas viel Minderwertigeres. Sciascia hat die Palme genau wegen ihrer Eigenschaft, sich »fortbewegen« zu können, als Sinnbild gewählt.

Ich besitze ein Haus in der Toskana, in neunhundert Meter Höhe... Mein Onkel schenkte mir Pflänzlinge von Mandelbäumen, und ich pflanzte sie dort ein. Sie erwiesen sich als resistent, erreichten auch eine gewisse Höhe. Doch beim ersten richtigen Frost waren sie dahin. Wie sollte eine Palme auch ein solches Klima aushalten? Ich möchte damit sagen, als Symbolfigur eignet sich die Palme bestens: Sie ist afrikanischen, tropischen Ursprungs und wurde nach Sizilien importiert, wo sie wächst und gedeiht. Die Palme ist nicht sizilianisch... und doch gibt es in Palermo das Hôtel Des Palmes, eines der ältesten Gasthäuser der Stadt. Die Palme hat vermutlich genau in Sizilien ihr ideales Terrain als geschmackvolle Zierpflanze gefunden. Sizilien mag verschiedene Embleme haben: die Trinakria, den Tempel von Agrigent mit den vier Säulen, das Wahrzeichen der Agrigentiner Gegend sowie der gesamten Insel. Aber auch die Palme gehört dazu, und im Unterschied zu den anderen ist sie ein lebendiges Sinnbild. Ich glaube, Leonardos Vorstellung gründete eben darauf, daß es sich um eine lebende Pflanze und nicht um etwas zeitlos Unveränderliches handelt; gewiß, ein Organismus ist auch Veränderungen unterworfen, er kann auch eingehen, je nachdem, aber er kann auch Früchte tragen.

Weshalb nun bin ich hier so ausführlich darauf eingegangen, daß Sciascia mit dem Hinweis, die »Palmenlinie« verschiebe sich Richtung Norden, nicht nur und nicht so sehr die Mafia meinte? Weil ich glaube, daß die Palme für ihn die Doppelgleisigkeit, die Ambivalenz innerhalb der menschlichen Beziehungen überhaupt darstellt... Doch ich will mich nicht auf Sizilien beschränken. Der gesamte Süden Italiens wurde im Vergleich zum produktiven Industrienorden fast überall als minderwertig eingestuft: als ein Schmarotzergebilde, als der ideale Ort für diejenigen, die lieber den Schatten einer Palme genießen, anstatt um sechs Uhr früh in die Fabrik zu gehen. Die Mexikaner sind definitionsgemäß untätige Wesen, sie schaffen nichts und dösen statt dessen im Schatten ihres Sombreros. Da hätten wir's! Unser Sombrero soll die Palme sein. Wahr ist auch wiederum, daß man sich unter der Palme so seine Gedanken macht. Und da man nun einmal überleben muß, geht man Kompromisse ein, bedient sich fauler Tricks, unterhält dubiose Beziehungen.

Reden wir von Dingen aus unserem unmittelbaren Umfeld. Der Wahlstimmenkauf beispielsweise ist Bestandteil eines mafiösen Systems. Es handelt sich ohne Zweifel um ein System von niederem moralischem Profil: Du kriegst von mir das und gibst mir dafür jenes. Die Wählerstimme sollte jedoch eine Sache des Vertrauens sein. Was sind die Ursachen für diese Mentalität? Sie sind so alt wie die Menschheit: »Setz dich zur Wehr, ob zu recht oder zu unrecht!« Das ist eine falsche Denkweise, aber sie ist den Sizilianern in Fleisch und Blut übergegangen. Es gibt eine andere schlimme Redewendung, die mir noch heute in den Ohren klingt: »Dreck ist es und Dreck wird's auf immer bleiben.« Wenn du heute einen Sizilianer fragst: »Entschuldige mal, früher hast du die Kommunisten gewählt und heute wählst du Berlusconi?«, kann es gut sein, daß er dir zur Antwort gibt: »Dreck ist es und Dreck wird's auf immer bleiben.« Es hat sich nichts geändert, und es darf sich auch nichts ändern… Deshalb existiert angesichts bestimmter Situationen eine vorbeugende Resignation, die zwangsläufig den Kompromiß fürs nackte Überleben mit sich bringt. Ich glaube, genau das steckt hinter dem Konzept der Palme, das Kompromisse-Eingehen… die moralische Ambiguität, eine bestimmte Sache nicht mehr als moralisch falsch zu bewerten.

Laß mich noch ein Beispiel geben, ich will zwar nicht immer auf der Politik herumreiten, aber im spezifischen Falle komme ich nicht umhin. Wenn ein politischer Vertreter des Volkes angegriffen wird und sich mit den Worten verteidigt: »Um Himmels willen, das gilt nach allgemeinen Moralvorstellungen doch längst nicht mehr als Vergehen!«, heißt das, die Palme hat in seinem Vorgarten bereits Wurzeln geschlagen. Denn ein Diebstahl muß weiterhin als krimineller Akt angesehen werden, unabhängig von der Tatsache, ob die anderen einem das aufzwingen oder nicht. Und daß die Palme bis ins Innere des italienischen Parlaments vorgedrungen ist, beweist der Ausspruch des verstorbenen Craxi*: »Wer in dieser Runde kann von sich schon behaupten, er habe nicht gestohlen? Alle haben wir gestohlen.« Und mit dem »Alle haben wir gestohlen« beabsichtigte er, den Akt des Klauens herabzustufen, ihn als moralische Schuld zu entschärfen, zu verharmlosen … Alle habt ihr gestohlen? Und ich nicht. Wollen wir dem Rechnung tragen? Ich glaube, genau das wollte Sciascia mit dem Bild der Palme zum Ausdruck bringen. Und da er kein Mann der Kompromisse war, einfach weil er es noch nie gewesen ist, und sich dafür Antipathien und Haß zugezogen hat, wollte er auf diesem Wege richtig Alarm schlagen.

*Diesen Alarm schlug Sciascia vor rund dreißig Jahren. Welche Elemente hatte er bis dato zusammengetragen, die einen solchen Pessimismus rechtfertigten? Die Tragödie Aldo Moros sollte ja erst noch kommen.*

Das ist richtig. Von der »Palmenlinie« sprach er lange vor der Ermordung Aldo Moros. Aber es gab bereits den »Fall Sizilien«. Man mußte nur die Augen aufmachen; es war nicht schwer, sich dessen bewußt zu werden, man brauchte nur die Geschichte Siziliens unter die Lupe zu nehmen. Und diese Geschichte kannte Leonardo sehr gut. Die diversen Untersuchungen, die nach der Errichtung des italienischen Einheitsstaates durchgeführt wurden, vor allem die von Franchetti und Sonnino und davor die parlamentarische, brachten eine Tatsache ans Licht: Sizilien wurde gleich nach der Einheit Italiens genau wie Sardinien als unliebsame Gegend eingestuft, wohin von nun an Beamte strafversetzt wurden, die aus dem einen oder anderen Grund ihren Pflichten nicht zur Zufriedenheit nachgekommen waren … Entweder weil sie sich nicht darum scherten oder weil sie korrupt waren. Diese Beamten führten zwar nicht die Korruption in Sizilien ein, fanden

* Bettino Craxi, ab 1976 Chef der Sozialistischen Partei Italiens, 1983–87 Regierungschef Fünfparteienkoalition, verkörperte wie kein anderer die politische Kultur der achtziger Jahre: Klientelismus, Korruption, Mafia-Verstrickungen; ermöglichte mit einschlägigen Gesetzen Berlusconis Medienimperium; wurde zu insgesamt 28 Jahren Haft verurteilt, deren er sich durchs Exil in Hammamet entzog, wo er 2000 starb.

jedoch vor Ort ein äußerst fruchtbares Terrain, das ja. Es war ein wunderbar bestellter Boden, und im Handumdrehen waren sie mit den Sizilianern ein Herz und eine Seele. Ich glaube, Leonardo hatte begriffen, wie einfach diese gegenseitige Ansteckung vonstatten ging. Und bei ihrer Rückkehr in die Heimat besaßen diese Staatsdiener bereits ein perfektes Erkennungsmal – *signum individuationis* –, sie waren der Beweis dafür, daß die Palme recht einfach zu exportieren ist. Leonardo hielt dafür ganz konkrete Beispiele in petto.

Ich habe das Gefühl – ohne konkret zu wissen, ob Sciascia je darüber geschrieben hat –, die Figur Enrico Matteis hatte einen sehr negativen Eindruck auf ihn gemacht. Heute wissen wir, daß Mattei ein korrupter Typ im großen Stil war und auf der Bestechungsebene hervorragende Arbeit geleistet hat. Die Männer, die er nach Sizilien brachte, Männer aus dem Norden wohlgemerkt, »hockten bereits unter der Palme«, wenn ich es einmal so ausdrücken darf. In der Tat schlug manch einer von ihnen Wurzeln in Sizilien und startete eine Blitzkarriere. Das bedeutete schlicht und ergreifend, es herrschte kein Mangel an wunderbaren Exemplaren von Import-Export-Lombarden im Zeichen der Palme… Daß dann das System »Mattei« positive Ergebnisse gezeitigt hat oder auch nicht, war aus Leonardos Sicht vollkommen nebensächlich. Die Leichtigkeit, mit der sich die Leute aus dem Norden den sizilianischen Gegebenheiten anpaßten, hatte ihn, glaube ich, zutiefst betroffen gemacht.

Aus diesem Grund sprach ich ja zuvor von dem Konzept des Paramafiösen. Es ist eine Mentalität, die für das Zusammenspiel mit der Mafia bereits die Weichen stellt, so wie die Computer für viele Aufgaben entsprechend programmiert werden… Sciascia wollte damit sagen: Aufgepaßt, das Phänomen ist nicht einzugrenzen, indem man Zaunpfähle rings um Sizilien in den Boden rammt und streng kontrolliert, wer kommt und wer geht… Ein Problem ist, daß diese Verschiebung auf unterirdischem Weg vonstatten geht, durch die DNA, die sich anhand geringfügiger Kompromisse und Anpassungsbemühungen rasch verändert ... Er hatte außerdem die Erfahrung der Herrschaft der Christdemokraten in Sizilien hinter sich. Damit meine ich: Wenn du sagst, wir haben hier vier mafiöse Abgeordnete im italienischen Nationalparlament, alles Sizilianer, nun gut ... Aber welche Wege schlugen diese Parlamentsabgeordneten dann ein? Blieben die etwa in Sizilien oder wechselten die nicht eher in die Führungspositionen der Partei am Sitz des Nationalparlaments? Was exportierten sie? Wer waren ihre Abnehmer? Damals nahm man zu Recht an, Sciascia tat es jedenfalls, daß es offenkundig einen Markt über die Inselgrenzen hinaus gebe. Ich versuche hier nur herauszufinden, welche die zahlreichen und unterschiedlichen Kanäle sein könnten, über die wir diese Palme jedesmal um fünfhundert Meter Richtung Norden verschoben haben.

*Andrea, du sprichst von einer konzertierten Aktion zwischen den »Übelsten«, die man nach Sizilien geschickt hat, und den Sizilianern, die von Natur aus zu Kompromissen und Ambiguitäten neigen. Bist du versucht, den Sizilianern ihre ureigene Veranlagung zur Korruption und ihre Fähigkeit abzusprechen, alles zu verseuchen, womit sie in Berührung kommen?*

Nein, die Sizilianer sind nicht in der Lage, wegen eines faulen Apfels auch das übrige Obst im Korb faulig werden zu lassen. Wenn dem so wäre, hätte die Mafia heutzutage längst alle Machtpositionen inne. In Wirklichkeit aber versucht die Mafia, an die Macht zu kommen, sie kommt ihr auch gefährlich nahe, aber sie schafft es nicht ... Tatsächlich hat Leonardo auch etwas anderes gesehen. Er erkannte die amerikanische Haltung gegenüber der Mafia unmittelbar nach der Besetzung Siziliens.

*Welche Erklärung hat er dafür gefunden? War es eine Enttäuschung für ihn, was da aus Amerika herüberkam?*

Am Tag, als die Amerikaner in Sizilien landeten, brach Leonardo in Tränen aus. Die Sache gefällt mir sehr, auch ich habe nämlich geweint – ich in Serradifalco, er in Racalmuto. Wir kannten uns damals noch nicht. Leonardo kamen die Tränen, als er den ersten amerikanischen Panzer erblickte. Er war ein wenig älter als ich. Weder er noch ich waren jemals Faschisten gewesen. Willst du wissen, warum wir Tränen geweint haben? Wir hatten begriffen, daß es nun mit gewissen Brauchtümern, mit einer gewissen Kultur ein für allemal zu Ende war; einer ganzen Lebenswelt wurde damals auf äußerst brachiale Weise der Garaus gemacht. Zugleich erkannten wir, daß Sizilien einen weiteren heftigen Gewaltakt über sich ergehen lassen mußte. Leonardo sprach das offen aus. Ich habe sogar einen Fernsehfilm zu dem Thema gemacht, der vom Staatlichen Italienischen Fernsehen ausgestrahlt wurde; der Titel war »Ein Sizilianer in Sizilien«. Darin wird von einem jungen Rechtsanwalt aus New York, Sohn von Sizilianern, und seiner Enttäuschung erzählt, als er am Vorabend der Landung der Amerikaner mit den Antifaschisten Kontakt aufnimmt, um Sizilien auf demokratische Weise neu zu ordnen. Der amerikanische Prokonsul Charles Poletti läßt ihn jedoch abblitzen: »Besten Dank für die Namensliste, die sie mir da gebracht haben, nehmen Sie ruhig Platz.« Die Würfel waren bereits gefallen, in fünfzig von dreiundsechzig Ortschaften in der Provinz Palermo wurden Mafiosi als Bürgermeister eingesetzt. Nach zwei Jahrzehnten Herrschaft der Faschisten zeigte sich die Mafia zum ersten Mal wieder im Licht der Öffentlichkeit und erhielt ihre politische Legitimation – und nicht etwa von uns Sizilianern, sondern von den Vereinigten Staaten, diesem zivilisierten Norden, wie die USA sich selbst gerne definieren. Verschiedene Faktoren sind es, auf die ein aufmerksamer Beobachter, ein sensibler Mensch wie Leonardo sein Augenmerk richtete. Hätte er die Polizeilaufbahn eingeschlagen, wie die armen und ärmsten der Sizilianer es getan haben, hätte er hundertprozentig Karriere gemacht und es leicht zum Polizeichef gebracht. Leonardo war nicht arm, aber wie auch immer, er wäre ohne Schwierigkeiten ein exzellenter Ermittler geworden.

*Wir werden noch auf Sciascia und eure Beziehung zurückkommen. Aber wieso hältst du ihn für einen geborenen Polizeipräsidenten – eine Karriere, die er nie angestrebt hat?*

Weil er ein großer Kopf war, er besaß ein außergewöhnliches Talent für die Ermittlungsarbeit. Er war imstande, zwei und zwei zusammenzuzählen, während ein anderer noch lernen mußte, was Zahlen überhaupt sind. Seine Schlußfolgerungen waren messerscharf. Er hatte einen echten Bulleninstinkt, was deutlich wird, wenn er sagt: »Jene Person dachte…«; das klingt wie eine romanhafte Wendung, in Wirklichkeit kommt darin die glasklare und exakte Schlußfolgerung zum Ausdruck, daß die Figur in der genannten Situation zwangsläufig diesen präzisen Gedankengang haben muß. Und das nennt man wahre Intuition, wie sie einem Forscherverstand eigen ist… Eben das war Leonardo – ein Mann mit dem Gehirn eines Detektivs. Ich erinnere mich noch, wie ich aufgrund eines banalen Unfalls zwei Wochen nach Probenbeginn zu »Der Tag der Eule« aussetzen mußte und das Stück nicht zur Aufführung bringen konnte. Das war Anfang der sechziger Jahre. Als wir mit den Proben begannen, kam Leonardo nach Catania, und wir verbrachten zwei Tage miteinander. Er war sehr neugierig auf unsere Arbeit. Ich mußte diese Theaterregie in der Bühnenfassung von Giancarlo Sbragia, mit Turi Ferro und anderen Schauspielern abgeben. Wenn ich an meine Theaterzeit zurückdenke, dann reut mich heute noch, nie »Der Tag der Eule« und auch kein einziges Stück von Shakespeare inszeniert zu haben. Ich sagte zu Leonardo: »Leonardo, was meinst du, werden die uns dann stellen und umbringen?« Er entgegnete: »Ach was! Du wirst sehen, die Mafiosi werden in der ersten Reihe sitzen und laut Beifall klatschen, das sind eitle Kerle.« Und er hatte recht. Genau das ist heute das Problem.

*Was soll das heißen?*

Ich versuche mich klarer auszudrücken. Ich habe nie wirklich über die Mafia schreiben wollen, ich habe sie immer als Hintergrundszenario behandelt; ihre Existenz läßt sich wahrlich nicht leugnen, sie ist Teil des Ganzen, und deshalb muß ich sie in meine Erzählungen aufnehmen. Der Mafioso ist darin zwischen den Zeilen immer präsent, das ist unvermeidlich. Aber ein Buch über die Mafia habe ich nie geschrieben, aus zweierlei Gründen: Erstens weil man unweigerlich am Ende aus dem Mafioso eine Persönlichkeit von einem gewissen Format macht. Nimm Don Mariano Arena aus »Der Tag der Eule«, und du mußt feststellen, daß er ein sympathischer Kerl ist. Wenn Leonardo die Menschheit in fünf Kategorien unterteilt: die Menschen, die Halbmenschen, die Menschlein, die (mit Verlaub gesagt) Arschkriecher und die Blablablas, dann zeugt das von Bauernweisheit. Doch dieses ursprüngliche Wissen legt die Mafia zeitlich fest, sie wirkt wie etwas Überholtes. Liest du das Buch heute, kommt es dir angesichts der brutalen Entwicklung, die die Mafia genommen hat, um Lichtjahre veraltet vor. Wenn ich über die Mafia spreche, dann so, wie Leonardo Sciascia es getan hat. Und das ist der zweite Grund, weshalb ich nie über sie geschrieben habe. Ich wüßte nicht, wie ich einen Totò Riina in einem meiner Bücher unterbringen sollte, auch wenn wir über ihn noch zu sprechen haben. Es muß klar sein: Meine Ausführung bezieht sich auf das Genre des Romans, was eine Sache für sich ist. In einem Roman ist auch der Antiheld ein Held. Also meine ich, warum sollten wir den Mafiosi ein literarisches Heldendenkmal setzen? Sie sind und bleiben nun mal Scheißkerle, und es ist Aufgabe der Carabinieri, der Polizei und der Staatsanwaltschaft, sich mit ihnen zu befassen. Ich habe nicht die Absicht, sie zu verherrlichen oder ihnen auf irgendeine Weise zu literarischem Rang und Namen zu verhelfen.

*Ich wollte, daß Andrea Camilleri von Anfang an frei von der Leber weg erzählt, und habe sofort eine überraschende Entdeckung gemacht: Der Camilleri, der für sich beansprucht, nie über die echte Mafia und die echten Mafiosi geschrieben zu haben, hat im wirklichen Leben jedoch echte Mafiosi kennengelernt, und zwar viel mehr als mancher andere – das nebenbei gesagt –, der ausschließlich über die Mafia und die Mafiosi geschrieben hat.*

Einmal hatte ich ein längeres Zwiegespräch mit einem Mafiaboß aus der Gegend von Agrigent, einem *padrino* von besonderem Format. Das geschah vor Ewigkeiten, im Jahr 1949. Die

Begegnung war sehr schön, weil mir dabei einige Dinge klargeworden sind. Dieser Mafioso schrieb kurz danach seine Memoiren unter dem Titel »Vita di Capomafia«. Er hieß Nick Gentile, genannt Onkel Cola. Dieses Buch schrieb er in Amerika, es wurde in viele Sprachen übersetzt. Über diese Person will ich jetzt ein paar Dinge sagen. Er erklärte mir nämlich, was er über die Mafia dachte. Was er als ranghoher Mafioso zu mir sagte, hat überhaupt nichts mehr mit dem zu tun, was aus der Mafia danach geworden ist. Unsere Unterredung hatte mich derart beeindruckt, daß ich später zu Hause etwas tat, was ich nie zuvor und überhaupt ganz selten in meinem Leben getan habe: Ich hielt sie schriftlich fest.

Seinerzeit war ich in Rom an der Nationalen Akademie für Schauspielkunst. Ich hatte einen Vetter namens Fede, und der war Besitzer eines Juwelierladens eben hier in Rom, in der Via Rasella. Damals hatten die Banken auch am Nachmittag geöffnet. Eines Tages ging ich auf einen Sprung bei ihm vorbei, und kaum sah er mich, platzte er heraus: »Mensch, Andrea, du tauchst genau im richtigen Moment auf…« Und weiter: »Tust du mir einen Gefallen? Ich muß zur Bank und werde mindestens eine halbe Stunde zu tun haben. Da ich aber mein Geschäft nicht schließen will, stell du dich bitte hinter den Ladentisch, wenn Kundschaft kommt, verwickle sie in ein Gespräch, sag, der Inhaber ist jeden Moment zurück…« Er ging zur Bank, und ich blieb im Laden. Wir schrieben das Jahr 1949, damals war ich vierundzwanzig Jahre alt. Zu jener Zeit gab es noch keine bewaffneten Raubüberfälle, die Fenster waren noch nicht aus Panzerglas, da war nur die Ladentür, die *klingeling* machte. Mit einemmal ging die Tür des Juweliergeschäfts auf, und Nicola Gentile trat ein, ich erkannte ihn sofort, weil ich ihn in Porto Empedocle gesehen hatte; er hatte meinen Vater begrüßt, als der mir einmal ein Eis kaufte. *Zù* Cola kam herein und meinte zu mir: »Aber ich kenne Euch doch.« – »Ich bin…« – »Nein. Redet ganz ungestört weiter, ganz normal… nach einem Weilchen komme ich schon darauf, aus welchem Haus Ihr stammt. Ein Gesicht, das ich einmal gesehen habe, vergess' ich nie… Soll ich Euch was erzählen? Einmal in Los Angeles, ich war gerade erst drüben gelandet, rempelte mich in einer dunklen Straße jemand an; es gelang mir, einen Blick auf sein Gesicht zu werfen, er muß betrunken gewesen sein. Als ich dann im Hotel war, war mein Geldbeutel weg. Zwanzig Jahre später läuft mir dieser Kerl wieder über den Weg. Ich hab' ihn sofort wiedererkannt. Und ich sagte zu ihm: ›Bürschchen, gib mir den Geldbeutel zurück, den du mir vor zwanzig Jahren in Los Angeles gestohlen hast.‹«

Nick Gentile beäugte mich noch eine Weile und sagte schließlich: »Jetzt hab ich's. Die Familie der Camilleri, Ihr seid der Sohn von Don Peppino Camilleri. Wie geht es Euerm Vater? Ich habe große Hochachtung vor Eurem Vater… Euer Herr Vater ist ein Mann, der weiß, wo's langgeht…« An einem bestimmten Punkt – wir hatten bereits zwei Stunden Unterredung Auge in Auge hinter uns, kein Kunde kam herein, keiner störte uns, mein Cousin brauchte länger als vorhergesehen – stellte er einen wunderbaren Vergleich an: »Also ich, Nicola Gentile, komm' hier rein. Ihr seid bewaffnet, und ich bin unbewaffnet. Ich tret' ein, Ihr zückt den Revolver und befehlt mir: ›Nicò, knie nieder!‹ Was soll ich tun? Ich knie mich hin. Das bedeutet noch nicht, daß Ihr ein Mafioso seid, weil Ihr mich habt niederknien lassen. Ihr mögt verzeihen, Ihr seid einfach nur ein Scheißkerl mit einer Pistole. Kommen wir zu mir. Ihr seid nicht bewaffnet, und ich bin auch nicht bewaffnet. Und ich sage zu Euch: ›Dottore, Ihr müßt Euch hinknien.‹ Ihr fragt mich: ›Warum?‹ Und ich erkläre Euch, warum es für alle Beteiligten am besten ist, angefangen bei Euch, wenn Ihr auf die Knie geht. Und Ihr kniet nieder. Das ist der Mafioso. Wenn Ihr aber nein sagt, und ich bin dann gezwungen zu schießen, hätte ich den Kampf verloren, Dottore. Ist es nicht so?«

Es ist eine ganz schreckliche Sache, die sich über die Nötigung des Individuums einfach hinwegsetzt, doch eine solche Mentalität existiert nicht mehr: Sie erklären dir heute nicht mehr, warum du niederknien mußt, sie erschießen dich und basta. Um auf das zurückzukommen, was wir zuvor sagten, Leonardo kannte diese Mafia, so wie ich sie kennengelernt habe. Die Erschießung von einem, der sich auflehnte, der nicht auf die Knie gehen wollte, bedeutete für sie eine Niederlage. Den Willen zwingt man einem anderen nicht mit dem Revolver auf: So lautete ihre Philosophie. Dann mußten sie ein Exempel statuieren und ermordeten ihn. Aber für sie war es eine Niederlage. Lichtjahre war die Mafia damals von dem entfernt, was sie heute ist. Ich kenne ihren Ehrenkodex nicht. Aber eine Rede wie die von Nick Gentile verhalf mir zu einem ersten Begreifen ihrer Verhaltensweisen. Die Mafia lieferte früher Erklärungen für ihr Treiben, sie hatte ein richtiges Verlangen danach. So stellte man dem Ermordeten die Schuhe auf die Brust, wenn er versucht hatte abzuhauen, oder man stopfte ihm einen Stein in den Mund, wenn er denselben aufgemacht hatte, um Dinge auszuplaudern. Es war eine primitive Zeichensprache, die Mafia brachte jemanden um und mußte ihn begreifen lassen, warum sie es tat … Heute ist davon nichts mehr übrig. Ich will sagen: Es gab Regeln, an die man sich halten mußte, auch die Mafia, besonders die. Es sind abartige, wahnsinnige Regeln, ähnlich denen, die sich die Häftlinge im Knast um des eigenen Überlebens willen auferlegen, alles, was du willst. Aber immerhin gab es Regeln. Die heutige Mafia verstehe ich nicht nur nicht, ich wüßte sie auch nicht zu beschreiben. Ja, es hat auch nichts Faszinierendes, von ihr zu sprechen.

*Was hältst du von einem Film wie »Der Pate«?*

Nicht viel. Er interessiert mich nicht, hat er noch nie getan. Der Film ist meiner Meinung nach so etwas wie Folklore für Touristen. Und hier sind wir wieder beim Thema von vorhin. Im Grunde geht es darum, daß Marlon Brando einen Mann darstellt, der etwas brutalere Methoden als andere anwendet, um Geschäfte zu machen. Aber es klingt schrecklich, wenn er sagt: »Nimm's dir nicht zu Herzen, es ist nicht persönlich gemeint, es ist nur Business.« Was hat das zu bedeuten, wenn du mir, während du mich umbringst, sagst: »Ich habe nichts

Persönliches gegen dich«? Mir ist doch scheißegal, ob du etwas Persönliches oder Nichtpersönliches gegen mich hast, Tatsache ist, daß du mich umbringst, mir die Arme und Beine hinterrucks fesselst, so daß ich mich am Ende selbst erdrossle. All das ist ein romanhafter Blick, aber die Mafia ist keine Romanfigur, die Mafia existiert.

*Kommen wir noch einmal auf »Der Tag der Eule« zurück. Mit diesem Buch kam Sciascia das Verdienst zu, das Phänomen Mafia zu denunzieren und den Italienern die Augen zu öffnen. Teilst du meine Ansicht?*

Stellen wir eines klar, ich erzähle hier in der Retrospektive, nachdem ich bereits gesehen habe, was aus der Mafia geworden ist. Ich bin weder mit Sebastiano Vasalli noch mit Pino Arlacchi einverstanden, die behauptet haben, daß Sciascia ein Feigling gewesen sei. Nein, Sciascia war der erste, der einen Roman geschrieben hat, in dem die Mafia und der Mafioso dargestellt sind. Er hat das Problem auf den Tisch gebracht. Einen Roman, der mit dem Satz endet: »Ich werde mir das Hirn darüber zerbrechen – sagte er laut.« Das war, als stünde am Ende dieser Geschichte »Fortsetzung folgt«. Nehmen wir Alessandro Manzoni … Manzoni war der erste, der zwei arme Unglücksraben zu Helden seines Romans machte. Sciascia nahm einen Mafioso und als seinen Widersacher einen Polizeihauptmann, zwei Personen aus den niedrigen Gesellschaftsrängen also, und machte sie zu Hauptfiguren. Ich erinnere mich gut, auch wenn ich nicht oft in Sizilien war, als »Der Tag der Eule« erschien, da war die Haltung der Leute »das ist deren Sache …«

*»Das ist deren Sache«, »im Grunde bringen sie sich gegenseitig um« … Also das sagt der gesunde Menschenverstand, meinst du das?*

Im Haus von »zivilisierten Leuten«, wie es in Sizilien heißt, sprach man nicht über die Mafia. Es war wie über Durchfall bei einem Galadinner zu reden. Nun, wie auch immer … Man tat es einfach nicht, es zeugte nicht von gutem Geschmack. »Deren Angelegenheiten«, hieß es. Wenn auf der Straße geschossen wurde, schloß man die Fensterläden – das wohlhabende Bürgertum, meine ich –, und wenn genau diese Leute etwas brauchten, was man auf legalem Weg nicht erreichen konnte, wandten sie sich an den Mafioso. Der Mafioso existierte nur, wenn es genehm war. Und das bedeutete, wenn das brave Bürgertum ihm das »Visum« für Assistenz und Überleben gab. Wenn man ihn nämlich um einen Gefallen bat – und dann wurde beinahe ein Stimmenkauf daraus –, kam todsicher und rechtzeitig die Forderung des Mafioso auf dich zu. Und du mußtest die Rechnung begleichen.

*Du sagst Bürgertum, oder meinst du den Adel?*

Ich spreche aus meiner Erfahrung, der des Bürgertums. Der Adel hat, glaube ich, das Maß immer gleich vollgemacht. Wo wir – und wenn ich »wir« sage, meine ich meine bürgerliche Familie – im Territorium der Mafia ein Ding machten, machten die Adligen gleich zehn. Was war das für eine Denkweise? Das sind Dinge, über die ich noch nie gesprochen habe. Aber es ist gut, sie ein für allemal beim Namen zu nennen. Also. Mein Großvater war einer der reichsten Männer in der Provinz Agrigent. Er besaß zwei Schwefelgruben, aber sämtliche Familien – die Portolano, die Pirandello –, die im Schwefelgeschäft tätig waren, wurden von den großen Genossenschaften an den Rand des Ruins getrieben. Um nicht bankrott zu gehen – eines der Themen in Luigi Pirandellos »Die Alten und die Jungen« –, wurden richtiggehende Widerstandsehen geschmiedet.

Ich verwahre Dokumente aus jener Zeit, die die sogenannten Schwefelsammelstellen betrafen. Sie sind die Rekonstruktion des Wegs, den der abgebaute Schwefelstein nahm: von der Grube zum Lagerhalter, und der handelte damit. »Der Herr X hat bei mir hundert Zentner Schwefel erste Qualität eingelagert...«, steht da geschrieben, und damals bezahlte man noch nicht in bar. Dann kam beispielsweise Giuseppe Camilleri, mein Großvater, zum Lagerhalter und Händler und sagte zu ihm: »Gib mir zehn Kantar«, ein Gewichtsmaß, das es nur in Sizilien gibt, was anderthalb Zentnern entspricht.

Das Dokument ist immer in »Kantar«. Für den Lagerhalter ist es der Gegenbeweis, daß er mir diese Kantar Schwefel gegeben hat. Dann traf Stefano Pirandello ein, Vater von Luigi. Der nahm weitere Kantar Schwefel und unterschrieb. Dann tauchte Vincenzo Fragapane auf, nahm seine »Kantar« und unterzeichnete ebenfalls. Die Lieferung erfolgte bei Unterschrift. Sobald du, der Mann von der Sammelstelle, Lagerhalter namens Portolano, alle Bestellungen erledigt hattest, schicktest du dem Grubenbesitzer dieses Blatt Papier mit sämtlichen Unterschriften. Der rechnete die Kantar zusammen, die ein jeder erhalten hatte, und schickte dir die Quittung. Nach Erhalt der Quittung bezahltest du, denn alles wurde auf Ehrenwort abgewickelt…

Also, ich besitze jetzt Unterlagen, die auf den Namen Calogero Portolano und Söhne ausgestellt sind, das war der Lagerhalter… »Ich erhalte vom Herrn Marchese«, das ist der Besitzer der Grube… »Ich nehme Kantar fünf: Giuseppe Camilleri«; »Ich nehme Kantar sechs: Stefano Pirandello«; »Ich nehme Kantar soundsoviel: Vincenzo Fragapane«. Alle Namen stehen auf einem einzigen Blatt. Auf einem einzigen Papier stehen Portolano und Pirandello. Die Tochter von Portolano wird Luigi Pirandello heiraten. Die Enkelin von Fragapane wird den Enkel von Camilleri heiraten. Auf diesem Papier stehen die Dynastien der sogenannten Schwefelehen. Sie heiraten alle untereinander. Mein Vater und meine Mutter tauchen auf jenem Blatt auf, wo auch der Vater und die Mutter von Luigi Pirandello stehen. Es ist klar, daß sich zwischen diesen entweder heftige Feindschaften oder ebenso seriöse und ebenso starke Freundschaften aufbauten. Aber wieso habe ich jetzt über den Schwefel gesprochen? Weißt du, daß ich mich nicht mehr an den Ausgangspunkt erinnere?

*Du sprachst vom Adel und bist wieder beim Bürgertum gelandet…*

Das ist richtig. Es waren reiche, sehr reiche Bürger. Und deshalb besaßen sie Palazzi, Villen, Pferde, Kutschen und so weiter. Ja. Das waren Zweckehen. Die von Pirandello ging schief, weil seine Frau verrückt wurde, ansonsten wäre es eine durchaus glückliche Ehe gewesen wie die meiner Eltern. Ich kann bezeugen, daß aus ihrer Zweckheirat eine echte Liebesehe wurde. Andere Ehen endeten wiederum auf üble Weise. Die Schwefelehen zwischen Familien aus Porto Empedocle und aus Agrigent wurden aus der Notwendigkeit heraus geschlossen, gegenüber den Fuß fassenden ausländischen Gesellschaften wie beispielsweise der Anglo Sulfur die eigenen Reihen zu stärken.

Die Deutschen? Die waren auf unserer Seite, denn fast alle Mineralingenieure in Sizilien waren Deutsche. Aber unser Bürgertum ... Ich gebe dir ein Beispiel: Mein Großvater Vincenzo schickte das Geld für die laufenden Zahlungen zur Grube Cannatello, das war Richtung Caltanissetta, und zwar in bar. Er belud das Maultier, die Satteltaschen waren prallvoll Geld. Und dann gab es zwei Möglichkeiten: Entweder ließ er das Geld vom Rechnungshalter unter Schutz einer bewaffneten Bande transportieren, oder der Rechnungshalter machte sich alleine auf den Weg. Und in diesem Fall ritt er nachts. Da könnte einer sagen: »Ist der verrückt?« Nein, der war nicht verrückt. Der Herr Buchhalter, im Sattel des Maultiers, hörte einen Pfiff von einem Hügel zum nächsten, der ihm bedeutete: »Geh weiter.« Wer waren die Pfeifer? Das waren die Mafiosi, die mein Großvater bezahlt hatte, um die Wegstrecke zu bewachen, die jede Woche zurückgelegt wurde. Damals gab es noch nicht die Einrichtung, daß Polizei oder Carabinieri dich eskortierten, wenn du deinen Zahlungsverpflichtungen nachkamst ... Es war ein System, das bereits an Stelle des Staates trat. Unweigerlich kam irgendwann die Rede auf die Mafia. Und man hielt dagegen: »Ach, lassen wir die Mafiosi doch aus dem Spiel, das sind Leute, mit denen man besser nichts zu tun hat.« Dennoch bediente man sich ihrer und trieb sein ungeheuerliches Heuchelspielchen.

Wie ich dir bereits sagte: Der Mafioso existierte und existierte nicht. Wenn mein Großvater nach Hause kam, in seine eigenen vier Wände, existierte dort keine Mafia. Aber ich werde dir noch mehr sagen. Als mein Großvater pleite machte – meine Großmutter erzählte das immer –, tauchten zu nächtlicher Stunde auf freiem Feld drei Mafiosi mit dem Geld auf, das mein Großvater ihnen bei vorherigen Transaktionen gegeben hatte. Und sie sagten zu ihm: »Brauchen Sie das? Hier, bitte.« Sie boten ihm das Geld an, weil er es brauchte.

Ich will dir noch eine andere Episode erzählen. In unserer Gegend lebte ein alter Mafioso namens Don Masino. Wer war Don Masino? Dem Anschein nach ein Schafhirt. Nein, das ist nicht richtig. Ein Ziegenhirte, einer, der diese wunderschöne Agrigentiner Rasse auf die Weide trieb; als ich diese Tiere wiedersah, versetzte es mir einen richtigen Stich ins Herz. In »Jagdsaison« habe ich eine Art Abgesang auf sie gehalten, denn es ist ein Vieh von seltener Schönheit. Don Masino besaß Hunderte von diesen Ziegen, die er auf einer der riesigen Besitzungen meines Großvaters weiden ließ. Jeden Morgen in der Dämmerung brach er mit der Herde auf. Eines Nachts im Jahr 1944 auf dem Land – jeder war bemüht, immer in Gesellschaft von anderen zu sein, denn die Zeiten waren nicht mehr sicher – war ich in Begleitung meines Onkels Massimo, denn tags darauf sollten die Feldwächter und die Tagelöhner zur Kartoffelernte eintreffen. Es war eine wunderschöne Mondnacht. Wir hörten Geräusche und sahen nach draußen. Was ich dir jetzt erzähle, das mußt du mir einfach glauben: Einige Kerle hatten sich, als wären sie unsere Landarbeiter, in Reih und Glied aufgestellt und füllten unsere Kartoffelernte in die Satteltaschen ihrer Maultiere, um sie abzutransportieren. Ich sagte: »Onkel, die da klauen unsere Kartoffeln. Was machen wir bloß?« Was soll das heißen, was machen wir? Mein Onkel nahm seine Schrotflinte, und ich griff zu einer Smith & Wesson mit fünf Trommeln, die aus den Zeiten von Buffalo Bill stammte. Gottlob habe ich nicht damit geschossen. Denn hätte ich einen Schuß aus dem alten Eisen abgegeben, wären mir Hände und Gesicht explodiert... Ich war damals gerade neunzehn Jahre alt. Vorsichtig gingen wir hinaus, da stand einer von denen mit dem Rücken zu uns.

Wir bezogen hinter einem Felsblock Stellung, und mein Onkel rief: »Haut ab, haut ab…« und feuerte einen Schuß in die Luft: *bumm*. Der Mann drehte sich nicht einmal um, er warf einfach eine Handgranate auf uns. »Hier hast du sie, renn nach Hause, schließ dich ein: Das ist eine Handgranate.« Damals gab es von denen so viele, wie du wolltest. Nimm eine, und die zweite kriegst du gratis. Ein Freund und ich warfen zum Spaß eine ganze Kiste von diesen Oto, so hießen sie nämlich. Sie explodierten, töteten aber nicht, sie hatten sozusagen nur moralische Wirkung. Wenn dir ein Bombensplitter unter die Haut fuhr, zogst du ihn wie einen Stachel wieder heraus, schließlich war er nur aus Leichtaluminium. Es waren die Schreckschußpistolen unter den Handgranaten, das faschistische Heer verwendete sie. Vor Jahren wurden hier in Rom zwei oder drei dieser Art in der Nähe des Innenministeriums gefunden, man schlug Alarm: »Zu Hilfe, Bomben!« Ich sah diese Bomben im Fernsehen: »Die Bomben Oto hatten moralische Wirkung… Es waren Kriegsrestbestände…« Ende der Zwischenbemerkung.

In der Dämmerung am nächsten Morgen hörten wir vom Haus aus das Gebimmel der Ziegenglöckchen *te ten te ten te ten,* und die Ziegen, gefolgt von Don Masino, trotteten herbei. Er sah, daß wir schon auf den Beinen waren, und fragte: »Warum seid ihr zu dieser Stunde schon aus dem Bett?« – »Masino«, sagte mein Onkel Massimo, »heute nacht haben sie uns alle Kartoffeln gestohlen.« – »Wie konnten die mir so etwas antun! Mir?!« brüllte er. Mit einemmal war nicht mehr die Ehre der Familie Fragapane, also die meines Onkels, in Frage gestellt, sondern die von Don Masino: »Ausgerechnet mir? Auf meinem Land, zu meinen Freunden sind sie gekommen und haben so etwas angerichtet…« Er ließ alles stehen und liegen und ging weg. Er verschwand ganz einfach. Die Ziegen machten sich alleine auf den Weg und trotteten davon, sie kannten ja das Gelände. Wir blieben auf dem Hof zurück. Da kam einer zu meinem Onkel und sagte: »Herr, die Signora will, daß Sie sofort ins Dorf kommen.« Die Signora war meine

Großmutter. Flugs machten wir uns auf den Weg ins Dorf. Vor dem Tor meines Elternhauses standen ungefähr fünfundzwanzig Pferde, beladen mit Kartoffeln. Meine Großmutter sagte: »Ich hörte jemanden anklopfen, ich machte die Tür auf, und da warf sich einer vor mir auf die Knie. ›Alle sind es! Alle Kartoffeln, hier sind sie, nicht eine einzige Kartoffel haben wir uns genommen.‹« Die Diebe hatten sämtliche Kartoffeln eingesackt, und wir hatten das Geld für die Ernte gespart.

Soweit zum Thema »Die Mafia gibt es und gibt es nicht«. Willst du noch eine Anekdote hören? Meine Mutter war sehr couragiert, genauso wie mein Vater. Wir waren mitten im Krieg. Zwischen dem Dorf und unserem Haus lag ein schrecklich finsterer Feldweg, auf dem einem wirklich angst und bange wurde. Meine Mutter machte sich also ganz allein auf diesen Weg von zwei Kilometern; zu Hause wartete die ganze Familie auf sie. Sie war allein und hatte doch immer ein wenig »Begleitung«, die Ärmste, allein in der Dunkelheit. Eines Abends hörte sie eine Stimme in der Finsternis: »Signora Carmelina, um diese Stunde geht Ihr noch aufs Land? Ich begleite Euch heim.« Zu Hause angelangt, erklärte meine Mutter ihrer Familie die Angelegenheit wie folgt: »Nie habe ich mich nachts auf der Straße so sicher gefühlt wie in Begleitung dieses Übeltäters.« So verhielt es sich damals, das waren noch Zeiten.

Ich weiß wohl, daß meine Worte schockierend klingen, aber die Dinge standen nun einmal so, und zwar für alle, und es wäre eine Heuchelei, das leugnen zu wollen. Man bediente sich der Mafia, von der man nicht sprach, wenn es einem zupaß kam. Der Staat war zu jener Zeit in Sizilien einfach nicht präsent. Der Mafioso aber, der war zur Stelle, ihn kannte man. Schauen wir mal, wer die Söhne von Don Masino waren: Matteo, der älteste, und Ciccio. Auch dazu muß ich etwas erklären. Ich war Altersgenosse von Ciccio, er lebt heute nicht mehr. Als Kind kam er auf unser Landgut, um mit mir zu spielen. Wir waren Spielkameraden, und er fühlte sich mit mir sehr verbunden. Stell dir vor, einmal kam ich wieder nach

Porto Empedocle – da war ich so vierzig, fünfundvierzig Jahre alt, verheiratet und hatte bereits Kinder –, da tauchte am Morgen einer auf, der wußte, daß ich frischen Ricotta liebe, und brachte mir eine Schüssel von diesem Frischkäse. Und das war Ciccio. Da geschah es, daß eine Person entführt wurde, und Matteo, Ciccios Bruder, war in das Verbrechen verwikkelt. Ich sage, verwickelt, aber in Wirklichkeit hatte er nichts damit zu tun. Es waren Gerüchte über ihn im Umlauf, weil die Familie des Entführten sich hilfesuchend an ihn gewandt hatte: »Die haben unseren Buben entführt, wenn du vielleicht etwas ausrichten kannst…« Doch Matteo kam zu spät: Das Kind wurde tot in einem Brunnen entdeckt, ein grauenvolles Verbrechen. Zu jener Zeit stand die Kaserne der Carabinieri in Porto Empedocle unter dem Befehl eines legendären Maresciallo. Der nahm Matteo, führte ihn zu dem Brunnen und befahl ihm: »Steig in den Brunnen, genauso wie da, als du den Jungen umgebracht hast.« Matteo setzte sich zur Wehr: »Ich habe das Kind nicht dort hineingeworfen.« Der Maresciallo knüpfte ihn sich vor und verpaßte ihm einen Faustschlag: Der Bursche donnerte mit dem Kopf auf und war tot. Eine Autopsie mußte gemacht werden, denn die Todesursache war nicht klar. Aus unerklärlichen Gründen wohnte Ciccio der Leichenöffnung seines Bruders bei. Hinterher gab er sich geschlagen. Er sagte zu meiner Mutter: »Signora, jetzt hat meine Seel' eine Ruh, denn es war ein Unfall. Es bestand keine Tötungsabsicht.« Meine Mutter meinte: »Ciccio, hat es dich nicht erschüttert, bei der Autopsie deines Bruders dabei zu sein?« – »Was für eine Erschütterung denn? Er war doch tot. Er lebte nicht mehr, er hat nicht geschrien oder gejammert, nein, ganz tot war er. Also, was für eine Erschütterung sollte ich seinetwegen kriegen?«

*Verzeih mir, Andrea, wenn du sagst, der Maresciallo war legendär, dann meinst du das ironisch?*

Der Maresciallo war bekannt im ganzen Land für seine brutalen Methoden und seine Kühnheit, auch wenn er in diesem Fall auf die Nase fiel. Ich erzähle dir noch eine Geschichte, die ihn direkt betraf. Nach dem Krieg, als überall totales Chaos herrschte, Briganten, also Straßenräuber, ihr Unwesen trieben und Klatschgeschichten die Runde machten, fuhr er unerkannt in einem Cinquecento durch die Gegend. Eines Nachts in der Gegend von Canicattì hielten ihn zwei Diebe an, er machte den Wagenschlag auf und, ohne auszusteigen, eröffnete er das Feuer. Hinter ihm kam einer der Lastwagen meines Vaters angefahren; er war zu jener Zeit Leiter der Sizilianischen Transportgesellschaft. Der Maresciallo nahm den Toten, legte ihn dem Laster in den Weg und sagte zum Fahrer: »Wäret Ihr so nett und bringt den nach Agrigent?« Nur um dir zu sagen, was für ein Typ der war. Er wurde dann zum Hauptmann befördert, was der höchste Dienstgrad war, den er erreichen konnte; doch ich glaube, daß sie ihn später versetzt haben – sagen wir die gottverdammte Wahrheit, er war ein knallharter Typ…

Ciccio hingegen, der Bruder von Matteo, machte Karriere in der Democrazia Cristiana und wurde ein angesehener Unternehmer. Und so kommen wir zu den achtziger Jahren. Er hatte drei Söhne, die ihm in seiner großen Fabrik zur Hand gingen. An einem Freitag starb ein ganz guter Freund von mir, Alfonso Burgio, Arzt in Porto Empedocle und Schwiegervater des damaligen Ministers Calogero Mannino. Alfonso Burgio wurde von den Christdemokraten und von den Kommunisten geschätzt und verehrt. Als er dann am Samstag in Porto Empedocle zu Grabe getragen wurde, war halb Sizilien unter einem riesigen Polizeiaufgebot dabei. Unterdessen, es war Samstag, arbeiteten die drei Söhne in der Fabrik weiter. Schlußendlich um halb sechs, während die Trauerprozessionen noch immer im Gange waren, traten drei Männer unter die Dusche und wurden dort von einem Mafiakommando erschossen. Die Killer waren Mitglieder der örtlichen *stidda*, was bedeutet: aufsteigende Mafiosi, die mit anderen Mafiosi im Krieg lagen und in der Provinz Agrigent Fuß fassen wollten. Doch diese *stiddari* waren offenkundig nicht aus der Gegend, denn sie hatten nicht begriffen, daß die drei Personen, die sich da duschten, drei arme Arbeiter waren, die an jenem Samstag in der Fabrik Überstunden machten. Mit anderen Worten, die *stiddari* hatten drei unschuldige Menschen ermordet. Da Ciccio wußte, daß seine Söhne nur knapp mit dem Leben davongekommen waren, zahlte er den Familien der drei Arbeiter eine Art Schadensersatz, verkaufte seine Fabrik und wanderte still und leise mitsamt der ganzen Familie nach Australien aus. Die Zeitungen haben nie darüber berichtet.

Jahre später begegnete ich ihm, als das Heimweh ihn für einige Tage nach Porto Empedocle getrieben hatte. Wir umarmten und küßten uns. »Ciccio, aber wieso bist du denn weggegangen?« fragte ich ihn. Er war ein eleganter und recht großer Mann. Er legte mir eine Hand auf die Schulter und sagte: »Nenè …«, so heiße ich bei meinen Landsleuten, »dieses Land ist nicht mehr zu regieren.« Teufel noch eins, der redete daher wie ein Polizeipräfekt. Moral von der Geschicht'? Der Sohn von Don Masino hatte begriffen, daß die Dinge anders liefen, er hatte die Zeichen der Zeit gesehen: Es war nicht mehr »unsere Sache« … Die Regeln waren mir nichts dir nichts weggefegt worden. Er kehrte nach Australien zurück und tat dort seinen letzten Atemzug.

*Aber es gibt kein präzises Datum, an dem die neue Mafia die alte verdrängte. Die Mafia des Feudalbesitzes, der Schwefelgruben, des Binnensizilien zu Beginn des zwanzigsten Jahrhunderts oder die der dreißiger und vierziger Jahre war Ende der siebziger Jahre unweigerlich dem Untergang geweiht. Stimmst du mir zu, Andrea?*

Voll und ganz. In meinem Alter kann ich es mir erlauben, vom Zuvor, vom Während und vom Danach zu reden. Und jetzt möchte ich gerne eine Begebenheit erzählen, die aus dem Zeitraum des sogenannten »Während« stammt und mich sehr direkt angeht. Auch das ist eine Geschichte, die ich noch keinem erzählt habe. Du mußt wissen, Porto Empedocle konnte sich in den siebziger Jahren eines höchst gefährlichen Killers rühmen, der in den Vereinigten Staaten sein Aktionsfeld hatte; er war einer jener Handlanger im Dienst der amerikanischen Cosa Nostra. Das war allgemein bekannt. Und man wußte auch, daß er aus Porto Empedocle weggegangen war und in den Vereinigten Staaten eine phantastische Karriere gemacht hatte. Mein Vater lag im Sterben. Es war das Jahr 1967, wir waren hier in Rom. Da bekam ich einen Anruf aus den USA: »Ich bin der XY«, das ist die Person, von der ich nur den Vornamen kannte. »Sie sind der Sohn von Don Peppino Camilleri?« – »Ja.« – »Stimmt es, daß Ihr Vater im Sterben liegt?« –»Ja.« – »Wenn ich morgen ins Flugzeug steige, treffe ich ihn dann noch an?« – »Sie treffen ihn an.« Meiner Frau erzählte ich nichts von diesem Telefonat. Zwei Tage später klopfte es an meine Haustür, hier in Rom, in der Via Bazzoni 15, wo ich seinerzeit wohnte. Meine Frau machte auf. Blaß im Gesicht kam sie zu mir und sagte: »Da ist ein Herr, der mit deinem Vater sprechen will.« Der Mann stellte sich vor. Es war der vom Telefon. Er sagte zu mir: »Ich kann doch Don Peppino nicht ohne meinen Gruß lassen.« Er betrat das Zimmer meines Vaters, schloß die Tür hinter sich und redete anderthalb Stunden mit ihm. Er kam wieder heraus, umarmte mich, stieg ins Flugzeug und kehrte in die Staaten zurück. Meine Frau kam zu mir und fragte: »Wer war dieses Individuum? Der hat mir einen furchtbaren Schrecken eingejagt, Andrea, wer war das um Himmels willen?« Er trat höchst elegant auf; er ähnelte John Carradine in »Stagecouch«, der gleiche Typ, das gleiche Auftreten. Aber er war der wandelnde Tod. Ich spreche jetzt nicht von einer literarischen Figur: Meine Frau hatte in den Augen dieses Mannes etwas ganz Entsetzliches erkannt, und Panik überkam sie. Mein Vater erklärte mir: »Weißt du, das Geld, um in die Vereinigten Staaten auszuwandern, das habe ich ihm gegeben. Er ist nur gekommen, um sich bei mir zu bedanken.«

Wer war er? Er war ein junger Bursche, der sein Glück versuchte und nach Amerika ging, wo er ein Vermögen machen wollte, und mein Vater hatte ihm das Startgeld gegeben. Die Karriere, die er gemacht hatte, war die eines Kriminellen, aber trotzdem wollte er meinem Vater seine Aufwartung machen.

Meine Frau hat etwas entdeckt und hat damit vollkommen recht: nämlich daß ich versuche, anhand der Figur von Montalbano ein Bild meines Vaters zu entwerfen.

*Andrea Camilleri hat uns bereits viele Tore geöffnet, durch die wir den Kontinent Sizilien betreten, und man merkt, daß er den Gesprächsfaden fest in der Hand hält. Sizilien und Italien, Sciascia und das paramafiöse System, die »Palmenlinie«, die zu einem bestimmten Zeitpunkt unserer Nationalgeschichte sogar bis ins Parlament vordringt, Palmenhocker, die für den Export bestimmt waren – wie er sie nannte, aber auch importierte Palmenbäuche, die nicht weniger repräsentativ sind. Und die Erinnerungen von Andrea Camilleri. Angefangen beim Stammbaum der Schwefelfamilien bis hin zum Mafioso, der für die adligen oder bürgerlichen sizilianischen Familien existiert und zugleich auch nicht existiert; dann der Mafioso als Ordnungshüter gegenüber den Kartoffeldieben oder der Mafioso, der dem pleite Gegangenen unter die Arme greift – kurz, der Mafioso, den alle kannten. Und Jahre später sind wir in den Zeiten, da man nicht mehr wußte, wer ein Mafioso war und wer nicht. Von Nick Gentile bis zu John Carradine aus Porto Empedocle, der den Tod bringt. Andrea Camilleri hat jedoch auch eine schreckliche Erfahrung am eigenen Leib gemacht, er war ganz zufällig in vorderster Front zugegen. Er stolperte blindlings in ein Massaker der neuen Mafia – die, um seine eigenen Worte zu benutzen, in einem Roman vorkommen zu lassen keinen Spaß machen würde. Es war der 21. September 1986. In einer Bar in Porto Empedocle wurden sechs Personen ermordet. Und er war dort.*

*Andrea, wie ist dir dieser Tag in Erinnerung geblieben?*

Ich war mittendrin in dieser schrecklichen Geschichte, das heißt, in dem Massaker von Porto Empedocle. Sechs Menschen kamen dabei um, weitere sechs wurden verletzt. Ich war in dieser Bar, an jenem Abend. Ich muß etwas vorausschikken: Seit Jahren hielt ich mich immer nur für kürzere Zeit in Porto Empedocle auf, und so wußte ich nicht mehr, wer ein Mafioso war und wer nicht. Zu jener Zeit liebte ich den Whisky, und wenn ich in den Ort ging, ließ ich keine Gelegenheit aus, um eine Runde durch die Bars zu machen. In Porto Empedocle gab es damals verschiedene Bars: eine am Hafen, eine in der Nähe, wo heute die Piazza Kennedy ist, das Caffè Castiglione, heute ein Spielsaal, und schließlich die Bar Albanese am Ende des Viale. Es war jedoch so, ich konnte nicht in die Bar Castiglione, weil mein Freund Carmelo Castiglione mich wirklich von Herzen gern hatte. Wenn ich zu ihm sagte: »Carmè, gib mir einen Whisky«, dann erwiderte er: »Nein, du wirst schon ganz schön gebechert haben, und das ist nicht gut für deine Gesundheit. Also ich schenk' dir keinen mehr aus. Wenn du eine Aranciata willst, lade ich dich gerne dazu ein.« Deswegen machte ich einen Bogen um diese Bar; so blieben mir noch die Bar am Hafen, die in der Nähe der Piazza Kennedy und die Bar Albanese, in letzterer geschah das Massaker. Wenn ich in die Kennedy-Bar ging, traf ich dort immer einen Signore, der zu mir sagte: »Die erste Runde geht auf mich, *dutturè*.« Und so lud er mich auf ein Glas ein, und fünf Minuten später revanchierte ich mich. Dieser Herr hieß Grassonelli und war ein Mafioso, was ich aber nicht wußte. Wenn ich auf Heimatbesuch nach Porto Empedocle kam und wir uns auf der Straße begegneten, hakte er sich bei mir ein und sagte: »Dottore, welche Freude, Sie wiederzusehen.« Ich schwöre bei allem, was mir auf dieser Welt lieb ist, ich wußte nicht, mit wem ich es zu tun hatte.

Nun gut. Am Abend des Massakers war ich in Porto Empedocle, um einen Notariatsvertrag zu unterzeichnen, ich weiß nicht mehr, ob es ein Samstag oder ein Sonntag war. Ich verließ mein Haus und flanierte durch die Straßen. Es war September und noch ziemlich warm, doch es hatte geregnet und bereits etwas abgekühlt. So schien es ein richtiger Festabend zu sein, in den Straßen herrschte Leben. Ich lenkte meine Schritte zur Bar am Hafen, aber dort angelangt, war das Rollgitter heruntergelassen und die Beleuchtung ausgeschaltet. Was soll's, dachte ich. Zu Castiglione konnte ich nicht gehen, weil der mich auf dem trockenen sitzenlassen würde. So machte ich mich auf den Weg Richtung mittlere Bar, in die ich so gut wie nie ging; dort kippte ich meine zwei Whisky, die ich eigentlich in der Bar am Hafen trinken wollte. Dann zog ich weiter zu Albanese. Die Situation, die ich dort vorfand, war folgende: Die sechs, acht Tische vor der Bar im Freien waren alle besetzt, die Autos der Gäste waren vor den Tischen geparkt. Ich ging nicht in die Bar hinein, sondern blieb, an die Tür gelehnt, stehen, denn ich sah von der linken Straßenseite her ein wunderhübsches blondes Mädchen näher kommen, die ihren Arm um die Taille eines jungen Burschen gelegt hatte, der wiederum seine Hand auf ihrer Schulter ruhen ließ. Sie war hoch gewachsen und fiel auf.

Ich sagte zu dem Barmann: »Gib mir einen J&B ohne Eis.« An der Kasse saß Signor Albanese, und im Innern der Bar stand einer mit dem Rücken zu mir, den ich nicht erkennen konnte. Ich blieb an der Tür stehen, um dem Mädchen nachzuschauen, und sagte mir im stillen: So schöne Mädchen gab es zu meiner Zeit nicht, heute sind die jungen Leute alle viel schöner, die Rasse hat sich verändert. »Wo bleibt mein Whisky?« fragte ich dann. In diesem Moment drehte sich der Herr, der mit dem Rücken zu mir stand, um und kam auf mich zu. Ich hatte keine Gelegenheit mehr, hineinzugehen und mein Glas Whisky von der Theke zu nehmen. Der Herr meinte zu mir: »Werter Herr, heute haben Sie mich verraten.« Zuerst erkannte ich ihn nicht, eine Sekunde später aber begriff ich, es war Grassonelli, der Signore, der mir in der Bar Kennedy immer die erste Runde ausgab. »O nein, Sie haben sich selbst verraten, als Sie hierherkamen.« Und er erwiderte: »*Dottore*, darf ich Ihnen meinen Vater und einen Freund vorstellen. Sie sitzen dort an dem Tisch.« – »Ich bin gleich bei Ihnen«, sagte ich, drehte mich um, betrat das Lokal und wollte nach meinem Glas greifen. In dieser Sekunde sah ich wie in der Szene eines Films alle Flaschen vor mir in der Luft explodieren. Ich begriff überhaupt nicht, was geschah. Ich verstand nur so viel, es wurde geschossen: »Madonna, Madonna…«, stöhnte ich, leerte mit einem Zug mein Glas (!), und während noch immer Schüsse fielen, sah ich auf die Straße. Signor Albanese brüllte mich an: »Dottore, machen Sie jetzt bloß keinen Scheiß, werfen Sie sich auf den Boden!« Weshalb ich zur Tür ging? Weil sich mir ein unglaublicher Anblick bot. Kein einziges Tischchen und kein einziger Stuhl standen noch, und zwischen den Bäumen auf der gegenüberliegenden Straßenseite sah ich *zickzickzick* ... winzige Lichtquellen. Einen Sekundenbruchteil ging mir durch den Kopf – zuerst hörte ich die Explosion, dann sah ich die Flaschen wegspritzen –: Wer ist dieser Arsch, der Knallerbsen mitten unter die Leute wirft? Dann überkam mich blinde Wut. Ich erzähle nur, was ich gesehen habe – Signor Albanese ist mein Zeuge, noch heute ist er Besitzer dieser Bar. »Gib mir eine Pistole!« schrie ich ihn an. »Ich habe keine Pistole.« – »Gib mir eine Pistole.« – »Ich habe keine Pistole, was zum Teufel wollen Sie denn tun?« Jetzt hörte ich die Schreie des Mädchens, das sich noch auf den Beinen hielt, und ich sah – das geht mir noch heute nahe –, wie sie versuchte, ihren Freund zu stützen, der langsam zu Boden ging. Rund dreißig Leute, die mir wie tot vorkamen, lagen ohnmächtig oder verletzt auf dem Boden.

Albanese packte mich an der Gurgel, ich rutschte auf dem Blut aus, machte mir die Hosenbeine dreckig – die Hose habe ich aufbewahrt –, zerrte mich ins Innere des Lokals, und in dem Augenblick ging die Straßenbeleuchtung aus: Schreie, flüchtende Menschen, das Licht blieb zehn Sekunden weg, dann kam es wieder. Das erste, was ich tat: Ich stieg über die Leute, die auf dem Boden lagen, hinweg – ich wußte nicht, wer von ihnen tot war, wer lebte – und rannte zu meinem Haus, das, Gott sei gelobt, nicht weit entfernt war. Als erstes telefonierte ich nach Rom und sagte zu meiner Frau: »Es hat ein Blutbad gegeben. Aber ich bin unversehrt, das wollte ich dir nur sagen, bevor du im Fernsehen davon hörst.« Dann ging ich wieder in den Ort hinunter, mittlerweile waren die Carabinieri eingetroffen. Es hatte sechs Todesopfer gegeben. Was mir damals aufgefallen war – ich habe gleich den Oberstleutnant der Carabineri darauf hingewiesen –, waren einige verbrannte Plastiktüten. Und der Oberstleutnant beschränkte sich auf die Worte: »Ach ja, sieh einer an, das stimmt.« Denn zwei Sekunden bevor ich das Mädchen sah, hatte ich ein Grüppchen von vier oder fünf Leuten bemerkt, die gerade vom Strand kamen, das war alles. Sie wirkten vollkommen harmlos, trugen keine Waffen, hatten nichts bei sich, wohin sie die hätten tun können; sie waren mit Shorts und Unterhemden bekleidet, und jeder von ihnen hatte eine Plastiktüte in der Hand, in denen man ihre Kleidungsstücke oder Badetücher oder Sandalen vermutete. In Wirklichkeit steckten darin ihre Maschinengewehre. Sie haben durch die Plastiktüten hindurchgeschossen. Mit eigenen Augen habe ich diese verbrannten Plastiktüten gesehen, die sie dann weggeworfen haben. Das war das einzige, was mir aufgefallen war. Der Oberstleutnant fragte mich, ob ich einen der Killer erkannt hätte. »Nein. Glauben Sie mir, wenn ich sie erkannt hätte, hätte ich es Ihnen bestimmt gesagt.« Sie waren nicht maskiert. Sie legten mir Fahndungsfotos vor, aber leider konnte ich niemanden identifizieren. Jahre später wurden die Mörder verhaftet, vor Gericht gestellt und verurteilt. Doch an jenem Abend meldete sich bei mir die sizilianische Mentalität. Da ich ihre Gesichter gesehen hatte, war es eine Art russisches Roulette, das hieß für mich: Wenn die denken, daß ich sie wiedererkannt habe, was soll ich machen, soll ich ihnen den Weg zu mir nach Hause weisen? Zu meinen Onkel und Tanten, zu meinen Eltern? Besser wohl, wenn sie nur mich umbringen.

Ich hatte ein volles Päckchen Zigaretten und begann, auf der Mole auf und ab zu spazieren. Die Leute auf der Piazza waren neugierig zu sehen, was da vor sich ging … So ist es eben in einem kleinen Kaff. Nach einer halben Stunde sah ich, wie einer aus einem gottverlassenen Winkel am Ende der Ufermole näher kommt. Ich schwöre, in dem Augenblick dachte ich: Du hast mich gefunden, hier bin ich … Dann erkannte ich die Person, es war der Sohn einer meiner Freunde, rund dreißig Jahre alt. »Wer ist da? Dottore, was machen Sie hier um diese Uhrzeit …« Dieser Freund hatte drei prächtige

Söhne, die allesamt aussahen wie Westernhelden. Ich weiß nicht wie, ich weiß nicht, warum, jedenfalls drängte auf einmal die ganze Menschenmenge auf die Mole – von einem Ende bis zum anderen –, um mir Gesellschaft zu leisten und zur Seite zu stehen. Zu Hause habe ich nichts erzählt. Am nächsten Morgen um zehn sollte ich mit dem Wagen abgeholt und zum Flughafen von Palermo gefahren werden.

Wut hatte mich gepackt. Wut, Entsetzen und Scham. Um Viertel nach fünf im Morgengrauen legte ich mich schließlich zur Ruhe. Um zwanzig nach fünf saß ich kerzengerade im Bett und zitterte vor Entsetzen. Fürchterliche Angst hatte mich überkommen, ich klapperte mit den Zähnen, es war eine Spätzünderangst. Ich weiß, daß die Killer telefonisch wegen zweier Personen um Entschuldigung baten, die völlig unbeteiligt waren. Grassonelli, der Herr, der mich zum Whisky eingeladen hatte, war das eigentliche Ziel der Killer. Also hätte auch mich das gleiche Schicksal ereilt, wenn ich mich, wie er es wollte, zu seinem Vater und dem Freund an den Tisch gesetzt hätte, damit er sie mir vorstellen könnte. Wenn ich heute nach Porto Empedocle komme und in diese Bar gehe, sitzt mir die Erinnerung immer noch im Nacken. Porto Empedocle hatte sich verändert. Und ich hatte nichts gemerkt.

Dann geschahen zwei merkwürdige Dinge. Nach dem Massaker habe ich monatelang keinen amerikanischen Film sehen können, in dem herumgeballert wurde. Mir wurde beim Hinschauen beinahe übel, denn ich war ja bei einer echten Schießerei dabeigewesen. Und die Maschinengewehre hören sich sowieso gräßlich an, wie bellende Pekinesen. Es ist mehr ein irritierendes als furchteinflößendes Geräusch. Die andere Sache ist etwas vollkommen Unerklärliches, sogar illustre Ärzte haben sich damit beschäftigt: Also wenn ich ein Flugzeug nehmen muß und es um keinen Preis anders geht, dann tue ich es auch. Nun gut. Nach dem Massaker schlugen anderthalb Jahre lang sämtliche Metalldetektoren in italienischen und europäischen Flughäfen Alarm, wenn ich passierte;

rein zufällig war das auch die Zeit, in der ich am meisten mit dem Flugzeug verreisen mußte. Sie ließen mich meine Taschen leeren, fragten mich, ob ich Metallprothesen trüge, ein Gebiß hätte, in Istanbul mußte ich mich splitternackt ausziehen. Ich hatte weniger als nichts an mir. Dennoch ertönten die Alarmsignale wie verrückt. Ich ließ mich ärztlich untersuchen, Röntgenaufnahmen machen… Keinem Arzt ist es je gelungen, dieses kuriose Phänomen zu erklären. Es war, als wäre beim Anblick dieses Massakers etwas Metallisches in meinem Leib geblieben. Trotzdem fanden sie nicht das winzigste Bröckchen Metall an mir. Nach und nach hörten die Metalldetektoren auf, Alarm zu schlagen…

# II. Das Schweigen des *accipe*

*Für Andrea Camilleri ist Porto Empedocle eine sprudelnde Quelle von Ideen und Erinnerungen, Figuren und Handlungsverflechtungen, literarischen Suggestionen, Anekdoten und real gelebtem Leben. Es ist ein intellektuelles Kapital, das er über Jahrzehnte mit viel Geduld zusammengetragen hat und aus dem er jetzt, da das beste Sizilien – das der Ideen, nicht das der Verbrechen – wieder von sich reden macht und neue Leserscharen erobert, mit vollen Händen schöpfen kann. Heute kehrt Andrea Camilleri, wenn er kann und immer in Begleitung seiner Frau Rosetta, nur zu Blitzbesuchen nach Porto Empedocle zurück, und das tut er vorzugsweise Anfang September zum Fest von San Calogero, dem Schutzheiligen, für den er eine besondere Verehrung hegt – wie wir noch sehen werden. Er hat nie auf dieses herrlich südländische Ritual des Flanierens über den großen Corso, hier die Via Roma, verzichtet, wo das Blutbad stattfand und sich das gesamte öffentliche Leben des Städtchens abspielt. Auch noch heute, da ihm Ruhm und Erfolg beschert sind, hält er den Kontakt zu seinen Schulfreunden; mit ihnen – mit denen, die noch am Leben sind natürlich – pflegt er die alte Tradition des ausgiebigen Debattierens vor einem Teller kunstgerecht frittierter Rotbarben.*

*Er wohnt dort noch immer in dem Haus, wo er das Licht der Welt erblickt und seine Kindheit verbracht hat; es befindet sich in der Via La Porta, genau hinter der Via Roma, und die Dorfalten kennen es gut. Zwanzig Meter vor seiner Haustür steht die Marmorbüste eines illustren Mitbürgers, der Mitglied der Übergangsregierung unter Garibaldi war, nachdem er es bei dem Blitzzug der Tausend* * *zu Glanz und Glorie gebracht hatte. Heute verstellt ein*

* Legendärer Zug freiwilliger Kämpfer unter der Führung des Freiheitshelden Giuseppe Garibaldi, der im Mai 1860 den Aufständischen in Sizilien zu Hilfe eilt.

*Gebäude gegenüber von seinem Haus den Blick auf die Hochebenen aus Mergel, wo während des Kriegs die Flakartillerie aufgestellt war, die auf die heftigen Luftangriffe der Engländer und der Amerikaner reagierte. Die Wäsche, die in einer noch sommerlichen Septembersonne zum Trocknen aufgehängt ist, und der starke Geruch nach passierten Tomaten, die als Wintervorrat in Flaschen eingemacht werden, erinnern an die lebhaften Farben gewisser Bilder in dem Film »Das Gold von Neapel«, zu dem, unter anderen Giuseppe Marotta das Drehbuch geschrieben hat.*

*Das Haus, in das Camilleri zurückkehrt, wenn er Gelegenheit dazu hat, ist ganz und gar nicht luxuriös. Es ist ein schlichtes zweistöckiges Wohnhaus mit spartanischer Einrichtung: hier und da ein Tischchen, einige Stühle, ein antiker Nußholzschrank, eine kleine Kochküche. In dem kleinen Zimmer, in dem wir gearbeitet haben, stehen zwei Sessel einander gegenüber, und unter einem Spiegel steht ein niedriges Schränkchen mit einigen Büchern; darauf befinden sich außer der schmalen Schnitzfigur eines Boots samt Bootsmann, der die Ruder fest in den Händen hält, und einem kleinen Morseapparat aus Holz und Eisen auch zwei Porträts: Das eine ist die Schwarzweißaufnahme der Großmutter Elvira in einem kleinen Silberrahmen, das andere ist ein Heiligenbild von San Calogero. Es sind vier kleine Reliquien, die nicht zufällig dastehen. Andrea Camilleri lebt seit über fünfzig Jahren in Rom, doch unschwer ist zu erkennen, daß Sizilien für ihn ganz und gar kein abgeschlossenes Kapitel ist und er nie mit seiner Vergangenheit gebrochen hat – ganz im Gegenteil! Er empfindet es beinahe als Zwang, von Zeit zu Zeit nach Porto Empedocle zurückzukehren, um seine Erinnerungen an der Quelle aufzufrischen.*

*Nach den vielen Tagen, die ich mit ihm verbringen durfte, bin ich zu der Überzeugung gelangt, daß er gut ins alte Griechenland gepaßt hätte: Seine Lektionen unter freiem Himmel hätten Riesenzulauf gehabt, er hätte den kleinkarierten Sophisten Konkurrenz gemacht (mit denen er sich sicherlich angelegt hätte), er hätte die sokratische Lehre zu der seinen gemacht und wäre in den vordersten Reihen gestanden, um an den politischen Diskussionen über die Zukunft seiner Stadt teilzunehmen, er hätte sich sogar unter den gestrengen Weisen des Areopag wohl gefühlt, obwohl ich noch nie feststellen konnte, daß er gerne doziert oder Urteile über seine Mitmenschen fällt. Er hätte also unablässig über die idealen Städte, die besten Gesellschaftssysteme für die Menschheit gegrübelt und bis zum Ende seinen, wie es heute heißt, »Beitrag« zum Ablauf des öffentlichen Lebens geleistet. Er wäre einer der »Aristoi« gewesen – heutzutage wird man zum Senator auf Lebenszeit ernannt. Südländer zu sein bedeutet für ihn nämlich, der jahrtausendealten Zivilisation des Mittelmeerraums anzugehören, und die besteht in erster Linie aus mündlichen Überlieferungen, großartigen Heldenepen, Erzählungen, die das Leben schrieb – noch lange bevor ein Leser sie zu Gesicht bekam –, aber auch aus langem Schweigen, so wie man ihm nur auf dem offenen Meer oder dem menschenleeren Ackerland im Süden Siziliens lauschen kann. Camilleri hat in Porto Empedocle immer schon Abenteuer und kühne Unternehmungen besungen. Doch daß er fast siebzig Jahre alt werden mußte, bis er endlich zum erfolgreichen Romanschriftsteller wurde, das ist eine andere Sache; das Timbre seiner Erzählstimme ist im Laufe der Jahrzehnte durch Beobachten, Zuhören, Reden und durch Schreiben aus der Erinnerung – wenn man das so sagen darf – raffinierter geworden.*

*Genau aus dem Grund will ich auch, daß nichts von alledem, was er mir gesagt hat, verlorengeht.*

Ich bin Einzelkind, aber nicht im strengen Sinn des Wortes. Meine Mutter Carmela und mein Vater Giuseppe hatten vor mir ein Mädchen bekommen, das an einer schweren Infektionskrankheit starb; dann kam ein Junge auf die Welt, und auch er starb im Verlauf einer dieser Epidemien, die zu Beginn des zwanzigsten Jahrhunderts die Kinderbevölkerung dezimierte, was eine verharmlosende Ausdrucksweise ist. Der Junge wurde nur wenige Monate alt, das Mädchen jedoch war bei seinem Tod schon zwei Jahre, und meine Eltern hatten Zeit genug gehabt, es ins Herz zu schließen. Die Kleine hieß Elvira wie die Großmutter mütterlicherseits. Meine Mutter hatte noch auf dem Sterbebett ihr Foto bei sich. Dann erblickte ich als drittes Kind das Licht der Welt; offensichtlich hat meine Mutter nach mir keine Kinder mehr bekommen können; gewiß hatte sie nicht gewollt, daß ich alleine aufwuchs. Einzelkind zu sein war kein leichtes Schicksal. Andererseits hatte es auch seine guten Seiten, denn ich wurde von meinen Eltern ziemlich verwöhnt: Im Grunde war ich einer, der Glück gehabt und überlebt hat.

Meine Mutter hat mich San Calogero, dem in der Agrigentiner Gegend verehrten Heiligen, geweiht. Seinem Schutz hat sie mich unterstellt, und tatsächlich bin ich im Standesamt mit dem Doppelnamen »Andrea Calogero« eingetragen. Der Name ist zwar nicht zusammengeschrieben, doch sollte mein voller Name Andrea Calogero sein. Und Calogero, diesem Heiligen, bin ich mein ganzes Leben lang verbunden gewesen. Für mich existiert weder das Paradies noch die Hölle, und ich glaube auch nicht an ein Leben nach dem Tod, aber ich muß ehrlich sagen, in meinem verwaisten »Himmel« gibt es einen, und das ist San Calogero. Er ist ein gutaussehender schwarzer Heiliger, der dort für mich sehr deutlich sichtbar seinen Platz hat. Wie gesagt, es gibt nur ihn. Und in der Tat, seit ich in die reiferen Jahre gekommen bin, mache ich dem Heiligen jedes Jahr zu seinem Fest ein Weihgeschenk. Nein, um Himmels willen, ich erbitte nie etwas von ihm. Längst gibt es nichts mehr, was ich von San Calogero erbitten könnte, vielleicht bedanke ich mich bei ihm, daß er mich … nach zwei früh verstorbenen Geschwistern … bis in ein so hohes Alter … hat leben lassen. Siehst du dort auf meinem Tischchen? Das ist San Calogero. In jedem Haus, das ich je bewohnte, habe ich die kleine Statue von San Calogero aufgestellt. Aberglaube, wirst du sagen. Ja, vielleicht. Weil es sich nicht um Religion, um echten Glauben handelt, das ist mir bewußt. Aber ich habe ihn als treuen Begleiter liebgewonnen und will auf ihn nicht mehr verzichten.

Ich will nur von einer Besonderheit dieses Heiligen erzählen. Das Fest zu Ehren San Calogeros findet am ersten Septembersonntag statt. Wenn du heute in die Kirche gehst, suchst du dort vergebens nach der riesigen Heiligenstatue.

Was meinst du, wo sie ist? Sie befindet sich im Gebäude der Hafenarbeiter, der Lastenträger, genauer in den Räumlichkeiten der Gewerkschaft CGIL. Ich erinnere mich, wie die Statue gleich nach dem Krieg dort zwischen den Bildnissen von Josef Stalin und von Giuseppe Di Vittorio stand. Am Abend vor dem Fest wird die Heiligenstatue abgeholt und in die Kirche gebracht. Heute gehören Stalin und Di Vittorio der Vergangenheit an, aber San Calogero ist noch immer da. Er ist der Schutzheilige der Armen, der Entrechteten.

Historisch gesehen, war San Calogero ein arabischer Eremit christlichen Glaubens, der während einer fürchterlichen Pestepidemie an der Südküste Siziliens zwischen Agrigent und Sciacca wirkte; er verstand sich auf die Heilkunst und richtete Lazarette ein. Sobald es den Pestkranken etwas besser ging, starben sie jedoch Hungers, denn die wohlhabenden Leute hatten die Türen und Fenster in den unteren Stockwerken zumauern lassen, um jede Ansteckungsgefahr zu bannen. In ihren Häusern aber lagerten Vorräte: Getreide, Mehl, Brot… Das ist historisch belegt und keine Legende. Da hatte San Calogero einen genialen Einfall: Er versammelte die Tiere, die wieder sich selbst überlassen in der freien Natur lebten, also Schafe, Ziegen, Pferde, Esel, legte Satteltaschen über ihre Rükken und band sie mit einem einzigen Strick aneinander; mit einer Trommel stellte er sich an die Spitze des Zugs und führte die Tiere an, wobei er rief: »Werft Brot aus euren Fenstern zu mir herunter, so könnt ihr euch nicht anstecken!« Auf diese Weise füllte San Calogero die Satteltaschen und stillte den Hunger der Unglückseligen. Aus diesem Grund bietet sich einem am Festtag des Heiligen heute noch folgendes beeindruckende Schauspiel: Maultiere mit Satteldecken aus Atlastuch und Dutzende Kilo Brot, die aus den Fenstern geworfen werden, aber nicht mit dem Erdboden in Berührung kommen; eine Riesenschar hinter der Heiligenstatue fängt das Brot im Flug auf. Das ist auch heute noch ein festes Ritual während der Feierlichkeiten, ebenso wie die *maschiata*, die Böllerschüsse wie von einer Kriegsartillerie, wenn der Heilige um dreizehn Uhr aus der Kirche getragen wird, ein grauenhafter Lärm.

Die Befreiung vom Nazifaschismus durch die Alliierten erfolgte in Sizilien zwischen Ende Juli und Anfang August 1943; du glaubst ja gar nicht, was bei uns in Porto Empedocle los war, als die amerikanischen Soldaten – allesamt Schwarze – sahen, daß der Heilige ebenfalls ein Schwarzer war! Und vor allem, was es im Jahr 1945 für ein Theater gab, als der neue Bischof von Agrigent, Giovan Battista Peruzzo – kein Sizilianer –, mitbekam, daß die Träger der Heiligenstatue das Abzeichen der Kommunistischen Partei trugen. Am Ende einigte man sich darauf, daß der San-Calogero-Statue beim Verlassen der Kirche die Heiligenembleme abgenommen wurden, so daß sie zu einer weltlichen Figur wurde, die die Lastenträger dann in Empfang nahmen. Am Abend kehrte San Calogero in die Kirche zurück und wurde in den Stand eines Heiligen zurückversetzt. Darauf konnte die Prozession für die alten Weiblein ihren Verlauf nehmen.

Das Fest für San Calogero ist für mich eines der schönsten und berauschendsten Ereignisse, die ich mir vorstellen kann, und ich tue jedes Jahr mein Möglichstes, um dabeizusein. Dutzende Trommler schlagen arabische Rhythmen, es gibt Brot in Hülle und Fülle, aufgeregte Schreie … du heilige Jungfrau! Die Kneipen dürfen nicht schließen, denn der Heilige hat doch Durst …! Am Abend ist er leicht beschwipst, weil die Lastenträger kräftig das Glas gehoben haben; so scheint San Calogero ein wenig zu torkeln, wenn er in jede einzelne Straße, auch in die schmalste Gasse, vordringt, um die Gläubigen zu beglücken. Er kehrt erst wieder zurück, wenn der Maresciallo der Carabinieri eingreift. Das Fest dauert drei Tage, denn im Laufe der Jahre ist der Ort Stück um Stück gewachsen, und da San Calogero tatsächlich sämtliche Straßen besuchen muß, braucht es eben seine Zeit. Am Abend wurde es immer zum Problem, ihn wieder in die Kirche hineinzubringen. Es kam vor, daß alle in der Kirche, auch der Priester, auf ihn warteten, der Heilige endlich vor dem Portal auftauchte, kehrtmachte und wieder von dannen zog… »Er will noch eine Runde auf der Mole drehen«, meinten die kommunistischen Hafenarbeiter und trugen ihn über die Hafenmole. Bis dann der Maresciallo eingriff: »Auf, Jungs, bringt ihn in die Kirche zurück, laßt es gut sein…« So schafften sie ihn in die Kirche, als es bereits dunkel war. Wieder wurde ein bißchen Feuerwerk abgeschossen, dann trafen die anderen Gläubigen ein, und das Fest fand seinen Abschluß. San Calogero ist unser beliebtester Heiliger, und ich liebe ihn auch! Historisch kann ich ihn nicht einordnen, keine Ahnung, ich könnte nur Vermutungen anstellen. Nimm zum Beispiel Sciacca. Die Thermen dort heißen »San Calogero«, die ganze Gegend, auch die von Agrigent, beruft sich auf den Heiligen, obgleich der eigentliche Schutzpatron von Agrigent San Gerlando ist. Doch der Schutzheilige, der wirklich von allen anerkannt wird, ist San Calogero. Nein, in Porto Empedocle ist keine Kirche nach dem Heiligen benannt, er ist in der Mutterkirche zu Hause. Natürlich hat jede Ortschaft ihren eigenen San Calogero.

»San Calorio von Canicattì, zeig dich gnädig, so wirst du Reue nie verspür'n«; »San Calorio von der Marina, jeden Tag in der Früh, erweise deine Gnade« – die Marina, das ist Porto Empedocle, die Marina von Agrigent; »San Calorio von Naro, sei gnädig, und Geld wirst du sehn«, das sind Volksweisheiten, die bedeuten sollen, daß der Heilige von Porto Empedocle nun mal der beste ist. Aber er ist auch nachtragend, und das heißt, das vor ihm abgelegte Opfergelübde mußt du einhalten. Vor rund siebzig Jahren geschah es, daß der gute Herr Rappolo stürzte und sich das Bein brach; nun wollte das kaputte Bein partout nicht mehr heilen. Also machte er San Calogero ein Opferversprechen von, wenn ich mich recht erinnere, zwanzigtausend Lire, seinerzeit eine enorme Summe! Und der gute Herr Rappolo gesundete auf wundersame Weise, doch fortan hinkte er. Da war er der Ansicht, das Wunder wäre nicht angemessen groß, weshalb er in die Kirche ging und statt zwanzigtausend Lire dem Heiligen eine Opfergabe von nur zehntausend Lire darbrachte. Das Ergebnis war, der gute Herr Rappolo stolperte beim Verlassen der Kirche, stürzte die zwölf Treppenstufen hinunter und brach sich beide Beine, das frisch geheilte und das gesunde. Seit diesem Tag sagt man sich über San Calogero: »Gebt ihm, was ihr ihm geben müßt, um Himmels willen! Macht ihm keine Opferversprechen, die ihr nicht halten könnt!«

Was geschah nun, als die schwarzen amerikanischen Soldaten merkten, daß San Calogero auch ein Schwarzer war? Sie zahlten jede Menge Dollar, um die Heiligenlade auf ihren Schultern durch den Ort tragen zu dürfen. An der Spitze der Prozession ging einer, der mir auf immer unvergeßlich bleiben wird: Er ballerte mit seinem Maschinengewehr in die Luft, hinter ihm marschierten die anderen Soldaten, allesamt Schwarze, denen die Dorfkapelle ihre Instrumente überlassen hatte, und spielten Spirituals. Das war eine selten schöne und wirklich ergreifende Begebenheit; ich habe sie höchstpersönlich miterlebt, denn ich war vor Ort, in Porto Empedocle. Ja, was hatten die Kommunisten damals für ein Bild von den Amerikanern? Ein positives, da gab's keine Probleme. Schließlich wurden wir Kommunisten ja vom Papst in Rom und nicht von den Amerikanern exkommuniziert. Die Amerikaner waren seinerzeit noch Alliierte, der Zusammenstoß der Ideologien hatte noch keine radikalen Formen angenommen, der kalte Krieg sollte erst noch kommen; alle hatten wir Verwandte in den Vereinigten Staaten, und der Marshallplan bedeutete für uns die Rettung in vielerlei Hinsicht.

Doch kommen wir wieder auf meinen Eintritt in diese Welt zu sprechen. Als meine Mutter feststellte, daß sie schwanger war, beschloß sie, mich in ihrem Bauch San Calogero zu weihen. Das Ergebnis ist, daß ich fünfundzwanzig Tage vor dem vorhergesehenen Geburtsdatum geboren wurde, also kein Siebenmonatskind war, was gleichbedeutend mit einem wunderkräftigen Menschen ist, sondern ein Achtmonats-und-etwas-Kind… Ich erblickte das Licht dieser Welt am ersten

Septembersonntag des Jahres 1925, genauer gesagt am 6. September, also am Festtag des Heiligen, und zwar auf die Sekunde genau, als die Statue aus der Kirche getragen wird. Jawohl, der Herr, um Schlag dreizehn Uhr kam ich auf die Welt. Das bezeugt auch die Tatsache, daß die Hebamme mich, schmutzig, wie ich war, hochnahm und mich dem vorbeiziehenden Heiligen zur Schau stellte. Also egal, was die Leute sagen, ich für meinen Teil glaube schlicht und ergreifend an San Calogero, andere Heilige gibt es für mich nicht. Zu San Calogero habe ich eine höchst persönliche Beziehung, niemals werde ich ihn verraten, noch habe ich das je getan. Diese Begeisterung habe ich auch meiner ältesten Tochter Andreina weitervererbt. Obwohl sie im Grunde keine Sizilianerin ist, fährt sie jedes Jahr im September nach Porto Empedocle und folgt dem Heiligen drei Tage lang.

*Andrea, du hast von den positiven Aspekten des Einzelkindseins gesprochen. Welche waren die negativen?*

Wie gesagt, auch wenn ich es erst erfuhr, als ich schon ein großer Junge war, konnte meine Mutter mir kein Schwesterchen schenken … Immer schon hatte ich eine Schwester und keinen Bruder gewollt. Das Haus, in dem wir damals wohnten, war das hier, wo wir jetzt miteinander sprechen. Anders war damals nur, daß wir ein Zimmer mehr hatten. Als Kind war ich sehr frühreif, aber ich lebte ein völlig abgeschottetes Leben. »Ja, wie geht es dir heute denn? Geht es dir auch gut? Aus dem Haus gehen? Heute? Das gibt es nicht!« Sie hielten mich eingesperrt, wie in Watte verpackt.

Meine Eltern, denen bereits zwei Kinder weggestorben waren, sorgten sich ständig um mich. Meine Klassenkameraden waren Kinder von Hafenarbeitern, Kutschern, und wenn ich tatsächlich einmal mit ihnen zusammensein durfte, waren sie für mich wunderbare Lebensmeister. Ab und zu begegne ich heute noch dem einen oder anderen auf der Straße: »Erinnerst du dich an die erste Grundschulklasse, die wir zusammen besucht haben?« werde ich dann gefragt. Als kleiner Junge spielte ich nicht auf der Straße und war neidisch auf diese Spielkameraden. Aus lauter Verzweiflung begann ich dann mit sechs Jahren zu lesen. Ich lernte es blitzschnell, mit dem Schreiben hat es länger gedauert. In diesem Korridor habe ich lesen gelernt, hier stand das große Bücherregal meines Vaters. Er hatte einen Doktor in Physik und Chemie, er war Physikchemiker, wie man es seinerzeit nannte, aber er las auch gerne und viel schöngeistige Literatur. Meine Mutter liebte die Literatur ebenfalls sehr, beide waren echte Büchernarren. Meine ersten Lektüren waren Comics von damals, die mein Vater mir kaufte: »Der Abenteurer«, »Der Kühne«, die von großartigen amerikanischen Zeichnern bebildert waren.

»Der Abenteurer« war mythisch, denn darauf war »Flash Gordon« abgebildet; »Jim aus dem Dschungel«, »Mandrake«, »Der Mann hinter der Maske«, »Geheimagent X9«, »Cino und Franco«: das war damals das Höchstgefühl für ein Kind. Ich besaß vollständige Jahrgänge dieser Heftchen, die im Krieg alle verlorengegangen sind. Als Mann von fünfzig habe ich sie in der Neuausgabe gekauft, doch es war nicht mehr das gleiche »Gefühl«, es waren Nachdrucke, und sie hatten andere Formate.

Nach der Heftchenperiode habe ich mich ernsthafter Lektüre zugewandt. Ich fragte meinen Vater: »*papà*, welche Bücher kann ich lesen?« Er antwortete: »Alle Bücher kann man lesen. Du darfst alles lesen, was du willst.« Das war die erste Lektion, die mein Vater mir erteilte. Und er besaß Bücher, die in anderen Häusern als verboten gegolten hätten. Das heißt, alle Autoren der Zeit: Pitigrilli, Luciano Zoccoli. Ich hatte ein Abonnement für die Jugendbuchreihe bei Mondadori, die sehr schön war; ich las jedoch nicht nur diese Bücher, ich holte mir auch welche aus meines Vaters Bücherschrank. Mein erstes Buch habe ich mit sechs Jahren gelesen, es war »Almayers Wahn« von Joseph Conrad, und danach »Moby Dick« von Melville, den ich wie einen Abenteuerroman verschlang – stell dir vor, was für ein Lektüreniveau –, und »Die Schatzinsel« von Stevenson. Aber auch Herbert

George Wells beispielsweise, den ich genau wie »Robinson Crusoe« von Defoe sehr mochte. Das waren die Bücher, die bei uns im Haus zu finden waren. Noch hatten wir keine russische und keine amerikanische Literatur, die waren damals noch nicht im Gespräch. Oder besser gesagt, es gab einige amerikanische Titel – aber das waren schreckliche Bücher, die mir ganz und gar nicht gefielen – wie die eines gewissen Zane Grey, Autor amerikanischer Populärliteratur, der von den Rothäuten und ihren Schlachten erzählte, aber aus der Sicht der amerikanischen Soldaten. Ein anderer Autor, den ich las und von dem mein Vater sämtliche Übersetzungen ins Italienische besaß, war Jack London, natürlich auch Rudyard Kipling mit »Kim« und dem »Dschungelbuch«. Ob ich Salgari gelesen habe? Den habe ich übersprungen. Salgari und Verne habe ich erst mit sechzehn gelesen, einfach nur, um mitreden zu können, aber sie gefielen mir nicht, es war nicht meine Art von Literatur.

Wie sahen meine Tagträume als Kind aus? Keine Ahnung, ich erinnere mich nicht an Träume. Auch nicht an irgendwelche Zukunftsträume à la: »Wenn ich groß bin, möchte ich dies oder jenes werden …« Nichts dergleichen.

Aber es wäre falsch zu behaupten, ich hätte nur gelesen, um mir die Zeit zu vertreiben, von der ich, im Hause eingesperrt, natürlich im Überfluß hatte. Auch mit zwei anderen Dingen hatte ich einen Riesenspaß, wenn sie auch dem Anschein nach unvereinbar scheinen. Das eine war der Baukastensatz *Meccanò,* ein Spiel, für das mein Vater Unmengen Geld ausgab: Er schaffte es bis zur Ausgabe *Meccano* Nr. 6 mit den Winden, dem Kran … Mir gefiel diese praktische Beschäftigung sehr. Der andere Zeitvertreib, dem ich mich widmete – ich habe schon einmal davon erzählt, was größte Verwunderung auslöste –, war der mit einer Puppe, die so groß war wie ich. Als ich mit dem Gejammere wegen eines Schwesterchens, das ich unbedingt haben wollte, nicht mehr aufhörte, kam meine Mutter eines Tages wohl aus Verzweiflung mit einer Riesenpuppe nach Hause. Diese Puppe nahm einen ganz geheimen

Platz in meinem Leben ein, das ist mir erst heute voll und ganz bewußt: Nie sprach ich mit meinen Freunden über sie; wenn einer von ihnen kam, versteckte ich sie in Windeseile. Die Puppe war für mich wie eine Schwester, in jeder Hinsicht. Ich setzte sie vor mich hin und redete mit ihr. Ich erzählte ihr alle meine Geheimnisse, ich malte mir sogar aus, daß sie mir antwortete.

Bis ich etwa zwölf Jahre alt war, habe ich heftig gelitten, und ich glaube, meine erklärte Liebe für das weibliche Geschlecht entstammt diesen fernen Zeiten … Mit der Puppe habe ich gespielt, bis ich zwölf war und sie wie ein Monster aussah: Ihr fehlte ein Auge, und während des Krieges ist sie mir abhanden gekommen, denn ich versteckte sie wie ein Skelett im Schrank. Stell dir vor, was für ein Leben als einziger Sohn ich hatte – mein Vater riß sich ein Bein aus, um die Sachen kaufen zu können, die mir gefielen, das *Meccano*, das Dreirad. Ich kann wahrlich nicht behaupten, meine Eltern hätten es mir an Spielsachen mangeln lassen. Trotzdem hatte ich es nicht leicht. Auch wenn man mir das heute nicht mehr ansieht, war ich als kleiner Junge ziemlich schmächtig gebaut und verbrachte viele Tage kränkelnd zu Hause. Wir hatten zwar ein Radio, aber das stand in der guten Stube, es war nicht transportabel. Also der einzige Luxus, den ich mir erlaubte, war zwölf Tage Kranksein, Masern, Scharlach oder so etwas. Und ich las und las wie ein Besessener.

*Würdest du behaupten, eine religiöse Erziehung genossen zu haben?*

Hm … Ich würde sagen, nein. Ich kann nicht behaupten, daß die Religion in meiner Kindheit eine besondere Bedeutung für mich hatte. Von meinem Vater weiß ich nicht einmal, ob er gläubig war oder nicht, meine Mutter, ja, die war es. Aber keiner der beiden war bigott, sie waren keine Kirchgänger. Meine Großmutter Elvira hingegen ging zur Messe. Aber meine Großmutter war eine Persönlichkeit, die besondere Erwähnung verdient. Sie war absolut die intelligenteste von beiden Familien, der meines Vaters und der meiner Mutter.

Sie hatte ihre religiösen Ideen und ging auch jeden Tag zur Frühmesse. Sie war eine herzensgute Frau, die das Leben sehr liebte. Sie las viel. Und sie war es, die meiner Phantasie die erste Anregung gab. Eines Tages las sie mir aus einem wunderbaren Buch mit dem Titel »Alice im Wunderland« vor. »Das weiße Kaninchen«, »Der verrückte Hutmacher«, »Das Grinsen ohne Katze« und »Die Katze mit dem Grinsen«. Stundenlang plauderte ich mit meiner Großmutter über Alice und die Welt der Phantasie.

Ich will ganz ehrlich sein, meine Großmutter war die erste und einzige Frau, die tatsächlich meine Phantasie geweckt hat. Einmal, bei einem Spaziergang auf dem Feld, sagte sie zu mir: »Schau her«, und sie zeigte mir eine Sandanhäufung, über die Ameisen krabbelten, und der Sog, der einen kleinen Krater im Sand bildete, riß sie in die Tiefe. Sie meinte: »Siehst du das? Dort unten ist ein Tier versteckt, das sie auffrißt.« Und ich erwiderte: »Das glaube ich nicht.« Und sie sagte: »Morgen kommen wir wieder und bringen einen Löffel mit.« Sie hatte recht. Am nächsten Tag, kaum daß eine Ameise verschwunden war, schlug Großmutter Elvira mit dem Löffel auf den Sand, und so fingen wir eine Art Spinne, die eine zappelnde Ameise im Mund hatte. »Das ist der Ameisenlöwe... Es ist ein winziges Tierchen, aber die Phantasie hat es zu einem Riesentier, halb Löwe und halb Ameise, gemacht«, erklärte sie mir. Das ist nicht zu glauben, aber den Ameisenlöwen fand ich fünfzig Jahre später in den Büchern von Borges. Also nur um dir zu sagen, wie intelligent meine Großmutter war, die im übrigen noch nie einen Fuß über die Ufer Siziliens hinausgesetzt hatte. So kam es, daß sich bei mir im Alter von sechs, sieben Jahren zwei parallel verlaufende Bahnen im Kopf herausbildeten: Die eine ist die der Phantasie, der reinen Erfindungsgabe, die andere die der sogenannten wirklichkeitsnahen Lektüre. Diese zwei Ebenen habe ich von da an nie mehr wieder verlassen.

Doch kommen wir wieder auf meine Großmutter zu sprechen. Sie hatte ihre Lieblingsbücher, das eine waren die

»Abenteuer des Barons von Münchhausen« von Bürger, das sehr auf ihrer Wellenlänge lag. Eines Tages waren wir auf dem Land, und sie liebte es, Brot zu backen, so richtig, im großen Holzofen, auf italienisch *forno*. Sie machte sich zu schaffen, um den Ofen zu »füttern«, also ihn einzuheizen, damit er die richtige Backtemperatur erreichte. Diese Tätigkeit nannte sie *fornicare* – ein Wort, das ich junger Bengel ansonsten nicht kannte. Meine Mutter war entsprechend entsetzt, als ich es einmal, auf meine Großmutter bezogen, aussprach, denn es bedeutet soviel wie Unzucht treiben. Die Wörter waren Nonna Elviras Spielwiese, sie erfand ganz einfach neue Wörter.

Und die mußte man erst mal begreifen: »Gib mir mal den *brink fiss*«, sagte sie und hatte dieses Wort im selben Moment erfunden, und der andere mußte verstehen, was sie damit meinte. Was *brink fiss* bedeutete? Keine Ahnung ... Oder aber sie hielt Zwiegespräche mit den Haushaltsgegenständen. Ellenlange Dialoge.

*Sie redete mit den Sachen? Ist das eine Familienlegende, oder ist da etwas Wahres dran?*

Aber nein, das ist kein Märchen. Ich selbst war Zeuge. Eines Tages war ich insgeheim bei einem Gespräch zwischen ihr und einem Salzstreuer präsent – es war ein Dialog à la Leopardi zwischen der Großmutter und einem Salzgefäß aus dem achtzehnten Jahrhundert, das aus dem Familienbesitz stammte. An einem bestimmten Punkt wird sie stocksauer auf den Salzstreuer und ergeht sich in Vorhaltungen: »Du stehst einfach da herum, ganz aus Glas, und alles kann dir den Buckel runterrutschen. Unsereins hingegen ist aus Fleisch und Blut gemacht. Du hast den Großvater meines Großvaters vom ersten Atemzug bis zum letzten gesehen. Wann bis du Miststück eigentlich auf die Welt gekommen? Wann haben sie dich gemacht? Im Jahr 1712. Und jetzt rechne ich mal eins und eins zusammen: Du hast die Urgroßmutter sterben sehen, du, wie du dastandst, vollgefüllt mit dem mistigen Salz ... Salz oder Pfeffer, ist ja gleich, und alles ist dir egal gewesen. Und dann starb mein Vater, und dann starb meine Großmutter, und dann starb ... Und du, was juckt es dich! Aber weißt du was, mein Guter, ich sage dir jetzt eins – meinen Tod wirst du nicht miterleben!« Gesagt, getan, sie nahm den Streuer und schleuderte das arme Stück aus dem Fenster. Solche Sachen hat sie gemacht, bis ich ein gestandener Mann und schon Familienvater war. Sie wußte, daß ich gerne Whisky trank, und hänselte mich: »Irgendwo im Häuschen ein Fläschchen Whisky steht.« Sie hatte die Flasche irgendwo in ihrem Haus versteckt, und ich mußte sie suchen. Dann kamen meine ersten Liebeleien. Ich war achtzehn, ging abends aus und blieb die ganze Nacht weg. Dann kehrte ich in der schönen Morgendämmerung heim – und begegnete unterwegs meiner Großmutter, die zur Frühmette ging. Sie neckte mich: »Kater, Kater, auf welchen Dachböden hast du heute nacht bloß gemaunzt?« Die Erinnerung geht mir richtig nah, ich kann kaum darüber sprechen.

*Andreas Stimme wird brüchig, die Worte kommen nur noch mühsam aus seinem Mund. Längst sind alle Mitglieder seiner Familie, mütterlicherseits und väterlicherseits, gestorben. Seine Eltern sind schon lange aus dem Leben geschieden. Nur er ist noch geblieben, der als junger Kerl wie ein Kater auf den Dachspeichern von Porto Empedocle sein Unwesen trieb. Er, der als kleines Bürschchen San Calogero geweiht wurde, als die Menschen, die Gläubigen, die Kommunisten oder Amerikaner, spielt keine Rolle, noch an Heilige und an Wunder glaubten. Die Erinnerung an die Großmutter Elvira, die sich noch auf dem Sterbebett treu blieb, wird er immer in sich tragen.*

Mit neunzig Jahren war Großmutter Elvira nicht mehr so gut auf den Beinen. Da wollte sie Papst Johannes XXIII., den Friedenspapst, kennenlernen. Es war Anfang der sechziger Jahre. Meine Frau und ich wohnten damals bereits in Rom. Wie gesagt, Großmutter Elvira hatte Sizilien noch nie verlassen. Wie sollte es ihr also gelingen, mit dem Papst zu reden? Dank meiner Freundschaften mit Kardinälen, Bischöfen und Monsignori konnte ich das für sie einfädeln: »Tut mir doch diesen Gefallen. Sie ist schon alt, und es ist ausgesprochen wichtig für sie.« So organisierte ich die Reise nach Rom, mit ihrem Leibarzt im Gefolge. Natürlich war Großmutter Elvira zu Gast bei uns. Schließlich wurde ihr diese, man könnte sagen, Privataudienz beim Papst genehmigt. »Privat« heißt in dem Fall zusammen mit nur zwölf anderen Personen. Glaubst du mir, wenn ich dir sage, daß sie zu spät zu dieser Audienz kam? Sie wurde eingelassen, als der Papst bereits Platz genommen hatte, und sie stand da. Und Papst Johannes sagte: »Entweder holt ihr einen Stuhl für diese Dame, oder ich überlasse ihr meinen Platz.« Man stürzte los, um für sie einen Stuhl herbeizuschaffen. Dann sprach sie mit Johannes XXIII., der Milde genannt. Als sie wieder bei uns war, sagte sie zu meiner Frau – ich hielt mich in dem Augenblick in einem anderen Zimmer auf –: »Rosetta, jetzt, da ich schon mal hier bin, zeig mir doch ein paar schöne Sachen.« Am nächsten Tag drängte sie Rosetta erneut: »Ich will jetzt einen schönen Ort sehen.« Da gab sich meine Frau, die den Führerschein hatte – ich habe noch nie in meinem ganzen Leben am Steuer gesessen –, einen Ruck und fuhr mit ihr nach Tivoli zur Villa Adriana. Sie spazierten lange herum, und meine Frau zeigte Großmutter Elvira alles, was es zu sehen gab. Nach dem Besuch der Villa hielt meine Großmutter plötzlich auf einer baumgesäumten kleinen Allee inne und sagte nur: »All das ist von einer unerträglichen Schönheit.« Mit diesen Worten legte sie den Kopf auf die Schulter meiner Frau und starb.

*Aber Großmutter Elvira hatte für alle, einschließlich Andrea, eine letzte Überraschung in petto. Camilleri lächelt jetzt.*

Es war reiner Zufall, daß ich nicht mit auf diesen Ausflug gegangen war. Es gab ein Mordsdurcheinander: Meine Frau begriff nicht, was die Worte des Arztes in Tivoli zu bedeuten hatten, als er zu ihr sagte: »Signora, setzen Sie sie wieder in den Wagen und nehmen Sie sie mit nach Rom.« – »Wie bitte?« erwiderte meine Frau, »was hat das zu bedeuten?« Der Arzt wollte nur bürokratische Scherereien vermeiden, die dann unweigerlich doch eintraten und zum Glück gelöst werden konnten. Meine Frau brachte die Großmutter ins Krankenhaus, und als man sie auszog, sah man, daß ihr der Bußgürtel ins Fleisch eingewachsen war. Sie hatte noch nie mit irgend jemandem darüber gesprochen. O ja, sie war eine äußerst widersprüchliche Person. Sie liebte die gute Lektüre, doch dann war sie auch wieder religiös bis zu einem solchen Grad. Das war Großmutter Elvira. Sie hätte mir auch das Meßbuch vorlesen können, sie aber zog »Alice« vor. Nein, sie hatte in ihrem ganzen Leben noch nie gearbeitet, sie war eine reiche Frau. Sie war eine Fragapane, Elvira Fragapane, Schwester von Alfredo Capizzi. Schau, das ist meine Großmutter Elvira, ich bewahre das Foto immer hier auf. Ja, das war Elvira, die von »Alice im Wunderland« und vom »Baron von Münchhausen«, also, da gibt es einen Grund, es wird einen Grund geben…

*Ich habe dich noch nie von deiner Großmutter väterlicherseits reden hören. Hast du sie gekannt?*

Und ob, sie war die Cousine von Luigi Pirandello. Sie lebte sogar bei uns, und zwar in dem Zimmer, das wir heute nicht mehr haben. Großmutter Carolina war wunderschön. Bei einem Jahrestag vor kurzem wurde ein Foto von ihr veröffentlicht, auf dem sie zweiundzwanzig Jahre alt ist. Sie hatte damals bereits ganz weißes Haar. Sie war sehr verschlossen, sehr reserviert. Mein Umgang mit ihr war nicht besonders vertraulich, was ich sehr bedauert habe, denn erst sehr spät habe ich erfahren, daß sie die Cousine von Pirandello ist: Sie und Luigi waren Kinder zweier Schwestern. Und als Pirandello 1935 hier in dieses Haus kam – diese Episode erzähle ich in »Das Fliegenspiel« –, wollte er ebendiese Cousine besuchen. Ich konnte mir den Grund zuerst nicht erklären, dann begriff ich, wer Pirandello war und warum er sie besuchte. Weißt du, in jeder Ehe hat einer der beiden die stärkere Familie im Rücken. Bei uns war die dominierende Familie die von meiner Mutter, nicht die väterliche. Ich hatte meine Großmutter Carolina sehr gern. Nein, sie war keine, die gern las, das gewiß nicht, sie hatte eine ganz andere Lebenseinstellung; eine richtig harte, strenge Frau war sie.

*Deine Erinnerungen an Großmutter Elvira und Großmutter Carolina führen in deine Grundschulzeit zurück.*

An diese Zeit habe ich eine wunderschöne Erinnerung. Der *maestro* Vinti und die *maestra* Pancucci – leider erinnere ich mich nur noch an ihre Nachnamen – waren hervorragende Lehrer. Ich war gut in der Schule, aber ich war nicht der einzige gute Schüler in der Klasse. Da gab es noch einen anderen Knaben, der so war wie ich. Er hieß Ciccio Burgio und war der jüngere Bruder von Alfonso, dem Arzt von Porto Empedocle, von dem bereits die Rede war. Wir saßen in der ersten Schulbank. Nachdem die Zeit des »Regenschirmchen«-Schreibens vorbei war, vertrieben Ciccio Burgio und ich uns die Zeit mit Schreibspielen, beispielsweise, wer die meisten Wörter in eine Zeile schreiben konnte. Am Ende konnte man diese Wörter gar nicht mehr entziffern, so eng waren sie zusammengeschrieben, unsere Hefte waren randvoll mit diesen Buchstabenschlangen. Da packte der Lehrer Vinti, der nicht so sanfte Methoden wie Frau Pancucci hatte, unsere Köpfe, meinen und den von Ciccio, und schlug sie heftig gegeneinander. Eine ganze Weile hockten wir völlig benebelt da.

Das war auch die Zeit der allerersten sexuellen Entdeckungen, dazu verhalfen mir meine Schulkumpels, die viel *erfahrener* waren als ich, bei weitem. Sie wußten, wie die Kinder auf die Welt kamen, was ein Mann und eine Frau zusammen machten, sie wußten alles, was man wissen mußte. Ich habe es im Alter von sieben Jahren erfahren. Ich habe nie an den Klapperstorch geglaubt, weil ich von meinen Freunden aufgeklärt worden war. Das wäre ja noch schöner gewesen! Dann gab es die Zusammenkünfte nach der Schule: Alle hatten ihren Piepmatz draußen, um zu sehen, wer den längsten hatte… Und ich wurde regelmäßig geschlagen, denn die anderen hatten recht beeindruckende Gehänge…

Ich will dir die Geschichte von der »Pension Eva« erzählen. Also das war ein reizendes Bordell in einer kleinen Villa, eben das Freudenhaus von Porto Empedocle. Du mußt mir glauben, es war ein sauberes, gepflegtes Haus genau vorm Hafen, mit grün gestrichenen Läden aus Holzlamellen, die immer geschlossen waren. Es stand einfach nur »Pension Eva« darauf. Ich wurde stutzig und dachte: Wie kann es möglich sein, daß man nie jemanden dort sieht? Das Haustor ist immer zu, die Fenster ebenso. So fragte ich eines Tages einen meiner Kameraden: »Also, was ist nun diese Pension Eva?« – »Hei«, erklärte er mir, »ein Bordell ist das!« – »Wie, ein Bordell? Was bedeutet das?« – »Es bedeutet, daß du da hingehst und eine Frau kriegst.« – »Wie, du kriegst eine Frau?« – »So wie ich es sage, du bezahlst, und sie geben dir eine Frau.« Ich wurde nicht ganz schlau aus der Sache und fragte weiter: »Und dann geben sie mir eine Frau, um was mit ihr zu machen?« Eines Tages spazierte ich mit meinem Vater an der Pension Eva vorbei und fragte: »*papà*, stimmt es, daß sie hier nackte Frauen vermieten?« Mein Vater behielt die Ruhe: »Ja.« – »*papà*, aber was machen sie mit ihnen?« Und mein Vater meinte philosophisch: »Sie schauen sie an.« Damit war die Angelegenheit zunächst für mich erledigt. Später dann begann ich zu ahnen, was in Wirklichkeit dort vor sich ging. Auch das gehörte zur Volksschulzeit.

Ciccio und ich waren immer die Klassenersten, immer. Und ich habe mich stets bemüht, in den Augen der anderen dafür Vergebung zu erlangen.

*Vergebung wofür?*

Intelligenter, gebildeter, wohlhabender als die anderen zu sein. Manch einer schämt sich sicher, solche Episoden zu erzählen, die wer weiß was darzustellen scheinen, in Wirklichkeit aber nichts sind im Kopf eines Kindes … Also, einmal ließen meine Eltern mir einen Wintermantel schneidern. Meine Eltern waren nicht reich, aber um mir einen Mantel nähen zu lassen, dafür reichte es allemal. Einige Tage später behauptete ich ihnen gegenüber, daß ich diesen Mantel verloren hätte, ich wäre an den Hafen gegangen, und dort wäre er mir irgendwie abhanden gekommen. In Wahrheit hatte ich ihn einem bitterarmen Schulkameraden geschenkt, der mir einfach leid tat, ich kaufte ihm auch Brötchen, damit er überhaupt etwas zu essen hatte. Er aber zog den Mantel nicht ein einziges Mal an. Als ich nach ein paar Tagen feststellte, daß er den Mantel nie trug, fragte ich ihn: »Aber warum hast du den Mantel nie an?« Er entgegnete: »Tja, wenn deine Leute ihn sehen und wiedererkennen, müssen sie denken, daß ich ihn geklaut habe. Deshalb lassen sie mir zu Hause einen Anzug daraus machen.« Die Familie hatte den Mantel auftrennen lassen, um ihn unkenntlich zu machen. Das waren die Sachen, die ich mir ausdachte, um Vergebung zu erlangen.

*War dieser Schuldkomplex bei dir von Dauer?*

Er hielt vor bis zum Beginn des Gymnasiums. Eines schönen Tages, das war genau in der ersten Gymnasialklasse – damals waren es noch acht Schuljahre, fünf in der Gymnasial- und drei in der Oberstufe, und man war mit achtzehn fertig –, entschied ich, daß ich mir nichts mehr vergeben zu lassen müßte, daß ich der fähigste von allen sei und ein Anführer werden sollte. Also organisierte ich eine eigene Bande und hatte immer eine Scheißangst, denn die Gegner schlugen hart zu. So ging es mit den Bandenkriegen los: Klasse gegen Klasse, Schule gegen Schule, aber richtig böse. Wir schwänzten den Unterricht und bewarfen uns statt dessen mit Steinen. Mein Charakter wurde verdorben, ich neigte zur Gewalttätigkeit. Ich fand nämlich Geschmack daran, auch meine körperliche Überlegenheit unter Beweis zu stellen, verstehst du? Nicht zu vergessen, daß wir uns in der Blütezeit des faschistischen Regimes befanden. Zu jener Zeit hieß es, wer gut in Italienisch ist, ist nicht gut in Sport. Aber ich wollte nicht der erste in Italienisch und der schlechteste im Turnen sein. Da gab es diese dumme Einrichtung des faschistischen Samstags, alle nahmen an den Samstagsmärschen teil, und am Ende ging man in die Turnhalle. Ich fand es damals langweilig, mir die Uniform anzuziehen. Ich wollte aber meine schwachen Muskeln stärken und machte deswegen Pentathlon und ging viel schwimmen. Mir war natürlich bewußt, daß ich als Bandenanführer – auch was die Körperstärke anging – Verpflichtungen gegenüber der Bande hatte.

*Deine ersten Gymnasialjahre waren ja aufregend.*

Das kann ich nicht leugnen. In Porto Empedocle gab es kein Gymnasium. In der ganzen Provinz gab es nur drei Oberschulen: eine in Licata, eine in Agrigent, eine in Sciacca. Das nächstgelegene Gymnasium war in Agrigent, und so ging die ganze Schuljugend von Porto Empedocle in diese Schule, die aber auch von Schülern aus dem Landesinnern besucht wurde. Morgens früh kam der Bus der Busgesellschaft »Lumia e Licata«, der von der Piazza mitten in Porto Empedocle eine Schülerfahrt zum Gymnasium nach Agrigent machte.

Wie der Dorfplatz heißt? Einfach nur *la chiazza* vor dem Rathaus, von dort fuhr der Bus los; es gab nämlich gar keinen richtigen Dorfplatz, der ganze Ort war eine große Straße, die Via Roma. Damals verkehrte auch noch die *littorina*, der Triebwagen mit Dieselmotor. Aber den zu nehmen war umständlich, man mußte erst an den Bahnhof gehen, während der Bus »Lumia e Licata« genau in der Mitte des Dorfs abfuhr. Kein vernünftiger Mensch hätte diesen Bus um Viertel nach sieben in der Früh genommen, denn auf der Fahrt geschahen unglaubliche Dinge. Zwischen fünfzig und sechzig übermütige Burschen stiegen in diesen Linienbus, der als Schulbus diente, aber eigentlich keiner war. In der Tat fuhr ein anderer um zwanzig nach sieben für die normalen Leute. Wir Jungens nahmen immer den Bus, der als erster abfuhr. Unser Busfahrer war ein Herr, der uns schon damals alt vorkam und »Don Pedro« hieß; der Schaffner, der Herr Aguglia, schielte. Der Obhut dieser zwei wurden wir von unseren Eltern übergeben. Zwei- oder dreimal kam es sogar vor, daß der Fahrer mitten auf der Strecke anhielt, da im Bus ein griechisch-römischer Ringkampf zwischen rivalisierenden Banden im Gang war. Und Don Pedro, ein friedfertiger und besonnener Mann, lief Gefahr, deshalb einen Unfall zu bauen. Stell dir vor, die Busfirma mußte sogar die Sitzplätze entfernen lassen. Endstation war in Agrigent auf der Piazza San Francesco, wo sich das Empedocle-Gymnasium befand.

*Verzeih, wenn ich dazwischenfrage, aber besuchte nicht auch Luigi Pirandello das Empedocle-Gymnasium?*

Ganz richtig. Das ist das Gymnasium, das Signor Luigi Pirandello heimlich besuchte, während er vorgab, in die Wirtschaftsfachschule zu gehen, an der sein Vater ihn angemeldet hatte. Warum er das tat? Weil der Vater wollte, daß Luigi sein Buchhalter- oder Steuerberaterdiplom machte; der aber wollte Geisteswissenschaften studieren; so besuchte er ein Jahr lang heimlich, das heißt mit dem Einverständnis der Mutter, das Gymnasium, eine wirklich abenteuerliche Sache. Diese Geschichte habe ich auch in »Der vertauschte Sohn« erzählt. Aber Luigi Pirandello war kein guter Schüler, ich habe mir die Zeugnisse angeschaut. In Latein war er nicht gut, in Griechisch war er auch nicht sonderlich, so daß der Rektor in einer Randbemerkung riet, ihn »zur Nachhilfe zu Professor Ricci-Gramitto zu schicken«. Und der wiederum war ein Verwandter von ihm – Onkel Rocco, ein Garibaldino und so weiter.

*Kehren wir nochmals auf die Piazza San Francesco zurück.*

Genau. Dort, an der Piazza San Francesco, kamen diese Autobusse mit uns Schülern an. Warum ich dir das erzähle? Weil genau dort Vigàta aus der Taufe gehoben wurde. Denn dort, mitten auf dem Platz, gab jedes Kind Geschichten aus seinem Dorf zum Besten. Beispielsweise: »Weißt du, was? Gestern wurde in meinem Ort geschossen.« Wir erzählten uns die Ereignisse. »Ein Fischkutter wär' beinahe abgesoffen …« Jeder trug seinen Teil dazu bei. Die große Piazza war wie zehn sizilianische Dörfer zusammengenommen, und die wurden in den Schilderungen von uns Kindern lebendig. Ja, ich erinnere mich noch sehr lebhaft an diesen Austausch von Informationen und Geschichten. Und so hatte man vielleicht auch einen Freund, bei dem sich die zarten Wurzeln eines gewissen sizilianischen Wahnsinns ergründen ließen. Schon in der Kindheit. Bei gewissen Persönlichkeiten war er bereits ganz deutlich zu erkennen …

*Bei wem beispielsweise?*

Das erzähle ich dir gleich. Da waren zwei Brüder, die mit mir in die Schule gingen, wir waren sehr eng befreundet. Der eine war ein Jahr älter als ich; doch da er irgendeine Krankheit gehabt hatte, ich erinnere mich nicht mehr, welche, wurde er in dieselbe Klasse geschickt wie sein jüngerer Bruder. Ich war zwei- oder dreimal bei ihnen zu Hause gewesen. Sie waren nicht aus Porto Empedocle, sie wohnten in einem Dorf im Innern Siziliens. Doch da der Autobus an ihrem Haus vorbeikam und es brave Leute waren, hatten mir meine Eltern einmal erlaubt, einen Tag bei ihnen zu verbringen ... So habe ich den Vater und die Mutter, wohlhabende Bauersleute, kennengelernt. Dann kamen die Sommerferien. Als die Schule wieder losging, sah ich die zwei Brüder wieder. Aber sie waren ganz in Schwarz gekleidet, trugen tiefste Trauer. Madonna, was war nur passiert? Ich fragte den einen von ihnen: »Michele, was ist geschehen?« – »Hm«, sagte der, »die Mama ist gestorben.« – »Ja wie, deine Mutter ist gestorben, wie das denn?« (Seine Mutter war jung, wir waren ja noch Grünschnäbel, ganz junge Bürschlein.) »Wann ist sie gestorben?« – »Gleich bei Ferienbeginn. Wir waren beim Essen, da fiel ihr die Serviette herunter, sie bückte sich, um sie aufzuheben, und starb.« – »Madonna«, meinte ich da, »und der Vater?« – »Mein Vater«, erklärte er, »der Ärmste, der ist verrückt geworden vor lauter Herzschmerz, ein richtiges Wrack, du verstehst ...« So weit, so gut. Wir gingen ins Schulhaus, die erste Stunde war zu Ende, Michele kam und fragte mich auf sizilianisch, wie sonst: »Wer, habe ich dir gesagt, ist gestorben?« Und verwirrt entgegnete ich: »Deine Mutter.« – »Nein«, entgegnet er, »ich habe mich getäuscht, der *papà* ist tot.« Und die Mutter war es, die vor Leid durchgedreht ist. Nun, man könnte sagen, sich an Freud haltend, daß er den Tod der Mutter herbeiwünschte ... Ich weiß nicht recht. Doch damals als Kind hat mich diese Sache getroffen, ich nahm sie als ein Zeichen des Zerfalls, auch des geistigen, eines gewissen Sizilien ...

*In deinem Vigàta in jenen Jahren ging es recht turbulent zu, glaube ich zu verstehen.*

In der Tat, war es genau in Agrigent – wie bereits gesagt –, wo ich Mitglied gewisser »bewaffneter Banden« wurde. Diese Banden kamen nicht nur aus Porto Empedocle, sondern auch aus Agrigent selbst, Campobello, Canicattì. Kaum waren wir auf der Piazza San Francesco und hatten der Schule den Rücken zugekehrt, stromerten wir über die Felder, klauten grüne Kichererbsen, vor allem aber spielten wir Krieg … den Krieg mit den Steinschleudern. Das ging so weit, daß ich in der zweiten Klasse Gymnasium für ein ganzes Trimester, das mußt du mir glauben, nicht einen einzigen Tag in der Schule war, man kannte mich dort überhaupt nicht … Trotzdem nahm ich jeden Morgen zusammen mit den anderen fünfzig Unglücksvögeln den Bus zur Schule. Am Ende des Trimesters kam ich eines Morgens auf die Piazza San Francesco: »Hör zu, morgen gibt's Zeugnisse«, warnte mich einer, der immer zum Unterricht ging. Tags darauf ging ich in die Schule und kriegte mein Zeugnis. Neunzigmal gefehlt. Noten: zwei, drei, eins*. Besorgt fragte ich mich, was ich tun konnte? Ich nahm also dieses Zeugnisblatt und die Löschtinktur und überdeckte damit sorgfältig alle Noten; und mit schwarzer Tinte, entsprechend der Originalfarbe, verpaßte ich mir anständige, für mich akzeptable Noten: fünf, sechs, und änderte auch die Abwesenheiten: drei oder vier … Meine Mutter war voller Bewunderung für mich und die Ausdauer, mit der ich jeden Morgen zur Schule ging. Zur Mittagszeit war ich wieder daheim und sagte zu meiner Mutter, daß ich mein Zeugnis bekommen hätte. Als mein Vater später von der Arbeit im Hafenamt heimkam, ließ er einen Satz fallen, der mich hätte mißtrauisch machen müssen: »Habt ihr heute Zeugnisse bekommen?« Warum hätte diese Frage in meinen Ohren seltsam klingen müssen? Weil mein Vater sich noch nie für meine Schulnoten oder die Tatsache, ob ich in der Schule war, inter-

* Italienisches Notensystem: von dem unerreichbaren Gipfel 10 bis zur absolut wertlosen 1; eine 8 bedeutet »gut, fast schon sehr gut«; 9: dahinter steckt ein Streber; eine 6 läßt alle aufatmen: befriedigend! man hat's geschafft; 7: ist ja schön und recht, aber in dir steckt noch mehr. Alle anderen Notenprädikate: nicht erwähnenswert.

essiert hatte. Ich erwiderte: »Ja, *papà.*« Und er: »Zeig es mir.« Ich stand auf, holte das Zeugnisblatt, stellte mich neben ihn und gab es ihm. Er sah es sich an und verpaßte mir die erste und einzige Backpfeife meines Lebens. Nein, er hat es nicht an der Schrift erkannt, mit der meine Noten geschrieben waren... Mein Vater war Mitglied in der faschistischen Partei, ebenso wie Signor Lo Jacono, der Rektor des Gymnasiums in Agrigent. Und wenn mein Vater eher ein passives Mitglied war, so durfte man den Rektor einen überzeugten Faschisten nennen. Und er rief seinen Parteikameraden Camilleri in der Hafenbehörde an und sagte zu ihm: »Dein Sohn macht uns Schande...« Deshalb wußte mein Vater bereits alles, als er nach Hause kam. Als er aber feststellte, daß die Noten geändert waren, war er überrascht und begriff, daß ich sie alle gefälscht hatte. Nun war er jedoch gehalten, das Zeugnis seines Sohns zu unterschreiben. Er sagte: »Ich kann das nicht unterschreiben. Ich kann aber ebensowenig zum Rektor gehen und ihm sagen, daß du ein Lump bist, was durchaus der Wahrheit entspricht.«

*Hast du die Tatsachen geleugnet oder alles zugegeben?*

Ich habe alles zugegeben. Auf der Stelle. Es war schon immer so mit meinem Vater. Ich möchte mal ein wenig abschweifen, damit du dir eine Vorstellung von der Art unseres Verhältnisses machen kannst. Als ich in die höheren Gymnasialklassen kam, fragte mein Vater mich: »Rauchst du? Sag mir die Wahrheit!« – »Nein, *papà*, ich rauche nicht.« – »Wieso rauchst du nicht? Warum hältst du es nicht wie alle deine Schulkumpels und gehst aufs Klo, um eine zu paffen?« Meine Antwort war: »*papà*, weil es mir nicht richtig erscheint, daß ich mich in einer Toilette verstecken muß. Ich will die Zigarette genießen.« – »Versprichst du mir, daß du erst mit achtzehn mit dem Rauchen anfängst?« – »Ja, *papà.*« Und so habe ich nie heimlich geraucht. Als ich achtzehn wurde, hat mein Vater mir das erste Päckchen Zigaretten angeboten. Nur um dir deutlich zu machen, wie locker unser Verhältnis war.

Und damit du dir ein Bild davon machen kannst, wie

gründlich mein Vater mich kannte, will ich dir unbedingt eine Geschichte erzählen, die wirklich unglaublich scheint. Sie hat nichts mit dieser Schulzeit zu tun, aber sie kommt mir gerade in den Sinn. Es geschah im zweiten Jahr nach meinem Umzug nach Rom, also in den fünfziger Jahren. Ich war damals fünfundzwanzig Jahre alt.

Ich weiß nicht wie, jedenfalls rief jemand vom Ministerium der Handelsmarine, wo wir Freunde hatten, bei der Hafenbehörde in Porto Empedocle an – es wird gegen eins, halb zwei Uhr mittags gewesen sein –, um Herrn Camilleri, Herrn Giuseppe Camilleri mitzuteilen, daß sein Sohn sich aus Liebeskummer das Leben genommen habe. Es handelte sich um einen Fall von Namensgleichheit. Das war kein Scherz, ganz im Gegenteil, doch das klärte sich erst später auf. Sie dachten, daß ich allein in Rom war, es gab damals keine Zeitungen, verstehst du, und sie riefen eilig in Porto Empedocle an.

Der Oberst schickte einen Matrosen zu uns nach Hause. Mein Vater aß auswärts zu Mittag. Der Matrose klopfte an die Tür der Wohnung, wo meine Großmutter lebte, von ihr habe ich dir erzählt. Meine Tante rief Onkel Massimo heraus, und der Matrose sagte ihm: »Herr Fragapane, sehen Sie, die Sache verhält sich so und so …« – »Du heilige Jungfrau …« Mein Onkel hatte nicht einmal mehr die Courage, wieder zu meiner Mutter ins Haus zurückzukehren. Er meinte nur kurz: »Ich gehe mal einen Moment weg, bin gleich wieder da.« Und mit diesen Worten ging er und suchte nach meinem Vater. Er fand ihn in einer Trattoria, wo er mit einigen seiner Jagd- oder Angelfreunde zu Mittag speiste: »Pippì«, sagte er zu ihm, »ich muß dir etwas sagen.« – »Was hast du, Massimo?« fragte mein Vater, als er sein Gesicht sah. »Es scheint so, als hätte Nenè eine Dummheit gemacht.« – »Was für eine Dummheit denn? Was hat er denn verbrochen?« fragte mein Vater, »was hat er getan?« – »Hör zu, Pippì … du mußt jetzt stark sein. Er hat sich umgebracht.« – »Mutter Gottes, heilige Maria … warum?« – »Aus Liebeskummer.« – »Ist gut«, sagte mein Vater. »Massimo, hör zu, geh essen. Das ist er nicht … Massimo, du hast mir vielleicht einen Schreck eingejagt.« Mein Ehrenwort, ich erzähle keine Lügenmärchen. »Er ist es nicht«, wiederholte er und aß seelenruhig weiter. Also jemand, der das mit einer solchen Sicherheit behaupten konnte, mußte mich in- und auswendig kennen. Und das war bei meinem Vater der Fall.

Soll ich dir noch ein Beispiel erzählen? Als ich mich auf den Dachböden von Porto Empedocle herumtrieb, wie meine Großmutter Elvira es nannte, machte mein Vater nie eine Szene. Das erste Mal, als ich ein Mädchen geküßt habe, war mein Taschentuch hinterher mit Lippenstift verschmiert; ich beichtete es meinem Vater. »Gib mir das Taschentuch, wenn es deine Mutter zu Gesicht bekommt, macht sie einen Riesenaufstand.« Und ich gab es ihm. Er meinte: »Ich werde ihr irgendeine Dummheit erzählen, und die Sache wird erledigt sein…« Er zog es vor, die Sache auf seine Schultern zu nehmen. Er beschützte mich immer.

*Die Figur des Vaters kehrt regelmäßig in Andreas Erzählung wieder. Er ist eine konstante Präsenz. Giuseppe Camilleri – ein leidenschaftlicher Bücherliebhaber und ein harmloses Mitglied des faschistischen Schlägertrupps, knallhart in der Arbeit und ungeheuer großzügig seinen Mitbürgern gegenüber, stark mit den Traditionen verwachsen, aber seinem einzigen Sohn gegenüber von Grund auf modern eingestellt… Von ihm haben wir sicher noch einiges zu erwarten.*

*Andrea, du mußt jetzt die Episode mit deinem Zeugnis zu Ende erzählen, warum haben wir die nur in der Luft hängen lassen…*

»Gib mir das Fläschchen mit Kopiertinte«, bat er meine Mutter. Er nahm es, kippte es einfach so über das Zeugnisblatt, und die Tinte löschte alles aus. Tags darauf begleitete er mich in die Schule und sagte zum Rektor: »Verzeih bitte, aber ich bin hier, um dir zu sagen, daß die Tintenflasche umgekippt ist, als ich unterschreiben wollte. Also bitte, nimm zur Kenntnis, ich hätte dieses Zeugnis tatsächlich unterschrieben.« Das Endergebnis war, daß ich einen Monat später ins Internat kam.

*Einzelkind und obendrein ins Internat?*

Daß meine Eltern mich ins Internat stecken mußten, betrübte sie viel mehr als mich selbst. Aber mein Vater war nicht zu erweichen. Und so landete ich bei den Pfaffen, im bischöflichen Pensionat in Agrigent. Wo ich, um ehrlich zu sein, gar nicht so übel dran war. Ich machte dort die vierte und die fünfte Gymnasialklasse; mein Leben ging mehr oder weniger auf die gleiche Weise weiter, denn das Pensionat hatte keinen eigenen Schulbetrieb. Am Morgen marschierten wir in Reih und Glied zum Empedocle-Gymnasium, und nach Unterrichtsende mußten wir uns wieder in einer Reihe aufstellen, und die Erzieher geleiteten uns ins Kolleg zurück. So besuchte ich nach wie vor dieselbe Schule, als Eingekerkerter wie als freier Mann. Nur daß ich unter Überwachung stand und am Nachmittag ins Kolleg zurückmußte. Das war meine Gymnasialzeit.

Aber es war auch die Zeit der Freundschaften, die mein ganzes Leben lang andauerten. Ich freundete mich mit Gaspare Giudice an, der dann der bedeutendste Biograph von Luigi Pirandello wurde. Er war ein Junge, der viel las und für mich ein echter Gefährte wurde, mehr noch als Ciccio Burgio. Ich freundete mich mit Dante Bernini an, der später das Amt des Oberintendanten für Denkmalpflege in Rom innehatte. Ein sehr guter Freund war mir auch Luigino Giglia, an den ich mich hauptsächlich dem Namen nach erinnere; er wurde ein hohes Tier in der Democrazia cristiana und war jahrelang Staatssekretär sowie Nationalabgeordneter für die Provinz Agrigent. Er war sehr gebildet, aber bereits damals hatte er sich auf sein Spezialgebiet festgelegt. Er war ein geborener Politiker. Er kam in die Schule und hatte Bücher aus dem Jahr 1922 von Luigi Einaudi, Luigi Sturzo dabei, wer weiß, wo er die aufgetrieben hatte. Doch er war auch, das will ich nicht unter den Tisch kehren, wegen der Mafia – ein anderes Thema unserer Unterhaltung – in aller Munde. Meine Begegnungen mit Luigino wurden immer spärlicher, aber nicht wegen der politischen Hintergründe, wir waren

Freunde bis zuletzt, sondern der Lebensumstände wegen. Wir verkehrten einfach nicht mehr miteinander. Doch wenn wir uns zufällig einmal über den Weg liefen, war das immer ein Freudenfest. Ich lernte auch einen gewissen Vito Montaperto kennen.

*Auf welche Weise erfolgten die ersten Schritte eurer politischen Bildung?*

Echtes Wissen vermittelte uns ein sehr intelligenter Priester namens Don Angelo Ginex, der aus einem Dorf in der Nähe von Agrigent stammte. Don Angelo ging uns nicht so auf die Nerven wie alle anderen Priester. Wenn ich keine Lust hatte, am Abendmahl teilzunehmen, was Pflicht war, ging ich ganz einfach zu Don Angelino und sagte es ihm. »Dir ist nicht danach? Dann tu es einfach nicht. Es wird bedeutungslos, wenn man nicht möchte.« Und womöglich wechselte er das Thema und fragte mich: »Was liest du zur Zeit?« Also lieh ich ihm ein paar meiner Bücher wie »Vom Winde verweht«, »Die Passage nach Nordwesten«, Corrado Alvaro. Dieser Priester, der im Schuljahr 1942–43 unser Religionslehrer war, erklärte uns in der Sakristei der Kirche San Gerlando ruhig und sachlich sowohl die »Enzyklika Rerum Novarum« als auch »Das Kapital«. Mit Verstandesschärfe gelang es ihm trotz des faschistischen Regimes, die Köpfe seiner jungen Schüler nach allen Himmelsrichtungen hin zu orientieren. Das war eine wertvolle Erfahrung.

*Du hast auch eine Andeutung über Vito Montaperto gemacht, oder täusche ich mich da?*

Nein, du täuschst dich nicht. Und ich werde über ihn reden, weil er in den zwei Jahren Internatszeit mein Gegner Nummer eins wurde. Er war nicht aus Porto Empedocle, sondern aus Campobello di Licata. Ich hatte einen starken Einfluß auf meine Schulkameraden, es würde keinen Sinn machen, das zu verschweigen. Auch er verfügte über echtes Charisma. Vito gehörte jedoch zu einer Familie, die stark unter Mafiaverdacht stand, er war ein sehr ansehnlicher und kühner Bursche. So entstand eine Rivalität zwischen uns, was

Schulleistungen, Sport, überhaupt alles anging. Wir redeten nicht mehr miteinander. Die Antipathie zwischen uns war beidseitig und instinktiv. Und ich trickste ihn mit dem *accipe* aus.

*Mit dem »accipe«?*

*Accipe* ist eine Form des lateinischen Verbs *accipere*, was bedeutet »empfangen«, »annehmen«, »verpaßt kriegen«, so nannten wir eine Art kleines Totem aus Holz. Im *accipe* konzentrierte sich die gesamte Bemühung, uns ein gutes Italienisch beizubringen. Vielleicht schreibe ich all diese Bücher, die nur so triefen von sizilianischem Dialekt, um mich für die in der Jugend erlittenen Torturen zu rächen. Es war eine schöne Erziehung zum Denunziantentum, die uns die Pfaffen da verpaßten. Das Stück Holz bedeutete nämlich: Sobald einem Schüler in der Klasse auch nur ein einziges Wort auf sizilianisch über die Lippen kam – wir waren gehalten, ein einwandfreies Hochitalienisch zu sprechen –, reichte ein anderer ihm das Holz und sagte: »*accipe,* hier kriegst du dein Fett!«

Du warst tatsächlich angeschmiert, denn nun warst du derjenige, der auf der Lauer sein mußte, bis ein anderer einen Fehler machte, und dann mußtest du ihm den Holzscheit verpassen: »Hier, nimm.« Abends dann, beim Zubettgehen, hieß es: »Wer von euch hat das *accipe*?« Und einer antwortete dann »Ich« und mußte darauf zwei Stunden lang auf den Knien ausharren, während die anderen bereits schliefen. Da hatte ich einen teuflischen Einfall. Dieses *accipe* schwirrte mir durch den Kopf. Gegen acht Uhr abends, als sich die *accipe*-Runde ihrem Ende zuneigte, es war so fünf vor acht, sagte ich klar und deutlich einen bestimmten Satz … Derjenige, der das *accipe* hatte und mit gespitzten Ohren lauschte, rief mir zu: »Hier, nimm!« Und ich nahm das Stück Holz und reichte es keinem anderen mehr weiter. Am Abend fragte der Priester: »Wer hat das *accipe*?« – »Ich.« – »Was hast du gesagt?« – »*Questa*, das da.« Und der Geistliche urteilte: »Das ist Sizilianisch.« – »Aber nein, bedaure,

Monsignor Padre. Es ist ein italienisches Wort, durch und durch italienisch ist es. Es klingt nur sizilianisch, aber es ist eine italienische Vokabel. Sehen Sie ruhig im Wörterbuch nach.«

Ich sagte diese Worte mit Absicht. Sie schauten im Wörterbuch nach und wunderten sich: »Das stimmt. Es ist italienisch. Also dann ist das *accipe* nicht gültig.« Ich wiederholte die Szene vier-, fünfmal, und bekam nie wieder das *accipe*. Ich notierte mir dafür die Wörter, die irgendwie sizilianisch klangen, ich erinnere mich an *giara* (Amphore), *sfasciare* (aus den Windeln nehmen, den Verband abnehmen, zertrümmern) und so weiter ... Es war eine echte Lektion, was das Schreiben angeht. Und die sollte mir Jahre später noch von großem Nutzen sein. Ich hatte mir dieses System ausgedacht und mußte dafür das Wörterbuch studieren ... Logisch, daß Vito Montaperto im *accipe*-Krieg einer meiner erbittertsten Gegner war. Eines Tages standen wir uns in dem leeren Schlafsaal von Angesicht zu Angesicht gegenüber. Vito war stärker als ich. Nein, er war nicht brutal. Er war ein guter Kerl, wenn auch nicht sehr gebildet. Aber er war außerordentlich intelligent, das sah man ihm deutlich an, die Intelligenz war ihm auf die Stirn geschrieben.

Also, wir standen da, Auge in Auge. Und mir war klar, wenn er mich als erster angreift, legt er mich flach. Also wurde ich zuerst handgreiflich. Wie das übelmeinende Schicksal es nun will, traf ihn der heftige Faustschlag, zu dem ich mit der Kraft meiner Verzweiflung ausholte, an der Schläfe. Vito stürzte zu Boden. Voller Entsetzen zerrte ich ihn aufs Bett. In dem Augenblick ging die Tür auf, und einer der Pfaffen stand wie aus der Erde gestampft da: »Was ist passiert?« Auf diese Frage antwortete aber nicht ich, sondern Vito, der das Bewußtsein wiedererlangt hatte: »Ich bin hingefallen und hab' mir dabei weh getan. Ich bin ohnmächtig geworden.« Und dann schwieg er. Nicht daß wir tatsächlich Frieden geschlossen hatten, aber es gab so etwas wie einen Waffenstillstand. Ein gegenseitiger Respekt kam an ...

*Hielt die Pax lange an?*

Sieh mal, die Internatszeit ging zu Ende, und ich wechselte in die Oberstufe über. Wir wurden getrennt, er besuchte nämlich nicht die Oberschule in Agrigent, sondern die in Caltanissetta. Wir sahen uns also nicht mehr. 1949 zog ich nach Rom. 1955 kehrte ich für einen kürzeren Zeitraum nach Porto Empedocle zurück; ich machte einen Abstecher nach Agrigent, und auf dem Corso traf ich auf Vito Montaperto. Der war inzwischen zum Sekretär der Democrazia cristiana für die Provinz Agrigent geworden und war kurz davor, zum Abgeordneten ins Nationalparlament gewählt zu werden. Wir stürzten einander in die Arme und herzten uns, daß es eine wahre Freude war. Es war ein wunderschönes Gefühl, nach so vielen Jahren einen Freund wiederzutreffen, als hätten wir uns auch nicht einen Tag aus den Augen verloren. Er sagte zu mir: »Andrè, hör zu, in zwei Wochen werde ich heiraten. In diesem Moment komme ich aus Palermo, wo ich die Trauringe gekauft habe. Weißt du, ich bin unsterblich verliebt. Bitte tu mir den Gefallen und komm zur Hochzeit …« – »Vito, ich muß wieder nach Rom, ich fürchte, ich kann es nicht einrichten.« – »Also, dann machen wir es so, wenn ich mal in Rom bin, besuche ich dich zusammen mit meiner Frau … Gibst du mir deine Telefonnummer?« Und so verbrachten wir einen halben Vormittag zusammen … Fünf Tage später wurde auf ihn geschossen, er war tot. Es war eines der politischen Verbrechen von damals …«

Zu nächtlicher Stunde waren damals, von Caltanissetta aus kommend, Calogero Volpe, Luigino Giglia, Vito Montaperto und der damalige Bürgermeister von Porto Empedocle, Vincenzo Inclima, im Wagen von Caltanissetta unterwegs. Plötzlich war die Straße durch einen quer liegenden Baumstamm versperrt, und seinerzeit waren die Straßen kaum befahren. Das hat mir Luigi Giglia später persönlich berichtet. Alle dachten sofort an einen Überfall. Calogero Volpe wies den Fahrer an: »Mach die Aufblendscheinwerfer an und stopp den Wagen.« In der finsteren Nacht stieg er aus, stellte sich vor das

Fahrzeug und schrie in die Dunkelheit hinein: »Jungs, das ist ein Irrtum. Ich bin Calogero Volpe.« Luigi erinnerte sich noch genau: »Und aus der Dunkelheit erklang eine Stimme: ›Das geht mir am Arsch vorbei.‹ Dann traten sie, vier Mann mit Maschinengewehren bewaffnet, vor. ›Legt euch an den Straßenrand.‹ Und wir taten es. Einer von ihnen fragte: ›Wer von euch ist Vito Montaperto?‹ Vito antwortete: ›Ich.‹ – ›Steh auf.‹ Vito erhob sich, und sie streckten ihn mit einer Gewehrsalve nieder. Nenè … Aber weißt du, daß ich mich in dem Augenblick mit einem Schlag an den ganzen Schmerzensreichen erinnerte, den ich schon seit zwanzig Jahren nicht mehr aufgesagt hatte?« Er dachte, daß sie jetzt den zweiten, den dritten umbringen würden … Aber nein, sie töteten nur Vito Montaperto.

*Kannst du genauer erklären, wer Calogero Volpe war, welche Rolle er in der Christdemokratischen Partei damals spielte?*

Wer Calogero Volpe war? Weißt du, es ist einfach schrecklich, daß diese jungen Männer, die womöglich aus gutem Hause stammten, belesen waren, sich mit Personen aus ganz anderen Kreisen, einem völlig anderen Menschenschlag umgaben. Es schmerzt, das zu sagen. Nicht ich bin es gewesen, der Volpe der Mafia zugeordnet hat. Giuseppe Alessi, ein Funktionär der damaligen sizilianischen Democrazia cristiana, behauptete es, und das sogar schriftlich.

Volpes Stammwähler waren die sogenannten Leute aus dem »Vallone«, tief in der Provinz von Agrigent, Caltanissetta und Enna. Und die stammten alle aus Mafiakreisen. Genau in jenen Jahren versuchte Giuseppe Alessi die Democrazia cristiana mafiafrei zu halten, daher wollte er eine Bedingung stellen: »Ist gut, wir nehmen euren Antrag auf Mitgliedschaft in der Partei entgegen, aber wir suchen uns jeden einzelnen aus.« Calogero Volpe erwiderte: »Entweder alle oder keinen.« Und so vererbte er sie alle der Partei. Mehr noch: Alessi bezeichnet diesen historischen Abschnitt als den Moment, da die Democrazia cristiana ihr eigenes Nest beschmutzte. Und die aus dem Vallone waren, bevor sie in die ehemalige Democrazia cristiana eintraten, alle Monarchisten, Republikaner, Liberale.

Das also war die Geschichte von Vito Montaperto, die mit dem *accipe* begann und mit einer Maschinengewehrsalve endete. Es ist die Geschichte eines wiedergefundenen und auf immer verlorenen Freundes.

## III. Eine Kindheit auf sizilianisch

*Wir haben noch nicht darüber gesprochen, aber die große unerfüllte Liebe von Andrea Camilleri ist das Meer. Erinnert ihr euch an die Figur des Matrosen auf dem Boot und an den kleinen Morseapparat, der neben dem Porträt der Großmutter Elvira steht, und an das Heiligenbild von San Calogero? Wir setzen also wieder bei seinem Traum ein, eines Tages ein Marineoffizier, ein großer Admiral zu werden, auch wenn wir dabei zwangsläufig in der Zeit hin und her pendeln müssen, um seinen Erinnerungen zu lauschen und die Gründe seines verpaßten Rendezvous mit dem Meer zu verstehen.*

Die Arbeit meines Vaters – er war Ziviloffizier der Hafenbehörde – brachte es mit sich, daß ich stets in Gesellschaft von Marineoffizieren war; einige von ihnen bekam ich regelmäßig alle sechs Monate zu Gesicht, denn diese Offiziere waren über längere Zeiträume an Bord ihrer Kriegs- und Handelsschiffe, und bei ihrer Rückkehr nach Porto Empedocle waren viele von ihnen zu Gast in unserem Haus. Bei Tisch gaben sie ihre Geschichten vom Meer zum besten, sie erzählten von Stürmen, exotischen Plätzen, an denen sie an Land gegangen waren ... Abenteuer, die meine kindliche Phantasie entfachten. Auf die Frage »Was willst du einmal werden, wenn du groß bist?« antworten kleine Jungen für gewöhnlich: Feuerwehrmann, Lokomotivführer oder Matrose; meine Antwort lautete recht bald: Marineoffizier. Aber ich war bereits zwölf, dreizehn Jahre alt, keine fünf oder sechs mehr, als ich noch nicht wußte, was es hieß, mit offenen Augen zu träumen. Und mit Marineoffizier meinte ich genau den Offizier der Kriegsmarine, nicht der zivilen Schiffahrt. Während des Faschismus war ich immer als Jungmatrose gekleidet. Und was meine ersten sportlichen Betätigungen angeht, habe ich vergessen zu erwähnen, daß ich mit großem Eifer bei den Marineübungen mitmachte. Hier in Porto Empedocle gab es ein nachgebautes Schiff, ein Lernschiff, das Auffangnetze hatte und ideal war fürs Exerzieren. Es ging darum, auf dem Trocknen den Mast zu erklimmen und die Segel zu hissen, wobei ich mir vor Angst bald in die Hosen machte, wenn es hieß, auf das nachgebaute Schiff zu steigen; fiel man nämlich da herunter, war es viel schlimmer, weil man auf die harte Erde und nicht ins Meerwasser fiel... Trotz allem – als ich endlich oben an der Spitze angelangt war, glaubte ich in meiner Vorstellungskraft die Stärke der Winde, das Flattern der Segel zu spüren, und ich sah, so weit das Auge reichte, über das sturmgepeitschte Meer vor mir. All das phantasierte ich mir zusammen...

*Hast du dich nie auf einem echten Boot aufs Meer hinausgewagt?*

Und ob. Von Zeit zu Zeit ging ich an Bord großer Schiffe, richtiger Fischkutter. Voller Stolz kann ich erzählen, daß ich ab dem zwölften, dreizehnten Lebensjahr regelmäßig an Bord gegangen bin. Beispielsweise auf die Fischerboote mit Lateinersegel, und das Segelmanöver – ein, maximal zwei Segel – war ein wunderbares Spektakel. Ich fragte meine Eltern um Erlaubnis, an Bord gehen zu dürfen, und merkwürdigerweise erhielt ich sie auch, wohl weil sie Vertrauen in mich hatten. Sie überließen mich Ciccu Di Mare, einem der alten, erfahrenen Fischer von Porto Empedocle, die das Meer wie ihre eigene Westentasche kannten. Und bis wohin trugen uns die Wellen? Ich erinnere mich noch deutlich an das eine Mal, als ich unter Deck eingeschlafen war. Mit einem Schlag war ich wieder wach, sah die Lichter in der Ferne und fragte die Schiffsleute: »Um Himmels willen, sind wir etwa schon zurück in Porto Empedocle?« – »Nein«, erwiderten sie, »das da ist Sfax in Tunesien.« In tunesischen Hoheitsgewässern zu fischen war also eine alte, eingefahrene Angewohnheit, schon damals. Später wurde mir recht schnell klar, daß ich, abgesehen von diesen Blitzbesuchen an Bord der Fischkutter, von der Segelschiffahrt nicht die leiseste Ahnung hatte. Als die richtigen, professionellen Marinekurse losgingen, stellte sich meine totale

Unfähigkeit heraus, die Schiffsposition zu bestimmen. Das war das schlimmste für mich. Das einzige, worin ich gut war, war das da…

*Und ohne sich vom Stuhl zu rühren, nimmt Andrea Camilleri den Morseapparat in Miniaturausführung zur Hand und kann endlich erklären, warum das Ding hier in diesem Zimmer steht.*

Erkennst du es? Das ist der Simulator des Morsealphabets, den ich seinerzeit als Jungmatrose bekam und seit beinahe siebzig Jahren mit mir herumschleppe. Die andere Tätigkeit, auf die ich mich verstand, war die des Fahnensignalgebers, die gefiel mir über alle Maßen. Es war eine richtige Leidenschaft… Ich stieg in den Mastkorb und ging völlig auf im Fahnenschwenken. Aber mit dem Morseapparat umzugehen und die Signalfahnen schwenken zu können reichte nicht aus, um ein guter Marineoffizier zu werden. Ich sah ein, daß das zu wenig war. Niemals hätte ich Navigationsoffizier werden können. Der einzige Weg, der mir offenstand, um zur Marine zu kommen, war der des Versorgungskommissariats. In der Tat, der einzige Bereich, um den ich mich hätte kümmern können, war die Borddisziplin und darüber hinaus noch die Verpflegung. Und obwohl ich meine Grenzen erkannte, wollte ich nicht klein beigeben; schon malte ich mir aus, wie ich an die Akademie von Livorno gehen würde. Da kannte ich nichts, ich wäre diesen Weg auf alle Fälle gegangen.

*Und warum hast du darauf verzichtet?*

Ich wurde zum Verzicht gezwungen. Bei einem der Kämpfe, von denen ich bereits erzählt habe, wurde ich von der Steinschleuder eines Burschen, mit dem ich verfeindet war und der ausgezeichnet mit dieser Waffe umgehen konnte, am rechten Auge getroffen. Der Stein war ziemlich groß, einer von diesen flachen, glatten Flußkieseln, die, wenn man sie richtig wirft, über die Wasseroberfläche springen. Zum Glück war dieser Kieselstein größer als meine Augenhöhle, aber er traf mich mit einer solchen Wucht, daß ich ohnmächtig zu Boden fiel. Ein Höllenschmerz setzte ein. Man brachte mich zum Augenarzt, der mir verordnete, zwei Wochen lang das Auge verdeckt zu halten. Dann entdeckte er die Hornhautverletzung, durch die natürlich meine Sehschärfe beeinträchtigt wurde. Das Trauma führte zu rasch fortschreitender Kurzsichtigkeit, die auch auf das andere Auge übergriff. Ich bin also nicht von Geburt an kurzsichtig, ich bin es geworden. Und bis zu diesem unglückseligen Zwischenfall hatte ich stets ausgezeichnet gesehen.

*Und das bedeutete das Ende deines Traums?*

Natürlich. Dieser Unfall machte alle meine Ambitionen, Marineoffizier zu werden, zunichte. Zurück blieb eine heftige Sehnsucht, für die ich in der Lektüre von Meeresgeschichten und -romanen Ersatz suchte. Es waren wunderbare, außerordentliche Begebenheiten, von denen ich da las. Das Meer wurde zu einer Konstanten meines unerfüllten Wunschdenkens. Und wie beneidete ich meinen Freund Pino Corso, von dem ich dir noch erzählen werde, der tatsächlich Karriere bei der Marine machte.

*Und deine leidenschaftliche Begeisterung für die Marine hat sich nie verloren?*

Ganz im Gegenteil. Sie wurde zu einer rasenden Besessenheit. So manchen Admiralen oder Marineoffizieren, mit denen ich über Schiffe plaudere, bleibt der Mund offenstehen, wenn sie mitkriegen, wie gut ich Bescheid weiß. »Sie verzeihen«, sagen sie dann zu mir, »aber Sie sind einer von uns, nicht wahr?« Es gibt eine Geschichte, die mich immer, wenn ich daran denke, sehr betroffen macht. Infolge des Waffenstillstands vom 8. September erhielt die italienische Marine den Befehl, nach Malta überzusetzen, um sich dort den Engländern zu ergeben. Der befehlshabende Admiral der gesamten italienischen Flotte auf See, Carlo Bergamini, starb auf dem Panzerschiff Roma, das von den Deutschen vor der Küste von Sardinien versenkt wurde. Das grausame Schicksal wollte es, daß eine Bombe in einem der Schiffsschornsteine landete, und er und über tausend Mann, fast die gesamte Besatzung, kamen dabei ums Leben. Trotzdem behielt die Flotte ihren Kurs auf Malta bei. Kurz bevor dieser Admiral starb, hatte er noch einen Brief an seine Frau geschrieben, und der wurde nun der Öffentlichkeit zugänglich gemacht. Darin teilt er mit: »Man hat mich in eine fürchterliche Lage gebracht. Gestern abend bin ich nach Rom gekommen, um mit dem Oberkommandeur zu sprechen; er hat zu mir gesagt, daß wir den Krieg gegen die Engländer fortsetzen werden. Tags darauf befand ich mich völlig unvorbereitet in der Situation, der Flotte den Befehl zu erteilen, daß sie sich den Engländern ergeben sollte. Ich werde diesem Befehl Folge leisten. Aber es wird grauenvoll werden, Gehorsam durchzusetzen.« Mit anderen Worten: Nicht einmal der Oberbefehlshaber der Marine, also derjenige, der den Krieg auf dem Wasser führte, wurde über den Waffenstillstand vom 8. September in Kenntnis gesetzt.

*Ich sehe, daß dich auch die realen Geschichten vom Meer, nicht nur die literarischen, begeistern konnten.*

Das war unvermeidlich. Eine Geschichte wie die des Admirals Bergamini ist eine Herausforderung für jeden phantasiebegabten Erzähler der Geschichten vom Meer. Und nicht nur die seine, du wirst noch sehen … Also der Admiral Bergamini kam, um mit dem Generalstabschef Raffaele De Courten zu sprechen, der bereits über den Waffenstillstand unterrichtet war; doch De Courten verriet ihm nichts. Und Bergamini kehrte nach der Unterredung nach La Spezia zurück. Im Morgengrauen des folgenden Tages erhielt er ausgerechnet von letzterem den Gegenbefehl. Ebendeshalb schrieb er auch den Brief an seine Frau, bevor er einen bewegenden Appell an seine Männer richtete. Doch die Geschichte ist damit noch nicht zu Ende. Dieser großartige Admiral brachte es so weit, daß die gesamte Flotte, einschließlich der Schiffe, die sich in der Adria befanden und für die es ein leichtes gewesen wäre, sich zu zerstreuen, ihm Gehorsam leistete. Tatsächlich aber gelangten die Schiffe, wenn auch nicht mehr unter seinem Kommando, er war längst gefallen, über den Kanal von Sizilien und schließlich nach Malta. Ja, der Admiral war ein stattlicher Mann und hat Charakterstärke bewiesen.

So vergingen die Jahre. Mittlerweile wohnte ich längst in

Rom und produzierte für das Italienische Staatliche Fernsehen »Die Ermittlungen des Kommissars Maigret«. Eines Abends ging ich zum Essen in ein schönes Ristorante in der Nähe meiner Wohnung, im Stadtviertel Prati. Während des Essens sah ich eine Dame eintreten, die von Kopf bis Fuß schwarz gekleidet war und eine mächtige goldene Medaille trug. Der Kellner eilte zu ihr, ganz klar war sie keine Unbekannte, und sagte laut: »Das gleiche wie immer für die Signora…«, und dann nannte er den Namen des Admirals. Ohne lange zu fackeln, erhob ich mich und verneigte mich in Richtung der Dame. Sie sah mich an und bedeutete mir, näher zu treten. Dann stellte sie mir die Frage, die auf der Hand lag: »Waren Sie einer der Männer meines Gatten?« Und ich erwiderte: »Nein, gnädige Frau, aber ich wäre es gern gewesen.« So wurde ich ein Freund der Witwe, die ganz in meiner Nähe wohnte. Darf ich weitererzählen, beim Sprechen sind mir noch andere Einzelheiten eingefallen?

*Aber ich bitte darum, Andrea, wir haben kein* accipe *zu befürchten.*

Manchmal wäre das bei mir gar nicht so fehl am Platze. Also kehren wir zu den Ereignissen nach dem Waffenstillstand auf unseren Meeren zurück. Wie gesagt, die deutschen Jagdbomber versuchten alles Erdenkliche, um zu verhindern, daß die italienische Flotte nach Malta gelangte. Sie versenkten ein Panzerschiff und zwei Kreuzer. Es ereignete sich so manche heldenhafte Episode, die in der Öffentlichkeit nie bekannt wurde. Ich war persönlich mit einem Korvettenkapitän namens Lanfranco Cigala Fulgosi bekannt. Er stammte aus einer Adelsfamilie, die einen höchst berühmten Troubador aus dem vierzehnten Jahrhundert zu ihren Vorfahren zählte. Er kam aus Genua und war hier in Porto Empedocle stationiert, er war jung und hatte ein elegantes, einnehmendes Äußeres. Er war Befehlshaber eines Unterseeboots und vollbrachte eine großartige Tat: Er versenkte etwas, ich weiß nicht mehr genau, was, im Kanal von Sizilien und wurde in Porto Empedocle groß gefeiert. Er gehörte zu den Männern, die unter dem Befehl von Admiral Bergamini standen. De Courten befahl ihm, sich den Engländern zu stellen. So übergab er das U-Boot und erschoß sich. Er konnte die Niederlage einfach nicht hinnehmen, aber er leistete Gehorsam bis zum letzten Atemzug.

Die ältesten Torpedoboote, die wir im Zweiten Weltkrieg in der Marine hatten, stammten noch aus dem Ersten Weltkrieg. Wir nannten sie »die drei Pfeifen« wegen ihrer Schiffsschornsteine. Ein Befehlshaber einer der drei »Pfeifen«, der Ärmste, stieß mit einigen englischen Seekräften zusammen, die eindeutig überlegen waren. Er wollte einen ihrer Kreuzer torpedieren, was ihm mißlang, denn die feindlichen Schiffe trafen ihn aus der Entfernung. Und so kam er schließlich in die Schußnähe des Feindes, als sein eigenes Schiff in Flammen stand. Doch am Ende erreichte er dennoch sein Ziel: Er torpedierte den Kreuzer und versenkte ihn. Ihm selbst blieb gerade noch so viel Zeit, die Besatzung in Sicherheit zu bringen, und dann ging er – wie es Brauch war – allein in die Tiefe. Er wäre ertrunken, wäre da nicht sein Hund gewesen, ein Riesenvieh: Als die Wellen über ihm zusammenschlugen, packte das Tier ihn an der Gurgel und rettete ihn. Der Kommandant überlebte. Er war lebendig gesunken und hatte somit die Flagge gerettet. Der Hund aber, den die Flagge einen feuchten Kehricht kümmerte, *wau, wau,* packte sein Herrchen und hielt dessen Kopf über Wasser. Bis dann die Rettungsleute eintrafen.

Mein Vater veranstaltete ein Riesenfest für ihn, denn er war ja nun ein Ordensträger aus Porto Empedocle. Als er gefeiert wurde, saß jedoch nicht er auf dem Ehrenplatz an der Tafel... Nein, am Kopfende des Tisches saß der Hund, der hatte sich diesen Platz wahrlich verdient, das kann man nicht anders sagen. Darf ich noch ein wenig ausschweifen?

*Nur zu!*

Wir mußten in der Schule Cäsar, Cicero und die Aufrufe Napoleons lernen, dabei wurden doch auch in der Gegenwart Reden gehalten, nicht einmal von gewohnheitsmäßigen Rednern, sondern von Männern, die sich in bestimmten Situationen und aufgrund der Wahrhaftigkeit ihrer Gefühle, die aus ihnen sprachen, als glänzende Redner erwiesen. Bergaminis Appell an seine Flotte, den ich gelesen und aufbewahrt habe, bewegt mich heute noch. Ebensogut erinnere ich mich an die Worte De Gasperis bei Kriegsende, die er in Paris zu den Vertretern der Siegermächte sprach. Jedesmal, wenn ich sie lese, geht mir seine Rede zu Herzen. Es ist die erste Rede, die der italienische Repräsentant vor den ehemaligen Feinden – den Russen, den Engländern, den Amerikanern – hielt. Unter den zahlreichen Journalisten, die nach Paris geeilt waren, war auch Vittorio Gorresio. Durch ihn erfuhr die Öffentlichkeit, daß De Gasperis Rede in Wirklichkeit von fünf Personen verfaßt worden war, die sich am Vorabend in ein Zimmer zurückgezogen hatten. Gorresio und ein italienischer Kollege hatten es fertiggebracht, sich in dieses Zimmer einzuschleichen. Sie berichteten, daß De Gasperi einen Satz schrieb und Togliatti* fragte: »Was hältst du davon?« Und Togliatti antwortete: »Hm, vielleicht könnte man besser sagen …«, und machte dann seinen Verbesserungsvorschlag. Auch Minister Sforza** war zugegen und schlug vor: »Versuchen wir mal an dieser Stelle …« Also, das ganze politische Italien war in diesem Zimmer versammelt und korrigierte den Text der Rede, die De Gasperi, politischer Gegner der Kommunisten, seines Zeichens Regierungsoberhaupt, am nächsten Tag verlesen würde. Diese Geschichte bewegte mich zutiefst, denn sie ist der Beweis dafür, daß – trotz der Hetzplakate gegen die Kommunisten – diese Männer doch ein gemeinsames Ziel hatten. Und De Gasperi trat mit der Rede an, von der es hieß, es wäre seine, die in Wirklichkeit aber das Ergebnis einer Zu-

* Palmiro Togliatti (1893 Genua – 1964 Jalta), Mitbegründer der Kommunistischen Partei Italiens, Mitglied des Komintern, Deckname Ercoli, 1926–44 im Exil, stellvertretender Ministerpräsident der ersten Nachkriegsregierung; Justizminister 1945/46; ab 1947 Generalsekretär der KPI.

** Graf Carlo Sforza, aus altem Mailänder Adelsgeschlecht stammender liberaler Politiker, Antifaschist, 1947–51 Außenminister; lebte 1926–43 in der Emigration.

sammenarbeit von Kollegen war. Mit folgenden Worten begann er: »Ich habe den Eindruck, daß alles hier in diesem Raum, abgesehen von Ihrer privaten Höflichkeit, gegen mich und gegen die Nation ist, die ich repräsentiere...« Über die ganze Geschichte gibt es eine wundervolle Kino-Wochenschau in schwarzweiß. Darin sieht man, wie De Gasperi am Ende seiner Rede die vier Zettel einsammelt, das Rednerpodium verläßt und den ganzen Saal durchquert. Alle stehen da wie Statuen. De Gasperi geht nur an einem vorbei, der nicht aufgestanden ist, heute wissen wir, daß es Byrnes war, und er ist der einzige, der De Gasperi gegenüber die Hand zum Militärgruß an den Kopf führt, wie um zu sagen: »Gut gemacht.« Das sollten sie in der Schule behandeln und nicht Cäsar oder Napoleon. Dann würden die Schüler die Geschichte viel besser begreifen.

Wie sind wir nur auf De Gasperi gekommen? Ach ja, wegen der Ansprache des Admirals Bergamini vor seiner Flotte, eine Rede, die in keinem einzigen Geschichtsbuch auftaucht, genausowenig wie die Rede von De Gasperi. Und das ist sehr schade. Ich hoffe nur, nicht allzusehr abgeschweift zu sein...

*Lassen wir die unausgelebte Leidenschaft für die Seefahrt hinter uns und kehren wir zu deinen Jahren in der Oberschule zurück. Auch weil diese Zeit mit den letzten Jahren des faschistischen Regimes zusammenfiel; der Krieg war längst nicht mehr nur vor den Toren, sondern zeigte sich den Sizilianern mit aller Macht in Form ständiger Bombenangriffe aus der Luft. Im nachhinein besehen waren genau diese Jahre zwischen 1941 und 1943 Camilleris Bildungsjahre, die Zeit der gründlichen Lektüre, der Begegnung mit den Lehrern, die ihn auf das Leben vorbereiteten. Es herrschte eine vordergründig friedliche Atmosphäre, es durften Gedichte verfaßt werden. Auf den Seiten improvisierter Schulzeitungen bot sich sogar noch die Gelegenheit, die Oberhäupter des Mussolini-Regimes durch den Kakao zu ziehen. Während der Unterrichtsstunden konnte man mit typisch jugendlichem Übermut seine Scherzchen treiben, ohne sich bewußt zu sein, daß auch die Schule längst unter strenger Überwachung durch die Militärs stand. Aber es brauchte nicht mehr viel, daß sich dieses Szenario grundlegend änderte.*

Endlich durfte ich das Internat verlassen. Ich konnte es nicht mehr ertragen. Nein, was die Qualität des Unterrichts angeht, hatte ich nicht zu klagen. Es war die von den Schwarzröcken aufgezwungene Disziplin, die mir einfach unerträglich war. Ich sorgte dafür, daß ich wegen Gotteslästerung von der Schule flog. Mir ist es noch heute peinlich, darüber zu reden, ich schäme mich regelrecht. Was ich anstellte? Nun, ich schmiß einen Gegenstand, ein Tintenfaß oder den Aschenbecher, der auf dem Lehrerpult stand, gegen die Wand, wo das Kruzifix hing, und wurde der Schule verwiesen. Ich schrieb meinen Eltern, erklärte ihnen meine Gründe, und sie ließen sich überzeugen, daß zwei Jahre Internat bei den Pfaffen genug waren. In der Zwischenzeit war ich auch erwachsener geworden, die Zeiten von Jugendbanden und Dingen dieser Art waren vorbei, auf mich war jetzt Verlaß. So besuchte ich die erste Klasse der Gymnasialoberstufe, und dort hatte ich das Glück, auf großartige Lehrer zu stoßen.

*Du hattest dir bereits ein hervorragendes Kulturgerüst zugelegt…*

Ja, ich las viel und schrieb schon seit geraumer Zeit. Ich verfaßte auch Gedichte, bis ich etwa zwanzig war. In der Tat hat die Schwester eines Freundes aus diesen Zeiten, Peppuccio Nura hieß er, vor zwei oder drei Jahren, nach dem Tod des Bruders, beim Ordnen seiner Papiere ein Heft mit Gedichten von mir gefunden, das ich ihm seinerzeit geschenkt hatte. Sie gab es mir zurück. Es waren Verse, die ich der *mamma*, dem Duce oder der Natur gewidmet hatte… Beim Lesen fiel auf, daß ich nach und nach erst Pascoli, dann Carducci und schließlich D'Annunzio entdeckt hatte. Im letzten Jahr der Unterstufe hatte ich – wie bereits gesagt – Gaspare Giudice kennengelernt. Er hatte eine Schwester, Lia hieß sie, die Gymnasiallehrerin war; ich fand sie derart sympathisch, daß ich ihr meine Gedichte zum Geschenk machte. Ihr Kommentar lautete: »Sie sind schön. Aber sieh mal, die italienische Lyrik endet nicht bei D'Annunzio.« – »Ach nein?« – »Mach weiter.

Da gibt es einen gewissen Montale…« Sie lieh mir Gedichtbände, und ein vollkommen neuer Dichterhorizont von ganz anderer Tragweite tat sich vor mir auf: Montale, Ungaretti, Saba. Mit der Zeit spürte ich, daß es zwischen ihnen und mir viele Berührungspunkte gab. Vittorini und Pavese sollten noch kommen. Wie soll ich sagen, die Lehrerin Giudice brachte meine Bildung mit einem Schlag auf den neuesten Stand.

*Du schriebst auch Gedichte an den Duce, nicht wahr?*

Ja, und ehrlich gesagt, habe ich ihm auch einen Brief geschrieben. Mit zehn Jahren las ich vielerlei Heftchen, darunter auch eines, das »Il Balilla« hieß. Es handelte von den wundersamen Unternehmungen eines Jungfaschisten, den sich ein Schwarzhemdenbataillon, das Krieg in Ostafrika führte, zur Maskotte auserkoren hatte. Aufgewühlt von dieser Rhetorik, schrieb ich still und heimlich einen netten Brief an Benito Mussolini und schickte ihn nach Rom. Ich erinnere mich, etwa folgendes geschrieben zu haben: »Ich bin der Balilla, der Jungfaschist Andrea Camilleri. Ich möchte mich gerne freiwillig zum Militärdienst melden und in Ostafrika kämpfen. Gezeichnet Andrea Camilleri.« Anstatt einer Anschrift schrieb ich unter den Namen nur »Rom« auf das Kuvert. Nach einem Monat oder mehr rief mich der Lehrer Innocenzo Pirandello, der jüngere Bruder von Luigi Pirandello und Oberhaupt des Hilfswerks der faschistischen Jugendorganisation, zu sich. Er war ein tüchtiger Mann, er hatte nichts Kriegerisches an sich und gehörte zu denen, die das Uniformcape um die Schultern trugen. »Hast du an Mussolini geschrieben?« fragte er mich und sah mich prüfend an. – »Ja.« – »Mussolini hat dir geantwortet«, und er holte ein Schreiben mit dem Briefkopf der Nationalen Faschistischen Partei heraus. An den genauen Text erinnere ich mich nicht mehr, nur noch an das große M in der Unterschrift und den Inhalt des Briefs: »Richtet dem Jungfaschisten Andrea Camilleri aus, daß ich seine vaterländische Gesinnung zu schätzen weiß, doch er ist noch zu jung für den Militärdienst. Es wird für ihn gewiß die Gelegenheit kommen, seine Tapferkeit unter Beweis zu stellen.« In der Tat, der Hahnrei hat uns dann eine solche Gelegenheit beschert, bei der wir allen Mut, den wir in den Knochen hatten, beweisen durften. Dummerweise hat der Professore diesen Brief einbehalten und mir nicht ausgehändigt, andernfalls hinge er längst eingerahmt an der Wand.

Zu meiner Rechtfertigung kann ich nur anführen, daß ich seinerzeit erst zehn Jahre alt war …

*Da wir nun einmal beim Thema sind: War Mussolini je in Porto Empedocle? Hast du an den großen faschistischen Aufmärschen teilgenommen? Trugst du das Schwarzhemd?*

Mussolini kam im Jahr 1936 nach Porto Empedocle, ich war damals elf Jahre alt. Ich kann mich nicht erinnern, ihn gesehen zu haben. Und ich habe nie das schwarze Hemd der Jungfaschisten getragen. Wäre ich einer von ihnen gewesen, hätte ich es getragen, daran war nichts Außergewöhnliches. Ich habe die Uniform der faschistischen Jugendorganisation getragen und dann, als ich in der Marine war, auch die des faschistischen Jungmatrosen.

*Wie stand es mit den Massenaufmärschen des Regimes?*

Darauf komme ich gleich zu sprechen. Im Jahr 1941, also in dem Jahr, da sich so viele Weichen für mich stellten, widerfuhr mir auf einer Großveranstaltung in Caltanissetta etwas Merkwürdiges. Wir alle, also sämtliche Schwarzhemden auch aus den anderen Provinzen, junge Balilla und faschistische Jungmatrosen, trafen gemeinsam im Zug in Caltanissetta ein. Anlaß war die Gedenkfeier für den faschistischen Märtyrer Gigino Gattuso, der 1923 von einem Kommunisten mit Revolverschüssen umgebracht worden war. Er war der einzige faschistische Märtyrer Siziliens. 1941 schmückte ein großes Liktorenbündel sein Gedenkmonument. An jenem Tag fanden wir Jungmatrosen uns also auf der Piazza ein. Mein Vater hatte sich schon früher auf den Weg machen müssen; wir waren so verblieben, daß er nach mir Ausschau halten würde. Wir Jungmatrosen fielen ins Auge, denn inmitten der grüngrauen Schar stellten wir mit unserer blau-weißen Uniform einen deutlichen

Farbtupfer dar. Das Regime achtete auf eine gewisse farbliche Ausgewogenheit, und so befahlen sie uns an den Rand der Versammlung. Kurz darauf traf mein Vater auf der Piazza ein und entdeckte sofort unser Grüppchen; er kam an meine Seite und wartete das Ende der Zusammenkunft ab. Während wir dastanden, schauten und den offiziellen Rednern lauschten, bemerkte ich in einem Hauseingang einen Herrn, der weinte.

*War er allein?*

Ja, allein war er, mutterseelenallein. Hin und wieder trocknete er sich mit dem Taschentuch die Tränen ab. Er war schwarz gekleidet. Da fragte ich meinen Vater: »*papà*, kennst du den da?« – »Den dort, meinst du?« und mein Vater deutete in seine Richtung. »Das ist der Mörder von Gigino Gattuso … Er ist der Kommunist, der ihn getötet hat.« Ich war noch nicht zufrieden. »*papà*, aber wieso ist er nicht hinter Gittern?« – »Nenè, nur der liebe Gott weiß, wer Gigino Gattuso wirklich umgebracht hat. Es ist nicht bekannt, wie sich die Dinge tatsächlich zugetragen haben.«

*Und aus welchem Grund weinte der Mann im Hauseingang?*

Jetzt erkläre ich es dir, die Geschichte ist noch lange nicht zu Ende. Der Kommunist wurde unmittelbar nach dem Verbrechen verhaftet, denn er hatte gestanden: »Ja, mit einem Schuß aus meiner Pistole habe ich ihn getötet.« Er blieb jedoch nur knapp zwei Jahre im Gefängnis. Das verdankte er dem Rechtsanwalt Cigna, einem Sozialisten aus Agrigent, der vor dem Berufungsgericht den Beweis erbrachte, daß der dort nur glaubte, den anderen getötet zu haben. In Wirklichkeit war es ein faschistischer Kamerad von Gigino Gattuso gewesen, der ihn irrtümlich, im Glauben, den Kommunisten zu töten, erschossen hatte.

*Und der »Kommunist«, wie er genannt wurde, aus welchem Grund hatte er einen Mord gestanden, den er gar nicht begangen hatte?*

Nun ja, auch der Kommunist hatte geschossen, und zwar zur gleichen Zeit und obendrein mit Tötungsabsicht. Was zur

Folge hatte, daß der Carabiniere, der diese Schlußfolgerung – die »rechtmäßige«, wie man heute sagen würde – gezogen hatte, seine Karriere aufs Spiel setzte. Und im Jahr 1924, nach der Ermordung Matteottis*, wurde der Kommunist auf freien Fuß gesetzt. Sogar seinen Revolver haben sie ihm zurückgegeben.

*Dieses Denkmal gibt es in Caltanissetta nicht mehr.*

Das ist richtig. Nach dem Krieg wurde das Denkmal entfernt. Die Straße war nach »Gigino Gattuso, dem faschistischen Märtyrer« benannt, und für eine ganze Weile behielt sie den Namen Gigino Gattusos. Sie strichen nur das Wort »faschistisch« und schrieben: für »Gigino Gattuso, den Märtyrer«, und so wußte keiner, ob es sich um einen christlichen Märtyrer oder um eine andere Art von Märtyrer handelte. Ein netter Journalist aus Caltanissetta namens Walter Guttadauria hat mir die Prozeßunterlagen geschickt, weil er in Erfahrung gebracht hatte, daß ich ein Buch über diese unglaubliche Episode schreiben wollte. Das ist ein Roman, an dem ich seit Jahren schon schreibe (und der inzwischen unter dem Titel »Privo di titolo« erschienen ist, Anmerkung der Übersetzerin).

*Kommen wir wieder auf deine Lektüre zurück. Hielt die Bibliothek deines Vaters für dich, den Gymnasiasten, noch immer Überraschungen bereit?*

Nein, nicht mehr. Einige Zeit zuvor hatte ich die Bibliothek meines Großonkels Alfredo Capizzi, des Bruders meiner Großmutter Elvira, entdeckt. Er dachte genauso wie seine Schwester. Er war in jeder Hinsicht ein fortschrittlicher Mann, damals schon. Er sorgte dafür, daß Porto Empedocle Elektrizität erhielt. Er war eigentlich Arzt, aber sein Beruf lag ihm nicht. Er besaß eine riesige Bibliothek mit Aberhunderten von Büchern, die mich schon früh faszinierte. Um die Neffen und Nichten von diesem Schatz fernzuhalten, pla-

* Giacomo Matteotti, italienischer Abgeordneter und Führer der Sozialistischen Partei, wurde 1924 von faschistischen Schlägertrupps ermordet, nachdem er Mussolini heftig angegriffen hatte. Seine Ermordung führte zum Auszug der Opposition aus der Kammer und zur Einparteiendiktatur.

zierte mein Onkel einen echten Totenkopf – damals gab es noch keine Nachbildungen aus Plastik – neben der Eingangstür zur Bibliothek: Man trat ein und stand vor dem Skelett. Diesen Schädel nannte der Großonkel, keine Ahnung, warum, Yorick. »Nehmt euch in acht, Yorick kriegt mit, wer in die Bibliothek hineingeht und wer sich herausschleicht«, warnte der Onkel. Als ich dann »Hamlet« las, wurde mir klar, was es mit dem Namen Yorick auf sich hatte. Doch was machte ich? Um nicht von Yorick entdeckt zu werden, kroch ich über den Boden. Und ich war der einzige der Neffen, der in die Bibliothek ging und dort las. Die anderen nahmen kein Buch zur Hand. Ich robbte auf dem Boden voran und las im unteren Teil der Bibliothek, wo sich die Zeitschriften befanden.

*Was für Zeitschriften waren das?*

Dort begann ich mich mit dem Theater zu beschäftigen, ich las »Il Dramma«, »Le Grandi Firme«, diese wichtigen Zeitschriften, »L'Illustrazione italiana«, »La Lettura«. Das erste Gedicht von Guido Gozzano, das ich las, fand ich in »La Lettura«.

*Andrea, du hast noch nicht von der großen russischen Literatur gesprochen. Hast du sie erst in fortgeschrittenem Alter entdeckt?*

Nein. Genau die russische Literatur wurde im Haus meines Onkels nämlich gelesen. Ich habe mit Dostojewski angefangen, aber ich fand die Russen sehr schwer. Ich machte mich an die Lektüre, legte die Bücher aber irgendwann wieder weg. Diese abgründige Tiefe war für meinen Geschmack zu schwer verdaulich. Ich habe die russischen Dichter noch nie geliebt. Dann jedoch stieß ich auf einen Autor, der mich von da an mein ganzes Leben lang begleitet hat. Für mich heißt der einzige russische Erzähler Gogol – abgesehen von Tschechows Theater, was wieder eine andere Geschichte ist. Ich habe mit seinen »Petersburger Erzählungen« den Anfang gemacht, danach führte ich mir »Taras Bul'ba« zu Gemüte, und dann kamen »Die toten Seelen«, die mir eine echte Erleuchtung waren. Von Gogol habe ich so manches stibitzt; die verwickelten Beziehungen mit dem Bürokratieapparat habe ich zum

Beispiel von Gogol übernommen. Denk bloß an die drei Briefe am Anfang von »Der unschickliche Antrag«, die Filippo Genuardi an den Präfekten schreibt und sich dabei bis auf die Knochen blamiert: Genau das ist Gogol!

*Der Kollegienrat Čičikov reist durch seine Verwaltungsprovinz und kauft tote Seelen auf. Hat Gogol deiner Ansicht nach nicht ziemlich viele Berührungspunkte mit dem Sizilien aus der Feder eines Pirandello, dem Sizilien auch der intellektuellen Krisen, noch vor den gesellschaftlichen oder finanziellen Zusammenbrüchen?*

Die Affinität zwischen Gogol und einem bestimmten Sizilien ist enorm. Aber das betrifft nicht nur Gogol. Einmal sah ich im Teatro Stabile in Catania die Aufführung eines Stücks frei nach Dostojewskis »Das Gut Stepančikovo und seine Bewohner«... Die Hauptfigur hieß natürlich nicht Rostanev, und die Schauspieler gaben sich so, als spielte die Geschichte in Canicattì. Das Ganze war perfekt, es lief ausgezeichnet, so als wäre der Text hier in unserer Gegend erdacht und zu Papier gebracht worden.

*Ich gebe zu, dieses Mal geht es auf mein Konto, daß du vom Thema abgeschweift bist... In der Bibliothek deines Großonkels also, welchen Raum nahmen darin die französischen Autoren ein?*

Mit den Franzosen hatte ich bereits Bekanntschaft in meinem Elternhaus gemacht. Die vorherrschende Kultur bei uns daheim war nämlich die französische. Vor allem die Werke Maupassants: Von ihm gefielen mir die Novellen besonders gut, mein Vater besaß sie alle in einer vierzehnbändigen Ausgabe, und ich verschlang einen Band nach dem anderen. Sie bereiteten mir großen Genuß, ja, die Lektüre war für mich richtiggehend ein Spaß! Dann stieß ich auf »Madame Bovary« und auf »Lehrjahre des Gefühls« von Flaubert. Doch Flaubert erschien mir damals in gewisser Weise weniger erzählerisch als Maupassant.

Die einzige Frage, die du mir bis jetzt nicht gestellt hast, ist die nach der deutschen Literatur... Ich kann dir gleich sagen, daß sie mir noch nie gefallen hat. »Die Buddenbrooks« von Thomas Mann nahmen das gleiche Ende wie Dostojewski:

Ich las ein Stück und kam ab einem gewissen Punkt nicht mehr weiter. Mit den Erzählungen war es anders: Da gibt es bedeutende Werke wie »Herr und Hund«, »Tod in Venedig« oder »Mario und der Zauberer«, die ich sehr schätze. Auch von Musils »Mann ohne Eigenschaften« habe ich die ersten fünfundvierzig Seiten gelesen, dann war Schluß. Bis heute sind die drei Bände ansonsten unberührt. Tatsache ist, daß ich langatmige Geschichten, gleich, in welcher Sprache sie geschrieben sind, einfach unerträglich finde.

*Mir ist völlig klar, daß es sich hierbei nicht um Belletristik handelt, aber in deinen kommunistisch gefärbten Jugendjahren wirst du bestimmt einen Blick in »Das Kapital« geworfen haben?*

Ich habe nie das ganze »Kapital« von Marx gelesen, immer nur Auszüge. Das gleiche Schicksal wurde den »Märchen aus Tausend und einer Nacht« zuteil, auch wenn die Seiten daraus, die ich gelesen habe, mir äußerst gut gefielen. Das Übermaß ist es, was mich stört; für mich sind zweihundert, maximal zweihundertfünfzig Seiten das Ideale.

*Lassen wir dieses Thema zunächst auf sich beruhen, wir werden unweigerlich noch einmal darauf zurückkommen. Zuvor sprachen wir von der Bibliothek deines Großonkels Alfredo und der beunruhigenden Gegenwart von Yorick …*

Eines Tages waren wir bei ihm zu Hause eingeladen, wir saßen zu Tisch und ließen es uns schmecken. Der Großonkel war ein außerordentlicher Mensch, der die Gesellschaft anderer und das gute Essen sehr schätzte. Da begann er aus heiterem Himmel: »Yorick hat mir berichtet, daß jemand die Bibliothek betreten hat.« Ich spürte, wie mir eiskalt ums Herz wurde. »Wer war das?« fuhr er fort. »Sagt es mir, bevor Yorick es tut.« Also nahm ich all meinen Mut zusammen und hauchte: »Ich.« – »Du?« fragte er zurück. »Aber du hast doch die Erlaubnis, die Bibliothek zu betreten. Ich werde Yorick sagen, daß er dich durchlassen soll.« So hatte das Heimlich-über-den-Boden-Kriechen ein Ende. Offensichtlich war meinem Onkel aufgefallen, daß einige Bücher nicht mehr an ihrem Platz standen. Kürzlich habe ich einen Artikel über ihn geschrieben: Mein Onkel, der Zauberer, der magische Onkel. Jedenfalls habe ich dank dieser Bibliothek im Jahr 1941 begonnen, pro Tag ein Buch zu lesen.

*Wo war dein Leseplatz?*

Entweder zu Hause oder im Schutzraum. Hier auf der Piazza gab es ein Luftschutzversteck, ein pyramidenförmiger Unterschlupf, kein richtiger Keller. Wir verbrachten viele Stunden darin. Und was taten wir? Es gab kein Licht, dort war nichts. Wir lasen bei Kerzenschein oder mit einer Taschenlampe. Auch aus diesem Grund habe ich mir die Augen ruiniert, zusätzlich zu der guten Arbeit, die Mimmo Gerbino mit der Steinschleuder verrichtet hat. Eines Tages fiel mir mein Tagebuch in die Hände, in dem ich die Titel aller gelesenen Bücher notiert hatte: Geschichte, Geographie, Reisen, Literatur. Aber ich las sehr unsystematisch.

*Zuvor hast du das Glück angedeutet, auf dem Gymnasium großartige Lehrer gehabt zu haben. Welche war deine erste wichtige Begegnung?*

Glückliche Begegnungen gab es insgesamt drei, ich bin nicht imstande, zu sagen, welche die wichtigste war. Ich erzähle dir in chronologischer Reihenfolge davon. Beginnen wir mit dem Gymnasiallehrer Emanuele Cassesa. Wie soll ich ihn beschreiben? Von der Statur her war er ein schmächtiges Herrchen, sehr distinguiert und stets elegant gekleidet. Doch wir Jungen beäugten ihn neugierig, vom ersten Moment an. Ich will ein Beispiel anführen, um das zu verdeutlichen. Immer wieder fanden faschistische Gedenkfeiern statt, und es war Pflicht, das Schwarzhemd zu tragen. Er erschien, auch im Sommer, im Mantel, um nicht zu zeigen, daß er darunter das Schwarzhemd trug.

*Und das stieß bei euch auf Sympathie?*

Und ob! Um uns vor dem faschistischen Samstagsaufzug zu drücken, war uns jede Ausrede recht. So begab sich sogar eine Abordnung von uns zum Federale und verkündete ihm, daß wir arbeiten wollten. Und er fragte uns: »Was wollt ihr denn machen?« Und wir, wie aus der Pistole geschossen: »Eine

Schulzeitung.« Wir bekamen die Genehmigung und wurden in die Druckerei geschickt, um uns Fachkenntnisse anzueignen.

*Und ihr machtet dann tatsächlich die Schulzeitung?*

Ja, es gelang uns, wenn auch mit einigen Schwierigkeiten. Samstags gingen wir in die Druck- und Setzanstalt des Rechtsanwalts Francesco Macaluso, wo wir lernten, von Hand die Bleitypen zu setzen – ein Wahnsinnsvergnügen. Wir bekamen sogar ein wenig Papier zugeteilt. Stell dir vor, das war in Kriegszeiten, als das Papier doch stark rationiert war. Unsere Zeitung sollte als Logo einen Löwen haben, doch wir fanden einfach keinen. Es gab eine Druckplatte mit einem Esel, und so nahmen wir den Esel anstelle des Löwen. Und in der ersten Nummer erklärten wir den Lesern, daß wir eigentlich einen Löwen als Symbol nehmen wollten. Das also war die Zeitung, in der wir, Luigi Giglia, Gaspare Giudice, Dante Bernini und ich, unsere ersten Sachen schrieben. Wir nannten sie ganz einfach »L'Asino«, »Der Esel«.

*Gab es irgendeinen Bezug?*

Wir wußten von der Existenz der antiklerikalen Zeitung »L'Asino« von Guido Podrecca, doch wir hatten nicht die Absicht, sie zu imitieren. Ich veröffentlichte einige Gedichte, Spottschriften, ironische Glossen. Für diese Ulkstücke – »Aber du, mein Fräulein, schaust mich nicht an« – ließ ich mich von gewissen Radiosendungen inspirieren, die mir überaus gut gefielen. Jahre später erfuhr ich, daß sie von Federico Fellini stammten … Gut, nicht wahr? Dann kam der Studienrat Cassesa zu uns, und wir gaben ihm als erstes diese Zeitung.

*Und wie war seine Reaktion?*

Nicht erwähnenswert. Er nahm sie mit nach Hause. Darin stand ein Artikel aus meiner Feder über die Tochter des Federale, die Alma hieß. Die Ärmste, sie spielte Basketball, was sie aber eigentlich gar nicht richtig konnte. Da sie jedoch die Tochter des Federale war, ließen wir sie immer gewinnen; wir standen da wie erstarrt und warteten, ob es ihr gelänge, in den Korb zu treffen. Und in dem Artikel verspottete ich sie. Tags darauf kam Cassesa ins Klassenzimmer und fragte: »Wer hat diesen Artikel geschrieben?« – »Ich«, gab ich zu. Cassesa nahm mich streng in die Pflicht: »Solche Artikel schreibt man nicht. Diese Herrschaften dürfen nicht einmal verspottet werden. Diese Herrschaften müssen schlichtweg ignoriert werden. Wer mich verstehen will, versteht mich. Wer hier den Spion spielen will, bitte sehr, der spreche beim Rektor vor. Er wird die Konsequenzen von mir zu spüren kriegen.« Das war die erste Unterrichtsstunde bei Emanuele Cassesa.

*Folgten noch weitere Lektionen dieser Art?*

Ja. Eines Tages sagte er zu uns: »Hört zu, ich habe es ausgerechnet: Für das, was der italienische Staat mir zahlt, kann ich nicht mehr als vier Unterrichtsstunden pro Schuljahr bei euch abhalten. Das nächste Mal fangen wir an.« Und wir begannen bei Dantes »Erstem Gesang«: *Es war in unseres Lebenswegs Mitte*… Seine Worte fesselten uns. Die erste Lektion ging zu Ende, Thema der zweiten war Manzoni, dann kam die dritte und schließlich die vierte. »Jetzt ist es genug«, sagte er. Das nächste Mal betrat er das Klassenzimmer und meinte: »Ich habe die ganze Nacht über Karten gespielt, schließt jetzt die Fenster, macht die Blenden zu, laßt mich anderthalb Stündchen ein Nickerchen machen und geht mir nicht auf den Sack. Einer stellt sich als Wache an die Tür und versucht, ruhig zu sein, damit ich schlafen kann.« Die Worte des Studienrats Emanuele Cassesa wirkten wie ein Zauberbann auf uns, und wir verhielten uns mucksmäuschenstill, geschlagene anderthalb Stunden lang.

Dann erwachte er und fragte: »Hat mich jemand denunziert?« – »Nein«, erwiderten wir im Chor. »Man merkt, ihr werdet langsam erwachsen.« – »Professore, wir wollen aber, daß Sie Unterricht halten.« – »Nun denn«, sagte er, »meine Lieben. Wenn ihr weitere Stunden wollt, dann müssen die von euch bezahlt werden.« – »*Profissù,* wir haben doch kein Geld.« – »Wer will denn Geld von euch? Ihr zahlt in Zigarettenwährung, ihr laßt mich jedesmal ein Päckchen *nazionali* auf dem Pult vorfinden. Jedesmal etwa zehn Zigaretten. Ihr legt eben zusammen, wie ihr das anstellt, interessiert mich nicht. Hauptsache, ihr besorgt mir ein Päckchen *nazionali.*« So sammelten wir das Geld, kauften die Zigaretten und legten sie für ihn auf das Pult. Fünf Minuten vor dem Pausenklingeln beendete er seine Rede und meinte: »Soweit also für heute ...« Und wir: »Nein, was heißt hier, soweit für heute? Es sind noch fünf Minuten bis zum Ende der Stunde. Sie machen weiter. Schließlich haben wir Sie bezahlt ...«

Erst Jahre später wurde mir klar, daß er uns reinlegte, von wegen, wenn wir ihn bezahlten, wollten wir dafür auch seinen Unterricht hören, und das bis zur letzten Minute. Er hatte auf diese Weise unsere Aufmerksamkeit, unser Interesse gekapert. Es war ein großartiger pädagogischer Schachzug von ihm ... in der Art der Psychoanalytiker, wenn sie sich bezahlen lassen ... Verstehst du? Die Lektion gehörte uns, es war eine Privatlektion, was sollte das, fünf Minuten früher aufhören? Das gefällt uns nicht. Dann sollte er uns zwei Zigaretten zurückgeben. Am Ende des Schuljahrs forderte er uns auf: »Die Entscheidung liegt bei euch: Wen soll ich im September die Nachprüfung machen lassen? Nennt mir einfach nur zwei Namen.«

*Und ihr?*

»Aber *prufissù*, warum denn?« – »Weil ich nun mal zwei von euch nachprüfen muß. Andernfalls sagt der Rektor: ›Wie ist das möglich, in dieser Klasse sind alle Einserschüler?‹ Ich will jetzt zwei Namen von euch. Ich gehe jetzt aus der Klasse, in einer halben Stunde bin ich wieder da, und ihr rückt mit den zwei Namen für die Septemberprüfung raus.« Ein Genie, dieser Cassesa. Ich habe ihn drei Jahre lang als Lehrer gehabt.

*Und außer Cassesa?*

Außer ihm gab es noch den Philosophielehrer Carlo Greca, ein echter Lehrmeister, er war ein außerordentlich ernsthafter und gestrenger Mensch, aber er hatte seine Methode. Beispielsweise wenn er dich vor die Klasse rief, um dich abzufragen. Du sagtest ganz einfach zu ihm: »Professore, nein.« – »Geht in Ordnung, ich nehme es zur Kenntnis.« Und darauf schrieb er ins Klassenbuch, daß er dich abgefragt hatte und du nicht geantwortet hattest. Das nächste Mal rief er dich auf und fragte dich: »Bist du nun bereit, Fragen über diese, aber auch über jene andere Lektion zu beantworten?« Du warst einverstanden, und er setzte dich auf die Liste. Was soviel bedeutete, daß er dir die Zeit gab, dich aufs Abhören vorzubereiten. Er zwang dich nicht. Er sagte: »Wenn ihr euch in der Lage seht zu lernen, dann lernt auch. Grundwichtig ist, wenn ihr bereit seid, daß ihr dann aufsteht und spontan nach vorne kommt, um euch abfragen zu lassen. Das ist eine Gewissensangelegenheit.« Wir waren mitten im Faschismus, und das Regime mußte erklären, daß es auch das Fach Wirtschaftslehre gab.

*Hattet ihr auch einen Lehrer für Wirtschaftslehre?*

Nein, dieses Fach wurde immer dem Philosophielehrer überlassen, in unserem Fall also Carlo Greca. Und er erklärte uns Karl Marx, und das tat er in fünf wunderbaren Unterrichtsstunden. In seinem Unterricht wurde das Lehrbuch nicht aus der Schublade geholt. Er diktierte Stichworte wie an der Universität. Doch die Forderungen, die das faschistische Regime stellte, nahmen kein Ende. So wurde verlangt, daß in der Philosophiestunde am Samstag, für die immer der arme Carlo Greca zuständig war, jeder der Schüler der Reihe nach einen Bericht, eine Bilanz der auslaufenden politisch-militärischen Woche abgab. Es waren die Jahre der Chroniken des Regimes. Und die Faschisten wollten diese Zusammenfassung von uns jungen Burschen hören. Eine solche wunderbare Synthese aus der Feder von Gaspare Giudice ist mir heute noch in Erinnerung. Er trug einen schönen Aufsatz vor, in dem beispielsweise stand, daß die Signora Tschiang Kai-schek ihren Tee um halb sechs und nicht um fünf Uhr genommen habe, da sie sich am kleinen Finger verletzt hatte. Es war eine komplett verrückte Sache und hatte nichts, aber auch gar nichts mit der gerade abgelaufenen Woche zu tun: Es war sehr wohl von Hitler, von Mussolini, von Tschiang Kai-schek die Rede, aber es war völliger Unsinn. Carlo Greca hörte ihm schweigend zu und sagte schließlich: »Danke, gehen Sie auf Ihren Platz zurück«, denn er siezte uns, er benutzte weder das Du noch das faschistische Euch. Und Gaspare ging an seinen Platz zurück. Dieses Beispiel gibt ein klares Bild von der Einstellung, die seinerzeit vorherrschte. Längst glaubte keiner mehr an den Faschismus.

*Habt ihr euch wiedergesehen?*

Nein. Und erst später habe ich herausgefunden, daß Greca ein ganz überzeugter Kommunist war, der als junger Mann in Sizilien die antifaschistische Zeitschrift »Clarté«, also »Klarheit«, gegründet hatte, die dann von anderen in der Nachkriegszeit mit demselben Titel übernommen wurde, doch er lebte damals schon nicht mehr. Meine Frau hat vor einem halben Jahr in einem Antiquariat in Rom einen philosophischen Text von Carlo Greca entdeckt. Sie hat das Buch gekauft und mir geschenkt.

*Und die dritte Begegnung?*

Der dritte Lehrer, der mir noch lebhaft und in dankbarer Erinnerung ist, ist Antonio De Marino, ein Neapolitaner. Er unterrichtete uns in Altgriechisch. *Bravissimo.* Und was tat der gute Professore De Marino? Er gab uns als Unterrichtstext die »Antologia Palatina«. »Übersetzt«, wies er uns an. Als wir dann erotische Texte zu übersetzen hatten, die uns die Schamröte ins Gesicht trieben, spottete er: »Nicht wahr, Griechisch interessiert euch?« Die griechische Sprache hat er uns auf die »unanständigste« Weise beigebracht, und die zog uns am meisten an. Wir kannten eine Menge Schimpfwörter auf griechisch, denn wir waren emsige Schüler … Professore De Marino hat mir vor einiger Zeit einen schönen Brief geschrieben: »Ich habe Andrea Camilleri gelesen und mich an Sie erinnert. Ich meine, mich auf einer Seite Ihres Textes wiedererkannt zu haben …« Da hatte er völlig recht. Ja, er lebt noch und ist noch nicht steinalt. Und weißt du, warum? Er war ein Mann, der damals körperlich nicht in bester Form war, und deshalb glaube ich, daß er bei der Musterung seinerzeit zurückgestellt wurde; er war blutjung, drei oder vier Jahre älter als wir, als er am Gymnasium unterrichtete. Heute wird er an die fünfundachtzig Jahre alt sein. Ich habe mich sehr gefreut, von ihm zu hören. An meine Gymnasialzeit erinnere ich mich voller Wehmut. Ob meine Lehrer an der Oberschule alle linksorientiert waren? Abgesehen von Carlo Greca, wüßte ich nichts Genaues. Aber mit Sicherheit gab es drei große Antifaschisten unter ihnen.

*Der Übergang vom Alltag unter dem faschistischen Regime zu einem antifaschistischen Bewußtsein vollzog sich bei dir also recht schnell?*

Das kann man so sagen. Als wir »L'Asino« veröffentlichten und ich meine ersten politischen Artikel schrieb, rief mich der Bischof von Agrigent, Monsignor Peruzzo, zu sich: »Ist dir klar, daß du ein richtiger Kommunist bist?« sagte er zu mir. Das Entsetzen überkam mich bei diesem Wort. Die Kommunisten waren die Feinde meines Vaters, damit war nicht zu scherzen. Ich versuchte, mich zu verteidigen: »Aber nein, was sagen Sie da?« – »Wer sagt dir diese Sachen, die du da schreibst?« – »Die sagt mir keiner, ich lese sie.« – »Aber wo liest du sie?« – »Die lese ich im ›Architrave‹, im ›Bo‹«, das waren die Wochenzeitschriften, die sogenannten Patrouillenmagazine der GUF, der *gruppi universitari fascisti*, die in der Hand der jungen Linksfaschisten wie Mario Alicata, Pietro Ingrao, Giorgio Amendola und unzähliger anderer dieser Leute waren. Die wiederum waren höchstwahrscheinlich im Untergrund in kommunistischen Zellen organisiert, auch wenn einige von ihnen die faschistischen Kulturauszeichnungen gewonnen hatten. Das war die Art Faschismus, der mich interessierte, so wie auch der von Giuseppe Bottai: Er war der Herausgeber der politisch-literarischen Zeitschrift »Primato«, die ich eifrig las. Doch die Worte des Bischofs sollten später noch ihre Bedeutung für mich haben.

*1943 warst du in der dritten Oberstufenklasse. Wie sah das Leben eines Jungen von damals zwischen Schule und Luftangriffschutzraum aus?*

Als ich in dieser Klasse war, neigte sich der Krieg langsam dem

Ende zu. Wir wurden ständig bombardiert, aber der Unterricht ging trotzdem weiter. Morgens gingen wir immer in die Schule. Genau das war meine Rettung. In Agrigent gab es nämlich unterirdische Schutzräume, wenn die auch nicht wirklich Schutz boten, was sich bei der letzten Bombe herausstellte. Die fiel, als die Schule bereits geschlossen war. Der Schutzkeller stürzte ein, und fünfzehn Menschen fanden den Tod.

*In Porto Empedocle wart ihr besser geschützt?*

In gewisser Weise ja. Die Bombenangriffe werde ich nie vergessen. Auf dem Hügel standen die Luftabwehr- und Küstenschutzbataillone. Und sämtliche Kriegsschiffe im Hafen antworteten auf die Luftangriffe der Engländer und der Amerikaner. Wenn man sich zu lange im Freien aufhielt, lief man Gefahr, unter den Bombensplittern umzukommen. Eines Tages schaffte ich es nicht mehr rechtzeitig aus dem Bett, auch weil inzwischen keine Alarmsirenen mehr ertönten. Mir kamen gerade noch die Worte »Vom Geräusch her scheint es mir nicht …« über die Lippen, und das waren vorerst meine letzten. Eine Fensterscheibe ging in Stücke, und fünf Fingerbreit von meinem Kopf entfernt schlug ein riesiger Bombensplitter in die Wand ein. Den habe ich als Erinnerungsstück heute noch.

*Machte es einen Unterschied, ob es Amerikaner oder Engländer waren, die die Bomben abwarfen?*

Ein krasser Unterschied in der Tat! Seinerzeit beschränkte sich der Ort auf einen Landstreifen zwischen Hügel und Meer. Die Amerikaner kamen von der Meerseite und warfen ihre Bomben ab: Fünfunddreißig davon landeten im Wasser, zehn inmitten des Ortes, fünfundzwanzig auf dem Berg. Die Amerikaner waren verhaßt, weil sie schon damals völlig ziellos angriffen. Die Engländer hingegen versuchten, soweit es möglich war, nur militärische Ziele zu treffen. Die Engländer bildeten eine Längsformation und überflogen so die gesamte Hauptstraße. Sie waren fähiger als die Amerikaner, riskierten dabei auch mehr, aber sie verschonten die Wohnhäuser. Ihre

Bomben fielen auf das Elektrizitätswerk oder die Munitionslager.

*Gab es viele Tote in Porto Empedocle?*

Sehr viele. Aber nicht so viele, wie es angesichts der zahlreichen Bombardierungen hätten sein können, denn die Schutzräume in Porto Empedocle waren riesig: Es waren hufeisenförmig in die Mergelhügel gegrabene Höhlen, in denen Hunderte Personen die Nacht verbringen konnten. Auch ich habe oft in einer solchen Höhle geschlafen und holte mir die Räude und die Krätze. Ich erzähle dir jetzt eine nette Geschichte: Mein Vater war ein hervorragender Koch und auch sehr mutig. Eines Tages trifft nach Monaten der Kriegshandlungen und des Hungers und nachdem die Fischkutter längst keine Beute mehr einbrachten, da sie entweder beschlagnahmt oder militarisiert worden waren, eine neue Einheit in Porto Empedocle ein. Mein Vater organisierte mit sämtlichen Offizieren, Italienern und Deutschen, ein großes Abendessen, um das Eintreffen der Waffen zu feiern.

Er schickte sechs Fischkutter aufs Meer, um auf Seezungenfang zu gehen. Die Köche hatten eine herrliche Tafel im Freien unterm Mondschein in der Lokalität Lanterna errichtet, einer Gegend, die heute völlig zugebaut ist. Rund vierzig Gäste waren geladen. Endlich wurden die frittierten und außergewöhnlich großen »Zungen« aufgetragen. Mein Vater nahm seinen Platz am Kopf des Tisches ein, ich saß neben ihm, und dann kamen der Reihe nach die Offiziere. Nachdem für alle serviert worden war, verblieb meinem Vater gerade noch die Zeit, der Tafelrunde einen guten Appetit zu wünschen, als auch schon ein Offizier die Frage stellte: »Was hat dieses Flugzeug zu bedeuten?« und »Was wollen diese Flieger hier?« Darauf rief ein anderer: »Aber das sind doch Amerikaner!« Auch wiederum unsterbliche Worte. Da geht ein Geschoßhagel aus Maschinengewehren auf unseren Tisch nieder: *pampampam* – und Teller und Gläser spritzen auseinander, die Hölle bricht los. Die Offiziere rannten, um wieder das Kommando über ihre Batterien zu übernehmen. Ich lief in Richtung Luftschutzversteck. Von den Ereignissen habe ich kurioserweise eine filmische Erinnerung, als wäre eine Kamera inmitten dieses Heidenspektakels nach unten gesenkt worden, vielleicht weil ich in die Knie gegangen war. *»papà, papà* … komm zum Schutzkeller.« Mein Vater behielt die Ruhe und raunzte: »Das ist mir scheißegal.« Ich schwöre bei allem, was mir heilig ist, das waren seine Worte. Nach einer Viertelstunde kamen wir aus unserem Versteck heraus, es erschien uns wie eine unendlich lange Zeit, in der das Undenkbare geschehen war. Mein Vater hatte sich seine Seezunge und die Hälfte von meiner schmecken lassen und sagte: »Das ist die Strafe für deine Feigheit.«

Diese Geschichte hat fünfzig Jahre später eine Fortsetzung, wie das Leben nun einmal so spielt: 1999 kam eine Gruppe deutscher Journalisten nach Porto Empedocle, um mir Fragen zu stellen; darunter war auch eine nette Dame, die mir mit Hilfe des Dolmetschers eine ganze Reihe Fragen nach der Stellung der deutschen Seeabwehrbatterien stellte. »Mein Vater hat mir immer von Porto Empedocle erzählt … Er war nämlich der Kommandant der deutschen Luftabwehr- und Küstenschutzbatterien.«

*In der Tat, es fehlte euch in Porto Empedocle nicht an praktischer Übung …*

Genau aus diesem Grund steckte mich der Schuldirektor in eine Gruppe, die aus rund zwanzig Gymnasiasten bestand. Sie stammten fast alle aus meinem Ort, denn wir waren an die Luftangriffe gewöhnt: Ein über den anderen Tag wurde Porto Empedocle bombardiert. Zum Glück blieb Agrigent verschont. Sobald Alarm geschlagen wurde, mußten wir die Klassenzimmer verlassen und uns strategisch geschickt längs des Weges aufstellen, den die Schüler zurücklegen mußten, um über die verdammt wackligen Holztreppen zu den Schutzkellern hinunterzusteigen. Wir sollten dafür sorgen, daß keine Panik ausbrach. In jenen Tagen passierte eine kuriose Sache, die sich blendend mit der Geschichte des von dem Schuldirektor eingesetzten Schutztrupps verbinden läßt.

*Erzähl sie nur.*

Es war so, daß sich in jenen Tagen ein Freund von mir – sein Name war Vanasco, er war ein Jahr älter als ich und besuchte bereits die Universität – von Palermo nach Agrigent auf den Weg machte und in meine Schule kam, um mir einen Besuch abzustatten. Da er bereits im Wehrdienst war, trug er Militärhosen, ein Ziviljackett und über der Schulter eine Tasche des Heers mit topographischen Landkarten. Er betrat gemeinsam mit mir das Klassenzimmer. Der Lehrer sah ihn und fragte: »Und du? Wer bist du denn?« – »Ach«, sagte er, »ich heiße Silvio Bianchi. Mein Vater wurde hierher, nach Agrigent, versetzt, und der Direktor hat mir vorübergehend die Erlaubnis erteilt, am Unterricht teilzunehmen.« Und mit diesen Worten setzte er sich. Am Nachmittag dann fragte der Lehrer den Direktor: »Dieser Silvio Bianchi, wer ist das eigentlich?« Und der Direktor: »Wer soll das denn sein?« Tags darauf wurde die ganze Klasse ausgefragt. Bianchi war nach Palermo zurückgekehrt. Innerhalb von vierundzwanzig Stunden wurde aus der Sache ein Fall, und der nahm bedeutende Ausmaße an, denn am Ende war man überzeugt, daß dieser Bianchi ein englischer Spion war. Sogar die Gegenspionage wurde eingeschaltet.

Ein Oberst der Carabinieri kam zu uns in die Klasse und verhörte uns. Da die Situation aus dem Lot geraten war, wurde mir mulmig. Die einzigen Personen, mit denen ich hätte reden wollen, waren Carlo Greca oder Emanuele Cassesa. Letzterer hatte die Grippe. So klopfte ich um fünf Uhr nachmittags an die Haustür von Carlo Greca: »*Profissù*…«, und ich erklärte ihm die Sache mit meinem Freund. Jedenfalls rückte der Lehrer Greca die Dinge so zurecht, daß ich noch mit einem blauen Auge davonkam. Was bedeutete, daß ich in Betragen keine Sechs bekam und mir nicht in jedem Fach ein Punkt abgezogen wurde, was ein todsicheres Sitzenbleiben bedeutet hätte. Er verhinderte auch, daß ich schnurstracks von der Schule flog, wie der Direktor angeregt hatte. Ich bekam also das Zeugnis und brachte es zu meinem Vater. Dieses Mal verbarg ich nichts. Ich erzählte meinem Vater, was passiert war, und er meinte nur: »Paß auf, daß du nicht sitzenbleibst, wir leben in schlimmen Zeiten.«

*Wieso erwähnst du die Geschichte deines Freundes im Zusammenhang mit den Bombardierungen?*

Weil zwei Tage später die Alarmsirenen losheulten und die erste Bombe auf Agrigent fiel. Ich betone noch einmal: Diese Burschen hatten noch nie eine Explosion gehört. Und wir vom Schutztrupp waren auch keine wirklichen Experten, wir waren nur auf die psychologische Wirkung vorbereitet, wenn der Erdboden bebte, *bumbumbum.* Was war das Ergebnis: Die Burschen verloren die Beherrschung, rissen die Mädchen zu Boden und begannen sich gegenseitig auf die Füße zu treten. Am Fuß der Holzleiter stand ich und kriegte einen fürchterlichen Anfall. Ich sah Mädchen und Jungen herunterfallen. Ich hatte einen Stuhl in der Hand, und wie der rasende Roland verteilte ich Schläge damit; zusammen mit Gasparino Giudice drosch ich auf sie ein wie ein Wahnsinniger. Ich stellte Ruhe und Ordnung wieder her, ich bekam die Burschen in den Griff und ließ für die Mädchen einen Durchgang bilden. Tags darauf kam der Direktor türenschlagend zu uns in die Klasse. Ich dachte, der kommt jetzt, und ich bin dran, statt dessen umarmte er mich, küßte mich: Ich war der Held des Tages. Und so kam es, daß sich alle meine Schwierigkeiten infolge des Besuchs von Silvio Bianchi in Luft auflösten. Es wurden keine Disziplinarmaßnahmen gegen mich ergriffen. Lustig ist, wenn ich von Zeit zu Zeit von irgendeiner Zeitung gebeten werde, von meiner Reifeprüfung zu erzählen. Ich ergriff die Gelegenheit und schrieb: »Ich erlebte eine Reifeprüfung der besonderen Art, nämlich unter den Bomben ...«

*Und das ist nicht nur so dahergesagt. Im Jahr 1943 gab es tatsächlich keine Abiturientenprüfungen.*

Wir haben kein Abitur gemacht, weil die Engländer bereits Lampedusa besetzt hatten. So kam die Aufforderung vom Oberschulamt, daß die Schüler der letzten Oberstufenklasse aufgrund ihres Notendurchschnitts offiziell entweder erfolgreich oder nicht erfolgreich entlassen werden sollten. Ich wurde erfolgreich entlassen. Das war's. Mit anderen Worten, ich habe kein Abitur gemacht. Dafür stand mir eine andere Art der Prüfung bevor. Meine Reifeprüfung fand einen Monat später statt, als ich ein Jahr verfrüht in den Marinedienst eingezogen wurde; ich wurde zum Marinestützpunkt Augusta abkommandiert, wo ich die Toten vergraben mußte. Es waren fünf grauenvolle Tage, eine schwere Prüfung! Das waren meine Jahre in der Oberschule: Ich habe viel gelernt, trotz allem.

*Eine letzte Frage zu deiner Schulzeit: Wie warst du in den naturwissenschaftlichen Fächern?*

Darauf kann ich dir ganz einfach antworten. Für Mathematik und Physik bin ich völlig unbegabt. Was das anging, war mein Vater sehr enttäuscht von mir: Er konnte nicht verstehen, daß mein Gehirn in eine andere Richtung arbeitete als das seine.

*Nun ist der richtige Zeitpunkt da, über andere in jenen Jahren bedeutende Lebensbereiche von Andrea Camilleri zu sprechen. Die Freunde, die Schulkameraden, die Lehrer traten von der Bühne ab, ebenso wie das faschistische Regime mit seinen Aufmärschen, dem faschistischen Samstag und all seinen üblen Figuren. Auch den Lesestoff und die Bibliotheken, die eine so große Bedeutung für seine Entwicklung in den Jugendjahren hatten, lassen wir hinter uns. Wir vergessen die Bombardements, das Leben in den Luftschutzräumen. Camilleri selbst hat mir nach unseren ersten Begegnungen gesagt, daß er gerne über sein Verhältnis zur Jagd und zum Fischfang reden wolle. Und damit – das habe ich begriffen – noch einmal über seinen Vater.*

*Andrea, du hattest schon immer ein gespaltenes Verhältnis zu Waffen …*

Als achtzehnjähriger Bursche kam mir in den Sinn, einen Waffenschein für Pistole zu beantragen. Eine Pistole hatte ich immer schon besessen, es war jene wundervolle alte Smith & Wesson, die ich in der Nacht der Kartoffeldiebe gezückt hatte. Außerdem gab es noch die Pistole meines Vaters, eine

Beretta Kaliber 7,65. Mein Vater bewahrte sie außerhalb meiner Reichweite auf, in der obersten der sieben Schubladen der Wohnzimmerkommode. Das Magazin lagerte er wiederum an einem anderen Platz: Unter anderem hatte mein Vater mir beigebracht, daß Waffen kein Spielzeug sind und man nicht leichtfertig mit ihnen umgehen darf. Eines Tages waren wir in dem wunderschönen Hof unseres Landhauses. Ich erinnere mich noch genau, er hatte sich hingesetzt. Als ich ihm sagte, daß ich den Waffenschein machen wolle, erwiderte er: »Kein Problem. Du mußt vorher nur üben. Geh hinauf und hol die Pistole.« Es war das erste Mal, daß er mir dafür die Erlaubnis gab. Ich brachte sie ihm zusammen mit dem Magazin. Mit einer entschiedenen Handbewegung setzte er das Magazin ein, lud die Pistole und reichte sie mir mit den Worten: »Schieß auf den Esel.« Auf diesen armen Esel, der da friedlich in einer Ecke des Hofs stand, sollte ich schießen? Du mußt mir glauben, denn ich erinnere mich an die Szene noch haargenau. »Schieß auf den Esel ...! Aber *papà*, was sagst du da!« – »Ich sage dir, schieß auf den Esel!« Und ich wieder: »Aber warum soll ich auf den Esel schießen? Was hat das arme Viech mir denn getan?« – »Mein guter Filius, ein Ding ist es, auf eine Flasche zu zielen, auf einen Stein zu schießen, ein anderes aber, auf ein Lebewesen.« Der Esel, groß und breit, war etwas anderes als ein Rebhuhn ... Und mein Vater: »Der Esel also ... Wenn du anfängst zu überlegen: schieß ich jetzt auf den Esel oder schieß ich nicht, und dabei nach Gründen suchst wie: Was hat er mir bloß getan? Was hat er mir nicht getan? Hat er mir so weh getan, daß er einen Schuß aus meiner Pistole verdient hat ..., dann hat der da dich längst umgelegt.« Ungefähr dieser Satz steht am Schluß meines Romans »Hahn im Korb«. Von diesem Tag an versagte ich mir jegliche Ambition, jemals die Pistole zu benutzen.

*Aber auf die Jagd mit deinem Vater bist du dennoch gegangen?*

Ja, aber es war nicht wirklich ein Vergnügen. Er hatte eine ganz eigene Vorstellung von der Jagd. Eines Tages fuhren wir zum Pergusa-See in der Gegend von Enna. Als wir dort eintrafen, waren bereits viele andere Jäger zur Stelle. Plötzlich stieg eine Schar Bläßhühner auf, das sind Wasservögel mit nicht besonders schmackhaftem Fleisch. Doch da den Jägern nichts anderes vor die Mündung kam, dachten sie nicht lange nach und schossen einfach so in den Schwarm. Ziemlich viele Vögel fielen tot zu Boden. Mein Vater hatte sein Gewehr gesenkt und sich geweigert, an diesem simplen Abknallen teilzunehmen: »Laß uns nach Hause gehen.« Und wir machten uns auf den Weg. Meinem Vater gefiel beim Jagen das Auf-der-Lauer-Liegen, die hingebungsvolle Leidenschaft. Und dann das Ansetzen des Frettchens; bei der Jagd setzte er viel lieber das gezähmte Frettchen als den Jagdhund ein. Ich begleitete ihn gerne, weil so viele interessante Dinge um die eigentliche Jagd herum geschahen. Auf die Jagd zu gehen war ein magischer Moment, der mich mehr als die meisten anderen Dinge faszinierte, denen ich beiwohnen durfte.

*Erinnerst du dich dabei an etwas Bestimmtes?*

Die schönste Episode war folgende. Es war Morgenröte, und das Sonnenlicht hatte erst die Bergspitzen erreicht. Mein Vater schritt auf dem Rücken eines Hügels voran. Ich befand mich erst auf halber Höhe, die Sonne hatte mich überholt. Unterhalb lag das Tal noch im nächtlichen Schatten. Da sah ich einen Hund, der langsam in meine Richtung heraufkam. Der Hund kam mir etwas zerstreut vor; er schaute nach links, er schaute nach rechts, wedelte mit dem Schwanz, nichts konnte ihn aus der Ruhe bringen… Langsam näherte er sich, und an einer bestimmten Stelle seines Wegs bemerkte ich, daß es sich um einen sehr seltsamen Hund handelte: Er hatte einen kleinen Leib und einen riesigen Schweif. Mein Vater konnte ihn nicht sehen, denn er war noch immer oben auf dem Hügel. Plötzlich geriet der Hund in die Bahn des Sonnenlichts und leuchtete rot auf. Mein Vater rief: »Der Fuchs, der Fuchs, schieß doch!« Ich aber war wie verzaubert von dem Fuchs, der mich anblickte und mich nicht witterte, da der Wind ungünstig stand… Dieses Bild sehe ich noch immer vor mir: das plötzlich erglühende Feuerrot, und mein Vater, der zu mir sagte: »Eine Sekunde lang habe ich daran gedacht, durch dich hindurchzuschießen.« Er wollte die Beute für sich.

*An was erinnerst du dich als das unangenehmste Ereignis auf einem Jagdausflug?*

Eines Tages drang ich zusammen mit meinem Vater in ein sehr abgelegenes Gebiet vor, wo man eigentlich nur mit dem Pferd hingelangt. Wir gingen also unseres Weges, mein Vater trug das Jagdgewehr, eine klassische Doppelbüchse, am Riemen über der Schulter. Da sprang jemand hinter einem Busch vor und zielte mit seiner Doppelflinte auf uns. Der wollte uns ganz offensichtlich ausrauben, ein armer Teufel, wie man ihnen zu jener Zeit auf dem Land um Agrigent häufig begegnen konnte. Doch er kam uns allzu nahe. Mein Vater packte blitzschnell den Lauf seines Gewehrs, schleuderte ihn zur Seite und schlug ihm mit dem Kolben seines eigenen Gewehrs auf den Schädel. Er fiel auf die Knie. Dann fragte mein Vater ihn: »Hast du Patronen?« – »Nein, der Herr. Ich habe nur diese beiden hier.« *Papà* leerte das Magazin seiner Flinte, nahm die beiden Patronen von dem anderen und schenkte ihm die seinen. Der andere bedankte sich und machte, daß er wegkam.

Also zum letzten Mal, ich war für den Umgang mit Waffen absolut ungeeignet. Unachtsam hielt ich das geladene Gewehr in der Hand, ohne daß ich mir seiner Gefährlichkeit bewußt war. Eines Tages nahm mein Vater mein Gewehr und drückte sich den Lauf in den Bauch: »Wenn du nicht weißt, wohin du den Gewehrlauf richten sollst, dann ziel immer schön auf deinen *papà*. Wenn sich dann unabsichtlich ein Schuß löst, kann er auf diese Weise nicht verlorengehen …«

Ich brauche wohl nicht hinzufügen, daß ich von dem Tag an höchst vorsichtig wurde.

*Ihr gingt auch angeln, sagtest du?*

Sagen wir mal so, mein Vater war nicht nur ein Jäger, sondern auch ein Angler, aber einer der besonderen Art. Ich meine damit, seine Art zu angeln war nicht jedermanns Sache. Er besaß ein Boot, ein Boot im eigentlichen Sinne des Wortes, nicht wie diejenigen, die ihre Yacht »mein Boot« nennen – nein, es war ein Ruderboot aus Holz, wie eben die schönen Boote von früher waren. In den mondlosen Nächten bezahlte er einen Ruderer, Peppe Marchica mit dem Spitznamen *Scricchiafavi*, also Saubohnenbrecher – alle kannten ihn unter diesem Namen; er hatte eine besondere Technik: Er ruderte, ohne Lärm zu machen, was bedeutete, in gezielten Abständen tauchte er, ohne das geringste Geräusch zu verursachen, das Ruder ins Wasser ein und paddelte. Am Heck dieses Bootes wurde das Leuchtfischernetz festgemacht. Als ich noch ganz klein war, ich spreche von den Jahren 1935, 1936, da funktionierte die Fanglampe noch mit Azetylen, später dann wurde daraus eine von den Vorrichtungen, die man mit einem Strumpf bedeckte und die ein weißes Licht verströmte. Mein Vater stand aufrecht am Heck des Bootes, das sich also rückwärts fortbewegte. Kaum hatten wir den erwählten Fischgrund erreicht, wurde der Docht im Leuchtfischernetz angezündet, und mein Vater nahm die Harpune mit einem ungefähr zweieinhalb Meter langen Griff und einer Kordel von der gleichen Länge, die er sich ums Handgelenk band. Im Prinzip hätte mein Vater die Harpune also bis zu fünf Meter von dem Fangboot aus ins Meer werfen können.

Die Fische strömten dann in den Lichtkegel der Fanglampe, und mein Vater stach blitzschnell mit der Spitzharpune zu. Er hatte verschiedene Typen von Harpunen. »Heute abend gehen wir vom Felsen aus angeln … Heute abend gehen wir …«, er hatte eine Felsenharpune, eine Sandharpune, eine Harpune für die offene See. Und er erbeutete alles: Meerbarben, Kabeljau, Oktopusse … Oder wir gingen unten auf den sandigen Meeresböden auf Großjagd nach Seezungen, das war jedesmal wunderschön. Denn man sah nur winzige schwarze Pünktchen, das waren die Augen der Fische. Worin bestand nun die Fangkunst meines Vaters? Er verfehlte nicht einen Stoß, er traf immer. Wenn ich es versuchte – abgesehen von der steten Gefahr, ins Wasser zu fallen –, war ich nicht imstande, die Brechung zu berechnen, und so zielte ich an einen Punkt, wo der Fisch gar nicht mehr war, es sah nur so aus, als wäre er dort, und ich stand immer mit leeren Händen da. Diese Berechnungen anzustellen war ich nicht in der Lage. Am schönsten war es dann gegen Tagesanbruch, wenn wir uns auf den Heimweg machten: Das erste Licht des Tages zeigte sich, und zu dieser Stunde hatte das Angeln keinen Sinn mehr. Mein Vater hatte den »Primus«, ein Kochgerät, an Bord – einen kleinen Petroleumkocher: Betätigte man den Kolben, trat das Petroleum pulverisiert aus; dann entzündete man es, und das Ganze funktionierte praktisch wie ein Gaskocher. Die Pfanne auf die Flamme, Öl hinein, den Fisch in Mehl gewälzt… Hast du schon mal eine fangfrische Seebarbe gegessen? Es ist ziemlich schwierig, die Barben auf diese Weise zubereitet zu essen, denn kaum brutzeln sie im heißen Fett, rollen sie sich zusammen. Jedenfalls war das ein Geruch und eine Atmosphäre, die man nicht in Worte fassen kann.

Meine Erinnerung daran ist jedoch ganz frisch, mir läuft noch immer das Wasser im Mund zusammen, wenn ich daran denke, aber, ich wiederhole mich, ich weiß nicht, wie ich diese Fischfangnächte entsprechend beschreiben soll, sie waren einfach wunderbar. Eines Nachts wollte *mamma* mitkommen. »Wie schaffst du es nur, die einzelnen Fische zu unterscheiden?« fragte sie meinen Vater. Sie kniete und sah zu meinem Vater hinauf, der auf dem Boden im Heck stand und sagte: »Aber siehst du denn nicht, Carmela, erkennst du nicht, daß das ein Fels ist?« Ich schaute hin. Meine Mutter ließ sich jedoch nicht überzeugen: »Der Fels bewegt sich.« Mein Vater widersprach: »Aber was für einen Schwachsinn redest du da bloß, *Carmè*?« Doch dann stieß er mit der Harpune zu. Hätte er sich nicht blitzschnell die Kordel vom Handgelenk gestreift, hätte der Riesenfisch ihn ins Wasser gezogen. Wir haben nie kapiert, was für eine Teufelsbestie mit seltsamer Gestalt das gewesen war. Meine Mutter hatte gleich richtig gesehen. Mein Vater war kein Angler, der sich mit der Angelschnur und viel Geduld hinstellte, wartete, meditierte, nein, nein: Er war ein Mann der Tat, mit der Harpune… Und wir waren ansonsten immer zu dritt: Peppe Marchica, mein Vater und ich, niemand sonst. Also du kannst dir vorstellen, in welch weiträumigen Dimensionen man da zu denken beginnt. Mein Vater und Peppe waren enge Freunde, und zwischen beiden fand ein besonderes Zwiegespräch statt. Ringsum die Nachtstille, das Meer, ein furchteinflößendes Schweigen, und da begann ich, mir Geschichten zusammenzuphantasieren.

Die langen Wartezeiten bei der Jagd, die Stille auf dem Meer, all das war eine herrliche Voraussetzung dafür, Geschichten zu erfinden, der Phantasie das Ruder zu überlassen.

# IV. Der Faschismus, der Krieg und die Befreiung

*»Von unserem Kriegsberichterstatter Andrea Camilleri!«: Wäre ich Chefredakteur einer Zeitung, wäre das die Rubrik, die ich ihm anvertrauen würde, damit er heute erzählt, was in Sizilien zwischen 1943 und 1945 geschah. Ich denke, daß seine Korrespondentenberichte einen Riesenanklang fänden, denn ich bin mir sicher, daß unser »Kriegsberichterstatter« die wundervolle Fähigkeit besäße, auch mehr als ein halbes Jahrhundert später noch Aufsehen zu erregen. Wer seine Bücher kennt, weiß nur zu gut, daß beispielsweise das Blutbad, das in »Das vergessene Massaker« (in: »Eine Frage der Ehre«) beschrieben wird, auf das Jahr 1848 zurückgeht. Camilleri hat es beinahe einhundertfünfzig Jahre später sozusagen »aufgedeckt« und daraus eine Notiz von verblüffender Aktualität gemacht. In diesem Kapitel werden nun Bilder vor unseren Augen erstehen, die uns an berühmte Filme erinnern, wie »Der Soldat James Ryan« oder »Der schmale Grat«. Ganz aus der Nähe werden wir General Patton sehen, der sogar die Toten haßte, und den legendären Robert Capa, der, nur mit dem Teleobjektiv bewaffnet, so seine Schwierigkeiten mit dem Tempel der Einheit hat; wir werden Zeuge eines kuriosen Erschießungskommandos, das ins Leere schießt; wir werden Schlachtfelder voller Bäume, Panzer und Männer durchqueren, die plötzlich zu Marionetten erstarren; wir werden einem schweigsamen Menschen begegnen, der, als er ans Ufer zurückrudert, nicht wie Santiago in »Der alte Mann und das Meer« einen toten Fisch mitzieht, sondern eine Reihe von Leichen. Wir werden hören, welche und wie viele Martern der Krieg hervorbringen kann, wieviel grundlose Grausamkeit, wie viele unsinnige Opfer. Und in Zeiten wie diesen mag das eine nützliche Übung sein. Man braucht nicht besonders tief zu graben, denn Andrea Camilleri hat uns vermittelt, daß er sein Gedächtnis stets in perfekter Ordnung und auf dem neuesten Stand hält. Die Erinnerung*

*an die Vergangenheit war für ihn schon immer ein gutfunktionierendes Arbeitsinstrument. Wenn auch die Kriegsliteratur in Italien unüberschaubar ist, sind doch autobiographische Erinnerungen, die fünfzig und mehr Jahre danach verfaßt wurden, nichts Alltägliches; und in diesem Fall handelt es sich um Erinnerungen, die dem Zahn der Zeit standgehalten haben und nicht von der ohrenbetäubenden Filmmusik der Kriegsepik griffig gemacht wurden. Camilleri kann uns erzählen, was in Sizilien der Fall des faschistischen Regimes und die Landung der Amerikaner tatsächlich bedeuteten. »Der Krieg und die gefälschte Berichterstattung«, unter diesem Titel sammelte der große französische Historiker Marc Bloch seine Erinnerungen an den Ersten Weltkrieg zwischen den Jahren 1914 und 1915, als wollte er damit unterstreichen, daß die »Wahrheit« nicht verjähren solle. Eine Lektion, die wir niemals vergessen dürfen.*

Die Befreiung vom Nazifaschismus kam überraschend, als ich mit meiner Familie nach Serradifalco, in der Nähe von Caltanissetta, ausgesiedelt war. Nur mein Vater war in Porto Empedocle zurückgeblieben, denn als Vizekommandant der Hafenbehörde war er »militarisiert«. Welche Bedeutung hatte die Befreiung für mich? Es war, als sängen die Vögel wieder. Diese Worte klingen zwar absurd kitschig. Aber sie drücken die Wahrheit aus. Während der Nacht waren nur das Geratter der Laster, die Kanonenschläge, die Luftangriffe zu hören … und dann, plötzlich, totale Stille. Da ging ich auf die Straße hinaus. Was hatte mich an diesem Morgen geweckt? Die Stille hatte mich aus dem Schlaf gerissen, im Morgengrauen. Alles verfiel in ein absolutes Schweigen. Da ging ich auf die Straße und begriff, daß nichts mehr da war. Das Militärlager war weg, die Deutschen waren verschwunden, das reine Nichts tat sich vor mir auf. Und als ich mich umdrehte, sah ich diese Vögel, deren Stimmen mir in den Ohren lagen. Seit Monaten hatte ich ein solches Gezwitscher nicht mehr gehört. Madonna, ich hatte regelrecht vergessen, wie die Vögel singen. Dann sah ich rechter Hand etwas näher kommen, das aussah wie ein Haus mit Kanonenrohr. Es war einer von den gigantischen Panzern der Amerikaner, mit den enorm langen Kanonenrohren. So etwas hatte man in unserer Gegend noch nie zu Gesicht bekommen. Ich war wie gelähmt vor Schreck. Während der Panzer auf der Straße voranrollte, sah ich plötzlich, wie er ganz zur Seite kippte. Er wurde von einem Jeep überholt, auf dem ein Kerl mit drei Silberknöpfen am Revers der Uniform stand, noch kannte man ja die amerikanischen Militärabzeichen nicht. Am Steuer saß ein Schwarzer.

Der uniformierte Mann stand und hielt sich an einer Eisenstange in der Mitte des Jeeps fest. Auf der anderen Straßenseite vor mir erhob sich eine Trockensteinmauer, vor der ein Holzkreuz zum Gedenken an einen deutschen Soldaten stand, der gerade zwei Tage zuvor an dieser Stelle von einer Bombe zerrissen worden war. Als der Mann mit den drei Silberknöpfen am Revers auf der Höhe des Mäuerchens angekommen war, machte er ein Zeichen anzuhalten, und ohne auszusteigen, riß er das Holzkreuz aus dem Boden, brach es über seinem Knie entzwei und warf die Stücke weg, ohne ein Wort zu sagen. Er bedeutete dem Fahrer weiterzufahren, und der Jeep fuhr davon. Ich war fix und fertig. Unterdessen war der Panzer auf meiner Höhe, und dahinter erblickte ich eine Zwölfergruppe amerikanischer Soldaten. Sie hatten die Handgranaten wie Hawaiiketten um den Hals gehängt, auf dem Rücken trugen sie Rucksäcke, sie sahen furchterregend aus. Das waren die US-Sturmtruppen auf dem Vormarsch. Sie beachteten mich nicht, sondern fuhren an mir vorbei, als gäbe es mich gar nicht. Ich schwör' dir, mir stiegen die Tränen in die Augen. Ich mußte weinen. Warum ich zu Tränen gerührt war? Das ist schwer zu erklären.

Also, das Gefühl der Befreiung gab es sehr wohl in jenen Tagen, aber zugleich existierte das Gefühl des Besetztwerdens, es drohte eine neue Herrschaft. Ich habe mich meiner Tränen in diesem Augenblick geschämt und deshalb mit Freuden gelesen, daß auch Leonardo Sciascia weinte. Darüber haben wir bereits gesprochen. Aber ich muß noch einmal betonen, daß es der Anblick der Sturmtruppen war, die mit Patronengurten behangen waren wie Christbäume und sich wie Schattenwesen voranbewegten, der meine Tränen auslöste. Als sie an mir vorbeimarschiert waren, kehrte der letzte von ihnen unerklärlicherweise wieder zurück und sagte auf sizilianisch zu mir – denn es waren alles Sizilianer: »Ich küsse Ihre Hände. Hätten Sie vielleicht ein wenig Olivenöl? Denn seit wir *Broccolino*« – er meinte Brooklyn – »hinter uns gelassen haben, verspreche ich meinem Kapitän immer wieder, ihm bald einen schönen Salat vorzusetzen. Das ganze Grünzeug habe ich hier drinnen.« Beim Marschieren hatte dieser Soldat rechts und links, wo er vorbeikam, Blattsalat gepflückt und ihn in seinen Rucksack gesteckt. »Ich habe Öl«, erwiderte ich. Und er: »In zwei Stunden kommen wir zurück.« Zwei Stunden später war tatsächlich das gesamte Kommando wieder da. Nur der Mann mit den drei Silberknöpfen am Revers war nicht mehr dabei. Ich überreichte das Öl, und alle aßen Salat zusammen mit ihren Truppenrationen, die sie bei sich hatten. Ich nahm meinen ganzen Mut zusammen und fragte ihn: »Wer war der mit den drei Abzeichen auf der Uniform?« – »Das war General Patton.« Das war das erste Mal, daß ich seinen Namen hörte. »Warum hat er das hölzerne Christuskreuz zerbrochen?« – »Die Sache ist so«, erklärte er mir, »als General gibt's einfach keinen Besseren als Patton. Du hast ihn ja gesehen? Er überragt alle … Aber als Mensch ist er ein Widerling.« Genau das war die Beurteilung des berühmten Generals Patton aus dem Munde eines seiner Soldaten.

Um es ganz klar zu sagen: Die Amis bewiesen Oberschläue, als sie die Söhne von Sizilianern zur Besetzung Siziliens schickten. Einige Tage zuvor waren in Serradifalco die ersten Aufrufe der Alliierten aufgehängt worden, die sich an die Bevölkerung richteten. Besonders zwei hinterließen einen nachhaltigen Eindruck: In dem einen stand in der Mitte ein großes I, und es besagte, daß Harold Alexander uns erobert habe und daß wir fortan zu gehorchen hätten. Der englische General Harold Alexander war der Gouverneur des AMGOT, der Alliierten Militärregierung der besetzten Gebiete. Er war der oberste Chef auf dem Kriegsschauplatz, das heißt von sämtlichen Militäroperationen im Mittelmeer, sogar Montgomery war ihm unterstellt, ebenfalls Eisenhower, alle unterstanden Alexander, und das Plakat war ausschließlich in Englisch geschrieben. Und es war unterzeichnet von einer hochstehenden Persönlichkeit, die ich mit Vergnügen in meinem Roman »Der zweite Kuß des Judas« zitiert habe: Sir Rennel O'Rodd, dem Oberbefehlshaber der englischen Armee. Ich habe mir einfach diesen schönen Namen gemerkt und für meine Zwecke genutzt. Das andere Plakat hingegen war in Italienisch und stammte ebenfalls vom AMGOT. Es wies die Bürger darauf hin, daß es nicht erlaubt war, sich ohne Passierschein von einer Ortschaft zur anderen zu begeben. Wollte man gar noch weiter, bedurfte es der Hand Gottes. Man konnte von einem Ort zum nächsten gehen, keinen Schritt weiter; sich um zwei Orte auf einen Schlag fortzubewegen war verboten. So machte ich mich auf den Weg zum amerikanischen Leutnant, den ich nicht kannte, und sagte zu ihm: »Ich muß nach Porto Empedocle und brauche dafür einen Passierschein.« Und der entgegnete in perfektem Sizilianisch:

»*Pirchì?* Und wo ist das Problem?«

Und ich: »Wie? Ihr habt doch verkünden lassen, daß man nur bis zum nächsten Ort gehen darf. Und ich muß Porto Empedocle erreichen.« – »Du bist auch nicht der Kleverste, Junge… Wenn du in Canicattì ankommst, sagst du denen einfach, daß du vom Dorf davor kommst, das zwei Kilometer weit entfernt ist. Was wissen die denn? So machst du es jedesmal.« – »Eigentlich habt Ihr recht …« Ich schwang mich also aufs Fahrrad und machte mich auf diesen schrecklichen Weg.

Wieso schrecklich? Weil die zurückströmenden Marschkolonnen der Amerikaner mich von der Straße drängten. Ich war allein, und ich war erst achtzehn Jahre alt. Und ich hatte keine Nachricht mehr von meinem Vater. Das war es, was mich am meisten in Angst und Schrecken versetzte. Die Matrosen in Uniform, die ich vorbeikommen sah, fragte ich: »Was ist mit Porto Empedocle?« – »Völlig zerstört.« Und ich schlug mich auf dem Fahrrad weiter Richtung Porto Empedocle durch, es war ein verzweifeltes Radeln durch die zerstörten Lande. Richtige Schlachten zwischen unseren Panzern und denen der Amerikaner hatten hier stattgefunden. Sämtliche Bäume waren verkohlt. Nirgendwo auch nur eine Spur von Pflanzengrün. Die vorherrschende Farbe war Braun. Und weit und breit war keine Menschenseele zu sehen. Rechts und links von der Straße waren sieben, acht italienische Panzer liegen geblieben, die völlig zerschossen waren. Es mußte eine Höllenschlacht gewesen sein, und die Unsrigen hatten das Nachsehen. Im Vergleich zu den gigantischen Monsterpanzern der Amerikaner sahen unsere aus wie Blechkisten.

Ich durchquerte dieses Schlachtfeld und sah voller Entsetzen die gekrümmte Leiche eines unserer Soldaten, eines Panzerfahrers, der versucht hatte, aus dem Geschützturm herauszuklettern, es aber nicht geschafft hatte. Die Beine steckten im Innern des Panzers, der Oberkörper ragte heraus, und die Arme hatte er wie in einer Filmszene in die Höhe gestreckt, als wollte er den Mond umarmen. Seine Uniformjacke war halb verkohlt. Etwas Weißes in seiner Hand erregte meine Aufmerksamkeit. Ich weiß nicht, warum, doch jedesmal, wenn ich bedrucktes Papier sehe, zieht es mich magisch an. Ich hielt also an, stieg vom Fahrrad und näherte mich dem Panzer. Ich konnte erkennen, daß der Panzerfahrer einige Briefe in der Hand hielt, ein paar waren bereits auf den Boden gefallen. Ich nahm sie an mich, steckte sie ein und ging wieder zu meinem Fahrrad. Ich nahm mir vor, sie später seiner Familie zukommen zu lassen. Dann fuhr ich weiter. Diese Briefe habe ich heute noch, ich habe sie aufbewahrt, denn ich habe sie seiner Familie nie schicken können. Doch ja, die Adresse hatte ich schon, er stammte aus Rom, ich wußte alles von dem Panzerfahrer. Aber als ich in Porto Empedocle diese Briefe gelesen hatte, sagte ich mir: Niemals werde ich sie der Familie schicken.

Dieser Briefwechsel enthielt die Geschichte eines Ehebruchs, hinter den der Soldat gekommen war: Seine Frau hatte ihn mit einem seiner Freunde betrogen. Der Soldat hatte seiner

Frau geschrieben, daß er alles herausgefunden habe, und sie hatte es ihm in einem Brief bestätigt. Hätte ich der Frau diese Briefe geschickt, hätte ich damit bei ihr oder bei wem auch immer alte Wunden aufgerissen.

Es gibt etwas, das ich betonen möchte: Es stimmt nicht, daß die große Flucht unter den italienischen Soldaten einsetzte, als die Alliierten eingetroffen waren. Viele hielten die Stellung, viele Bersaglieri ließen ihr Leben, viele Panzerfahrer habe ich mit eigenen Augen gesehen, und sie haben gekämpft, obwohl sie wußten, daß sie keine Chance hatten.

Wunderbarerweise beendete ich meine Fahrt ohne ein einziges Löchlein im Reifen, und das, obwohl der Boden mit Nägeln, Geschossen, Eisensplittern übersät war. Ich brauchte zweieinhalb Stunden bis nach Agrigent, das war ein Rekord, den ich meiner Nervosität verdankte; ich hätte die besten Radrennfahrer schlagen können. Als ich bis Porto Empedocle nur noch sechs Kilometer bergabwärts vor mir hatte, traf ich meinen Cousin und fragte ihn voller Beklemmung: »Weißt du etwas über meinen Vater?« – »Heute früh habe ich ihn gesehen, in Porto Empedocle.« Danach brauchte ich für die sechs Kilometer auf abschüssiger Straße von Agrigent nach Porto Empedocle geschlagene drei Stunden. Meine Beine wollten einfach nicht mehr. Ich verlor das Gleichgewicht, fiel vom Rad. Warum das? Weil ich mich inzwischen beruhigt hatte, mich sicher fühlte. Schließlich traf ich in Porto Empedocle ein, das wie ein gespenstisches Riesenchaos auf mich wirkte, einfach nicht wiederzuerkennen war.

Es war der reinste Horror. Bereits von Agrigent aus war eine ununterbrochene Linie von Schiffen zu sehen, über die man – wie mir jemand sagte, der von dort kam – »zu Fuß nach Tunesien hätte gehen können«. Die Schiffe standen in Reih und Glied und spuckten diese riesige Armee aus, Munition jeder Art, Lebensmittel, die auf Amphibienfahrzeugen transportiert wurden; wenn diese im Hafen, auf der Seite ohne Kaimauer, anlangten, kamen sie aus dem Wasser heraus und verwandelten sich in kleine Lastwagen, die dann die Güter in die Lagerdepots schafften. Natürlich führten diese Fahrzeuge, die aus den Meeresfluten auftauchten, auch Hektoliter Wasser mit sich. Und die Folge war, daß der Ort ein enormes unbegehbares Sumpfgebiet wurde.

Was fiel mir als erstes auf? Ein riesiges Plakat, das über zwei Pfähle gespannt war und vor dem völlig verwirrte Dorfbewohner standen: »Wer finden Bombi oder andere Ojeti nichtexplodiert...« Und dann praktisch in Großbuchstaben: »Nicht anfasen, sondern zum Komando bringen.« – »Und wie soll man die tragen«, fragten sich die Leute, »wenn man sie nicht anfassen darf, die Bomben? Was ist denn das für ein Scheiß?«

Wie war nun das Wiedersehen mit meinem Vater? Wie in einem Liebesfilm, denn auch mein Vater hatte sich in diesen Tagen Sorgen um uns gemacht und war auf der Suche nach jemandem, der bereit war, nach Serradifalco zu fahren, um nach uns zu sehen. Hierzu muß ich noch etwas erklären. Mein Vater war darauf gefaßt, von einem Moment auf den andern in amerikanische Kriegsgefangenschaft zu geraten. Wie ich gleich bei meiner Ankunft in Porto Empedocle erfuhr, hatten die Amerikaner nämlich viele der in den Diensten der Faschisten Stehenden verhaftet. Darunter war auch Riccardo Vadalà, der letzte von den Faschisten eingesetzte Bürgermeister, ein Onkel von mir, den ich sehr mochte. Da er ein völlig verrückter Mensch war – offensichtlich nicht der einzige Verrückte in meinem Leben –, legte er, am Tag als die Amerikaner eintrafen, die faschistische Uniform an und begab sich zum Rathaus. Erwartungsgemäß wurde der diensthabende amerikanische Leutnant bei ihm vorstellig; mein Onkel empfing ihn mit dem faschistischen Gruß. Der Amerikaner erwiderte seinen Gruß auf militärische Weise. Hinter dem Rücken meines Onkels hing das übliche Porträt von Mussolini. Der Amerikaner befahl ihm: »Nimm es ab.« Und mein Onkel erwiderte: »Nein, nimm du es ab, du hast uns doch besiegt.« – »Das ist richtig.« Der Amerikaner nahm also das Bildnis und brach es in Stücke. Danach griff er sich meinen Onkel und brachte ihn weg. Er endete in einem Konzentrationslager in Orano, Algerien, wo er einige Jahre zubrachte. Im Leben gibt es solche und solche Wege, sich auf die Seite des Unrechts zu schlagen.

Ich will erklären, was ich meine. Unter den Faschisten von Porto Empedocle gab es einen, der in einem Buch zitiert wurde, das seinerzeit im Ausland große Beachtung fand und den Titel »Flucht von Lipari« hatte. Ich habe dieses Buch gelesen. Also... Auf der Insel Lipari wurden gewisse politische Verbannte festgehalten, darunter waren die Gebrüder Rosselli, die die Flucht einiger hochrangiger Vertreter des antifaschistischen Widerstands organisiert hatten. Das Buch schildert diese abenteuerliche Flucht: Sie waren zu viert, auch Carlo Rosselli war darunter, und zwar an Bord eines Motorboots, das eigens für die Flucht aus Nizza gebracht worden war... Einer der Häftlinge auf Lipari hatte berichtet, daß unter den Gefängnisaufsehern ein Faschist aus Porto Empedocle gewesen sei. Und dieser Aufseher zückte von Zeit zu Zeit seinen Dolch und stach bei Carlo Rosselli mehrmals kurz zu, es waren kleine Stiche, aber immerhin Dolchstiche. Und dabei befahl er dem Gepeinigten: »Ruf laut ›*Viva il Duce*‹!« Ein Rabenaas! Und rein zufällig hatten nun die Amerikaner den Vor- und den Nachnamen dieses Signore. Sie ergriffen ihn, machten ihm den Prozeß und verurteilten ihn zu Tode. Darüber wurde nicht gesprochen. Am nächsten Tag zwangen sie ihn im Morgengrauen, sein eigenes Grab zu schaufeln. Daraufhin stellten sie ihn an den Grubenrand und befahlen dem Erschießungskommando »Feuer!« Und der Kerl fiel ohnmächtig in die Grube. Sie hatten in die Luft geschossen, sie töteten ihn nicht. Schließlich hatte der Kerl Dolchstiche ohne Tötungsabsicht verteilt. Das Gesetz lautete: Gleiches mit Gleichem vergelten: Wir schießen auf dich, wir zielen aber in die Luft, nur du weißt es nicht. Im Buch ist das Ende dieses miesen Messerstechers nicht erzählt. Er war herzkrank und starb nach einigen Jahren. Die Amerikaner hatten ihm einen Streich gespielt, der nicht nett war. Man merkte, daß andere Zeiten angebrochen waren.

Mein Vater war besorgt: Er wußte, alle seiner Kameraden waren verhaftet worden oder würden es bald sein. Wenn auch nicht alle bis auf den letzten Mann, dann doch ein guter Teil von ihnen. Deshalb rechnete er damit, daß jeden Augenblick die Military Police vorfahren würde, um ihn abzuholen. Er hatte sogar einen kleinen Koffer gepackt. Vier Paar Strümpfe, zwei Unterhosen, einige Oberhemden, lächerlich, denn in der Gefangenschaft hätte er wohl kaum Gelegenheit gehabt, diese zu tragen. Aber man will vorbereitet sein. Alle waren wir darauf gefaßt, daß es jeden Moment an die Tür klopfte. Trotz allem setzte mein Vater seine Arbeit in der Hafenbehörde fort, als wäre es das normalste von der Welt. Nur hatten nun die amerikanischen Militärs das Kommando. Diese verfügten zwar über Seekarten und alle ansonsten notwendigen Dinge, doch fehlten ihnen wichtige Kenntnisse, und sie kamen nicht zurecht. Eines Abends klopfte es bei uns. Ein amerikanischer Leutnant stand in der Tür. Mein Vater sagte nur: »Jetzt wären wir soweit.« Zum Glück waren meine Mutter und meine Tante noch nicht aus Serradifalco zurückgekehrt, denn der Ortswechsel einer ganzen Familie war nach wie vor ein schwieriges Unterfangen.

Dieser amerikanische Leutnant, der Italienisch und sogar Sizilianisch sprach, sagte zu meinem Vater: »Hör zu, wir haben uns etwas überlegt … Du gehörtest zwar auch zu den Faschisten …« Mein Vater: »Ja.« – »Aber wir haben uns über dich erkundigt. Du warst keiner von der schlimmen Sorte, du bist ein guter Kerl gewesen. Deshalb möchten wir dir ein Angebot machen: Wir ernennen dich zum Zivilkommandanten der Hafenbehörde.« Mein Vater entgegnete: »Aber ich stehe doch auf der Liste derjenigen, die ihr verhaften sollt.« Der Amerikaner beruhigte ihn: »Nein, du stehst nicht mehr drauf. Wir haben deinen Namen von der Liste gestrichen, weil wir dich brauchen.« Das war eine Lektion in amerikanischem Pragmatismus: Mein Vater atmete tief durch und bedankte sich voller Erleichterung. Sie verpaßten ihm eine Schärpe, an die ich mich noch heute erinnere. Darauf stand geschrieben »Harbour Master«, also Hafenkommandant. Mein Vater setzte seine Arbeit fort wie gehabt. Doch das ist noch nicht alles. Mein Vater erreichte, daß ein Maresciallo der Hafenbehörde, Ciccio Campagna, ein ganz besonderer, äußerst mutiger Mann, in den mein Vater großes Vertrauen hatte, ebenfalls nicht in Kriegsgefangenschaft kam, sondern als Gehilfe seinem Befehl unterstellt wurde. Sie erfüllten ihm diese ausdrückliche Bitte. Der amerikanische Vormarsch dauerte seine Zeit und endete dann vor den Toren Catanias, denn die Cataner Ebene war sehr gut gesichert. Also mit anderen Worten, sie brauchten ziemlich viel Zeit, um ganz Sizilien zu besetzen. Bereits in den ersten Tagen der Besetzung machten wir die Bekanntschaft jener Italo-Amerikaner. Es war ein beeindruckendes Erlebnis, denn obwohl sie Fremde waren, kamen sie uns wie emigrierte Cousins vor, die zurückkehrten, nachdem sie den sagenhaften sizilianischen Satz ausgesprochen hatten: »*Aiu spinnu di turnare a Porto Empedocle!* – Ich will zurück nach Porto Empedocle.« Es war durchaus vergleichbar. Nur daß sie jetzt die Uniform der amerikanischen Streitkräfte trugen. Amerikanische Soldaten, die tatsächlich aus Porto Empedocle kamen? Ich erinnere mich an keinen. Jedoch an viele Catanier und an solche, die aus den Provinzen im Landesinnern stammten.

In Porto Empedocle wurde jeden Nachmittag ein groteskes Schauspiel zum besten gegeben: Die Laster, beladen mit italienischen und deutschen Kriegsgefangenen, trafen ein. Stück um Stück ihres Vormarsches in Sizilien machten die Amerikaner rechts und links Kriegsgefangene, und die schafften sie zurück nach Porto Empedocle, von wo aus sie zu den Kriegsgefangenenlagern verschifft werden sollten. Es trafen also die Lastwagen voll beladen mit Gefangenen ein. Mir ist nicht bekannt, ob es eine Entscheidung der Amerikaner war oder sich einfach so ergab, jedenfalls hatten die Laster entweder nur Italiener oder nur Deutsche geladen: Die Gefangenen waren streng nach Nationalität getrennt. Am Dorfrand lagen die Sichtungsposten. Die Wagen mit den Deutschen fuhren direkt weiter und brachten ihre Fracht auf die Schiffe in die Kriegsgefangenschaft. Wenn aber ein Wagen mit den Unsrigen gesichtet wurde, sah die Sache ganz anders aus: »Ein Gefangenenlaster kommt, es sind italienische Soldaten…« Und dann wurde eine richtige Szenerie aufgebaut. Vor dem Caffè Castiglione beim Rathaus wurde ein Tisch gedeckt, und darauf prangten Salami, Brot, Käse und vor allem riesige Flaschen Wein – eben sizilianische Köstlichkeiten. »Halt«, rief man dem Schwarzen am Steuer zu, »komm rüber, hier gibt es Wein, Käse…« Und der Kerl stieg aus. Innerhalb von einer Stunde war er besoffen. Das war für die Leute im Dorf die Gelegenheit, die Kriegsgefangenen verschwinden zu lassen. Und sie kümmerten sich um die Gefangenen, und die Gefangenen hauten ab. Alle, ohne Ausnahme. Und der schwarze Lastwagenfahrer, der mittlerweile blau wie eine Haubitze war, wußte nicht, wie ihm geschah, und wurde wieder ans Steuer gesetzt. Szenen dieser Art habe ich mindestens zweimal miterlebt, und die Amerikaner machten kein Drama daraus.

Doch es kamen auch Kriegslaster mit italienischer und deutscher Munition, die von den Amerikanern vernichtet werden sollte. Und wie machten sie das? Sie brachten sie auf den Militärlastern nach Porto Empedocle und verfrachteten sie auf Fischkutter. Diese fuhren aufs offene Meer hinaus und kippten die Munition ins Wasser. Eines Tages begleitete ich meinen Vater bis zum Eingang der Hafenbehörde. Ich machte ein paar Schritte hinein und wurde plötzlich in die Luft gehoben, richtiggehend nach oben gedrückt. Ich flog durch die Luft und knallte gegen eine Hauswand. Mein Vater war zu Boden geschleudert worden; er war verletzt, aber nicht in Lebensgefahr. Die Explosion habe ich nicht gehört. Aber es gingen zu gleicher Zeit vier Munitionslaster in die Luft, Fischkähne standen in Flammen, Soldaten verbrannten. Es war ein apokalyptisches Schauspiel. Rund drei Dutzend Tote trieben auf dem Wasser. Und inmitten dieser Hölle fand der Maresciallo Campagna seltsamerweise ein Knäuel Bindfaden.

Er hatte auch ein Messer und ein Ruderboot, mit dem er

die Toten einsammelte: Er band sie an den Füßen fest und zog sie bündelweise, drei, vier auf einmal, im Schlepptau hinter sich her; er wollte vermeiden, daß die Leichen aufquollen und Fischfraß aus ihnen wurde. Sie sollten wie Christenmenschen bestattet werden. Er schnappte sie sich einfach, wie sie da auf dem Wasser trieben, und schnürte sie sorgfältig am Boot fest. Ein Bündel Toter an einem Boot festgezurrt.

*Hast du die Bekanntschaft von Robert Capa gemacht?*

Ja, auf gewisse Weise kann ich behaupten, ihn kennengelernt zu haben. Es gibt dieses berühmte Foto von ihm, wie er neben einem sizilianischen Bauern steht und den amerikanischen Soldaten den Weg weist. Es ist ein Bild, das Bände spricht. Ich hatte ja von dieser kuriosen Beziehung erzählt, die sich zwischen den Leuten von Porto Empedocle und den sizilianischen Amerikanern entwickelte, als wären diese in Wirklichkeit Freunde von Verwandten im fernen Amerika.

Wie kam es also, daß ich Capa begegnete? In diesen schrecklichen Tagen dachte ich plötzlich an die Tempel von Agrigent und ob die vielleicht getroffen worden waren. Und ich machte mich auf den Weg dorthin. Ich traf auf einen Mann in Soldatenuniform und mit Fotoapparaten ausgerüstet. Zu jener Zeit hatte man noch nie Fotografen gesehen, die drei, vier Apparate um den Hals trugen. Er hatte auch ein Dreifußstativ und einen Festapparat. Er versuchte, den Tempel der Einheit auf Zelluloid zu bannen. Und ich glaube, er fluchte auf englisch vor sich hin, weil ihm diese Aufnahme nicht gelang. Ich stand da und beobachtete ihn, als plötzlich zwei deutsche Flieger in der Luft waren. Die waren in der Zwischenzeit höchst selten geworden; es kam zu einem kleinen Luftkampf mit zwei amerikanischen Jagdfliegern. Die Reaktion des Fotografen war erstaunlich: Er warf sich auf den Boden, den Bauch nach oben, den Fotoapparat in die Höhe gestreckt. Es sah aus, als wollte er damit auf die Flugzeuge schießen. Die plötzliche Verwandlung dieses Herrn beeindruckte mich gewaltig. Dann bedeutete er mir mit Gesten, denn ich spreche nicht Englisch, und er konnte kein Italienisch, daß er ein Fotograf sei, und er schrieb mir seinen Namen auf ein Stück Papier. Das war meine Begegnung mit Robert Capa: Gesehen habe ich ihn, nicht wirklich kennengelernt. Ich beobachtete seine Verwandlung, vom zögerlich-ungewissen zum schnellen Handeln. Er war ein Aktionsfotograf – weshalb ihm das Fotografieren des *Tempio della Concordia* nur schlecht gelang. Capa hat auch meinen Ort Porto Empedocle fotografiert, mit den amerikanischen Soldaten, die die Dorfstraße hinaufmarschieren. Im Ausland war er längst berühmt: Er war im Spanischen Bürgerkrieg gewesen und hatte den berühmt gewordenen Milizsoldaten fotografiert, wie er getroffen zu Boden sinkt, doch diese Aufnahme hatte bei uns noch keiner zu Gesicht bekommen.

*Seit einer Weile schon will ich dir eine Frage stellen. Die Figur deines Vaters kehrt oft in deinen Schilderungen wieder. Als »Passivfaschist« hast du ihn bezeichnet, und die Amerikaner haben entschieden, ihn, obwohl er Faschist war, für ihre Zwecke einzusetzen, denn er galt im Dorf als »anständige Person«. Erklär doch bitte genauer, wie sein Verhältnis zum Faschismus war. Hatte dein Vater am Ersten Weltkrieg teilgenommen?*

Mein Vater wurde im Alter von einundzwanzig Jahren für seine Kriegsverdienste zum Feldkapitän ernannt. Er erhielt eine Auszeichnung. Von den großen Schlachten zu Zeiten des Generals Cadorna war ihm keine erspart geblieben, auch nicht mit der Brigata Sassari unter dem Kommando von Emilio Lussu, mit dem er stets in großartiger Freundschaft verbunden blieb. Als Lussu einen Faschisten tötete, sagte mein Vater: »Nun, Lussu ist nun mal Lussu.« Emilio Lussu wurde nämlich in der Zeit nach dem Ersten Weltkrieg von einer Gruppe Faschisten überfallen. Er setzte sich zur Wehr und erschoß einen von ihnen. Danach mußte er fliehen. Der Kommentar meines Vaters lautete: »Nun, Lussu ist nun mal Lussu.« Ich stichelte daraufhin: »Aber *papà*, dein Kommandant Lussu teilte nicht deine politischen Ansichten, der war knallhart links.« Ich spottete eben, wie es alle Söhne ihren Vätern gegenüber tun. Mein Vater ließ sich jedoch nicht aus dem Konzept bringen: »Nenè, ich sag's dir noch mal: Lussu ist eben Lussu … Es geht nicht an, daß einer den Mund aufmacht und ihn beleidigt.« Lussu wurde auch dafür bewundert, daß er nie mit der Pistole zum Angriff überging, er griff mit einer Peitsche an, solche Extravaganzen leistete er sich. Mein Vater wurde zwischen 1914 und 1918 zweimal ernsthaft verwundet. Aber er blieb immer unter dem Befehl von Lussu in den Sassari-Schwadronen, die in den Schlachten einfach schrecklich waren. Doch mein Vater erzählte nie wirklich ausführlich von seinen Kriegserlebnissen. In seinen Kriegspapieren stand geschrieben: »Kommandant Giuseppe Camilleri«. Und das genügte ihm.

Wie war also sein Verhältnis zum Faschismus? Harmlos, würde ich sagen. Mein Vater war ein Faschist, der sehr wenig von Mussolini sprach. Der Faschismus war in seinen Augen in der Nacht des 25. Juli mit dem Sturz Mussolinis untergegangen – darauf kommen wir noch –, Salò war eine triste Fortsetzung, es war kein wiederholbares Experiment, was sich auch daran zeigte, daß mein Vater nie Mitglied des *Movimento Sociale* wurde. Nach dem Krieg beschäftigte er sich nie wieder mit Politik. Er war und blieb Antikommunist, das ja.

*Du hast oft auf die Zeit hingewiesen, da ihr in Serradifalco evakuiert wart. Wie verlief dein Leben in jenen Wochen?*

Eins nach dem anderen. Als Porto Empedocle immer stärker bombadiert wurde und die Situation nervlich so unerträglich war, daß man nachts kein Auge mehr zutat, beschloß mein Vater – da auch das Schuljahr, mein Abitursjahr, Mitte Mai zu Ende war und keine Prüfungen stattfanden –, daß wir uns alle in Sicherheit bringen sollten. Unser Landhaus, anderthalb Kilometer vom Ort entfernt, war noch zu nah und bot keinerlei Sicherheit. Und so wurde die ganze Familie – Großvater Vincenzo, Großmutter Elvira, Großmutter Carolina, Onkel Massimo, Tante Lisa, meine Mutter und ich – nach Serradifalco umgelagert, das wenige Kilometer von Caltanissetta entfernt und damit tief im Landesinnern Siziliens liegt. Wir wurden von Tante Emilia Piazza aufgenommen. Frag mich bitte nicht, in welchem Verwandtschaftsverhältnis sie zu uns stand, denn unser Verwandtschaftskreis war wie ein Labyrinth, in das keiner bis zu den Ursprüngen vordrang. Ihr Haus hatte ein dickes Fundament und riesige, in den Fels gehauene Kellerräume. Als die Amerikaner in der Nacht vom 9. auf den 10. Juli 1943 landeten und heftige Kämpfe ausbrachen, bezog die deutsche Luftwaffendivision »Hermann Göring« genau dort Stellung. Und für uns wurde es brenzlig.

Da nicht nur aus der Luft Bomben, sondern auch Granaten von den Bodenstellungen aus abgeschossen wurden, und da die Amerikaner und mit ihnen auch die Engländer, die Kanadier, die Neuseeländer, also alle, auf dem Vormarsch waren, strömten die Leute in dieses große Landhaus, von dessen Kellern man gehört hatte, schienen sie doch wie geschaffen dafür, Evakuierte aufzunehmen. So entstand eine richtige Festung, ein echter Alcazar aus Alten, Kranken, Frauen und Kindern. Mein Onkel Massimo, ich und andere junge Burschen bekamen den Auftrag, Verpflegung zu beschaffen. Beispielsweise sagte jemand: »Das hier ist der Schlüssel zu meinem Hühnerstall, die Hennen haben bestimmt Eier gelegt.« Und so gingen wir, um diese Eier zu holen. Das war beileibe keine einfache Sache, denn es wurde aus der Luft mit Bordkanonen geschossen. Die große Gemeinschaft, die sich da zusammengefunden hatte, mit Nahrung zu versorgen war allein unsere Aufgabe. Vor dem Landhaus erstreckte sich über viele Hektar ein riesiger Pistazienhain, es waren Hunderte von Pistazienbäumen. Und Pistazien standen immer schon hoch im Preis. Da beschloß meine Tante, das Gatter zum Pistazienhain, also das auf der Hauptseite der Pflanzung, zu schließen, in der wahnwitzigen Überzeugung, daß, solange die Pistazienpflanzung heil bliebe, ihr Haus vom Krieg verschont würde. Diesen Satz aus ihrem Mund habe ich nie verstanden … Vielleicht war es eher eine Beschwörungsformel. Jedenfalls ließ sie die durchlässigen Stellen in ihrer Anlage schließen. Fazit: Die Deutschen kamen.

Als erstes rissen die Deutschen die Gatter nieder, und der Krieg drang bis ins Haus, was sie irrigerweise zu vermeiden gehofft hatte. Überdies verspeisten die Deutschen auch die bereits geernteten Pistazien.

Der Krieg kam mit Pauken und Trompeten! Das war also meine Tante Emilia Piazza, die wie ihr Ehemann einige Anzeichen von Wahnsinn aufwies. Der Gemahl dieser Signora war bereits in hohem Alter, ein pensionierter Militärarzt und General, der den Ersten Weltkrieg mitgemacht hatte. Er war richtiggehend verrückt. Als dieser ganze Schreckensaufzug vorbeirollender deutscher und italienischer Militärlaster und Panzer begann, legte er unbemerkt seine Uniform an und stoppte die Fahrzeugkolonnen. Die Soldaten waren starr vor Staunen, auch weil er wie ein Gespenst aussah. Natürlich begriffen sie nicht, was zum Teufel für eine Uniform der da vor ihnen trug. War das die des Generals Cadorna? Die von Diaz? Er aber schrie sie an: »Her mit den Zigaretten, sämtliche Zigaretten an mich!«, und das konnte er auch auf deutsch sagen. Die Soldaten übergaben ihm päckchenweise Zigaretten, und die versteckte er unter den Steinen, hinter den Bäumen, wie es ihm gerade zupaß kam. Eines Tages schüttete es wie aus Eimern, und zusammen mit dem Regenwasser von den Dächern, den Regenrinnen, den Ziegeln schwemmte es auch die Zigaretten davon.

Damals trug es sich zu, daß ich um ein Haar zum Mörder geworden wäre. Davon habe ich noch nie jemandem erzählt. Wieso ich den Terminus Mörder gebrauche? Man bedenke, daß wir zu jenem Zeitpunkt Verbündete der Deutschen waren, und die Deutschen verhielten sich uns gegenüber recht friedlich. Mit Ausnahme eines Feldwebels, der entdeckt hatte, daß es im Haus meiner Tante Wein gab. Gegen fünf Uhr nachmittags präsentierte er sich mit dem Maschinenpistole, drückte dem erstbesten, der ihm über den Weg lief, den Lauf in den Bauch und schnauzte ihn an: »Rück den Wein raus!« Dann stieg er die Treppe hinunter und bediente sich im Weinkeller. Meinem Onkel Massimo und mir schwante Übles, denn der Kerl war nicht mehr zu bremsen; bestimmt würde er sich eines Tages an einem Mädchen vergreifen. Onkel Massimo meinte besorgt: »Der wird noch großes Unheil anrichten. Bevor es dazu kommt, schaffen wir ihn aus dem Weg.« Und so zementierte dieser brave Mann in aller Seelenruhe und immer noch in dieser Riesenhöhle, in der wir uns versteckt hatten, den Boden eines leeren Fasses aus. Und fügte hinzu: »Morgen, wenn er herunterkommt, wird er beim Übergang vom grellen Sonnenlicht«, es war Juli, »in die Dunkelheit einige Sekunden lang nichts sehen. Diesen Augenblick müssen wir nutzen. Du ziehst ihm mit einer Eisenstange eins über den Schädel«, beim Eintreten nahm der Deutsche immer seinen Helm ab, »und sobald er über die Treppe nach unten fällt, ramme ich ihm das Messer in den Bauch. So, wie er ist, packen wir ihn dann, stecken ihn in das Faß und zementieren ihn ein.« Ein perfekter Plan. Nur daß er am nächsten Tag nicht kam. Ich habe nie erfahren, weshalb nicht. Jedenfalls gab es von ihm keine Spur weit und breit. Einen Tag später zogen die Deutschen im Morgengrauen ab, und ich konnte wieder das Zwitschern der Vögel hören. Es fehlte nur wenig, und ich hätte heute einen Mann auf dem Gewissen, der womöglich den Schlag auf den Kopf verdient hatte; die Messerstiche wären jedoch bestimmt zuviel gewesen…

*Und in Serradifalco hast du nicht mehr gelesen?*

Da irrst du dich gewaltig. Genau dort widerfuhr mir eine Sache, die war zu schön! Bevor sich die Deutschen aus Serradifalco zurückzogen, feuerten sie auf den Sitz der Faschistischen Partei und zerstörten das Gebäude. Das taten sie nicht aus Versehen, sondern weil sie nervös waren. Ich machte mich auf den Weg, um mir das Haus der Faschistischen Partei anzuschauen, oder besser das, was von ihm übriggeblieben war. Vorher hatte ich noch nie einen Fuß dort hineingesetzt. Unter den Trümmern entdeckte ich Bücher aus dem Verlag La Voce von Prezzolini und steckte sie ein. Auch Bände von Renato Serra, Giovanni Boine, Scipio Slataper ließ ich mitgehen. La Voce veröffentlichte auch gehobene Literatur. Diese Bücher, bis auf eins oder zwei, sind mir später wieder abhanden gekommen. Ich weiß nicht, warum sie dort waren. Ich gestehe, hätte ich gewußt, was sich Schönes in der Casa del Fascio versteckte, wäre ich ein eifriger Besucher geworden. Doch diese Entdeckung machte ich eben erst, nachdem das Haus zerbombt worden war.

*Eingeschlossen im Alcazar – ich gebrauche deine Worte –, wie konntet ihr euch, was den Kriegsverlauf anging, auf dem laufenden halten? Durftet ihr die Linien passieren?*

Natürlich durften wir nicht über die Linien, genau das war das Problem. Doch es ereigneten sich noch andere außergewöhnliche Episoden in Serradifalco. Zwei Tage vor dem Rückzug der Deutschen tauchte eines Abends im überfüllten Alcazar ein junger Luftwaffenleutnant der Division »Hermann Göring« auf und sagte zu uns: »Ihr müßt hier weg, denn wir werden hier ausharren. Wenn ihr bleibt, werdet ihr mitten in eine richtige Schlacht geraten. Das wird schlimm werden. Es wäre besser, ihr würdet noch tiefer ins Landesinnere vordringen.« Und wir erwiderten: »Was wird aus den Alten und den Kranken?« – »Ach«, sagte er, »die Alten, die laßt ihr einfach hier, die Kranken übergebt ihr mir, ich werde sie mit den Kleinlastern ins nächstgelegene Krankenhaus schaffen.« Diese Aussicht erschreckte uns, doch er fuhr fort: »Hört her, in einer Stunde, maximal in anderthalb, werden sie angreifen.« Da tauchte plötzlich aus dem tiefsten Dunkel des Unterschlupfs meine Großmutter Carolina auf, ja, genau die, die Cousine von Pirandello.

Schwarzgekleidet und mit langen weißen Haaren sah sie aus wie der Abate Faria. Sie richtete das Wort an den deutschen Leutnant, und zwar in tiefstem Sizilianisch, und der andere verstand trotzdem alles: »Du hast doch eine Mutter in Deutschland, oder nicht? Du kannst uns nicht von hier wegschicken, du mußt uns beschützen.« Am Ende machte der Mann einen militärischen Gruß, breitete hilflos die Arme aus und ging weg. Wir waren entsetzt, denn in zwei Stunden würden wir das Rattern der Maschinengewehre hören. Keiner wagte zu sprechen. Die Herzen aller waren voller Sorge und Furcht. Und in der Tat, nach einer halben Stunde ungefähr:

*pam, pam, pam, pam, pam...* die Schützen. Doch irgendwie klangen die Geräusche seltsam, und ich sagte: »Onkel Massimo, das kommt mir nicht vor wie das Knattern von Schießgewehren.« – »Mir auch nicht.« – »Also, was ist das dann für ein Krach?« Um es kurz zu machen: Wir hatten einen Riesentopf mit fünf Dutzend Eiern aufs Feuer gestellt, und zwar ein Stockwerk weiter oben. Wegen des Leutnants hatten wir die Eier vergessen, und das Wasser war inzwischen verdampft: Die Eier auf dem Feuer zerplatzten und zersprangen knallend, und wir waren in Panik, weil wir Schußgeräusche in der Ferne zu hören glaubten. Die Schützen tauchten jedoch niemals auf. Ja, es gab in unserem Haus keine kriegerischen Zusammenstöße, und eines Morgens erwachte ich, wie bereits gesagt, und in der Stille ertönte das Vogelgezwitscher. Aber ich erinnere mich noch an etwas anderes ...

*Laß hören...*

Da gab es eine Episode, die ich »Mussolini kaputt« nenne. Die Amerikaner landeten in der Nacht auf den 10. Juli und machten sich an einen sehr langen Vormarsch. Die deutsche Luftwaffendivision »Hermann Göring« gab ihre Stellung um den 27. Juli herum auf, also überleg mal, wieviel Zeit dazwischen lag. Und am 25. Juli war es eben passiert. Wir hatten kein Radio, wir hatten keinen Strom, wir hatten rein gar nichts. Aber die Deutschen wußten, was am 25. Juli geschehen war. Am 26. Juli ging ich ins deutsche Militärlager am Stadtrand von Serradifalco, um Wein gegen Lebensmittelkonserven zu tauschen; dort traf ich auf einige Deutsche, die zu mir sagten: »Mussolini kaputt.« Für mich bedeutete »Mussolini kaputt«, daß er ermordet worden war. Endlich stieß ich auf einen Deutschen, der Italienisch sprach, und der sagte mir: »Mussolini ist abgesetzt worden.« Doch ich war nicht in der Lage, die Tragweite des Geschehenen zu begreifen. Tags darauf, am 27. Juli, zogen die Deutschen sich endlich zurück. Genau da traf ich einen Deutschen in Uniform und hohen schwarzen Stiefeln, der einen kleinen Spiegel an einem Baumstamm befestigt hatte und sich rasierte. Ich wurde neugierig und näherte mich ihm. Genau in dem Augenblick peitschte Maschinengewehrfeuer aus einem Flugzeug nieder.

Als ich in Reichweite des Deutschen war, stellte er mir ein Bein, und ich stürzte zu Boden; er setzte seinen Fuß auf mich und hielt mich damit fest, während er mit seiner Rasur fortfuhr. Als die Schießerei aufhörte, stand ich wütend auf. Im allgemeinen fürchtete ich mich ein wenig vor den Deutschen, jetzt aber war ich stinksauer. Er sagte, beinahe als wollte er sich entschuldigen: »Nein, nein.« Und während ich vor Wut kochte, erklärte er mir mit Händen und Füßen, daß die im Flugzeug meine Bewegung gesehen hätten, wäre ich weitergelaufen... Ebendeshalb hatte er mich auf den Erdboden gezwungen. Und mit blutendem Gesicht, denn ich hatte mich bei dem Sturz verletzt, bedankte ich mich bei ihm. Was hätte ich anderes tun sollen? Seine Worte waren irgendwie logisch.

*Wie veränderte sich euer Leben mit dem Einmarsch der Amerikaner?*

Unser Leben veränderte sich vor allem durch die Rückkehr zur Freiheit, besonders aber – auch wenn das etwas simpel klingen mag – wegen des Essens: Zwei schwarze Hungerjahre waren zu Ende. In Serradifalco ernährte ich mich tagelang von getrockneten Saubohnen, die ich in der Hosentasche aufbewahrte und von denen ich mir ab und zu eine in den Mund schob. Es gab einfach nichts mehr. Schon gar keine Medikamente. Mein Großvater mütterlicherseits, der Mann von Großmutter Elvira, hatte Diabetes und fing an durchzudrehen. Denn wird der Diabetes nicht behandelt, kommt es zu geistigen Störungen und allgemeinen Schwächezuständen. Mein Opa konnte nicht mehr gehen. Eines Tages mußten wir ihn an einen anderen Ort schaffen; also nahm ich ihn und lud ihn mir auf die Schultern. Das war nicht das erste Mal. Mein Großvater starrte mich seltsam an, vielleicht dachte er in seinem verwirrten Zustand: »Auf dem bin ich schon mal geritten. Also muß er eigentlich ein Pferd sein. Aber er sieht nicht aus wie ein Pferd.« Er schaute mich zweifelnd an, bis ihm eine

Lösung in den Sinn kam: Er nannte mich *gnurri,* und so heißt in unserem Dialekt der Kutscher. Er hatte die Quadratur des Kreises vollbracht.

*Wie lange dauerte die amerikanische Besatzungszeit?*

Nur kurz. Die Amerikaner zogen weiter. Sie ließen eine kleine Garnison aus schwarzen Soldaten zurück – ja, genau die von San Calorio – und nahmen eine Riesenmenge Waffen mit. Was blieb, waren die Waffendepots mit nur einem Wachsoldaten und weiter nichts... Die Militarisierung nahm zusehends ab. Aus der Zeit der amerikanischen Besatzung sind mir zwei Begegnungen unvergeßlich geblieben. Inzwischen waren wir nicht mehr in Serradifalco, sondern wieder in unserem Landhaus in Porto Empedocle. Also, die erste Begegnung trug sich wie folgt zu: Auf meinem fast täglichen Weg aufs Land mußte ich ein enormes Militärlager passieren, das die Amerikaner im Handumdrehen mit Hilfe von Bulldozern aus dem Boden gestampft hatten. Immer hielt derselbe Soldat Wache am Lagereingang, und ich begriff nicht, wieso sie immer nur ihn dorthin abkommandierten. Eines Tages, als ich an diesem Wachsoldaten vorüberging, rauchte ich eine Zigarette. Mit einer Geste bedeutete er mir, daß er einen Zug wollte. Aber wie das? Die Welt stand Kopf! Ich bekam von den Amerikanern Zigaretten geschenkt, und der wollte nun einen Zug von meiner? Es war so, daß er, solange er auf dem Wachposten war, nicht rauchen durfte. Ich streckte ihm meine Zigarette hin, rasch nahm er zwei Züge und ging wieder in Habachtstellung. An einem anderen Tag, als keiner weit und breit zu sehen war, näherte ich mich dem Wachposten und verwickelte ihn in ein Gespräch. Wir unterhielten uns auf französisch, und er sagte zu mir: »Ich stehe unter Strafe. Ich habe keine müde Lira, die haben mir meinen ganzen Sold gesperrt. In Algerien habe ich Mist gebaut: Ich habe ein Gasthaus kurz und klein gehauen. Es war eine großartige Schlägerei. Und dafür muß ich jetzt büßen.« Jedesmal, wenn ich an ihm vorbeiging, dachte ich daran, mir eine Zigarette anzuzünden; und wenn ich auf seiner Höhe war, reichte ich ihm die Zigarette, er nahm zwei Züge und gab sie mir wieder.

Eines Abends – gegen acht Uhr – brach eine göttliche Musik los, ein grandioses Orchester spielte live. Die Amerikaner hatten eine echtes Orchester auf die Beine gestellt, die Divisionen, die da landeten, waren ja riesengroß, und in ihrer Ausrüstung fehlte es nicht einmal an Musikinstrumenten. An jenem Abend nun spielten sie melodischen Jazz. Und wer dirigierte, was meinst du? Mein armer Soldat, der Pechvogel. Endlich hatte ich Gelegenheit, mich länger mit ihm zu unterhalten: »Wie heißt du?« – »Martin. Ich bin Komponist...« Und er trällerte für mich ein damals sehr bekanntes Liedchen: »Silberstern in Golden Mexiko«. Oder so was in der Richtung. Und er fügte hinzu: »Das ist von mir, das Lied habe ich geschrieben.« So also machte ich die Bekanntschaft von Martin, dessen Nachnamen ich leider vergessen habe. Tage später, als das Feldlager aufgehoben war, kam ein Amerikaner mit einem Riesenseesack zu mir und sagte: »Den da schickt dir Martin.« Und was war in dem Sack? Alles. Als erstes eine wasserdichte Packung mit fünfzig Kondomen ... zwanzig Schokoladenriegel, Zigarettenstangen, kleine Gasflaschen, die, wie ich später erst entdeckte, dazu dienten, süßen Sprudel herzustellen; des weiteren Unterhosen, Wollpullis, Schuhe ... Er schenkte mir alles, was er auftreiben konnte, um sich für die paar Züge aus meiner Zigarette zu revanchieren, die ihm in den harten Tagen der Strafwache über die Runden geholfen hatten.

Kommen wir zu der anderen Episode. Mein Vater war immer ein großer Blumenliebhaber gewesen, besonders Rosen hatten es ihm angetan. In Friedenszeiten ließ er sich sogar welche aus Holland kommen. Wir hatten also Rosen von außerordentlicher Schönheit auf unserem Landgut ... Und das Wunderbare an Rosen ist, daß ihre Blütezeit nicht an Jahreszeiten gebunden ist. Eines Tages ging ich zu unserem Landhaus und sah, daß sehr viele Rosen blühten; ich pflückte einen Riesenstrauß und brachte ihn ins Dorf. Auf dem Weg dahin, kurz vor unserem Haus, bemerkte ich einen Mann in Marineuniform mit Kapitänsstreifen. Er sah mich an, schaute auf die Rosen und folgte mir. Ich wunderte mich nicht. Jede Menge Schiffe legte im Hafen an und ab, manche gingen in der Bucht vor Anker, weil sie das Manöver in den Hafen nicht schafften. So waren viele Seeleute unterschiedlichster Nationalitäten vor Ort. Der Kapitän folgte mir beharrlich.

Als ich das Tor meines Elternhauses aufmachte, tippte er mir auf die Schulter und bedeutete mir: »Eine Rose.« Ich suchte drei, vier Rosen aus und reichte sie ihm. »Your name?« – »Andrea Camilleri.« – »Wohnen Sie hier?« – »Ja.« Und schon war er weg. Das geschah am Morgen. Am Nachmittag gegen vier Uhr klopfte es an der Tür, ich öffnete, und ein Matrose reichte mir einen Zettel, auf dem stand etwas auf englisch: Der Kommandant lud mich zum Fünfuhrtee auf sein Schiff ein. Das war im September 1943, also zwei Monate nach der Landung der Alliierten; er erzählte mir, daß er nicht Amerikaner, sondern Norweger sei. Er war nach Amerika gekommen, als der Krieg bereits im Gange war, und hatte sich entschieden, auf der Seite der Amerikaner zu kämpfen. Aus diesem Grund hatten sie ihm den Oberbefehl über große Schiffe, die »Libertys« – das waren eigentlich Handelsdampfer –, übertragen. Dann zog er mit Tränen in den Augen einige mit Rosen gefaßte Fotografien von seiner Familie aus der Tasche und sagte, daß er seit drei Jahren seine Frau und seine Kinder weder gesehen, noch eine Nachricht von ihnen habe. Vier Tage machte er halt in Porto Empedocle. Und jeden Tag bat er mich um die Erlaubnis, aufs Land zu gehen und die Rosen meines Vaters pflegen zu dürfen. Er war ein echter Rosenliebhaber. Nach vier Tagen verabschiedete er sich von mir, umarmte und küßte mich und brach auf.

Zwei Jahre später lief ein norwegisches Schiff in den Hafen von Porto Empedocle ein. Es war das Jahr 1945. Der Kaptitän dieses Schiffes ging von Bord, machte sich auf den Weg zu meinem Haus, klopfte an die Tür und sagte zu mir: »Ich überbringe Ihnen die Grüße des Kommandanten Soundso, der in seine Heimat zurückgekehrt ist und Ihnen ausrichten will, daß er die Rosen in gutem Zustand und seine Familie bei bester Gesundheit vorgefunden hat.« In meinen Augen war das immer eine wundervolle Episode, durch die einige Tage jener schweren Zeiten auf beinahe magische Weise in heiteres Licht getaucht wurden.

*Laß uns noch weiter über die amerikanischen Soldaten reden. Wie verhielten sie sich gegenüber der Zivilbevölkerung?*

Das Verhalten der amerikanischen Truppen war immer tadellos. Beispielsweise überholte uns eines Tages auf dem Weg zu unserem Landhaus ein Jeep, an dessen Steuer ein Schwarzer saß. Der Jeep stoppte genau vor unserem Landhaus; auf der Türschwelle saß meine Tante. Der schwarze Soldat lächelte und reichte ihr eine Ration Lebensmittel. Meiner Tante paßte es aber nicht in den Kram, daß ein Schwarzer ihr die Lebensmittelration gab, und so wies sie sie zurück. Er begriff, stellte das Paket auf dem Boden ab und fuhr mit seinem Jeep davon. Die Amerikaner verhielten sich immer äußerst korrekt. Außerdem, glaube ich, überwachten die Oberkommandos aufs schärfste die Disziplin. Die Militärpolizei war unerbittlich. Ich erinnere mich an einen tragischen Zwischenfall auf den Feldern zwischen Agrigent und Porto Empedocle.

Vier Frauen waren bei der Tomatenernte, und eine Granate explodierte zwischen den Beinen einer dieser Frauen. In der Nähe befand sich ein Jeep mit zwei schwarzen Soldaten, die eilten herbei, um zu sehen, was passiert war. Die arme Frau war nicht tot und schrie wie eine Wahnsinnige … Die beiden Soldaten versuchten, ihr zu helfen. Doch da hatte der Teufel die Hand im Spiel: Sie wurden auf der Stelle von vier Militärpolizisten erschossen, die einige Minuten später am Ort des Geschehens eintrafen und glaubten, sie hätten es mit einer Vergewaltigung zu tun.

*Du hast von der Verhaftung des Onkels erzählt, der von den Faschisten eingesetzter Bürgermeister war. Wie viele Personen aus Porto Empedocle waren es letztendlich, die für ihr aktive Unterstützung des faschistischen Regimes büßen mußten?*

Eine genaue Aufstellung hat, soweit ich weiß, niemand gemacht. Doch wenn du meine Meinung wissen willst, viel zu viele sind verschont geblieben. Die erste Maßnahme seitens der Amerikaner war die, den Bürgermeister zu verhaften, der sich in faschistischer Uniform präsentiert hatte. Nur daß sie gleich darauf den Vorgänger meines Onkels zum neuen Bürgermeister machten, der ebenfalls Mitglied der Faschistischen Partei gewesen war. Was war das Kriterium? Wahrscheinlich einfach nur, daß er nicht die faschistische Uniform trug.

Dabei handelte es sich um Professore Baldassarre Marullo, einem höchst intelligenten Mann; er ist der Autor einer schönen Geschichte von Porto Empedocle, die mir beim Schreiben von »Das launische Eiland« von großem Nutzen war. Es blieben für uns dennoch einige Fragen offen. Wir jungen Leute glaubten, daß die Amerikaner die auffälligsten Vertreter des Faschismus verhafteten und danach diejenigen verschonten, die weniger bedeutsame Posten bekleideten. Es gab zwei Arten von Faschismus, einen offiziellen und einen verdeckten, der sehr viel gefährlicher waren und den wir im Dorf bestens kannten. Da war beispielsweise der Faschistische Vorsitzende der Handelskammer und andere Mitglieder der Faschistischen Partei, die Positionen dieser Art innehatten. Diese Leute wurden von niemandem ihrer Ämter enthoben, sie blieben auf ihren Stühlen sitzen. So sagten wir unter uns jungen Burschen: Ihr Amerikaner habt zwar die Knöpfe von der Uniformjacke gerissen, aber die Jacke ist dieselbe geblieben. Das setzte uns schwer zu, und so beschlossen wir zu handeln.

*Auf welche Weise?*

In jenen Tagen unterstand Porto Empedocle dem Befehl eines amerikanischen Leutnants namens Lee. Ich trat an ihn heran und sagte: »Ich würde gerne eine Zeitung machen.« – »Ich kann dir die Erlaubnis dazu nicht erteilen. Ich kann dafür sorgen, daß du das Papier dafür erhältst und auch zur Druckerei gehen kannst. Aber die Genehmigung muß dir das AMGOT auf Provinzebene erteilen…« Ich gab nicht auf. Zusammen mit Ugo La Rosa machte ich mich auf den Weg zum englischen Oberleutnant Kevin. La Rosa war ein Freund im gleichen Alter, der die Dinge genauso sah wie ich. Wir brachten erneut unser Anliegen vor, und Kevin zeigte sich äußerst kulant: Er stellte uns die Räume des GUF, der faschistischen Universitätsvereinigung, zur Verfügung, die mittlerweile aufgelöst worden war. Er überließ uns auch das Zeitungspapier, und so konnten wir die erste Ausgabe der Zeitung drucken, der wir den Titel gaben: »Wir verneigen uns mit Handkuß« und, in kleineren Buchstaben, »vor der Freiheit«. Die erste Nummer der Zeitung erschien, auch Gaspare Giudice und Luigi Giglia wirkten mit; es war noch immer die gut eingespielte Gruppe aus Gymnasiumszeiten… Verantwortlicher Chefredakteur war Ugo La Rosa, ich war sein Stellvertreter. Diese erste Ausgabe enthielt verschiedene Artikel über die Lage Siziliens zu jener Zeit und über die Notwendigkeit des Wiederaufbaus. Leider besitze ich nicht ein einziges Exemplar mehr. Es erschien nur eine Nummer dieser Zeitung; im Leitartikel wandten wir uns an die amerikanischen Besatzungsmächte: »Also nun«, schrieben wir ungefähr, »wollt ihr euch endlich einen Ruck geben? Es gibt wesentlich schlimmere Faschisten als die, die ihr verhaftet habt, und ihr habt das noch immer nicht bemerkt. Wir sind bereit, euch die Namen zu liefern.« Die Zeitung verkaufte sich wie warme Semmeln, es war die einzige freie Zeitung, die in jener Zeit in Agrigent gedruckt wurde.

*Haben die Alliierten eurer Bitte, beim Reinen-Tisch-Machen mithelfen zu dürfen, entsprochen?*

Darauf komme ich noch. Ungefähr zehn Tage später ging ich zusammen mit Ugo La Rosa frühmorgens in die Redaktionsräume unserer Zeitung, dem ehemaligen Sitz des GUF, um die nächste Ausgabe vorzubereiten. Wir machten uns seelenruhig auf einer ausrangierten Schreibmaschine an die Arbeit. Da klopfte es an der Tür. Zwei ganz normale Männer in Zivilkleidung standen vor uns. Sie sprachen englisch, und ich verstand nichts. Ugo La Rosa, der Englisch konnte, sagte: »Was wollt ihr denn?« Antwort: »Wir sind vom CIC, dem Civil Investigation Corp. Wir haben hier einen Durchsuchungsbefehl.« Und den zogen sie absurderweise auch heraus. Wieso das absurd war? Weil sie Gesetzesfanatiker waren. Wie soll ich sagen, Hüter des Rechts, zuallererst des geschriebenen Worts. Sie waren doch Vertreter der Besatzungsmacht und konnten tun und lassen, was sie wollten. Aber sie hatten den »Zettel«, nämlich einen hübschen Durchsuchungsbefehl, mit dem sie jetzt vor unseren Nasen herumwedelten. Und Ugo erwiderte: »Durchsucht ruhig. Macht, was ihr wollt.« Was mich erschreckt hatte, als sie eintraten und sich die Jacketts auszogen – es war September und noch immer warm –, war, daß sie darunter Pistolen in Schulterholstern trugen, wie man sie später in amerikanischen Spielfilmen sah.

Sie begannen also mit der Durchsuchung und stießen auf eine Treppe, die zum ersten Stockwerk führte, aber zugemauert war. Darunter befand sich eine Abstellkammer. Die beiden waren kräftig gebaut, und nachdem einer der beiden gegen die Wand geklopft und gehört hatte, daß dahinter ein Hohlraum war, nahm er Anlauf und verpaßte der dünnen Wand einen Tritt. Sie stürzte ein, und zum Vorschein kamen Infanteriegewehre, Pistolen, Maschinengewehre, Porträts von Benito Mussolini. Sie verhafteten uns, luden uns auf einen Militärlaster und fuhren uns zum Verhör. Dort nahmen sie sich uns richtig vor. Sie fragten uns, ob wir mit den Insassen eines Schattenflugzeugs in Kontakt stünden, das, wie es schien, in jener Nacht auf den Feldern von Porto Empedocle gelandet und für ganz kurze Zeit dort geblieben war. Wir hatten keine Ahnung von dessen Existenz. Am Abend brachten sie mich in die Sporthalle der Italienischen Faschistenjugend. Dort hatte ich es mit drei Amerikanern plus Leutnant zu tun, der mich sofort meine Brille abnehmen ließ. Und jedesmal, wenn ich sagte, ich wüßte nichts von dem Treppenkabäuschen voller Waffen, nichts von dem Flugzeug, verpaßte der mir eine Backpfeife. Mir schwirrte der Kopf, alles drehte sich.

Und der Typ verteilte nur Ohrfeigen, weiter nichts. Aber ich schwöre dir, die reichen voll und ganz, wenn sie »von Herzen« kommen.

*Habt ihr in der Zeitung nicht eure Bereitschaft zur Zusammenarbeit kundgetan? Wart ihr nicht in der Lage klarzustellen, daß es sich um ein Mißverständnis handelte?*

Die interessierten sich nicht die Bohne für das, was wir geschrieben hatten. Wie wir später erfuhren, bezog sich die Anzeige nicht auf unsere Aktivitäten, sondern ausschließlich auf das Vorhandensein von Waffen in unserer Zeitungsredaktion. Wir versuchten, die Sprache auf anderes zu bringen, doch vergeblich. So steckten sie mich eine Nacht in das San-Vito-Gefängnis in Agrigent. Wie es La Rosa erging, weiß ich nicht. Am nächsten Morgen führten sie mich zum Kommando des AMGOT, wo ich den Oberleutnant wiedertraf, ebenden, der mir die Räumlichkeit des ehemaligen GUF zur Verfügung gestellt hatte.

Er saß hinter seinem Schreibtisch, ich stand vor ihm. Er kam sofort zur Sache: »Ich habe gehört, man hat euch verhaftet. Ich habe eingegriffen und euch da rausgeholt. Die haben sich den Umstand zunutze gemacht« – aufgepaßt, er war Engländer, und die, die uns verhaftet hatten, waren Amerikaner –, »daß ich nach Palermo gehen mußte.« Ich verstand weiterhin kein Wort. »Eben«, sagte er, »die haben anonyme Briefe geschrieben, in denen man euch bezichtigt, Waffen und Munition zu verstecken. Und ihr hattet tatsächlich diese Waffen. Nur, daß ihr davon keine Ahnung hattet, denn zum Sitz des GUF habe ich euch ja geschickt. Und das hat euch aus dem Knast geholfen. Wenn ihr die Handschrift erkennt …« Mit diesen Worten zeigte er uns zwei anonyme Briefe. Aber ich erkannte die Schrift nicht. Ich holte Luft. »Also, Herr Oberstleutnant«, sagte ich, »erneuern Sie mir die Genehmigung für die nächste Ausgabe der Zeitung? Ich will nämlich eine richtige Reportage über diese ganze Sache schreiben …« – »Nein«, lehnte er ab, »ich habe in London einen Sohn in deinem Alter.« Ich ließ nicht locker: »Herr Oberstleutnant, ich begreife nicht, was Sie meinen…« – »Siehst du, du begreifst nicht? Die Verfasser der anonymen Briefe sind genau die Personen, die ihr namentlich nennen wollt. Sie haben euch angezeigt und in dieses Schlamassel gebracht. Das Ganze ist als Warnung gedacht. Und ich habe keine Lust, euch auf dem Gewissen zu haben.«

Das also ist die Geschichte der ersten und letzten Ausgabe von »Wir verneigen uns mit Handkuß vor der Freiheit«. Ich habe nie erfahren, wer genau es war, der diese Briefe geschrieben hat. Ehrlich gesagt wäre dafür jeder in Frage gekommen. Damit meine ich, daß das Eintreffen der Amerikaner politisch gesehen als Rückkehr zu *heri dicebamus* – wir fangen da wieder an, wo wir unterbrochen worden sind – verstanden wurde. Klammer zu. Doch die Sache paßte mir nicht. Es durfte doch nicht sein, daß der Faschismus mit allem, was er hervorgebracht, angerichtet, ausgesagt hatte, gerade mal als eine Klammer in der Geschichte der Menschheit betrachtet wurde.

*Ich meine zu verstehen, daß du dich nach der Begegnung mit Kevin den milderen Ratschlägen beugen mußtest.*

Ganz und gar nicht. Darüber werden wir noch sprechen. Aber jetzt – halten wir uns streng an die chronologische Reihenfolge – müßten wir über meine Zeit an der Universität reden…

*Stimmt, wir haben von deiner Grundschulzeit, der Mittelstufe, dem Gymnasium gesprochen. Es wäre schade, nicht deine ganze Ausbildungszeit zu betrachten…*

Im Oktober ging die Uni los. Unterdessen hatte die neue italienische Regierung unter Pietro Badoglio nach und nach viele Bereiche übernommen, die bislang unter der Verwaltungsoberhoheit der Amerikaner standen. Die Funktionäre der Badoglio-Regierung kamen zur Hafenbehörde, ließen sich von meinem Vater einarbeiten und sagten ihm dann »Auf Wiedersehen und schönen Dank«. Sie boten ihm nicht seine vorherige Stelle an. Die Amerikaner leisteten keinen Widerstand, sie überließen den Badoglio-Leuten die Kontrolle über den Hafen. So war mein Vater von einem Tag auf den nächsten arbeitslos. Zu seinem Glück aber hatten die Amerikaner den AST, das Sizilianische Landtransportunternehmen, gegründet. Vater sprach noch einmal bei Oberstleutnant Kevin vor, der an der Spitze der Provinzverwaltung stand.

*Dieser Oberleutnant Kevin taucht häufiger in deinen Erzählungen auf…*

Mittlerweile waren wir Freunde geworden, und oft nahmen wir ihn mit auf die Jagd oder zum Fischen. Mein Vater sagte zu ihm ohne Umschweife: »Ich bin in diese Situation geraten…« Und Kevin: »Keine Sorge. Geh zum AST.« Und so wurde mein Vater Direktor des Sizilianischen Landtransportunternehmens, zuerst in Porto Empedocle, dann in Enna. Die Amerikaner stellten ihre Laster zur Verfügung, und er leitete in ihrem Auftrag den Betrieb. Allerdings gab es anfangs zahlreiche technische Schwierigkeiten. Genau vor der Küste von Porto Empedocle wurde ein Riesendampfer voller Autoreifen versenkt. Es war unglaublich, aber wahr: Das einzige, was die Marineverteidigung von Porto Empedocle bei der Landung der Alliierten imstande war zu versenken, war diese Reifenladung. Mit dem Ergebnis, daß die Amerikaner mit Hilfe ihrer Taucher die alten Reifen aus dem Wasser bargen, und diese meinem Vater übergaben, während sie auf neue Lieferungen warteten. Du kannst dir denken, daß diese triefnassen Reifen nicht lange zu gebrauchen waren.

*Andrea, vergessen wir nicht deine Immatrikulation an der Universität…*

Dieser lange Vorspann hat einen Grund. Es wurde also meine Fahrt auf einem Laster organisiert, der mich nach Palermo zur Immatrikulation bringen sollte. Diese denkwürdige Reise unternahm ich gemeinsam mit meinem Freund Ciccio Burgio. Mein Vater hatte uns in weiser Voraussicht rund vierzig Ersatzreifen mitgegeben. Und durchschnittlich verbrauchten wir einen auf drei Kilometern. Wir erreichten Aragona ohne einen einzigen Ersatzreifen im Gepäck. Der Fahrer des Wagens war mit den Nerven am Ende, denn jedesmal hieß es aussteigen, den Wagenheber nehmen, und auch mit unserer Unterstützung war es höllisch anstrengend, alle drei Kilometer den Reifen zu wechseln … Abends um acht also kamen wir in die Randgebiete von Aragona, das zum Provinzbezirk Agrigent gehörte. Und zum x-ten Mal war ein Loch im Reifen, doch jetzt hatten wir keinen Ersatz mehr. Palermo war noch weit. Es war September und nirgendwo eine Menschenseele. Nur ein einfaches Gasthaus war zu sehen.

Der Wirt machte nicht viele Worte: »Ein Zimmer mit vier Betten hab' ich.« Und ich: »Ist gut, wir bezahlen für alle vier Betten.« Der Fahrer übernachtete auf dem Laster, denn er war vollgeladen, und das Material sollte er bei der Gelegenheit nach Palermo bringen. Wir aßen in der Wirtsstube und gingen dann auf die Straße. Außer uns war niemand weit und breit. Mittlerweile war die Nacht hereingebrochen. Ciccio sagte zu mir: »Vielleicht gibt's hier eine Frau.« Die Idee war nicht schlecht. »Wir können uns ja mal erkundigen.« Aber bei wem? Der Wirt schien nicht besonders gesprächig. Während wir unschlüssig herumstanden, sahen wir auf der einsamen Straße einen Kerl – etwas älter als wir – auf uns zukommen. Es war eine eindrucksvolle nächtliche Erscheinung, und ich sagte im Dunkeln zu Ciccio: »Was hat der denn auf dem Kopf?« Er hatte gar nichts auf dem Kopf. Es waren einfach nur seine Haare, so richtige Urwaldzotteln.

Wir nahmen all unseren Mut zusammen und fragten ihn: »Entschuldigen Sie bitte, wir hätten eine Frage.« Und er erwiderte mit palermischem Akzent: »Nur zu.« – »Können Sie uns sagen, wo es hier in der Gegend Frauen gibt?« Er sah mich seltsam an und meinte: »Ich bin nicht von hier. Ich komme aus Palermo.« – »Also Sie können uns nicht weiterhelfen …« – »Nein. Obwohl ich schon seit drei Jahren hier lebe …« – »Aha.« – »Ja und als ich ankam, sah ich aus wie Sie.« Damals trug ich meine glatten Haare mit Brillantine verkleistert, ich benutzte Unmengen davon. Auf seinem Kopf aber war kein einziges glattes Haar zu sehen, auch nicht, wenn man danach suchte. Und er fügte hinzu: »Und jetzt sehen Sie sich mich mal an, wie weit es mit meinen Haaren gekommen ist vor lauter Sehnsucht nach Weibern …« Und wie ein Wahnsinniger brüllend, ging er in die Nacht davon. Seine These war, daß seine Haare aufgrund der übergroßen Abstinenz so geworden waren. Wir verzichteten also auf unser kämpferisches Vorhaben und legten uns im Gasthaus zum Schlafen nieder.

Keine Stunde war vergangen, da wurde die Zimmertür mit einem Tritt aufgestoßen, und zwei Unholde stürzten herein: »Wir müssen hier schlafen.« – »Moment mal, wir haben bereits bezahlt …« – »Das interessiert uns einen Scheiß. Wir müssen schlafen.« Und sie legten sich zum Schlafen nieder. Im Morgengrauen machten sie sich davon. Wir hielten einen anderen Lastwagen an und gelangten damit nach Palermo. Es dauerte zwei Tage. Das war mein erstes echtes Reiseabenteuer nach der Befreiung. Und endlich konnte ich mich in der Fakultät für Neuzeitliche Geisteswissenschaften im Fachbereich Philologie einschreiben.

*Wieso hast du diese Fachrichtung gewählt?*

Genauso wie ich geplant hatte, Marineoffizier zu werden, was mir nicht gelungen ist, schrieb ich mich mit einem ganz bestimmten Ziel vor Augen an der Universität ein. Auf keinen Fall wollte ich als Gymnasiallehrer in Agrigent enden. Einige Zeit davor hatte ich ein Buch mit Erzählungen eines gewissen Pier Maria Pasinetti gelesen und herausgefunden, daß dieser Herr Lektor im Ausland war. Ich informierte mich und erfuhr, daß man im Ausland Italienisch unterrichten konnte, wenn man die Sprache des Landes, für das man sich bewarb, beherrschte, das war klar. Ich konnte Französisch, das hatte ich in der Schule gelernt, und so nahm ich mir vor, zu entsprechender Zeit eine Bewerbung für ein französischsprachiges Land zu schreiben.

*Erinnerst du dich noch an deine erste Prüfung?*

Als wäre es gestern gewesen, zu meinem Leidwesen. Es kam also der Tag der Italienischprüfung, für die ich mich in aller Eile vorbereitet hatte. Wenn ich als Italienischlektor ins Ausland gehen wollte, durfte ich mir weder in Italienisch noch in Französisch Fehler leisten. Ich hatte ein Referat anzufertigen und wählte als Thema die Heiligendarstellungen von Feo Belcari. Doch dann wurde mein Professor – ich glaube, es war Mario Sansone – krank, und an seine Stelle trat Professore Ettore Li Gotti, der Romanische Sprachwissenschaft unterrichtete. In späteren Jahren habe ich Li Gotti schätzen gelernt: Beispielsweise hat er eine wunderschöne Geschichte des Puppentheaters geschrieben. Doch damals lag die Sache anders.

An jenem Tag also begann Professore Li Gotti, den ich zuvor noch nie zu Gesicht bekommen noch sonstwie kennengelernt hatte, die mündliche Prüfung mit dem Satz: »Sie wissen nicht, daß …« Oder wenn er großzügiger sein wollte, formulierte er es so: »Möglicherweise wissen Sie nicht, daß …« Das brachte mich in Rage, denn die Dinge, die er dann sagte, die wußte ich alle. Beim dritten oder vierten Mal, als er zu mir sagte: »Sie wissen nicht, daß …«, unterbrach ich ihn: »Professore, stellen Sie mir die Frage doch bitte direkt, ohne Einleitung.« Da wurde er sauer: »Wie kommt es, daß ich nicht das Glück hatte, ein Genie wie Sie in meinen Vorlesungen zu sehen?« Damals ritt mich der Teufel, und ich erwiderte: »Professore, ganz einfach weil ich keine Lust habe, mir eine Reise von Porto Empedocle nach Palermo aufzuhalsen, um mir Ihre Vorlesungen anzuhören.« – »Sie kriegen von mir achtzehn Punkte.« Schlechter ging es nicht mehr. Ich erwiderte: »Ich trete von der Prüfung zurück.« – »Nein, die Note gilt.« Es endete in einem Desaster: Luigi Giglia, der mir bei der Prüfung moralischen Beistand leisten sollte, mischte sich mit polemischem Kampfgeist – den er sein ganzes Leben lang beibehielt – von seinem Platz in der ersten Reihe aus ein. Das machte es nur noch schlimmer.

*Was gedachtest du zu tun?*

Inzwischen war mir klar, daß ich nie und nimmer als Lektor im Ausland arbeiten würde, und damit begann ein sehr düsterer Abschnitt in meinem Leben. Ich sah mich dazu verdammt, als Dorflehrer zu enden. Und dazu hatte ich absolut keine Lust. Mir stand eine Zukunft als gebildeter Müßiggänger in meinem Ort bevor…

# V. Salvatore Giuliano, ein Bandit

*Andrea Camilleri, der Herumtreiber, der Taugenichts, der Müßiggänger – um seine eigenen Worte zu benutzen –, das hätte ich nie von ihm erwartet. Und schon gar nicht einen Hang zum Glücksspiel. Andrea Camilleri, wie er Klamauk macht und seine Spielchen treibt, ja, sogar seinen eigenen Tod simuliert, das schien mir unvorstellbar, als ich mein langes Interview begann und dachte – wie es normal ist –, einen Schriftsteller vor mir zu haben, der ein geordnetes Leben führt, zu Hause umgeben von Büchern; einen sympathischen Pascha mit grauen Schläfen, der zwar unendlich viel liest, aber eben ein Pascha ist. Dabei kann man von ihm nun wirklich behaupten, daß er viel erlebt, viel gesehen und noch viel mehr* angestellt *hat und daß sein Schutzengel – besser eine ganze Schutzengeltruppe – ihn auf wunderbare Weise unter die Fittiche genommen hat. Das ist die reine Wahrheit. Er führt andere gern an der Nase herum, und es gelingt ihm immer, blitzschnell eine Kehrtwende auf seinem Lebensweg zu machen, sobald es irgendwie brenzlig wird. Und dabei ist es ihm immer gelungen, auch die verfänglichsten Erfahrungen zu einem guten Ende zu bringen und seinen Ideen, Plänen und seinem Charakter treu zu bleiben.*

*Er ist ein Mann, der sich gründlich und in vielen Richtungen umgesehen hat. Er hat wenig Vorurteile, denkt ganz und gar nicht in schematischen Bahnen, ist ein überzeugter Vertreter der Philosophie Descartes': »Ob wir nun wachen, ob wir nun schlafen, nie dürfen wir uns von anderem als der Klarheit unseres Verstandes überzeugen lassen.« Auch gegenüber seinen Mitmenschen zeigt er sich äußerst flexibel, wie man heute sagen würde. Als er dann endlich seinen Weg gefunden hat, weicht er keinen Millimeter mehr davon ab – ohne daß er dazu die Ellenbogen gebrauchen muß. Noch heute, mit fast achtzig Jahren, während er zurückdenkt und erzählt, überkommt ihn immer wieder echte Verwunderung: ob*

*der Vielzahl von Menschen, denen er begegnet ist, ob der alltäglichen oder auch außerordentlichen Ereignisse, in die er geraten ist. Aber auch Staunen über diese großartige Welt, die sich aus zahlreichen Dörfern und Städten Siziliens zusammensetzt. Bleibt hinzuzufügen – das werden wir in diesem Kapitel sehen –, daß bei ihm die Zeit des studentischen Herumlungerns nahtlos übergegangen ist in die ersten und bedeutenden literarischen Erfolge.*
*Andrea, zuerst löste sich der Traum von der Marine in Luft auf, dann, nach der schlechten Prüfung, der, als Lektor ins Ausland zu gehen. Ein Schlag folgte auf den nächsten?*

In der Tat war es eine sehr üble Zeit. Es gab keinen Lichtblick mehr in meinem Leben. Die einzige Möglichkeit schien mir zu sein, als Lehrer irgendwo zwischen Agrigent und Porto Empedocle zu enden, und diese Aussicht lag mir schwer im Magen. In späteren Jahren dann entdeckte ich an der Nationalakademie für Schauspielkunst die Freuden des Unterrichtens. Doch gleich nach dem Abitur und zum Zeitpunkt meines Studienbeginns wollte ich alles auf der Welt werden – nur nicht Lehrer. Ich fuhr weiterhin zu den Prüfungsterminen nach Palermo, nahm die Sache aber nicht wirklich ernst. Ich verbrachte ganze Tage im Bett. Ich lebte wie der Russe Oblomow in Iwan Gontscharows Roman, ich las im Bett, ich empfing die Freunde im Bett, sogar Karten spielte ich im Bett. In jener Zeit war ich mit Peppe Sinesio befreundet, der Parlamentsabgeordneter werden wollte und es auch wurde, der den Ehrgeiz zum Staatssekretär hatte und es tatsächlich schaffte; später war er beinahe drei Jahrzehnte lang christdemokratischer Bürgermeister von Porto Empedocle. Er kam zu mir nach Hause, um sich als Redner zu üben.

Da ich trotz der miesen Achtzehn des Professore Li Gotti gut in Italienisch war, kamen viele zu mir, um bei mir zu üben. Sinesio sagte zu mir ganz einfach: »Gib mir ein Thema.« Ich nannte ihm eines, und er improvisierte aus dem Stegreif einen Vortrag dazu. Eines Tages, als ich wieder keine Lust hatte, das Bett zu verlassen, sagte ich scherzend zu ihm: »Halte einen Nachruf auf mich. Mich hat ein früher Tod ereilt.« Wir inszenierten ein Totenbett mit einer Kerze an jeder Ecke, und ich lag wie tot da, den Rosenkranz zwischen den Fingern. Und er begann mit seiner Rede, und als guter Politiker steigerte er sich völlig in diese erfundene Geschichte hinein. Er vermittelte tatsächlich den Eindruck, davon überzeugt zu sein, wie es die Politiker tun, wenn sie zum Beispiel behaupten, sie versetzten sich in die Lage der armen Leute. Tatsache war, daß ihm echte Tränen herunterliefen. In dem Moment kam meine Großmutter Elvira zu uns, die im Nachbarhaus wohnte und besorgt war, weil sie mich seit einigen Tagen nicht mehr gesehen hatte. Sie öffnete die Tür meines Zimmers, sah mich tot daliegen und verlor die Besinnung. Es gab einen riesigen Aufstand. Peppe wurde aus dem Haus gejagt, und meine Großmutter Elvira ließ sich Zeit, bevor sie seine Gegenwart wieder duldete.

Das war damals mein Leben. Mit Peppe Fiorentino, Fofò Tripodi, meinen Freunden aus jener Zeit, und mit Ciccio Burgio spielte ich Karten, *Tressette* und *Briscola*, von mittags um drei bis tief in die Nacht hinein.

*Wodurch wurde diese Totalverweigerung ausgeglichen, die vielleicht eine tiefsitzende Unzufriedenheit und ein persönliches Leiden zum Ausdruck brachte?*

Durch den Umstand, daß ich sehr viel las. Dabei muß ich zugeben, daß die Lektüre nicht den Hauptinhalt meines damaligen Lebens darstellte. Und von *Tressette* und *Briscola* ging ich über zu richtigen Glücksspielen. Nur ungern erinnere ich mich an dieses Kapitel meines Lebens. Ich ziehe mich damit aus der Affäre, daß ich immer nur erzähle, wie diese verderbliche Leidenschaft für das Glücksspiel endete. Eines Abends, es war der 23. September 1944, landete ich an einem Tisch, an dem *Chemin de Fer* gespielt wurde; die Mitspieler kannte ich nicht näher, ich wußte nur, daß sie keine besonders vertrauenerweckenden Gestalten waren. Mit fünfhundert Lire in der Tasche, eine beachtliche Summe, fühlte ich mich sicher und voller Zuversicht. Ich verlor sie bis auf die letzte Lira und das innerhalb kürzester Zeit. Aber ich verlor nicht nur die fünfhundert Lire, die ich dabei hatte. Als ich am Ende der Nacht den Spieltisch verließ, hatte ich eine für die damalige Zeit erschreckend hohe Summe verloren: sechstausend Lire, und nur gegen mein Ehrenwort. Das hatte ich einem Kerl gegeben, der alles andere als ein sanftmütiger Typ war und bewaffnet in der Gegend herumlief. Im Dorf wußte man, daß er ein Mann – kein Mafioso – war, bei dem man innerhalb von vierundzwanzig Stunden seine Spielschulden begleichen mußte, da gab es kein Pardon. Er hieß Don Fofò. Ich erinnere mich noch, daß es, als ich in jener Nacht auf dem Nachhauseweg war, leicht zu regnen begann.

Ich war nicht nur ein verzweifelter, sondern auch ein geschröpfter Mann, kein Geld und nicht einmal mehr eine Zigarette fand sich in meinen Taschen – gerupft wie eine Gans eben. Ich fing an zu heulen, als ich mir vorstellte, wie viele Bücher ich mir für diese sechstausend Lire hätte kaufen können, die ich wie ein Schwachkopf am Spieltisch verpulvert hatte. Die Bücher, die Bücher, sagte ich mir: Du heilige Mutter Gottes, stell dir vor, ich wollte dieses Buch und jenes Buch kaufen, aber mir fehlte das Geld dazu, und jetzt muß ich es dem da geben.

Ich war auf dem Nachhauseweg, als zwei Gestalten aus zwei Hauseingängen mich ansprangen: Die eine hielt mir den Strahl einer Taschenlampe ins Gesicht, die andere drückte mir einen Revolver unter den Kehlkopf, hob mich ein Stück in die Höhe und blaffte mich an: »Den Geldbeutel!« In dem Augenblick, da mich der Schreck überkam und ich daran dachte, daß ich nicht eine einzige Lira hatte und sie mir deshalb sicher kräftig eins überziehen würden, da sagte der, der mich anleuchtete: »Ach, Sie sind das? Gehen Sie ruhig.« Und er ließ mich tatsächlich gehen. Ich bedankte mich, bog Haltung bewahrend um die Ecke und nahm dann die Beine unter den Arm, als wäre der Teufel hinter mir her. Ich kam nach Hause, wo alles schon schlief, und mußte mich übergeben. Bereits der Verlust der sechstausend Lire war mir auf den Magen geschlagen, und dann auch noch diese nächtliche Begegnung, ein versuchter Raubüberfall ... Wie sagt man so schön? Wenn man schon bis zum Hals in der Scheiße steckt, dann kommt einer und zieht einen noch tiefer nach unten.

Am nächsten Morgen erwachte ich, und mein Gesicht war wegen der durchstandenen Angst mit Pickeln übersät. Aber mir war eingefallen, bei wem ich mir das Geld besorgen könnte, um meine Spielschulden zu bezahlen: bei einer großzügigen Freundin in Agrigent. Ich verließ das Haus, um sie von einem öffentlichen Telefon aus anzurufen, wollte aber zuvor einen Kaffee in der Bar Castiglione trinken. Ein Typ näherte sich mir mit den Worten: »Zahlen Sie mir einen Kaffee?« – »Gerne.« Und der: »Allein schon dafür, daß ich in der Nacht Ihretwegen leer ausgegangen bin.« Es war der, der mir die Pistole in die Kehle gebohrt hatte und nun mit einem Kaffee entschädigt werden wollte. Danach stieg ich in den Bus und fuhr zu meiner hilfsbereiten Freundin, die sich auch dieses Mal als solche erwies. Mit den sechstausend Lire in der Tasche stattete ich am 24. nachmittags dem Typ, der mich am Spieltisch geschröpft hatte, einen Besuch in seinem Bauunternehmen ab. Ängstlich betrat ich sein Büro und sagte zu ihm: »Don Fofò, ich bin gekommen, um meine Schulden zu begleichen.« – »Bravo! Zähl mir das Geld vor.« Ich blätterte ihm jede einzelne der verdammten sechstausend Lire hin. Er nahm sie und steckte sie in die Schublade seines Schreibtischs.

»Einen guten Tag wünsche ich, Don Fofò.« – »Guten Tag«, erwiderte er. Als ich an der Tür seines Büros angekommen war, rief er mich zurück: »Nenè.« Ich machte kehrt, er zog die Schublade wieder auf und sagte: »Nimm das Geld.« – »Aber warum? Ich habe es doch verloren.« – »Ja. Aber sieh«, sagte er, »du bist viel zu jung, und ich habe keine Lust, gegen einen Grünschnabel wie dich zu gewinnen. Ich wollte nur sehen, inwieweit du deine Verpflichtungen ernst nimmst. Du bist ihnen nachgekommen. Gut so. Nimm also das Geld wieder an dich. Ich brauche es nicht.« Ich bedankte mich, nahm den nächsten Bus nach Agrigent, gab meiner herzensguten Freundin die geliehene Summe zurück und hatte das angenehme Gefühl, daß mir ein Wunder widerfahren war. Nie mehr wieder rührte ich Spielkarten an, wenn der Spieleinsatz mehr als fünfzig Cent betrug. Es war in jeder Hinsicht eine wunderbare Lektion gewesen.

*Andrea, infolge der Ernennung deines Vaters zum Direktor des AST folgtest du ihm nach Enna. An was erinnerst du dich aus dieser Zeit deines Lebens?*

Ich habe daran eine äußerst angenehme Erinnerung. Die ganze Familie zog in diesen herrlichen, aber eisigen Ort Enna, die höchstgelegene Provinzhauptstadt Italiens. Zu jener Zeit existierte so etwas wie Zentralheizung so gut wie nicht. Und in Enna war der einzige beheizte Raum die Stadtbibliothek. Als ich ins Rathaus ging, überkam mich im Atrium aus unerfindlichem Grund ein Schweißausbruch. Du große Güte, und woher kam der nur? Ich drehte mich um und sah auf einer der Türen geschrieben »Stadtbibliothek«. Angezogen von der Wärme oder aufgrund der Tatsache, daß sich dort drinnen Bücher befanden, ich weiß es nicht, jedenfalls trat ich ein. Ein hemdsärmeliger Herr schürte das Feuer in einem Holzofen. »Sie wünschen?« – »Ich würde mir gerne die Bücher anschauen und mit dem Direktor sprechen. Ich wüßte gern, was für Bücher es hier gibt.« – »Warten Sie einen Augenblick.« Er ging in ein verglastes Kämmerchen, schlüpfte in ein Jackett und setzte sich eine Schildmütze auf. »Bitte sehr, machen Sie es sich bequem. Ich bin der Direktor.« Und dann stellte er sich vor: »Ich bin Avvocato Fontanazza.« Wir wurden Freunde, denn der Rechtsanwalt war ein sehr belesener Mann, dem es besonders die zeitgenössische Literatur angetan hatte. Montale, Saba, Quasimodo, auch sizilianische Kritiker und Dichter las er, Salvatore Guglielmino, Giovanni Antonio Di Giacomo genannt Vann'Antò; jedenfalls war er ein sehr gebildeter Mann. Eines Tages bereitete er mir eine Überraschung: »Komm mal mit.« Er schloß einen Raum für mich auf und sagte: »Das ist die Hinterlassenschaft von Nino Savarese.« Heilige Maria! Das waren sämtliche Bücher, Papiere, Unterlagen,

Zeitschriften aus dem Besitz von Nino Savarese. Und in einem anderen Raum befand sich die Hinterlassenschaft von Franceso Lanza. Seinerzeit war Francesco Lanza, der Autor von »Sizilianische Mimen«, kaum bekannt, wohingegen Nino Savarese, ein Anhänger des *Rondismo**, ein recht bekannter Name in der italienischen Literaturlandschaft war. Nino Savarese stammte aus Enna, Francesco Lanza aus Valguarnera, wenige Kilometer von Enna entfernt. Beide hatten den bekannten und außerordentlichen Bauernkalender »Lunario Siciliano« ins Leben gerufen. Die Idee, den Bauern eine Zeitschrift zu widmen, ist heutzutage absolut nicht mehr nachvollziehbar. In dieser Bibliothek erweiterte ich meinen literarischen Horizont beträchtlich.

*Für dich war der Besuch schöner Bibliotheken ja nichts Ungewohntes. Inwiefern spielte die Stadtbibliothek in Enna für dich eine so bedeutende Rolle?*

Weil sie mir als die erste echte Bibliothek in Erinnerung geblieben ist. Es gab eine kleine Bibliothek in Agrigent, die jedoch recht dürftig war. Sagen wir's mal deutlich, sie war einfach lächerlich. Die richtige Bibliothek von Agrigent, die »Lucchesi Palli«, über die bereits Pirandello in »Mattia Pascal« und Sciascia in »Alfabeto pirandelliano« geschrieben haben, war eine Ruine und ewig geschlossen. In meinem Leben gab es die Bücher meines Vaters, ausschließlich Belletristik. Die Bücher meines Onkels hingegen waren anderer Art und beinhalteten verschiedenste Themen. Als ich beispielsweise zum ersten Mal das Wort »Yoga« hörte, war ich noch ein Kind. Mein Onkel besaß Bücher über Yoga aus dem Verlag Hoepli und von anderen Verlegern, die sich mit orientalischer Kultur beschäftigten. Er interessierte sich stark für orientalische Kulturen.

Ich erzähle dir eine kleine Episode, um diesen absurden »metaphysischen« Onkel näher zu beschreiben. Um Heilung

* Italienische Literaturströmung Anfang des 20. Jhs., geprägt vom Klassizismus und von Autoren, die sich von Giacomo Leopardi inspirieren ließen.

von rheumatischen Krankheiten zu finden, zog er einen Lendenschurz an und bestrich sich mit Honig. Dann trat er auf seine herrliche Terrasse hinaus, warf sich zu Boden und wartete darauf, daß die Bienen herbeiflogen und ihn stachen. Er verkündete: »Es stimmt nicht, daß man den Schmerz spürt. Den Schmerz kannst du mental unterdrücken.« Und er unterdrückte ihn. Das zumindest behauptete er. Er war schon ein ganz spezieller Mensch. Ich? Ob ich versucht habe, honigbeschmiert auf die Bienen zu warten? Nein, das habe ich niemals probiert. Also, in der Bibliothek meines Onkels Alfredo bot sich mir die Gelegenheit für großartige Entdeckungen: »Das Leben der Bienen«, »Das Leben der Ameisen«; ich begeisterte mich sehr für Astronomie, ebenso für Physik, auch wenn ich nicht viel begriff.

*Und in Enna?*

Die Bibliothek in Enna gibt es heute noch. Sie ist nicht verlorengegangen. Und nicht nur das, sie hat an Bedeutung gewonnen. Ich habe sogar mal ein Erinnerungsporträt für diese Bibliothek geschrieben, und vor zwei, drei Jahren passierte mir nun folgendes: Während einer Buchpräsentation in Turin kam eine Dame auf mich zu und sagte: »Ich bin die Bibliothekarin von Enna, die Bibliothek ist ein Schmuckstück geworden, wir erinnern uns alle mit Wehmut an den Avvocato Fontanazza.«

Fontanazza verdient noch eine weitere Erwähnung. Eines Tages lud er mich zu sich nach Hause ein. Er war nicht verheiratet und lebte allein in einer schönen Wohnung. Er geleitete mich in sein Arbeitszimmer voller Bücher. Mit einemmal sagte er: »Hier ist meine eigentliche Denkstube.« Und das war ein weiteres, viel kleineres Zimmer voller Regale, in denen aber keine Bücher standen, sondern verschiedene Radiogeräte: alte Modelle von Philips, Magnadyne, Telefunken … Er hatte ein geniales System geschaffen, mit einem kleinen Sessel in der Mitte des Raums; das System bestand darin, daß er, auf dem Sessel sitzend, einen Knopf drückte, und gleichzeitig gingen alle Radios an. Aber jeder war auf einen anderen

Sender eingestellt. Es war ein teuflischer Stimmenorkan. Was diese Stimmen jedoch sagten, interessierte den Anwalt nicht die Bohne. Ein glückseliger Ausdruck überzog sein Gesicht, und er rief aus: »Ah, das sind die Stimmen der Welt …« Und so verbrachte er zwei Stunden. Avvocato Fontanazza war nun mal ein eigenwilliger Typ.

*Wen hast du noch regelmäßig gesehen?*

In Enna begann ich wie ein Verrückter zu schreiben: Erzählungen, Novellen, Gedichte. Ich schrieb auch, weil es immer so neblig war. Die Melancholie trieb mich zum Schreiben, denn ich hatte keine Lust rauszugehen. Ich suchte mir Freunde, einer von ihnen hieß Francesco Cannarozzo, auch er schrieb. Später wurde er sehr berühmt, und zwar unter dem Namen Franco Enna, er war Autor von Krimis und Science-fiction-Romanen: Ein Einakter von ihm wurde im Piccolo Teatro in Mailand aufgeführt. Er verstarb vor einigen Jahren. Auch mit Arnoldo Farina freundete ich mich an. Arnoldo war seinerzeit ein junger Bankangestellter und imstande, in einem Gasthaus an die Theke zu gehen und fünfundzwanzig süße Stückchen zu verschlingen, eines nach dem anderen. Er war ein Phänomen, und die Leute hielten an, um ihn zu bestaunen, als wäre er eine Schießbudenattraktion. Gestattest du mir einen zeitlichen Sprung nach vorne?

*Bitte sehr.*

Als ich Enna verließ, blieb ich weiterhin in Briefkontakt mit Franco Cannarozzo. Wir trafen uns auch von Zeit zu Zeit. Ich war bei der staatlichen Radio-Fernsehgesellschaft RAI angestellt, und er suchte mich von Zeit zu Zeit auf, denn er schrieb wunderschöne Hörspiele. Doch von Arnoldo Farina hörte ich nichts mehr. Eines Tages, als ich auf dem Weg zur Fernsehanstalt in der Via Teulada war, lud mich mein Direktor, mit dem ich eng befreundet war, zu einem Kaffee in einer nah gelegenen Bar ein. Beim Eintreten verriet er mir, daß er zur Zeit mit dem Vorsitzenden der UNICEF in Italien zusammenarbeite, und fügte hinzu: »Das ist übrigens der Herr dort am Tresen.« Ich schaute in die angegebene Richtung und sah einen Herrn, der mit dem Rücken zu uns stand und eine unglaubliche Menge süßer Kuchenstücke verdrückte. Mit zitternder Stimme wagte ich zu sagen: »Arnoldo…« Er drehte sich zu mir um – und er war es! Er war zwar Vorsitzender der UNICEF geworden, verschlang aber weiterhin auf die gewohnte Weise die *paste*. Ende der Abschweifung.

*Du sprachst von deinem Aufenthalt in Enna.*

Ja, kehren wir zurück zu den herrlichen Zeiten in Enna, als Arnoldo Farina »Liebe machte«, allerdings so, wie man das in jenen Jahren tat, nämlich mit schmachtenden Blicken, Grüßen aus der Ferne, langem vielsagendem Schweigen. Eine gewisse Zeit lang war er in ein Mädchen verliebt, das in einem Haus am Ortsrand von Enna wohnte. Das Haus war auf einem Felsen direkt an einem Abgrund zweihundert Meter oberhalb der Felder erbaut. Er stellte sich unter ihr Fenster, und sie unterhielten sich mit Gesten, so gut es aus dieser Entfernung ging. Ich stand Schmiere, denn das Mädchen war die Schwester zweier ziemlich gefährlicher Burschen.

Eines Tages, während ich Wache schob und Arnoldo sehr beschäftigt mit seinen amourösen Zeichen war, kam ein Bauer vorüber, der völlig heruntergekommen war; die Hosen wurden von einem Strick um die Hüften gehalten. Vor mir befand sich ein winziges, halb verfallenes Kabäuschen mit verrosteter Tür. Der Bauer näherte sich der Tür, und mit einem Kreidestein schrieb er einige Zahlen darauf. Dann setzte er seinen Weg fort. Als ich mit Arnoldo zurück ins Dorf ging, erzählte ich ihm von dem Vorfall: »Weißt du, Arnoldo, da ist das und das geschehen, der da schrieb Zahlen…« Arnoldo – ich hatte keine Ahnung – spielte Lotto. Wir rannten also zurück und schrieben die Zahlen ab. In jenen Jahren schlossen die Annahmestellen in manchen Städten bereits am Freitag, und die Episode hatte sich an einem Freitagnachmittag zugetragen. Also mußte man sich auf den Weg nach Palermo machen, wo die Annahmestellen erst samstags schlossen. Franco Cannarozzo lief uns über den Weg, und da er am nächsten Tag nach Palermo mußte, baten wir ihn um den Gefallen, für uns auf diese Nummern zu setzen. Wir gaben ihm das Geld für den Einsatz, und er fragte uns, ob er als Gegenleistung mitspielen dürfe. Kein Problem. Am nächsten Tag wurden unsere Zahlen gezogen. Wir waren steinreich!

Doch da kehrte Franco Cannarozzo zurück und sagte uns ohne Umschweife: »Jungs, die Kohle habe ich Samstag beim Kartenspiel verloren. Lotto habe ich gar nicht erst gespielt.« Er bekam eine Tracht Prügel, die sich gewaschen hatte. Ich glaube, das war das erste und letzte Mal in meinem Leben, daß ich jemanden vermöbelt habe. Auch Arnoldo, für den sich Tausende von leckeren Stückchen, die er hätte verspeisen können, in Luft auflösten, schlug kräftig zu. Das ist kein Geflunkere. Wir wurden keine Millionäre, nur weil Franco Cannarozzo unser Geld am Spieltisch auf den Kopf gehauen hatte. Man sieht auch, daß mein Glücksstern – was Lotto und *Chemin de Fer* angeht – nicht in Form von Wahrscheinlichkeitsrechnung in Erscheinung treten wollte.

*Hattest du mehr »Spielerglück« in der Welt der Literatur?*

Ja, ganz entschieden. In der Nachkriegszeit habe ich begonnen, Erzählungen zu schreiben, die – wer hätte das gedacht – auch veröffentlicht wurden. Die Palermer Tageszeitung »L'Ora« druckte zwischen 1946 und 1947 sechs Erzählungen von mir. Sie erschienen auch in der römischen Zeitung »L'Italia socialista«, die ein sehr schönes Feuilleton hatte und deren Chefredakteur Aldo Garosci war, Historiker und Antifaschist der ersten Stunde. Ich schickte ihm meine Geschichten, und er veröffentlichte sie. Seinerzeit erzählte ich Geschichten, die in keinem Zusammenhang mit meinem Leben und meinen Erfahrungen standen. Eine Erzählung beispielsweise, die mir neulich wieder in die Finger kam und mir gefiel, hieß »David und Goliath« und war eine neue Version der traditionellen Version dieser Geschichte. Ich verfaßte nur kleine Geschichten, Leitartikel für den Feuilletonteil – auch weil ich befürchtete, keinen langen Erzähleratem zu haben. So eine kleine Geschichte von zwei getippten Seiten bereitete mir kein Kopfzerbrechen, aber eine längere Erzählung, einen echten Roman

Bei einer Pause während der Proben zu »Die neue Kolonie« von Luigi Pirandello auf dem Piazzale Caos in Agrigent (1982)

Vater Giuseppe im Großen Krieg bei der
Brigata Sassari unter dem Befehl von Emilio Lussu

Der Vater mit einer Granate in der Hand

Mit Vater Giuseppe

Das »Landhäuschen« in Porto Empedocle

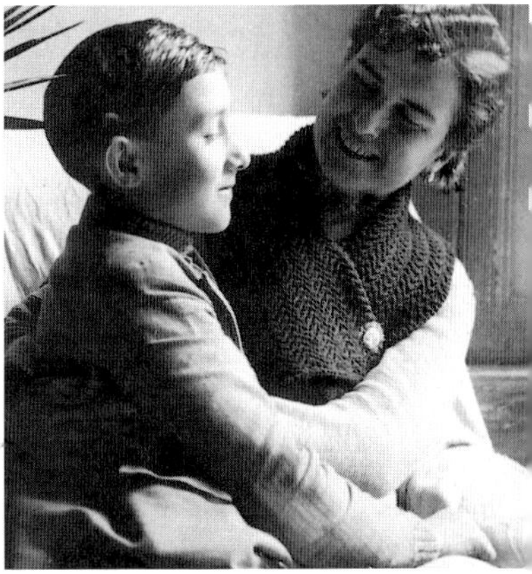

Mit Mutter Carmela

Großmutter Elvira

Mit Cousine Elvira in einem Holzautomobil

In der ersten Grundschulklasse; Andrea Camilleri steht vorne rechts (1931)

Auf dem Land bei Porto Empedocle

In der vierten Grundschulklasse; der vierte von rechts in der zweiten Reihe (1934)

Wieder auf dem Land bei Porto Empedocle

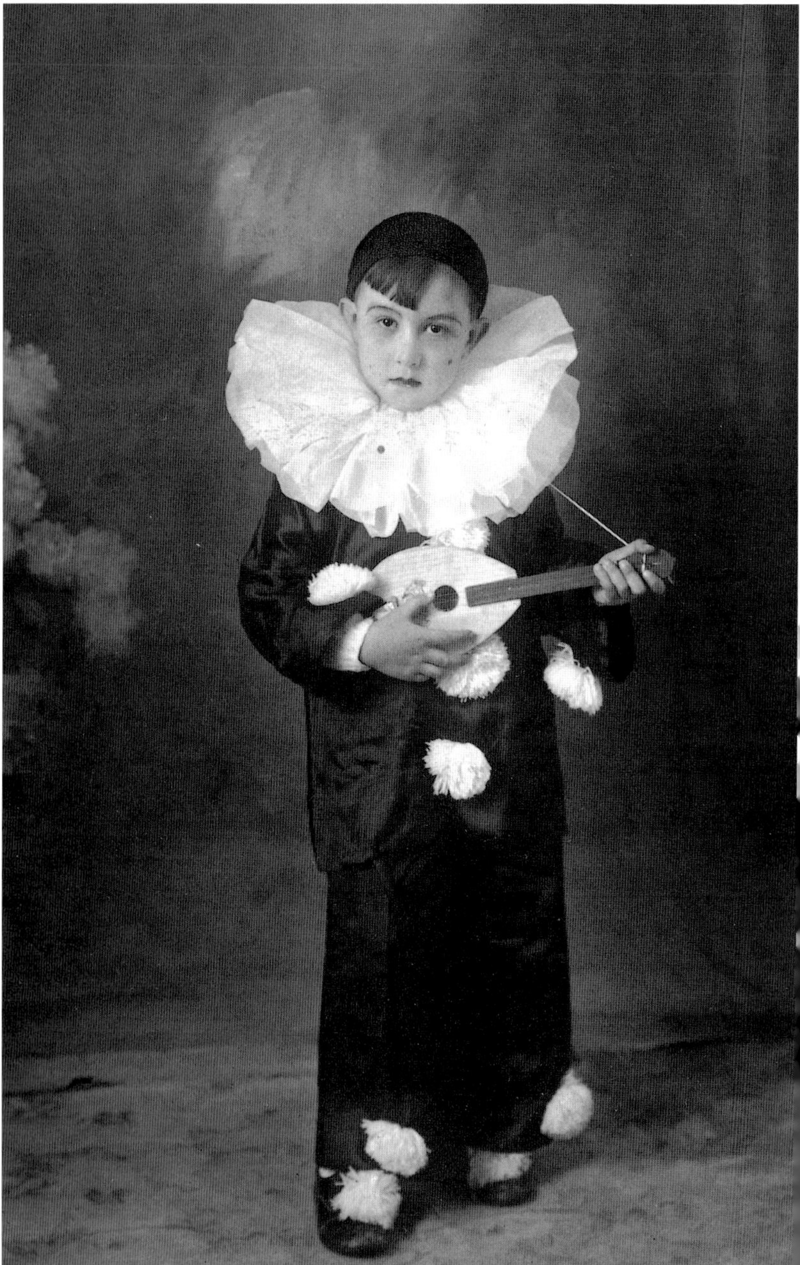

In einem Pierrot-Kostüm

»Das ist meine Ziege«

Onkel Massimo

Onkel Massimo mit der Mutter zur Linken und Tante Elisa zur Rechten

In der zweiten Klasse am Gymnasium, am Collegio Vescovile di Agrigento; der dritte von rechts in der Reihe der Stehenden

In der dritten Klasse des Lyzeums in Agrigento; der erste von links in der fünften Reihe

Vor einem abgestürzten deutschen Flugzeug bei Porto Empedocle

Mit Jerre Mangione in Agrigento
im April '47

Porträt von Leo Guida (1942)

Mit Ciccio Burgio und Enzo Tosco am Meer Mitte der vierziger Jahre

Camilleri mit Tante Elisa, der Mutter, Großmutter Elvira und dem Vater
Mitte der fünfziger Jahre

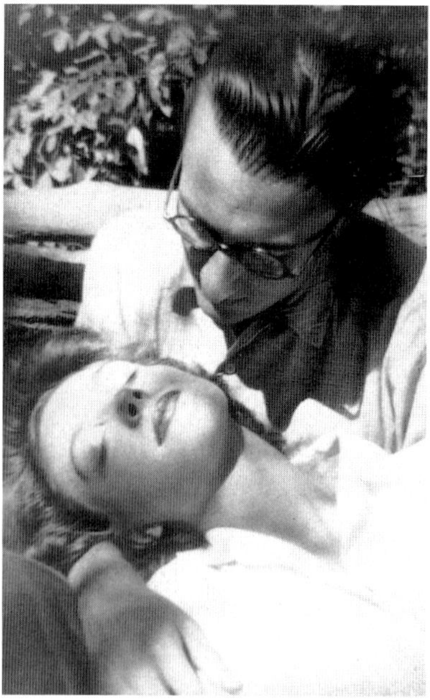

»Erste zarte Bande«

Großmutter Elvira mit der Mutter

Der Preis für Lyrik in Genua. In der Jury Mario Socrate, Flora Volpini, Alfredo Poggi, Giacomo Debenedetti, Galvano Della Volpe, Sibilla Aleramo (1950)

Am Bahnhof von Genua mit Mario Landi, Raffaella Perillo (heute Livia), Manilo Vergoz und Silverio Blasi (1950)

Livorno: mit Rosetta (1957)

Hochzeit von Andrea und Rosetta am 18. April 1957 im Cortile del Burcardo in Rom

'orto Empedocle (1958)

Porto Empedocle, bei den Regiearbeiten zu »San Giovanni decollato« von Nino Martoglio am Theater Donizetti in Bergamo (1958)

In Venedig mit Ruggero Jacobbi bei einem Pirandello-Treffen (1961)

'orträt von Sigfried Pfan (1958)

Mit Umberto Orsini bei den Vorbereitungen zur Fernsehfassung von »Die Tochter des Hauptmanns« (1965)

In den Ferien auf der Isola Capo Rizzuto

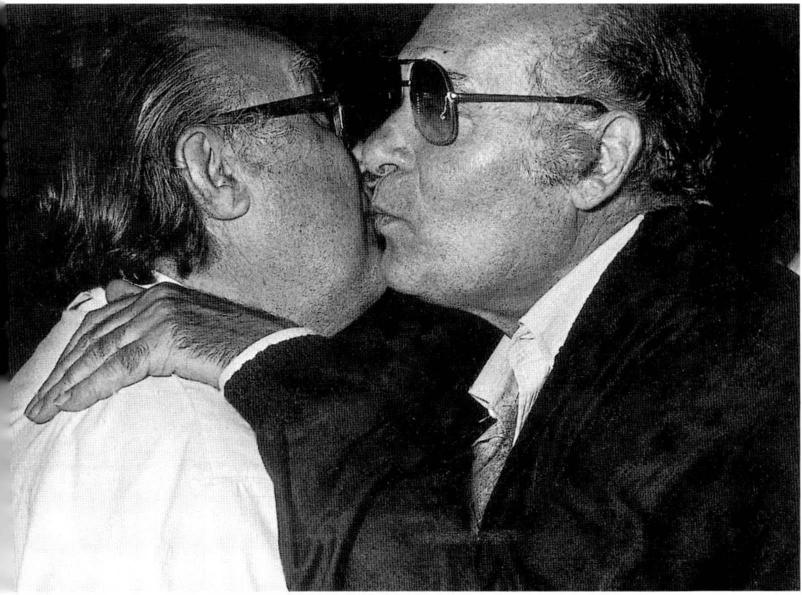

Mit Turi Ferro

n Fernsehfilm »Guerra di spie« mit Jean Rochefort

Während der Regiearbeiten zu »Emigranten« von Mrożek in Rom (1989

Bei der Arbeit in Bagnolo, Monte Amiata

In Racalmuto neben der Sciascia-Skulptur

Mit dem Enkelchen Francesco

Mit der Enkelin Silvia

Mit der Enkelin Alessandra

Mit der Enkelin Gnagna (Arianna)

Mit den drei Töchtern: Mariolina, Andreina und Elisabetta

In Porto Empedocle

In der Bar Albanese in Porto Empedocle

Die Scala dei Turchi

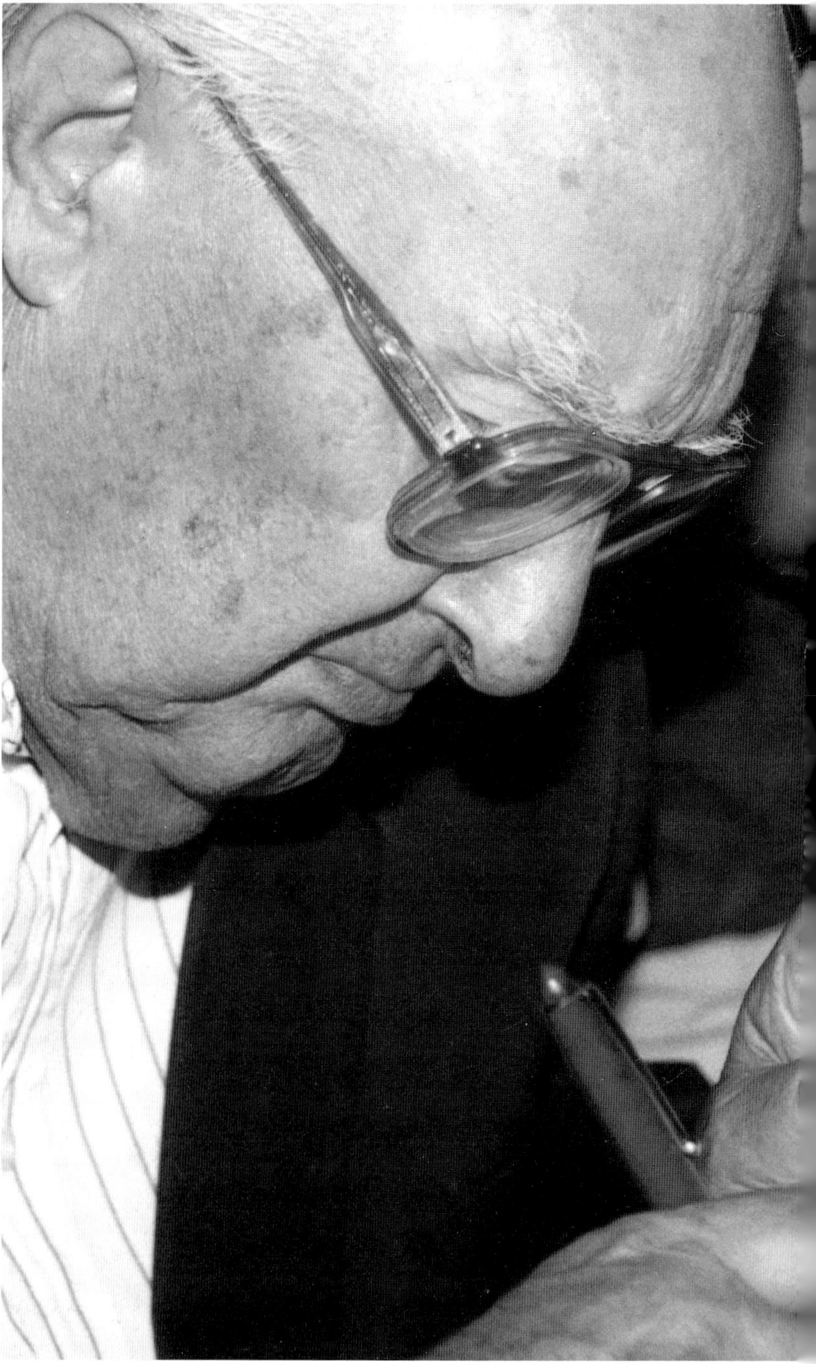

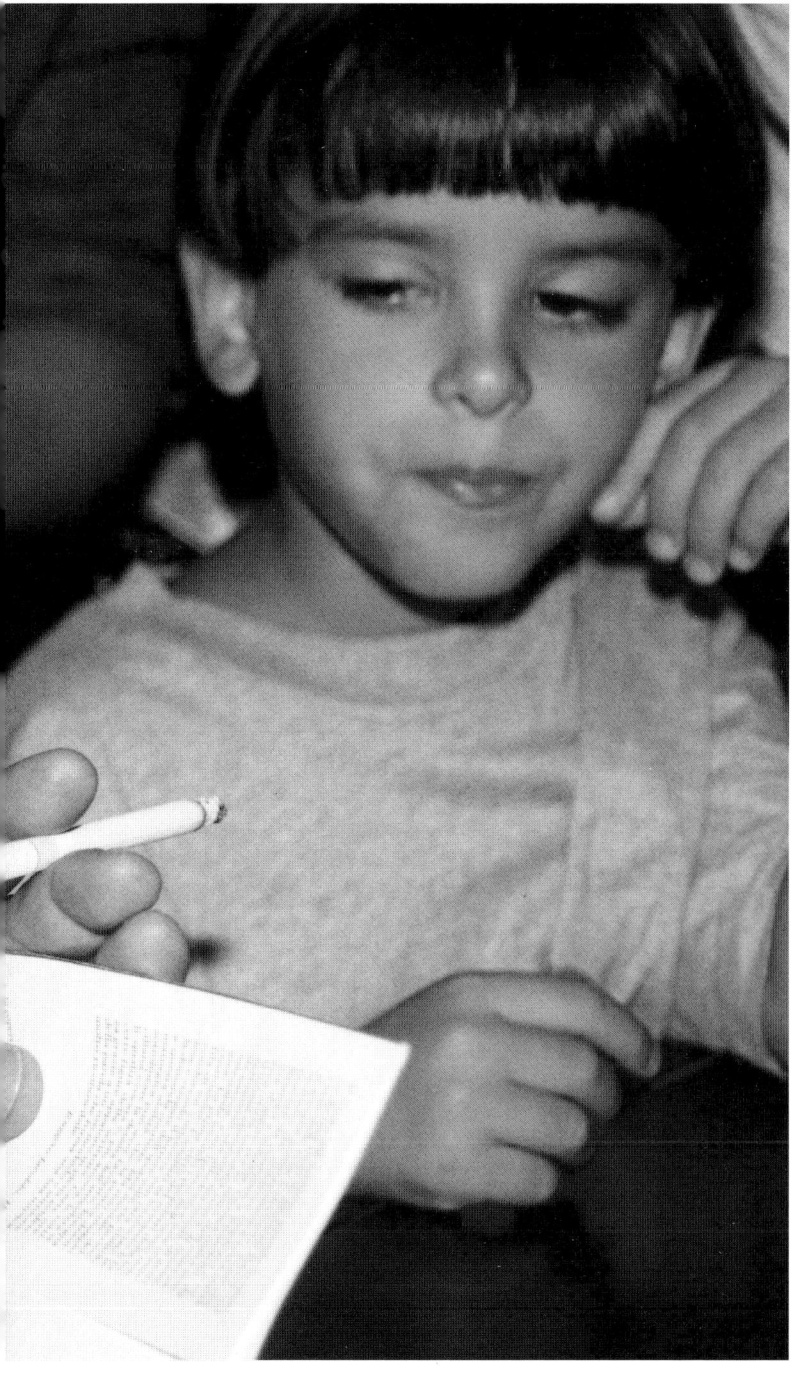

Andrea Camilleri
Die Form des Wassers
Commissario Montalbano löst seinen ersten Fall
Roman
BLT

wäre ich nie zu schreiben imstande gewesen. Ich habe es gar nicht erst versucht.

*Und niemand hat dich ermuntert?*

Mein Vater las heimlich alles, was ich schrieb, und ließ sich nichts anmerken. Jahre später jedoch gestand er mir: »Du kannst dir nicht vorstellen, wie gerührt ich war.« Ein gewisses Schamgefühl hinderte ihn daran, mir etwas zu sagen. Bei meiner Mutter war das ganz anders, doch darüber reden wir noch. Jahre vorher hatte ich schon einige kleine Erfolge gehabt.

*Wann war das genau?*

1941, als ich zum ersten Mal die Meerenge von Messina überquerte.

*Und wohin ging's?*

Nach Florenz, zum internationalen Jungfaschistentreffen, für das ich neben einem Essay über das ideale Theaterrepertoire der faschistischen Jugend auch die Komödie »Die Berge« von Giuseppe Romualdi im Gepäck hatte – die ich inszenierte: Es war sozusagen meine erste Theaterregie.

*Hattest du Erfolg?*

Ja und nein. Ich wurde zweiter. Tatsache war, daß ich auf einen Regisseur stieß, der nur wenige Jahre älter war als ich und der den ersten Preis gewann. Er kam aus Triest und hieß Giorgio Strehler …

*Erzähl mir, wie es war, als du die Meerenge überquertest. Für einen Sizilianer hat das doch etwas Traumatisches …*

Für mich war es kein Trauma. Die erste Überquerung erfolgte nachts in Gesellschaft meines Vaters. Ich erinnere mich noch an die Lichter, die in die Ferne zu entgleiten schienen, während in Wirklichkeit wir es waren, die sich entfernten. Und dann war da dieser ganz andere Meeresgeruch, der sich grundlegend von dem unterscheidet, den wir im Hafen riechen. Es wehte der übliche Nachtwind, der auch auf den kürzesten Überfahrten bläst. Wir folgten dem Ritual, stiegen auf die Schiffsbrücke und kosteten von den *arancini*, die auf dem Fährschiff verkauft wurden und schon seinerzeit Spitzenklasse waren. Diese Mischung von Meeresgeruch und dem Duft der *arancini*... wunderschön war das. Damals wurde mir zum ersten Mal voll und ganz bewußt, daß ich auf einer Insel lebte. Möglicherweise sind meine Wahrnehmungen im Leben alle mit Spätzündung erfolgt. Erst als meine Tochter geboren wurde – nur mal als Beispiel –, wurde mir bewußt, daß ich ein verheirateter Mann war. Sieh mal, Trapani ist eine Hafenstadt, genau wie Palermo oder Siracusa ... doch vermitteln diese Häfen dir nicht die Vorstellung der Insel oder das Gefühl für die Insel. Diese Vorstellung realisiert sich in besagter Meerenge, wo du begreifst, daß die beiden Ufer zwei vollkommen verschiedene Realitäten darstellen. Das eine ist die Insel, das andere die italienische Halbinsel, also etwas völlig anderes ...

*Als du in Enna lebtest, hast du dein Universitätsstudium in Palermo völlig aufgegeben?*

Nein, ich nahm weiterhin an den Prüfungen teil. Statt von Agrigent fuhr ich von Enna aus nach Palermo. Ich machte diese Prüfungen der Form halber. Meine Zeit in Enna deckte sich im übrigen mit meinem ersten zweijährigen Studienkurs an der Universität, der mit der schriftlichen Prüfung in Latein endete. Die zu bestehen war so gut wie unmöglich. Es war eine von den Amerikanern eingeführte Regelung: ein Leistungsmaßstab in Form der schriftlichen Lateinprüfung; hatte man die bestanden, wurde man zum dritten Jahr und darauf zum zweiten zweijährigen Kurs zugelassen. Beim ersten Prüfungstermin ließen sie mich natürlich durchfallen. Beim zweiten Mal bestand ich, und das wollte ich feiern. Meine Verwandten hatten mir zu dem Anlaß sogar Geld geschenkt. Einige Zeit davor hatte ich an Elio Vittorini geschrieben, dessen Artikel ich in der Zeitschrift »Politecnico« las. Vittorini lebte in Mailand. Ich beschloß, hinzufahren und seine Bekanntschaft zu machen. In Mailand wohnte ein Onkel von mir, ein Bruder meiner Mutter; er war Bankdirektor, und ich konnte bei ihm wohnen. Was tat ich: Ich schickte meiner Familie ein Telegramm, über das sie sich den Kopf zerbrachen: Sie konnten einfach nicht den Zusammenhang zwischen dem ersten und dem zweiten Teil des darin stehenden Satzes verstehen: »In Latein versetzt, jetzt geht's ab nach Mailand.« Was hat das bloß zu bedeuten, fragten sie sich? Sie konnten sich keinen Reim darauf machen. So habe ich mir diese Belohnungsfahrt geleistet, auf die wir noch zu sprechen kommen.

*Ist gut, wir werden darauf zurückkommen, wann du willst. Aber du dürftest wohl kein belesener Unbekannter mehr gewesen sein, wenn du dich von Enna aus auf den Weg nach Mailand gemacht hast, um ein lebendes Denkmal der zeitgenössischen Literatur zu treffen.*

Ich belasse es bei der Schilderung, wie sich die Dinge zugetragen haben. Von Enna aus begann ich, Erzählungen einzuschicken, und mein Lohn bestand darin, daß ich fortan nicht mehr nur für mich alleine schrieb. Ich erhielt fortwährend Unterstützung und immer wieder Bestätigung und Rückhalt.

*Durch wen?*

Durch Carlo Bo und Giuseppe Ungaretti. Es war ein echtes Crescendo. Meine Texte wurden in Zeitungen und Zeitschriften veröffentlicht. Ebenfalls von Enna aus nahm ich an den bedeutendsten italienischen Lyrikwettbewerben teil. 1947 beispielsweise beteiligte ich mich an zwei Lyrikwettbewerben; der eine fand in Saint-Vincent statt, und Vorsitzender der Jury war Ungaretti; der andere in der Schweiz, in Lugano; es handelte sich um den berühmten Preis, den die Schweizer Tageszeitung »Libera stampa« verlieh. Vorsitzender der Jury war Gianfranco Contini, weitere Mitglieder waren Carlo Bo, Giansiro Ferrata, der später Herausgeber der Reihe »I Meridiani« im Verlag Mondadori wurde; jedenfalls bekam man seinerzeit weiche Knie, wenn man diese Namen hörte. Es handelte sich um höchst angesehene Personen. Bei dem Wettbewerb in Saint-Vincent kam ich in die Endausscheidung, und Ungaretti nahm mich in die Anthologie »I poeti di Saint-Vincent« auf, die in der hochgelobten Reihe »Lo Specchio« bei Mondadori erschien. Also Unterstützung, und wie! Der andere Wettbewerb bescherte mir eine noch größere Überraschung. Nach rund vier Monaten flatterte mir ein Brief ins Haus, in dem man mir mitteilte, daß von über dreihundert eingegangenen Texten fünfzehn in die Endausscheidung gekommen waren – darunter meiner.

Dieses Stück Papier, das ich noch immer besitze, ist beeindruckend: Es enthält die Autorennamen der gesamten italienischen Nachkriegsliteratur. Wir waren damals zwanzig Jahre alt – wir: Andrea Zanzotto, Pier Paolo Pasolini, Danilo Dolci, Maria Corti, David Maria Turoldo und Andrea Camilleri ... Ich kann mich wohl als letzten in der Reihe betrachten. Doch Pasolini, Zanzotto, die Corti, Turoldo? Damit hatte die Jury ihr gutes Gespür bewiesen, denn die nominierten Autoren befanden sich allesamt noch in den Anfängen ihres Schaffens. Alle waren wir versammelt. Dieses kleine Dokument ist wirklich beeindruckend, ich verwahre es wie ein Kleinod. Ich war total *high*, wie die Jugend heute sagen würde, denn Auszeichnungen dieser Art waren ja nicht irgendwas. Meine Zukunft jedoch lag noch immer im ungewissen. Die wahre Wende kam erst im Jahr 1948 ...

*Darüber reden wir noch. Vorerst möchte ich dich nach deinen Fahrten nach Palermo fragen. Das erste Mal fuhrst du dorthin, um dich an der Universität einzuschreiben?*

Nein. Ich fuhr öfter nach Palermo, fast jeden Samstag. Weißt du, warum? Um Bücher zu kaufen. Ich kratzte mein Geld zusammen, sparte es und stattete dem freundlichen Fausto Flaccovio in seiner Verlagsbuchhandlung einen Besuch ab. Deutlich erinnere ich mich noch, wie ich bei ihm die erste Gedichtsammlung von Montale erstand, eine Lektüre, die mir Lia Giudice empfohlen hatte. Ich erinnere mich auch noch, wie ich auf der Rückfahrt im Zug eines seiner Gedichte las: »Der Wind heut abend, der so eifrig spielt« (aus »Englischhorn«, Original: »Corno inglese«) und so weiter.

Mit mir saß in diesem schrecklichen, mit Kohle angetriebenen Zug, der viereinhalb Stunden von Agrigent nach Palermo brauchte, ein Bauer; er wandte sich ganz besorgt an mich: »Aber was machen Sie nur? Sie weinen ja?« – »Nein«, sagte ich, »mir ist nur etwas ins Auge geflogen …« Ich schämte mich und konnte auf diesem Weg die Sache vertuschen.

In Palermo wurde ich außerdem Zeuge eines wunderbaren Ereignisses, das nicht in Vergessenheit geraten darf. Während des Faschismus – wie du ja weißt – war Jazzmusik verboten; aus dem »Saint Louis Blues« wurde damals »Tristezza di San Luigi«. Das einzige Orchester, das Jazz spielte, war das von Arturo Strappini, einem Musiker aus Turin. Er spielte noch den echten Jazz, auch wenn er ihn hinter italienischen Namen versteckte, um der Zensur des Regimes zu entgehen. Ich hegte immer schon eine heftige Leidenschaft für den Jazz! Bis vor zehn, fünfzehn Jahren war ich in der Lage, falsche Namensangaben auf den Plattenetiketten zu korrigieren: »Nein, beim Trompeter haben sie sich geirrt, bei dieser Aufnahme spielte der XY.« Ich las in einer Lokalzeitung, daß ein Konzert mit Strappini stattfinden sollte. Damals befand sich Amerika noch nicht im Krieg. Nur wegen dieses Konzerts fuhr ich nach Palermo. Wenn ich mich recht erinnere, fand es im Teatro Biondo statt. Nach der ersten Hälfte verkündete Strappini: »Heute abend ist ein großer Musiker unter uns. Eine Legende des amerikanischen Jazz: Nick La Rocca.« Er hatte »Tiger Rag« geschrieben. Nun, er spielte also dieses Stück zusammen mit dem Orchester von Strappini. Und das war eines der denkwürdigen Ereignisse meines Lebens. Nick La Rocca war sizilianischer Herkunft und nach Sizilien gekommen, um seine Verwandten zu besuchen. Ihm war klar, daß Amerika in den Krieg eintreten würde. Er war schon älter. Ich kann also voller Stolz behaupten, live eine Jazzlegende gehört zu haben.

*Bekamst du Kontakt zu den Intellektuellenkreisen von Palermo?*

Ich habe sie ziemlich häufig aufgesucht. In Palermo hatte ich einen ganz lieben Freund, Leo Guida, Graveur und Maler, der oft zu Besuch bei seinem Onkel in Porto Empedocle war; und da er gerne las, wurden wir auf Anhieb Freunde. Er führte mich in den Kreis formidabler Persönlichkeiten ein; eine von ihnen war Giuseppe Ruggiero, der Sohn von Giuseppe Montalbano, der viele Jahre als kommunistischer Abgeordneter im sizilianischen Regionalparlament saß.

*Aus welchem Grund nimmt Giuseppe Ruggiero einen bedeutenden Platz in deiner Erinnerung ein?*

Im Haus meines Freundes verkehrten höchst interessante Leute: der Bildhauer Pietro Consagra, der sich gerade in Palermo niedergelassen hatte; Pippo Rizzo, der berühmte Maler, eine überaus geschätzte Person. Pippo Rizzo war aber nicht nur ein großartiger Maler, sondern in erster Linie der Lehrer von Renato Guttuso und vielen anderen wie Lia Pasqualina Noto und Giovanni Becchina, mit Künstlername »Gianbecchina«. Im Hause Ruggiero traf man auch auf Marcello Carapezza, einen international bekannten Vulkanologen. Wie gesagt, viele gute Leute, ein nettes Jungvolk kam dort zusammen. Häufig zu Gast war auch Angelo Musco junior. In jenen Jahren machte Angelo seinen Studienabschluß in Kompositionslehre und vertonte fünf meiner Gedichte. Einen Gedichtzyklus mit dem Titel »Porto«. Und der letzte Vers des letzten Gedichts lautete: »Die Rettung liegt im Weiß des Segels.« Am Abend seiner Abschlußprüfung improvisierte er auf dem Klavier: »... vom jungen Camilleri hier / ist das ein Porträt / doch sagen wir es gleich / ein Dichter ist er bereits. / Deutlicher erschien uns sein Gesicht jedoch/wenn er uns zu erklärn vermocht / wieso er im Weiß des Segels auf Rettung hofft ...« Eines Tages fand sich sogar Sandro Penna ein. Wir hatten also unseren Spaß, wir debattierten und tauschten uns aus. Und Giuseppe Ruggiero war der Mittelpunkt dieses kleinen Künstlerzirkels.

*Andrea, wir haben viele Aspekte des Kriegs und der Nachkriegszeit behandelt. Aber wir haben noch nicht über den sizilianischen Separatismus gesprochen. Wenn ich mich nicht irre, warst du nach der Befreiung maßgeblich für die Wiedereröffnung des Büros der Kommunistischen Partei in Porto Empedocle verantwortlich, das während der zwei Jahrzehnte faschistischen Regimes geschlossen war. Wieso verfiel ein Sizilianer mit Leib und Seele wie du nicht den Lockrufen des Separatismus?*

Das ist eine längere Geschichte. Das Problem des Separatismus stellte sich unmittelbar im Anschluß an die Befreiung durch die Alliierten; was mich betrifft, hing es eng zusammen mit dem Entschluß, die alte Ortsgruppe der Kommunistischen Partei wiederaufleben zu lassen. In meinen Augen waren das Begleiterscheinungen. Doch laß uns jetzt den Mythos des Separatismus zerstören: Weniger als eine ersehnte Loslösung vom italienischen Festland wurde der Separatismus vielmehr als eine Form des Anschlusses an die USA verstanden; das schlug sich nieder in dem Slogan »Sizilien – der neunundvierzigste Stern der Vereinigten Staaten von Amerika«. Scheuen wir uns nicht, die Sache beim Namen zu nennen: Diese platte Mythenbildung wurde stark von den Amerikanern unterstützt. Bei genauerem Hinsehen entdeckt man, daß die Flugblätter und Plakate der Separatisten allesamt auf Papier gedruckt waren, das vom US-Heer stammte. Im Gegenlicht konnte man sogar die *stars and stripes* der amerikanischen Flagge erkennen. Die Amerikaner haben sich daraus einen großen *joke* gemacht. Es lief schließlich auf die Aufteilung der Welt in Einflußgebiete hinaus, man steuerte auf die Jaltakonferenz zu … Hätte die Linie des Separatismus gesiegt, wäre Sizilien eine große Militärbasis der Amerikaner im Mittelmeer geworden … Und das wäre kein Spaß gewesen.

*Aber Separatismus bedeutete nicht nur das.*

Gewiß nicht. Der Separatismus zeigte von Anfang an seine zwei Gesichter: Das eine war das von Angelo Finocchiaro Aprile, das andere das von Antonino Varvaro; letzterer war linksorientiert, was bedeutete, nein zu Amerika, ja zu einem unabhängigen, autonomen Sizilien. Wohingegen Finocchiaro Aprile mehr zur amerikanischen Lösung tendierte. Doch wenn auch dieses höchst unwahrscheinliche Projekt des Anschlusses an die USA nicht zu verwirklichen war, bestand die Gefahr, daß Sizilien sich trotzdem von Italien loslöste, und in diesem Fall hätten wir eine nette Herrschaft von Landherren, Großgrundbesitzern, Monarchisten gehabt … Eben der wirtschaftliche, gesellschaftliche und politische Block, der über die Jahrhunderte ein echter Hemmschuh für Sizilien gewesen war. Dagegen lehnten wir uns natürlich auf. Natürlich, sage ich, weil wir auf der Seite des italienischen Einheitsstaates standen. Das implizierte von unserer Seite keine irgendwie geartete Form des Nationalismus, schließlich hatten wir gerade einen Krieg hinter uns, der große Trümmerhaufen hinterlassen hatte. Instinktiv war uns klar, daß unsere Kultur eine italienische war. Dieser Separatismus erschien uns als etwas, was gegen die Natur war, schlimmer als die sowieso schon schwierige Situation, die wir gerade durchlebten.

*Dennoch konnte der Separatismus nach der Auffassung von Finocchiaro Aprile einen beachtlichen Massenkonsens in Sizilien verzeichnen.*

Das läßt sich nicht leugnen. Die Reihen der Separatisten stärkten sich, sie waren militärisch organisiert. Sie hatten das »Evis«, das Freiwilligenheer, das für die Unabhängigkeit Siziliens kämpfte. Nachts gingen sie in Dreiergrüppchen und bewaffnet auf Streife. Mit rot-gelben Schals, das waren die Farben des römischen Fußballclubs. Und sie hatten eine Kampfparole …

*Welche?*

»Cicero« war ihr Erkennungswort. Mit dem Ruf *Cicero za, cicero za, cicero za, za, za* zogen sie in die Schlacht.

*Was bedeutete das?*

»Cicero« ist das Wort, mit dem während der Sizilianischen Vesper im Jahr 1282 die französischen Besatzer ausgemacht wurden, die sich aus Angst vor einem Volksaufstand getarnt und verkleidet hatten. Die Sizilianer befahlen ihnen, das Wort »Cicero« zu sagen. Und diese armen Teufel von Franzosen, wie sehr sie sich auch bemühten, brachten nur ein »Sisiro« heraus. Und zack! Schon hatten sie einen tödlichen Messerstich im Leib. Und deshalb eben: *Cicero za, cicero za, cicero za za, za.* Und der Gruß dieser Herrschaften waren drei gespreizte Finger, die die drei Spitzen der Trinacria, des sizilianischen Emblems, darstellten. Sie waren zum Fürchten. Auch weil sie bekanntermaßen Mörder waren.

*Der Bandit Salvatore Giuliano, oberster Befehlshaber des Evis, war ein Mythos, der in den untersten Schichten geschaffen wurde?*

Ganz und gar nicht. Natürlich war Salvatore Giuliano bereits eine sizilianische Legende. Und in einer vom Krieg erschütterten Insel, auf der es eine große Zahl von Analphabeten, Elend und große Hungersnöte gab, war das auch verständlich. Doch bereits damals fanden auf journalistischem Wege – Fernsehen gab es ja noch nicht – die ersten Beispiele für das statt, was die Legende des Banditen werden sollte. Sogar aus Schweden trafen Journalistinnen ein, um Salvatore Giuliano zu interviewen: Und seine Anhänger redeten und redeten, und sein Ruhm wuchs.

*Ziemlich viele Leute wirkten bei der Bildung dieses Mythos mit, willst du das damit sagen?*

Sagen wir mal, der Bandit Giuliano war bezeichnend für die betrügerischen Absprachen der Ordnungskräfte und für Korruption. Alles kreiste in jenen chaotischen Zeiten um ihn. Und das war neben den echten Banditentaten gleichzeitig auch eine große politische Affäre, in der es nicht unwesentliche Betrügereien auf institutioneller Ebene gab.

*Er war dir also nicht besonders sympathisch, meine ich zu verstehen?*

Ich persönlich lehnte ihn ab. Auch weil ich gezwungen war, für ihn den Marketender zu spielen.

*Bei welcher Gelegenheit?*

Wie bereits gesagt, fuhr ich öfter nach Palermo, um mir Bücher zu kaufen. Eines Abends also stieg ich auf einen der Transportlaster meines Vaters, der frischen Fisch geladen hatte. Keine Ahnung weshalb, als hätten die in Palermo keinen frischen Fisch … Damals gab es noch keine Kühllaster, sondern einfache Transporter, die so schnell wie möglich fahren mußten, um den frischen Fisch auszuliefern. Wir, der Fahrer und ich, fuhren also los. Die Straßen waren damals in schlimmem Zustand und ohne Asphaltbelag; unversehens fiel ich in Schlaf. Es war kalt, und der Fahrer legte mir eine Decke über die Beine. Er saß am Steuer, ich machte ein Nickerchen. An einer bestimmten Stelle dann weckte er mich: »Don Nenè, erschrecken Sie nicht, denn jetzt werden uns ganz bestimmt die Banditen anhalten.« – »Was heißt das, die Banditen werden uns anhalten?« – »Sie brauchen keine Angst zu haben, das ist eine ganz normale Angelegenheit.« Und tatsächlich: In der ersten Kurve standen zwei mit Maschinengewehren Bewaffnete. Der Fahrer bremste. Er kurbelte das Wagenfenster herunter, und einer der Banditen fragte: »Was für Fisch haben wir denn heute abend?« Darauf der Fahrer: »Wir haben Kabeljau, Meerbarben, Sardinen.« Sie sahen sich den Fisch an und befahlen mit angelegten Maschinengewehren: »Zwei Kisten Barben, drei von dem Kabeljau ...« Der Fahrer und ich schulterten wie befohlen den stinkenden Fisch, das Fischwasser tropfte auf meinen guten Anzug, den ich immer trug, wenn ich nach Palermo fuhr ... Dann begannen wir den Aufstieg durch Regen und Schlamm. Ich erinnere mich noch daran, daß ich ausrutschte und mich über und über schmutzig machte. Wir gelangten zu einer Steinhöhle, beleuchtet von einem Petroleumlicht, und darin waren weitere drei Männer. Einer machte mächtigen Eindruck auf mich, denn er hatte einen ganz langen weißen Bart, er sah aus wie ein Patriarch. Sie dankten uns für den Fisch, womit der Fahrer den Wegzoll bezahlte, um dieses Gebiet passieren zu dürfen. Es waren Mitglieder der Giuliano-Bande. Ich kann also behaupten, eines Abends den Marketender für die berühmteste Bande ihrer Zeit gespielt zu haben.

*Dein Urteil gegen Salvatore Giuliano steht unumstößlich fest?*

Mein Urteil ist mehr als negativ: Er war ein Mörder, er war derjenige, der am 1. Mai 1947 bei Portella della Ginestra auf die Bauern geschossen hat. Das darf nie in Vergessenheit geraten. Still und heimlich haben sie ihn später beiseite geschafft ... Offiziell hieß es, Polizeihauptmann Antonio Perenze hätte auf ihn geschossen, aber alle wußten, daß es sein Vertrauter Gaspare Pisciotta gewesen war, dem man dann einen jener traditionellen »italienischen Kaffees« verabreichte, wie es bei wichtigen Leuten wie dem Bankier Michele Sindona geschah, der auch an dem Gift starb... Giuliano stellte die übelste Seite der Separatismusbewegung dar. Wenn einer jemals separatistische Absichten gehabt hätte – das Wissen, mit ihm auf einer Seite zu kämpfen, hätte jeden davon abgehalten. Heutzutage empfindet man diese Problematik nicht mehr so deutlich; doch damals war es eine moralisch verwerfliche Angelegenheit, sich mit einem Briganten, einem Banditen zusammenzutun... Giuliano war das Symbol jenes Separatismus, der nicht nur Richtung Amerika tendierte, sondern der in erster Linie ein Herz für die Großgrundbesitzer, die Gutsherren und gewiß nichts mit dem Separatismus à la Antonio Varvaro am Hut hatte. Er gehörte auch nicht zur Separatismuslinie des Staatstheoretikers Antonino Canepa, der später von den Carabinieri vor den Toren Catanias ermordet wurde. Wie bereits gesagt, der Separatismus hatte zwei grundlegend verschiedene Seelen, die auseinanderklafften und sich niemals vereinen ließen.

*Sciascia hatte Gelegenheit, über Canepa zu schreiben, aber er fand keine schmeichelhaften Worte für ihn.*

Canepa war im Grunde ein doktrinärer Denker, wenn auch auf seine Art. Er war der erste, der Manifeste aufsetzte: 1943, noch vor der Landung der Alliierten, verfaßte er die berühmte Proklamation »Sizilien gehört den Sizilianern«. Eines Tages, zur Hochzeit des Faschismus, brach er zusammen mit vier anderen Verrückten auf, um San Marino zu erobern. Die einzige Erklärung für eine solche Aktion war die eines Anfalls von Wahnsinn. In Wirklichkeit war Canepa ein Kommunist, linksgläubig und ein Mann der Tat. Hier in Rom stand er in Kontakt mit Edoardo D'Onofrio, einem kommunistischen Parteiboß, doch das erfuhr man erst später. Er stammte aus Caltanissetta, und immer schon hegte ich den Wunsch, das Leben von Canepa aufzuschreiben – er ist eine Persönlichkeit, die es verdient, gewürdigt zu werden und nicht in Vergessenheit zu geraten. Gewiß war er auch ein Angeber, und diese Charakterseite gefiel Leonardo nun mal nicht.

*Eine Zeitung veröffentlichte ein schönes biographisches Porträt von*

*Salvatore Giuliano aus der Feder von Gabriel García Márquez. Doch es trägt stark hagiographische Züge.*

Diesen Text von Márquez kenne ich nicht, aber ich zweifle keine Sekunde daran, daß Márquez von Giulianos Persönlichkeit angetan war. Aus der Ferne besehen, erinnert eine solche Figur in gewisser Weise an die Kultur Südamerikas. Nur daß die südamerikanischen Rebellen, von denen Márquez öfter spricht, nichts gemein hatten mit dem Banditen Giuliano. Da hatte Márquez anscheinend eine getrübte Wahrnehmung. Der Bandit Salvatore Giuliano, also einer, der auf unschuldige Menschen schoß, darf einfach nicht verklärt und auf ein Podest gehoben werden.

*Du sprichst von dem Massaker bei Portella della Ginestra am 1. Mai 1947. Welche Reaktionen löste es seinerzeit in Sizilien aus?*

Enorme. Bei dieser Gelegenheit zeigte Giuliano sein wahres Gesicht, nämlich daß er gänzlich im Dienst der Großgrundbesitzer stand, und dieses Gesicht hatte er bis dato zu verbergen versucht. Auch wir feierten in jenem Jahr den 1. Mai in Porto Empedocle. Als die Gedenkfeiern und das rote Fahnenschwingen zu Ende waren, ging ich mit einem Freund ein Glas Wein trinken, wir ließen uns den Wein richtig schmecken. Ich trank ein Glas und noch ein Glas und machte mich dann auf den Weg nach Hause. Ungefähr eine Stunde später klopfte es an der Tür; es war derselbe Freund, mit dem ich in der Bar gewesen war. Bleich im Gesicht und voller Entsetzen in den Augen sagte er: »Es sieht so aus, als wäre bei Portella della Ginestra auf die Genossen geschossen worden, die sich dort versammelt hatten.« Ich weiß nicht mehr, auf welchem Wege, jedenfalls kannten wir innerhalb einer halben Stunde die Fakten; damals existierten noch keine schnellen Kommunikationswege, dennoch erfuhren wir in Windeseile, was geschehen war. Daran habe ich ein Andenken bewahrt, das dieser schlimmen Tragödie vielleicht nicht angemessen ist… Jedenfalls ist es tatsächlich so gewesen, daß ich mich auf die Nachricht von dem Massaker an den schutzlosen Bauern hin übergeben mußte. Ich spürte, wie eine Faust meinen

Magen packte, und ich kotzte bitteren Wein, der so bitter war, daß ich seit damals keinen Tropfen Wein mehr hinunterbringe. Das ist kein Quatsch oder bloße Einbildung. Der bloße Geruch von Wein läßt den Schock von damals wieder aufleben, ich bringe es nicht über mich, welchen zu trinken. Ich habe immer Whisky getrunken, und nicht zu wenig, ich trinke auch Bier... Doch der Massenmord von Portella della Ginestra setzte dem Weintrinken bei mir ein Ende.

*Andrea, erzähl mir von der Ortsgruppe der Kommunistischen Partei in Porto Empedocle.*

Vorab möchte ich bemerken, daß wir nicht auf das Massaker von Portella della Ginestra als Anlaß gewartet hatten, um die Ärmel hochzukrempeln. Wir hatten nämlich beschlossen, bei den ersten Anzeichen sämtliche Mittel aufzubieten, um dem Separatismusprojekt Steine in den Weg zu legen. Das Hindernis, das wir aufstellen wollten, war die Verankerung in der italienischen Realität, die sich erst nach und nach herausbildete, auch weil Italien noch nicht vollständig vom Nazifaschismus befreit war. Eines unserer Hauptanliegen war, unabhängig von den ideologischen und politischen Überzeugungen eines jeden von uns, der Wiederaufbau der Parteien, aller Parteien ohne Ausnahme.

*Welche Parteien wurden als erste neu gegründet?*

Die erste war die Democrazia del Lavoro, dann der Partito liberale. Aus welchem Grund die Democrazia del Lavoro? Weil in Agrigent Enrico La Loggia, ein alter Antifaschist und Mitglied der Democrazia del Lavoro, sein Wirkungsfeld hatte; er verfügte über ein beachtliches politisches Charisma und konnte auf seine ehemaligen Mitstreiter zählen, die die Partei neu gründeten und später dann allesamt in die Democrazia cristiana wechselten. Im Grunde ihres Herzens waren sie Sozialdemokraten und derart davon überzeugt, daß La Loggias Sohn Mario, der heute noch lebt – Bruder des damaligen Exsekretärs der Democrazia cristiana auf Provinzialebene, Giuseppe La Loggia, der später in den Mordfall des Kommissars Aldo Tandoj hineingezogen wurde –, als junger Student in Rom einer geheimen Zelle der Kommunistischen Partei angehörte. Und zwar so lange, bis sein Vater ihn zwang, die Kandidatur seines Bruders für die Democrazia cristiana zu unterstützen.

Die zweite neugegründete Partei war der Partito liberale. In Porto Empedocle lebten alte Liberale, die womöglich sogar Faschisten gewesen waren, aber nicht solche der überzeugten Art, sondern einfach dem Gebot der Stunde gehorchend, und das hieß, Mitglied in der Faschistischen Partei zu sein. Sobald die Amerikaner eintrafen, kamen die Liberalen wieder zum Vorschein. Das also waren die ersten zwei Parteien, quasi persönliche Parteiformationen ehemaliger Parlamentarier. Alle anderen Parteien entstanden etwas später: der Partito socialista, der Partito popolare, der später den Namen Democrazia cristiana trug; schließlich dann die Kommunistische Partei Italiens, der PCI.

*Kommen wir zu dir.*

Neben all den Initiativen, die wir ergriffen, um den Separatismus im Stil von Finocchiaro Aprile auszugrenzen und das Banditentum à la Giuliano zu bekämpfen, wurde auch die örtliche Sektion der Kommunistischen Partei wieder ins Leben gerufen. Es war praktisch wie *Mora* oder *Scassaquindici* spielen: Wir mußten es auf Teufel komm raus versuchen, gleich, was dabei herauskommen würde. Unsere Aktion zielte darauf ab, eine Parteisektion zu eröffnen, nicht darauf, ein politisches Bekenntnis abzulegen. So machten wir uns wieder einmal auf den Weg zum Oberleutnant Kevin, dem Verantwortlichen des AMGOT, und baten ihn um eine Genehmigung. Für jede Kleinigkeit bedurfte es einer Genehmigung von den Amerikanern. Kevin hob die Arme und sagte sehr höflich, daß er im Höchstfall die Neugründung der Sozialistischen Partei genehmigen könne. Aber was die Kommunistische Partei anging, *nisba*: »So weit kann ich einfach nicht gehen«, sagte er. Da hatte ich einen Einfall: Ich wurde bei Monsignore Peruzzo, dem Bischof von Agrigent, vorstellig. Mit ihm hatte ich zu Zeiten der Schülerzeitung »L'Asino« zu tun. Ich kam direkt zum Thema: »Ich will die Ortsgruppe der Kommunistischen Partei ins Leben rufen.« – »Also, du warst tatsächlich Kommunist? Dann hatte ich doch recht.« – »Ja, Ehrwürden, das stimmt.« Und ich mußte lachen. Trotzdem reichte mir der Bischof die Rechte, verhandelte mit den Amerikanern und schaffte es, von ihnen die schicksalsträchtige Genehmigung zu bekommen.

*Kam es so weit, daß du eine richtiggehende Parteisektion ins Leben gerufen hast?*

Ich besetzte einfach einen Raum, ebenden, den die Faschisten geschlossen hatten. Wir gruben sogar die alte Anschlagtafel wieder aus. Doch wie gesagt, eigentlich ging es um eine Wette; ich war allein mit zwei, drei Leuten: Peppino Jacobs und ein paar anderen. Und während immer mehr Leute in die örtlichen Sitze der anderen Parteien strömten, blieb unser Sektionsraum verwaist. Genau wie in der Sendung von Serena Dandini, »Der achte Zwerg«, da war ich mit zwei äußerst sympathischen »Genossen«, und wir warteten auf die »Basis«, die nie kam.

*Wie reagierte dein Vater auf deine Entscheidung, auf der Seite der »Roten« in die Politik zu gehen?*

Schlecht. Mein Vater war stocksauer, er grämte sich heftig. Doch er hat mir nie einen Knüppel zwischen die Beine geworfen, sondern mich machen lassen; seine Mißbilligung drückte er nicht in Form eines Verbots aus. Auch als 1946 das Referendum stattfand, waren wir nicht einer Meinung, denn er war für die Monarchie wie ein Großteil der Sizilianer und ich für die Republik. Was meinen Vater angeht, möchte ich noch etwas klarstellen. Natürlich schmerzten ihn meine kommunistischen Standpunkte, der Ärmste! Bei allem, was er durchgemacht, und bei der politischen Erziehung, die er genossen hatte, konnte er den Grund für meine politische Überzeugung einfach nicht begreifen. Eines Tages hörte ich einen Satz aus seinem Mund, der mir sehr weh tat, doch zugleich machte er mir die Intensität seiner Gefühle für mich deutlich.

Er sagte nämlich zu meiner Mutter im Glauben, ich könnte ihn nicht hören: »Was habe ich nur verbrochen, daß ich einen Kommunisten zum Sohn habe?« Das klang, als wäre ich der übelste aller Mafiosi. In dem Fall wäre sein Urteil vermutlich weniger hart ausgefallen. Als er endlich in Rente ging, verkaufte er sein Haus und zog nach Rom, ganz in meine Nähe. Wir debattierten heftig, es wurde gebrüllt, mit den Fäusten auf den Tisch geschlagen. Aber nie kam es zu totaler Entzweiung. Als er sich eines Tages schlecht fühlte, brachte ich ihn ins Gemelli-Krankenhaus, wo man mir schonungslos ins Gesicht sagte: »Ihrem Vater bleiben im Höchstfall noch zwei Monate.« Daraufhin ließ ich alles stehen und liegen, glaub mir, alles, um an seiner Seite zu sein. Es war eine Art Versuch – der auch geglückt ist –, zu einer endgültigen Klärung zu gelangen.

*Wie lange dauerte die Erfahrung mit der kommunistischen Parteisektion in Porto Empedocle?*

Nicht lange, denn dann kehrten die Kommunisten aus dem Exil, aus den Zwangsaufenthalten oder aus den faschistischen Gefängnissen zurück. Kommunisten wie Turiddu Hamel, der hinter Gittern gesessen hatte. Und zu Recht grenzten sie uns aus. Ich wußte nicht einmal, wo ich hätte ansetzen sollen, um politisch zu kämpfen. Doch ich war sehr enttäuscht.

*Andrea, was hatten die alten Kommunisten, die nach Porto Empedocle zurückkehrten, gegen dich?*

Man muß dazu das aufgeladene politische Klima jener Jahre in Betracht ziehen. Schon damals gab es innerhalb der Partei eine Art Spaltung zwischen den Kommunisten wie Turiddu Hamel, den strenggläubigen »Arbeiterkommunisten«, und den anderen, die aus dem Bürgertum stammten. Wie zum Beispiel der Rechtsanwalt Gaglio, der aus gutem Hause kam und dennoch immer Kommunist gewesen war. Oder wie in meinem Fall, ich, der ich aus einer wohlhabenden Familie kam. Die Parteilinie von Hamel war die führende; es waren allesamt Arbeiter, die instinktiv sektiererisch agierten. Sie waren sehr mißtrauisch, doch angesichts dessen, was sie während der zwei Jahrzehnte Faschismus zu erdulden hatten, nicht ganz zu Unrecht. Jetzt kehrten sie zurück und verlangten, daß alles nach ihrem Kopf ging.

*Gab es zwischen dir und Turiddu Hamel unüberwindbare Diskrepanzen?*

Mit Turiddu Hamel war nicht zu scherzen: Er hatte ein Leben voller Mühsal und Entbehrungen hinter sich; er gehörte zu denen, die immer auf der Verhaftungsliste standen, bis er schließlich gefaßt und ins Zwangsexil geschickt wurde. Von Beruf war er Schneider. Doch während des Faschismus brachte keiner den Mut auf, sich bei ihm, der im Ruf stand, Kommunist zu sein, die Anzüge nähen zu lassen.

*Wie lebte er sich in Porto Empedocle wieder ein – abgesehen von der Tatsache, daß er dich aus der kommunistischen Parteisektion ausgrenzte?*

Das kann ich dir gleich sagen. Als er wieder im Ort war, verschaffte man ihm aus Dankbarkeit für seine Verdienste ums Vaterland eine Stelle als Friedhofswächter. Das war alles. Das war seine politische Entschädigung. Und beachte: Sogar sein Pöstchen bei der Friedhofsverwaltung war Gegenstand heftiger Polemiken in politischer Hinsicht.

*Hätte er denn als Arbeitsloser sterben sollen?*

So ähnlich, ja. Und weißt du, was die Sittenrichter von Porto Empedocle sagten? »Ja, wie denn!« riefen sie, »einen Atheisten auf dem Friedhof anstellen, einen Exkommunizierten an ei nem geweihten Ort?« Und sie jammerten: »Es ist einfach nicht zu glauben!« Mit der Unterstützung einiger Christdemokraten, die weniger reaktionär waren, gelang es, für ihn diese Stelle zu bekommen. Zu diesen Christdemokraten zählte auch Peppe Sinesio – ein wahrhaft liberaler Mann –, der lange Zeit Bürgermeister von Porto Empedocle war – derselbe, der zum Scherz meine Trauerfeier zelebriert und den meine Großmutter Elvira aus dem Haus geworfen hatte.

*Welches Ende nahm Turiddu Hamel?*

Als mein Vater starb, das war Jahre später, überführten wir seinen Leichnam nach Porto Empedocle. Und am Tor des Friedhofs stand Turiddu Hamel im schwarzen Anzug mit

Krawatte. Als der Sarg an ihm vorübergetragen wurde, verneigte er sich tief, berührte fast den Boden. Ich verlangte keine Erklärung von ihm. Aber ich konnte sehen, daß seine Geste von ehrlichem Herzen kam und nicht nur Etikette war. Ich müßte zeitlich noch weiter ausholen, denn die Geschichte hatte eine Fortsetzung …

*Erzähl.*

Jahre später kam Turiddu Hamel, mittlerweile sehr alt geworden, zu mir aufs Land. Er setzte sich neben das Eingangstor unseres Landhauses und schrieb und schrieb. Von frühmorgens bis Sonnenuntergang schrieb er. Wenn die Sonne zu heftig stach, setzte er sich in den Schatten eines Baums mit großem Laubdach. Ich hatte großen Respekt für ihn, wegen des Lebens, das er gelebt hatte, und nun auch wegen seines hohen Alters. Ich lud ihn ein: »Kommen Sie doch ins Haus.« – »Nein, mir gefällt es, unter freiem Himmel zu sitzen.« Er schrieb seine Memoiren, die er mir eines Tages zu lesen gab. Ich weiß nicht, wo die gelandet sind. Es waren höchst interessante Dinge über das Leben und die Geschichte unseres Städtchens, über das Leben im Untergrund … Als wir etwas vertrauter miteinander waren, fragte ich ihn nach seinem Verhalten am Tag der Beerdigung meines Vaters: »Don Turì, Sie müssen mir etwas erklären: Mein Vater war Ihr politischer Gegenspieler …« – »Ja, ja.« – »Weshalb haben Sie sich dann verneigt, als der Tote vorübergetragen wurde?« – »Das will ich Ihnen gern sagen. Ihr Vater gab seinerzeit nämlich die Anweisung, daß sämtliche Faschisten von Porto Empedocle sich ihre Uniformen bei mir schneidern lassen mußten. Dann kam er und sagte zu mir: ›Turiddu, ich will dich nicht verhöhnen, aber das ist der einzige Weg, um dich ein bißchen was verdienen zu lassen. So viel Machtbefugnis habe ich schließlich, die ich zu deinen Gunsten ausüben kann. Betrachte die Angelegenheit unter diesem Aspekt.‹ Ebendas war der Grund, weshalb ich mich vor Ihrem Vater verneigt habe.«

*Andrea, wenn man dich so reden hört, fällt einem auf, daß deine »Stimme« immer dieselbe gewesen zu sein scheint. Im Alter von sechs Jahren hast du angefangen, stundenlang in der Bibliothek zu lesen. Mit sechzehn Jahren kamst du in einem Wettbewerb auf den zweiten Platz nach Strehler. Mit zwanzig veröffentlichte man deine Texte in den bedeutendsten Literaturzeitschriften der Nachkriegszeit. Um die bestandene Lateinprüfung zu feiern, brachst du von Porto Empedocle auf, um Elio Vittorini kennenzulernen. Du warst eng vertraut mit Bischöfen oder amerikanischen Oberstleutnants, aber auch mit Mafiosi oder faschistischen Parteibossen. Ich glaube, nur selten ist dir passiert, daß du auf Personen gestoßen bist, die jünger waren als du. Hast du dich je gefragt, woher diese Frühreife stammt?*

Was soll ich dir dazu sagen? Ich bin einer, der bis zu einem bestimmten Alter keine Fußballspiele angeschaut hat. Du kannst jetzt sagen, was hat das damit zu tun? Möglicherweise gibt es da einen Zusammenhang ... Ich weiß nichts von dem, was in der Welt des Fußballs so geschieht. Das rührt von einem Trauma aus der Kindheit. Mein Vater war Vereinsvorsitzender des Fußballclubs »Empedoclina«, und damit sind wir wieder mal bei meinem Vater angelangt. Er war ein streitbarer Typ. Ich erinnere mich noch an die qualvollen Sonntage in unserem Haus in Porto Empedocle, wenn alle in Sorge waren, ob er im Krankenhaus gelandet war oder ob die Polizei ihn verhaftet hatte – denn die Fußballspiele endeten regelmäßig mit Erstürmung des Spielfeldes, Knüppelschlägen, Eingriffen der Ordnungshüter ... Ich habe durch den Fußball einen Schock davongetragen.

Eines Tages, das war vor knapp zehn Jahren, war ich allein zu Hause, in Rom. Ich wußte nicht recht, was ich tun sollte, und so habe ich mir im Fernsehen das erste Fußballspiel meines Lebens angesehen. Und zufällig hatte ich ein Spiel erwischt, das, wie mir Kenner versicherten, wunderschön war ... Auch mir fiel auf, daß es ganz toll, ein echtes Wunder war.

Langsam begriff ich die Geometrie des Spiels. »Du heilige Jungfrau«, sagte ich mir, »was habe ich mir in all den Jahren entgehen lassen!« In dem Augenblick kam meine Frau zur Tür herein: »Was tust du denn da?« fragte sie, als hätte sie mich mit einer schönen Blondine auf dem Schoß erwischt. »Ich schau mir ein Fußballspiel an.« – »Ich habe einen Mann geheiratet, der Fußball nicht mag.« – »Ist gut, verzeih.« Und damit schaltete ich den Fernseher aus. Was ich damit sagen will? Daß mir im Leben vielleicht noch andere Dinge gefehlt haben … Gewiß habe ich nie die Lehren zum Gebrauch der Phantasie vergessen, die mir meine Großmutter Elvira näherbrachte … Da fällt mir eine lustige Szene ein. Willst du sie hören?

*Sicher doch.*

Ich muß in der Zeit zurückgehen. Meine *mamma* erzählte mir immer von den langen Tagen, die ich in völligem Schweigen verbrachte. Und um mich besser auf die Geschichten zu konzentrieren, die ich erfand und die ich mir selbst erzählte, versteckte ich mich unterm Bett, um ganz für mich zu sein. Einige von diesen Geschichten setzte ich in die Realität um. Genau hier nebenan wohnte Brigadiere Corso, Hüter der öffentlichen Ordnung; sein Sohn Pino war in meinem Alter. Tür an Tür wohnend, machten wir uns auch gemeinsam auf den Schulweg. Unsere Freundschaft dauerte bis zu Gymnasiumszeiten. Eines Tages fing ich an zu weinen, spielte richtig Theater, mit geröteten Augen und so weiter. Besorgt fragte er: »Was hast du denn?« – »Ich habe eine ungeheuerliche Entdeckung gemacht.« – »Das mußt du mir erzählen …«, bohrte Pino weiter. Und ich: »Ich bin ein Findelkind, ich wurde adoptiert.« Diese Nachricht brachte ihn vollkommen aus dem Häuschen. Bis zur Oberstufe ließ er mich bei den Griechischarbeiten abschreiben – er war absolut fit in Griechisch –, er ging für mich Bonbons kaufen, er war mir richtiggehend ergeben …

*Wie lange hast du ihn hinters Licht geführt?*

Warte. Eines Tages begegnete ich ihm hier in Porto Empedocle. Seinerzeit war ich bereits Regisseur, und er war Konteradmiral geworden. Wir umarmten uns mit Wangenkuß: »Eh«, sagte er zu mir, »du hast also Glück gehabt, Andrea, du hast Karriere gemacht. Es scheint so, als hättest du dieses Trauma überwunden.« – »Pino«, fragte ich, »welches Trauma?« Ich hatte es vergessen. »Ja, wie? Die Geschichte mit dem Findelkind?« – »Was für eine Geschichte mit welchem Findelkind, *Pinu*?« Er roch den Braten. »Hast du mir nicht gesagt, daß du ein Findelkind bist?« – »Pino … reine Erfindung.« Darauf sah man die Szene: Theaterregisseur wird von Konteradmiral die Paradestraße entlang gejagt, der ihm eins überziehen will. »Andrea«, brüllte er, »du kannst dir gar nicht vorstellen, was ich deinetwegen durchgestanden habe…« Pino Corso, ein wahrer Freund, ein Freund für immer.

# VI. 1948 – alles verändert sich

*Nun sind wir an der »Wende von 1948« angelangt, wie Camilleri den plötzlichen Übergang seines sizilianischen zu seinem kontinentalen Leben definiert. Die Zeit von Porto Empedocle, Agrigent, Serradifalco war auf immer vorbei. Zu Ende war auch die Periode in Enna, in die durch die Freundschaft mit dem Avvocato Fontanazza Leben gekommen war. Die zahlreichen Anerkennungen auf dem Gebiet der Lyrik, der Belletristik und des Theaters wiesen ihm den Weg nach Rom für einen »cursus honorum«, der sich im Laufe der Jahre als zwingend, aber nie als vorherbestimmt erwiesen hat. Es hatte den Anschein, als sei er nach dem Jahr 1948 ein zweites Mal zur Welt gekommen. Jetzt war er nicht mehr nur ein Name, der einem in maßgeblichen Kreisen zu Ohren kommt, oder eine Signatur, die hie und da auftaucht, ein Provinzintellektueller, der gezwungen ist, eifrig die Teilnahmebedingungen für Literaturwettbewerbe zu studieren und per Korrespondenz von sich reden machte. Andrea Camilleri wurde langsam zu einer eigenen literarischen Persönlichkeit. Endlich nahm man ihn wahr. Und die »Wende von 48« fiel zusammen mit seinem endgültigen Umzug nach Rom.*

*Andrea, weshalb war das Jahr 1948 so außerordentlich wichtig für dein Leben?*

Als Anfang 1947 die Zeit in Enna zu Ende war, kehrte die ganze Familie nach Porto Empedocle zurück, denn mein Vater wurde als Geschäftsführer an die Spitze des AST, des Landtransportunternehmens von Agrigent, gerufen. Eines Tages kam einer aus meinem Ort zu mir und sagte: »Signor Gangarossa fragt nach Ihnen, sein Neffe aus Amerika ist nämlich eingetroffen.« – »Und was will dieser Neffe von mir?« – »Er ist ein Schriftsteller, und hier begreift keiner was von den Dingen, über die er schreibt. Sie sind der einzige, der sich auf so was versteht. Er läßt anfragen, ob er Sie heute nachmittag aufsuchen darf...« Am Nachmittag also stellte sich mir dieser Amerikaner vor; er war groß, mager und ziemlich elegant. Es war Jerre Mangione. Ich sprang vom Stuhl auf. Ja schau einer an, was für ein Zufall, gerade einen Monat zuvor hatte ich in der Zeitschrift »Politecnico« von Vittorini einen Artikel über die Literatur der Abkömmlinge von Sizilianern und Italienern in Amerika gelesen, über Guido D'Agostino, Autor von »Olives on an apple-tree«; über Pietro Di Donato, Autor von »Christ in the concrete«; auch über John Fante und viele andere. »Es besteht kein Zweifel«, schrieb Elio Vittorini, »daß der gebildetste, der raffinierteste, der bedeutendste von ihnen Jerre Mangione ist, ein Schriftsteller, der noch nicht ins Italienische übersetzt ist.« Und genau der stand jetzt vor mir, und ich fragte: »Bist du Jerre Mangione, der Schriftsteller?« – »Ja, der bin ich.« Und das sagte er in tiefstem Sizilianisch. Seine Familie stammte aus Monteallegro. Er aber war in Amerika geboren. Sein erstes Buch, mit dem er sich einen Namen gemacht hatte, hieß genau »Mont'Allegro«, mit Apostroph. Er war bereits während des Faschismus nach Italien gekommen, und jetzt, im Jahr 1947, kehrte er zurück, um sein geliebtes Sizilien zu sehen.

*War das wirklich eine rein zufällige Begegnung?*

Rein zufällig. Zwischen uns entstand eine großartige Freundschaft. Wir verbrachten zwei Monate miteinander, und sein nächstes Buch, »Reunion in Sicily«, das bei Sellerio dann auf italienisch erschienen ist, hat er »Andrea Bellini« gewidmet, und das bin ich.

*Wieso Andrea Bellini?*

Ja, wieso nur? Bei jener Gelegenheit kamen wir auf meine kommunistischen Ansichten zu sprechen. Und so dachte Jerre, der ein echter Gentleman war – denn schon begann die Hexenjagd der Kommunistenjäger –, wenn ich schreibe, daß mein Freund ein Kommunist ist, dann lassen sie ihn nie nach Amerika einreisen. Also verpaßte er mir den Phantasienamen Andrea Bellini, um mich in Amerika nicht in Verruf zu bringen; schließlich hoffte er, daß ich ihm eines Tages einen Gegenbesuch abstatten würde.

*Bist du je nach Amerika gereist?*

Nur nach Südamerika, nie in die Vereinigten Staaten.

*Kommen wir zurück zu Jerre Mangione…*

Zu jener Zeit hatte ich eine Komödie geschrieben, »Giudizio a Mezzanotte«, die erste und die letzte Komödie meines Lebens. Ich las eines Tages die Ausschreibung eines Wettbewerbs in Florenz für eine unveröffentlichte Komödie: Das war der Premio Firenze, Vorsitzender der Jury war Silvio D'Amico, und unter den Juroren saß Guido Salvini. Ende der Einreichungsfrist war vier Tage später. Da tauchte Jerre auf, wir trafen uns beinahe täglich – er drehte seine Runden durch Sizilien, kehrte aber immer wieder nach Porto Empedocle zurück –, und er sah, daß ich verstimmt war. »Was hast du denn?« – »Ich wollte mit dieser Komödie an einem Wettbewerb teilnehmen, aber ich schaffe es nicht mehr, die Unterlagen einzureichen.« Und Jerre meinte ohne nachzudenken: »Luftpost. Es gibt doch Luftpost.« – »Das stimmt, daran habe ich gar nicht gedacht.« So also verschickte ich das Manuskript der Komödie *par avion* und gewann den ersten Preis. Doch das erfuhr ich erst sechs Monate später… Jerre und ich zogen noch eine gute Aktion durch.

*Welcher Art?*

In der Nachkriegszeit war es bekanntlich sehr schwierig, Penizillin aufzutreiben. Bei einem Ausflug in eine gottverlassene Gegend im Hinterland von Agrigent stießen wir auf eine Familie, von der ein Mitglied in Lebensgefahr schwebte, weil Penizillin fehlte. Jerre gelang es, sich das Medikament *par avion* aus den Vereinigten Staaten schicken zu lassen, und wir konnten ein Menschenleben retten. Jerre und ich trafen uns noch dreimal und blieben in Briefkontakt. Er ist vor kurzem erst im Alter von zweiundachtzig Jahren verstorben.

*Bedeutete das Verschicken dieser Komödie par avion die Wende von 1948?*

Nicht wirklich. Die Geschichte ist komplexer. Es war nicht so sehr die Tatsache, daß ich den Preis gewonnen hatte, nach Florenz gefahren war, mit dem Zug in der dritten Klasse, die Reise dauerte drei Tage … Es war eine Zeit, da waren wir zu Hause ziemlich knapp bei Kasse. Mein Onkel verkaufte seine Kichererbsenernte, und mit dem Erlös bezahlte er mir die Fahrt nach Florenz. In Florenz war es sehr schön, ich lernte eine Unmenge Leute kennen und knüpfte engere Bande mit Niccolò Gallo, Sohn einer Agrigentiner Familie, und großartiger, raffinierter Literaturkritiker und Italianist. Ich machte die Bekanntschaft von Manlio Cancogni und von Giuseppe De Robertis … Doch da ist noch etwas, was ich dir bislang nicht gesagt habe: Der Grund für meine Einschreibung an der Universität Palermo – das war nur eine Verlegenheitslösung.

*Wo hättest du dich statt dessen lieber eingeschrieben?*

In Florenz natürlich, dort lehrten meine Lieblingslehrer. Im Jahr 1942, als ich dachte, ein Jahr später die Gymnasialzeit zu beenden, wollte ich mich an der Universität Florenz einschreiben, wo die *maestri* lehrten, die ich gerne las: Giuseppe De Robertis, Rodolfo Mondolfo, Giorgio Pasquali. Denk mal, der Präfekt von Florenz, Graf Alfonso Gaetani di Naro – Naro ist ein Ort in der Provinz Agrigent –, hatte mir eine Stelle als Volontär bei der Zeitung »La Nazione« verschafft. Ich sollte dort antreten, sobald ich mein Abitur hatte, zumindest lautete so der Plan.

*Wie kam es, daß daraus nichts wurde?*

Weil in der Nacht vom 9. auf den 10. Juli die Amerikaner in Sizilien landeten und ich mich von Florenz verabschieden konnte, das noch immer in der Hand der Deutschen und der Faschisten war. Italien war von dem Moment an in zwei Hälften geteilt. Im Oktober 1943, als ich mich in Palermo immatrikulierte, hatte ich eigentlich gar keine Lust mehr, dort zu studieren, denn meinen eigentlichen Plan konnte ich vergessen. 1948 konnte ich dann endlich nach Florenz fahren und die *maestri* kennenlernen, deren Schüler ich hätte sein wollen. Dann nahm ich den Zug zurück nach Porto Empedocle, und auf der Fahrt las ich mir die Komödie durch, mit der ich den Preis gewonnen hatte. Sie gefiel mir nicht: »Was soll dieser Blödsinn?« – und mit diesen Worten warf ich das Manuskript aus dem Zugfenster. Ich habe nie mehr wieder in meinem Leben für das Theater geschrieben.

*Wann kommt nun die Wende?*

Ende 1948, und zwar als ich ein Schreiben von Silvio D'Amico erhielt, der die Nationalakademie für Schauspielkunst geleitet hatte. Die Faschisten hatten ihn verhaftet und einen anderen auf seinen Posten gesetzt, überdies hatten sie die Akademie von Rom in den Norden verlegt, wo sie aber nicht wirklich in Betrieb war. Als der Faschismus besiegt war, wollte Silvio D'Amico die ursprüngliche Akademie wieder ins Leben rufen. In dem Brief an mich schrieb er: »Lieber Freund, jetzt, da der Krieg zu Ende ist, bemühe ich mich, Personen, die sich mit Theater beschäftigen, mein Projekt für die Neugründung der Nationalakademie für Schauspielkunst vorzustellen.« Damit wollte er sagen: Schaut her, die Akademie ist wieder geöffnet, sie existiert, sie arbeitet, sie ist voll funktionsfähig. Und er schloß mit den Worten: »Ich denke, es wird Sie interessieren, wie Sie die Prüfung zum Regisseurkandidaten machen können. Es gibt ein Arbeitsstipendium von dreißigtausend Lire dafür« – was seinerzeit eine enorme Summe war –, »wenn Sie es versuchen wollen, gut, wenn nicht, Freunde wie eh und je!« Unterschrift Silvio D'Amico. Und so zeichnete sich die Lösung meiner Probleme ab.

*Du hattest nun die Welt des Theaters im Visier?*

Nicht ausschließlich. Mittlerweile hatte Alba de Céspedes, die Herausgeberin von »Mercurio« – der bedeutendsten politisch-literarischen Zeitschrift nach der Ära des Faschismus – meine ersten Gedichte veröffentlicht. Ich war tief beeindruckt, als ich meine Gedichte darin abgedruckt sah.

*Besaß diese Anerkennung eine so große Bedeutung?*

Ich fand meinen Namen auf dem Deckblatt dieser wundervollen Zeitschrift neben Alcide De Gasperi, Pietro Nenni, Carlo Sforza, Corrado Alvaro. Nie mehr habe ich eine ähnliche Aufregung verspürt, nicht einmal als mein erstes Buch erschien.

*Auch in diesem Fall geschah alles auf dem Postweg?*

Ja, wer hat Alba de Céspedes je zu Gesicht bekommen? Ich schickte ihr meine Gedichte zu, und sie veröffentlichte sie. Das gleiche tat sie im folgenden mit anderen Versen. Ebenfalls per Briefkontakt kam es zur Veröffentlichung meiner Texte in der bedeutenden Florentiner Zeitschrift »Inventario«, herausgegeben von Luigi Berti und T. S. Eliot, der englische Texte im Original darin vorstellte. In derselben Nummer, die meine Gedichte enthielt, wurde das originalsprachige Poem eines jungen Engländers namens Dylan Thomas veröffentlicht, nämlich »Country sleep«.

*Ging da etwas vor sich, was dein Leben von Grund auf verändern würde?*

Mir kam es so vor, als lebte ich in einem untergegangenen U-Boot, von dem aus ich meine Flaschenpost in die Welt schickte. Und diese Botschaften erreichten tatsächlich und allesamt ihr Ziel. Ich sagte mir: »Da ich nun diese Einkünfte habe, muß ich wohl aus Sizilien wegziehen.« Die Idee des Wegziehens drängte sich auf: In Sizilien gab es keine Zeitschriften, keine Überlebenschancen, zumindest nicht auf diesem Gebiet. Ebendeshalb spreche ich vom Wendepunkt des Jahres 1948. Aber ich hatte wenig Zeit, langfristige Pläne zu machen.

*Hatte dich die Arbeit vollkommen vereinnahmt?*

Ich muß zugeben, ja, das hatte sie. In der »Pattuglia«, der Zeitschrift der Kommunistischen Jugendfront, herausgegeben von dem jungen Regisseur Gillo Pontecorvo, waren zwei meiner Gedichte erschienen; andere wurden in der sehr eleganten Zeitschrift »Pesci rossi« aus dem Verlag Bompiani abgedruckt. Alle meine Texte hatte ich einfach per Post eingeschickt, ohne persönlich jemanden in der jeweiligen Redaktion zu kennen.

*Was sagten deine Verwandten dazu? Sahen sie dich nun mit anderen Augen?*

Als sich bei mir der Erfolg auf literarischem Gebiet einstellte, konnte meine Mutter zu den Onkeln, Tanten, Cousins und Cousinen sagen: »Es ist soweit, Nenè hat veröffentlicht.« Nun, die Sache ließ alle ziemlich kalt. Denn es waren keine gebildeten Leute, sie lasen ja nicht. Und sie sagten: »Nun gut, Nenè schreibt Gedichte, aber was stellt er denn mit den Gedichten an? Kann er sich davon ernähren? Die Dichtung bringt doch kein Brot auf den Tisch. Du solltest besser Lehrer werden, ein Lehrer, der kriegt nämlich am Monatsende ein nettes Gehalt.« Wem also bereiteten meine Gedichte Freude? Meiner Großmutter Elvira, meinem Onkel Massimo, meiner Tante Lisa und meiner Mutter. Auch meine Freunde Peppe Fiorentino, Ciccio Burgio, die etwas von Dichtung verstanden und lasen, freuten sich darüber. Das war's. Mein Vater, von wegen! Es schien, als würde er sie nicht einmal wahrnehmen. Er legte meine Gedichte oben auf den Schrank, nachts dann stand er auf und las sie heimlich, um mir ja keine Genugtuung zu verschaffen. Aber er las sie alle. Und von Zeit zu Zeit verschwanden auch welche. Weil er sie sich in die Rocktasche gesteckt hatte, um sie irgendeinem Freund zu zeigen, vor dem er sich nicht schämte, einen dichtenden Sohn zu haben.

*Wie lange hielt der passive Widerstand deiner Familie an?*

So lange, bis sie erfuhren, daß ich die Absicht hatte, mich an der Ausschreibung für die Nationalakademie für Schauspielkunst zu beteiligen. Nun, an dieser Stelle stellte sich meine Familie gegen den ganzen Rest des Clans Fragapane-Camilleri und unterstützte mich in meinen Absichten. Und so machte ich mich auf den Weg nach Florenz.

*Kommen wir nochmals auf den Brief von Silvio D'Amico zur Wiedereröffnung der Akademie zurück.*

Ich packte die Gelegenheit beim Schopfe und bereitete mich auf die Prüfungen vor. Ich träumte mit offenen Augen: Ich ziehe um nach Rom, bekomme von der Akademie ein Stipendium, und gleichzeitig dringe ich in die literarischen Kreise vor: »Ihr habt meine Gedichte veröffentlicht, hier seht ihr den Verfasser, Andrea Camilleri.« Schon spürte ich festen Boden unter den Füßen. Ich mußte eine schriftliche Arbeit vorlegen, und die schrieb ich über Pirandellos »So ist es (Wie es Ihnen scheint)«. In dieser Arbeit wurden nicht nur eine kritische Textanalyse – an der war mein zukünftiger Lehrmeister Orazio Costa interessiert – und eine Vorstellung für eine Inszenierung verlangt, sondern auch Skizzen, Kostümpuppen, Vorrichtungen für die Beleuchtung, das Bühnenbild; all diese Bereiche kannte ich bereits – wenn auch auf amateurhafte Weise –, da ich Mitglied von Theatergruppen war. Um es kurz zu machen: Ich schickte meine Arbeit ein – wir waren im Jahr 1949 –, und im September erreichte mich ein Brief, in dem stand: »Sie sind zu den Prüfungen zugelassen. Sie müssen sich am 3. Oktober in Rom vorstellen«, dieses Datum werde ich nie vergessen, »um sich im Teatro Duse in der Via Vittoria den Zulassungsprüfungen für die Nationalakademie für Schauspielkunst zu unterziehen.« Und damit endete – ohne daß mir das wirklich bewußt war – mein Lebensabschnitt in Sizilien.

*Erzähle von der Aufnahmeprüfung.*

Ich nahm den Zug in Porto Empedocle, allein natürlich. Mein Vater hatte mir das notwendige Geld gegeben, und Geld war seinerzeit knapp. Das Stipendium mußte ich mir durch die Prüfungsnoten verdienen. Ich traf also in Rom ein. Es war ein Oktober von unglaublicher Schönheit und extremer Sanftheit. 1945, nach der Befreiung vom Nazifaschismus, war ich bereits einmal in Rom gewesen, danach nicht mehr wieder. Mit ein paar Lire in der Tasche mietete ich mich in einer bescheidenen Herberge in der Via del Lavatore in der Nähe des Trevi-Brunnens ein.

*Du kamst dir vor wie ein Fisch auf dem Trockenen, wie jeder richtige Sizilianer, der in Rom sein Glück suchen will?*

Nicht ganz. Ich traf einen Tag vor der Prüfung ein und ging zum Büro der Kommunistischen Partei in der Via delle Botteghe Oscure, um dort Franco Di Tondo, einen der Kulturbeauftragten der Partei, zu treffen, mit dem ich in Briefkontakt stand. »Morgen muß ich die Aufnahmeprüfung für die Nationalakademie für Schauspielkunst machen«, sagte ich zu ihm. Ich bin nicht zu ihm gegangen, um mir von ihm eine Empfehlung geben zu lassen, sondern um in Erfahrung zu bringen, was ich zu erwarten hatte. Er warnte mich. »Die sind sehr streng. Die sind alle rechts, alle von der Democrazia cristiana. Wenn du etwas in Gang setzen willst, geh vorsichtig ans Werk.«

Am nächsten Morgen fand ich mich im Teatro Duse ein, und ein Hausmeister sagte mir: »Neue Anweisungen. Die Prüfungen finden am Nachmittag statt, um zwei.« Ich schlenderte durch Rom und verliebte mich Hals über Kopf in diese wundervolle Stadt. Um zwei Uhr war ich wieder vor Ort bei der Prüfung. Gemäß der alphabetischen Reihenfolge war ich der erste, der mündlich geprüft werden sollte. Es gab insgesamt dreißig Kandidaten, die auch am nächsten Tag geprüft werden würden. Die Prüfung dauerte zwei, zweieinhalb Stunden.

*Das waren sicher Tantalusqualen für dich?*

Warte ab, das Schönste kommt noch. Ich ging also hinein, ich konnte nichts erkennen, denn ich war geblendet. Es brannten niedere Tischleuchten, so daß ich nur die Hände der Leute, nicht aber ihre Gesichter sah. Und hinter dem Podium lag alles im Dunkeln. »Ich bin Andrea Camilleri« – »Ich bin Silvio D'Amico, wir haben uns bereits kennengelernt.« Und damit reichte er mir die Hand: »Wieso haben Sie sich beworben?« – »Weil Sie mir diesen Brief geschrieben haben. Und ich …« – »Aha, es nutzt also etwas, diese Briefe zu schreiben … Ist in Ordnung, spielen Sie mir nun die Szene vor.« In der Ausschreibung hieß es, daß der Kandidat einen Text deklamieren mußte, doch ich hatte mich nicht vorbereitet. »Warum?« wollte Silvio D'Amico wissen. »Hm … weil ich denke, daß ein Regisseur nicht Rezitationskunst beherrschen muß.« – »Das denken Sie. Die Teilnahmebedingungen sehen dies jedoch vor. Also könnte ich genausogut sagen: ›Bitte, seien Sie so gut und gehen Sie wieder.‹ Doch da Sie sich mit einem solchen Hochmut hier präsentieren, um ihre Ansichten zu verkünden, was ein Regisseur darf und was er nicht darf – und Sie sind noch nicht einmal ein Regiestudent, sondern gerade mal ein Kandidat –, seien Sie doch so liebenswürdig und bereiten Sie sich innerhalb von zwei Stunden vor. Sie sind dann als letzter dran. Gibt es unter euch jemanden, der diesem Prahlhans hier helfen will?« Erst in diesem Augenblick entdeckte ich, daß das ganze Podium gedrängt voll war mit ehemaligen Schülern der Akademie, die andächtig zuhörten. Seinerzeit war es üblich, daß die ehemaligen Schüler der Akademie den Zulassungsprüfungen beiwohnten. Da hörte ich eine Stimme, die von ganz hinten rief: »Ja, ich …« Und da erhob sich jemand namens Vittorio Gassman, der seinerzeit schon recht bekannt war. Wir verzogen uns in ein Zimmerchen, er nahm das Drehbuch zu »Arsen und Spitzenhäubchen«, nach dem berühmten Theaterstück von Joseph Kesselring zur Hand, wir suchten uns eine Szene aus und fingen an. Ich hatte immer schon ein gutes Gedächtnis, und so brachte mir Gassman innerhalb von zwei Stunden den Rollentext bei.

*Bei einem solchen Lehrer war der Erfolg gesichert?*

Wie man es nimmt. Ich ging mit meinem Partner auf die Bühne und spielte die Szene. »Ist gut, es reicht«, sagte D'Amico. »Sie haben gut daran getan, nicht zu rezitieren. Sie spielen grottenschlecht. Es ist nicht so, daß ein Regisseur nicht spielen können muß, Sie sind es, der es nicht kann.« Ich glaubte mich verloren: »Also, was soll ich nun tun?« – »Machen Sie die Regieprüfung.«

*Und in Regie warst du vorbereitet?*

Ja. Aber meine Vorbereitung lief Gefahr, in den Hintergrund zu geraten. Am Prüfungstisch saß ein Herr, ich sah ihn da zum ersten Mal, über den ich später erfuhr, daß er fünfunddreißig Jahre alt war. Er war höchst elegant gekleidet, trug eine Fliege, aber seine Miene war eisig, eisiger als ein Eisberg … Es war Orazio Costa, der Star der italienischen Schauspielkunst.

Und er begann: »Ich habe Ihre Examensarbeit mit größter Aufmerksamkeit gelesen, doch ich bin nicht einverstanden mit dem, was auf Seite drei Ihres Textes steht.« Und anderthalb Stunden lang war er mit nichts, aber auch gar nichts einverstanden. Ich bot ihm die Stirn: »Ich aber bin von dem überzeugt, was ich geschrieben habe.« Wir machten weiter. Nach zwei Stunden Inquisition hielt ich inne, und Silvio D'Amico schaltete sich ein: »Warum sprechen Sie nicht weiter?« – »Signor D'Amico« – ich wußte nicht, daß man ihn mit »Herr Vorsitzender« anreden mußte –, »es ist ein herrlicher Tag. Es wird ein wunderschöner Abend, und ich bin hier und muß mich dieser Pein unterziehen. Weshalb nur sollte ich das mit mir machen lassen?« Und er darauf: »Spielen Sie hier nicht den Idioten. Fahren Sie fort!« Und ich machte weiter. »Ich bin in keinem Punkt einverstanden«, wiederholte Orazio Costa. Und die Prüfung war erst nach zweieinviertel Stunden zu Ende. »Eine letzte Frage: Wenn Sie ausreichend Geld zur Verfügung hätten, welches Werk würden Sie sich vornehmen?« Das war jedesmal Costas letzte Frage. Alle Prüflinge gaben daraufhin zur Antwort: »König Ödipus«, »Hamlet«. Oder so. Ich sagte: »›Die lustige Witwe‹.« Orazio Costa: »Aber was sagen Sie da?« Da griff Silvio D'Amico ein: »Nein, Orazio, du liegst falsch. ›Die lustige Witwe‹ ist nämlich ein Meisterwerk. Gut, Camilleri, Sie können gehen.« Ich verließ den Prüfungsraum in der Gewißheit, durchgefallen zu sein.

*Wieso teilten sie euch nicht sofort das Prüfungsergebnis mit?*

Die dachten nicht im Traum daran. Ich wollte also noch ein paar Tage in Rom Urlaub machen. Ein paar Lire hatte ich noch übrig, doch im Hotel zu wohnen erschien mir als Geldverschwendung. Mein Cousin Vincenzo Fede, der mit dem Juwelierladen, in dem ich Nick Gentile getroffen habe, besaß eine Wohnung sowohl in Ostia als auch in Rom. So beschloß ich, mich von ihm in Ostia am Meer beherbergen zu lassen. Ich kratzte das Geld für das Zugticket zusammen und verbrachte eine wunderschöne Woche in Ostia. Ab und an nahm ich den Zug und fuhr nach Rom; ich schlenderte durch die Stadt, hielt mich nur mit einem Milchkaffee bei Kräften, abends aß ich dann wieder gut. Die Stadt gefiel mir immer mehr, ich hatte keine Probleme. Die Akademie hatte ich ganz vergessen. Einen Tag bevor ich nach Porto Empedocle zurückfuhr, kam mir in den Sinn: »Es könnt' doch sein, daß mein Vater, der Gute, mir eine Nachricht geschickt hat.« Und da meine letzte bekannte Adresse die Pension in der Via del Lavatore gewesen war, machte ich einen Abstecher dorthin. Vier Telegramme lagen für mich dort. Vier Telegramme meines verzweifelten Vaters: »Telegramm von der Akademie angekommen. Du hast das Stipendium gekriegt. Sprich dort vor. Ich bitte dich, melde dich!«

*Du hattest es also geschafft?*

Die Akademie hatte seit zwei Tagen geöffnet, und ich hatte keine Ahnung davon. Mit anderen Worten, die Unterrichtskurse hatten bereits begonnen, und ich galt als fehlend. Am nächsten Morgen stürzte ich in die Akademie. Der Hausmeister meinte, als er mich sah: »Ah, jetzt kommst du also?« – »Wo ist der Hörsaal von Dottore Costa?« – »Der Hörsaal ist dort, aber der Dottore ist nicht da.« – »Und wieso ist er nicht da? Hält er keinen Unterricht?« – »Natürlich gibt er Unterricht. Wenn er einen Schüler hat – aber da der Schüler nicht kommt …« – »Entschuldigen Sie, hat er nur mich als Schüler?« – »Du bist der einzige.«

Von dreißig Kandidaten hatten sie nur mich angenommen.

»Jetzt aber rufen wir ihn an, und dann wird er schon kommen.« Der Hausmeister rief bei Costa an und reichte mir den Hörer: »Herzlich willkommen. Warten Sie auf mich.« Nach einer halben Stunde kam er dann, und ich sagte als erstes: »Sie müssen mich entschuldigen, aber ich war überzeugt, daß Sie nicht einverstanden waren mit …« – »Das hat keinerlei Bedeutung – mit etwas einverstanden zu sein oder nicht. Gestattest du, ich duze dich jetzt … Du verteidigst dich hervorragend. Ich war nicht einverstanden, und ich bin nicht einverstanden, aber du hast deine Ansichten sehr gut begründet. Ist dem nicht so?« Das war dann mein Untergang.

*Wieso?*

Weil dieser Mann mir jeden Tag von acht Uhr früh bis zur Mittagszeit – wir beide allein im Raum – bewies, daß es keinen Unterschied zwischen Literatur und Theater gibt, daß Theater hervorragende Literatur ist. Gleich mit dem ersten Text bewies er mir das. Ich begann ihn unter seiner Anleitung zu lesen, und mir wurde schnell bewußt, wie schwachsinnig die Schultexte doch sind – heute ist das glücklicherweise anders –, die Theater als nebensächliches Gebiet der Kunst bezeichnen. Und Costa krempelte meinen Kopf um. Er ließ mein Denken einen so radikal anderen Kurs einschlagen, daß ich in jenem Jahr nicht imstande war, etwas Eigenes zu schreiben. Kein einziges Gedicht, keinen Aufsatz für eine Zeitschrift. Um echtes Theater zu machen, mußt du dich vollständig auf das Theater einlassen, das eben nicht in die B-, sondern in die A-Klasse der Künste gehört.

Also war es wert, es zu erlernen. Das erste Studienjahr mit Orazio Costa stellte für mich eine ungeheuere Bildungserfahrung dar. Orazio war ein Theaterregisseur von ganz großer Klasse. Ein ausgezeichneter Theoretiker. Der einzige wahre Meister, den das zeitgenössische italienische Theater je gehabt hat. Alle guten italienischen Theaterregisseure, von Luca Ronconi bis Mario Ferrero, werden aussagen, daß ihr Lehrer Orazio Costa gewesen ist. Strehler war ein großer Regisseur, aber er war kein Lehrer, denn er hat niemandem das Handwerk beigebracht. Costa allerdings.

*Aber wieso war er dein Untergang?*

Weil wir nicht miteinander kommunizierten, und nach zwei Monaten hielt ich es nicht mehr länger aus. Ich schätzte ihn, aber eine zwischenmenschliche Ebene mit ihm zu finden war unmöglich. Das Eis zwischen uns war eine Qual. Diese Theorie voller Begeisterung über das Theater war ja schön und gut, aber der menschliche Teil erschöpfte sich in einem »Guten Tag« – »Guten Tag«. Wie konnte das sein? Wir beide waren zwei Monate lang allein in einem Raum …

Eines Abends beschloß ich abzuhauen, weil dieses Problem mein ganzes Denken beherrschte. Dessen war ich mir bewußt, ich begriff, was vor sich ging. Ich nahm also die Straßenbahn Linie 8 und fuhr nach Hause, das heißt zum Piazzale degli Eroi. Dort begegnete ich Mario Ferrero, den ich in der Akademie kennengelernt hatte. Er fragte mich: »Wie ergeht es dir mit Orazio?« – »Schlecht, Mario, sehr schlecht. Ich denke ernsthaft darüber nach, meine Koffer zu packen und nach Sizilien zurückkehren.« – »Aber wieso denn?« – »Ich bin nicht in der Lage, mich mit ihm auszutauschen.« – »Sieh mal, Orazio ist einfach so …« – »In Ordnung, dann ist er so, aber ich bin anders.«

*Du hast also alles stehen- und liegenlassen?*

Wart ab. Am Tag darauf erhielt ich einen Anruf. Es war eine Stimme mit französischem Akzent: »Hallo? Hier spricht Signora Costa.« – »Signora, was kann ich für Sie tun?« Ich wußte nicht, ob das nun die Frau oder die Tochter von Orazio war, oder wer sonst. »Ich bin die Mama von Orazio. Können Sie genau um vierzehn Uhr zu mir kommen, dann ist Orazio nicht im Hause.« Warum sollte ich heimlich in das Haus von Orazios Mutter gehen? Doch was hätte ich tun sollen. »Ist gut, Signora, ich komme um vierzehn Uhr.«

*Was wollte Signora Costa?*

Paß auf, ich klopfte also am Haus Nummer 10 im Viale Parioli, und eine zierliche und elegante kleine Dame öffnete mir. »Bitte, treten Sie ein. Ich habe vor ein paar Tagen von Mario Ferrero erfahren, daß Sie die Akademie verlassen wollen. Aber das dürfen Sie nicht tun.«

»Weshalb, Signora?«

»Weil Sie meinem Sohn damit großen Kummer bereiten würden. Und ich will nicht, daß mein Sohn Kummer hat.«

»Wenn ich weggehe, stellt das für Ihren Sohn ein Problem dar?« – »Ja, das habe ich Ihnen doch gesagt.«

»Das ist ihm aber nicht anzumerken.«

»Das wird es auch niemals sein.« Sie wußte, daß er mich schätzte. So blieb ich also auf der Akademie und fror mich halb zu Tode, denn ich trug noch immer meine Sommerkleidung. Nicht einen freien Tag hatte ich gehabt, um mir meine wärmeren Sachen aus Porto Empedocle zu holen. Und ich hatte kein Geld, um mir welche zu kaufen. Zum Glück waren bald Weihnachtsferien. So nahm ich den Zug und holte meinen Koffer, Ende. Ich kehrte zur Akademie zurück und war immer noch allein im Unterricht.

*Hast du dich in Rom mit jemandem angefreundet?*

Mein Cousin war da und meine Studienkollegen von der Akademie, die als Schauspieler eingetreten waren. Wir wurden Freunde. Die Freunde aus meinem Jahrgang wurden später alle große Schauspieler. Wir aßen alle im selben Restaurant, im L'Onarmo, das Essen kostete hundert Lire, hundertzehn, wenn du Parmesankäse dazu wolltest. Das Onarmo war eine philanthropische Kantine für die Mittellosen: Das Essen war gut. Es gab eine Vorspeise, ein Hauptgericht und frisches Obst. Ich hatte mir bei einer Familie ein Zimmer gemietet, das einen eigenen Eingang vom Treppenhaus aus hatte, was absolut wichtig war, um Mädchen auf dem Zimmer zu empfangen, ohne sie durch den Haupteingang hereinlassen zu müssen. Das Zimmer kostete sechstausend Lire im Monat. Mir verblieben noch vierundzwanzigtausend zum Leben, ich war also reich. Mit Franco Graziosi, Gigi Vannucchi, Glauco Mauri machten wir Gemeinschaftskasse. Jeder sparte bei irgend etwas, und wenn der andere beispielsweise ein Paar Schuhe brauchte, konnte er sich aus dieser Kasse bedienen, die Graziosi verwaltete. Wir waren Busenfreunde. Und in Rom war es nicht schwer, Bekanntschaften zu machen.

*Bekanntschaften welcher Art waren das?*

Eine wunderbare Begegnung hatte ich eines Abends im Café Luxor, das heute Canova heißt, auf der Piazza del Popolo. Ich trug die Uniform der Akademie, eine Art Arbeitsanzug mit dem Abzeichen der Akademie aus hellbraunem, ganz weichem Material. Ich betrat das Luxor, und ein Herr am Tresen fragte mich: »Was ist denn das für eine Uniform?« – »Das ist die Uniform der Nationalakademie für Schauspielkunst, wo man Theater lernt.« – »Bist du Schauspieler?« – »Nein, ich bin Regiestudent. Und was treibst du?« – »Ich bin Maler.« Dieser Herr war Mario Mafai, und an jenem Abend wurde der Grundstein zu einer einzigartigen Freundschaft gelegt. Mit Mario

Mafai machte ich nächtens lange Spaziergänge quer durch Rom. Zwei- oder dreimal nahm er mich mit zu sich nach Hause, wo ich seine Töchter kennenlernte: Miriam, Simona und Giulia, letztere war eine hervorragende Bühnenbildnerin, und viele Jahre später hat sie für mich bei zwei Theateraufführungen gearbeitet. Rom war eine offene Stadt, aber endlich in kultureller, nicht mehr in militärischer Hinsicht.

*Wie verhielt es sich mit deinen Besuchen in der Via delle Botteghe Oscure bei der Kommunistischen Partei?*

Ich arbeitete häufig für »Vie Nuove«, die Wochenzeitung der Kommunistischen Partei, Herausgeber war Luigi Longo und Chefredakteur Libero Bigiaretti. Mein guter Jugendfreund Gaspare Giudice, der ebenfalls Mitarbeiter dieser Zeitung war, stellte mich ihnen vor. 1950 entsandte mich Franco Di Tondo im Gefolge der Intellektuellen, die Bekanntschaft mit »der Arbeiterklasse« machen sollten, nach Genua. Alle waren sie seinerzeit mit dabei: Massimo Bontempelli, Sibilla Aleramo, Galvano Della Volpe, der Kritiker Giacomo Debenedetti… Ich war auch in der Partei aktiv. Doch nun kommt die große Überraschung: Ich beendete meine drei Jahre auf der Akademie gar nicht, denn ich wurde am Ende des ersten Jahres ausgeschlossen.

*Ausgeschlossen? Warum das denn?*

Silvio D'Amico schmiß mich raus.

*Was ist denn passiert?*

Ich muß vorausschicken, daß die Frauen mir immer schon gefallen haben. Und natürlich hatte ich Liebeleien mit einigen Studentinnen. In eine Studentin aber war ich echt verliebt. Zum Ende des ersten Studienjahrs organisierte Orazio in San Miniato die Aufführung des Stücks »Le Petit Pauvre« von seinem großen Meister Jacques Copeau. Es wurde die schönste Inszenierung, die ich jemals gesehen habe. Nur weitere zwei Stücke haben mich ähnlich stark beeindruckt: »Karussell Neapel« von Ettore Giannini und »Unter den Mauern von Jerusalem« von Barh Joseph, gespielt von der israelischen Theaterkompanie Hoel, was soviel heißt wie »Zelt«. In »Le

Petit Pauvre« durfte ich zu meinem Glück als Zweitregisseur und als Schauspieler mitwirken. Ich mußte nur den einen Satz sagen: »Nicht das kleinste Buch mehr.«

*Du fingst wirklich ganz klein an …*

Dabei war mein Einsatz sehr viel länger als der des Schauspielers in der entsprechenden Szene an meiner Seite, und das war Enrico Maria Salerno. Der sagte nämlich in den gesamten fünf Akten nur: »Und der Papst?« Weiter nichts. Also war mein Part viel größer, beinahe doppelt so lang wie der, den Salerno nach drei Akten sagen mußte. Und der heilige Franziskus antwortete ihm dann: »Pietro di Stazia, ich habe dich bereits verdammt.« Er machte kehrt und ging von dannen. Das war der ganze Einsatz von Enrico Maria Salerno. Damals waren wir rund fünfzig Schauspieler. Eine wunderschöne Aufführung, hervorragend.

*Andrea, du wolltest von den Frauen reden …*

Wir trafen also in San Miniato ein; die Mädchen wurden von den Klarissen des Klosters aufgenommen, in einem abgegrenzten Flügel, wohingegen wir Burschen bei den Franziskanermönchen schlafen mußten. Ich wurde melancholisch. Und auch Enrico Maria Salerno und Gigi Vannucchi überkam die Trübsal. So brachten wir den Schlüssel an uns, und jeder ging mit seiner Freundin schlafen. Wir waren erschöpft von den Proben, todmüde. Bei Morgengrauen machten wir uns davon und kletterten aus dem Fenster, das gut einen halben Meter über dem Boden war, und gelangten zum Franziskanerkloster. Eines unglückseligen Morgens jedoch wachte ich nicht rechtzeitig auf. Die Oberin öffnete die Zellentür, sah uns nackt auf dem Bett liegen, schrie und fiel in Ohnmacht. Es gab einen Riesenskandal. Das waren Zeiten, da durfte man sich an der Akademie nicht einmal Arm in Arm sehen lassen. Schon war eine Moralinspektorin zur Stelle und verpetzte dich.

*Wer waren die Moralinspektorinnen?*

Das waren schreckliche alte Jungfern, keinen Schritt ließen sie dich machen. Der Skandal kam auch D'Amico zu Ohren. Sie behielten mich bis zum Ende der Aufführung, dann teilten sie mir mit, daß sie mir das Stipendium nicht verlängern würden. Aber nicht nur das. Sie verwiesen mich der Akademie. Sie warfen mich hinaus.

*Diese Maßnahme sollte dein Leben verändern?*

Und wie die mein Leben veränderte, es war mein Ruin. Doch da war nichts zu machen.

*Stand dir Orazio Costa nicht zur Seite?*

Nein, denn ich beging eine Riesendummheit: Ich gab Silvio D'Amico übelste Antworten und beleidigte ihn zutiefst. Und er reagierte: »Sie Widerling! Sie sind schamlos, feige und grauenvoll wie alle Sizilianer.« – »Wieso, kennen Sie denn so viele?« – »Nein, nur einen: Luigi Pirandello. Der hat mir gereicht.« Mit diesem wunderschönen Bonmot schloß er.

Es nahm ein schlimmes Ende, und ich flog tatsächlich von der Akademie. Nun mußte ich in Rom ohne Stipendium überleben.

*Wie hast du das fertiggebracht?*

Natürlich ließ ich in meinem Brief nach Hause etwas von dieser Tragödie durchblicken, wenn auch nicht in vollem Ausmaß. Meine Mutter bedachte mich mit tröstenden Worten: »Komm eine Woche nach Porto Empedocle. Dann können wir darüber reden und sehen weiter.« Ich machte mich auf den Weg nach Porto Empedocle, war aber entschlossen, nach Rom zurückzukehren.

*Brachte dir diese Fahrt nach Hause etwas?*

Und ob. Wir kannten einen christdemokratischen Parlamentarier aus Agrigent, der eine große Anhängerschar hatte; er hieß Giulio Bonfiglio, und seine Frau war eine Freundin meiner Mutter. Die zwei Frauen redeten ein Wörtchen miteinander. Signora Bonfiglio konnte dann ihren Gemahl überzeugen, an Giulio Andreotti zu schreiben und ihm mitzuteilen, daß »dieser junge Mann verfrüht aus der Akademie ausgeschieden ist und eine Arbeit braucht …« Es vergingen zwei Wochen, und mit beschränkten finanziellen Mitteln kehrte ich nach Rom zurück. Da traf ein Brief von Andreotti ein, den ich heute noch habe: »Leider kann ich nicht viel für Sie tun…« Doch Andreotti half mir, indem er mich Diego Fabbri vorstellte.

*Wer ist Diego Fabbri?*

Das war der bedeutendste katholische Komödienautor in Italien. Oder besser gesagt, der bedeutendste Komödienautor auch ohne den Zusatz »katholisch« oder sonstiger Adjektive. Ein unvoreingenommener, intelligenter, sehr gebildeter Mensch, der eine Sympathie versprühte, wie ich es bei niemand anderem erlebt habe. Er war frei von jeder katholischen Heuchelei, völlig. Er war ein sehr offener Mensch, aber er besaß auch wiederum eine große Macht. Diego Fabbri verschaffte mir hier und da kleine Anstellungen, als Regieassistent beispielsweise, und ich konnte überleben.

*Was meinst du mit »hier und da kleine Anstellungen«?*

Ich war mit der Regieassistenz in »Das Lied vom Verrat« von Luigi Zampa betraut und hatte auch verschiedene Komparsenrollen. Die entscheidende Begegnung jedoch war die mit Chicco Pavolini; er war der Sohn von Corrado Pavolini, dem Bruder von Alessandro, einer berühmten faschistischen Größe. Chicco hatte die Akademie verlassen, aber sie hatten ihn zurückbeordert, weil inzwischen kein Schüler mehr an der Akademie war. Er war ein besonderer Mensch, und er kam zu mir und fragte mich: »Wenn ich wieder an die Akademie gehe, bedeutet das dann, daß ich dir die Rückkehr dorthin definitiv unmöglich mache?« Ich beruhigte ihn und sagte: »Nimm das Angebot ruhig an, ich werde sowieso nicht mehr zugelassen.« Unsere Verbindung hielt bis zu seinem Tode.

*In jener Zeit schwammst du bestimmt nicht im Geld?*

Nein, gewiß nicht. Als Chicco sah, daß ich so gut wie abgebrannt war, machte er mir ein Angebot: »Wieso arbeitest du nicht bei der Erstellung der ›Enciclopedia dello spettacolo‹ mit?« Ich verfügte über eine leidliche Kenntnis auf dem Gebiet der Theatergeschichte. »Gerne. Wer ist sonst noch dabei?« – »Da ist Silvio D'Amico zum Beispiel.« – »Na, gute Nacht. Damit wären wir wieder am Ausgangspunkt.« – »Keine Angst, sein Sohn Sandro leitet das Ganze, und ihm sind die alten Geschichten völlig egal.« Bei der »Enciclopedia« lernte ich also Sandro D'Amico kennen, und Sandro verschaffte mir unmittelbar Arbeit.

*Bekamst du wieder ein festes Gehalt?*

Natürlich. Diese Bekanntschaft löste viele Probleme, denn es bedeutete schlicht und einfach, daß ich überleben konnte.

*Mit welchen Aufgaben wurdest du betraut?*

Ich wurde Lektor für den Teil, der das zeitgenössische italienische Theater und das französische Theater umfaßte, sowie für die Filmbibliographie. Ich erhielt ein festes Gehalt; das war 1951. Und so habe ich nicht unter der Situation leiden müssen, die in der Akademie entstanden war. Außerdem, als Orazio Costa sah, daß sich die Wogen geglättet hatten, rief er mich als Regieassistenten in sein Theater, das Teatro Stabile di Roma. Er zahlte mir beileibe nicht viel, ab und an steckte er mir etwas zu; doch zusätzlich zu dem Geld, das ich bei der »Enciclopedia« verdiente, war es genug. Ich war zwar das Mädchen für alles, aber zu der theoretischen und kulturellen Erfahrung durch die »Enciclopedia« kam nun noch die praktische mit Orazio hinzu... Das war nicht zu verachten.

*Mußte die »Enciclopedia« ständig aktualisiert werden?*

Sie mußte von Grund auf neu geschrieben werden. Damals existierte sie noch nicht. Der erste Band sollte innerhalb von drei Jahren erscheinen, insgesamt waren neun Bände geplant, seit geraumer Zeit ist die Arbeit daran abgeschlossen. Es war eine einzigartige Erfahrung. Neun Jahre lang habe ich mein Arbeitszimmer mit Angelo Maria Ripellino geteilt, und neben uns arbeiteten Paolo Chiarini, Lele D'Amico, Luigi Squarzina, Vittoria Ottolenghi fürs Ballett und Tullio De Mauro. Es war eine schöne Zeit – trotz aller Schwierigkeiten. Später dann holte mich Orazio an sein Theater. Der einzige dunkle Punkt war: Wegen all der Dinge, die geschehen waren, war es mir unmöglich, Theaterregisseur zu sein.

*Am Ende der Ausbildung an der Nationalakademie für Schauspielkunst hätten sie dir das Abschlußdiplom ausgestellt, das dir so fehlte.*

Ja, genau, ich hatte nichts. Ich konnte mir nur mit Hilfe einer Theaterkompanie, also von außen kommend, Eintritt in die Welt der Regie verschaffen. Doch um ein echter Regisseur zu werden, mußte ich eine Gelegenheit abwarten, und genau die fehlte mir. 1952 lernte ich Giovanni Calendoli kennen, der aus Sizilien stammte und Leiter der Pressestelle bei der Faschistischen Partei in Rom gewesen war. Er war ein wahrer Ehrenmann, der nur Gutes getan hatte und von allen geschätzt wurde. Dank gemeinsamer Freunde hatten wir einen Draht zueinander. Er wurde mit der Herausgabe der Theaterzeitschrift »Scenario« betraut. »Hilfst du mir dabei?« fragte mich Calendoli. Und ich half ihm, ich machte alles – die »Enciclopedia«, Regieassistenz, und ich ging Calendoli zur Hand, der den Auftrag bekam, im Teatro Pirandello in Rom eine Theaterkompanie auf die Beine zu stellen, die den Namen »Compagnia del Teatro Italiano« bekam. Mir trug er die Regie an. Genau das war die Gelegenheit, auf die ich so lange gewartet hatte.

*Was für eine Regie war das?*

Der Text der Komödie stammte von Raoul Maria De Angelis, einem sehr angesehenen Autor, und der Titel war »Abbiamo fatto un viaggio«. Es war die erste Regie meines Lebens, wir schrieben das Jahr 1953. Es war eine wunderbare Erfahrung, hauptsächlich aus dem Grund, weil wenig Geld da war.

*Gab es finanzielle Unterstützung?*

Ich erinnere mich, daß mir noch genau fünfundzwanzigtausend Lire fehlten, um das Bühnenbild fertigzustellen, und ich konnte das Geld nicht auftreiben. Ausgerechnet Calendolis Haushälterin half mir aus der Klemme! Sie hatte zufällig das Gespräch zwischen mir und Giovanni mitgehört und sich eingemischt: »Aber wenn Sie es wünschen, kann ich Ihnen die fünfundzwanzigtausend Lire leihen, ich habe etwas auf die Seite gelegt.« Das waren noch Zeiten! Endlich konnte das Stück aufgeführt werden. Zur Uraufführung fanden sich sämtliche römische Theaterkritiker ein. Als ich Silvio D'Amico das Theater betreten sah, erschrak ich so heftig, daß ich gleich abgehauen bin und bei der Uraufführung meiner ersten Regiearbeit gar nicht dabei war.

*Und wohin bist du gegangen?*

Ich ging und ging ... Stundenlang wanderte ich durch die Gegend, bis ich schließlich an eine Stelle kam, wo geschrieben stand: »Hafenbehörde«. Ich war völlig perplex: Wo war ich denn jetzt gelandet? Ich war in Rom, an der Mündung des Tibers, wo es eine Hafenbehörde für die Flußfähren gab, die bis nach Fiumicino fuhren. Nie hätte ich erwartet, in Rom eine Hafenbehörde zu finden. Es war beinahe Morgengrauen. Ich machte dort Rast, rauchte eine Zigarette und wartete, bis die Zeitungskioske aufmachten; dann kaufte ich mir sämtliche römischen Tageszeitungen, um die Kritiken über meine Aufführung zu lesen. »Il Tempo«, für die Silvio D'Amico schrieb, hob ich mir bis zuletzt auf. Ich war blaß vor Angst, darin einen Verriß zu lesen. Alle Zeitungen schrieben Gutes über meine Arbeit. D'Amico lobte den Text und lobte die Schauspieler und schrieb abschließend: »Andrea Camilleri hat mit dieser Aufführung seine erste Regiearbeit abgeliefert, und ich muß ehrlich sagen, daß er sich damit auf beeindrukkende Weise seine Eintrittskarte in die Welt des Theaters verdient hat.« Mir liefen die Tränen herunter.

*Die Differenzen zwischen euch hatten ihm den Blick nicht getrübt.*

In keiner Weise, und mit drei Zeilen hatte er die Rechnung beglichen, und zwar großzügig. Alles wurde anders. Die positiven Rezensionen von Silvio D'Amico, von Ermanno Contini, von den großen Kritikern eben, wiesen die Öffentlichkeit darauf hin, daß es da einen Theaterregisseur namens Andrea Camilleri gab.

*Camilleri hält inne, öffnet eine Flasche Bier. Er sieht nachdenklich aus und bittet seinen Interviewer: »Ich würde gerne über Rosetta, meine Frau, sprechen, wie wir uns kennengelernt haben, wie alles angefangen hat zwischen uns.« Er ist skeptisch, ob dieser Ausflug ins Private die Linie seiner biographischen Erzählung brechen könnte, die eine fortlaufende Beschreibung seines beruflichen Lebenslaufs ist. Ein Risiko, das wir eingehen wollen, auch weil es wenig Sinn macht, den Schriftsteller Camilleri kennenzulernen, ohne seine Gefühlswelt, seine Lebensumstände, die Familienwärme, die ihn umgibt, beleuchtet zu haben. Wir befinden uns jetzt in seiner Wohnung in Rom, wenige Schritte vom Sitz des italienischen Staatsfernsehens RAI im Viale Mazzini entfernt – von der RAI, die eine so große Rolle bei der Herausbildung seiner vielseitigen Persönlichkeit als Künstler und Intellektueller, als Dichter, Regisseur und Schriftsteller gespielt hat. Und man kann sich die Frage stellen: Wer weiß, ob sein Heim in Rom genauso ist wie das in Porto Empedocle? Camilleris Wohnung befindet sich in einem schlichten Palazzo aus den Anfängen des zwanzigsten Jahrhunderts im Herzen eines eleganten Wohngebiets. Camilleri lebt in einer Fünfzimmerwohnung, die nüchtern und funktional eingerichtet ist: zwei große Bücherwände, zwei kleine Wohnzimmer, kleine Porzellanstatuen auf einem Tischchen des sizilianischen neunzehnten Jahrhunderts; die Fensterläden sind stets halb geschlossen, und nur gedämpftes Tageslicht fällt herein. Camilleri hat immer schon Probleme mit den Augen gehabt, wie wir bereits wissen, aufgrund des Zusammenstoßes mit dem Burschen mit der Steinschleuder …*

*Sein Bericht setzt wieder bei der Hafenbehörde am Tiber an jenem frühen Morgen in Rom ein, als er die druckfrischen Zeitungen las, die seinen endgültigen Eintritt in die Welt des Theaters besiegelten …*

An jenem Tag hatte sich etwas für meine Existenz Grundlegendes ereignet. Während der Proben zu »Abbiamo fatto un viaggio« suchte mich eine Freundin auf, die in der Gewerkschaft der Theaterautoren tätig war. Sie sagte mir, eine junge Frau, die sich für die Arbeit des Theaters interessiere, habe sie gefragt, ob sie bei mir assistieren dürfe. Sie fügte noch hinzu, daß das Mädchen ihr Studium in italienischer Literaturwissenschaft bei Bruno Nardi und Giuseppe Ungaretti abgeschlossen habe und seit einem Jahr in Rom sei. Zuvor hatte sie in Mailand gelebt. Rosetta kam also und verfolgte die Proben über mehrere Tage. Und sie kam auch zu der Uraufführung ins Theater, eben in der Nacht, als ich durch die Straßen von Rom gewandert war.

*Es ist fast nicht zu glauben, daß sie dort im Theater war, um deine Aufführung mitzuerleben, während du durch Rom irrtest …*

Am nächsten Tag rief ich bei ihr an, um mich von ihr zu verabschieden und ihr zu danken – sie hatte sich spontan auch an den Kosten für die Inszenierung beteiligt –, und ich sagte ihr, daß ich nach Sizilien fahren würde. Ich war erschöpft, nachdem ich mein Ziel erreicht hatte. Mir war bewußt, daß sich zwischen uns etwas anbahnte, aber ich verspürte das dringende Bedürfnis nach ein paar Monaten Ruhepause. Während der zwei Monate in Sizilien wollte mir dieses Mädchen jedoch einfach nicht aus dem Kopf gehen. Sie hatte mich in keiner Weise ermutigt: Wir waren immer noch beim »Sie«, auch weil es das kollegiale »Du« von heute noch nicht gab.

*Und was geschah dann?*

An einem bestimmten Punkt hatte ich die absolute Gewißheit – auch wenn sie auf nichts Handfestes gründete –, daß sie die Frau war, die ich zum Traualtar führen wollte, im Falle daß sie mich heiraten wollte. Als ich an die Tage der Theaterproben zurückdachte, hatte ich begriffen, daß unsere Charaktere einander ergänzten. Ein Beispiel: Ich hatte mich zwei-, dreimal wegen Theaterdingen aufgeregt, und ihr war es gelungen, mich zum vernünftigen Nachdenken zu bringen und mein heißes Gemüt abzukühlen. Sie war sehr gebildet. Und sie war mir sehr nahe gewesen; ich spreche jetzt nicht von Gefühlen. Sobald ich wieder in Rom war, wählte ich ihre Nummer und sagte zu ihr: »Ich bin wieder da, wollen wir zusammen ausgehen?« Sie nahm meine Einladung an, und so begann unsere Geschichte. Es war im Jahr 1953.

*Lerntest du ihre Eltern kennen?*

Nicht sofort. Ihr Vater war ein Bankier, der Komödien fürs Theater geschrieben hatte, und das im tiefsten Faschismus. Zu wissen, daß seine Tochter mit einem Mann vom Theater zusammen war, machte ihm Sorgen: »Solche Leute trennen sich nach drei Jahren wieder«, wie es in diesen Kreisen üblich war. Er unternahm nichts gegen unsere Verbindung, aber mit Sicherheit war er nicht entzückt. Als ich wieder in Rom war, wurde mir eine weitere Regiearbeit angeboten. Und in dieser Zeit ging ich mit diesem Mädchen aus, es war absolut nichts »Offizielles«. Seit meiner Rückkehr aus Porto Empedocle waren sechs Monate vergangen.

*Arbeitetest du noch immer an der »Enciclopedia«?*

Ständig. Das war meine feste Arbeit. Wie es möglich war, mir zwei Monate Auszeit zu gönnen? Nun, weil bei der Arbeit an der »Enciclopedia« die Einhaltung der Abgabefristen für die Artikel und die Stichwörter das wichtigste war. Ansonsten war man frei.

*Du hattest begonnen, von deiner zweiten Regiearbeit zu erzählen…*

Die konnte ich in einem wunderschönen Theater durchführen. Es war eine riesige Halle, in futuristischem Stil und bestens ausgestattet. Es war ein moderner Bau, den Gian Filippo Carcano entworfen hatte und der Jahre später eingerissen wurde. Ich hatte gute Schauspieler zu meiner Verfügung: Aldo Giuffré, Elsa Albani; die Szenenbilder und Kostüme stammten von Pier Luigi Pizzi. Diese Aufgabe war nicht ohne, ich arbeitete sehr viel und war demzufolge sehr müde. Eines Nachts, als ich nach Hause kam, fand ich einen Zettel meiner Wirtin: »Signora Costa hat für Sie angerufen«, denn meine Beziehungen zu Costa waren nie abgebrochen. »Du liebe Güte«, sagte ich zu mir selbst, »stimmt ja, seit einer Woche schon sollte ich mich bei Signora Costa melden.«

*Andrea, aber was war mit Rosetta?*

Wart's ab. Am Morgen dann stand ich in aller Herrgottsfrühe auf, ich konnte noch nicht aus den Augen schauen, wählte die Telefonnummer von Signora Costa, und noch bevor sie überhaupt zu Wort kam, sagte ich: »Verehrte Signora, Sie müssen mich entschuldigen, wenn ich nicht früher gekommen bin. Aber ich steckte so tief in der Arbeit… Ich verspreche Ihnen, daß ich heute nachmittag um fünf bei Ihnen bin.« – »Kommen Sie, wann Sie wollen.« Und ich dachte: »Aber das war doch nicht die Stimme von Signora Costa. Was für eine Nummer habe ich nur gewählt?« Mit Entsetzen wurde mir bewußt, daß ich bei Rosetta zu Hause angerufen hatte und die Frau, die mir geantwortet hatte, ihre Mutter gewesen war. Und das bedeutete, ich mußte mich um fünf Uhr nachmittags bei ihren Eltern vorstellen. Um zwölf Uhr hatte ich eine Verabre dung mit Rosetta, das stand schon zuvor fest: Überglücklich warf sie sich mir an den Hals, denn mein Anruf bei ihr zu Hause bedeutete soviel wie die offizielle Verlobung mit allen Absegnungen.

Wegen eines Mißverständnisses also machte ich mich an jenem Nachmittag auf den Weg, um mich zu verloben. Ich kam mir vor wie die komische Figur des Zeno Cosini in Italo Svevos gleichnamigem Buch. So ist es tatsächlich gewesen. Ich war mächtig glücklich darüber, denn vielleicht hätte ich ansonsten nie den Mut dazu gehabt. Die unbeholfensten Personen unter den Anwesenden waren ich und mein zukünftiger Schwiegervater. Der Ärmste, er schaffte es nicht mehr, uns als Brautleute vor dem Altar zu sehen, denn er starb vorher, im Alter von nur fünfundfünfzig Jahren. Wieder einmal hatte sich das Theater heftig mit meinem Gefühlsleben verflochten.

*Wie ging es nach der offiziellen Verlobung mit Rosetta weiter in deinem Beruf?*

Eine gewisse Karriere nahm ihren Anfang, wenn ich auch – und das möchte ich im Abstand von so langer Zeit klarstellen – nicht nach dem offiziellen Theater strebte. Ich kann von mir behaupten, ein *cantinaro ante litteram* gewesen zu sein. Denn die Zeit der Kellertheater in Rom und des avantgardistischen Theaters brach erst Jahre später an. Ich inszenierte Arthur Adamov und als erster in Italien Samuel Becketts »Endspiel«; ich beschäftigte mich mit dem »Teatro dei satiri«, dem »Teatro Pirandello«, also dem kleineren Theater. Tatsächlich habe ich immer mit Texten gearbeitet, die nicht für das breite Publikum gedacht waren. Es waren die Stücke, die im Teatro Eliseo oder im Teatro Argentina zur Aufführung kamen.

*War das eine Entscheidung für ein Außenseiterdasein?*

In gewisser Weise, ja. Ich war immer nur am Rande des offiziellen Theaters tätig, aber in einigen Kreisen war ich sehr geschätzt. Im wesentlichen machte ich das, was mir gefiel. Der Gedanke, mich ins kommerzielle Theater zu begeben, war mir absolut fern. Ich suchte mir meine Texte aus, ich konnte damit einen Treffer landen, aber auch einen Reinfall erleben. Ich wollte Dinge entdecken, Neues ausprobieren. Unterdes war die Zeit gekommen, da Rosetta und ich heiraten wollten. Und da geschah es, daß die RAI einen Wettbewerb ausschrieb.

*Das war, wenn ich nicht irre, der letzte große Stellenwettbewerb bei der RAI vor der Einführung des Proporzsystems und der Direktanstellungen. Stimmt das?*

Exakt. Das war der Wettbewerb, durch den Umberto Eco, Bruno Vespa und andere zur RAI kamen… Und das unter dreitausend Bewerbern. Es war eine Vorauswahl vorgesehen, und da ich bereits Regie geführt hatte, wurden mir einige Pluspunke gutgeschrieben. Vier-, fünfhundert Personen kamen in die Endausscheidung, und wir machten uns an die schriftliche Prüfung. Rund hundert schafften es dann ins Mündliche. Vorsitzender der Jury war Mario Apollonio, Kritiker und Theaterwissenschaftler; zweiter Vorsitzender war Pier Emilio Gennarini, ein Journalist aus dem katholischen Lager, ein ehrenhafter Mann; er wurde dann Kursleiter innerhalb der staatlichen Fernsehanstalt. Ich erinnere mich an eine nicht enden wollende Prüfung; zum Schluß meinte Professore Apollonio: »Ich glaube, ich verrate Ihnen kein Geheimnis, wenn ich sage, daß wir diese interessante Diskussion, die wir gerade führen, in Mailand beim Kurs fortsetzen werden.« Damit nahm er die offizielle Mitteilung der Prüfungskommission über den positiven Ausgang meiner Prüfung vorweg. Ich bekam kaum Luft vor lauter Freude. Ich bestürmte Rosetta: »Hör zu, ich habe die Stelle bei der RAI bekommen, das ist doch herrlich, jetzt können wir heiraten.«

*Wieder einmal hattest du ins Schwarze getroffen.*

Warte ab, bis du das Ende der Geschichte kennst. Knapp fünf Tage vergingen, da rief mich Orazio Costa aus Mailand an; er inszenierte dort im Piccolo Teatro den »Processo a Gesù« von Diego Fabbri. Er hatte einen Regieassistenten, mit dem er nicht zurechtkam, und es waren noch zwei Wochen bis zur Uraufführung. Er bat mich, ihm zur Hand zu gehen. Ich antwortete ihm, daß ich das leider nicht tun könne, da ich auf die Einberufung durch die RAI wartete. Weitere drei Tage vergingen, und Costa rief erneut an: »Hör zu, Andrea, ich habe Mario Apollonio getroffen, und der war sehr zurückhaltend, was dich angeht. Etwas stimmt da nicht. Was ist bei der Prüfung geschehen?« – »Nichts, ich wüßte nicht, was«, meinte ich nur knapp. Und in der Tat, alle, die zur Prüfung zugelassen waren, kamen auch durch – bis auf mich. Ich war der einzige Ausgeschlossene. Gerade noch rechtzeitig machte ich mich auf den Weg nach Mailand, um die Regieassistenz bei Orazio anzutreten. Am Abend meiner Ankunft gingen wir essen: Costa, Diego Fabbri und ich. Orazio wollte wissen, was geschehen war. Nachdem Diego im Bilde war, telefonierte er mit Pier Emilio Gennarino und lud ihn für den nächsten Abend ein.

Als er dann kam, der Ärmste, war er ziemlich peinlich berührt. Diego sagte: »Pier Emilio, was hat das zu bedeuten? Andrea hatte die Gewißheit…« Und er: »Das stimmt auch. Wir hatten es ihm bereits gesagt. Stell dir vor. Nur… Tatsache ist, daß wir von seiten des Maresciallo der Carabinieri in Porto Empedocle Informationen über ihn und seine politischen Umtriebe bekommen haben… Schrecklich, kann ich dir sagen.« Als wäre ich Bakunin.

*Wurdest du Opfer einer politischen Hexenjagd?*

Ja, das würde ich behaupten. Damals hatte Filiberto Guala als Vorsitzender des Verwaltungsrats das Sagen in der RAI, später wurde er dann Trappistenmönch. Am Ende des Essens wandte sich Gennarini an mich: »Sie dürfen jetzt keinen Mißbrauch treiben mit dem, was ich Ihnen gesagt habe.« – »Um Himmels willen, Gennarini. Das ist eine Sache unter Ehrenmännern, über die man sich bei einem Abendessen vertraulich ausgetauscht hat. Ich bin gewiß kein Spitzel!« Das Beste an der ganzen Geschichte war, daß Orazio Costa sich zu mir umwandte und mich fragte: »Also du bist Kommunist?« – »Ja.« – »Ach.« Ende. Das war ihm ziemlich egal, und er hatte erst an diesem Abend, nach Jahren gemeinsamer Arbeit mit mir, davon erfahren. Auch Diego Fabbri war das reichlich gleichgültig.

*Die Hochzeit wurde verschoben?*

Uns widerfuhren einige Unglücksfälle, darunter auch der Tod meines Schwiegervaters, wie ich bereits angedeutet habe, und unsere Hochzeit wurde in der Tat verschoben. Unsere Verlobungszeit dauerte insgesamt dreieinhalb Jahre. Doch trotz des unglückseligen Ausgangs des Wettbewerbs für den Posten bei der RAI hielten wir an unserem Hochzeitsvorhaben fest. Meine Mitarbeit an der »Enciclopedia« war für weitere drei Jahre abgesichert.

*War deine Frau berufstätig?*

Meine Frau hatte einen Studienabschluß in Altphilologie und fand eine Stelle als Sekretärin beim INAM, dem Nationalen Krankenversorgungsinstitut; sie verdiente vierzigtausend Lire im Monat, genau die gleiche Summe bekam ich für meine Mitarbeit bei der »Enciclopedia«. Zusammen hatten wir also achtzigtausend Lire im Monat, die Miete war sechzehntausend … Wir kamen also aus; ohne im Luxus zu leben, natürlich.

*Habt ihr in Rom geheiratet?*

Ja, im Jahr 1957. Für die Trauung haben wir in der Via del Sudario die einstige Privatkapelle der Königin öffnen lassen. Ich wußte von der Kapelle, weil sich in derselben Straße in einem Palazzo aus dem Cinquecento mit einem wundervollen Innenhof die Theaterbibliothek Burcardo befand. Es wurde eine Zeremonie von seltener Vergnüglichkeit.

*Kam jemand aus Sizilien?*

Meine gesamte sizilianische Verwandtschaft rückte an, aber auch alle meine römischen Schauspielerfreunde waren zur Stelle. Es war eine wunderschöne Hochzeit. Bis auf einen kleinen Zwischenfall: Meine Frau steckte irrtümlich dem Priester den Ehering an den Finger, und der rief entsetzt: »Mir doch nicht, mir nicht!«

*Und wohin ging die Hochzeitsreise?*

Nach Florenz, dort verbrachten wir zehn Tage. Wir wohnten in einer Pension in Fiesole, die bereits damals ziemlich teuer war. Orazio hatte uns telefonisch dort angemeldet, wir waren die einzigen italienischen Gäste. Alle anderen waren Engländer. Der Pensionswirt fragte mich, ob wir das Zimmer des Signore Copeau oder das von Max Reinhardt haben wollten. Ich entschied mich für das Zimmer von Signor Copeau, des Lehrers von Orazio, der seinerseits wiederum mein Lehrer war.

*Wie ging's am Anfang der Ehe?*

Meine Frau wurde für einen internen Wettbewerb des INAM freigestellt. Um sich dieser Prüfung unterziehen zu können, mußte sie juristische Fachtexte kennen. Damals war sie – die Ärmste – bereits schwanger und mußte Jura studieren. Sie kam bei der Ausscheidung auf den ersten Platz und wurde leitende Angestellte beim INAM. Ende der Geschichte: Als das INAM aufgelöst wurde, ging sie als Generalverantwortliche in Frührente. Von der einfachen Sekretärin war sie auf der Karriereleiter steil nach oben gestiegen. Ich kann nicht vergessen, daß sie sich seinerzeit in einen so niedrigen Job als Maschinenschreiberin fügte, nur um mich heiraten zu können. Rosetta hat immer behauptet, Geld sei nicht wichtig. Ihrer Meinung nach gibt es immer eine göttliche Vorsehung. Das ist eine psychologische Haltung, dank deren die Dinge früher oder später tatsächlich eintreffen. Wir denken da auf die gleiche Weise.

*Wann kam deine erste Tochter zur Welt?*

Andreina ist 1958 geboren, und zum ersten Mal wurde mir richtig bewußt, ein verheirateter Mann zu sein.

*Wieso, wußtest du das nicht bis zu dem Augenblick?*

Ich glaube, ich habe es bereits gesagt: Ich brauche immer sehr lange, bis es bei mir Klick macht. Ich habe begriffen, ein Schriftsteller zu sein, als mir zum ersten Mal eines meiner Bücher in Übersetzung aus dem Ausland zugeschickt wurde. Ich sagte mir: »Also dann stimmt es doch.« Es drang mir durch und durch ins Bewußtsein, auf einer Insel geboren zu sein, als ich zum ersten Mal die Meerenge von Messina überquerte. Als mein erstes Töchterchen das Licht der Welt erblickte, war ich nicht in Rom. Ich arbeitete als Regisseur mit festem Engagement im Stadttheater von Bari, zusammen mit Salvo Randone. Im Grunde habe ich nur wenig von meinen drei Töchtern gehabt. Ich war für sie kein guter Vater, denn ich war immer außer Haus. Ich bin jedoch ein guter Großvater. Darauf bin ich sehr stolz.

*Was für Stücke hast du in jener Zeit inszeniert?*

Im Eliseo »Collage« von Aldo Clementi, Bühnenbild von Achille Perilli; bei der Aufführung kam es zu einer der schrecklichsten Raufereien, die man sich überhaupt in einem Theater vorstellen kann. Die Leute traktierten sich mit Fausthieben. Es war ein derart experimentelles Schauspiel, daß nicht jedermann in der Lage war, es gutzuheißen, oder vielleicht nicht einmal, es zu begreifen.

*Etwas Ähnliches war bei der Uraufführung von »Sechs Personen suchen einen Autor« geschehen, als die Zuschauer Pirandello angriffen und ihm zubrüllten: »Sie sind verrückt, verrückt sind Sie!« Das erzählt Orio Vergani…*

Ja, und bei der Gelegenheit konnte sich Orio Vergani, ein Boxmeister, mit Müh und Not zurückhalten. Er wollte Hiebe verteilen, aber er wartete ab, bis Pirandello zusammen mit seiner Tochter Lietta den Saal verlassen hatte.

*Du hast von deiner Schlägerei gesprochen…*

Das war eine sagenhafte Episode. Ich erinnere mich noch, es gab eine Gruppe von Zuschauern, die Partei für das Stück ergriffen; an ihrer Spitze stand Giulio Carlo Argan, Kunsthistoriker. Es gab einen Heidenaufruhr. Doch das Theater hatte Mordszulauf: Die Aufführungen waren für sechs Tage angesetzt, aus denen dann acht wurden. Mehr konnten wir nicht durchsetzen, denn viele Schauspieler unserer Kompanie hatten bereits andere Verpflichtungen. Einer stellte die Behauptung auf, daß meine Inszenierung dem Experimentalismus in Italien den Weg weise. Aber es gab noch einen weiteren Vorfall…

*Welcher war das?*

Es geschah einige Jahre später, 1962. Damals saß ich wirklich tief in der Tinte, im Teatro Mercadante in Neapel, wo ich »Tarantella su un piede solo« von Gigi Lunari auf die Bühne brachte. Die Aufführung wurde am Ende des ersten Akts vom Staatsanwalt höchstpersönlich unterbrochen; ich erhielt eine Anzeige wegen »Verunglimpfung der Streitkräfte«. Erst kurz zuvor war die Theaterzensur abgeschafft worden. Dario Fo und sämtliche Rechtsanwälte, die zu jener Zeit Wehrdienstverweigerern Rechtsbeistand leisteten, ergriffen für mich Partei. Es war eine ganz schreckliche Erfahrung: Mein Paß wurde eingezogen, ein Oberst der Carabinieri kam und fragte mich, ob ich zum Militärdienst wiedereinberufen werden könne, wenn ja, würde das Militärgericht den Fall entscheiden: Ich riskierte eine Haftstrafe in der Militärfestung von Peschiera. Ich verbrachte schreckliche Tage, bevor die Dinge geklärt waren. Am Ende legte der Untersuchungsrichter den Fall zu den Akten.

*Andrea, wo lebten deine Eltern während deiner ersten Jahre in Rom?*

Nach meiner Heirat waren meine Eltern nach Rom gezogen: Da ich Einzelkind war, brachte es mein Vater nicht fertig, fern von mir zu leben. Sie verkauften zwei Häuser in Porto Empedocle und erwarben dafür eine Wohnung hier in Rom in Monte Mario. So konnten wir uns sehr oft sehen.

*Kommen wir wieder auf deine Arbeit zu sprechen. Bewegtest du dich noch lange in den Grenzbereichen des Theaters?*

Nein. Zu dieser Zeit widmete ich mich recht bedeutenden Regiearbeiten, im Wechsel zu den »alternativen«, die meine Passion waren. In Bergamo inszenierte ich eine Opernneuigkeit im Teatro Donizetti: »San Giovanni decollato«, mit Musik von Alfredo Sangiorgi, der aus Catania stammte.

Als ich nach Rom zurückkehrte, sagte mir meine Frau eines Abends: »Lupo hat für dich angerufen.« Der einzige Lupo, den ich kannte, war Alberto. »Alberto, was gibt's?« – »Das war ich nicht, ich hab' dich nicht angerufen.« – »Also dann weiß ich nicht, wer dieser Lupo gewesen sein soll.« Und damit Ende. Zwei Tage später ruft dieser Lupo erneut bei mir daheim an und erreicht mich auch: »Ich bin der Programmdirektor des dritten Radiosenders. Ich müßte mal mit Ihnen sprechen.« So ging ich zu Cesare Lupo in die Redaktion des dritten Radiosenders.

*Wie war das dritte Programm in jenen Jahren?*

Es war ein äußerst raffiniertes Kulturprogramm, sie sendeten Symphoniemusik und Prosatheater, Themenabende. Dem dritten Programm lauschte man verzückt.

*Also Lupo dann…*

Lupo sagte zu mir: »Hören Sie zu, Camilleri, die zuständige Leiterin für den Bereich Prosatheater geht für sechs Monate in Mutterschutz. Ich bräuchte eine Vertretung. Ich habe mich bei verschiedenen Personen erkundigt, und alle – der Regisseur Giulio Pacuvio, die beiden D'Amico – haben Ihren Namen genannt. Nicht nur als Regisseur, sondern auch als Intellektueller, der das große Theater gut kennt. Nehmen Sie einen Zeitarbeitsvertrag für sechs Monate an? Sie brauchen nur am Vormittag zu kommen, nachmittags können Sie tun und lassen, was Ihnen beliebt.« – »Gerne. Der Ehrlichkeit halber muß ich Ihnen jedoch sagen, daß ich vor drei Jahren an einem Wettbewerb der RAI teilgenommen habe und aus politischen Gründen nicht zur Endausscheidung zugelassen wurde…« – »Das sind Dinge, die mich nichts angehen«, erwiderte er knapp. Und das war's.

*Sechs Monate später warst du wieder draußen?*

Ach, woher denn! Ich bekam einen Vertrag und blieb bei Cesare Lupo. Und der sagte wortwörtlich zu mir: »Wissen Sie was? Sie kommen nie mehr wieder aus der RAI raus, einer wie Sie muß der RAI erhalten bleiben.« Das war Ende 1958. Du willst wissen, wer im dritten Programm, in dem ich einen sehr guten Start hatte, noch arbeitete? Da waren – angefangen bei Angelo Romanò – alle zukünftigen mächtigen Männer des zweiten Fernsehsenders, den es damals noch nicht gab. Er wurde gerade geschaffen. Obwohl Lidia Motta aus dem Mutterschutz zurückgekehrt war, verlängerte Cesare Lupo meinen Arbeitsvertrag. Und ich begann mit dieser phantastischen, hochintelligenten Frau zusammenzuarbeiten; inzwischen ist sie seit Jahren in Pension. Wir hatten »Ehepaarschreibtische«, denn wir hockten Seite an Seite in einem winzigen Zimmer. Der Sitz des Senders war seinerzeit noch in der Via del Babuino. Ich bekam den Schreibtisch zugewiesen, an dem Carlo Emilio Gadda seinerzeit saß, als er fürs dritte Programm arbeitete …

*Das war ja keine üble Rückkehr nach dem Wermutstropfen bei dem Stellenwettbewerb, nicht wahr?*

Ich gebe zu, daß es für mich eine schöne Genugtuung war. Es ergab sich, daß in den ersten Monaten des Jahres 1960 die wichtigsten Macher des dritten Programms zum zweiten Sender überwechselten. Ich behielt meinen Posten bei. Als auch ich berufen wurde, ging ich zu Cesare Lupo und sagte: »Ich möchte auch zum Zweiten gehen.« – »Nein, wenn Sie mir keinen entsprechenden Nachfolger finden, lasse ich Sie nicht gehen.«

Ich war verzweifelt: »Aber wie soll ich das denn machen? Wer käme in Frage?« Da fiel mir Sandro D'Amico ein. Ich ging zu ihm – die Arbeit an der Enzyklopädie war schon abgeschlossen –, er war schließlich der Chefredakteur, der mir einst Arbeit gegeben und mich aus einer schwierigen Situation gerettet hatte. »Sandro, willst du zur RAI gehen und statt meiner dort arbeiten?« Er nahm das Angebot an, und ich wechselte über zum zweiten Programm.

*Bedeutete das beruflich gesehen einen Aufstieg?*

In kultureller Hinsicht war das zweite Programm ohne Zweifel wesentlich raffinierter. Und man bedenke, daß ich vom Radio zum Fernsehen überwechselte. Dieser Wechsel ermöglichte mir, sowohl fürs zweite Fernsehprogramm zu arbeiten, als auch Hörspiele im Dritten zu plazieren. Diese Regiearbeiten hatte ich nie machen wollen, als ich noch einfacher Angestellter war. Jetzt konnte ich mich ihnen stellen. Es begann eine intensive Arbeitsperiode.

*Die Dinge kamen wieder ins Rollen?*

Und wie! Es war ein Wahnsinnsleben, bis zur totalen Erschöpfung wegen Überarbeitung. Doch es gefiel mir. Ich hielt mich für einen Glückspilz. Ich begann sofort als Produzent für den zweiten Fernsehsender zu arbeiten, und zwar produzierte ich in Schwarzweiß die ersten acht Komödien von Eduardo De Filippo. Ja, genau, ich habe die produziert, und ich bin sehr stolz darauf.

*Also hast du auch Eduardo kennengelernt?*

Und ob ich den kennengelernt habe! Wir haben einige Zeit zusammen verbracht und sind Freunde geworden.

*Wir werden noch auf Eduardo De Filippo zu sprechen kommen… Du erzähltest von deinen ersten beiden Produktionen für die RAI.*

Nach Eduardos Komödien machte ich mich an die Produktion von einem der größten Erfolge des italienischen Fernsehens: »Die Ermittlungen des Kommissar Maigret« mit Gino Cervi. Zehn Folgen, Filmmusik von Luigi Tenco – »Un giorno dopo l'altro«. Es war das Jahr 1964. Ich begann auch fürs Fernsehen Regie zu führen.

*Andrea, du hast auch im Zentrum für experimentelle Filmkunst unterrichtet?*

Ja, in der Abteilung Schauspieler. Ich hatte Schüler, die nicht übel waren: Einer von ihnen war Marco Bellocchio, der unbedingt Schauspieler werden wollte und den ich überreden konnte, Regisseur zu werden; Marco Bellocchio habe ich auf dem Gewissen. Jahre später, also während der Zeit der Achtundsechziger, setzten die Schüler alle Professoren auf die Straße, und mich beriefen sie in den Dienst zurück. Gian Maria Volonté kam zu mir: »Hör zu, die wollen dich.« Also war ich der einzige Dozent im Innern des besetzten Centro sperimentale.

*Wie kamst du mit den Achtundsechzigern zurecht?*

Ganz gut. Im Centro sperimentale gab es eine große Uhr, die die Unterrichtsstunden anzeigte, und eine Sirene, die zum Unterricht rief. Die erste »Amtshandlung« von diesen jungen Leuten war, die Uhr von der Wand zu reißen und auf dem

Boden zu zerschmettern. Sie, die Revolutionäre, hatten die Uhr entfernt. Es existierte auch eine Art Wandzeitung dort, auf die ich mit Filzstift schrieb: »Professore Camilleri hält morgen um neun Unterricht.« Keine Menschenseele war um neun zu sehen. Gegen elf trafen die ersten noch ganz verschlafenen jungen Leute ein. Zwei Stunden hatte ich auf sie gewartet. Tags darauf schrieb ich eine kleine Mitteilung und hängte sie an die Wand: »Der Unterschied zwischen dem Revolutionär und dem Faulenzer ist der: Der Revolutionär macht die Uhr kaputt, und statt um neun ist er um fünf vor neun da. Der Faulenzer macht die Uhr kaputt und steigt erst um elf aus dem Bett.« Am nächsten Morgen waren alle pünktlich im Klassenzimmer. Das war eine richtig nette Überraschung.

*Und welche Rolle spielte Orazio Costa bei alldem?*

Orazio Costa wurde während der Achtundsechziger-Bewegung aufs heftigste von den Studenten der Akademie bekämpft, und da er die Nase voll hatte, reichte er seine Kündigung ein. Das interne Studentenkomitee berief daraufhin Dario Fo … Ich war bei ihrer Vollversammlung zugegen. Und Dario Fo fragte sie: »Was habt ihr gemacht?« – »Wir haben Costa weggejagt.« – »Schöne Arschlöcher seid ihr«, sagte Fo, »ist euch klar, daß er ein großer Mann seines Fachs ist? Da hättet ihr ganz andere fortjagen müssen.«

Ruggero Jacobbi, der damalige Rektor der Akademie, hatte ein Gespräch mit Orazio Costa. Und Ruggero rief mich zu sich: »Hör zu, Orazio will, daß du seine Dozentenstelle an der Akademie übernimmst.« 1974 also begann ich, Regie zu unterrichten.

*Und so kehrtest du in die Akademie zurück, aus der sie dich seinerzeit hinausgeschmissen hatten …*

Ja. Aber ich machte vor den Schülern kein Geheimnis daraus: »Bevor ihr dahinterkommt, will ich es euch selbst sagen: Ich wurde schon mal von dieser Akademie verwiesen.« So hatten wir sofort einen guten Draht zueinander. Und das war einfach wunderschön, denn es gibt nichts Erfreulicheres als eine gute Beziehung zu den jüngeren Generationen.

*Erzähl mir von dieser Beziehung …*

Du hast eine bestimmte Idee, du sprichst mit einem jungen Menschen von ungefähr zweiundzwanzig, und der lehnt sie ab. Du erklärst ihm deine Beweggründe, er erklärt dir seine, und so manches Mal mußt du dein Blut »erneuern«. Als ich Unterricht hielt, kam ich mir vor wie ein Vampir. Zum Spaß dachte ich: Jetzt sauge ich das Blut ihrer intelligenten Jugendfrische. Sechzehn Jahre am Stück, bis 1990 habe ich an der Akademie unterrichtet. Mir hat es immer schon viel besser gefallen, mit jungen Leuten zu arbeiten als mit Berufsschauspielern. Die Jüngeren sind viel gefügiger und lenkbarer, aufnahmefähiger. Wenn ich sie für eine Idee begeistern konnte, dann riß ich sie mit.

*Wann hast du dein erstes Buch veröffentlicht?*

1978 erschien mein erster Roman »Hahn im Korb« bei Lalli editore. Er fand eine sehr gute Resonanz. Doch es verging noch so manches Jahr, bevor ich mich ganz dem Schreiben widmete; zum Abschluß meiner Theaterkarriere inszenierte ich noch zwei Stücke von Pirandello: Ich brachte das Mythendrama »Die Riesen vom Berge« zusammen mit der Oper »Das Märchen vom vertauschten Sohn« in einer einzigen großen Vorstellung im Freien auf die Bühne; das war in der Tanzakademie am Aventiner-Hügel. Und ich realisierte Majakowskis »Die Wirbelsäulenflöte«, »Wolke in Hosen« und »Lenin«, drei Poeme ohne Bühnenbild; im Höchstfall war eine Sprossenwand vorgesehen. Das Schauspiel bediente sich ausschließlich der Körpersprache der Schauspieler; es wurde sogar in Brasilien aufgeführt. Und an jenem Tag begriff ich, daß ich, was die Theaterkunst anging, an der Endstation angelangt war, das heißt, daß ich nichts mehr zu geben, daß ich meine Erfahrungen voll ausgeschöpft hatte. Von da an widmete ich mich intensiv dem Schreiben.

*Aber deine Arbeit bei der RAI ging weiter …*

Ohne Pause. Ich produzierte »Hundert Jahre italienisches Theater«. Auf den Maigret fürs zweite Programm folgten »Die Komödien der guten Laune«, »Die Tochter des Kapitäns«, was ein herrliches Stück mit Amedeo Nazzari in der männlichen Hauptrolle war, »Luisa Sanfelice«... Es zeichnete sich kein Ende bei meiner Arbeit ab. Gleichzeitig führte ich Regie bei Hörspielen.

*Wie lautet deine Schlußbilanz?*

Einhundertzehn Regiearbeiten fürs Theater, über tausend fürs Radio, rund achtzig fürs Fernsehen, die noch zu meinen Fernsehproduktionen hinzukamen. Eine Riesenproduktivität.

*Wann kamen deine anderen zwei Töchter zur Welt?*

Elisabetta wurde zwei Jahre nach der ersten geboren, Maria Carmela, die Drittgeborene, vier Jahre später. Wir haben nicht verzweifelt auf den Stammhalter gewartet; für mich war nur wichtig, daß sie alle drei gesund und munter waren. Ich war glücklich, drei *femmine* zu haben. Viele Jahre sah es bei uns zu Hause so aus: Nach dem Tod meines Vaters wohnten meine Mutter und meine Schwiegermutter in der Nachbarwohnung. Meine drei Töchter lebten natürlich zusammen mit mir und meiner Frau, und dreißig Jahre lang wohnte auch eine Haushälterin namens Italia bei uns, die dann noch geheiratet hat. Zu Hause war ich der einzige Mann – und von daher ging es mir bestens.

*Und Orazio Costa?*

Er ist 2000 gestorben, er war neunundachtzig Jahre alt. Wir haben noch fünf Tage vor seinem Tod miteinander telefoniert. Er war der Taufpate von Andreina, meiner ältesten Tochter. Vor dreißig Jahren habe ich ein Haus in der Toskana auf dem Monte Amiata gekauft. Jedes Jahr an Weihnachten und an Silvester besuchte er uns dort. Eine tiefe Vertrautheit war zwischen uns entstanden: »Aber warum duzt du mich nicht?« – »Orazio«, wiederholte ich immer wieder, »ich schaffe es einfach nicht.« Er war mein einziger und wahrhaft großer Lehrer, auch auf dem Gebiet des Schreibens.

*Ist das da auf deinem Schreibtisch eine Büste von ihm?*

Ja, diese Büste ist einfach wunderschön, sie gehört zu den Dingen, an denen ich am meisten hänge. Orazio Costa war zwanzig, als er in Grottammare in der Nähe von Ancona Ferien machte. Und dort lernte er einen gerade achtzehnjährigen Bildhauer mit Namen Pericle Fazzini kennen, keinen Geringeren als ihn. Und Fazzini schnitzte aus Holz dieses wundervolle Bildnis von Orazio. Als Orazio gestorben war, rief mich sein Bruder an – er lebt in Paris und war sein Leben lang für die UNESCO tätig: »Ich würde Sie gerne besuchen und mit Ihnen über meinen Bruder sprechen.« Er kam also nach Rom mit dem Wunsch, daß ich ihm helfe, seinen Bruder besser kennenzulernen, da er doch sein ganzes Leben außerhalb von Italien verbracht hatte. Er wußte, wie sehr ich Orazio ans Herz gewachsen war, und so brachte er mir als Geschenk diese Büste mit. Es handelt sich um eine der zwei Bronzenachbildungen des Holzoriginals, die ein Schüler von Fazzini auf Bestellung angefertigt hat. Diese Büste leistet mir Gesellschaft, seitdem Orazio nicht mehr unter uns weilt.

*Wann fand eure letzte Begegnung statt?*

Im Teatro Eliseo. Er hegte mir gegenüber große, ungetrübte Zuneigung. Er war schon weit über achtzig, und mit seinem harten »r« in der Aussprache sagte er zu mir: »Andrea, wir sind zwei Schwachköpfe.« – »Wieso, Orazio?« – »Weil wir nur noch wenig Zeit haben, um miteinander zu reden, uns zu sehen, wir treffen uns ja nie. Wo werden wir uns denn sehen, etwa unter den spitzwipfligen Bäumen?« – das ist eine römische Redensart, gemeint ist der Friedhof, der für gewöhnlich von hohen Zypressen gesäumt ist. »Orazio, wir werden uns im Jenseits wiedersehen.« – »Du wirst dich doch nicht etwa jetzt, da ich nicht mehr gläubig bin, dem Glauben in die Arme geworfen haben … Auf diesem Weg werden wir uns nämlich nie begegnen …«

In seinen letzten Jahren baten die Studenten der Akademie Orazio auch um Ratschläge politischer Natur. Und er: »Entweder die Kommunistische Partei oder die Neugründungspartei der Kommunisten. Ihr habt die Qual der Wahl.« Und da ihn alle für einen reaktionären Pfaffengläubigen hielten, erstarrten sie wie die Salzsäulen. Orazio war ein religiöser Mensch, und sein moralischer Anspruch sich selbst und seinen Mitmenschen gegenüber war sehr hoch. Er war Calvinist, und zwar aus ganzem Herzen, und besaß eine außerordentliche kritische Intelligenz; überdies war er äußerst belesen. Er stammte aus sehr gutem Hause und war im Jahr 1936, als die Schauspielakademie eröffnet wurde, der erste Schüler. Silvio D'Amico hatte ein besonderes Auge auf ihn.

*War dir die viele Theaterarbeit beim Schreiben von Nutzen?*

Ich antworte dir mit einer anderen Frage. Was ist die Aufgabe eines Regisseurs? Sich eine wirklich kritische Vorstellung vom Text zu machen. Ich wehre mich gegen den Geistesblitz bei der Regiearbeit. Für mich macht der Regisseur nichts weiter als Textinterpretation, genauso wie der Orchesterdirigent eine Partitur interpretiert. Grundsätzlich besteht da kein großer Unterschied. Wenn dir beim Spielen eines Musikstücks in den Sinn kommt, *tatatataaa* zu machen, dann ist das Schwachsinn. So hat auch der Genieblitz des Regisseurs nichts Textimmanentes. Man muß als erstes die tiefere Bedeutung des Textes verstehen, nachvollziehen können, warum der Autor sich auf diese bestimmte Art und Weise ausdrückt. Der Theatertext sprießt nicht aus der Erde wie ein Pilz.

*War das deine Einführungslektion für die jungen Leute an der Akademie?*

Genau das war sie. Zu welcher Zeit ist der Autor geboren? Warum schreibt er genau auf diese Weise? Wie war die Gesellschaft in seiner Zeit? Bevor man sich auf einen Text einläßt, muß man ihn einer ziemlich ausgedehnten und vielschichtigen Analyse unterziehen. Danach muß man die Regie so konzipieren, als ob man ein Essay für eine Literaturzeitschrift vorbereitet. Ich verlangte, daß meine Schüler ihren Regievorschlägen eine Bibliographie anhängten, so wie man es bei einer Examensarbeit macht. Meine Standardfrage lautete: »Welche Bücher habt ihr zu diesem Autor gelesen?« Diese Herangehensweise war Teil meines Regiekonzepts. Es bestand die Gefahr, daß die Schauspieler der Regieidee untreu wurden, und das war auch eine technische Angelegenheit.

*Führt das Schreiben eines Theaterstücks oder eines Romans nicht zu gegensätzlichen Techniken?*

Für mich nicht. Im Gegenteil. Wenn ich mich zuerst unter literarischem und dann unter theatralischem Aspekt mit einem Text auseinandersetzen mußte, zwang mich das Werk, das für die Aufführung, das heißt für Auge und Ohr bestimmt war, auf plastische Weise zu schreiben. Von der Bühnenfigur sagt ja auch keiner vor ihrem Szenenauftritt: Es ist ein junger Mann von dreißig Jahren, hochgewachsen, blond und blauäugig… Er steht plötzlich vor einem, und man beginnt ihn aus seiner Sprechweise, der Struktur seiner Rede zu begreifen. So kommt es auch, daß ich manche Figuren, noch bevor ich sie beschreibe, erst einmal reden lasse, ich schreibe ihre Dialoge. Erst danach sage ich: Der ist hochgewachsen, hat dunkles Haar. Auf gewisse Weise leite ich das ab, ziehe ich es aus dem Dialog heraus. Die Lebendigkeit meiner Dialoge ist ihrem Theaterursprung zu verdanken, ich habe sie mir im Laufe der Jahrzehnte angeeignet, sie ist nicht angeboren. Außerdem schreibe ich die Kapitel meiner Romane nicht nach klassischem Schema. Ich schreibe lange Sequenzen in visuellem Sinn, für Film und Fernsehen. Sie haben einen ziemlich dichten und kurzen Atem. Oft schreibe ich Sätze, bei denen ich große weiße Flächen hinterlasse. Dann komme ich wieder auf sie zurück. Das verhilft zu einem längeren Erzähleratem, der zugleich auch der des gesprochenen Worts ist. Das Gesprochene ist für mich von grundlegender Bedeutung.

*Deine »gesprochene Sprache« erkennt man sofort, wenn man dir ein Weilchen zuhört…*

Auch meine »Oralität« ist ein Resultat von Übung. Wenn ich eine Seite schreibe, muß ich sie mir wieder und wieder laut vorlesen. Und so kommt das Theater wieder ins Spiel. Was widerfährt einem Regisseur, wenn er Stück um Stück das Studium seiner Figuren vorantreibt? Daß die Figur – wie man so schön sagt – langsam der Papierseite, auf der sie bislang in der Waagerechten verharrte, entsteigt. Sie richtet sich auf, nimmt Gestalt an, bis du sie sogar im Raum herumspazieren siehst.

An diesem Punkt kannst du all dies auf einen Schauspieler übertragen. Beim Schreiben mache ich das gleiche. Es ist für mich zwingend, daß die von mir schreibend erschaffene Figur im Zimmer herumgeht, sobald ich sie, das heißt die Zeilen, die sie enthalten, lese; das ist ein theatralischer und kein rein literarischer Sachverhalt, der sich schlicht und ergreifend in der Waagerechten der Buchseite abspielt.

*Während deiner Zeit in Rom starben zuerst dein Vater und dann deine Mutter.*

Und wieder einmal verflocht sich mein Berufsleben mit meinem Gefühlsleben. Beginnen wir mit meinem Vater. Eines Tages trug mir Leone Piccioni, seinerzeit Leiter der RAI-Radioprogramme, an, ein Hörspiel zu schreiben. Es waren zwanzigminütige Folgen vorgesehen. Auf daß die Hausfrau, während sie ihre häuslichen Arbeiten verrichtete, sich diesen Hörspielroman gönnen konnte. Es war das erste Experiment dieser Art. Piccioni hatte »Rocambole« von Ponson du Terrail dazu ausgesucht. Fünfundvierzig Folgen waren in Vorbereitung, eine endlose Zahl. Da ich bei meiner Arbeit sehr gewissenhaft war, bat ich mir aus, daß ich mindestens zwei Tage pro Folge proben dürfe, bevor diese aufgenommen würde; ich bekam auch die Zusage. Heutzutage wird eine Folge in zwei Stunden durchgezogen und fertig ausgespuckt. Ich konnte die Sache in meinem Sinne aushandeln. Als ich mit der Arbeit loslegte, erkrankte mein Vater.

*Wie alt war er?*

Zweiundsiebzig. Er hatte den Sommer in Sizilien verbracht und war gerade nach Rom zurückgekehrt. Er hatte starke Schmerzen in der Brust und hustete heftig. Ich rief einen Arzt, der ihn zu Laboruntersuchungen schickte.

Ich brachte meinen Vater ins Städtische Gemelli-Krankenhaus, er wurde stationär untersucht, und nach vier Tagen wollte der Arzt mit mir sprechen: »Ihr Vater hat einen streuenden Tumor in der Lunge. Wir können nichts mehr machen.« – »Wird er leiden müssen?« – »Wir hoffen, daß es uns gelingt, ihm die Schmerzen zu ersparen.« Anstatt ein Taxi nach Hause zu nehmen, machte ich mich zu Fuß auf den Weg. Unterwegs stolperte ich in eine Bar, wo es einen Flipper gab. Ich begann zu spielen, und das mit einer solchen Verbissenheit, daß ein Lkw-Fahrer meinetwegen zwanzigtausend Lire verlor. Ich hatte mich so sehr hineingesteigert, daß ich vielleicht von außen betrachtet Meursault, dem »Fremden« von Camus, gleichen mußte, der auf die Nachricht vom Tod seiner Mutter ohne Tränen reagiert und sich weiterhin seinen Badeaktivitäten im Meer widmet.

*Wie lange dauerte die Krankheit deines Vaters?*

Sieben Monate. Im Dezember sagte mir der Arzt, ich solle meinen Vater nach Hause holen, es sei das letzte Weihnachtsfest, das er im Kreis der Familie erleben könne. Papa erlebte dieses Weihnachtsfest zusammen mit seiner Frau, meinen Töchtern, mit Rosetta und mit mir. Es war wunderschön. Er hatte sogar die Kraft, hinauszugehen und ein Christbäumchen zu kaufen. Das erwähne ich nur, weil ich dieses Bäumchen dann auf mein Grundstück in Santa Fiora gepflanzt habe: Der Baum hat überlebt, er ist riesig geworden, ein herrlicher Baum. Nach den Feiertagen, so um den 10. Januar, bat er persönlich darum, daß man ihn wieder ins Krankenhaus bringen möge. Er fühlte sich dort wegen der ärztlichen Betreuung einfach sicherer.

*Gabst du das Projekt »Rocambole« auf?*

Nein. Ich hatte am ersten Februar mit der Arbeit begonnen: Vormittags waren die Proben, nachmittags eilte ich zu meinem Vater und verbrachte die Nacht an seiner Seite. In der Nacht bevor er starb, hatte er eine seltsame Halluzination: Ich wurde er, und er wurde ich, und alle beide waren wir in Gefahr während des Ersten Weltkriegs. Ich spielte mit ihm Krieg: »Oberstleutnant Camilleri«, wandte er sich an mich, »verlassen Sie Ihren Posten, der Feind ist im Anmarsch …« Er verbrachte eine ganze Nacht im Delirium. Dann tauchte der Priester auf. Doch mein Vater wies ihn ab. Das bedauerte er später und sagte zur Schwester: »Da ist doch der Priester gekommen, der Ärmste, und ich habe ihn einfach wieder weggeschickt. Bitten Sie ihn in meinem Namen um Verzeihung, aber ich fühlte mich einfach nicht danach.« Die Schwester ging darauf nicht ein: »Signor Camilleri, vergessen Sie doch den Priester, wenn Sie Ihr Ende kommen sehen, bekreuzigen Sie sich einfach, und Ende der Vorstellung.« Seit Tagen schon überlebte er nur dank der Sauerstoffflasche. Da die Situation immer kritischer wurde, hatte ich einen Freund, Flem Bollini, gebeten, mich für einige Tage bei den Arbeiten für »Rocambole« zu ersetzen. Am Morgen nach der Deliriumsnacht machte mein Vater Zeichen, die ich nicht verstand. Ich dachte, der Sauerstoffschlauch störe ihn. *»Papà«*, fragte ich, »stört dich der Schlauch?« Er bedeutete: Nein. Ich begriff weiterhin nicht. »Was willst du denn?« Er wollte das Kreuzzeichen machen, und es gelang ihm auch. Dann sagte er nur: »Geh jetzt.« Ich stotterte: »Was heißt hier, geh jetzt, *papà*?« Mit letzter Kraft befahl er mir: »Geh jetzt.« Und ich ging in den Korridor hinaus. Als ich nach einer Viertelstunde wieder zu ihm kam, war er tot. Er hatte nicht gewollt, daß ich ihn sterben sehe. Dieser Mut wirft mich heute noch um, weil ich ihn niemals aufbringen werde. Das war tatsächlich die letzte Lektion, die er mir erteilte. Es war Ende Februar, als er starb, und zu der Zeit inszenierte ich »Rocambole«.

*Und deine Mutter?*

Nach dem Tod meines Vaters nahm ich sie zu uns ins Haus. Dann fanden wir eine andere Wohnung, auf dem Viale Carso, und dort lebten dann die beiden Witwen auf demselben Stockwerk wie wir: meine Mutter und die Mutter von Rosetta. Ich glaube, das habe ich bereits erzählt. Ab und an zankten sich die zwei, aber im Grunde mochten sie sich und lebten hervorragend zusammen. Als erste starb die *mamma* meiner Frau, dann starb meine Mutter, während ich Majakowski inszenierte …

*Sie war diejenige, die deine Arbeit mit dem allergrößten Interesse verfolgte?*

Meine Mutter war sehr stolz auf alles, was ich schrieb. Als mein erstes Buch veröffentlicht wurde, war sie im siebten Himmel, für sie war ich wie Dante Alighieri. Heute denke ich voller Rührung an sie, sie tat einfach alles, um mir zu helfen. Wäre sie heute noch am Leben und hätte den Erfolg miterlebt, den ich jetzt mit meinen Büchern habe, müßte man sie am Boden verankern, wie man es mit einem Zeppelin macht, ansonsten würde sie vor Stolz abheben und davonfliegen. Sie ist vor rund fünfzehn Jahren gestorben. Damals war bereits mein erstes Buch »Hahn im Korb« erschienen, das sie neben »Das launische Eiland« auf dem Nachttisch liegen hatte. Die beiden Bücher waren ihr Evangelium geworden. »Heilige Maria, diese Geschichte da!«, sie las sehr viel, »aber mein lieber Sohn, du hast zwar noch nie ein Blatt vor den Mund genommen, aber wieso schreibst du diese ordinären Wörter, diese schmutzigen Beschreibungen.« Ich verteidigte mich: »*Mamma*, ein Romanautor …« Und sie: »Hör auf, der kann darauf verzichten, unanständige Sachen zu schreiben.« Sie schämte sich, weil ich für ihre Begriffe Schweinereien schrieb. »Immer ist er unanständig gewesen, immer hat er wie ein Kutscher geflucht …« *Mamma* war von exemplarischer Strenge mir gegenüber, weil sie Angst hatte, mich mit ihrer Mutterliebe zu verwöhnen. Ich erinnere mich noch an die Hiebe, die sie verteilte. Sie war mager, schön, mit langen, knochigen Händen … Madonna, wie schmerzten diese Backpfeifen, die sie mir mit Inbrunst verpaßte. Ich war auf diese Bestrafungen gefaßt, sie waren praktisch zwingend und kamen nicht einfach so aus heiterem Himmel; ich hatte immer etwas verbrochen, für das ich eine Strafe verdiente. Die Rollenverteilung wurde aufrechterhalten: Meine Mutter irrte sich nie. Ich kann nicht behaupten, daß sie jemals im Unrecht gewesen wäre. Sie bestrafte mich aufgrund *extrema ratio.*

Heute, da ich viele Enkelkinder habe, weiß ich nicht, welche Erziehungsmethode die richtige ist. Mir hat es genutzt, daß meine Mutter mir ab und zu eine verpaßt hat. Das erkenne ich ehrlichen Herzens an. Es diente dazu, einen Punkt zu machen, eine Grenze zu setzen, die ich nicht überschreiten durfte. Das wahre Leiden bestand für mich darin, zusehen zu müssen, wie sie ihren Verstand verlor ... Mich erkannte sie noch immer, aber am Ende hatte sie Schwierigkeiten, zu begreifen, wer die anderen waren.

*Was für ein Leiden hatte sie?*

Alzheimer. Sie war sehr alt, und wir hatten ihr ärztliche Betreuung im Hause zugesichert. Und nachts mußte ich oft die Krankenschwester rufen, weil sie aus dem Bett gefallen war.

Gegen Ende, als sie noch imstande war zu lesen, bat sie mich oft: »Könntest du mir ein Buch kaufen?« – »Aber sicher doch, *mamma*.« – »Es muß aber absolut anspruchslos sein, ich bestehe darauf, keine intelligenten Sachen. Ich will nicht mehr denken müssen.« So kaufte ich ihr Schmalzromane aus der Reihe »Harmony«, und sie verschlang diese Schmöker. Bis zuletzt behielt sie die Gewohnheit zu lesen bei, Hauptsache, es war nichts, das in die Tiefe drang.

*Du hast gesagt, daß du in jener Zeit an Majakowski arbeitetest?*

Es war eines der letzten Schauspiele meines Lebens, es beendete meinen langen Abschied vom Theater: »Wolke in Hosen«, »Die Wirbelsäulenflöte« und »Wladimir Iljitsch Lenin«, die ich mit fünfunddreißig Schauspielern ohne Bühnenbild inszenierte und nur die Körper der Vortragenden als szenische Hilfsmittel einsetzte. Einmal war es vorgekommen, daß ich zwei Tage lang keinen Fuß in das Zimmer gesetzt hatte, in dem meine Mutter lag. Als ich sie dann wieder besuchte, erzählte ich ihr: »Ich bin mit den Proben für eine Theatervorstellung beschäftigt.« – »Ach ja? Und was probt ihr gerade so?« – »*Mamma*, ich probe gerade drei Poeme eines Dichters.« – »Wie heißt der denn?« – »Er heißt Wladimir Majakowski. Aber du ...« – Sie ließ mich den Satz nicht beenden: »Du fingst an, diesen Dichter zu lesen, als du achtzehn warst ...« Das stimmte. Sie war mir in diesen Dingen immer sehr nahe gewesen. Sie besaß viele Eigenschaften, die mir ans Herz gingen, sie war eine Frau nach alter Fasson, und so begriff sie auch die Welt. Mir kommt gerade eine Erinnerung an das Jahr 1942, sie war schön und voller Lebensfreude. *Mamma* war Jahrgang 1898. 1942, da war sie also vierundvierzig Jahre alt, immer elegant, immer *compos sui*, ließ ich einmal eine Nummer der Zeitschrift »Primato« von Bottai auf dem Tisch liegen; und auf den aufgeschlagenen Seiten waren vier Gedichte von Sandro Penna abgedruckt. Sie las viel Lyrik. Wenn ich außer Haus war, nahm sie sich »Primato« und las Gedichte. Sie sagte mir auch: »Ich verstehe ihn einfach nicht, diesen Alfonso Gatto.«

An das erste Gedicht von Penna erinnere ich mich noch deutlich:

»*Er stand still für mich. Doch ohne Stil / vielleicht küßte ich seine roten Lippen. / Plötzlich und ganz leicht dann seine Bewegung / wie der Wind sich in den April bewegt.*«

Ich kam nach Hause, und meine Mutter überfiel mich: »Andrea, Madonna, was ist das nur für ein schönes Gedicht, schau her, es hat nur vier Zeilen. Aber das hat bestimmt eine Frau geschrieben.« Das Gedicht war unterzeichnet mit Sandro Penna. »Penna ist doch ein Mann«, sagte meine Mutter, »wie könnte er je ein Gedicht für einen anderen Mann schreiben?«

Meine Mutter irrte sich: Sie konnte sich nicht vorstellen, daß es auch homosexuelle Dichter gab. Schließlich verlor sie für immer den Verstand, und kurz darauf starb sie. Ihr Tod fiel zusammen mit dem Ende meines Theaterlebens. Während meines Lebens fürs Theater starben mein Vater und meine Mutter …

# VII. Unvergeßliche Begegnungen

*Werfen wir nun einen Blick auf den Schriftsteller Andrea Camilleri und seine Literatenfreunde. Beim Durchblättern des Albums seiner Bekanntschaften und Erinnerungen haben wir uns einer oft unzugänglichen Welt genähert, die dem alltäglichen Leben fern zu sein scheint. Dabei mußten wir streng auswählen, denn unser Gesprächspartner verkehrte gut ein halbes Jahrhundert lang in den exklusivsten Kreisen des Theaters, der Dichtung und der Literatur in Italien. Als Intellektueller war er ein produktiver Quergänger, wie man heute sagen würde, der für jede Form der künstlerischen Kommunikation offen ist. Es gibt einen Dichter Camilleri ebenso wie einen Schriftsteller Camilleri. Es gibt einen Theater- und einen Radioregisseur, aber auch einen Fernsehregisseur und einen Fernsehproduzenten Camilleri, der verantwortlich ist für einige der besten Sendungen, die in den Archiven der RAI zu finden sind. Ihm gelang es, sich die Medien für seine Botschaften gefügig zu machen, sich höchst raffinierter Instrumente zu bedienen, dort, wo andere des öfteren von letzteren überrannt wurden.*

*Ein »Quergänger« zu sein gründete bei Camilleri auf seiner Fähigkeit, festgeschriebene Rollen zu meiden, sich nach reiflicher Überlegung und mit vollkommener Natürlichkeit von seinem einfachen Schreibtisch – der Arbeitsbank einer Schreinerei ähnelnd –, auf die wackligen Bretter eines Kellertheaters, auf den Teppichboden eines Fernseh- oder Radiostudios zu begeben. Dorthin, wo die Ideen ständig kreisten, wo es Figuren zu formen, Handlungsstränge zu entwirren galt und wo bewunderte Genies auftauchten, mit denen man sich messen mußte. Vor allem aber da, wo es Geschichten gab, schöne, wunderschöne Geschichten, die nur darauf warteten, erzählt zu werden. Und um Camilleris Bekanntschaften in den genannten Welten genauer in Augenschein zu nehmen, haben wir für diese »Gemäldegalerie« sechs besonders bedeutende Persönlichkeiten aus-*

*gesucht: Leonardo Sciascia, Vitaliano Brancati, Elio Vittorini, Vincenzo Consolo, Livio Garzanti, Eduardo De Filippo.*

Ich muß dringend vorausschicken: Es war in der Klinik, während der langen Agonie meines Vaters, als ich meine höchst persönliche Reise durch die Erinnerung auf der Suche nach meinen Wurzeln und meiner menschlichen, und erst an zweiter Stelle kulturellen, Identität antrat. Mein Vater und ich machten uns gemeinsam auf diesen Weg und suchten unablässig nach alldem, was uns vereinte, lange vor dem, was uns auf politischem Terrain getrennt hatte. Auf liebevolle Weise getrennt hatte, denn niemals war es zu rauhen und unschönen Zusammenstößen zwischen uns gekommen. Es folgte eine ausführliche und gründliche Klarstellung, auch weil mein Vater sich in seinen letzten Jahren umorientiert hatte. Er war nicht mehr im Faschismus verhaftet, ganz im Gegenteil. Er hatte geistiges Neuland betreten, er war ein Demokrat geworden und nicht einmal mehr rechtsorientiert. Er schrieb sich in keiner Partei ein; gewisse gesellschaftliche Instanzen, die anfänglich die Grundlagen des Faschismus bildeten, bevor daraus ein Staat und ein Regime wurden, hatte er stets gutgeheißen. Der von ihm am meisten geschätzte Politiker hieß mittlerweile Saragat*. Es war also offensichtlich: Seine Position hatte sich der meinen angenähert, und wir hatten jetzt mehr Berührungs- und keine Reibungspunkte mehr.

Wozu dieser Vorspann? Natürlich weil die Beziehung, die sich auf unserer gemeinsamen Reise durch die Vergangenheit herausbildete, sogenannte »Nebenwirkungen« zeigte: Die Lust, gewisse Erfahrungen aus meinem Leben zu erzählen, und zwar auf die Art und Weise, die mir geläufig war: in Form eines Romans. Es ist also nicht von ungefähr, daß mein erster Roman – »Hahn im Korb« – meinem Vater gewidmet ist.

* Giuseppe Saragat (1898–1988), sozialistischer Politiker, 1964–1971 Staatspräsident, während des Faschismus im Exil, 1946 Vorsitzender der Verfassunggebenden Versammlung; verantwortlich für die Spaltung der Partei, gehörte dem Flügel an, der eine engere Zusammenarbeit mit den Kommunisten strikt ablehnte.

*Wann hast du mit der Arbeit an diesem Buch begonnen?*

1967 fing ich mit dem Schreiben an, und 1968 war das Buch fertig. Allerdings konnte ich zwischen 1968 und 1978 keinen verflixten Verleger finden, der bereit gewesen wäre, mein Manuskript zu veröffentlichen. Das Hindernis war meine Sprache, sie war zu ortsgebunden, zu dialektal und unverständlich. Endlich, im Jahr 1978, wurde aus diesem Buch ein Fernsehspiel, und auf diesem Umweg fand ich einen Verleger; es war Lalli editore, er veröffentlichte mein erstes Buch. In den zehn Jahren des Wartens hatte ich nichts mehr zu Papier gebracht. Ich sagte mir: Von den Verlegern erhalte ich keine Reaktion, aber ich kann nun mal nicht anders als schreiben. Also, warten wir's ab. Auf der anderen Seite erhielt ich Anerkennung für mein Schaffen am Theater und im Fernsehen. Die Tatsache jedoch, daß die Verleger mir kein Gehör schenkten – das möchte ich betonen –, trieb mich nicht zur Verzweiflung.

*Und als Lalli sich dann doch interessiert zeigte?*

War das, als wäre eine Flasche entkorkt worden. Alles, was ich in mir hatte, sprudelte nun heraus. So kam es, daß knapp zwei Jahre später, 1980, bei Garzanti mein erstes Buch erschien, das in ganz Italien vertrieben wurde: »Das launische Eiland«. Der von Lalli veröffentlichte Roman hatte nur einen eingeschränkten Vertrieb gehabt.

*Welche Bedeutung hatte Garzanti zu dieser Zeit in der italienischen Verlagswelt?*

Garzanti war ein einflußreicher und begehrter Verleger. Ich gab Ruggero Jacobbi, den ich sehr schätzte und der für mich ein brüderlicher Freund und erst in zweiter Linie ein bedeutender Kritiker für Theater, Belletristik und Dichtung war, das Manuskript meines zweiten Buchs zu lesen. Er war begeistert und sagte: »Dieses Buch darf nicht so enden wie das erste.« Er nahm das Manuskript mit nach Mailand. Dort gab er es Gina Lagorio zu lesen, die kurz darauf Livio Garzanti heiratete und der ich bis dahin noch nie begegnet war. Eine Woche später rief Gina Lagorio mich an: »Ich möchte Sie gern kennenlernen. Ihr Buch ist wunderbar, ich habe es Livio weitergereicht, er wird Ihnen dann schreiben.« Ungefähr eine Woche später kam wieder ein Anruf: »Ich bin Livio Garzanti. Ihr Buch ist sehr schön, ich würde es gern veröffentlichen. Nächste Woche komme ich nach Rom, dann können wir uns kennenlernen.« Ich wußte, daß Garzanti einen Verlagssitz in Rom hatte, und schlug vor, daß wir uns dort treffen könnten. Er fiel aus allen Wolken: »Ach, der Verlag hat einen Sitz in Rom …? Hm, ja … Sie bringen mich in Verlegenheit, ich weiß nämlich nicht einmal, wo der ist, ich bin noch nie dort gewesen. Besser, Sie kommen in mein Hotel.« Und das befand sich auf der linken Seite von Montecitorio, dem italienischen Parlamentsgebäude.

*Wie verlief deine erste Begegnung mit einem Vollblutverleger?*

Es war Sommer. Wir hatten uns für elf Uhr verabredet. Ich schlief lange, zog mich ganz normal an, machte mir einen Kaffee und goß mir den dann über die Kleider. Vielleicht war ich doch ein wenig aufgeregt. So griff ich nach dem ersten Anzug, der mir zwischen die Finger kam – es war ein blauer Sommeranzug –, zog ihn an und begab mich zu dem Hotel am Montecitorio. Ich betrat die Halle und sah an der Rezeption einen Typ, der nicht besonders gut gekleidet war – Jeans und ein schlichtes Hemd. Zum Empfangschef gewandt sagte ich: »Ich habe eine Verabredung mit Signor Garzanti.« Und der am Empfangstisch lehnende Mann blickte mich an und meinte auf sich selbst deutend: »Da ist ja der Trottel von Schriftsteller, der sich in Schale wirft, um seinen Verleger zu treffen.« Und ich daraufhin: »Da ist ja der Trottel von Verleger und Multimillionär, der sich in Jeans versteckt …« Im Handumdrehen waren wir Freunde geworden. Es hieß, Garzanti habe einen fürchterlichen Charakter.

*Man sagt, daß er das Vorbild für Goffredo Parises Roman »Der Padrone« gewesen ist, der eben wegen seines Charakters ein hartes Porträt von ihm gezeichnet hat …*

Mir gegenüber war er stets ungewöhnlich liebenswürdig. Das ging so weit, daß er mich jedesmal, wenn er in Rom war, zum

Essen in ein Restaurant oder in das Haus von Gina Lagorios Tochter einlud, für die er wie ein Vater war. Es entstand eine enge Beziehung zwischen uns. Schließlich erschien mein Buch, und er wollte einen kleinen stilvollen Empfang geben: »Wir wollen dein Buch feiern«, sagte er, »aber machen wir etwas in kleinerem Rahmen, feiern wir unter uns.« Wenn er nach Rom kam, wohnte er in einer Suite im obersten Stockwerk dieses Hotels. Nach dem gemeinsamen Abendessen gingen wir in seine Suite und tranken Champagner.

*Wer war dabei?*

Meine Frau, Dante Troisi, Schriftsteller und ehemaliger Richter, der Regisseur Gianni Puccini, Gina Lagorio und er, Livio Garzanti. Es wurde ein unvergeßlicher Abend. Garzanti sagte zu mir: »Ich hoffe, Ihnen noch eine Überraschung zu bereiten.« Eine halbe Stunde vor Mitternacht klopfte es an der Tür, und Leonardo Sciascia stand da.

*Garzanti und Sciascia kannten sich?*

Ja. Und als Sciascia erfahren hatte, daß mein zweites Buch erschienen war, machte er sich auf den Weg ins oberste Stockwerk des Hotels, in dem auch er wohnte. Zufällig waren sie einander begegnet, und Garzanti hatte zu ihm gesagt: »Andrea Camilleri wird bei mir sein …«, und Sciascia wollte kommen. Die Abendgesellschaft wurde fortgesetzt, und zwei weitere Personen gesellten sich zu uns. Einer der beiden machte im Gespräch eine saudumme Bemerkung über Sizilien. Leonardo und ich tauschten Blicke aus, die einen blitzschnellen stummen Dialog in Telegrammstil enthielten. Nur meine Frau bemerkte diesen Blickwechsel – sie ist zwar in Mailand aufgewachsen, lebte jedoch schon viele Jahre mit mir zusammen – und brach in schallendes Gelächter aus, so daß alle sie fragten: »Aber warum lachst du nur, Rosetta?« Natürlich behielt sie es für sich und wehrte ab: »Ach nichts, nichts, ich mußte nur zufällig an etwas Lustiges denken.« Das stimmte aber nicht. Sie hatte den stummen Dialog zwischen Leonardo und mir abgefangen, der besagte: »Was ist das bloß für ein Schwachkopf.« Es wurde ein unvergeßlicher Abend.

*War es das erste Mal, daß du Leonardo Sciascia trafst?*

Nein. Wir hatten bereits Bekanntschaft gemacht. Und bevor ich ihn persönlich kennenlernte, hatte ich ihm geschrieben. Es war im Jahr 1960, als ich bei der RAI arbeitete und die Absicht hatte, einen Exklusivfernsehfilm über den »Fall Notarbartolo« um den Expräsidenten des Banco di Sicilia zu produzieren. Emanuele Notarbartolo war 1893 auf einer Zugfahrt von der Mafia ermordet worden. Ich schrieb an Sciascia, daß es uns wichtig sei, diesen Beitrag zu machen und im Fernsehen zu zeigen.

Er schrieb mir zurück, daß er unseren Standpunkt verstehe, aber daß er diese Verpflichtung nicht eingehen könne. Um gewissenhaft einen Text über dieses Thema zu schreiben, bedürfe es einer aufwendigen Dokumentation und endloser Recherchen, wonach ihm, um ehrlich zu sein, nicht der Sinn stehe. Das war unser allererster Kontakt. Also in Schriftform.

*Und dann?*

Zwei Jahre später sollte das Teatro Stabile di Catania Sciascias »Der Tag der Eule« aufführen, zu der Giancarlo Sbragia die Bühnenfassung geschrieben hatte. Bei dieser Gelegenheit lernte ich Sciascia persönlich kennen. Unsere Begegnung fand in Rom im Hause von Sbragia statt, der bereits mit der Arbeit an der Theaterfassung des Romans begonnen hatte.

Es war die Zeit, in der Leonardo noch nicht redete. Man muß dazu wissen, daß es eine Periode in Leonardos Leben gegeben hat, in der er grundsätzlich schwieg. Ich war der Regisseur, Giancarlo der Autor der Bühnenfassung, und uns beiden war noch einiges unklar. Leonardo hockte in einer Ecke und rauchte seine Zigaretten. Wir versuchten, ein Gespräch mit ihm zu beginnen: »Leonardo, was meinst du denn dazu?« – »Äh.« Es war äußerst schwierig, ihn zu einer Stellungnahme zu bewegen. Daran erinnere ich mich ganz deutlich …

*Und wie habt ihr eure Fragen bezüglich der Theaterfassung von »Der Tag der Eule« geklärt?*

Eines Tages, als Sbragia und ich über den Text der Bühnenfassung sprachen, ohne daß Sciascia dabei war, beschlossen wir, ihm mit den Augen zuzuhören …

*Was heißt das?*

Wir beschlossen, ihn im Auge zu behalten, denn seine Mimik war sehr viel ausdrucksvoller als sein Mundwerk. Wenn er zum Beispiel die Stirn runzelte, bedeutete das, daß wir falsch lagen … Jedenfalls ließen wir uns nicht die geringste Zuckung von Sciascias Augenbrauen entgehen … Und wir einigten uns …

*War er zufrieden?*

Darauf komme ich gleich. Anschließend begann ich mit den Proben zu »Das Märchen vom vertauschten Sohn«, und Leonardo stattete mir von sich aus einen Besuch ab. Wenn ich mich recht entsinne, wohnte er damals in einem Hotel in der Via Cerda, wo seinerzeit die Aufnahmestudios des sizilianischen Lokalsenders der RAI waren. In diesem Hotel empfing er seine Freunde. Ich besuchte ihn zwei- oder dreimal.

*Was genau hast du von euren ersten Begegnungen in Erinnerung behalten?*

Einmal machte er mich mit dem Schriftsteller Antonio Castelli bekannt, den ich sehr liebte; er ist der Autor von »Ombelichi tenui«, die Erstausgabe erschien bei Vallecchi. Sellerio editore veröffentlichte weitere Titel von ihm, die alle etwas melancholisch waren. Castelli stammte aus Castelbuono in der Provinz Palermo, ein äußerst interessanter und raffinierter Mann; er beging einige Zeit danach Selbstmord … An jenen Nachmittagen plauderten Leonardo und ich über Gott und die Welt. Damals wurde der Grundstein für unsere wahre Freundschaft gelegt. Es war keine Verbandelung, wie man es hier nennt, aber eine gute Beziehung; wir empfanden echte Lust, uns weiterhin zu sehen und auszutauschen.

*Wir müssen noch auf die Inszenierung von »Der Tag der Eule« zurückkommen.*

Als ich in Catania mit den Proben begann, fragte ich Sciascia, wie denn wohl die Mafiosi reagieren würden; und er meinte, da sie eitle Kerle seien, würden sie in der ersten Reihe sitzen und Beifall klatschen. Er war zufrieden mit unserer Arbeit, auch wenn er mit Komplimenten eher sparsam war und keine überflüssigen Worte machte. Unsere Beziehung nahm also ihren Lauf. Dann wieder vergingen Jahre, ohne daß wir uns sahen oder uns schrieben; doch als Sciascia als Mitglied der Radikalen Partei ins italienische Parlament gewählt wurde, mehrten sich unsere Kontakte. Das war Ende der achtziger Jahre, Sciascia hielt sich sehr häufig in Rom auf.

*Saht ihr euch oft?*

Ziemlich oft. Eines Tages begegnete ich ihm, als er auf dem Weg zur RAI in die Via Asiago war: »Leonardo, wenn du fertig bist, kommst du dann auf einen Kaffee zu mir nach Hause?« Und so war Sciascia zum ersten Mal bei mir zu Hause zu Gast. Ich ließ ihn die Archivunterlagen sehen, die ich zum Blutbad von Porto Empedocle, dem vergessenen Massaker, gesammelt hatte. Ich wollte, daß er dieses Buch schrieb. Er las sich die Papiere durch und meinte dann: »Kann ich wieder einmal einen Kaffee bei dir trinken?« – »Aber natürlich, Leonardo, wann immer du willst.« Nach einigen Tagen machte er seine Ankündigung wahr. Er kam und fragte mich: »Wieso schreibst du denn nicht diese Geschichte?« – »Leonardo, ich schreibe sie nicht, weil ich sie nicht so schreiben kann, wie du sie schreiben würdest.« – »Und warum wolltest du sie schreiben, wie ich sie schreiben würde? Schreib sie doch einfach in deinem Stil.« Und er fügte hinzu: »Ich würde daraus ein Pamphlet machen. Aber vielleicht müßte man ein historisches Ereignis dieser Art in einen ausgedehnteren Erzählrahmen einbetten.« Er hatte bereits »Auf der Seite der Ungläubigen« veröffentlicht. »Ist ja gut, Leonardo, ich schreibe das Buch. Aber welcher Verlag wird es veröffentlichen?« – »Keine Sorge, ich werde dir Elvira Sellerio vorstellen, du wirst sehen, sie wird es herausbringen.«

*Wie lautete seine Beurteilung, als du ihm den Text zu lesen gabst?*

»Andrè, da sind viel zu viele sizilianische Wörter drin. Du hast dieses wunderschöne Buch ›Das launische Eiland‹ geschrieben«, und weiter: »Paß auf, daß du nicht übertreibst mit dem Dialekt, denn das tut dem Verstehen Abbruch. Das sage ich nicht in kommerzieller Hinsicht, nein, ich meine, was das Vermitteln deiner Gedanken angeht.«

Er hatte nicht unrecht, die Gefahr war groß. Vor allem aber störte ihn meine Sprache in einem Essay, was »Eine Frage der Ehre« im Grunde ja war.

*Hast du seinen Rat angenommen?*

Ja, ich mußte ihm recht geben, was den Unterschied anging, auf den er mich hingewiesen hatte: »Ein Roman ist ein Roman, ein Essay ist nun einmal etwas anderes.« Und das führte dazu, daß ich mit seinen Worten im Kopf meinen Schreibstil gerade im essayistischen Teil sehr viel geläufiger machte. Auf den zwei Seiten Schlußfolgerung allerdings hielt ich mich nicht mehr zurück und erzählte die Geschichte auf meine Art. Leonardo gefiel das Buch. Er brachte es zu Elvira Sellerio, und ich bekam endlich die Gelegenheit, ihre Bekanntschaft zu machen.

*Ergaben sich noch weitere Möglichkeiten der Zusammenarbeit?*

Es gab eine Abteilung bei RAI-TV, die sich den Italienern im Ausland widmete und wichtige Kultursendungen für sie ausstrahlte. Der Direktor, Franco De Lucchi, hatte die Idee, eine anspruchsvolle Reihe mit dem Titel »Ein Schriftsteller und seine Heimat« ins Leben zu rufen; ich war der Regisseur dieser Sendereihe. Es kam der Zeitpunkt, da »Leonardo Sciascia und Sizilien« dran war.

Das Programm war gut durchkonstruiert; zwei Journalisten, ein Engländer und ein Franzose, befragten die jeweiligen Schriftsteller. Es sollte nicht nur die vielschichtige Beziehung des Schriftstellers zu seinem Herkunftsland herausgearbeitet werden, sondern auch das Bild, das man im Ausland von diesem Land hatte. Leonardo Sciascia erzählte in vier langen Folgen von Sizilien und den Sizilianern, und war sich dabei bewußt, daß die Italiener im Ausland ihm mit Wohlwollen, kritischem Verstand und Nüchternheit lauschen würden. Ich befürchte, daß diese Aufnahmen verlorengegangen sind oder unauffindbar in den Archiven der RAI lagern. Diese vier Sendungen sind es wert, erneut gehört zu werden. So kam es, daß wir uns immer häufiger trafen, auch weil er mich zu Beginn der Arbeit gebeten hatte, die Fragen zusammenzustellen, damit er die Zeit hätte, sich auf die Antworten vorzubereiten.

*Du hast von Sciascias »politischen« Jahren in Rom gesprochen. Sie waren gekennzeichnet von seinen Polemiken gegen den »Palazzo«.*

Und nicht nur gegen das Zentrum der Macht, das politische Establishment. Ich glaube sein aufsehenerregendster Angriff war der gegen Berlinguer, den Führer der Kommunistischen Partei. Sciascia war Mitglied der parlamentarischen Untersuchungskommission zum Fall Moro; während einer Sitzung enthüllte Sciascia, daß er Berlinguer bei einer privaten Begegnung höchst bestürzt gesehen habe; dieser vermutete nämlich hinter den italienischen Terroristen den langen Schatten der Geheimdienste des Ostblocks. Als Berlinguer von Sciascias Behauptung erfuhr, dementierte er, offenkundig aus politischem Kalkül – doch nicht nur das, er strengte eine Verleumdungsklage gegen Sciascia an.

Leonardo seinerseits setzte sich zur Wehr und zeigte Berlinguer wegen übler Nachrede an; als Zeugen rief er Renato Guttuso an seine Seite, seinen Freund seit Urzeiten, der bei besagtem privatem Treffen zugegen gewesen war. Guttuso aber sagte als überzeugter und leidenschaftlicher Kommunist hundertprozentig zugunsten des Sekretärs seiner Partei aus. Die beiden Klagen wurden zu den Akten gelegt. Aber die Freundschaft zwischen Sciascia und Guttuso war ein für allemal zerbrochen. Es kam nie mehr wieder zu einer Versöhnung, obwohl Guttuso alles tat, um erneut Beziehungen anzuknüpfen.

*Warst du in die Sache verstrickt?*

Ich versuchte, mich rauszuhalten. Ich äußerte mich nie dazu, obwohl Leonardo ununterbrochen darüber grübelte. Er konnte es einfach nicht fassen, wie ein Freund auf eine solche Art und Weise hatte reagieren können.

*Wie ging es dann aus?*

Eines Tages, es war in der Vorweihnachtszeit, aber ich erinnere mich nicht mehr, in welchem Jahr, zeigte mir Sciascia in seinem römischen Hotelzimmer eine Weihnachtskarte von Guttuso, und während ich den Text las, brummelte er: »Das Weinfaß voll, aber auch die Ehefrau betrunken«, wie es in dem schönen italienischen Sprichwort heißt, was soviel bedeutet wie: Man kann nicht alles haben, was man will. Die Grußkarte hatte ihre Wirkung auf mich nicht verfehlt, und so begann ich spontan: »Leonà, aber sieh doch mal ...«

*Und Sciascia?*

»Was willst du damit sagen?« fragte er mich. Und zum ersten Mal hatten wir eine Auseinandersetzung. »Was ich sagen will? Daß ich an deiner Stelle niemals einen guten Freund wie Guttuso in diese Sache hineingezogen hätte, weil mir bewußt gewesen wäre, ihn dadurch in höchste Verlegenheit zu bringen.« Leonardo sah mich schief an: »Ihr Kommunisten argumentiert doch immer auf die gleiche Weise.« Ich wurde sauer. »Ich rede nicht als Kommunist zu dir, sondern als Sizilianer.« Ziemlich brüsk verabschiedete er mich daraufhin. Für Leonardo kam die Wahrheit vor der Freundschaft. *Amicus Plato sed amica veritas.* Doch mit seiner Bitte, für ihn als Zeuge aufzutreten, verlangte Sciascia meiner Meinung nach von Guttuso etwas, das nicht eine Entscheidung zwischen Wahrheit und Freundschaft, sondern zwischen Freundschaft und Lossagen war. Wie auch immer, zwei Tage später rief Sciascia bei mir an: »Bitte, kannst du mir verzeihen ... Gehen wir zusammen mittagessen?« Wir gingen zum Essen, und bei dieser Gelegenheit lernte ich einen anderen großen Sizilianer kennen, Bruno Caruso.

*Kanntest du Guttuso bereits, als sich der Zwischenfall ereignete?*

Nein, ich habe ihn erst Jahre später in Siena bei der Eröffnung einer Ausstellung von Corrado Cagli kennengelernt.

*Du hast in der Polemik seine Partei ergriffen, auch wenn du dazu gar nicht gedrängt wurdest?*

Der Standpunkt, den ich vertrat, war nicht von persönlichen Kriterien beeinflußt: Meine Verteidigung Guttusos war eher theoretischer Art, sie bezog sich auf die Verhaltensweisen sämtlicher Beteiligter an dem Vorfall. Doch von diesem Augenblick an ließ Leonardo keine Gelegenheit aus, um gegen meine kommunistischen Überzeugungen zu sticheln. Er hatte ein Elefantengedächtnis, er vergaß nichts.

*Verschlechterte sich euer Verhältnis jemals?*

Niemals. Es kam vor, daß er sagte: »Wollen wir jetzt bitte aufhören, über Politik zu reden.« Leonardo war besonders in seinen letzten Jahren der Kommunistischen Partei gegenüber sehr kritisch. Dieses Thema brachte uns immer wieder in eine unangenehme Situation. Weißt du, in jenen Jahren war es äußerst schwierig, die Position der Partei zu vertreten, nicht weil sie falsch gewesen wäre, aber weil man von sämtlichen Seiten derart mit Kritik bedrängt wurde, daß es viel einfacher war, zu einem guten Freund wie Leonardo zu sagen: »Wechseln wir doch bitte das Thema.« Weder er noch ich hatten Lust auf Polemik. Wir hatten es geschafft, eine Nische für unsere Freundschaft zu finden, das war eine schöne Sache und vielleicht schwer zu verstehen.

*Mal abgesehen von Sciascia, wie hältst du es mit deinen guten Freunden, wenn die Unterhaltung auf politische Themen kommt?*

Ich habe einen Freund, Peppe Fiorentino, einen intelligenten und äußerst belesenen Kerl, der sein ganzes Leben lang Christdemokrat gewesen ist. Ihn lasse ich – wenn ich kann – als ersten meine Bücher lesen. In der Öffentlichkeit haben wir immer gesagt, was wir sagen mußten. Doch wenn wir uns gegenüber saßen, um eine Runde *scopa* zu spielen oder über das neueste Buch eines amerikanischen Autors zu plaudern, ließen wir Politik immer Politik sein. Es gab unsere ganz persönliche Freundschaft, und die zählte mehr als alles andere. So verhielt es sich auch mit Leonardo Sciascia: Wir vermieden es, Themen anzuschneiden, Diskussionen zu entfachen, die uns mit Sicherheit zu gegensätzlichen Standpunkten führen würden. Das ist ein Akt der Freundschaft. Ich will dir noch ein anderes Beispiel geben: Ich kenne jemanden, der zum rechten Lager Berlusconis gehört, doch für mich bleibt er nach wie vor ein echter Freund. Eines Tages bei einem Abendessen zu viert hatten wir eine Diskussion. Er war mit seiner Position in der Minderheit, denn die anderen waren meiner Meinung. Er geriet in Rage: »Also dann heißt das, ich gehe jetzt.« Wir packten ihn und zwangen ihn, sich wieder hinzusetzen. Schließlich – sagten wir zu ihm – sei es doch sterbenslangweilig, wenn alle die gleichen Ansichten vertreten …

*Kehren wir zu Sciascia zurück.*

Manchmal war ich auch derjenige, der zu ihm sagte: »Leonà, laß uns doch über was anderes reden.« Und wir wechselten das Thema. »Hast du Mazzaglia gelesen? Schau nur, der andere da, Sebastiano Addamo, der ist ein bedeutender Schriftsteller, den mußt du unbedingt lesen …« Die Literatur setzte sich in unseren Gesprächen immer wieder durch.

*Sciascia hatte eine Vorliebe für die sizilianischen Schriftsteller.*

Ja, die war bei ihm stark ausgeprägt. Wenn ich ihm von einem nichtsizilianischen Autor erzählte, sagte er: »Sieh mal, Camilleri«, und dann führte er die gebührenden Vorbehalte gegenüber dem Schriftsteller ins Felde, der jenseits der gotischen Linie geboren worden war. Einmal fragte ich ihn: »Warum bist du so?« – »Weil ich gerne Vater, Komplize, Freund, einfach alles für die sizilianischen Schriftsteller sein möchte. Ich habe eine mafiöse Einstellung gegenüber den sizilianischen Schriftstellern …«

*Doch Sciascia las nicht nur die »Sizilianer«…*

Das hätte noch gefehlt. Ich erinnere mich beispielsweise an einen Abend auf den Straßen von Trastevere, als wir über Stendhal plauderten. Er erzählte mir, daß Stendhal wahrscheinlich sehr glücklich gewesen wäre, in einem so korrupten Italien wie dem unseren zu leben, was ihn zu unglaublichen Geschichten inspiriert hätte. Und man bedenke, die Zeit der Antikorruptionsermittlungen *Mani Pulite* sollte erst später kommen, als Sciascia längst tot war … Stendhal – sagte Leonardo – wäre ein *strucciuleru* gewesen …

*Was bedeutet das?*

Ein *strucciuleru* ist jemand, der als erster jeden Klatsch und Tratsch erfährt und ihn dann zielstrebig weiterträgt. In dieser

Nacht in Trastevere entwarf Leonardo ein köstliches Bild von Stendhal, der sicherlich nicht in Civitavecchia gelebt hätte, sondern nach Rom umgesiedelt wäre. »Ein wenig wie ich«, sagte Sciascia, »der ich nur Abgeordneter geworden bin, um gewisse Situationen zu beenden und einige Wahrheiten zu begreifen.« Das war seine unterhaltsame Seite.

*Hast du Werke von ihm fürs Fernsehen umgesetzt?*

Seine vierseitige Erzählung »Western di cose nostre« habe ich bearbeitet. Ich wollte einen Fernsehfilm daraus machen und bat ihn um Erlaubnis. Leonardo fragte mich: »Andrè, willst du das als Einteiler machen?« – »Nein, das ist außerordentliches Material, daraus werden mindestens drei Folgen.« – »Ja, wie das?« – »Leonà, du sagst in dieser Erzählung, daß du einen Vorfall schilderst, der dir hinterbracht worden ist. Und genau aus diesem Grund willst du dich gegen gewisse zwingende Erzählerfreiheiten verwahren, die im Text jedoch fehlen.« – »Das stimmt.« Also skizzierte ich einen Entwurf, wie ich ihn im Kopf hatte. »Dieser Entwurf sagt mir zu«, lautete Sciascias Kommentar.

Ich begann zu schreiben. Ich schrieb ziemlich verunsichert, denn es ist eine Sache, einen Roman von Sciascia zum Filmmanuskript umzuarbeiten – da lassen sich seine Dialoge verwenden, soweit man sie übernehmen will –, etwas anderes aber ist es, die Dialoge zu erfinden. Ich ging mit größter Befangenheit ans Werk. Zwei-, dreimal sah ich mich in Schwierigkeiten und bat ihn um Rat. »Das ist jetzt dein Ding.« – »Was meinst du damit?« – »Damit meine ich, mein Sohn, daß ich mich raushalten will; es könnte nämlich passieren, daß ich alle deine Ideen schlechtmache.« Das sagte er nicht einfach, um seinen Kopf aus der Schlinge zu ziehen, sondern es war seine überaus höfliche Art und Weise, sich nicht einzumischen.

*Wie ging die Geschichte aus?*

»Western di cose nostre« wurde in drei Teilen gesendet, Regie fürs Fernsehen führte Pino Passalacqua. Sciascia äußerte sich in einem Interview in einer Frauenzeitschrift sehr zufrieden darüber. Nach der Ausstrahlung hatten wir uns noch nicht wieder gesprochen. Ich war gerade in Palermo und auf dem Weg nach Porto Empedocle, als mich Elvira Sellerio anrief: »Warum kommst du vor deiner Weiterreise nach Porto Empedocle nicht bei mir vorbei und wir gehen zusammen mittagessen?« Dann noch ein Anruf von ihr: »Neue Planung: Du hast doch nichts dagegen, wenn wir beide zu Leonardo gehen und dort zu Mittag essen?« Und so lernte ich Leonardos Wohnung in Palermo kennen.

*Machtest du auch Bekanntschaft mit Sciascias Frau?*

Ja, auch Signora Maria war zugegen. Kaum waren wir angekommen, erhielt Elvira einen Anruf und mußte sofort wieder gehen. So blieb nur ich zum Essen. Wir redeten und redeten und kamen auch auf den Fernsehfilm zu sprechen. Ich sagte zu ihm: »Sieh mal, Leonà, deine Erzählung war wie ein Fleischbrühwürfel, so ein kleines Ding, das man braucht, um dem Essen mehr Geschmack zu verleihen …« – »Hm, sieh mal Camilleri«, meinte er, »so manch einer kann den Brühwürfel auch zu sehr verwässern, und was dabei herauskommt, ist Mist. Du hingegen hast es geschafft, ihn exakt zu dosieren.« Bevor er sich von der Tafel erhob, sprach ich meinen Dank aus: »Signora Maria, mein Kompliment«, sie hatte nämlich ein wirklich exzellentes und sehr sizilianisches Essen zubereitet. Als Leonardo das Zimmer verlassen hatte, sagte Signora Maria zu mir: »Diesen Dank konnte ich nicht zurückweisen, unter uns aber muß ich es tun. Nicht ich habe gekocht, sondern Leonardo.« – »Wieso, kann er etwa kochen?« – »O ja, er kocht jeden Tag. Um sechs Uhr in der Früh steht er auf und macht sich ans Kochen. Aber er will nicht, daß jemand es weiß.« Ich saß da wie versteinert. Die Gerichte, die ich gerade gegessen hatte, waren von ungewöhnlicher Raffinesse und Schmackhaftigkeit; Leonardo hatte alte Bauernrezepte ausgegraben und damit ein Wahnsinnsessen zubereitet.

*Hast du noch von anderen Begegnungen mit Sciascia zu berichten?*

Zwei Begegnungen aus Anlaß der Verleihung des Premio

Empedocle. Im ersten Jahr seiner Verleihung wurde der Preis zum einen an Leonardo Sciascia und zum anderen an Elvira Sellerio für ihren Verlag vergeben. Leonardo kam, Elvira hatte – wie üblich – im letzten Moment noch eine anderweitige Verpflichtung. Leonardo jedoch traf zusammen mit Aldo Scimé und seinen Freunden aus Racalmuto ein; er hielt eine sehr schöne Rede über die Bedeutung der Kultur in Sizilien. Ich habe dies als einen sehr innigen Moment in Erinnerung.

*Was sagte Sciascia denn?*

Ich erinnere mich nicht mehr genau an seine Worte. Auch weil ich in jener Zeit ziemlich krank war; ich hatte heftige Schmerzen und mußte alle Kraft zusammennehmen, um nicht laut zu stöhnen. Ich weiß nur noch, daß er den Scheck in Empfang nahm und ihn, ohne auf den Betrag zu achten, der ziemlich dürftig war, auch für die damalige Zeit, nämlich fünf Millionen, unterzeichnete und dem Bürgermeister von Porto Empedocle überreichte: »Für die Gemeindebibliothek«, sagte er. Im Jahr darauf wurde der Preis zum zweiten Mal verliehen …

*Erzähl.*

Die Auszeichnung erhielt Jerre Mangione, der zu diesem Anlaß nach Porto Empedocle kam. Sciascia hatte ihn vorgeschlagen, und der Verleger Franco Angeli hatte kurz zuvor sein Buch »Mont'Allegro« in italienischer Übersetzung veröffentlicht. Das Kino, in dem die Prämierung stattfand, war wegen der Anwesenheit Sciascias brechend voll, wohingegen Jerre ein illustrer Unbekannter war. Auch dieser Abend in Gesellschaft von Leonardo und Jerre ist mir unvergeßlich; es sind mehr die menschlichen Beziehungen voller Herzlichkeit als die literarischen Ereignisse, die mir im Gedächtnis geblieben sind.

*Habt ihr nie über seine Angriffe gegen die Vertreter des Antimafiakampfes gesprochen?*

Doch. Aber ich muß sagen, daß ich wegen seines Zeitungsartikels über die »Professionisten des Antimafiakampfes« keine wirkliche Auseinandersetzung mit Leonardo hatte. Nicht, weil ich mit seinen Thesen einverstanden gewesen wäre, sondern weil er mir erklärte – öffentlich hätte er das nicht geäußert –, was die wahre Bedeutung dessen war, was er da geschrieben hatte und was dann mit anderem Ziel und Zweck verzerrt wurde, womit er natürlich nicht einverstanden war. Er sagte mir, daß er den Sinngehalt seiner Behauptungen gegenüber Paolo Borsellino geklärt habe. Zwischen mir und Leonardo kam es zu jenem Zeitpunkt nicht zu einer Meinungsverschiedenheit, eben weil die Polemik bereits versiegt war.

*Wann bist du ihm zum letzten Mal begegnet?*

1989, einige Monate vor seinem Tod. Und zwar in Racalmuto, seinem Reich. Ich ließ mich von einem Freund im Wagen hinbringen, und wir trafen im Ortsteil Noce ein. Seine Frau Maria öffnete uns die Tür: »*Dutturi* Camilleri, im Dorf ist er. Doch da er bald zurück sein muß, können Sie hier auf ihn warten.« – »Nein, ich schau im Dorf nach ihm.« Wir machten uns auf den Weg ins Zentrum, es war ein schöner Tag, die Menschen saßen im Freien. Wir parkten den Wagen, und ich fragte die Leute: »Entschuldigt, habt ihr vielleicht Leonardo Sciascia gesehen?« – »Wen?« – »'*U prufissuri* Sciascia, den Schriftsteller.« – »Sciascia?« Keiner kannte ihn. An einem bestimmten Punkt wurde mir klar, daß das ganze Dorf ihn kannte, alle kannten ihn, aber sie wollten ihn abschirmen. Also wandte ich mich an einen kleinen Kerl, so um die zehn Jahre alt – man weiß ja, Kinder sagen immer die Wahrheit –, und fragte ihn: »Du kennst doch Leonardo Sciascia?« – »Ja, ja.« – »Und wo ist der gerade?« – »In der Apotheke.« Ich ging zur Apotheke. »Bis vor zehn Minuten war er noch hier«, erklärte der Apotheker, »aber er mußte noch zum Postamt.« Und in der Post hieß es: »Er war hier bis vor zwei Minuten …« Leonardo Sciascia war unauffindbar, und ich und mein Freund gaben auf; wir beschlossen, uns auf den Heimweg zu machen, es war schon spät. In dem Augenblick hörte ich nach mir rufen – es war das erste und letzte Mal, daß Leonardo mich mit meinem sizilianischen Kosenamen rief: »Nenè *Cam-*

*milleri*«, mit zwei m. Ich drehte mich um, und da war Leonardo, er ging damals schon am Stock. Wir umarmten uns, wir küßten uns rechts und links. »Laß uns was trinken gehen.« Gleich in der Nähe war eine Bar. Er aber sagte zu mir: »Nein, wir gehen in eine andere.« Er führte mich unterm Arm gefaßt durch das gesamte Dorf, bis wir schließlich in der Bar seiner Wahl landeten. Und alle Leute kannten ihn, alle wußten, daß er Leonardo Sciascia war, und machten ihm ihre Aufwartung. Am Sonntag darauf, als ich ihn erneut besuchen wollte, war er wieder nicht zu Hause, und ich fragte auf der Straße: »Habt ihr Leonardo Sciascia gesehen?« Alle wiesen mir den Weg zu ihm, denn sie hatten den Freibrief bekommen, daß ich eine Person war, die keinen Ärger machte. Dies ist eine sehr sizilianische Episode, an die ich mich gerne erinnere…

*Vermißt du Sciascia?*

Sciascia fehlt mir wirklich. Wenn ich heute ein Buch schreibe, dann kommt es mir vor, als hätte ich keine Bezugsperson mehr. Ich würde es liebend gerne immer so halten wie mit dem Manuskript zu »Das vergessene Massaker«, nämlich zu ihm gehen und ihn fragen: »Was hältst du davon?« Wie bereits gesagt – und ich sage es gerne noch einmal –, wenn ich ein Buch schreibe, wenn mir eine Idee kommt, nehme ich – noch heute ist das so – ein Buch von Sciascia zur Hand, das kann ein Essay, ein Roman sein, also das erste Buch von ihm, das mir in die Finger kommt, und lese es. Das ist für mich wie mit dem Auto in die Werkstatt zu fahren. Mit Sciascia lade ich meine Batterien wieder auf. Er war ein Mensch, wie es ihn in den heutigen Zeiten nicht mehr gibt. Zum zehnten Jahrestag seines Todes hat man mich gebeten, etwas über ihn zu schreiben, ich wollte aber nicht.

*Warum?*

Weil es mir so richtig erschien. Für ABC, eine spanische Zeitung, habe ich einen längeren Gedenkartitel verfaßt. Hier in Italien habe ich diejenigen über ihn reden und schreiben lassen, die mit ihm eng befreundet waren und ihn »Nanà« rufen durften. Ich habe ihn niemals »Nanà«, sondern immer Leonardo oder Leonà genannt. Was bedeutete, daß ich einem loseren Freundeskreis angehörte.

*Hast du jemals Gesualdo Bufalino kennengelernt?*

Ich erhielt einen Anruf von ihm, als »Das launische Eiland« erschienen war und ich den Literaturpreis Gela erhielt. Vorsitzender der Jury war Giacinto Spagnoletti, doch um die Organisation des Wettbewerbs kümmerte sich mein Freund, der Dichter Federico Hoefer. Während des gemeinsamen Abendessens rief Bufalino aus Comiso an, um mir zu gratulieren. Er hatte mein Buch gelesen, und es hatte ihm sehr gefallen. Er drückte seine Hoffnung aus, daß wir uns eines Tages persönlich kennenlernen würden. Doch dazu kam es nie.

*Welche anderen Schriftsteller hast du kennengelernt?*

1945, nach der Befreiung vom Nazifaschismus, lernte ich auf dem ersten Kongreß der Liberalen Partei in Taormina Vitaliano Brancati kennen. Brancati war ein Liberaler und schrieb für die Zeitschrift »Critica liberale«, in der sein »Il vecchio con gli stivali« als Fortsetzungsroman veröffentlicht wurde. Wir verbrachten zwei Tage zusammen. Ich war als kommunistischer »Beobachter« vor Ort. Nach Beendigung der Arbeiten wollte ich nach Rom weiterreisen. »Sie fahren nach Rom?« – »Ja.« – »Gehen Sie ins Theater…« – »Ja, ich sollte hingehen…« – »Wenn Sie der Signora Anna Proclemer begegnen, grüßen Sie sie bitte von mir?« – »Das mache ich gern.« Wenig später dann hat er Anna Proclemer geheiratet, doch damals wußte keiner etwas von dieser Liebe. Ich kann behaupten, »Liebesbote« im Dienste von Brancati gewesen zu sein…

Einige Zeit darauf geschah ein kurioser Zwischenfall. Für die »Enciclopedia dello spettacolo« hatte ich die Ehre, den Text zum Stichwort »Brancati Vitaliano« zu erstellen. In einem Antiquariat hatte ich ein Drama von ihm entdeckt, das er in ganz jungen Jahren geschrieben hatte. Dieses stark von D'Annunzio beeinflußte Werk trug den Titel »Fedor«. Damals hatte Brancati seit geraumer Zeit aufgrund einer heftigen geistig-politischen Krise sein Jugendwerk verworfen. Nachdem ich also diesen Dramentext in Händen hielt, rief ich ihn an, *Madonna…*! Er kam mir vor wie jemand, dem die Erinnerung an ein Vergehen abhanden gekommen ist, dessen er sich schuldig gemacht hat, und ein Telefonat brachte ihm diese nun zurück. Er fragte mich: »Sie haben es? Wo haben Sie das Buch gefunden? Ich besitze nicht ein einziges Exemplar mehr.« – »Ich habe eins.« Und das brachte ich ihm nach Rom.

*Welchen Eindruck machte er auf dich?*

Er war kein sehr redseliger Mensch. Er war intelligent, sehr feinsinnig, fast wie ein Engländer… Er zeigte stets äußerste Contenance, er brauste nie auf. Wenn du ihn ansahst, hättest du nie eine solche Ironie, einen solchen Humor bei ihm vermutet, wie er sie in »Don Giovanni in Sizilien« und im »Schönen Antonio«, seinen wichtigsten Büchern, bewiesen hat.

*Hast du auch Elio Vittorini kennengelernt?*

Ja, und ich erinnere mich zu gern an diese Begegnung. Als Vittorini Herausgeber von »Il Politecnico« war, ließ ich ihm, wie gewohnt, meine Gedichte zukommen, und er schrieb mir daraufhin einen Brief: »Deine Gedichte sind gut, wenn auch ein bißchen zu sehr von Montale beeinflußt; beachtlich finde ich jedoch den sehr eigenen Ton, der aus ihnen klingt. Wenn du wieder welche hast, schick sie mir zu.« Sechs Monate später bekam Vittorini die nächste Gedichtsammlung von mir. Und auch diesmal erhielt ich einen Brief von ihm: »Diese Gedichte interessieren mich noch viel mehr. Ich habe die Absicht, einen Sammelband mit Werken junger italienischer Dichter, die ich für interessant halte, herauszubringen; darunter werden auch deine Gedichte sein.«

So mußte ich also nach Mailand fahren. In der Zwischenzeit erschien »Il Politecnico« nicht mehr wöchentlich, sondern monatlich. Ich suchte die Redaktion auf. Ich kannte niemanden dort; ich trat ein, und ein Herr empfing mich. Später erfuhr ich, daß es Franco Fortini war. Noch ein anderer Redakteur, einer mit Schnauzer, war zugegen, und das war Stefano Terra. Und Vittorini war da. Ich stellte mich vor: »Ich bin Andrea Camilleri, ich habe dir einige meiner Gedichte geschickt.« Wir duzten uns, weil wir Genossen waren, auch wenn dieses Du im Verlauf unserer Begegnung eine andere Färbung bekam.

Er war ein eher verschlossener, geheimnisvoller Mensch. Es war elf Uhr vormittags. Er fragte mich: »Hast du für die Mittagszeit schon was vor?« – »Nein.« – »Wollen wir zusammen essen gehen?« – »Aber natürlich, gerne!« Er verabschiedete sich von Fortini, und beim Hinausgehen fragte er mich überraschenderweise: »Hast du für heute nachmittag schon Pläne?« – »Nein.« – »Also«, sagte er zu Fortini, »das heißt dann, daß ich erst spätnachmittags zurücksein werde.« Ich war verwundert, denn ich konnte mir dieses Interesse bezüglich meiner Tagesplanung nicht erklären. Er fragte mich auch: »Also, du kommst jetzt direkt aus Sizilien?« Kurz gesagt, geschah folgendes: Die ganze Zeit über, die wir zusammen verbrachten, also von elf Uhr vormittags bis sechs Uhr nachmittags, machte ich nichts anderes, als auf seine Fragen zu antworten. Und die bezogen sich nicht auf kulturelle Dinge, wir sprachen überhaupt nicht über Bücher. Außer daß ich ihm erzählte, Jerre Mangione persönlich kennengelernt zu haben.

Er stellte mir Fragen wie zum Beispiel: »Ach, du bist in Enna gewesen? Aber ich erinnere mich, daß von unten gesehen... Kennst du Adrano?« – »Um von ... nach ... zu fahren, gab es eine Nebenstraße...« Mit meiner Hilfe rekonstruierte er eine ideale Landkarte Siziliens. Er entwarf »Le città del mondo«, diesen sehr schönen unvollendeten Roman; er erzählte von einem Vater, der seinen Sohn durch die Weltgeschichte geleitet und ihn mit den Städten der Welt vertraut macht. Und mir widerfuhr folgendes: Ich war der Vater, der auf die Fragen des Sohns zu den Städten in Sizilien – in der Welt – Antwort gab. Ich hatte das Gefühl, einen Mann vor mir zu haben, der sich selbst ziemlich viele Fragen stellte und voller Angst war. Die Erinnerung an Sizilien, das für ihn – dank meiner Worte – lebendig wurde, war eine Befreiung, ein Abtauchen. Ich bemerkte eine gewisse Traurigkeit bei Vittorini und fragte ihn deshalb zum Abschied – dies war unsere erste und einzige intensive Begegnung, wir traten dann in Briefkontakt, und viele Jahre später, im Zentrum für experimentelle Filmkunst, haben wir uns noch einmal getroffen: – »Geht's dir nicht gut?« Er erwiderte mit finsterem Gesicht: »Heute morgen ist ein Artikel in ›L'Unità‹ erschienen, der ganz gewiß das Ende von ›Il Politecnico‹ bedeuten wird. Mario Alicata hat ihn geschrieben.« – »Verflixt«, sagte ich, »um diese Uhrzeit bekomme ich bestimmt keine Ausgabe der ›Unità‹ mehr ...« Wir kehrten in die Redaktion zurück, er nahm ein Exemplar der Zeitung und drückte es mir in die Hand. Beim Abschied umarmte er mich: »Fährst du nach Sizilien zurück?« – »Ja.«

»Il Politecnico« wurde, wie er es vorhergesehen hatte, eingestellt. Es gab eine offizielle Stellungnahme Vittorinis zu dem Artikel von Mario Alicata, und auf diese folgte eine Gegendarstellung seitens Togliatti: »Vittorini hat sich aus dem Staub gemacht und uns allein gelassen ...« Die ganze Polemik in jener Zeit gereichte Togliatti nicht zur Ehre; ich habe ihn dennoch immer und bis heute aufgrund anderer Dinge bewundert. Doch dies war schwach und ohne Stil. Als ich viele Jahre später in Siracusa den Premio Vittorini in Empfang nahm, war mir klar, daß ich nicht die Geschichte unserer ersten Begegnung erzählen würde. Aber ich suchte Vittorinis ersten Brief an mich heraus und steckte ihn ein. Ich wollte, daß etwas, das von ihm stammte, bei der Zeremonie zu seinen Ehren gegenwärtig war.

Als mir Enzo Bianco in seinem letzten Amtsjahr als Bürgermeister von Catania die Leitung des Cataneser Sommerfestivals anbot, wollte ich die Theaterfassung von »Le città del mondo« inszenieren. Doch dann entschieden wir uns für »Don Giovanni in Sizilien«, was man auf der Via Etnea spielen lassen konnte ... »Le città del mondo« war ein Projekt, das ich nicht realisieren konnte.

*Und was ist mit Vincenzo Consolo?*

Das erste Mal bin ich ihm begegnet, als er in Begleitung von

Sciascia war; sie verließen gerade das Verlagsgebäude von Sellerio. Leonardo hatte mich zur Präsentation eines seiner Bücher – ich weiß nicht mehr, welches – eingeladen, doch ich hatte nur eine Stunde Zeit und wollte auch mit Elvira Sellerio reden. Ein anderes Mal war Consolo so nett, in ein Flugzeug zu steigen, um in San Miniato in der Toskana an einer Konferenz über das sizilianische Idiom in der Sprache des Theaters teilzunehmen. Wir stießen dann beim Literaturpreis Premio Strega aufeinander, an dem ich mit »Die sizilianische Oper« teilnahm. Consolo gewann mit »Bei Nacht, von Haus zu Haus«. Dann begegneten wir uns auf der Turiner Buchmesse; ich hatte das Gebäude des Salone del Libro verlassen, um frische Luft zu schnappen. Mit einemmal stand Consolo vor mir, und wir redeten sehr angenehm miteinander. Was ich von Consolo halte? Mindestens drei seiner Bücher sind außerordentlich: »Das Lächeln des unbekannten Matrosen«, »Retablo« und »Lo spasimo di Palermo«, das wunderbare Seiten enthält.

*Es gab Differenzen zwischen euch.*

Consolo hat einige Artikel für »Il Mattino«, die Tageszeitung von Neapel, geschrieben, in denen er mich heftig angegriffen hat. Doch das hat meine Wertschätzung für ihn nicht beeinflußt.

*Weswegen kritisierte er dich denn?*

Er sah in mir nicht einen Autor, sondern eine Medienfigur, die das Fernsehen erschaffen hat. Dieses Urteil kann das Bild, das ich von ihm habe, nicht im geringsten ändern. »Was einmal geschrieben ist, steht schwarz auf weiß da«, sagte der gute alte Giovanni Verga zu Pirandello…

*Andrea, jetzt kommt die unvermeidliche Frage: Was hältst du vom »Gattopardo«?*

Sciascia mochte das Buch nicht, und ich bin mit ihm einer Meinung. Allerdings ist die Sache nicht so einfach. Ich möchte hier eines klarstellen: Es ist nicht so, daß der »Gattopardo« mir nicht gefällt… Ich habe den berühmten Brief gelesen, den Vittorini an Giuseppe Tomasi di Lampedusa geschrieben hat, nachdem er das Manuskript des »Gattopardo« zusammen mit einer Präsentation von Fausto Flaccovio erhalten hatte. Das teilweise negative Urteil von Vittorini ergab sich notgedrungen auch aus dem Umstand, daß in der Reihe »I Gettoni« im Verlag Einaudi, deren Herausgeber er war, kein Platz für einen Roman dieser Art war. Und in der Tat wurde der Roman weder bei Einaudi noch bei Mondadori verlegt. Andrea Vitello erzählt in seiner schönen Monographie zu Tomasi di Lampedusa die ganze Geschichte auf sachliche Art und Weise.

*Was ist es also, was dir an dem Roman mißfällt?*

Meiner Ansicht nach ist er großartig geschrieben. Und daß Tomasi di Lampedusa ein hervorragender Autor ist, merkt man nicht nur bei der Lektüre des »Gattopardo«, sondern auch an seinen Erzählungen: Zum Beispiel »Die Sirene«, die ist außerordentlich gut. Wie soll ich es ausdrücken, im »Gattopardo« tritt ein etwas antiquiertes Schreibsystem zutage, das zu kopflastig ist. Ich habe es bereits gesagt, andere haben es gesagt, und ich wiederhole es noch einmal: Es ist ein Buch, das als Klassiker entstanden ist. Überdies finde ich die Erzählstruktur gut, denn es ist nicht die eines echten Romans, es handelt sich um zusammengefügte Kapitel eines Werks, für das vielleicht noch weitere Kapitel vorgesehen waren, vielleicht auch nicht. Eine offene Struktur also. Auch unter technischem Aspekt interessiert mich das enorm.

*Also was genau gefällt dir dann nicht?*

Womit ich, was dieses Werk betrifft, nicht einverstanden bin? Mit dem zugrunde liegenden politischen Standpunkt. In dem berühmten Zwiegespräch zwischen dem Fürsten Fabrizio und Chevalley stehe ich auf der Seite von Chevalley. Zum wiederholten Mal entziehen sich diejenigen, die in Sizilien die Macht in Händen haben, der Geschichte, der Geschichtsverantwortung. Ich habe nie einen Hehl daraus gemacht: Zu keiner Zeit ist es von irgendeinem Vorteil, wenn man sich heraushält, aus Protest den Weg der Verweigerung wählt, und das nur, weil man dem Adelsgeschlecht der »Gattopardi« oder irgendeiner anderen Sache angehört. Es ist notwendig, sich ganz und gar auf die Dinge im Brennpunkt des Geschehens einzulassen und zu versuchen, sie zu verändern. Der Fürst von Salina weiß nur allzugut, was der Senat bedeutet, er kann Chevalley nicht einfach mit der Erwiderung »Was ist der Senat?« abspeisen. Das bedeutet, er nimmt ihn auf den Arm. Indem er diese Unterteilung oder Entgegensetzung zwischen »Gattoparden« und Leuten, die handeln, macht, entzieht er sich der historischen Verantwortung. Zu diesem Punkt existiert auch ein kurzer Text von Pirandello, der sehr zum Verstehen dessen beiträgt, was er mit »sich der Geschichte, der historischen Verantwortung entziehen« meint. Es handelt sich um eine Stelle in seinem Roman »Die Alten und die Jungen«. Als Garibaldi auftaucht, schließt sich der Fürst von Colimbètra in seinem Anwesen ein und verschanzt sich bewaffnet gegen die Männer der Einheit Italiens. An der Spitze der Gespensterfestung steht Sciaralla, der Befehlshaber dieser kleinen Bande. Auf diesen Seiten aus Pirandellos Feder stößt man auch auf Marco Prèola, den liederlichen Burschen, der den Kommandanten, als er ihn auf herausgeputztem Pferd und in Bourbonenuniform herausreiten sieht, verspottet: »Sciarallino, Sciarallino, wohin des Wegs mit so viel Hochmut auf deinem aufgeputzten Gaul? Hast du vor der Historie den Schwanz eingezogen und bist abgehaun, Sciarallino, Sciarallino?« Das stimmte. Auf jenem herausgeputzten Gaul flieht nicht nur Sciaralla vor der Geschichte, sondern mit Sciaralla der Fürst von Colimbètra, der Fürst von Lampedusa, alle suchen das Weite. Wir aber bleiben hier, wir »Arschgesichter«, wie Giuseppe Gioacchino Belli wortwörtlich sagt. Stimmt's? Das bedeutet wieder einmal die Negation einer großartigen Gelegenheit, daß Sizilien weitergehen, sich fortentwickeln könnte.

*»Die Alten und die Jungen« endet mit der Tötung des alten Garibaldi-Anhängers Mauro Mortara durch die »Soldaten Italiens«… Es ist so, als hätte der Roman, der anfangs in eine bestimmte Richtung führte, dann eine ganz andere eingeschlagen.*

Die Seiten, auf denen das gewaltsame Ende von Mauro Mortara erzählt wird, sind, literarisch gesehen, von höchstem

Niveau. Was also ist die Botschaft des ganzen Romans? Vielleicht die, daß Sizilien immer nur die schlechteste Seite der Geschichte zu Gesicht bekommen hat. Kehren wir wieder zu dem Fürsten aus dem »Gattopardo« zurück. Worauf gründet meine Einschätzung? Dank der literarischen Stärke eines Erzählers wie Tomasi di Lampedusa sind wir in der Lage, die Gründe einer Verweigerung zu erkennen, die wir bis zu jenem Moment nur erahnt haben. Wir können nicht umhin, die Überlegungen dieser Figur zu teilen, die sich dramatisch weigert, in den Fluß der Geschichte einzutauchen, aber wir begreifen auch, wovon genau sie angetrieben und bestimmt wird. Und daraus entsteht eine Figur von tragischer Statur. Einmal erhielt ich einen Anruf von »El País«, und man fragte mich: Wer ist der größte Schriftsteller des zwanzigsten Jahrhunderts? Ohne zu zögern, entgegnete ich: Manzoni. Dabei rechnete ich Manzoni zum zwanzigsten und den »Gattopardo« zum neunzehnten Jahrhundert. Das war natürlich ein Lapsus – und die spanischen Journalisten wiesen mich darauf hin –, aber er war vielsagend, denn Tomasi di Lampedusa hat den Roman geschrieben, als hätte er im neunzehnten Jahrhundert gelebt. Und das ist der Punkt. Diese Überlegungen konnte ich in einem Vortrag darlegen, als Francesco Orlando, Studiosus und Freund von Tomasi di Lampedusa, mich freundlicherweise zu einer Konferenz zu diesen Themen einlud.

*Eine letzte Bemerkung: Du sagst, ein Roman, der im neunzehnten Jahrhundert geschrieben zu sein scheint. Aber es ist doch wahr, daß Sizilien die Fesseln des Feudalismus erst abgestreift hat, als es längst überfällig war.*

Das ist richtig. Sizilien hat sich erst in der Nachkriegszeit vom Feudalismus befreit. Die Französische Revolution fand in Sizilien mit hundertfünfzigjähriger Verspätung statt …

*Unter den vielen Giganten der italienischen Kultur, deren Bekanntschaft du gemacht hast, ist auch Eduardo De Filippo. Wann fand eure Begegnung statt?*

Gleich als ich mit meiner Arbeit für den zweiten Fernsehkanal

RAI begann und sie mir den Posten als Produzent gaben. Es war nicht einfach für mich, und das Hauptproblem bestand darin, daß das Medium Fernsehen bei den italienischen Linksintellektuellen total verpönt war. Bis zu jenem Zeitpunkt hatte noch kein Vertreter der Linken jemals fürs Fernsehen gearbeitet; nur auf den politischen Podiumsveranstaltungen tauchten sie auf. Maurizio Ferrara – nicht der Kommunist, nein, ein anderer, ein großartiger Mitarbeiter der RAI, ein Neapolitaner und Freund des Neapolitaners Eduardo – hatte es geschafft, Eduardo dazu zu bewegen, sein Theater auf ein Fernsehformat übertragen zu lassen. Ein Theater, das immer in Form von Bildern blieb: Das war für Eduardo mehr als alles andere ein überzeugendes Argument.

An diesem Punkt bedurfte es eines Mannes vom Theater, der die Produktion übernahm. Also wurde ich in die Direktion einbestellt, und Ettore Bernabei sagte mir sofort: »Ich will keinen Ärger. Wenn dieser Eduardo Schwierigkeiten macht, verlieren wir einen wichtigen Stützpfeiler, der für die Verwirklichung unseres Projekts unersetzlich ist. Wir müssen versuchen, unsere Anforderungen mit seinen Vorstellungen in Einklang zu bringen.«

*Wie lief es mit Eduardo?*

Er war kein einfacher Charakter. Er wohnte in der Via Ettore Ximenes im Stadtteil Parioli, wo ich ihn zum ersten Mal aufsuchte, und zum Glück verlief unsere Begegnung harmonisch. Auch weil ich familiäre Beziehungen ins Spiel brachte. Eduardo kannte nämlich meine Frau seit der Zeit, als sie noch ein kleines Mädchen war; er und mein Schwiegervater waren dicke Freunde gewesen. Als die Geschwister De Filippo, also Eduardo, Peppino und Titina, nach Mailand umzogen, verkehrten sie oft im Haus des ganz jungen Gaetanino Afeltra, der ein enger Freund meines Schwiegervaters war. Nun gut, ich konnte auf gemeinsame Freunde verweisen, und das beruhigte ihn. Da man uns einen Bearbeiter für die Fernsehfassung seiner Stücke zugewiesen hatte, wollte ich Eduardo diese Nachricht bereits im Vorfeld übermitteln, und zwar mit den Worten: »Eduà, er ist nicht aus dem Süden, er ist aus dem Piemont, aber er ist ein tüchtiger Komödienautor, er heißt Aldo Nicolaj.« – »Ich kenne ihn.« Und er akzeptierte Aldo Nicolaj, der – das möchte ich deutlich hervorheben – bei der Fassung fürs Fernsehen mit allergrößter Vorsicht vorging. Er behielt soweit wie möglich Eduardos Bühnenstruktur bei. Das war die Order, die wir erhalten hatten: die Anzahl der Änderungen aufs zwingend Notwendige zu beschränken.

*Wie war Eduardo?*

Ein sehr reservierter Mensch. Ich merkte, daß von seiner Seite keinerlei Feindseligkeit zu erwarten war. Als wir uns trafen, um übers Theater zu reden, fiel ihm auf, daß ich etwas davon verstand, und somit war er zufrieden. Eines Tages statteten Aldo Nicolaj und ich ihm einen Besuch auf der Isola dei Galli ab, einer kleinen Insel vor Positano, die ihm gehörte. Er lud uns zum Mittagessen ein. Wir verbrachten einen halben Tag dort. Als wir mit der Arbeit fertig waren, kehrte ich nicht sofort nach Rom zurück, sondern machte halt in Praiano, einer kleinen Ortschaft an der Küste noch vor Positano; dort ist die Straße unterbrochen, und man erreicht die Ortschaft nur von der Meerseite. Ich wurde auf einem Motorrad dorthin begleitet. Ich blieb drei Tage, allein am Strand. Ich hatte eine Baracke entdeckt, wo Langusten gekocht wurden. Drei Tage wie im Paradies waren das. Ich verwischte meine Spuren… Als ich zehn Jahre später dorthin zurückkehrte, gab es nur noch Hochhäuser.

Danach begannen die Proben mit der gesamten Besetzung. Eduardo hatte mich gewarnt: »Es wird Zensuren geben, teilt mir zuvor alle Kürzungen mit, und wir reden darüber.«

*Habt ihr euch an diese Anweisung gehalten?*

Mit einigen Schnitten war er einverstanden, mit anderen nicht, und ich mußte mit der internen Zensur der RAI diskutieren. Wir fanden stets einen Kompromiß oder eine Einigung. Auf der anderen Seite war das, was die Zensur verlangte, reiner Blödsinn. Wir begannen mit den Proben. In jenen Zeitraum fiel der Tod von Eduardos Frau. Wir mußten unsere Arbeit unterbrechen, dann fingen wir von neuem an. Die erste Aufnahme nach anderthalb Monaten Arbeit verlief absolut harmonisch. Der Sommer kam. Meine Familie machte Urlaub in den römischen Hügeln, also in der Nähe. An einem Freitag, alles schien klar, brach ich auf, um das Wochenende mit meinen Töchtern zu verbringen. Am Abend rief mich der stellvertretende Direktor des Produktionszentrums an: »Eduardo hat die Produktion verlassen. Er ist nach Neapel aufgebrochen, nachdem er mit dem Direktor des Zentrums wegen des Bühnenbilds zu ›Filumena Marturano‹ aneinandergeraten ist.« Eduardo war nicht aufzufinden.

*Und du warst nicht vor Ort, als das Debakel geschah.*

Nein, tatsächlich nicht. Ich fuhr umgehend nach Rom ins Produktionszentrum zurück. »Was ist eigentlich passiert?« – »Wir hatten eine Meinungsverschiedenheit über das Bühnenbild; zuerst war er einverstanden damit, als es jedoch fertig aufgebaut war, verlangte er eine Änderung, er wollte eine Tür versetzen… Aber wir können doch nicht jedem von Eduardos launischen Einfällen folgen.« In der Via Ximenes hatte ich das Kindermädchen von Luca, Eduardos Sohn, kennengelernt, der damals noch ein kleiner Junge war; ich rief im Hause De Filippo an, um mich nach der Stimmung zu erkundigen und zu erfahren, wo Eduardo war. »Sie sind Camilleri? Sie suchen Eduardo? Ich ruf' ihn Ihnen sofort«, sagte das Kindermädchen. Eduardo kam und ergriff den Hörer: »Was gibt's, Camilleri?« – »Wie, was gibt's? Hier bricht alles zusammen.« – »Sie machen sich Sorgen?« – »Allerdings mache ich mir Sorgen. Was ist geschehen?« – »Nichts. Ich lass' euch nicht sitzen, morgen bin ich wieder dort. Ich habe erwartet, daß Sie mich anrufen würden… Sie verpassen denen jetzt eine gehörige Kopfwäsche… Sie müssen ihnen sagen, daß sie mich nie mehr zu Gesicht bekommen werden. Aber die Tür müssen sie für mich versetzen. Wenn es tatsächlich überhaupt nicht gehen sollte…« – »Eduà«, unterbrach ich ihn, »die Tür wird man für Sie versetzen.«

Am nächsten Morgen machte ich mich auf den Weg ins Produktionsstudio und sprach mit dem Leiter. »Sie halten Eduardo bei Laune, ich werde Bernabei unterrichten, daß wir wegen eines Türproblems Gefahr laufen, die gute Beziehung zu Eduardo De Filippo zu zerstören.« Im Handumdrehen wurde die fragliche Tür versetzt. Eduardo traf um zwei Uhr mittags ein. Seelenruhig, als wäre nichts geschehen, machte er sich an die Arbeit. Der Zwischenfall und die Rolle, die ich bei der Lösung des Problems gespielt hatte, schufen ein vertrauliches Klima zwischen uns.

*Was bedeutete es für dich, ihn bei der Arbeit zu sehen?*

Ich war fasziniert von der Art und Weise, wie er probte. Alle nannten ihn *Direttore*. Ich hatte zehn Jahre Schauspielakademie hinter mir, aber zuzusehen, wie eine solche Theatergröße arbeitete, war etwas anderes. Hätte ich Vampirzähne gehabt, dann hätte ich ihm nicht nur das Blut aus den Adern, sondern das Rückenmark ausgesaugt, nur um von ihm zu lernen … Er stellte für mich ein Dauerlernprogramm dar. Eines Tages riefen mich die von der Zensurstelle zu sich: »Uns ist da ein Fehler unterlaufen, in ›Die inneren Stimmen‹ gibt es eine Stelle, die geschnitten werden muß.«

*Also neuer Sturm im Anzug?*

Die Textstelle, die geändert werden mußte, lautete ungefähr folgendermaßen: »Einst wurden die Prozessionen mit einem Priester, einem Messner und dahinter vier alten Weiblein abgehalten, und sie gelangen immer wunderbar. Jetzt aber macht man eine Prozession mit einem Minister, vier Staatssekretären, einem Erzbischof, zwei Geistlichen, und was herauskommt, ist echter Mist …« Der Zensurstelle von damals mißfiel das. So sagte ich also: »Verzeiht, aber ich habe mit Eduardo ausgemacht, daß ich ihn vorab über die Kürzungen und Schnitte unterrichten werde. Wie soll ich ihm das jetzt beibringen?« Die Antwort der Zensoren lautete: »Es tut uns leid, aber Sie müssen es ihm wohl oder übel sagen.« Ich wurde derart nervös, daß ich beim Verlassen meines Hauses, als ich mich auf den Weg zum Aufnahmestudio machte, mit der Stirn gegen die Tür donnerte, und dabei ging meine Brille entzwei. Selbstverständlich hatte ich keine Ersatzbrille. Ich traf bei der RAI ein und sah Eduardo im Gespräch mit Stefano De Stefani, dem Regisseur. Ich fühlte mich gar nicht wohl in meiner Haut, weil ich diese zwangsläufig peinliche Diskussion angehen mußte, und überdies konnte ich kaum sehen. Eduardo bat, die Szene drei-, vier-, fünfmal zu wiederholen. An einem gewissen Punkt war ich überzeugt, er wäre soweit, daß wir die Aufnahmen machen konnten.

*Und was war mit der strittigen Stelle?*

Damals war es nicht möglich, einmal aufgenommene Szenen noch zu schneiden. Eduardo drehte sich zu mir um und sagte: »Camilleri, kommt Ihnen dieser Einsatz nicht zu lange vor?« – »Hm, eigentlich nicht. Aber wenn Sie dieser Meinung sind.« – »Ja, für meine Begriffe ist er zu lang. Richtig langweilig ist die Stelle. Schneiden wir sie … lassen wir einfach stehen: ›Ach, wie schön waren die Prozessionen von einst …‹, und den Rest schneiden wir.« Also machten wir die Aufnahmen der neuen Version.

Wir hatten ein Ritual: Um halb sechs Uhr nachmittags ließen wir die Arbeit stehen und liegen, und ich und er fuhren im Aufzug – die Aufnahmeräume waren im dritten Stock – ins Erdgeschoß, wo sich die hauseigene Café-Bar der RAI befand, um unseren Espresso zu trinken. Wenn Eduardo im Aufzug war, wagte keiner mitzufahren. Wenn er in den verschiedenen Etagen hielt und die Leute ihn sahen, hielten sie vor lauter Ehrfurcht und Schreck inne. In der Bar sagte er mir: »Ich habe die Stelle geschnitten, aber Sie, warum haben Sie mir nicht gesagt, was Sache ist?« – »Wer hat Sie angerufen?« – »Keiner. Ein Blick in Ihr Gesicht hat es mir gesagt! Da hockten Sie und hatten nicht den Mut, es mir mitzuteilen. Denn die anderen, diese Schwachköpfe … Aber wieso haben Sie es mir nicht gleich gesagt?« – »Eduà, sehen Sie nicht, daß ich keine Brille habe?« Da mußte er lachen, und ich bedankte mich. So feinsinnig war er. Ich habe mich immer gefragt: Wenn Eduardo mit den Schauspielern probt, wo hat er überall seine Augen? Er kontrollierte auf dem Monitor, sah mich, wie ich da hockte und mich unwohl fühlte, und erkannte, daß es ein Problem gab. Er war außerordentlich sensibel. Die sechs Monate Zusammenarbeit mit ihm waren einfach phantastisch. Als unser Stück schließlich gesendet wurde, hatte es einen sensationellen Erfolg. Auch für mich bedeutete das eine enorme Genugtuung: Ich war Produktionsleiter und verantwortlich für das gesamte Programm.

*Habt ihr später noch über diese Erfolgsproduktion gesprochen?*

Als die letzte Folge ausgestrahlt wurde, sagte ich zu meiner Frau: »Morgen schreibe ich Eduardo, um ihm zu mitzuteilen, was mir die sechs Monate Zusammenarbeit mit ihm bedeutet haben.« Ich kam nicht mehr dazu. Am folgenden Morgen brachte mir der Briefträger einen Brief von Eduardo. Darin schrieb er: »Lieber Camilleri, gestern ist die letzte Folge gesendet worden, es war doch eine schöne Erfahrung. Doch das Schönste ist gewesen, Ihre Bekanntschaft gemacht und begriffen zu haben, daß es bei der RAI Menschen gibt, mit denen man gerne zusammenarbeitet. Ich danke Ihnen für alles …« Natürlich habe ich diesen Brief heute noch, genau wie den, den er mir kurz darauf schrieb, um sich bei mir für die Einführungen zu den einzelnen Sendungen zu bedanken, die im »Radiokurier« veröffentlicht wurden.

*Gab es noch weitere Begegnungen mit Eduardo?*

Viele Jahre später rief mich der Dichter Vittorio Sereni an, der damals Cheflektor für Belletristik bei Mondadori war und den ich noch nicht kannte: »Können wir uns in Rom im Plaza Hotel treffen?« Ich machte mich auf den Weg zum Plaza und hatte nicht den blassesten Schimmer, was der Dichter, den ich über alle Maßen schätzte, eigentlich von mir wollte. Ich war nicht nur neugierig, sondern auch voller Vorfreude, ihn kennenzulernen. Sereni erklärte mir dann: »Eduardo hat im Laufe seiner Karriere Tausende Briefe erhalten, die er in vier Kisten aufbewahrt. Es sind Briefe, die er nie beantwortet hat. Jetzt hat er die Absicht, auf einige davon, rund hundert, zu antworten. Aber er kann sie nicht alle erneut lesen. Und er hat Sie für diesen Job ausgewählt. Daraus soll dann ein Buch von Eduardo De Filippo werden, herausgegeben von Andrea Camilleri. Das könnte doch sehr interessant sein, meinen Sie nicht?« Wir gingen also zusammen zu Eduardo: »Ich überlasse Ihnen die Kisten. Suchen Sie die Briefe aus, ruhig auch negative, Hauptsache, sie sind intelligent geschrieben… Sie brauchen keine Angst zu haben. Ich werde auf die hundert antworten, die Sie mir übergeben.« Ich dankte ihm für sein Vertrauen und für die Ehre, die er mir damit erwies. Bedenke, daß ich zu der Zeit noch keines meiner Bücher geschrieben hatte. Der Mondadori-Verlag wollte mir ein gutes Honorar zahlen und schickte mir den Vertrag, den ich jedoch nicht unterzeichnete. Ich weiß nicht, weshalb…

*Und hast du das Buch dann gemacht?*

Erst später. Mein Vater erkrankte, kam in die Klinik, die Ärzte sagten mir, es sei sehr schlimm um ihn bestellt. Ich ließ alles, woran ich gerade arbeitete, stehen und liegen. Und gab niemandem gegenüber Erklärungen ab. Drei Monate später schrieb mir Sereni: »Wieso haben Sie das Projekt fahrenlassen?« Ich blieb ihm die Antwort schuldig. Die Sache beruhte auf sich, auch weil mein Vater sieben Monate später starb. Eduardo weigerte sich, das Buch mit jemand anderem als mit mir zu schreiben. Zwei Jahre später begegnete ich ihm in Florenz, er kam mir im Vorraum des Teatro Communale entgegen. Er nahm mich am Arm und zog mich beiseite und fragte mich nur: »Warum?« – »Eduà… drei Tage darauf erfuhr ich, daß mein Vater bald sterben würde…« Ende. Auch er fügte nichts mehr hinzu.

Ich hatte die Gelegenheit, mit Eduardos Bruder Peppino zu arbeiten, der ein großartiger Schauspieler war. Auch diese Erfahrung war keine leichte, doch während Eduardo wenig von seinem Bruder hielt, hatte dieser große Achtung vor ihm. Eines Tages – sechs meiner Regiearbeiten mit Peppino waren gesendet worden – ging ich die Via Teulada entlang. Ich hatte erfahren, daß Eduardo operiert worden war und daß man ihm einen Herzschrittmacher eingesetzt hatte. Da sprach mich ein Signore an: »Dort ist Eduardo de Filippo, der nach Ihnen ruft.« Ich drehte mich um und sah ihn, wie er im Eilschritt die Straße entlang auf mich zukam. Ich hatte sein Rufen nicht gehört und blieb stehen. »Hallo, sind Sie taub geworden? Wir geben wirklich ein schönes Paar ab, der eine taub und ich hier mit diesem Dingsda im Herzen, und Sie hätten es beinahe zur Explosion gebracht... Wie geht es Ihnen?« – »Gut, gut.« Pause. Eine von diesen Höllenpausen... Eduardo konnte Pausen machen, die Jahrhunderte zu dauern schienen. Dann sagte er zu mir: »Ich weiß, daß Sie nach mir mit meinem Bruder gearbeitet haben.« Pause. Er hob die Linke, legte sie auf meine Schulter, drückte fest zu, wie man es tut, um sein Beileid auszusprechen: »Was will man tun, Camilleri... das Leben kann hart sein.« Und damit ging er weg. Er konnte sich nicht damit abfinden, einen solchen Bruder* gehabt zu haben, und auch nicht mit der Tatsache, daß ich mit ihm zusammengearbeitet hatte.

Doch es gab noch eine andere Seite an Eduardo. Eines Tages waren wir in seiner Garderobe, und ich erzählte ihm, daß meine älteste Tochter nicht ganz gesund sei. »Was hat sie denn?« – »Nichts weiter, der Arzt hat gesagt...« – »Der Arzt hat mit Ihnen gesprochen? Denken Sie mal, mir wurde damals ein Arzt verwehrt, der zu mir gesagt hätte: ›Ihre Tochter...‹ Sie ist ganz plötzlich gestorben, sie stand einfach da, neben einem Tisch.« Ich sah seine Erregung, seine glänzenden Augen, er war wie ausgewechselt. Es dauerte nur einen Augenblick. Es war ein Moment des Schmerzes, den er bis dahin auf Abstand gehalten, unterdrückt hatte und der plötzlich explodiert war.

* Eduardo De Filippo, 1900–1984, neapolitanischer Dramatiker, Schauspieler, Filmregisseur von Weltruf; gründete 1931 mit Bruder Peppino und Schwester Titina die »Humoristische Theaterkompanie I De Filippo«; als Eduardo 1945 mit seinem Stück »Neapel im Millionenrausch« großen Erfolg hatte, Peppino sich von seiner Frau trennte und im selben Jahr mit seiner neuen Begleiterin im Leben und auf der Bühne debütierte, kam es zwischen den zwei Brüdern zur Trennung aufgrund beruflicher Meinungsverschiedenheiten.

*Was ist dir von Eduardo geblieben?*

Ich habe fachlich viel von ihm gelernt. Aber auch vieles, was menschliche Beziehungen angeht.

*Du besitzt die Fähigkeit, lange mit anderen zu sprechen.*

Ich rede viel mit den Leuten. Ich verstehe mich auch aufs Zuhören. Denn ich besitze eine naturgegebene Neugier gegenüber den Menschen. Das war immer schon so bei mir. Ich kann – und das nicht aus ordinärer Neugier – völlig darin aufgehen, einem Gespräch zwischen zwei Unbekannten in einem Restaurant oder einem Zugabteil zu folgen. Die simpelste Unterredung, in der es keine Geheimnisse zu entdecken gibt. Ich höre eben gern, wie ein Satz gebaut ist, beachte den Akzent, mit dem die Antwort gegeben wird. Es handelt sich nicht um die Fähigkeit der Imitation, dazu bin ich überhaupt nicht imstande; aber mir gelingt es, anhand der Sprache eines Menschen seine Besonderheiten, seine Art, sich auszudrücken und sich zu bewegen, zu erfassen. In Sizilien, als ich noch sehr jung war, geschah es einmal, daß mein Vater – auch wenn es damals beileibe nicht so viele Autos gab wie heute, doch in diesem Fall reichte der Platz wirklich nur für anderthalb Wagenbreiten – mit einem Unbekannten in Streit geriet. Sie zankten, daß die Fetzen flogen: »Nein, ich war zuerst da, der Herr kann sich mir gegenüber nicht wie ein Mafioso, wie ein Camorrist aufführen, der Platz steht mir zu…« Der andere war um die Antwort nicht verlegen. In dem Augenblick fing der Wagen meines Vaters aus wer weiß welchen Gründen Feuer.

*Und dann?*

Dieser Mann, der uns kurz zuvor beinahe mit dem Wagenheber einen übergezogen hätte, begann zu schreien: »*Madonna santissima,* da ist doch Benzin drin, kommen Sie raus, los, dalli, steigen Sie aus…« Mit vereinten Kräften löschten wir drei den Brand. Worin zeigte sich der wahre Charakter dieses Mannes? Darin, daß er einen Streit vom Zaun brach oder daß er das Feuer löschte? Ach, wie wunderbar sind doch die Menschen, sagte ich mir in dieser Situation. Wie unberechenbar ist doch der Mensch, und wie grausam kann er sein. Und zugleich kann er sich derartig für andere einsetzen.

*Du erzählst hier von einem außerordentlichen Leben, das sich die Leser deiner Romane kaum vorstellen konnten.*

Ich erzähle kein außergewöhnliches Abenteuerleben zwischen den Indios, doch mein Bericht mutet vielleicht außerordentlich an, weil die Menschen außerordentlich sind – auch die gewöhnlichsten –, die ich beobachtet, wahrgenommen, kennengelernt habe.

*Vielleicht existiert diese deine Welt nicht mehr …*

Ich glaube, das ist nicht das Problem. Hier in der Nähe gibt es die Bar Pontisso, und davor steht die Feuerwehrkaserne. Eines Tages sah ich zwei Feuerwehrleute, die richtig schön in ihre Anzüge vermummt waren und die – ich denke zum Scherz – einem Knaben von sechs oder sieben Jahren den Zutritt zur Bar verwehrten. Jedesmal wenn der Kleine einen Schritt nach vorn machte, taten die beiden so, als redeten sie miteinander, und versperrten ihm den Weg. Das geschah zweimal, dreimal, bis der Knabe zurückwich und wortwörtlich sagte: »Die Herrschaften wissen nicht, wie glücklich ich bin.« Die beiden Männer rührten sich nicht. Der eine fragte mit kratziger Stimme: »Und warum?« – »Weil ich mich auf immer an diese Szene erinnern und mir sagen werde: Was für Idioten waren nur diese Feuerwehrmänner.« Ja, das sagte der Bengel. Die Männer traten beiseite und ließen ihn durch. Sie verneigten sich. Also? Wem fällt diese Szene auf? Ich habe sie mir aufgeschrieben.

Oder eine andere am Ende des Kosovokrieges: »Du heilige Muttergottes, so ein Mist«, sagte jemand, »der Krieg im Kosovo ist zu Ende.« – »Wie bitte? Du beklagst dich, daß der Krieg zu Ende ist?« – »Ja, genau, was schau ich mir denn jetzt im Fernsehen an, das Varieté etwa? Die Bombardierungen … die waren wunderbar.« So ist nun mal der Mensch.

*Findest du nicht, daß es heutzutage immer schlechter um die Menschheit bestellt ist?*

Das glaube ich nicht. Die Menschheit kann vorübergehende

Verschlechterungen erleben, doch es wird wieder bergauf gehen. Der Mensch ist der wahre Held unserer Zeit. Denk mal nach, du mußt wirklich gut überlegen und dich fragen: Der Mensch, was ist das nur …? Ist das jemand, der ein Flugzeug entführt, hundert Menschen als Geiseln nimmt und die und sich selbst in einen Wolkenkratzer krachen läßt? Und doch, er ist ein Mensch, ein Mensch dieser Erde und kein Wesen aus einer anderen Welt. Denk nur mal, die Feuerwehrleute, die Menschenleben retten und zugleich wissen, daß ihr eigenes Leben immer zu neunundneunzig Prozent in Gefahr ist, sind das Menschen? Ja, das sind Menschen. Aber diese Menschen ließen den Bengel nicht vorbei und in das Lokal hinein … Die Prismengestalt des Menschen ist höchst interessant. Sie ist großartig, sowohl im guten wie im schlechten. Ich glaube, in einer Welt, in der es nur gute Menschen gäbe, würde ich mich tödlich langweilen, genau wie unter den durch und durch Bösen. Einmal erzählte mir Jean Genet, der während des Nationalsozialismus in Deutschland gewesen war: »Ich habe mich zu Tode gelangweilt: Alle waren Kriminelle, es war wie im Knast.«

Glaub mir, Vielfalt ist eine schöne Sache.

## VIII. Und wie steht's mit Montalbano?

*Andrea, unser Gespräch neigt sich dem Ende zu. Doch nach all unserem Reden kommst du jetzt nicht umhin, auch ein paar Worte über den guten Commissario Montalbano zu verlieren. Er hat ja sehr viel zu deinem Ruhm beigetragen. Also nicht nur ich, auch deine Leser möchten, daß du ein wenig über ihn erzählst. Wie wir wissen, hat es in der letzten Zeit einige Unstimmigkeiten gegeben. Böse Zungen behaupten, ihr versteht euch nicht mehr so gut... Es heißt sogar, Montalbano hätte es vorgezogen, in eine besonders blutrünstige Geschichte nicht mit hineingezogen zu werden... Stimmt das? Montalbano werde alt, sagt man. Kannst du das bestätigen? Wieso redet ihr nicht mehr miteinander? Dieses Buch ist vielleicht eine gute Gelegenheit, daß ihr euch austauscht. Welche Botschaft würdest du Montalbano in diesen schwierigen Zeiten übermitteln?*

Ich habe nur ein einziges Mal mit Montalbano gesprochen, und das war, als er mich anrief und sagte, er verweigere seine Beteiligung an der Erzählung, die ich gerade schrieb. Wenn du eine solche Erzählung schreiben willst – sagte er mir –, laß mich draußen, denn ich will nichts mit solchen Geschichten zu tun haben.

*In was für eine verteufelte Geschichte wolltest du ihn denn hineinziehen?*

Die Erzählung hatte den Titel »Montalbano weigert sich«, eine ironische Version dessen, was sogenannte Kannibalenautoren schreiben; es ging um Dinge, die ich nie zuvor beschrieben hatte...

*Zum Beispiel?*

Mädchen, deren Augen fritiert werden und die dann von ihren Mördern verspeist werden... Ein bißchen à la »Hannibal Lector«. Montalbano, der in dieser Geschichte ermittelt, verhält sich an einem bestimmten Punkt wie folgt: Anstatt pflichtgemäß die Pistole zu zücken, macht er kehrt, fährt zu einer Telefonzelle und ruft einen alten Herrn in Rom an, der zu nächtlicher Stunde Geschichten schreibt: »Hör zu, Camilleri, wenn du weiterhin ein solches Zeug schreiben willst, dann mach es, aber ich will damit nichts zu tun haben.« Und Montalbano weigert sich, die Ermittlungen fortzusetzen. Sein Problem ist durchaus ernster Natur. Ich habe versucht, darüber zu schreiben, es zu erklären, vor allem in meinen letzten Romanen.

*Erzähl uns davon.*

Montalbano ist ein echter Polizist, ein richtiger Bulle, er führt nie abstrakte Ermittlungen durch. Seine Ermittlungen erfolgen immer auf dem »Territorium«, das er erforschen will. Das kann eine Ortschaft, ein Stadtteil, ein Wohnviertel, eine Familie sein, ebenda, wo sich eine bestimmte Bluttat zugetragen hat. Er will begreifen, was vor sich geht. Er will die Verhaltenskodizes dieser Familie, dieses Stadtteils, dieses Dorfs deuten, ansonsten verlaufen seine Ermittlungen im Sand. Er ist ein Polizist, der Konkretes, Handfestes braucht. Denk an Simenon, der, wenn er Maigret Beobachtungen aus der Sicht des Toten anstellen läßt, einfach umwerfend ist. In der Tat, wer versteht die eigene Umgebung besser als das Opfer selbst?

*Was also ist das Drama, das Montalbano quält?*

Es betrifft zwei Dinge: Zum einen wird ihm bewußt, daß heutzutage das Verbrechen, gleich welcher Art, nicht mehr notwendigerweise das »Territorium« voraussetzt. Das ist für ihn eine sehr wichtige Entdeckung. Und in »Das Spiel des Patriarchen« erklärt er meiner Meinung nach recht gut deren Reichweite, wenn er sich fragt: »Und mit dem Internet, wie soll ich es damit halten? Wer sind meine namenlosen Gegner?« Montalbano prallt mit dem Virtuellen zusammen. Und was macht jemand, wenn er mit der virtuellen Welt zusammenstößt? Er, der Polizeikommissar, der bei den Ermittlungen an bestimmte Mittel und Wege gewöhnt ist, steht angesichts einer solchen, unerwarteten Situation mit einemmal handlungsunfähig und ohne Schutz da. Die Kommunikationsmöglichkeiten nehmen heute stetig zu, überschreiten

Landes- und Staatsgrenzen. Es existieren keine Schranken mehr. Die Globalisierung erzielt den gleichen Effekt, nicht wahr? Also mein Land, unser Land, wird zur ganzen Welt. Früher sagte man: »Ich bin ein Weltbürger«, was soviel bedeutete wie, es gibt für mich keine Grenzen, keine Zollposten mehr. Heute ist man, auch ohne es zu wollen, Bewohner der Welt, einer globalisierten Welt. Montalbano verfügt nicht über die entsprechende mentale Fitneß und die Werkzeuge, um sich als Ermittler auf diesem neuen und unbekannten Feld zu bewegen. Doch dunkel ahnt er, daß genau das das Schlachtfeld der Zukunft sein wird…

*Handelt es sich hierbei nur um eine Erfahrung, die von der »praktischen Seite des Lebens« diktiert wird – um einen bekannten Terminus von Buscetta zu gebrauchen –, oder beschäftigt sich Montalbano auch mit diesem Thema?*

Sowohl als auch. Von Werner Heisenberg, einem der Väter der Quantenmechanik, stammt die Schrift »Physik und Philosophie«, die ich als fundamental betrachte. Ich weiß, daß Montalbano dieses Buch in der Hand gehabt hat. Es enthält einen Gedankengang des Autors aus den fünfziger Jahren: Er erklärt darin, wie ein Großteil der Denkstruktur eines zeitgenössischen Naturwissenschaftlers vom geistigen Aufbau der Naturwissenschaft und der klassisch-griechischen Philosophie abhängt. Das Buch geht völlig gegen den Strom, denn es widerlegt die Vorstellung von der Spaltung der beiden Kulturen, der naturwissenschaftlichen auf der einen, der philosophisch-literarischen auf der anderen Seite. Heisenberg sagt: Aufgepaßt, das neue Gebiet, auf dem alles möglich ist – einschließlich Krieg und Kriminalität –, ist die moderne Technologie, die Möglichkeit der fortschrittlichen Kommunikation unter den Menschen. Unerwartete Blickwinkel auf die Welt tun sich auf, mit allen Konsequenzen: Sicherlich bedeutet das eine positive Übertragung der Entdeckungen, zugleich aber auch eine negative. Wollte man sich nun romantisch etwas zusammendichten, könnte man auch sagen, daß sich der Kampf zwischen dem Guten und dem Bösen zukünftig im Innern eines Computers abspielen wird. Was wir in den kommenden fünfzig, sechzig Jahren erleben werden, wird nichts weiter sein als ein Machtkampf um mehr Raum. Das wird so lange anhalten, bis ein neues Gleichgewicht erreicht sein wird, doch bis dahin werden sich viele Dinge des menschlichen Lebens dank der Technologie des Fortschritts verändert haben.

Montalbano hat diesen nüchternen Gedankengang voll erfaßt: »So ist es, es verhält sich tatsächlich auf diese Weise. Aber was soll ich tun?« Und das führt zu seiner ersten größeren Krise. Die zweite Krise als Romanfigur rührt von seiner Gewohnheit, stets ein wachsames Auge auf die Realität zu haben, von der er umgeben ist. Andererseits gibt es nun mal keine Bücher, die nicht Spuren des Zeitpunkts tragen, zu dem sie geschrieben werden.

*Ich begreife nicht, wieso diese Feststellung Montalbano ein zweites Mal in eine Krise stürzt.*

Weil alles, was in Italien und in der Welt zeitgleich zu seinen Ermittlungen geschieht, unseren Commissario interessiert, es färbt auf ihn ab, er absorbiert es, es hat Rückwirkungen auf ihn.

*Kannst du ein Beispiel geben?*

In »Der Kavalier der späten Stunde« ist eine der Figuren ein Betrüger, der den Wahn verkörpert, der heutzutage an der Börse herrscht. Mit ihrem Mibtel, dem »Scheißtel«, wie Montalbano ihn nennt, der steigt, der fällt, und alle spekulieren und alle gewinnen und alle verlieren und alle rennen. Auf dieser neuen Welle der Kollektivbegeisterung passiert es schnell, daß jemand in die eigene Tasche wirtschaftet und auf denkbar einfache Weise Geld verschwinden läßt. Eine Situation also, die einen Ausschnitt der italienischen Realität darstellt …

*Ja und?*

Also die Romane, in denen Montalbano die Hauptfigur ist, können das reale Umfeld nicht ignorieren …

*Aber wenn du doch sagst, daß es immer so gewesen ist, wo liegt dann die Schwierigkeit?*

Bei uns. In Italien ist etwas ganz Gravierendes geschehen, ich spreche von den tragischen Ereignissen während des Wirtschaftsgipfels G8 in Genua. Ein großer Teil der Sicherheitskräfte dort verhielt sich nicht so, wie wir es erwartet hatten. Um das zu begreifen, muß man nicht unbedingt einem bestimmten politischen Lager angehören. Die Bilder sprechen für sich. Was hat Montalbano, was hat Andrea Camilleri gesehen? Beide haben dieselben Dinge gesehen. Zum Beispiel haben sie die schwarzgekleideten »Black Blocs« mit ihren Trommeln gesehen, wie sie sich auf eine bestimmte Weise, in einem makabren Ritual, vorwärtsbewegten. Offenkundig gab es jemanden, der sie filmte. Doch die Polizei war nicht zu sehen. Sind wir uns da einig? Die Polizei war nicht präsent. Wir haben den Überfall auf das Gefängnis und die zwei Mannschaftswagen der Polizei gesehen, die davonfuhren in dem Augenblick, da die »Black Blocs« Molotowbomben ins Innere des Gebäudes schleuderten. Was also sah Montalbano? Zum Beispiel, daß Tränengasbomben in einer wehrlosen Menge explodierten. Sah er sie, oder sah er sie nicht? Er sah sie. Er sah auch einen stellvertretenden Polizeichef oder einen in ähnlicher Position, der wiederholt Demonstranten, die am Boden lagen, trat. Ja oder nein? Ja, er sah sie. Das ist kein der Polizei würdiges Benehmen. Diese Dinge mußten wir seinerzeit unter Scelba* erleben, als die Einsatzkommandos der Polizei ins Leben gerufen wurden. Ich habe es, glaube ich, bereits erwähnt: Ich habe einmal den Schlagstock eines Einsatzkommandobullen zu schmecken bekommen, ich weiß, wie diese Kerle vorgehen. Seit damals hat es keine Szenen dieser Art mehr gegeben. Weil die Demokratie uns und den Polizisten andere Verhaltensweisen beigebracht hat.

* Mario Scelba, 1901–91, sizilianischer Politiker, Christdemokrat, eiserner Antikommunist, aber auch überzeugter Antifaschist; nach ihm benannt die berüchtigten Einsatzkommandos der Polizei, die auf seine Anordnung hin jegliche Versammlung und Kundgebung der Sozialisten und Kommunisten (politischer wie gewerkschaftlicher Natur) niederknüppelten, auch unter Einsatz von Schußwaffen. 1954 Ministerpräsident; 1969–71 Präsident des Europaparlaments.

*Was ist mit Montalbano passiert?*

Als der Premierminister vor Beginn dieses verdammten G8-Gipfels mehrmals nach Genua fuhr, um zu kontrollieren, wie die Stadt herausgeputzt wurde, die Schlüpfer auf den Wäscheleinen entfernen und Metallbarrieren errichten ließ, da vermittelte er ein dramatisches Gefühl der Belagerung.

*Berlusconi behauptete, daß diese Maßnahmen von der vorigen Mittelinksregierung und von Innenminister Enzo Bianco beschlossen worden seien, erinnerst du dich noch?*

Wenn Bianco dieses ganze Fiasko gewollt hat, dann hat er einen Fehler begangen. Doch im vorgelagerten Verteidigungsexzeß lag auch eine Einladung, eine Herausforderung von wegen: »Ich will sehen, ob es euch gelingt zu…« verborgen. Verstehst du? In der Tat, im Innern der »roten Zone« passierte nichts. Genua selbst bekam alles ab. Die Polizei erwies sich in diesem Augenblick nicht als eine echte Polizei, sondern senkte obendrein noch ihr professionelles Niveau. Der Überfall auf die Schule Diaz ist eine finsteres Kapitel, in das Licht zu bringen not tut. Ich sagte, daß eine Alarmglocke geläutet hat. Und Montalbano verstand meine Worte von A bis Z.

*War diese Kraftprobe gewollt?*

Die Kraftprobe hat stattgefunden. Sie ist mißlungen, zum Glück, aber sie fand statt. Ich hörte in jenen Tagen die Erklärung eines Mitglieds des SULP, der italienischen Dachgewerkschaft der Polizeikräfte: »Die Polizei neigt von sich aus dazu, der Macht gehorsam Folge zu leisten.« Das ist mehr als wahr. Wenn diese Macht nun sagt: »Tu das«, dann tut die Polizei das auch. Die Macht muß ihr nur sagen: »Tu das nicht«, und sie tut das auch nicht. Eben, die Verantwortung lag nicht allein bei den Polizeibeamten, sondern bei denen, die sie auf gewisse Weise gedrängt haben zu übertreiben. Wie du siehst, spreche ich jetzt mit Absicht nicht von dem ermordeten Jungen. Wir reden hier von den anderen schweren Zusammenstößen.

*Aber nicht alle Polizisten benahmen sich wie die Wahnsinnigen. Ist das auch deine Meinung?*

Das wiederum vermittelt dir eine Vorstellung davon, was in Situationen dieser Art geschehen kann. Sogar Ärzte waren dabei, die den jungen Leuten die Piercings von den Ohren rissen. Ein Kollektivwahnsinn. War das eine schöne Generalprobe? Nun, wenn das eine schöne Generalprobe war, wird das Stück nicht zur Aufführung kommen. Wenn das die Generalprobe war, wird die Aufführung gestrichen.

*Ist das deine Schlußfolgerung oder auch die von Montalbano?*

Vor allem die von Montalbano, denn er ist Polizist und kann die grundsätzlichen Überlegungen nicht ignorieren, die sein Autor gerade anstellt. Montalbano sagte einmal zum Obersten des Geheimdienstes, Lohengrin Pera: »Wir dienen zwei verschiedenen Staaten.« Darauf der Oberst: »Nein, es ist ein und derselbe Staat.« – »Ich sag' Ihnen, wir dienen zwei verschiedenen Staaten«, widersprach Montalbano, »ich diene einem legalen Staat, Sie dienen einem Staat, der mit der Illegalität arbeitet.« – »Nein«, versuchte sich Pera herauszureden, »stellen Sie sich einmal ein Haus vor: Auf eine Person, die darin die Aborte putzt, kann einfach nicht verzichtet werden.« Aber man kann auch nicht das ganze Haus in ein Klosett verwandeln, damit es ununterbrochen gereinigt wird. Ist das klar? Darin besteht die derzeitige Krise von Montalbano.

*Diese Erklärung rückt alles in ein anderes Licht. Montalbano wird sich also eine Auszeit gönnen?*

Wenn ich zur Zeit daran denke, über Montalbano zu schreiben, kommt mir eine zeitlose Erzählung in den Sinn, kein Roman mit Fakten, die sich möglicherweise vor Genua zugetragen haben. Bestimmt nicht hinterher. Jetzt fühle ich mich wirklich festgenagelt auf eine Figur, die schon von vornherein in der Krise ist; die Gründe haben wir bereits genannt: mangelnde Kenntnis der Kodizes und die Unmöglichkeit zu verstehen. Vergessen wir nicht, Montalbano versucht ja, sich durchzubeißen. Doch wenn er auf dunkle Gebiete stößt, die für ihn undurchdringbar sind, eben weil ihm die Mittel fehlen, dann gerät er in eine tiefe Krise.

*Mittlerweile zeichnen sich auch bei ihm die ersten Falten ab?*

Zweifelsohne gibt es Anzeichen des Alterns, die schwächer werdenden Reflexe, das immer beschwerlichere Sich-Einfinden in Situationen. Jugend bedeutet die Fähigkeit zur Anpassung. Für einen Fünfzigjährigen sind diese Anpassungen – nennen wir sie mal so – nun mal mühsamer. Wie auch immer es ausgehen wird, Commissario Montalbano bleibt eine Figur, über die ich immer Gutes und Schlechtes zugleich sagen werde.

*Du gibst nun also ein objektives und nüchternes Urteil über ihn ab.*

Er ist die Figur, die mir den Weg zum Erfolg gezeigt hat. Darüber gibt es keine Diskussion. Hätte ich diese Figur nicht erfunden, wäre ich ein Schriftsteller mit einer Auflage von 10 000 Exemplaren geblieben, was in Italien schon viel ist, doch diese Grenze hätte ich nicht überschritten. Andererseits nervt er mich: Da er für meine Leser eine so lebendige Figur ist, hat er mich am Ende auch wieder im Griff. Viele sagen zu ihrem Buchhändler beispielsweise: »Nun gut, lesen wir also das Buch X, bis der nächste Montalbano kommt. Apropos, wann gibt es denn wieder einen neuen Montalbano?«

*In deinem historischen Roman »König Zosimo« war Montalbano natürlich nicht dabei. So etwas müßte dich doch zufriedenstellen.*

Genau das ist das Problem. »König Zosimo« erscheint mir als das Höchstmaß dessen, was ich literarisch zu geben imstande bin, und doch drängt man mich ständig: »Dottore, im Sommer wird doch ein neuer Montalbano erscheinen, nicht wahr?« Ich komme mir wie ein Gefangener vor. Genau wie diese bedauernswerten Schauspieler, die einmal eine bestimmte Rolle spielen, in der sie gut ankommen, und schließlich ihr ganzes Leben lang nur diese eine Rolle spielen dürfen.

*Wenn ich mich recht erinnere, zwang die Großmutter von Arthur Conan Doyle ihren Enkel, die Figur von Sherlock Holmes wieder zum Leben zu erwecken, weil seine Leser danach verlangten. Und er machte gute Miene zum bösen Spiel und schrieb »Der Hund von Baskerville«, und es wurde ein weiterer Riesenerfolg. Könntest du es nicht auch so halten?*

Richtig, richtig. Er mußte Sherlock Holmes auferstehen lassen, den er in einer vorherigen Erzählung in einen Abgrund hatte stürzen lassen. Darüber sprach ich auch mit Jean-Claude Izzo, einem großen Krimiautor … Nein, das sagt viel zu wenig, Izzo ist ein großer französischer Schriftsteller, der die Geschichten seines Kommissars Fabio Montale in den algerischen Wohngebieten von Marseille spielen ließ. Er ist vor kurzem erst gestorben, recht jung, ein erschütterndes Ende.

*Worüber hast du mit Izzo gesprochen?*

Auch er hatte dieses Problem und mußte eine seiner Figuren sterben lassen, denn – sagen wir es ohne Umschweife – nach einer Weile hat man genug … Manuel Vázquez Montalbán – auch er ist mittlerweile gestorben – war seiner Kreatur ebenfalls überdrüssig. Ich erinnere mich, eines Tages trafen wir uns zu dritt, ich, Izzo und Montalbán; wir lachten über unsere Figuren und sagten: »Wir brauchen sie ja nicht in einen Abgrund zu stürzen, wie es Sherlock Holmes widerfahren ist, der dann gerettet wird und wieder auftaucht …« Und dann: »Wie lassen wir sie also sterben?« Izzo war es dann, der ein falsches Ende à la Conan Doyle fand.

*Wieso falsch?*

Weil Kommissar Fabio Montale verletzt in einem Boot liegt. Der Leser wird nie erfahren, ob er auf dem Meer stirbt oder ob ganz zufällig ein Fischerboot vorbeikommt und ihn rettet. Es ist ein raffiniertes Finale – sagte uns Izzo –, denn so verliere ich nicht mein Gesicht, wenn ich beschließe, meine Figur wieder ins Spiel zu bringen.

*Und welches Ende wird Montalbano nehmen?*

Leute, fragt euch doch besser, welches Ende sein Autor nehmen wird, der jetzt bald achtzig ist! Das ist im Augenblick die entscheidende Frage, dann sehen wir weiter, was aus Montalbano wird.

*Wir sind von den Tagen des Wirtschaftsgipfels in Genua ausgegangen.*

Es gibt einen bislang unberührten Aspekt bei Montalbano, den man ins Auge fassen sollte: seine Einstellung zu Volkskundgebungen. Wenn seine Mitarbeiter zu ihm sagen: »Commissario, Sie sind ja ein Vollblutkommunist«, dann deshalb, weil seine Vorstellung von den gesellschaftlichen Verhältnissen nicht gerade ordnungsgemäß ist. Als die Arbeiter, zur Kurzarbeit gezwungen, vor den Fabriktoren protestieren und der Direktor dann die Polizei ruft, fährt Mimì Augello hin; als der von einem Steinwurf verletzt wird, lautet Montalbanos Kommentar: »Recht geschieht's ihm.« – »Was heißt das, es geschieht ihm recht?« Und Montalbano entgegnet: »Ruft in Zukunft die Carabinieri. In solchen Fällen kommen wir nicht mehr, denn«, und seine Stimme wird böse, »die Arbeiter sollen Kurzarbeit machen, der Direktor bezieht weiterhin sein Gehalt. Und ich soll hingehen und den Direktor verteidigen? Ich stehe auf der Seite der Arbeiter. Zu ihnen können wir sagen: ›Leute, versuchen wir mal, vernünftig zu sein‹, aber den Direktor können wir nicht verteidigen.« So lautet Montalbanos Meinung. In Genua beim G8-Gipfel litt er höchstpersönlich wegen eines Angriffs dieser Art.

*Und wenn er in Genua zum Dienst gezwungen worden wäre?*

Ich glaube nicht, daß er die gleiche Gewalttätigkeit wie seine Kollegen an den Tag gelegt hätte. In der Tat gab es auch einige Polizisten, die sich nicht so brutal verhielten: Während es solche gab, die drauflosprügelten, eilten andere Sicherheitsbeamte herbei und kümmerten sich um die verletzten Demonstranten. Das ist genauso wie mit dem Spruch über den Geiz der Genueser. Es gibt eben solche und solche …

*Er wäre also auch in die Schule Diaz gegangen?*

Er hätte sich kategorisch geweigert. Denn das war so etwas wie ein Jagdausflug: »Also, wer von euch geht zu Diaz?« Und es meldeten sich alle, die Lust und Freude am Zuschlagen hatten. So einfach. Montalbano hat diese Lust noch nie verspürt.

*Und wie hat Montalbano den 11. September erlebt, der unser aller Leben verändert hat?*

Zunächst mal hat Montalbano mit einer solchen Tragödie nie gerechnet, und auch darin zeigt sich, daß er älter wird; er dachte, ein Attentat ist eben ein Attentat.

*Und was bedeutete der Anschlag vom 11. September für Montalbano?*

Einige Jahre zuvor hatte es bereits einen Anschlag herkömmlicher Art auf die Zwillingstürme gegeben. Damals fuhr einer mit einem Laster voller Sprengstoff vor, und es machte *bum*; der Sachschaden war groß, aber die Personenschäden hielten sich im Rahmen des menschlich Erträglichen. Und das ist ein Zeichen dafür, behaupte ich, daß Montalbano in der Zeit stehengeblieben ist.

*Glaubst du nicht, daß du jetzt etwas zu streng mit ihm bist? Wer hätte das vorhersehen können?*

Vielleicht hast du recht. Jedenfalls kann sich auch Montalbano nicht vorstellen, daß morgen das Attentat mit Showeffekt geschehen wird. Das entgeht ihm, er begreift es erst danach.

*Was genau?*

Daß dies eine mediengerechte Form von Terrorismus ist: Sie zeigt den Augenblick des Attentats, einen ganzen Anschlag, Minute für Minute. Vor dem Anschlag vom 11. September haben wir so etwas noch nie gesehen. Bis dahin flog ein Sprengstofflaster in die Luft, und nachher konnten nur noch die Toten und die Verletzten gezählt werden. Wohingegen man diesmal in Direktübertragung die Ausführung eines furchtbaren Anschlags, einer Wahnsinnstat miterlebt. Genau das ist der Effekt, auf den man abzielte. Der genaue Einsatz medialer Propaganda für ein Attentat. Außerdem sind da noch die Folgen für die Wirtschaft, auf die wir hier nicht eingehen wollen. In einer Welt, die von Bildern regiert wird, ist es so: Nachdem die Kameras der ganzen Welt auf den ersten Zwillingsturm gerichtet waren, werden wir euch achtzehn Minuten später zeigen, was mit dem zweiten passiert… Montalbano begreift, daß er niemals imstande wäre, in einer Tragödie dieser Art und dieses Ausmaßes zu ermitteln. Montalbano ist ein leidenschaftlicher Verstandesmensch. Man muß ihm die Dinge erklären. Auch Fazio sagt: »Dottore, Sie müssen mir die Dinge gut erklären. Denn wenn ich sie begreife, dann mache ich meine Arbeit auch gut. Begreife ich sie nämlich nicht, kann ich auch keine gute Arbeit leisten.« Auch in diesem Fall würde Montalbano gerne auf irgendeine Weise den Anschlag verstehen, und zwar über das hinausgehend, was in den Zeitungen steht.

*Konnten die Nachrichten in den Medien in jenen Tagen ihn nicht zufriedenstellen?*

Nur gering. Sehr gering. Montalbano erinnert sich, daß er zwei Tage nach der Zerstörung der Türme in den zwei größten italienischen Tageszeitungen las, daß das Cockpit des ersten entführten Flugzeugs gefunden und darin die Leichen eines Piloten in Zivilkleidung und einer Flughosteß mit gefesselten Händen entdeckt worden seien. Daraufhin begann Montalbano zu fluchen und Verwünschungen auszustoßen, ganz wie es seine Art ist: Ein solcher Fund war absolut unmöglich, da durch die hohen Temperaturen doch alles geschmolzen war. Also war diese schöne Filmszene vollkommen an den Haaren herbeigezogen. Genauso, als sie sagten, Atta, der Chef der Terroristen, kaufte seine Taschenmesser in der Schweiz, weil man in der Schweiz etwas von Taschenmessern versteht! Und diese Messer trägt er dann auf verschiedenen Flügen und über Landesgrenzen bei sich! Solche Märchen haben die Medien gebracht. Man muß also gewissenhaft unterscheiden können.

*Nachdem dann die tatsächlichen Umstände ans Licht gekommen waren – welche Schlußfolgerungen hat Montalbano gezogen?*

Daß dieses Attentat bereits in der Phase seiner Vorbereitung ein Attentat darstellte. Daß es eine beeindruckende Menge von Elementen eines Attentats gab, noch bevor es überhaupt zu dem Attentat als solchem gekommen war. Ich meine damit: Wie vieler Faktoren bedarf es, um einen Terrorismusanschlag dieser Reichweite zu realisieren? Vier Flugzeuge wurden entführt: Das bedeutet, die Attentäter haben Pilotenschulen absolviert, Kontakte gehalten, Kontrollpunkte mit falschen Dokumenten passiert, sie führten dieses schreckliche Abdrehen des zweiten Flugzeugs durch, wie wir es live miterlebt haben … Das war keine Vorbereitung, wie ein gewöhnlicher Terrorist sie durchführt, sagt Montalbano. Der Terrorist, auch der im Film, handelt nach ganz bestimmten Schemata.

*Sollte es also einen klassischen Terrorismus und eine fortschrittliche Variante geben?*

Es ist schwierig, über Terrorismus zu reden. Montalbano sieht im Wörterbuch und in der Enzyklopädie unter dem Stichwort »Terrorismus« nach. Er stellt fest, daß dieser Begriff sehr viele und sehr unterschiedliche Bedeutungen hat, und die Definitionen genügen ihm nicht. Montalbano fragt sich: Wenn jemand für sein Vaterland, für die Freiheit seines eigenen Landes, für die Interessen seines Volks kämpft und Bluttaten begeht, ist er dann ein Terrorist oder ist er es nicht? Wer für seine Ideale kämpft und dabei den Gegner psychologisch zu destabilisieren versucht, nicht nur durch das Abschießen eines Flugzeugs – ist derjenige ein Terrorist oder nicht? Wer die Schäden erleidet, für den ist er ein Terrorist, in den Augen seiner Leute hingegen ist er ein Patriot.

*Verzeih, aber mit einer Theorie dieser Art läßt sich alles bis ins Unendliche auf den Kopf stellen …*

Stopp. Laß mich weiterreden: Da ist beispielweise der Fall der Palästinenser heute. Aber auf die Israelis traf es mal genauso zu.

*Wann?*

Zu Zeiten des »Irgun Zwai Leumí« und der »Sternbande«, das waren die zwei größten israelischen Terrorgruppen während der englischen Besatzungszeit. Sie sprengten Hotels und öffentliche Lokale mit Frauen und Kindern in die Luft. Genau wie es heute bei den Attentaten des islamisch-palästinensischen Terrorismus passiert. Doch diese Israelis wurden in späteren Jahren Staatsoberhäupter. Obwohl sie in der Vergangenheit zur Zeit der englischen Besatzung von der Presse überall in der Welt als »israelische Terroristen« bezeichnet wurden. Und vergessen wir nicht, daß ein Attentäter auf eine amerikanische Botschaft in seinen reiferen Jahren zum Friedensnobelpreisträger gekürt wurde. Nur waren die Gründe für den israelischen Terrorismus voll einsehbar. Schlußfolgerung: Die Definition des Terrorismus bleibt ein schwieriges Unterfangen.

*Laß uns nicht so vage bleiben!*

Eine Sache steht fest: Die Definition, die wir dem Begriff Terrorismus zuschreiben, kann zutreffen, wenn wir von den Palästinensern, den Israelis, der ETA, der IRA sprechen, doch im Falle eines derart entsetzlichen Anschlags wie dem des 11. September ist sie fehl am Platze. Ich will versuchen zu erklären, weshalb Montalbano so denkt. Zuvor aber möchte ich klarstellen: Ein Ding ist es, die Gründe zu erkennen, ein anderes, Rechtfertigungen zu liefern. Mein Beruf ist es zu kapieren, würde Montalbano sagen, Rechtfertigungen gehen mich nichts an, das ist nicht meine Aufgabe. Ich muß die Karten aufdecken und zu den anderen sagen: »Überlegt ihr euch doch was dazu.«

*Wenn Montalbano ermittelt, kann er das Tatmotiv des Mörders sehr wohl begreifen, aber er rechtfertigt ihn nie. Ist es das, was du sagen willst?*

Genau das. Und der erste Punkt dieses schrecklichen Attentats ist: Man begreift die Beweggründe nicht, die dahinterstehen. Man kann zwar behaupten, was nicht verboten ist: »Die gesamte amerikanische Politik war eine Aufeinanderfolge von Gewaltakten …« Und es gab zahlreiche und grobe Fehler bei der Bewertung, bei der Wahl der Methode. Doch wie kann es möglich sein, daß eine Aktion von solch wahnsinniger Gewalttätigkeit schließlich Kriegsakt und nicht terroristischer Akt genannt wird? Bis kurz zuvor hieß es »Terrorismus«, wenn die Botschaften in die Luft gesprengt wurden. Mit einemmal wurde daraus ein Krieg. Was hat bewirkt, daß daraus ein »Krieg« wurde? Die Tragweite, die Gewichtigkeit, das Aufsehenerregende, die Anzahl der Opfer? Für einen solchen Schritt muß man eine ganze Menge von Erklärungen in petto haben. Keiner kann hinterher den Mund aufreißen und sagen: »He, ich hab's auch für die Palästinenser getan.« Also lieber Bin Laden, erstens hast du vorher nie von den Palästinensern gesprochen, niemals hast du diese Geschichte angeführt. Jetzt kommen die Palästinenser dir gelegen, weil du nach Ausreden für deine Tat suchst. Selbst wenn Bin Laden de facto nicht der Täter war, hat er dennoch die moralische Verantwortung übernommen. Ich glaube nicht, daß es Milderungsgründe für ihn gibt. Es nützt nichts, wenn man sagt: »Hier sind die Beweise für seine Verwicklung«, wenn Bin Laden doch als erster seine Täterschaft bestätigt hat.

*Und wie würde Montalbano die Angelegenheit mit den Terroristen ins reine bringen wollen?*

Er muß lachen, wenn er von einem Krieg hört, den die Terroristen angeblich gegen jemanden führen.

*Wieso, kann man denn Krieg gegen niemanden führen?*

Versteh mich nicht falsch. Montalbano hat gemerkt, daß sie den Krieg, um ihn zu rechtfertigen, auf einen Staat, auf eine Regierung, auf die Taliban, auf fast das ganze afghanische Volk ausweiten mußten, doch das ist eine Erweiterungsmaßnahme eines Zielobjekts, das an und für sich nicht größer als ein Stecknadelkopf ist.

*Es gibt ein Mißverhältnis zwischen Mittel und Ziel?*

Ja. Man kann nicht sechs, sieben der fortschrittlichsten Nationen der Welt vereint nach einem Mann suchen lassen, der sich in einer Höhle versteckt hält. Montalbano fände das einfach lächerlich: »Wenn es stimmt, daß man die Kriege durch Kenntnis des Territoriums gewinnt, dann muß man auch diejenigen in die Schlacht schicken, die sich auf dem Schlachtfeld auskennen, anstatt den Krieg von außen zu führen.« Davon ist er absolut überzeugt. Mit anderen Worten, als Mann aus dem Westen machst du dich nicht auf die Suche nach einem Moslem, das überläßt du einem anderen Moslem.

*Aber war es nicht so, daß die Amerikaner die Taliban zur Auslieferung von Bin Laden aufgefordert haben?*

Nur kann man einen Moslem nicht darum bitten, die Person auszuliefern, die gerade Gast in seinem Hause ist. Das läßt ihre jahrtausendealte Tradition einfach nicht zu. Montalbano würde sich die Frage stellen: »Wen schicken wir also hin?«

*Wieso?*

Weil ich nie im Traum daran gedacht habe, Montalbano hinzuschicken, sondern einen ihm Gleichgestellten. Einen afghanischen Montalbano, einen pakistanischen Montalbano, so jemanden, ja, denn er wüßte, wo sich Bin Laden aufhält, und er wüßte auch, wie er reagieren sollte. Alles würde im Rahmen einer simplen, normalen, weltweit angelegten Polizeioperation bleiben. Zu der ich und Montalbano im Chor sagen würden: »Einverstanden, einverstanden.«

*Montalbanos Herz klopft links, das darf man meines Erachtens ruhig laut sagen. Und die politische Linke erschien mir in dieser Angelegenheit bezüglich des Kriegs etwas in Verlegenheit gebracht.*

Wenn das Regime der Taliban zerfällt, wieso sollte das Montalbano in Verlegenheit bringen? Es sollte für ihn viel mehr ein Grund zur Freude sein: Damit erspart man sich Bombardierungen und zivile Todesopfer. Es ist klar, daß man keinerlei Sympathien für die andere Seite haben darf. Und Montalbano, glaub mir, entzieht sich diesem Gebot nicht.

*Was denkst du über das Abstimmungsverhalten der italienischen Linken im Parlament?*

Wäre ich Abgeordneter oder Senator, hätte ich nicht zugunsten des Kriegs gestimmt, und zwar aus denselben Gründen, die Montalbano bereits vorgebracht hat. Und dabei handelt es sich nicht, wie allzu leichtfertig behauptet wird, um heuchlerische Haarspaltereien, denn das Fehlen des Unterschieds kommt der Unmöglichkeit nachzudenken gleich. Denn Nachdenken führt zu Unterscheidungen. Wenn wir nicht nachdenken wollen, können wir auch nicht unterscheiden …

*Jedenfalls, du und Montalbano, ihr habt die Polizeioperation, die dann in einen Krieg mündete, nicht gutgeheißen. Ist es so?*

Gewiß. Jetzt ist daraus ein Krieg mit veränderbarem Ziel geworden. Montalbano spürt das, begreift das, denn er schaut fern. Und er fragt sich: Ist das ein Krieg, der sich wie eine Ziehharmonika ausbreitet? Wer legt ihn fest? Wer bestimmt die Zeiten, die Orte, die Vorgehensweise? Wir setzten nicht nur das Leben unserer und das der amerikanischen Soldaten aufs Spiel, sondern auch das der armen Teufel, die dort darauf warten, daß ihnen die schwachsinnigen Bomben auf den Kopf fallen, denn »intelligente Bomben« haben sie noch nicht erfunden. Es gab die Punischen Kriege, den Peloponnesischen Krieg, den Dreißigjährigen Krieg, den Hundertjährigen Krieg, den Ersten Weltkrieg, den Zweiten Weltkrieg; zu Beginn dieses Jahrhunderts, dieses dritten Jahrtausends, führen wir den »Schein-Krieg«, der jedoch echte Tote mit sich bringt. Dennoch ist es ein »scheinbarer« Krieg, der virtuell ausgetragen wird und ein Spiegelbild der heutigen Wirklichkeit ist…

*Und das ist die Realität, in der sich Montalbano außerstande fühlt, weiterhin seine Arbeit zu tun.*

Ich will dir ein Beispiel geben. Oft höre ich: »Erika und Omar* haben getötet, weil sie nicht mehr zwischen Virtualität und Wirklichkeit unterscheiden konnten.« Wir finden uns also in einer Situation wieder, in der wir zu Mördern werden, weil wir nicht mehr in der Lage sind, zwischen Virtuellem und Realem zu unterscheiden. Montalbanos Standpunkt ist eindeutig und nicht politisch motiviert. Seine Vorstellung basiert ganz einfach auf dem gesunden Menschenverstand und der absoluten Gewißheit, daß Krieg in neunundneunzig Prozent der Fälle Schaden anrichtet.

*Gibt es tatsächlich dieses eine Prozent, in dem Kriege Gutes bewirken?*

Ich würde sagen, ja. Weder ich noch Montalbano sind Pazifisten *tout court.* Wenn England, Rußland und auch Amerika nicht gegen Hitler und Benito Mussolini Krieg geführt hätten, säßen wir beide zu dieser Stunde nicht hier, um so mitein-

* 21. Februar 2001, Novi Ligure. Die sechzehnjährige Erika ermordet auf grausame Weise gemeinsam mit ihrem Drogendealerfreund Omar, siebzehn, ihre Mutter (fünfundvierzig) und ihren kleinen Bruder (zwölf). Zwei Tage lang führt sie die Ermittler an der Nase herum, lenkt den Verdacht auf »Kriminelle aus dem Osten«. Nach ihrer Verhaftung beginnt eine unglaubliche Sündenvergebungsdiskussion in den Medien. Die Täter werden zu zwölf bzw. zehn Jahren Haftstrafe verurteilt.

ander zu reden. Die Weltgeschichte hätte eine andere Wendung genommen. Es täte mir leid, wenn man mich als einen Kriegshetzer ansieht, ich schwöre, das bin ich nicht, genausowenig wie Montalbano. Man fragt sich: »Gibt es gerechte und ungerechte Kriege?« Kriege sind immer ungerecht. Doch es gibt Kriege, in denen man gezwungenermaßen die Ungerechtigkeit des Krieges in Kauf nehmen muß. Einfach deshalb, weil es nicht anders geht und die bestehende Bedrohung viel größer ist als die, die ein Krieg mit sich bringen könnte. Für mich und auch für Montalbano war der Krieg im Kosovo tatsächlich ein Krieg. Wir haben die mit Gewißheit nicht gefälschten Bilder der Flüchtlinge gesehen; wir haben sie hier nach Italien kommen sehen. Wir müssen festhalten, daß sich Italien in jener Situation pflichtgetreu an dem Krieg beteiligt hat, sich zugleich aber auch um Hilfsgüter für die Bevölkerung gekümmert hat, die unter dem Krieg, aber auch unter der Flucht und dem Exil gelitten hat und in dem Augenblick litt: Wie man sieht, handelt es sich in meinem Fall nicht um »heuchlerische Haarspaltereien«. Welches Schicksal wurde hingegen Afghanistan beschert? In den allerersten Tagen wurden zwanzigtausend Lebensmittelrationen abgeworfen, und das war's. Und die Menschen starben weiterhin.

*Warum all das?*

Um einen Mann aufzuspüren, den zu lokalisieren man nicht imstande war. Und den man wahrscheinlich nie finden wird. Also wenn das Ziel des Krieges war, ihn festzunehmen, und man ihn nicht festgenommen hat, dann hat man den Krieg verloren. Er aber hat zwei Schlachten gewonnen. Hätte man eine echte Operation der Polizei, des Geheimdienstes, durchgeführt, dann hätte es andere Ergebnisse gegeben.

*Wie lange wird es noch dauern?*

So lange, wie die Amerikaner wollen. Hört man von dort nicht inzwischen schon: »Wir beschäftigen uns jetzt mit den anderen Terroristen. Wir kümmern uns um den Irak, den Sudan, Syrien, Libyen, Somalia, den Jemen…« Die Wahrheit ist, daß man die Märkte nicht beherrschen kann, die Zeiten der Kolonialherrschaft sind vorbei. Das ist eine neue und andersartige Form von Kolonialismus.

*Wodurch zeichnet sich dieser neue Kolonialismus aus?*

Es geht um die Eroberung der Märkte auf indirektem Wege. Denn entweder beherrscht jemand die Welt mit seiner Truppenpräsenz und sagt: »Das ist die Ökonomie, die meine Truppen bestimmen und euch aufzwingen«, oder man muß sich völlig auf den Vertreter vor Ort verlassen. Doch der Vertreter kann seine Meinung auch ändern. Und so tauscht man Noriega gegen einen anderen aus, der genauso ist wie er. Man bewaffnet den Irak, um Krieg gegen den Iran zu führen, und wundert sich dann. Es ist ein stetiges offenkundiges Navigieren, Tag um Tag, und das bezeugt das Fehlen einer klaren Vision für diese Welt seitens der einzigen Supermacht.

*Fehlt ihr die tatsächlich?*

Ja. Denn als Bush gewählt wurde, tönte es aus den Medien: Wie sollen wir mit diesem amerikanischen Präsidenten zurechtkommen, der nicht einmal weiß, was Europa ist? Und der, wie Massimo Cacciari feststellte, bis zum Vortag des 11. September glaubte, daß die Taliban eine Rockband wären. Und so war es tatsächlich. Begreifst du also, wie schrecklich diese Wandlungen in der Außenpolitik sind? Dabei gab es Jahre, in denen die Außenpolitik eine ernste Sache war.

*Was waren die Elemente, die diese Ernsthaftigkeit ausmachten?*

Beispielsweise die Tatsache, daß der Generalsekretär des Außenministeriums im Amt blieb, auch wenn die Regierung abgewählt wurde, sich änderte. Das war in Italien so wie in Frankreich. Der Marchese Salvatore Contarini hat die italienische Außenpolitik vor der Ära des Faschismus und während des Faschismus geleitet. Denn die Außenpolitik stellte einen Wert dar, der vor internen Querelen geschützt werden mußte. Das gleiche geschah am Quai d'Orsay in Frankreich, wo der große Dichter und Nobelpreisträger Saint-John Perse Directeur des Affaires politiques im Außenministerium war. An seiner Seite waren Jean Giraudoux, Paul Claudel: Es schien, als wäre die gesamte Académie Française an den Quai D'Orsay umgezogen... Die Kontinuität der Außenpolitik ist sehr wichtig. Denn heute wächst und bewegt sich die Wirtschaft über die Außenpolitik. Es ist kein Zufall, daß die italienischen Industriemächtigen in der neuen Regierung Berlusconi auf Nummer Sicher gingen und Renato Ruggiero als Außenminister haben wollten. Das bedeutete, daß mit ihm kein Dilettant, sondern ein Mann vom Fach gegenüber Europa und dem Rest der Welt die Fortsetzung einer bestimmten italienischen Politik garantierte. Und es ist kein Zufall, daß Ruggiero noch nie Berlusconis Sympathie genoß. Er war ein Mann von ziemlich strengen Prinzipien. Doch mit welchem Ergebnis? Daß man heute von Ruggiero nichts mehr weiß und Berlusconi auf die höflich geäußerte Verärgerung des Staatspräsidenten pfiff und sich selbst – wahrscheinlich ist er darin der einzige Ministerpräsident der Welt – das Interimsmandat des Außenministers erteilt hat.

*Einige negative Reaktionen hat es dennoch gegeben, oder nicht?*

Ein französischer Minister äußerte sich bezüglich der Angelegenheit, die den Airbus betraf*: »Ein Regierungschef darf nie sein Außenministerium schwächen.« Das ist eine wichtige Feststellung.

*Und was sagst du zu dem Satz Berlusconis, der lautete: »Unsere Zivilisation ist der moslemischen überlegen?«*

Das sind Sprüche eines Ignoranten. Berlusconi hat auch die Einleitung zu »Lob der Torheit« von Erasmus von Rotterdam unterzeichnet. Wer weiß, aus welcher Feder die tatsächlich stammt. Denn keiner schüttelt sich eine Einleitung zu dieser ironischen Lobrede einfach so aus dem Ärmel...

* Renato Ruggiero, parteiloser Außenminister in Berlusconis Regierung, trat im Januar 2002 zurück; es kam zum Eklat zwischen ihm als dezidiertem Europabefürworter und den rechten Mitstreitern des Premiers, als diese sich vulgär über die Einführung des Euros ausließen; vorausgegangen war u.a. auch die Weigerung Italiens, sich am europäischen Gemeinschaftsprojekt Airbus 400M zu beteiligen; es wollte auf die billige Variante des US-Herstellers Lockhead ausweichen, um seine Eigenständigkeit besonders gegenüber Frankreich und Deutschland unter Beweis zu stellen.

Auch Montalbano hat die Sache mit der Einleitung nicht geschluckt.

*Kommen wir wieder auf den Krieg zu sprechen. Es handelt sich um einen Religionskrieg, oder nicht?*

Er läuft Gefahr, ein solcher zu werden. Man möchte ihn als Religionskrieg deklarieren. Doch ich will in keiner Weise mißverstanden werden: Dieser Religionskrieg betrifft nicht das Christentum und auch nicht den Islam.

*Was dann?*

Es handelt sich um einen Religionskrieg innerhalb des Islams. Die fundamentalistischen Gruppierungen sind in Wirklichkeit dabei, in den eigenen Reihen abzurechnen – das Christentum oder die Glaubensrichtungen der Welt allgemein sind für sie von recht geringem Interesse. Es gibt islamische Extremisten, die das Korangesetz, nicht den Koran, auf eine bestimmte Weise auslegen. Und andere, die es wiederum anders interpretieren. Bei einer fortschrittlichen Auslegung eines beliebigen religiösen Textes – des Korans, des Alten Testaments – sieht man gewollt ab vom rigiden Festhalten an einzelnen Postulaten. Als der Vatikan ganz innovativ beschloß, die Messe in italienischer Sprache zu zelebrieren, stellte sich ein Kardinal oder Bischof quer und sagte, die Tradition verlange, daß die Messe auf Latein gehalten würde, und er fand Anhänger unter den Priestern. Doch die christliche Religion definiert sich nicht über das Gesetz, wie es im Islam geschieht, wo die Problematik sofort enorme Ausmaße annimmt. Wo Fanatismus entsteht, wie im Falle Salman Rushdie. Es geschieht das gleiche wie damals – ich nehme ein weltliches Beispiel –, als es in China und in Rußland jeweils eine andere Deutung des Marxismus-Leninismus gab. Und das endete in einem Krieg. Und es fielen Schüsse. Sie schossen auf die Interpretation einiger Passagen ihrer heiligen Texte. Es stimmt, daß es einen Religionskrieg gibt, in dem unter anderem auch Christen ermordet werden, aber der Krieg findet in der arabischen, in der islamischen Welt statt. Dort steckt die Wurzel von allem, dort ist das Feld, das es zu erobern gilt.

*Begehen wir nicht einen Fehler, wenn wir denken, daß der Fundamentalismus per se gewalttätig ist?*

Du hast recht, das ist er nicht. Ich will dir von einem persönlichen Erlebnis berichten. Vor fünfzehn Jahren fuhr ich zum ersten Mal nach Kairo, später bin ich zu anderen Gelegenheiten zurückgekehrt. Ein ehemaliger Schüler von mir, mittlerweile ein bedeutender Regisseur, lud mich zu einer Aufführung ein. Und da ich mich bei meinem ersten Besuch in Kairo sehr wohl fühlte, als wäre ich daheim, kehrte ich gern dorthin zurück, um meine Freunde wiederzusehen und mich in diese Atmosphäre zu stürzen, die mir sehr entgegenkommt. Vor fünfzehn Jahren hatte man bereits begonnen, von der fundamentalistischen Schule und Auslegung zu sprechen, auch wenn noch keinerlei Gewaltübergriffe stattgefunden hatten. So sagte ich zu diesen Freunden, daß es mir Freude machen würde, wenn ich einen der Priester der Koranschule kennenlernen und mit ihm sprechen könnte. In Kairo ist der Sitz der Islamischen Universität.

*Kamen sie deinem Wunsch nach?*

Nicht sofort. Die Antwort von Alì und Saad lautete: »Mit diesen Leuten wollen wir nichts zu tun haben.« Wortwörtlich. Achtung, während Saad kein praktizierender Gläubiger war, betete Alì, dem Westen wohlgesinnt, seine Gebete zu den festgelegten Stunden. Er war ein gläubiger Mensch, doch mit »denen da« wollte er nichts zu tun haben. Ich fragte nach dem Grund. »Weil sie unbeugsam sind«, erklärte er mir, »weil sie eine Strenge bei der Auslegung der Korandoktrin an den Tag legen, die, ehrlich gesagt, rückständig, nicht mehr zeitgemäß ist. Das Schöne an einer Religion ist, wenn sie mit der Zeit Schritt hält und dabei an einigen unverzichtbaren Prinzipien festhält.« So lautete der Gedankengang eines echten Gläubigen, der sich zum Beten auf die Knie niederließ und mit der Stirn den Erdboden berührte. Und der sich ansonsten mit mir über Pirandello unterhielt; das berührte mich seltsam, und ein bißchen war ich auch neidisch …

*Worauf warst du neidisch?*

Ich dachte: Wenn wir in Italien den gleichen Grad an Glauben hätten, um wieviel ernstzunehmender wären wir. Das ist meine Überzeugung. Wenn wir in dem Maße glaubten, wie die Moslems glauben… Doch schweifen wir nicht vom Thema ab. Zwei Tage später also verkünden die beiden mir: »Wir haben einen Freund, einen aus unserer Schule, getroffen, er ist bereit, dich mit einem der höchsten Vertreter bekannt zu machen…« Dieser Freund war rund fünfunddreißig Jahre alt, sprach Italienisch und verabredete sich mit mir. Wir trafen uns und schlenderten durch die Sträßchen von Kairo hinter der Islamischen Universität. Wir betraten das Viertel, auf das im Stadtführer warnend hingewiesen wurde: »Es ist ratsam, sich von dieser Zone fernzuhalten.« Wir gelangten in einen wunderschönen Innenhof, fast wie in Neapel oder Sizilien sah es da aus, einfach wundervoll, von drei Häuserfronten eingeschlossen. Im ersten Stockwerk waren Drahtseile von Fenster zu Fenster gespannt, auf denen Teppiche ausgebreitet waren. Darunter saßen drei alte Männer mit langen Bärten. Der ältere in der Mitte zwischen den zwei jüngeren. Zwei leere Stühle vor ihnen: einer für mich, einer für meinen Dolmetscher, dem sie vertrauten. Bevor ich mich setzte, erhob sich der ältere, breitete die Arme aus, wir umarmten und küßten uns auf die Wange. Er bedeutete mir, Platz zu nehmen. Eine Wasserpfeife wurde gebracht, sie rauchten und reichten sie mir weiter, wie die Friedenspfeife bei den Indianern. Und ich nahm einen Zug. Gewöhnlich rauche ich zwischen sechzig und achtzig Zigaretten am Tag, doch diese Art zu rauchen war kein Genuß für mich. Aber ich mußte mitrauhen. Dann fing er an, mich auszufragen.

*Befürchtete er, daß du ein Spion wärest?*

Nein, das war nicht das Problem. Sie wollten wissen, aus welchem Grunde ich mich für sie interessierte: »Aber du bist doch Katholik, oder nicht?« – »Nein. Ich bin Christ.« – »Wo ist der Unterschied?« Und ich erklärte ihnen den Unterschied. »Bist du verheiratet?« – »Ja.« – »Wie viele Kinder hast du?« Als er hörte, daß ich drei Töchter hatte, stand er auf, breitete die Arme aus, und wieder umarmten wir uns: »Jetzt können wir reden. Denn die Familie…« Und dann legte er los! Es kam mir vor wie das Stück »Meine Familie« von Eduardo De Filippo. Ich hätte beinahe gelacht, hätten die Würde und das Charisma dieses Mannes mich nicht so in Bann geschlagen. Ich hatte tiefen Respekt vor ihm.

*Was sagte er dir?*

Er erklärte mir, daß uns jenseits der Religionen, seiner und meiner, eine gemeinsame Grundlage eine, nämlich die Familie. Auf den Schultern der Familie baue die Welt, das Universum, die unendliche Weltordnung auf. Er sprach eine halbe Stunde lang. Er vollführte einen poetischen Höhenflug über die Bedeutung der Familie, durch die der Mensch seine besten Gefühle, die der Hilfsbereitschaft, der Solidarität, kennenlernt… Wenn ein Familienmitglied Hilfe braucht, tut man alles Menschenmögliche für ihn… Dann sagte er mir, daß sie sich in acht nähmen vor der Verderbtheit des Westens. Denn der Westen sei in der Tat verdorben. Ich fragte ihn, in welcher Hinsicht, und er erwiderte, nicht so sehr in bezug auf die Sitten, als vielmehr in bezug auf das Denken, den Handel, den Stellenwert, der dem Geld zukomme. Ich erzählte ihm, daß ich in Kairo viele Arme gesehen habe, mir aber keine Verzweiflung aufgefallen sei. Er erhob sich, kam auf mich zu, und dieses Mal umarmte er mich mit den Worten: »Es darf keine Verzweiflung geben, das hast du richtig verstanden. Die Verzweiflung kommt auf, wenn jemand begreift, daß seine Armut selbstverschuldet ist. Hier bei uns gibt es keine Schuld. Es ist Allahs Wille. Das ist etwas anderes.« Wir unterhielten uns zwei Stunden miteinander. Er sagte mir, daß sie auf nicht gewaltsame Weise – das betonte er mir gegenüber – ihre Vorstellung vom Verhaftetsein in ihrer Welt verteidigten. Ihr Blick war nach innen gerichtet. Sie wollten sich nicht nach Westen wenden. Und auf der gemeinsamen Grundlage des gegenseitigen Verstehenwollens dankten sie mir. Sie waren mir für meine Neugier ihnen gegenüber dankbar. »Keine Touristenneugier«, sagte der ältere, der einzige, der mit mir sprach, »sondern Neugier von Mensch zu Mensch.« Die Begegnung beeindruckte mich nachhaltig. Als ich zwei Jahre später erneut nach Kairo kam, hätte ich die Männer gerne wiedergesehen. Doch die Menschen, an die ich mich deswegen wandte, sagten mir: »Es ist jetzt nicht mehr möglich, sie haben angefangen zu schießen.« Hast du verstanden, was da geschehen ist? In ihren Reihen hatte sich bereits ein extremistischer Flügel herausgebildet. Diese Geschichte habe ich bislang noch keinem erzählt. Ich konnte praktisch mit eigenen Augen zusehen, wie diese Gruppierungen entstanden. Ich erinnere mich nicht an die Namen der drei Männer, doch man versicherte mir, daß der ältere, der mit mir gesprochen hatte, der »Anführer« in dieser Situation war. Du siehst, als ich Montalbano noch nicht kannte, war ich mehr Herr meiner Zeit …

*Andrea, du fühltest dich immer schon von der Kultur des Islams angezogen, oder täusche ich mich da?*

Nein, du täuschst dich nicht. Meine Bücher sind nicht in der moslemischen Welt veröffentlicht. Aber »Der Hund aus Terracotta« geht von der achtzehnten Sure des Korans aus. Meine Kenntnis des Korans erwächst einem kuriosen Umstand. Vor vierzig Jahren hatte ich moslemische Studenten mit einem reichen religiösen Hintergrund, und ich zeigte, wie man heute sagen würde, Interesse »für das Andersartige«. »Was lest ihr da«, fragte ich sie immer wieder. Und sie erklärten mir die Bedeutung Jesu in ihrer Religion, daß Jesus einer ihrer Propheten, ein anerkannter Prophet sei … Und so begann ich sie häufiger zu sehen, mir von ihnen ihre Glaubensvorstellungen, den Grund ihrer Gebete erklären zu lassen. Eines Tages sagte ich: »Ich hätte gerne, daß einer von euch mir Passagen aus dem Koran vorliest.« Sie sprachen ein phantastisches Italienisch. »Ich will den Klang eurer Sprache hören und erst dann die Übersetzung.« Und diese Lektüre faszinierte mich, extrem sogar, denn ich hatte zwar den Koran gelesen, aber ich hatte ihn nicht so verstanden, wie sie ihn mir erklärten.

*Worin lag der Unterschied?*

Das religiöse Gefühl, das aus deinem Bauch kommt, ist anders als der Glaube, von dem du unbeteiligt in einem Buch, in einer heiligen Schrift liest. Diese Studenten waren aber mit Leib und Seele dabei, sie wußten genau, wovon sie sprachen. Es ist, als läse ein zutiefst überzeugter Priester das Evangelium vor: Die Leiden Christi bewegen dich.

*Gibt es Bücher aus der islamischen Kultur, die du gelesen hast und die dich besonders beeindruckt haben?*

Mir fiel das erste in Ägypten geschriebene Theaterstück in die Hände, das aus dem Jahr 1925 stammt. Die Geburt des arabischen Theaters läßt sich nämlich auf dieses Jahr datieren und ist mit dem Namen Taufiq al-Hakim verbunden; er studierte und arbeitete lange Jahre in Paris und war Anhänger des Postsymbolismus. Die achtzehnte Sure des Korans wurde zu seiner Inspiration: Darin wird erzählt, daß Gott dreihundert junge Männer retten wollte, indem er sie in einen tiefen Schlaf versetzte und erst nach dreihundert Jahren wiedererweckte. Dieses Drama wollte ich in Kairo auf die Bühne bringen – mit italienischen Schauspielern und ägyptischen Bühnen- und Kostümbildnern. Doch das Projekt kam nicht zustande, es war einfach zu kostenaufwendig. Das Buch schenkte mir Zaccaria Mojeddin, ein bedeutender Politiker, der von den verschiedenen ägyptischen Präsidenten bald ins Abseits gedrängt wurde, weil er als Freund des Westens galt. Und das in gewisser Hinsicht auch zu Recht, denn die Zeit war noch nicht reif dafür, daß Ägypten diesen Sprung nach vorne hätte tun können, ohne zuerst andere Entwicklungsphasen durchlaufen zu haben.

*Wie ist der Titel des Buchs?*

Auf italienisch heißt es »Quelli della caverna« (»In the tavern of Life and other Stories«). Ich besitze das Buch in der Übersetzung des Orientalisten Francesco Gabrieli, ein wirklich schönes Werk. Diese prächtig ausgestattete Ausgabe ist nicht im Handel erhältlich, sie ist als Geschenk der Botschaft im Umlauf. Ich habe den Text sehr gründlich studiert.

*Wieso ist dieser Text so wichtig für dich?*

Als ich »Der Hund aus Terracotta« schrieb, nahm ich genau diese Toten in der Höhle in meine Geschichte auf. Nach dem Surentext schlafen sie. Ich hingegen habe unter Verwendung der ganzen Symbolik des Korans daraus zwei Leichen gemacht, die man in die Höhle geschafft hatte ... In Wirklichkeit stammt die Legende der »sieben Schlafenden« aus vorchristlicher Zeit, sie entstand in Ephesus und wurde dann in den Koran aufgenommen. Sie enthält außerordentliche kulturelle Verbindungspunkte. Ich hielt mich beim Schreiben so getreu wie möglich an die Quellen und holte sogar Saad Ardashs Rat ein. Der ermutigte mich und sagte: »Du hast es sehr gut geschrieben, es paßt«. Doch dann gab ich dem Hund einen Namen, nämlich Chizmir.

*Das schien wohl nicht mehr ganz quellengetreu ...*

In der Tat. In einer italienischen Zeitschrift, die sich mit Arabistik beschäftigt, tauchte ein Essay auf: »Sufieinflüsse im Werk von Andrea Camilleri.« Ich sah mich schon als zweiten Salman Rushdie. Ich wiederhole, es war wie die Streitereien über den Marxismus-Leninismus: Der Trennungsstrich muß weg, setzt den Trennungsstrich. Es schienen lächerliche Probleme zu sein, für die Moslems aber sind es grundlegende Thematiken, die möglicherweise zu theologischen Abweichungsdoktrinen oder Schismen oder Ketzereien führen. Beim Lesen des Artikels wurde mir richtig mulmig, doch am Schluß konnte ich voll Erleichterung feststellen, daß mir keine Schuld zugesprochen wurde: »Aber er ist ja nicht einmal Moslem, also können wir ihm auch keine Schuld geben.«

*Wenn ich dich bitten würde, den Lesern einen Text zu empfehlen, der zur Toleranz zwischen unterschiedlichen Kulturen und Rassen auffordert – welchen würdest du vorschlagen?*

Der erste, der mir einfällt, ist »Schiffbrüche« von Alvar Nuñez Cabeza de Vaca, einem der Eroberer der Neuen Welt, der im Gefolge von Panfilo de Narváez, einer schillernden Persönlichkeit, aufgebrochen war. Die spanischen Boote erlitten Schiffbruch, er konnte sich aufs feste Land retten, wo er durch den Wald irrte; die Maya nahmen ihn gefangen, töteten ihn aber nicht. Er gab seine europäische Identität auf und wurde ein Eingeborener. Von ihm stammt dieses wunderschöne Buch – in Italien bei Einaudi erschienen – über die Möglichkeit, seine Identität zu verlieren und eine andere anzunehmen.

*Ist es leicht, eine Identität zu verlieren?*

Wenn diese Identität starr und rigide ist, dann ja; ist sie aber beweglich, ist es weniger einfach, sie aufzugeben. Heute stellen gewisse Positionen gegenüber der islamischen Welt, die zur Verteidigung der westlichen Identität dienen, einen massiven, lückenlosen Schutzwall dar. Es ist wie ein Krieg der Identitäten. Eine Identität zu zeigen, die sich anpaßt, die sich in die andere Kultur einfügt und sich ihr gemäß modelliert. Das ist in meinen Augen die einzig mögliche Form des Zusammenlebens in den kommenden Jahren.

*Doch man hat auch moslemische Stimmen gehört, die das Kruzifix aus unseren Klassenzimmern entfernen wollen. Was denkst du darüber?*

Der Imam von La Spezia hat zum Thema Kruzifix gesagt: »Christus stört mich nicht, er ist ja ein Prophet.« Das ist eine vertretbare Einstellung. Meiner Meinung nach jedoch ist das Kruzifixproblem der falsche Ansatz; diejenigen, die es entfernen wollen, begehen genauso einen Fehler wie diejenigen, die mit Gewalt daran festhalten. Mich als Nichtgläubigen hat es dennoch sehr irritiert, als ein Imam, Vertreter der islamischen Gemeinschaft in Italien, im Fernsehen von Christus als einem Kadaver in Miniaturausgabe sprach, der an zwei Holzstöcken hängt. Das ist schlicht und ergreifend eine Beleidigung. Als Atheist gehe ich doch auch nicht in die Kirche, um zu fluchen! Und habe ich ihre Moscheen betreten, dann immer ohne Schuhe, in tiefem Respekt gegenüber der Religion des Landes, dessen Gast ich war. Da bei uns ein Konkordat existiert und der Katholizismus Staatsreligion ist, ist es klar, daß in den italienischen Schulen das Kreuz hängt, das einer Minderheit ein Dorn im Auge sein kann. Aber die Mehrheit ist anderer Meinung. Was das Kruzifix angeht, verstehe ich, daß es abgehängt wird, wenn aus den Schulräumen vorübergehend Wahllokale werden. Denn das ist eine weltliche Angelegenheit, die nichts mit Religion zu tun hat. Doch in den Schulen, wo Religionsunterricht zum Lehrplan gehört, ist das etwas anderes. Den Religionsunterricht, wie er ist, lehne ich trotz allem ab, an seiner Stelle könnte man das Fach »Geschichte der Religionen« einführen. Ein komparatives Studium der Religionen wäre phantastisch.

*Was denkst du über die Schließung der Schulen während des Ramadan?*

Daß die Schulen zum Ramadan geschlossen werden – weshalb die Mitglieder der Lega Nord stocksauer sind –, ist eine Fehlentscheidung. Wenn überhaupt, sollten die Schüler, die nicht zum Unterricht kommen dürfen, als entschuldigt Fehlende betrachtet werden und, sobald der Ramadan zu Ende ist, Nachholkurse erhalten.

*Was denkst du über die Lage in Israel?*

Es ist eine schreckliche und tragische Situation, in erster Linie, weil sie keine kurzfristigen Lösungen erkennen läßt. Die Israelis haben meiner Meinung nach zum falschen Zeitpunkt den falschen Mann gewählt, nämlich Ariel Sharon, der es wegen des Massakers von Sabra und Chatyla zu trauriger Berühmtheit gebracht hat. Er ist ein Mann, der nur an die Kraft der Waffen glaubt. Wir dürfen außerdem nicht vergessen, daß dieser Krieg gegen die Palästinenser durch Sharons provokativen Besuch auf dem Tempelberg ausgelöst wurde. Sharon haßte Arafat, und sein Haß wurde erwidert. Manchmal sah es so aus, als wäre diese grauenhafte Situation nichts weiter als eine blutige Abrechnung zwischen den beiden. Andererseits, auch wenn die palästinensische Seite nicht frei ist von schwerwiegender Schuld, ist das Ungleichgewicht der Kräfte nicht zu übersehen: Da tritt eines der bestausgebildeten Heere der Welt gegen ein armes und verzweifeltes Volk an, das mit keiner anderen Waffe als seinem eigenen Leben in die Schlacht ziehen kann. Jeder Tag bedeutet ein neues Blutbad, und die Bilder der Flüchtlingslager sprechen eine deutliche Sprache. Ich bin fest davon überzeugt, daß der Einsatz von Waffen die Reaktion blindwütiger Gewalt hervorbringt, die noch ganz lange kein Ende finden wird. Der einzig gangbare Weg ist der einer Politik, die zum Rückzug der Israelis aus den besetzten Gebieten, zum Ende der anmaßenden Siedlungspolitik, zur Ausrottung des Terrorismus, zur gegenseitigen Anerkennung führt. Aber wenn Israel, das fast immer von den USA unterstützt wird oder sich deren schwachen Mahnrufen gegenüber taub stellt, jedwede Vermittlermacht ablehnt, wenn die UNO jeden Tag an Einfluß verliert, wenn Europa nichts zu melden hat, ist das einzige, was vielleicht noch eine Wirkung haben mag, der heftige Appell an das Gewissen der Menschen, wie er fast täglich aus dem Vatikan kommt. Sollte er erhört werden, wäre das wahrhaftig ein Wunder.

*Und zur internationalen Lage – was meinst du dazu?*

Dazu kann ich mich nur als Leser und Zuhörer äußern, der kein Fachwissen hat. Ich denke, wir haben es mit einer Schere zu tun, die sich immer weiter öffnet. Wir sehen es mit eigenen Augen; es ist sinnlos zu behaupten, daß die Globalisierung in Wirklichkeit die Schere schließt oder sie zumindest enger werden läßt. Ich glaube einfach nicht, daß die Industrie das Wohl der Menschen vor Augen hat. Und das ist für mich nichts Skandalöses: Sie folgt nun einmal ihren eigenen Zielsetzungen. Wäre ein Industrieller nicht auf Gewinn aus, wäre er ein schlechter Industrieller. Und wenn eine Industrie nicht versuchte, Gewinn zu machen, ginge das zu Lasten der gesamten Gemeinschaft.

*Wo also ist der Schwachpunkt der Globalisierung?*

Im neunzehnten Jahrhundert existierten die Arbeiter-Gegenseitigkeitsvereine. Da zahlte man zwei Lire ein, und wenn man krank wurde, bekam man Unterstützung und ärztliche Hilfe. Heute existiert der Gegenseitigkeitsverein auf Industrieebene und trägt beispielsweise den Namen »Fusion«. Das bedeutet, der kleine Fisch oder der Fisch in Schwierigkeiten wird jetzt nicht mehr vom großen Fisch gefressen, sondern er wird absorbiert, in ein größeres Ganzes übernommen. Und er überlebt mit seiner kleinen Autonomie im Innern des Bauchs des großen Fisches, der ihn verschluckt hat.

*Worauf willst du hinaus?*

Ich will sagen, daß die Zusammenstöße zwischen den großen Wirtschaftsmächten in Wirklichkeit immer mit einer Erweiterung der wirtschaftlichen Macht, nicht mit einer Schwächung enden. Das fällt allen auf. Je stärker eine Wirtschaftsmacht ist, um so freier soll ihr Handlungsspielraum sein. Konkret gesprochen, freies Handeln bedeutet auch, sich über die nationale Gesetzgebung hinwegsetzen zu können. Wenn eine wirtschaftliche Supermacht ins Spiel kommt, gelten die Gesetze einer ganz bestimmten Nation nicht mehr. Und der Gewinn multipliziert sich bis ins Unendliche.

*Aber deshalb ist das Gemeingut noch lange nicht eines der Ziele der Großindustrie. So ist es doch, grob gesagt, nicht wahr?*

Grob gesagt.

*Und ist das die Logik von McDonald's?*

Ein banales und zugleich schönes Beispiel, ansonsten begreifen die Leute nicht, wovon wir eigentlich reden. Wenn du erklären willst, was die Strategie der Multis ist, braucht man nur das Beispiel McDonald's anzuführen. Also … ich kam am Hauptbahnhof von Palermo an – nach vielen Jahren zum ersten Mal wieder –, und anstatt im Bahnhofsgebäude stand ich in einem riesigen McDonald's. Und inmitten der schönsten Städte Italiens, was werde ich finden? Einen McDonald's.

*Dahinter steht das Gewinnstreben, das auf die allerhöchsten Standards getrimmt wird und keinen Regeln unterliegt.*

Wir können es auch anders formulieren. Die Regeln sind vorhanden, aber immer zugunsten dessen, der Gewinn macht, und gegen denjenigen, der unter dem Gewinn zu leiden hat. Was versuchen die Globalisierungsgegner zu erreichen? Diesen verfluchten Mechanismus zu stoppen, der sich in Gang setzte und tatsächlich die Grenzen und Gesetze der Staaten überschreitet. Und der die Interessen der Länder, die nicht auf dem gleichen Entwicklungsstand sind, derart nachhaltig trifft, daß man sagen kann, das Attentat auf die Zwillingstürme wäre bis vor zehn Jahren weder möglich noch vorstellbar gewesen.

*Was willst du damit sagen?*

Jetzt war dieser Angriff möglich und planbar, eben als eine Form des Krieges – und ich verwende diesen Terminus bewußt – gegen einen Typ der globalisierten Gesellschaft, der die Interessen der Menschen bedroht, die in Erdöl und damit Reichtum produzierenden Gebieten leben. Also haben wir es hier mit Wirtschaftskriegen zu tun, die fälschlich unter anderem Namen laufen.

*Haben die jungen Leute das verstanden?*

Schon längst. Sie werden die Waffen dagegen finden. Ich wüßte nicht, welche ich ihnen empfehlen könnte, vielleicht die Arkebuse, während sie bereits mit Laserstrahlwaffen ausgerüstet sind. Das ist natürlich paradox. Ihre Waffen sind die des höheren Wissensstands. Sie verstehen es, sich in dieser Welt zu bewegen, und damit wären wir wieder bei Montalbanos Krise. Sie besitzen einen Computer. Apropos, weißt du, daß mein Computer sich öfter gegen mich auflehnt? Daß er dazu neigt, Anfälle von Autonomiebestrebungen zu kriegen?

*In welchem Sinn?*

Man merkt deutlich, daß ich ihm manchmal nicht sympathisch bin. Wenn ich etwas drucken will, dann weigert er sich. Oder er druckt es auf kryptische Weise aus. Und dann will er von mir das Paßwort wissen. Dann bin ich gezwungen, meine Enkelin zu rufen, die zwölf Jahre alt ist. Sie kommt, setzt sich an die Tastatur, und *tick, tick, tick,* schon ist wieder alles klar, sie hat das Problem gelöst. Ich habe einen Freund, der Arzt und auf köstliche Weise mein politischer Widersacher ist. Da wir zu Hause alle in etwa den gleichen ideologischen Hintergrund haben, ist es für uns ein besonderer Genuß, die Gelegenheit zu haben, von Herzen mit ihm streiten zu dürfen – mit ihm, der für uns alle obendrein ein gewissenhafter Arzt ist. Er erklärte mir einmal den (ich weiß nicht mehr, welchen) Mechanismus einer Behandlung, den ich nicht verstand. »Verzeih bitte«, sagte er, »hast du denn kein Enkelkind?

Die begreifen solche Dinge ganz leicht.« Sie bewegen sich unbefangen und frei in dieser Welt, sie haben ihre Ansage auf dem Anrufbeantworter, ihre E-Mail-Adresse längst eingerichtet. Neulich mußte ich lachen, als ich den Aufmacher einer Zeitung las: »Ist ein Roman mit dem Titel ›Die letzten E-Mails von Jacopo Ortis‹ vorstellbar*?« Nein, ist er nicht. So unendlich viele Dinge werden revolutioniert. Diese Welt gehört ihnen. Und ich glaube, jetzt, zu Beginn dieses Jahrhunderts, kehren jene Hoffnungen zurück, die ich Ende des vergangenen Jahrhunderts schon aufgeben wollte.

*Du hast wieder von den jungen Menschen gesprochen. Das ist kein Zufall. Wird es die Jugend sein, die ihren De Gasperi, ihren Nenni, ihren Togliatti ins Leben ruft?*

Gewiß, denn ihre Ausgangssituation ist eine andere. Dieses Italien heute erkennt sich nicht mehr in den Parteien wieder. Das hier wird das Italien nach der Desertifikation sein. Die jungen Leute sind »Büschel von Schwertkraut« – wie Montale sagt –, die hier und da wachsen und einen schönen, dichten Wald bilden können. Sie sind die Hoffnung der Zukunft. In den letzten Jahren haben wir derartigen Befreiungsdemonstrationen der Jugendlichen beigewohnt. Und die waren – wie es sich gehört – immer »dagegen«.

*Gibt es da Parallelen zur Achtundsechziger-Bewegung?*

Wenige. Wir haben in den Universitätscamps in den Vereinigten Staaten das Entstehen der Protestbewegungen gegen den Vietnamkrieg miterlebt. Aber das waren Reaktionen, die aus lokalen Spannungen erwuchsen, Strohfeuer waren das. Die Achtundsechziger-Revolte hatte einen eigenen Schlüssel: Sie agierte in der Gegenwart, spontan und unmittelbar. Die Demonstranten von damals waren achtzehn, zwanzig Jahre alt. Wie auch immer, es war eine Bewegung, die gegen einen historischen Moment gerichtet war, nicht gegen eine Welt-

* Ugo Foscolo (1802) »Letzte Briefe des Jacopo Ortis«. Roman in Briefform, teilweise von Rousseau und Goethes Werther inspiriert. Ausdruck des de facto italienisch-romantischen Subjektivismus.

organisation. Man kann über die Achtundsechziger spotten, die sich dann im System etablierten: Da sie den Staat nicht ändern konnten, änderten sie sich selbst. Aber heute stehen die Dinge anders. Denn jetzt begreifen die jungen Menschen, wie real die Bedrohung ist, die in den kommenden Jahren lauert. Dies heute ist eine Revolte, die versucht, einen bestimmten Prozeß aufzuhalten – schwarze Wolken brauen sich über der Welt zusammen. Ich rede jetzt nicht mehr von Genua, sondern von dem, was in den Vereinigten Staaten geschehen ist, von dem, was in Afghanistan vor sich geht und in anderer Gestalt in Argentinien und in Venezuela. Und was leider weiterhin geschieht. Natürlich, das Schöne an der Jugend ist die Freiheit der eigenen Erfindungsgabe. Andere Möglichkeiten zu kämpfen finden. Wenn sie sie nicht finden, wer dann? Sie spüren die Notwendigkeit, Widerstand zu leisten. Das ist schon viel. So viel hatte ich mir gar nicht erhofft. Das hier ist nicht die bestmögliche aller Welten, und die jungen Leute wissen das. Sie sind, genau wie wir in ihrem Alter, auf der Suche nach einer lebbaren Welt. Alles, was uns neu erscheint, wird von alten Herrschaften und von blutjungen Leuten vorangetrieben: die Umweltbewegungen, der Naturschutz. Es hat seine Zeit gebraucht, bis man begriffen hat, welchen nicht wiedergutzumachenden Schaden man unserem Planeten zufügt. Vor zwanzig Jahren hat keiner davon gesprochen. Heute sind wir uns dessen bewußt, und sogar Regierungsmitglieder beschäftigen sich mit diesen Themen. Diese Bewegungen – die sich ganz allgemein als »no global« oder »antiglobal« bezeichnen – sind von den jungen Leuten ins Leben gerufen worden, die frühzeitig das Bewußtsein einer anderen Ordnung von Problemen und Gefahren bekommen haben und die versuchen, diese einzudämmen. Die heutige Protestbewegung richtet sich gegen eine düstere Bedrohung, aber sie ist nicht zwecklos. Und die jungen Leute, wenn man sie am Lebensnerv packt, reagieren, noch bevor sie die Gründe ihrer eigenen Reaktion kennen.

*Aber wissen die anderen denn, worauf die jungen Leute abzielen?*

Die Gegner dieser Jugend, ja. Aber die Jugendrevolte ahnt die Bedrohung, sie erkennt zwar noch nicht deren genaue Umrisse, doch bereits jetzt beginnt sie, sich auf eine Reaktion in diesem Sinne vorzubereiten. Diese Erhebung der Jugend kann in jedem beliebigen Moment auf den Plan gerufen werden, dazu bedarf es keiner gezielten Verabredungen. Sie kommunizieren via Internet, sie treffen sich dort zu Zehntausenden, genau zu diesem Datum, wie es für die Rave-, die Reggae-Parties geschieht, nämlich mit einem Kennwort, aber ohne formelle Organisation, die sie gar nicht lieben. Ich wünsche mir, daß sie sich nicht hinter politischer Strenggläubigkeit verbarrikadieren. Mir gefällt diese Rückkehr der Rebellion mit einer Brise von Moralismus.

*Erkennst du viel Ungerechtigkeit?*

Es ist nicht gerecht, daß es ganze Länder gibt, die leiden müssen; der Krieg, die Hungersnot, die Emigration, all das ist nicht gerecht…

*Es gibt Leute, die das Auswandern verbieten wollen.*

Das darf nicht verboten werden. Das, was nicht recht ist, ist, daß es dieses Phänomen überhaupt gibt. Natürlich entstehen Spannungen wegen des Eintreffens von Ausländern, von illegalen Einwanderern. Aber wer leidet heutzutage auf der Welt nicht darunter? Diese Völker sollten alle in ihrem eigenen Land bleiben und ein Leben führen können, wie wir es tun. Statt dessen erleben wir zu Beginn des dritten Jahrtausends die Wanderungen von Millionen, große Migrationen sind das. Das einzige, was ich lächerlich finde, ist der Einhalt, den man ihnen an den Grenzen gebietet…

*Es ist sinnlos, Beschränkungen festzulegen?*

Zweck- und sinnlos. Von einem Satelliten aus gesehen, erscheint Italien, Europa – das ist mein Eindruck – wie eine dieser Rattenwanderungen, die man zu nächtlicher Stunde sehen kann. Ich beobachtete einmal eine dieser Wanderungen in der Nähe des Tibers, und mir blieb vor Staunen der Mund offenstehen. Es sah aus wie ein Mantel auf Füßen, der durch die Nacht wanderte. In Wirklichkeit waren es Tausende von

Ratten, die längs der Ufer des Tibers rannten. Ich konnte sie von einer Brücke aus betrachten. Also wenn wir Europa anschauten, würden wir – verzeih den Vergleich, es ist nur ein solcher – Tausende von Menschen sehen, die einen bunten Mantel bilden, der sich fortbewegt. Und es wäre lächerlich, spanische Reiter gegen sie einzusetzen. Wenn überhaupt, ist es ein Problem des Zusammenlebens und das, eine neue Bedeutung für das Wort »Identität« zu finden. Das sind wichtige Aufgaben, nicht nur für Italien, sondern für Europa, für die ganze Welt. Ich komme wieder vom Thema ab …

*Werden die Migrationen zunehmen?*

Meiner Ansicht nach ja. Je weiter die Schere Reichtum – Armut auseinanderklafft, desto mehr Migranten wird es geben. Je unlebbarer die Lebensbedingungen in den Herkunftsländern sind, desto mehr Bevölkerung bricht auf. Wieso nehmen wir in einem Science-fiction-Film die Ankunft der Marsmenschen hin? »Wieso seid ihr auf diese Erde gekommen, wieso wollt ihr dieses schöne Land in Besitz nehmen?« Und sie antworten: »Weil auf unserem Planeten kein Leben mehr möglich ist.« In einem Film akzeptieren wir das, nicht aber in der Wirklichkeit, wo riesige Landgebiete nicht mehr bewohnbar sind aufgrund von Trockenheit, Hunger, Krankheiten, Arbeitsmangel, überhaupt wegen allem. Sie versuchen nicht, einen anderen Planeten zu erobern, sondern nur einen noch bewohnbaren Teil ihres eigenen Planeten, auf dem sie geboren sind. Das Schöne der ganz nahen Zukunft ist das Entstehen neuer Identitäten. Der Schriftsteller Tahar Ben Jelloun aus dem Maghreb, der eine französische Erziehung genossen hat, französisch schreibt und maghrebinisch denkt, stimmt ein Loblied auf die Toleranz an. Er selbst ist ein Ergebnis der Toleranz. Also öffnen sich auch die Gebräuche, die Entwicklung des Denkens, die Windungen des Gehirns dessen, der einer anderen Rasse angehört, sie öffnen sich einer anderen Sprache, die man sich zu eigen macht. Denn er kennt diese Sprache. Das ist das Schöne an der Mischliteratur.

*Jorge Amado war überzeugt, daß in Brasilien die beste Rasse die ist, die aus der Kreuzung unterschiedlicher Rassen entsteht. Hast du ihn persönlich kennengelernt?*

Nein. Als der italienische Botschafter in Brasilien mich vor drei Jahren einlud, um mich ihm vorzustellen, konnte ich dieser Einladung – zu meinem allergrößten Bedauern – nicht Folge leisten.

*Andrea, wie verabschiedest du dich von deinen Lesern?*

Mit der Hoffnung, den Augenblick miterleben zu dürfen, da diese jungen Leute all ihre Ideen, ihre Träume in die Tat umsetzen werden. Und was Montalbano angeht: Vor wenigen Tagen hat er mir anvertraut, daß er genau die gleiche Hoffnung hegt…

Mein besonderer Dank für die Anregungen und die Zusammenarbeit geht an: Salvo Cangelosi, Giangaspare Ferro, Luigi Giuliana, Luigi Li Gotti, Rocco Mortelliti, Fabio Natoli, Francesca Picone, Alessandra Sardoni, Davide Sassoli.

# Nachwort der Übersetzerin

Neben meinem Fenster, das den Blick hoch über die Häuser in den Himmel von Süddeutschland schickt, hängen drei Fotografien: Bilder aus dem Tal der Tempel in Agrigent; entstanden sind sie im September 2001 – zu der Zeit, als die Gespräche für dieses Buch zwischen Saverio Lodato und Andrea Camilleri einsetzten.

Auf dem obersten verschmelzen die Säulenreste des Herakles-Tempels mit dem makellosen Himmelblau. Das mittlere zeigt den uralten Felsdamm aus rotem Tuffstein mit einem orientalisch geschnittenen Naturfenster, geschmückt mit dem eleganten Grün einer langarmigen Kapernpflanze. Zur Zeit des Philosophen Empedokles, Gast am Hof des griechischen Tyrannen, bot dieser Küstendamm vor der »schönsten aller Städte auf dem Erdenrund« (Pindar), damals Akragas genannt, Schutz vor den Pirateneinfällen.

Heutzutage schwemmt das Meer überladene Glückssucherkähne von der Küste Libyens an diese Gestade; die Insassen der Kähne finden immer wieder, trotz reichlich »Fährgeld«, einen namenlosen Tod im nächtlichen Meer.

Auf Augenhöhe hängt das Bild eines Jahrhundertölbaums (»aus der Zeit der Sarazenen«). Unter seiner dichten Krone sucht eine Reisegruppe Schutz vor der Mittagsglut. Zwei Männer haben sich abgesondert, rauchen bedächtig, brechen reife Mandeln von den Bäumchen in der Nähe.

Sie wechselten ein paar Worte, als ich mich näherte, um den Blick auf den Concordia-Tempel und die langgezogenen Schatten zwischen den Säulen mit der Kamera gut einzufangen: Es waren Griechen (!) auf den Spuren ihrer Vorfahren, die auf der fruchtbaren Insel Thrinakria mit den günstigen Häfen noch herrlichere Ewigkeitsbauten errichteten als in ihrer Heimat.

Das ist das Land, in dem Andrea Camilleri am 6. September 1925, am Tag des heiligen Calogero, in Porto Empedocle (dem Vigàta seiner Romane) das Licht der Welt erblickte. Andrea Calogero Camilleri stand fortan unter seinem Schutz. Was für ein lustiger Heiliger (»der einzige, den ich in mein Paradies lassen werde«) dieser schwarzhäutige San Calogero ist, hat Camilleri in seinem ersten Roman »Der Hahn im Korb« geschildert – bunt, schrill, mit der typischen, etwas derben Komik seiner Sprache. Mit diesem ersten Erzähltext, den der Theaterregisseur und TV-Produzent Camilleri bereits 1967 schrieb, mußte er an viele Türen klopfen, bis er 1978 endlich einen Verleger fand.

Seine folgenschwere Entdeckung aber verdankt Andrea Camilleri der Palermer Verlegerin Elvira Sellerio. Camilleri blieb ihr im Laufe der Jahre nicht immer treu, die große Verlagswelt vom italienischen *continente* machte zuweilen ziemlich verlockende Angebote.

Camilleris erster Erfolgstitel war der historische und recht blutige Roman »Jagdsaison« (1992). Dann ging es Schlag auf Schlag: die anderen historischen Romane, erzählende Chroniken und nicht zuletzt die Montalbano-Krimis, die mit Luca Zingaretti als Egokult betreibender, brummiger Commissario erfolgreich verfilmt wurden; sie kamen – und kommen – allesamt auf Anhieb in die Bestsellerlisten und bleiben dort über Monate, oft mehrere Titel zugleich.

Camilleri schreibt und schreibt, als müßte er diese spät aufgebrochene Quelle (»ich war schon um die siebzig, als ich anfing«) bis auf den letzten Tropfen erschöpfen. In Italien hat im letzten Jahrhundert kein Autor mehr Bücher verkauft als er.

Rund drei Millionen seiner Bücher gingen bisher in deutscher Übersetzung über den Ladentisch. Ein Ende ist nicht abzusehen. Sein bislang letzter Roman ist im Februar erschienen und trägt den sinnigen Titel »Privo di titolo«. Auch diese Geschichte spielt, wie der im Herbst in deutscher Übersetzung vorliegende Romans »Der zerbrochene Himmel«, in der Zeit des italienischen Faschismus.

In Frankreich kann Camilleri ebenfalls auf eine riesige Fangemeinde zählen. »Am meisten hat mich im Austausch mit den Lesern beeindruckt, daß jeder von ihnen eine geradezu persönliche Beziehung mit dem Autor aufgebaut zu haben scheint«, erklärt Serge Quadruppani, der französische Übersetzer. Und das sei eine Angelegenheit des Mundes, Camilleri sei für den durchschnittlichen Leser unzertrennlich mit dem »Oralen« verbunden: »Der Mund, der schmeckt und kostet, der Mund, der lächelt und schmunzelt, der Mund, der erzählt.«

»Zwei Bücher pro Jahr fabriziere ich«, erklärt Camilleri beiläufig, und das klingt, als müßte er dazu nur geschwind den Bleistift spitzen. »Ich grüble ein Weilchen, bis die Konstruktion steht und ich die ›Auflösung‹ gefunden habe, danach geht alles ganz schnell.« Schreiben – ein Wunderelixier gegen das Altern? So mag es anmuten. Die in nachtblaues Leder gebundene Gesamtausgabe mit goldener Gravur aus der Reihe *Meridiani* 2004 (Mondadori) scheint mit dem Charakter des Vorläufigen behaftet. Betrachten wir sie als die ersten zwei Bände einer »opera omnia«.

Mit dem Erfolg stellte sich »planmäßig« auch der Neid ein. Und der ist in seinem Fall besonders breit gefächert, weil das Publikum, die »lesende Masse«, auf dem italienischen Stiefel verteilt, für seinen Erfolg verantwortlich ist – und nicht etwa eine geschickte Verlagsstrategie oder besonders eloquente, scharfsinnige Kritikerzungen. So etwas ist immer etwas suspekt …

Sizilianisch gesprochen, hatte sich Camilleri der unverzeihlichen Sünde des Tuns, des *peccato del fare*, schuldig gemacht. Die besagt: Ruchbar ist, wer sich mit seinem erfolgreichen Tun aus der Masse der anderen über die anderen erhebt.

Die anderen. Eben die sind für Camilleris Schreiben – das ich einen lebhaft dialogisch strukturierten Monolog aus dem Mund eines ernsthaften Komikers nennen würde – von fundamentaler Bedeutung. Als seinen ureigenen Defekt sieht er es an, daß er das Schreiben auf die gleiche Stufe stellt wie das Reden. »Allein vor einem weißen Blatt Papier sitzend, bringe ich nichts zustande. Ich muß mir bildhaft vorstellen, von jenen vier oder fünf Freunden, die mir noch bleiben, umringt zu sein, die mir zuhören, mir aufmerksam folgen, während ich den roten Faden meiner Erzählung auch mal fallen lasse, ihn am anderen Ende wieder aufgreife, ein wenig in den Händen halte, ihn wieder dahingleiten lasse, um doch wieder zum Thema zurückzukehren.«

Bevor er den skizzierten Text endgültig niederschreibt, liest er ihn sich laut vor: Ob er gut klingt, ob er ankommt, will er testen! Auch für den Übersetzer – er muß nur richtig hinhören – bleibt von diesem »Qualitätstest« immer etwas hängen, an jedem Satz, an jedem Bild. Denn nicht nur des umgangssprachlichen Stils, des hausgemachten Dialekts, der verschiedenen regionalsprachlichen Elemente wegen ist Camilleris Sprache eine gesprochene. Sein Verhältnis zur Sprache ist ein vergnügliches, ein spielerisches. Die Verwendung sizilianischer Dialektformen ist nur instrumenteller Art, eben um des Vergnügens willen; sie entspringt nicht konkreten, ernsthaften Ansprüchen an künstlerische Darstellung und Ausdruck.

Das Sizilianische aber ist dank Camilleris Schreiben nicht mehr länger die Sprache der Besiegten oder die geheime Verschwörersprache im Widerstandskampf gegen ausländische Eroberer. Oder die Geheimsprache der Mafia. Camilleris privatisiertes Sizilianisch ist wie der wortgetreue Nachhall der vielen Geschichten, die auf dieser Insel immer wieder neu in Szene gesetzt werden.

Ganze Bibliotheken füllen die Abhandlungen über seine Sprache, über den Camilleri-Slang. Unter den Sizilianern, den ernsthaften wie den amateurhaften Studiosi, herrscht ein erbitterter Wetteifer, wer sein eigenes Land am besten darzustellen, zu ergründen, zu erklären vermag. Viele von ihnen werden nicht müde nachzuweisen, daß Camilleris Sizilianisch, sein Dialekt agrigentinischer Färbung, nicht »rein« sei. »Das ist kein echtes Sizilianisch!« bekundeten mir gegenüber echte Sizilianer. Doch befragt, wie es denn »richtig« heißen müsse, gab jeder, je nach Herkunft, eine andere Version.

»Die Gebildeten sprechen heute Sizilianisch, die ungebildeten schlechtes Italienisch!« schreibt der italienische Literat Di Caro. Dialekt- und Regionalsprachen sind keine Markenzeichen der gesellschaftlichen Klassenzugehörigkeit. Rein bedeutet: reiner, echter Dialekt, kein künstliches Hochitalienisch! Auf deutsche (Sprach-)Verhältnisse übertragen, wäre das ein echt umstürzlerisches Ansinnen.

Der große alte Herr meistert den ganzen Rummel trotz oder mit Zigaretten in Zehnermengen und einigen Zipperlein. Er verströmt ungebrochene Lebenskraft, wie er mich da im Oktober 2004, am Treppenabsatz stehend, erwartet, bei meinem letzten Besuch in Rom. Ihm zur Seite seine Frau Rosetta, seine unbestechliche Ratgeberin und feinsinnige Kritikerin. Sie will die Tür zu Andreas schlichter Arbeitsklause schließen, »damit wir ungestört sind«. Er wehrt ab. Das Leben im Hause Camilleri ertönt, es gehört zu seiner Arbeit. Ich begegne einer der drei Camilleri-Töchter auf dem verwinkelten Korridor. Sie lächelt, offensichtlich gewöhnt an die Neugierigen aus aller Welt, die ihrem Vater nachstellen.

Der ist stolzer Großvater von vier Enkelkindern, drei *fimmine* und ein *maschio*, Francesco. Irgendwo im *salotto* berät der sich gerade mit seinem Schulfreund, ob sie sich besser um die Matheaufgaben herumlavieren und jetzt den japanischen TV-Comic anschauen sollten.

Arianna flitzt herein: »Ciao nonno!«, haucht dem Opa einen Kuß auf die Wange, und schon ist sie wieder weg. Eine andere Enkelin, verrät er mir mit leuchtenden Augen, hat ihr »Büro« unter seinem Schreibtisch: Das ist eine Schachtel von undefinierbarer Farbe, die einen PC darstellen soll. Gemeinsam verbringen die beiden täglich ein paar Stündchen in dem nüchternen »Studio« und arbeiten einer über dem anderen. Ein großes schwarzes Telefonfax thront in einer Ecke. Andrea beherrscht jeden Knopf, stellt den Anrufbeantworter leiser, wenn jemand anruft, und gibt dann nach: *»Pronto!«* Er ist begehrt. Eine Buchpräsentation von Andrea Camilleri in einer Buchhandlung oder in einer der schönen restaurierten Exkirchen in Rom bedeutet eine große Ehre für den vorgestellten Autor – und viel Publikum.

Wie er es sich erkläre, daß ein winziges Dreieck zwischen Agrigent, Porto Empedocle und Racalmuto fünf große sizilianische Schriftsteller hervorgebracht habe: Pirandello, Sciascia, Camilleri, Agnello-Hornby, Savatteri … (Luigi Pirandello, ein Verwandter von ihm, 1934 mit dem Literaturnobelpreis ausgezeichnet, Camilleri nennt ihn »unseren Oberhäuptling«.) Ob es dafür eine geophysikalische Erklärung gebe, ob etwas in der Luft liege?

Camilleri mit halbernster Miene: »Womöglich besteht ein Zusammenhang zwischen dem hohen Prozentsatz von Verrückten pro Einwohnerzahl und der Dichte schreibender Genies in dieser Gegend«, er lächelt ironisch. Schreiben als Versuch, der in den Genen lauernden Gefahr zu entkommen, gegen den Wahnsinn anzuschreiben, ohne sich unter seine Fuchtel zu begeben.

»Einmal im Jahr geben wir einen Empfang für rund dreißig Gäste, es kommen aber regelmäßig über fünfzig. Die ganze Familie ist drei Tage lang beschäftigt, mindestens hundert *arancini* zu produzieren … Eine höchst komplizierte Angelegenheit!« Er klingt verschwörerisch: »Die müssen nämlich während des Fritierens vollkommen im Öl untertauchen, da darf kein Höckerchen herausschauen.« Welche Reissorte sie verwenden? Das will er mir nicht verraten. Jede Vertraulichkeit hat schließlich Grenzen. Außerdem, »die gesamte Familie« stelle ich mir so vor, daß er die Oberaufsicht hat und hin und wieder kostet, und die anderen werkeln und brutzeln.

Andrea Camilleri erzählt, er bewahre noch immer das Rezeptheftchen seiner geliebten Großmutter Elvira auf. Die Gerichte der Großmutter, die leben sonst nur noch in der Erinnerung fort. »Auch wenn wir uns haargenau an die Rezepte halten, fehlt zum Schluß vielleicht noch eine Prise von diesem oder jenem, eine gewisse Zutat hat einen unverhofft anderen Geschmack, es gelingt einfach nicht hundertprozentig, trotz größter Anstrengung. Sie aber, die Großmutter, zauberte die Köstlichkeiten ganz nebenbei mit der linken Hand…« Seine Stimme wird weich. Liebesspeisen sind nicht reproduzierbar.

Daß die kulinarische Kunst eine echte Schöpfergabe ist, das hat ihn an Leonardo Sciascia ehrfurchtsvoll fasziniert. Der große, politisch engagierte Schriftsteller, Parlamentarier des Partito radicale, schwor seiner männlichen Identität ab, um in aller Herrgottsfrühe in der Küche zu verschwinden.

Welche Küche Andrea Camilleri bevorzuge, fragte ich – die römische, die diffus sizilianische oder die puristisch-raffinierte Agrigentiner? »Die, die mein Arzt mir verordnet, er hat mir verboten, auf Reisen zu gehen, wegen des aushäusigen Essens«, brummelt er. »Immer, wenn ich daheim bin (hat er wirklich *a casa* gesagt?), unten in Sizilien, werde ich mit viel frischem Fisch verwöhnt, natürlich nicht fritiert…« Er macht eine weite Armbewegung: »Sehen Sie, wie sehr die Leute an mein leibliches Wohl denken! In der Vorratskammer dort stehen noch die leeren Steigen: sechs Kisten gute sizilianische *pomidori,* Sorte Pachino, die hat mir der Bürgermeister von Vittoria schicken lassen.« Wie sie die verspeist hätten, wollte ich wissen. »Ganz einfach so, mit Salz und Öl… köstlich!«

Ob Camilleri auch so ein einsamer Genießer ist wie sein Commissario Montalbano? Der sich beim Essen nicht auf den Mund schauen läßt, sondern allein, in stiller Einkehr, an seinem Trattoria-Tisch sitzt und auf die Köstlichkeiten wartet, die da sind: seine unausgesprochenen Wünsche und Begierden, die im Handumdrehen Gestalt annehmen und ihm duftend auf dem Teller serviert werden.

Andrea Camilleri lebt in einer großen Eigentumswohnung im römischen Stadtviertel Prati gegenüber dem Sitz des staatlichen Fernsehens RAI, für das er viele Jahre als Regisseur und Produzent tätig war. Heute ist die RAI zu großen Teilen ein verlängerter Arm des Privatmedienkonzerns, in festen Händen des Großunternehmers, *Cavaliere del lavoro,* Silvio Berlusconi, der hauptberuflich seit 2000 zum zweiten Mal italienischer Regierungschef ist.

In Zeiten am Kochtopf stehender Unterhaltungskünstler wird bei allem nach der Erfolgsrezeptur gesucht, nach einer Tinktur, von der eine Prise bereits Wunderkräfte verleiht. Neider wie Bewunderer, Leute vom Fach, chattende Verehrer, kontinentale Sizilienvergötterer, festlandverliebte Insulaner, genußsüchtige Verleger, zu Koryphäen erhobene Übersetzer... Allesamt suchen nach Erklärungen für das Phänomen Camilleri.

Nachdem er mir ein Eckchen des Schreibtischs leergeräumt hat, bekennt er mit verblüffender Offenheit: »Es war die wirtschaftliche Polsterung von seiten der Familie, die *serenità economica*, der ich in erster Linie meinen Erfolg zu verdanken habe.«

Damit haben wir unseren Fuß ins politisch Aktuelle gesetzt: »Heutzutage ist es völlig ausgeschlossen, daß eine Familie oder ein Ehepaar in Italien von einem Gehalt oder gar von einer Rente, auch nicht von zwei Renten leben kann.«

Das Gehalt einer LehrerIN (männliche Lehrer sind so selten wie vierblättrige Kleeblätter) reicht entweder für die Warmmiete oder für Speis und Trank. Also ist die Situation immer polyvalent, was bedeutet, man muß zum puren Überleben sehr vielseitig orientiert sein. Oder eine wie auch immer geartete Familie im Hintergrund haben, die »polstert«. Anders sieht es bei den *professionisti* und notorischen Geschäftemachern aus.

Obgleich allen die Notwendigkeit des Vielseitigseins bewußt ist, kann man das Verhältnis der Italiener zum Geld eher als schizophren bezeichnen: Über Geld, das eigene, die Zahlen, spricht man nicht, das ist tabu! Überlebenswichtig ist, den Schein nach außen zu wahren, *bella figura* zu machen, solange es geht.

Und das in einem Land, in dem der Regierungschef mit einem Startkapital höchst zweifelhafter Herkunft ein immenses Wirtschaftsimperium errichtet hat und verkündet, daß er die hohen Steuern bekämpfen, niederschlagen wolle. Und der größte Schlaukopf sowieso der ist, der gar keine Steuern zahlt!

Spielend – das Spiel der Demokratie – erreicht er Gesetzesmehrheiten, um die Reichen noch reicher und die, die knapp bei Kasse sind, noch energischer zur Kasse zu bitten: in einem Land, das jede Menge Arbeitslose hat – offizielle Ziffern existieren nicht –, denn es gibt kein dem deutschen vergleichbares Arbeitslosengeld von Vater Staat, auch kein Bafög, kein Kindergeld, kein Erziehungsgeld, kein Wohngeld, keine Ich-AG-Förderung. Als Ausweichgleis bietet sich die Schattenwirtschaft an, die immer grünes Licht hat und jeden offiziellen öffentlichen Haushalt sprengt.

»Es ist noch viel schlimmer gekommen, als ich es vorhergesagt habe! Und ich hasse solch besserwisserische Sprüche von wegen ›ich hab's euch doch gesagt!‹, meint Andrea Camilleri und runzelt die Stirn, eine Augenbraue geht hoch. »Am schlimmsten sind die Mitläufer, die zwar nicht auf seiner Gehaltsliste stehen, sich aber selbst in seinem Sinne zensurieren, die weder hü noch hott sagen ... Und die Linke, die nur eine butterweiche Opposition betreibt.«

Camilleri pflichtet mir bei, wenn ich sage, daß Berlusconis Machtposition auch auf das Stillhalten des europäischen Auslands gründet. Den Steigbügel halten sie ihm, obwohl er die elementarsten Gebote einer Demokratie – die Gewaltenteilung – mit Füßen tritt.

»Das schlimme ist die Hohlheit seiner Sprache, es ist die eines Illusionskünstlers, seine Sektenrhetorik macht es sehr schwierig, ihn zu bekämpfen.« Ein gestandener Faschist und er, Camilleri, der bekanntlich links ist, würden ein und dasselbe Wörterbuch verwenden, nur: »Der Faschist wählt eben andere Stichworte. Berlusconi jedoch ist ein Ausbund an Ungehobeltheit, Stillosigkeit, die Grimassen, die er auf den öffentlichen Gipfeltreffen zieht ... Peinlich! Eine wahre Schande für Italien!« Noch schändlicher: Berlusconis Beschimpfungen: »Richter müssen von vorneherein geistesgestört, psychisch krank sein, ansonsten wären sie nicht Richter geworden.« Oder: »Alle ausländischen Journalisten sind Kommunisten!«

Nach Theaterklamauk klingt es deshalb, erinnern wir uns, als Berlusconi im November 1994, während seiner ersten Amtszeit, just auf der Weltkonferenz für organisiertes Verbrechen in Neapel, deren Präsident er war, ein Ermittlungsbescheid zugestellt wurde. Vorausgegangen waren die Ermittlungen kolossalen Ausmaßes des Palermer Oberstaatsanwalts Caselli gegen Berlusconi und Dell'Utri wegen nachzuweisender Beziehungen zur Mafia.

Der deutsche Außenminister Joschka Fischer kommentierte knapp und ganz italienisch-beschwichtigend: Er glaube an den italienischen Rechtsstaat, der werde das schon richten. Sah er seine Toskanaverklärung in Gefahr?

Camilleris Geheimnis bezüglich des Alterns ist so einfach wie genial: Er altert nicht – er läßt altern. Dafür ist Salvo Montalbano zuständig. Der ist nun rund fünfzig und ein wenig in der Krise. Im Kollektivbesitz einer unüberschaubar großen internationalen Leserschaft ist er jedoch quicklebendig wie ein Fisch im Wasser. Oder frisch wie die Seebarben bei »Calogero«.

In Camilleris bislang letztem Krimi »La pazienza del ragno« (Sellerio) ist eine recht melancholische Aura um den Commissario nicht zu übersehen. In der Hightech-Welt der Verbrechensbekämpfung, wo seine altbewährten Methoden der Kenntnis des Territoriums und der Entschlüsselung kodifizierter Verbrechersprachen längst von entsprechender Software ersetzt wurden, fühlt er sich einfach nicht mehr gut aufgehoben. Ratlos starrt er ins Netz der Spinne. Das Verbrechen, das er aufzuklären hat, ist widerlich, zeugt von den niedersten Abgründen der Menschheit. Aber es gibt nicht einen Toten. Salvo ist allein.

Ob Montalbano nicht ans Heiraten denke, jetzt aufs Alter hin? frage ich Camilleri, obwohl auch ich Männer wie Montalbano recht gut kenne, die nichts so sehr fürchten wie institutionalisierte Bindungen. Das ist die unsizilianische Seite an ihm.

»Nein, dazu ist er viel zu egoistisch und egozentrisch!«

braust der Meister aus Porto Empedocle auf. »Dieser Kerl bereitet mir Kopfzerbrechen«, lenkt er ein, »denn es geht um die Art und Weise, wie ich ihn verschwinden lassen soll.« Camilleri weiß, wie lebendig Montalbano geworden ist. »Ich habe da so eine halbe Idee, wie ich das lösen könnte. Seien wir doch ehrlich, wann wird Pinocchio uninteressant für die Phantasie der Leser? Genau! Sobald er sich in einen Burschen aus Fleisch und Blut verwandelt. Montalbano muß ich an genau diesen Punkt bringen, er muß seine Faszination für den Leser verlieren…« Doch irgendwie überzeugen mich Camilleris Worte nicht so recht. Aufhören, aber warum eigentlich? Das mit den modernen Arbeitsinstrumenten, das kriegt man doch gerade in Sizilien genial gelöst… mit sizilianisch-anarchischem Erfindungsreichtum. Oder mit Sturheit.

Camilleris erster »Montalbano«, »Die Form des Wassers« (1994), entstand als eine Art Stilübung, ein selbstauferlegtes Arbeitspensum. Denn laut Leonardo Sciascia ist der Kriminalroman das beste Erzählgehäuse, in das sich ein Schriftsteller freiwillig einschließen sollte. Darin ist er gezwungen, ganz spezifischen Regeln zu folgen, einer Logik Genüge zu tun, die eine Wahrheit zumindest kurzfristig ans Licht bringt.

Zu jener Zeit kam Camilleri mit seinem Projekt »Die sizilianische Oper« hinsichtlich Struktur und Aufbau nicht recht voran. Und da fiel ihm Vazquez Montalbáns Buch »Der Pianist« in die Hände, und der Kunstgriff mit der freien Kapitelanordnung war gefunden: Camilleri übernahm ihn auf geniale Weise für seinen Roman. Aus Dankbarkeit für diese Hilfestellung von seiten des spanischen Autors taufte er den Kommissar seines ersten Krimis Montalbano – was nebenbei auch ein ursizilianischer Name ist.

Das war die Geburtsstunde von Salvo Montalbano, des einsam umherstreifenden Kriegers, des kühnen Ritters, der sich nicht gerne in der Schar seiner Männer bewegt. Weniger ein klassischer Polizist als ein herzensguter Rächer des Unrechts, das den Armen, den Unterprivilegierten widerfährt.

Nach meinem Besuch im Hause Camilleri flog ich nach Sizilien, in den Südosten, den ich bis auf Catania noch nicht kannte. Ich verweilte in mehreren schönen alten Städtchen, fand ein paar Tage Zuflucht in einem einladenden Fischerort, wohnte auf den Klippen am Meer.

An einem Montag fuhr ich in die goldsandsteinige Barockstadt Ragusa Ibla zur Verabredung mit einem sizilianischen Literaturdozenten. Zu einem späten Mittagessen führte er mich in eine Trattoria, unter Glyzinien- und Weinlaub, innen war sie plüschig rot ausstaffiert, wie aus dem Bilderbuch. Die »Trattoria rusticana« liegt an einem überraschend ruhigen Sträßchen; auch die unwegsamsten Gassen in Sizilien lassen nämlich noch genügend Platz für rasende Stadtbusse, Riesenlaster, knatternde Scooter. Eselskarren gibt es längst nur noch auf Postkarten.

»Das hier ist die Trattoria ›San Calogero‹ im Film … Ich meine, hier wurden die Montalbanos gedreht«, eröffnete mir Pippo, als wir uns auf der Terrasse an ein weißgedecktes Tischchen setzten. Das hatte ich nicht gewußt. Dann erläuterte er noch die anderen Drehorte in der Umgebung auf dem Land, am Meer, in seiner Heimatstadt Vittoria, die den Handlungsorten der vier bisher verfilmten Krimis entsprachen.

Wieder waren wir bei Camilleri angelangt. Vergeblich versuchte ich die Speisekarte zu lesen, gefangen von den zögerlichen Worten aus dem Mund meines Gegenübers: Er stammte nämlich aus dem Lager der eher kritischen Camilleri-Rezipienten.

Der Kellner erkannte die Situation und empfahl *Pasta all'estratto* (*Pasta corta* mit köstlichem *Sugo* aus sonnenreifen Tomaten, in denen junges Schweinefleisch mit Knochen lange ausgekocht, aber nicht mitserviert wird), vorweg natürlich einen Ragusa-Käse vom Grill. Der Herr Dozent trank keinen Wein, ich nahm einen weißen *della casa*.

*Salute!* sagte ich und ließ meinen Blick übers Glas zur Straße schweifen. Er fiel – welch unglaublicher Zufall – auf Salvo Montalbano alias Luca Zingaretti, den populären TV-

und Filmschauspieler, der mit drei Männern auf den Eingang der Trattoria zusteuerte. Nach gebührendem Empfang durch die Wirtin ließen sie sich am Nachbartisch nieder. Ich stellte mich vor: Luca Zingaretti strahlte mich an, der Bürgermeister von Ragusa küßte mir die Hand, der Filmproduzent Degli Esposti lachte höchst erfreut. Just an diesem Morgen waren sie aus Rom eingetroffen, auf Location-Suche für die Verfilmung der nächsten Montalbanos. Ich verriet, daß Camilleri gerade eine Strategie entwickle, um sich Salvo Montalbanos zu entledigen. Da lachte der vierte Mann, ein Architekt, laut los: »Nie und nimmer wird der aufhören! Der hat noch einen Riesenstapel Manuskripte … Und wissen Sie, wo er die versteckt hat? In einem Spielzeugschränkchen im Kinderzimmer seiner Enkel.«

Monika Lustig, März 2005, Courmayeur – Karlsruhe

PIPER

## Loriano Macchiavelli

## *Unter den Mauern von Bologna*

Kriminalroman. Aus dem Italienischen von Sylvia Höfer.
347 Seiten. Gebunden

Bologna war schon immer der Ort für das Geheimnisvolle. Die Stadt ist dafür wie geschaffen: Heute zum Beispiel fischten sie an der Battiferro-Schleuse einen Toten aus dem Kanal. Die Leiche ist übel zugerichtet, kein Ausweis, keine Papiere. Ein Blick auf den Toten ist für Kommissar Antonio Sarti genau das, was ihm noch fehlt, um den Tag mit Glanz und Gloria zu beenden. Aber natürlich macht er sich sofort an die Aufklärung des Falls und besucht Federica, die Mutter des Jungen, der die Leiche entdeckt hat. Außer der Erinnerung an ihr kastanienbraunes Haar und einen köstlichen Espresso nimmt Sarti zunächst wenig von der Befragung mit. Doch dann ergibt die Autopsie die Identität des Toten: Zodiaco Mainardi – ein junger Polizist, der erst vor kurzem aus Sizilien nach Bologna versetzt wurde. Wegen angeblicher Mafia-Kontakte. In Zodiacos Wohnung werden Drogen gefunden, und Loriano Macchiavelli löste mit seinem Bestseller »Unter den Mauern von Bologna« in Italien eine wahre Renaissance seiner Krimiklassiker um den sympathischen Kommissar Antonio Sarti aus.

01/1362/01/L

PIPER

Andrea Camilleri

*Der zerbrochene Himmel*

Roman. Aus dem Italienischen von Moshe Kahn.
272 Seiten. Gebunden

Vigàta, 1935. Mussolini hat sich zum Krieg gegen Abessinien entschlossen, und die faschistische Propaganda verfehlt auch in Sizilien ihre Wirkung nicht – kein guter Zeitpunkt, um als neugieriger Junge die Welt zu entdecken. Schon früh steht für den kleinen Michilino fest: Er soll nicht nur Streiter Christi, sondern auch Soldat des Duce werden. Mit sechs Jahren darf er als »Sohn der Wölfin« die erste faschistische Uniform tragen. Kommunion und Firmung lassen ihn in die Miliz des Herrn aufsteigen. Ein explosives Gemisch aus Erziehung und Verführung vermittelt Michilino ein völlig verzerrtes Weltbild. Als er schließlich ausgerechnet dort, wo er Geborgenheit zu finden meint, die schreckliche Wahrheit über seine Familie erfährt, verliert er den Boden unter den Füßen. Und sein bereits glühender Fanatismus verwandelt sich in bittere Zerstörungswut.

01/1483/01/R